奉献

耐心

忠诚

"哈利·波特"系列作品

哈利·波特与魔法石

哈利·波特与密室

哈利·波特与阿兹卡班囚徒

哈利·波特与火焰杯

哈利·波特与凤凰社

哈利·波特与"混血王子"

哈利·波特与死亡圣器

哈利·波特与被诅咒的孩子

"哈利·波特"衍生作品

（霍格沃茨图书馆系列）

神奇的魁地奇球

神奇动物在哪里

诗翁彼豆故事集

J.K. ROWLING

哈利·波特与凤凰社

〔英〕J.K. 罗琳 / 著　　马爱农　马爱新 / 译

著作权合同登记号　图字　01-2018-5446

Harry Potter and the Order of the Pheonix
First published in Great Britain in 2003 by Bloomsbury Publishing Plc
Copyright © 2003 by J.K. Rowling
Cover and interior illustrations by Levi Pinfold © Bloomsbury Publishing Plc 2020
Chapter illustrations by Mary GrandPré © 2003 by Warner Bros
Wizarding World, Publishing and Theatrical Rights © J.K. Rowling
Wizarding World characters, names and related indicia are TM and © Warner Bros. Entertainment Inc
Wizarding World TM & © Warner Bros. Entertainment Inc

图书在版编目（CIP）数据

哈利·波特与凤凰社. 赫奇帕奇／(英) J.K. 罗琳著；马爱农，马爱新译. —北京：人民文学出版社，2021
ISBN 978-7-02-015883-6

Ⅰ.①哈…　Ⅱ.①J…②马…③马…　Ⅲ.①儿童小说—长篇小说—英国—现代　Ⅳ.①I561.84

中国版本图书馆CIP数据核字（2021）第198339号

策划编辑	王瑞琴
责任编辑	马　博
美术编辑	刘　静
责任印制	苏文强

出版发行	人民文学出版社
社　　址	北京市朝内大街166号
邮政编码	100705

印　　刷	北京盛通印刷股份有限公司
经　　销	全国新华书店等

字　　数	676千字
开　　本	830毫米×1092毫米　1/32
印　　张	26
版　　次	2021年11月北京第1版
印　　次	2021年11月第1次印刷

书　　号	978-7-02-015883-6
定　　价	108.00元

如有印装质量问题，请与本社图书销售中心调换。电话：010-65233595

献 给

使我的世界充满神奇的

尼尔、杰西卡和戴维

赫尔加·赫奇帕奇

目 录

赫奇帕奇学院简介	viii
霍格沃茨魔法学校地图	x

哈利·波特与凤凰社   1

第一章至第三十八章

贾斯廷·芬列里 —— 赫奇帕奇   818

由李维·平菲尔德绘制学院插画

 # 赫奇帕奇

♦ 学院简介 ♦

你也许属于赫奇帕奇，

那里的人正直忠诚，

赫奇帕奇的学子们坚忍诚实，

不畏惧艰辛的劳动。

——分院帽

赫奇帕奇的尼法朵拉·唐克斯有着一头鲜艳的头发，是打碎盘子的高手，乍一看，很难想象她是凤凰社派出的护送哈利从女贞路到格里莫广场的先遣队成员。这位易容马格斯会根据要求改变她鼻子的形状——最受欢迎的是猪鼻子——把朋友们逗得乐不可支，她还总是用标志性的短语"你好哇！"跟每个人打招呼。她的和蔼可亲、不拘小节掩盖了一个事实：这位年轻女巫通过了严格的性格和能力测试，是少数成为魔法部傲罗的精英之一。

在魔法界许多人都否认黑魔头已经回归的这一年里，热心肠的唐克斯与她斯莱特林的表弟德拉科·马尔福截然相反，她是凤凰社的第一批新成员之一。这位最值得信赖的赫奇帕奇，凭着她的奉献和忠诚，成为执行凤凰社任务的关键人物，监督哈利在魔法界的安全转移，并在魔法部的核心为他们打探情报。

尽管康奈利·福吉试图干扰哈利受审的结果，但赫奇帕奇的公正和公平原则是魔法法律执行司的基石，司长阿米莉亚·博恩斯确保哈利得到了公正的审判。苏珊·博恩斯是这位威严的立法者的侄女，也是邓布利多军的骨干力量之一。苏珊的家人非常清楚伏地魔回归带来的危险，因为她的叔叔埃德加是凤凰社最初的成员之一，死在食死徒的手下。在哈利五年级的黑暗时期，苏珊和赫奇帕奇学院的优秀学子一起，致力于掌握高级的防御魔法，为即将到来的对抗黑魔头势力的战争做准备。

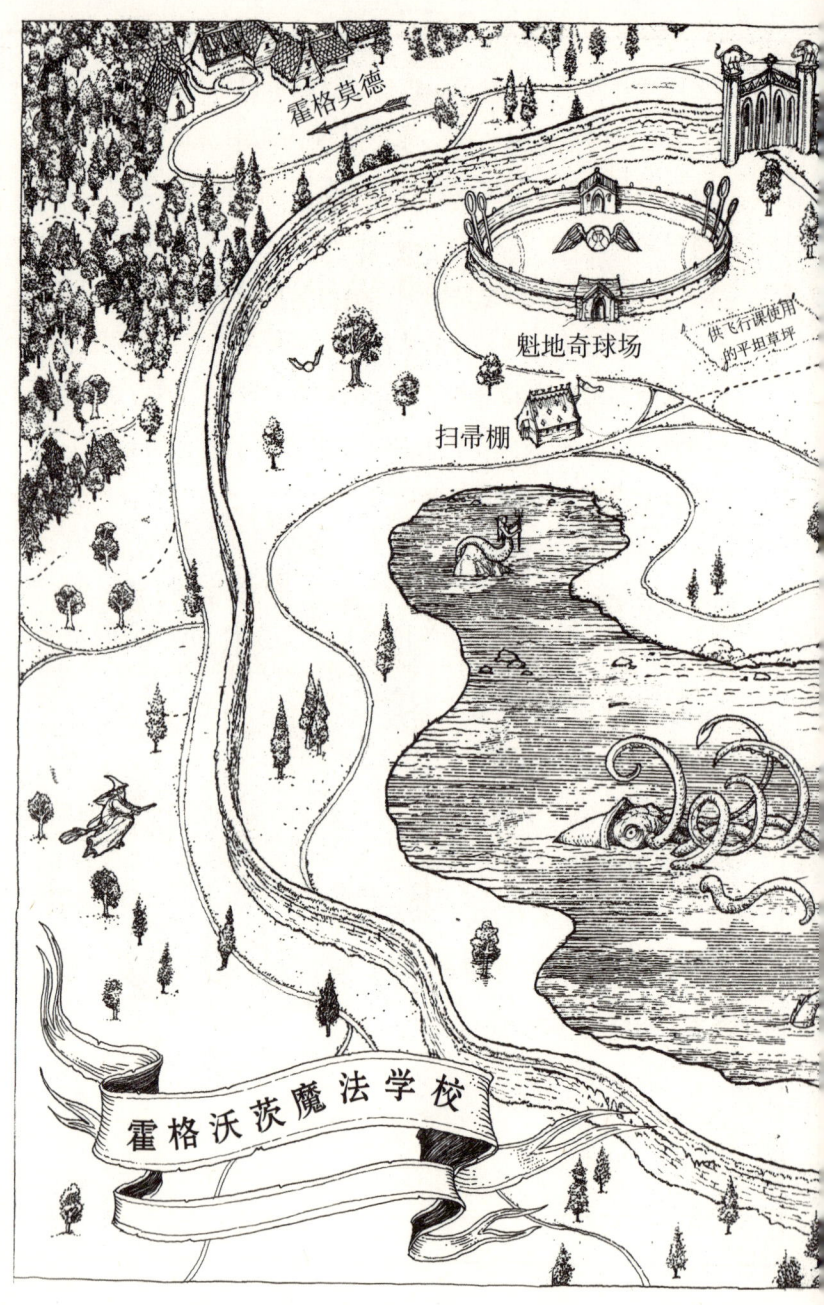

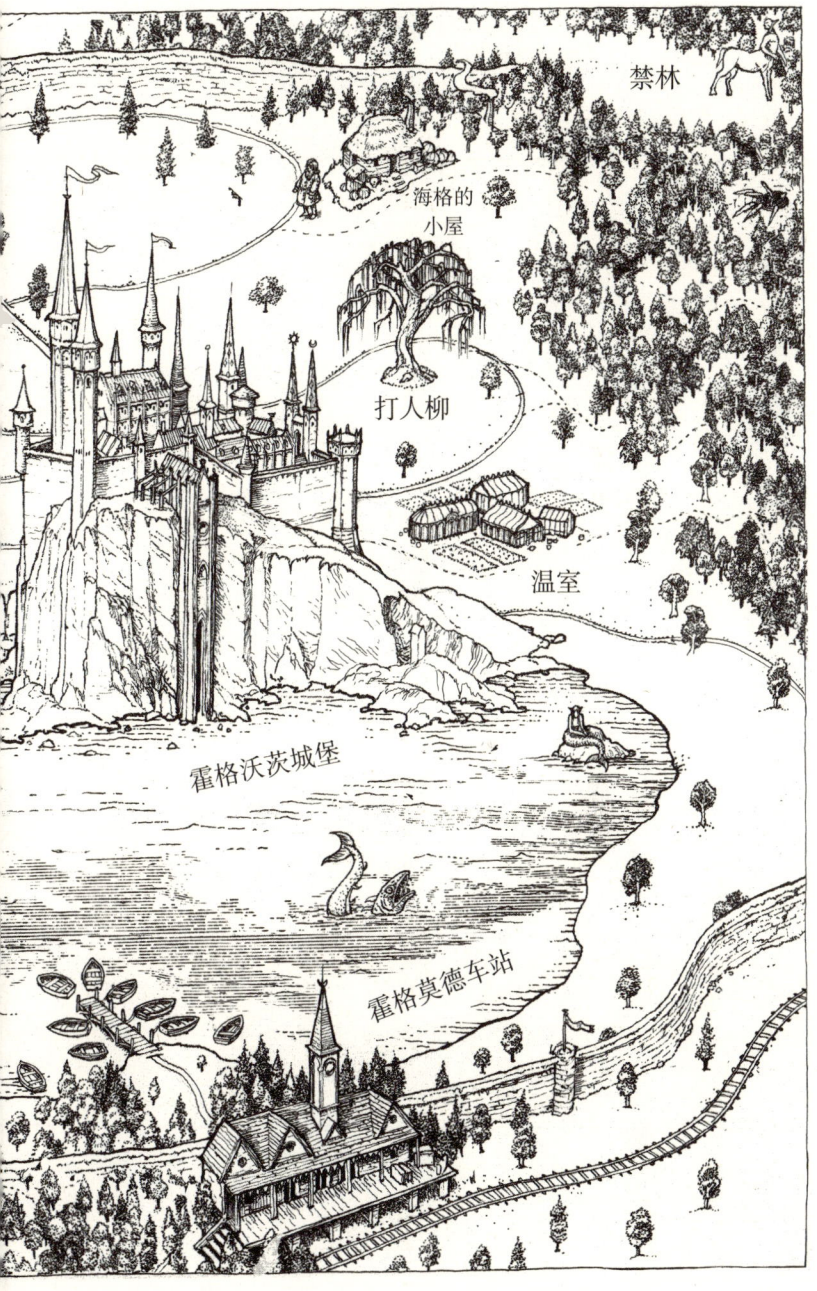

第 1 章

达力遭遇摄魂怪

  夏季以来最炎热的一天终于快要结束了，女贞路上那些方方正正的大房子笼罩在一片令人昏昏欲睡的寂静中。平日里光亮照人的汽车，这会儿全都灰扑扑地停在车道上，曾经葱翠欲滴的草地，已变得枯黄——由于旱情严重，浇水软管已被禁止使用。女贞路上的居民，平常的消遣就是擦车和割草，现在这两件事都做不成了，只好躲进阴凉的房子里，把窗户开得大大的，指望着能吹进一丝并不存在的凉风。只有一个人还待在户外，是一个十多岁的男孩，此时他正平躺在女贞路4号外面的花坛里。

  他是一个瘦瘦的男孩，黑头发，戴着眼镜，看上去有些羸弱，略带病态，似乎是因为在短时间里个头蹿得太快。他身上的牛仔裤又破又脏，T恤衫松松垮垮的，已经褪了颜色，运动鞋的鞋底与鞋帮分了家。哈利·波特的这副模样，是无法讨得邻居们喜欢的。他们认为破烂邋遢应该受到法律制裁。不过哈利这天傍晚藏在一大丛绣球花后面，过路人都不会看见他。实际上，只有他的姨父弗农或姨妈佩妮从起居室的窗户探出脑袋，径直朝下面的花坛里望去，哈利才有可能被他们发现。

总的来说，哈利觉得他能想到藏在这里真是万幸。躺在热乎乎、硬邦邦的泥土上也许并不舒服，但这里不会有人狠狠地瞪着他，把牙齿咬得咯咯响，害得他听不清新闻里讲的是什么，也不会有人连珠炮似的问他一些烦人的问题。每次他想坐在客厅里跟姨妈姨父一起看看电视的时候，他们总是搅得他不得安宁。

就好像他的这些想法插上翅膀，飞进了敞开的窗户，哈利的姨父弗农·德思礼突然说起话来。

"谢天谢地，那小子总算不来探头探脑了。呃，他到底上哪儿去了？"

"不知道，"佩妮姨妈漠不关心地说，"反正不在家。"

弗农姨父不满地嘟哝着。

"看新闻……"他刻薄地说，"我倒想知道他究竟想干什么。一个正常的男孩，谁会去关心新闻哪——达力对时事一无所知，我怀疑他连首相是谁都不知道！见鬼，我们的新闻里怎么会有跟他们那类人有关的——"

"弗农，嘘！"佩妮姨妈说，"窗户开着呢！"

"哦——是的——对不起，亲爱的。"

德思礼夫妇不说话了。哈利听着一段关于水果麦麸营养早餐的广告短歌，一边望着费格太太慢吞吞地走过去——那是一个住在离这儿不远的紫藤路上的、脾气古怪的、爱猫如命的老太太。她皱着眉头，嘴里念念有词。哈利想幸亏自己藏在灌木丛后面，因为最近费格太太在街上一碰到哈利，就要邀请他过去喝茶。她拐过街角不见了，这时弗农姨父的声音又从窗口飘了出来。

"达达出去喝茶了？"

"到波奇斯家去了。"佩妮姨妈慈爱地说，"他交了这么多小朋友，大家都这么喜欢他……"

哈利拼命克制自己，才没有从鼻子里哼出声来。德思礼两口子

第1章　达力遭遇摄魂怪

在对待他们的宝贝儿子达力的问题上，真是愚蠢得出奇。达力在暑假的每个晚上都编造愚蠢的谎话，说是到他那帮狐朋狗友中的某个人家去喝茶，而他的父母居然就信了。哈利知道得很清楚，达力压根儿就没去什么地方喝茶，他和他那些哥们儿每天晚上都在游乐场毁坏公物，在街角抽烟，朝过路的汽车和孩子扔石子儿。哈利晚上在小惠金区散步时，曾看见过他们的这些行径。这个暑假的大部分时间哈利都在街头游荡，从路边的垃圾箱里捡报纸看。

七点钟新闻片头曲的前奏传到了哈利耳朵里，他紧张得连五脏六腑都翻腾起来。也许今晚——在等待了一个月之后——就在今晚。

> 西班牙行李搬运工的罢工进入第二周，大批度假者滞留机场——

"要是我，就让他们终身享受午睡。"新闻广播员的话音刚落，弗农姨父就恶狠狠地吼道。但是没关系，外面花坛里的哈利心头已经一块石头落地。如果真的发生了什么事，肯定是头条新闻，死亡和灾难远比滞留机场的度假者重要。

他慢慢地长舒一口气，仰望着清澈湛蓝的天空。这个夏天的每个日子都是这样：紧张，期待，暂时松一口气，然后弦又一点点地绷紧……但一个问题越来越迫切：为什么还没有事情发生？

他继续听下去，生怕有一些不起眼的线索，麻瓜们还没有弄清究竟是怎么回事——比如有人不明原因地失踪，或出了奇怪的意外事故……可是行李搬运工罢工的新闻之后，是东南部地区的旱情（"我希望隔壁那个人好好听听！"弗农姨父气冲冲地嚷道，"他凌晨三点就把洒水器开着了！"），然后是一架直升机差点在萨里郡的田野坠毁，接着是某位大名鼎鼎的女演员跟她那位大名鼎鼎的丈夫离婚（"就好像我们谁关心他们那些破事儿似的。"佩妮姨妈轻蔑地说，实际上她近乎痴迷地关注着这件事，翻遍了她那双骨瘦如柴的手能拿到的每一本杂志）。

哈利闭上眼睛，天空的晚霞变得刺眼了，这时新闻广播员说道：

—— 最后，虎皮鹦鹉邦吉今年夏天找到了一个保持凉爽的新办法。生活在巴恩斯利五根羽毛街的邦吉，学会了用水橇滑水！玛丽·多尔金详细报道。

哈利睁开眼睛。既然已经说到虎皮鹦鹉滑水橇，看来不会再有什么值得一听的新闻了。他小心翼翼地翻过身，用膝盖和胳膊肘撑着爬起来，准备手脚并用爬离窗户。

刚爬了两英寸，就接二连三地发生了好几件事，真是说时迟那时快。

一记响亮的、带有回音的爆裂声，像一声枪响，划破了令人昏昏欲睡的寂静；一只猫从一辆停着的汽车底下蹿出来，不见了踪影；德思礼家的客厅里传来一声尖叫、一句叫骂，还有瓷器摔碎的声音。哈利似乎一直在等这个信号，他猛地站起身，同时像拔剑一样从牛仔裤裤腰里掏出一根细细的木质魔杖 —— 可是还没等他完全站直身体，他的脑袋就撞在了德思礼家敞开的窗户上。砰的一声，吓得佩妮姨妈叫得更响了。

哈利觉得脑袋似乎被劈成了两半，眼睛里充满泪水。他摇晃着身体，看着街上，努力想让模糊的视线变得清晰，好弄明白刚才的声音是从哪儿发出来的。可是他刚勉强站直身子，就有两只紫红色的大手从敞开的窗口伸出来，紧紧掐住了他的喉咙。

"把它 —— 收起来！"弗农姨父冲着哈利的耳朵吼道，"快点！别让 —— 人家 —— 看见！"

第 1 章　达力遭遇摄魂怪

"放——开——我！"哈利喘着气说。他们扭打了几秒钟，哈利用左手去掰姨父香肠般粗大的手指，右手还牢牢地握着举起的魔杖。接着，哈利本来就疼痛难忍的头顶突然一阵钻心的剧痛，弗农姨父大叫一声，就像遭到电击一般，松开了哈利。似乎他外甥体内涌起一股看不见的力量，使他没法抓住他。

哈利气喘吁吁地扑倒在绣球花中，然后直起身体，朝四周张望。他看不出刚才那声爆响是从哪儿发出的，但周围各式各样的窗户里探出了几张人脸。哈利赶紧把魔杖塞进牛仔裤里，装出一副什么事也没有的样子。

"多么迷人的夜晚！"弗农姨父朝住在对面7号的、正从网眼窗帘后面朝外瞪视的那位太太挥挥手，大声说道，"听见刚才汽车回火的声音了吗？把我和佩妮吓了一大跳！"

他脸上一直堆着那种难看的、疯子般的怪笑，直到那些好奇的邻居从各式各样的窗口消失。这时他的笑容突然变成狰狞的怒容，他示意哈利回到他的面前。

哈利朝前挪动几步，很小心地及时停住了，以免弗农姨父伸出的双手再掐住他的喉咙。

"你这到底搞的什么鬼，小子？"弗农姨父用气得微微发抖的低沉声音问。

"我搞什么啦？"哈利冷冷地问。他不停地朝街上张望，仍然希望看见是谁弄出了刚才那声爆响。

"弄出那噪音，像发令枪开火，就在我们家窗户外——"

"那声音不是我弄出来的。"哈利坚决地说。

这时，弗农姨父紫红色的宽脸膛旁边，出现了佩妮姨妈那张瘦长的马脸，脸色铁青。

"你为什么鬼鬼祟祟地躲在我们家窗户底下？"

"好——好，问得好，佩妮！你在我们家窗户底下搞什么鬼，小子？"

"听新闻。"哈利用无奈的声音说。

姨妈和姨父气呼呼地交换了一下目光。

"听新闻！还听？"

"是啊，新闻每天都在变的，你知道。"哈利说。

"别跟我耍小聪明，小子！我想知道你到底打的什么主意——别再跟我说什么听新闻之类的鬼话！你明明知道，你们那类人——"

"留神，弗农！"佩妮姨妈紧张地说，于是弗农姨父一下子把声音压得很低，哈利简直听不清他在说什么，"——你们那类人不会出现在我们的新闻里！"

"那是你的想法。"哈利说。

德思礼夫妇狠狠地瞪了他几秒钟，然后佩妮姨妈说："你真是个坏透了的小骗子。那些——"她也突然放低了声音，哈利只能凭着她嘴唇的动作才听懂了她下面的话，"——猫头鹰不是给你传递消息又是在做什么呢？"

"啊哈！"弗农姨父得意地小声说，"快说实话吧，小子！好像我们不知道你能从那些讨厌的大鸟那儿得到所有的消息似的！"

哈利迟疑了片刻。这次他真不愿意说实话，尽管姨妈和姨父不可能知道他承认这件事心里有多难过。

"猫头鹰——不是在给我传递消息。"他干巴巴地说。

"我不相信。"佩妮姨妈立刻说。

"我也不相信。"弗农姨父强硬地跟了一句。

"我们知道你想做出点出格的事了。"佩妮姨妈说。

"我们不是傻瓜，你知道。"弗农姨父说。

"哦，那对我来说倒是新闻。"哈利说，他的火气上来了，不等德思礼夫妇把他叫回去，就一转身跑过门前的草地，跨过花园的矮

第 1 章　达力遭遇摄魂怪

墙，大步流星地走到了街上。

他惹麻烦了，他知道。待会儿他将不得不面对姨妈姨父，为他刚才的无礼言行付出代价，但现在管不了那么多了，他脑子里有更迫切的事情需要考虑。

哈利可以肯定，刚才那声爆响是有人幻影显形或幻影移形发出的。家养小精灵多比每次消失在空气中时，发出的都是这种声音。难道多比跑到这女贞路来了？难道多比此刻正在跟踪他？想到这里，哈利猛地转过身，望着身后的女贞路，但是路上看不见一个人，而哈利相信多比是不知道怎样隐形的。

他继续朝前走，几乎没去注意脚下的路。最近他经常拖着沉重的脚步在这些街道上走来走去，两只脚自动就把他带往他最爱去的地方。他每走几步，就扭头张望。刚才他躺在佩妮姨妈那丛奄奄一息的秋海棠中时，某个会魔法的人就在近旁，这是肯定的。他们为什么不跟他说话？他们为什么不与他取得联系？他们为什么现在躲起来了？

随着他心头的失望渐渐达到高峰，他的自信开始动摇。

也许那根本就不是什么魔法声音。也许他太渴望得到来自他那个世界的哪怕是最微弱的联络信号了，结果被一些再普通不过的声音搞得大惊小怪。他能肯定那不是邻居家里什么东西被打碎了吗？

哈利内心产生了一种沮丧、失落的感觉，接着，整个夏天都在折磨着他的绝望感又一次不期而然地把他淹没了。

明天早晨五点钟，他会被闹钟吵醒，付钱买下猫头鹰送来的《预言家日报》——可是继续订阅这份报纸有什么用呢？这些日子，哈利每天只扫一眼第一版，就把报纸扔到一边。这些办报纸的白痴，一旦知道伏地魔回来了，肯定会把这个消息作为头版头条，这才是哈利唯一关心的事情。

如果他运气好，猫头鹰会送来他最好的朋友罗恩和赫敏的来信，他原来指望他们的来信会给他带来消息，但这份期待早就破灭了。

> 关于那件事，我们不能说得太多……有人叫我们不要谈及任何重要事情，以免信件被送错地方……我们现在很忙，但我在这里不能跟你细说……发生了许多事情，我们跟你见面时都会告诉你的……

可是他们什么时候才能见到他呢？谁也不肯说出一个具体日期。赫敏在给他的生日贺卡上草草写道，我想我们很快就能见到你，可是到底多快呢？哈利从他们信里透露的蛛丝马迹可以看出，赫敏和罗恩是在同一个地方，很可能是在罗恩父母的家里。一想到他们俩在陋居玩得开心，而他却困在女贞路动弹不得，他就觉得简直受不了。他太生他们的气了，过生日时他们寄来的两盒蜂蜜公爵糖果店的巧克力，他没有打开就扔掉了。那天晚上，吃完佩妮姨妈端出来当晚饭的热酱汁拌沙拉后，他又觉得很后悔。

罗恩和赫敏到底在忙些什么呢？为什么他，哈利，整天无所事事？难道他没有证明自己处理事情的能力比他们强得多吗？难道他们都忘记了他做过的事情吗？难道不是他进入那片墓地，亲眼目睹塞德里克被杀，并且被绑在那块墓碑上，差点丧命吗？

别想那些事啦，哈利严厉地对自己说，暑假以来他已是第一百次这样警告自己。夜里不断做噩梦回到那片墓地，已经够糟糕的了，如果醒着时也想这件事，就更让人难以忍受了。

他转了个弯，来到木兰花新月街。在这条街上走到一半，经过了车库旁那条狭窄的小巷，他就是在那里第一次看见他教父的。至少，小天狼星似乎能明白哈利的感受。必须承认，他的信与罗恩和赫敏的一样，也没有向哈利透露他想知道的消息，但小天狼星的信

第1章　达力遭遇摄魂怪

里写了一些告诫和宽慰的话，而不是半掩半露，逗得人心痒难忍。

> 我知道这对你来说一定很沮丧……只要安分守己，一切都会很好的……千万小心，不要做任何鲁莽的事情……

是啊，他（基本上）还是照小天狼星的叮嘱去做的。哈利这么想着，一边穿过木兰花新月街，拐进了木兰花路，朝逐渐变得昏暗的游乐场走去。是啊，他至少抵挡住了诱惑，没有索性把箱子绑在飞天扫帚上，直接飞到陋居去。实际上，哈利认为自己的表现一直非常好，他被困在女贞路这么长时间，为了能听见一点透露伏地魔所作所为的只言片语，不得不藏在花坛里，这让他感到多么沮丧和生气啊。然而，居然是小天狼星叮嘱他不要鲁莽，这真叫人恼怒。要知道小天狼星就是被关在阿兹卡班巫师监狱十二年，然后逃出来，试图完成他原先被指控的那起谋杀罪，最后骑着一头偷来的鹰头马身有翼兽逃之夭夭的。

游乐场的门锁着，哈利一跃而过，踏着干枯的草地往前走。游乐场里和周围的街道一样空无一人。他来到秋千那儿，找到仅剩的一架达力和他那些朋友还没来得及毁坏的秋千坐了上去，一只胳膊挽着铁链，目光忧郁地望着地面。他再也不能藏在德思礼家的花坛里了。明天，必须想出另外的办法偷听新闻。眼下，他没有什么可指望的，摆在面前的又是一个混乱不安的夜晚。就算侥幸逃过关于塞德里克的噩梦，他也会梦见一条条漫长而昏暗的走廊，每条走廊的尽头都是死胡同或紧锁的房门。这些梦境弄得他心神不宁，他猜想这大概和他醒着时产生的困兽般的情绪有关。额头上的伤疤经常刺痛，很不舒服，但他知道，罗恩、赫敏和小天狼星不会对这件事很感兴趣了。过去，伤疤疼痛发作预示着伏地魔的力量正在再次变得强大起来，但既然伏地魔已经回来了，他们大概会说早就料到会有这种定期发作的疼痛……没什么可担心的……已经不是什么新闻了……

这太不公平了，他内心的怨愤不断堆积，他真想大声怒吼出来。如果不是他，甚至谁都不会知道伏地魔回来了！而他得到的回报呢，却是被困在小惠金区整整四个星期，完全与魔法世界失去了联系，不得不去蹲在那些快要枯死的秋海棠丛中，就是为了能够听到虎皮鹦鹉滑水橇的消息！邓布利多怎么能这么轻易地就把他忘记呢？为什么罗恩和赫敏聚到一起，却没有叫上他呢？他还需要在这里忍耐多久？听着小天狼星告诉自己要循规蹈矩，不要轻举妄动；抵挡住内心的冲动，不给愚蠢的《预言家日报》写信，告诉他们伏地魔已经回来了？这些愤怒的想法在哈利脑海里翻腾，搅得他内心乱糟糟的。夜幕已经降临，一个闷热而柔和的夜晚到来了，空气里弥漫着热乎乎的干草味，四下里只能听见游乐场栏杆外的道路上传来低沉的车辆声。

他不知道在秋千上坐了多久，后来别人的说话声打断了他的沉思。他抬起头，周围街道上的路灯投下一片朦胧的光影。只见一伙人影正在穿过游乐场，其中一个大声哼着一首粗俗的歌，其他人哈哈大笑。还有轻微的丁丁声传来，那是他们推着的几辆价格不菲的竞速自行车发出的声音。

哈利知道那些人是谁。打头的那个毫无疑问就是他的表哥达力·德思礼，他正由那帮狐朋狗友陪着朝家里走去。

达力还像以前一样人高马大，但一年来严格控制伙食，再加上新开发了一项才能，他的体格大有改观。弗农姨父逢人就高兴地说，达力最近成了东南部少年重量级校际拳击比赛冠军。弗农姨父所说的这项"高贵的运动"，使达力变得更加令人生畏。哈利上小学时充当的是达力练习拳击的第一个吊球，那时他就觉得达力够厉害的。现在哈利对表哥已经没有丝毫畏惧感，但他认为，达力出拳

第1章　达力遭遇摄魂怪

越来越狠、越来越准，总不是什么值得庆贺的事情。左邻右舍的孩子都很害怕达力——甚至超过害怕那个"波特小子"，大人们曾经警告过他们，那个波特是个屡教不改的小流氓，正在圣布鲁斯安全中心少年犯学校接受管教。

哈利望着那几个黑乎乎的身影走过草地，不知他们今晚又把谁痛打了一顿。回过头来，哈利发现自己一边望着他们一边这么想：快呀……回过头来……我一个人坐在这里呢……过来比试比试吧……

达力的朋友们如果看见他坐在这里，肯定会径直朝他冲过来的，那么达力会怎么做呢？他肯定不愿在朋友面前丢脸，但又不敢招惹哈利……看着达力左右为难，嘲弄他，欣赏他无力反抗的难受样儿，真是太好玩了……如果有谁敢来打哈利，他也有准备——他手里有魔杖呢。来试试吧……他正巴不得把失望的情绪发泄在这些曾使他的生活变得像地狱一样的男孩们身上呢。

但是他们没有回过头来，没有看见哈利，他们已经快走到栏杆那儿了。哈利克制住把他们叫回来的冲动……找人打架可不是明智之举……他绝不可以使用魔法……不然又有被学校开除的危险。

达力那伙人的声音渐渐地听不见了，他们顺着木兰花路越走越远，从哈利的视线中消失了。

你可以放心了，小天狼星，哈利闷闷不乐地想，不做鲁莽的事情……安分守己。跟你会做的事情正好相反。

他从秋千上下来，伸了个懒腰。佩妮姨妈和弗农姨父似乎觉得达力什么时间露面，这个时间就是应该回家的时候；只要是在这个时间之后，就是太晚了。弗农姨父曾经威胁说，如果哈利再在达力之后回家，就把他关进棚子里。于是，哈利忍住哈欠，愁眉苦脸地朝游乐场的大门走去。

木兰花路和女贞路一样，布满了一座座方方正正的大房子，草地修剪得完美无瑕。房子主人都是一些方方正正的大块头，像弗农姨父那样开着一尘不染的汽车。哈利更喜欢晚上的小惠金区，那些拉着窗帘的窗户，在黑暗中呈现出一个个珠宝般明亮的色块。白天，每当他经过那些户主面前，总会听见对他这个"少年犯"不满的嘀咕声，但现在就不会有这种危险。他走得很快，在木兰花路一半的地方，又看见了达力那帮家伙。他们正在木兰花新月街的入口处互相告别。哈利走进一棵大丁香树的阴影里等着。

"……他像猪一样嗷嗷叫唤，是吧？"莫肯说，其他人发出粗野的笑声。

"漂亮的右勾拳，D哥。"皮尔说。

"明天还是那个时候？"达力问。

"在我家外面，我爸妈明天出去。"戈登说。

"到时候见。"达力说。

"回见，达①！"

"再见，D哥！"

哈利等其他人都走开了才从树下走出来。那些人的声音又一次远去了，他拐过街角，走上了木兰花新月街。他走得很快，一会儿就跟上了达力，能跟他打招呼了。达力悠闲自在地迈着步子，嘴里哼着不成调的小曲儿。

"喂，D哥！"

达力转过身来。

"噢，"他嘟哝道，"是你啊。"

"你什么时候成'D哥'了？"哈利问道。

"闭嘴！"达力恶狠狠地吼道，转过身去。

---

① 对达力的昵称。

第1章 达力遭遇摄魂怪

"这名字蛮酷的,"哈利说,他咧嘴笑着,跟表哥齐步往前走,"但在我看来,你永远都是'达达小宝贝'。"

"我叫你**闭嘴**!"达力说,两只火腿般粗胖的手捏成了拳头。

"那些男孩不知道你妈妈叫你什么吗?"

"住口!"

"你可没有叫你妈妈住口啊。'宝贝蛋儿'和'达达小心肝',我能用这些名字叫你吗?"

达力没有说话。他在拼命克制自己,没有动手揍哈利,这似乎用去了他所有的自制力。

"你们今天晚上把谁打了一顿?"哈利问,脸上的笑容隐去了,"又是个十岁大的男孩? 我知道你们两天前的晚上打了马克·伊万斯——"

"他自找的。"达力没好气地说。

"哦,是吗?"

"他侮辱我。"

"是吗? 他是不是说你像一头被训练着用两条腿走路的猪?嘿,那可不是侮辱,达达,那是事实呀。"

达力牙关上的肌肉在抽动。哈利看到自己惹得达力这么生气,心里别提多满足了。他觉得似乎把自己的沮丧情绪转移到了表哥身上,这是他唯一的发泄方式。

他们拐进了哈利第一次看见小天狼星的那条窄巷,那是木兰花新月街和紫藤路之间的一条近道。空荡荡的小巷,因为没有路灯,比它连接的那两条街道黑暗得多。小巷一边是车库的围墙,另一边是高高的栅栏,因此他们的脚步声听上去很沉闷。

"你拿着那玩意儿,就觉得自己是个男子汉了,是吗?"达力愣了几秒钟后说。

"什么玩意儿?"

"那个——你藏起来的东西。"

哈利脸上又露出坏笑。

"你看起来很笨，实际上并不笨哪，达达？我想，如果你真的很笨，就不会一边走路一边说话了。"

哈利抽出魔杖。他看见达力斜眼瞄着魔杖。

"你不能用它，"达力反应很快地说，"我知道你不能。你会被你上的那个怪胎学校开除的。"

"你怎么知道他们没有改变章程呢，D哥？"

"那不可能。"达力说，不过声音显得不那么肯定。

哈利轻轻笑出声来。

"你如果不拿着那玩意儿，根本没有胆子跟我较量，是不是？"达力怒气冲冲地问。

"那你呢，你需要四个伙计给你撑腰，才能打败一个十岁的毛孩子？你知道你到处吹嘘的那个拳击称号吗？你的对手有几岁？七岁？八岁？"

"告诉你吧，他十六岁了。"达力恶狠狠地说，"我把他撂倒后，他整整昏迷了二十分钟，而且他的身体比你的重两倍。你等着吧，我要告诉爸爸你掏出了那玩意儿——"

"跑回家去找爸爸，是吗？他的拳击小冠军还会害怕哈利这根讨厌的魔杖？"

"晚上你就没这么勇敢了，是不是？"达力讥笑道。

"现在就是晚上，达达小宝贝。天黑成这样，不是晚上是什么？"

"我是说等你上床以后！"达力气势汹汹地说。

他停下脚步，哈利也站住了，盯着表哥。他只能看见达力那张大脸的一部分，可以看出那上面透着一种古怪的得意。

"你说什么，我躺在床上就不勇敢啦？"哈利问，完全被弄糊

第1章 达力遭遇摄魂怪

涂了,"我有什么可害怕的,是枕头还是什么?"

"我昨天夜里听见了,"达力喘着粗气说,"你说梦话。哼哼来着。"

"你说什么?"哈利又问了一遍,但他的心突然一阵发冷,忽地往下一沉。昨夜他在梦中又回到了那片墓地。

达力声音粗哑地笑了起来,然后发出一阵呜呜咽咽的尖厉声音。

"'别杀塞德里克!别杀塞德里克!'谁是塞德里克——你的男朋友吗?"

"我——你在胡说。"哈利本能地说。但他突然嘴里发干。他知道达力没有胡说——不然达力怎么会知道塞德里克呢?

"'爸!救救我,爸!他要来杀我了,爸!呜呜!'"

"闭嘴!"哈利小声说,"闭嘴,达力,我警告你!"

"'快来救救我,爸!妈,快来救救我!他杀死了塞德里克!爸,救救我!他要——'不许你用那玩意儿指着我!"

达力退缩到墙根下。哈利将魔杖直接对准了达力的心脏。哈利感觉到他对达力十四年的仇恨此刻正在血管里汹涌冲撞——他真愿意放弃一切,只要能痛痛快快地出手,给达力念一个厉害的毒咒,让他只能像虫子一样爬回家,嘴里说不出话来,头顶上忽忽冒出两根触角……

"不许再提这件事,"哈利厉声说,"明白了吗?"

"把那玩意儿指着别处!"

"我问你呢,明白了吗?"

"把它指着别处!"

"你明白了吗?"

"把那玩意儿拿开——"

达力突然奇怪地打了个寒战,抽了口冷气,好像被冰冷的水浇

15

了个透湿。

黑夜里，怪事发生了。洒满星星的深蓝色夜空一下子变得漆黑，没有一丝光亮——星星、月亮、小巷两端昏黄的路灯，突然全都消失了。远处汽车开过的隆隆声、近处树叶的沙沙声，也都听不见了。刚才温和宜人的夜晚瞬间变得寒冷刺骨。他们被包围在无法穿透的深邃而无声的黑暗中，仿佛一只巨手用一层冷冰冰的厚厚帘幕覆盖住了整条小巷，使他们看不见任何东西。

刹那间，哈利以为他在不知不觉中施了魔法，尽管他一直在拼命克制自己——然后他反应过来了——他没有能力让星星熄灭。他把脑袋转来转去，想看到点什么，但黑暗像一层轻薄的面纱贴在他眼睛上。

达力恐惧的声音刺进了哈利的耳膜。

"你——你在做——做什么？快停——停下！"

"我什么也没做！你快闭嘴，不许动！"

"我——我看不见！我——我眼睛瞎了！我——"

"我叫你闭嘴！"

哈利一动不动地站着，失去视力的眼睛转向左边又转向右边。四下里冷得要命，他禁不住浑身发抖，手臂上起了一层鸡皮疙瘩，脖子后面的汗毛根根竖立起来——他极力睁大眼睛，茫然地瞪着四周，但是什么也看不见。

这不可能……他们不会来这里……不会来小惠金区……他竖起耳朵……要在看到他们之前先听到他们的声音……

"我要告——告诉爸爸！"达力抽抽搭搭地说，"你——你在哪里？你在——在做什——？"

"你能不能闭嘴？"哈利从牙缝里挤出声音说道，"我正在听——"

但他停住了。他听见了一直害怕的东西。

第 1 章　达力遭遇摄魂怪

小巷里除了他们俩还有另外的东西,正在发出呼噜呼噜的长长的沙哑喘息声。哈利瑟瑟发抖地站在寒冷刺骨的黑夜里,感到一阵强烈的恐惧。

"停 — 停下!住手!我 — 我要揍你,我说到做到!"

"达力,闭 ——"

砰!

一拳击中了哈利的脑袋,打得他双脚失去平衡,眼前直冒金星。哈利在一小时内第二次觉得脑袋被劈成了两半。接着,他重重地跌倒在地,魔杖脱手飞了出去。

"你这个笨蛋,达力!"哈利喊道,疼得眼睛里涌出了泪水。他挣扎着手脚并用,在黑暗中胡乱摸索。他听见达力踉踉跄跄冲过去,撞在小巷边的栅栏上,脚底下摇摇晃晃。

"**达力,快回来!你正好冲着它去了!**"

一声可怕的、尖厉刺耳的喊叫,达力的脚步声停止了。与此同时,哈利感到身后一阵寒意袭来,这只能说明一点 —— 它们不止一个。

"**达力,把嘴巴闭上!不管你做什么,千万要把嘴巴闭上!魔杖!**"哈利狂乱地说,两只手像蜘蛛一样在地面快速摸索,"我的 —— 魔杖呢 —— 快点 —— 荧光闪烁!"

他本能地念出这个咒语,急于想得到一点亮光帮他找到魔杖 —— 突然,在离他右手几英寸的地方冒出一道亮光,他简直不敢相信,心中松了口气 —— 魔杖头被点亮了。哈利一把抓起魔杖,挣扎着站起来,急忙转身。

他的五脏六腑都翻腾起来了。

一个戴着兜帽的庞大身影无声地朝他滑来。那身影高高地悬浮在地面上,长袍下看不见脚也看不见脸,移动时仿佛在一点点地吞噬着黑暗。

哈利跌跌撞撞地退后几步，举起魔杖。

"**呼神护卫！**"

一股银色的烟雾从魔杖头上冒出来，摄魂怪的动作放慢了，但咒语并没有完全生效。看到摄魂怪朝自己袭来，哈利脚底绊了一下，又往后退了两步，恐慌使他的大脑变得模糊一片——集中意念——

一双结痂的黏糊糊的灰手从摄魂怪的长袍里伸出来抓他。窸窸窣窣的声音灌满了哈利的耳朵。

"**呼神护卫！**"

他的声音显得模糊而遥远。又是一股银色的烟雾，比刚才更加淡薄无力，从魔杖头上喷了出来——他无能为力了，他念不成这个咒语了。

脑海里响起了笑声，尖厉而刺耳的笑声……他已经感到摄魂怪那股腐臭的死亡般阴冷的气息灌满了他的肺部，憋得他喘不过气来——想一想……快乐的事情……

可是他内心已经没有丝毫喜悦……摄魂怪冰冷的手指就要掐住他的喉咙了——那尖厉刺耳的笑声越来越响，他脑海里有一个声音在说："*朝死亡屈服吧，哈利……甚至没有任何痛苦……我不知道……我从来没有尝过死亡的滋味……*"

他再也见不到罗恩和赫敏了——

他拼命地喘息，他们的脸一下子清晰地浮现在他脑海里。

"**呼神护卫！**"

一头巨大的银色牡鹿从哈利的魔杖头上喷了出来，两根鹿角直刺向摄魂怪应该是心脏的位置。摄魂怪被撞得连连后退，它们像周围的黑暗一样没有重量。牡鹿冲上前去，摄魂怪像蝙蝠一般扑闪到一边，匆匆逃走了。

"**这边！**"哈利朝牡鹿喊道。他转身在小巷里奔跑，手里高高

第1章　达力遭遇摄魂怪

举着点亮的魔杖。"**达力？达力？**"

他跑了十几步就赶到了他们跟前。达力蜷缩在地上，两只胳膊死死地护着脸。第二个摄魂怪正矮身蹲在他身边，用两只黏糊糊的手抓住达力的手腕，几乎很温柔地把两只胳膊慢慢掰开，那颗戴着兜帽的脑袋朝达力的脸垂了下去，似乎要去亲吻他。

"**抓住它！**"哈利喊道，随着一阵快速的呼啸声，他变出来的那头银色牡鹿从身边跑过。摄魂怪那没有眼睛的脸离达力的脸不到一英寸了，说时迟那时快，银色的鹿角刺中了它，把它挑起来抛到半空。它像刚才那个同伴一样，腾空逃走，被黑暗吞没。牡鹿慢跑到小巷尽头，化为一股银色的烟雾消失了。

月亮、星星和路灯一下子又发出了亮光。小巷里吹过一阵温暖的微风。附近花园里的沙沙树叶声、木兰花新月街那尘世里的汽车声，又充斥着夜空。哈利一动不动地站着，所有的感官都跳动不止，以适应这突如其来的变化。过了一会儿，他才意识到T恤衫粘在身上，他全身已经被汗水湿透了。

他无法相信刚才的事情。摄魂怪出现在这里，在小惠金区。

达力蜷着身子躺在地上，抽抽搭搭，浑身发抖。哈利弯腰看看达力有没有可能站起来。就在这时，他听见身后传来奔跑的重重脚步声。他又本能地举起魔杖，急转过身面对着这个新来的人。

费格太太，那位脾气古怪的老邻居，气喘吁吁地出现在他们面前。她花白相间的头发从发网里散落出来，手腕上挂着一个叮当作响的网袋，两只脚都快从格子呢厚拖鞋里滑出来了。哈利刚想赶紧把魔杖藏起来，只听——

"别藏啦，傻孩子！"她尖叫着说，"如果周围还有那些东西怎么办？哦，我非宰了蒙顿格斯·弗莱奇不可！"

第 2 章

一群猫头鹰

"**什**么?"哈利迷惑地问。

"他离开了!"费格太太绞着两只手说,"去见一个人,为了一批从飞天扫帚上掉下来的坩埚!我对他说,如果他敢去,我就活剥他的皮,结果你看看现在!摄魂怪!幸亏我叫踢踢给我通风报信!哎呀,我们没时间在这里闲站着了!快,我们得赶紧把你送回去!哦,这会惹来多大的麻烦哪!我非宰了他不可!"

"可是——"哈利突然得知这位脾气古怪、爱猫如命的老邻居居然知道摄魂怪,这份惊讶不亚于他刚才在小巷里碰见两个摄魂怪,"你——你是个巫师?"

"我是个哑炮,蒙顿格斯什么都知道,所以我怎么可能帮助你赶跑摄魂怪呢?他自个儿跑了,留下你毫无掩护,我还提醒过他——"

"这个蒙顿格斯一直在跟踪我?慢着——原来是他!他在我家门口幻影移形了!"

"是啊,是啊,是啊,幸亏我安排踢踢躲在一辆汽车下面以防万一。踢踢跑过来告诉了我,可是等我赶到你家时你已经走了——结果现在——哦,邓布利多会怎么说呢?你!"她尖着嗓子朝仍然躺在小巷里的达力嚷道,"把你的肥屁股从地上抬起来,快点!"

第 2 章　一群猫头鹰

"你认识邓布利多？"哈利吃惊地瞪着她问道。

"我当然认识邓布利多，谁不认识邓布利多呢？可是快点吧——如果它们再回来，我可帮不上什么忙。我没有多少本事，连给一只茶叶包变形都不会。"

她弯下腰，用皱巴巴的手抓住达力一只肥粗的胳膊使劲拉着。

"站起来，你这个没用的傻大个儿。快站起来！"

达力不知是动不了还是压根儿就不愿意动弹，还是躺在地上，浑身发抖，脸如死灰，嘴巴闭得紧紧的。

"我来吧。"哈利抓住达力的胳膊用力拽，他费了九牛二虎之力，总算把达力拖得站了起来。达力似乎随时都会昏过去，他的小眼睛在眼窝里转来转去，脸上沁出粒粒汗珠。哈利刚松开手，他就摇晃起来，好像要摔倒的样子。

"快走！"费格太太心急火燎地说。

哈利抓起达力一只粗大无比的胳膊，搭在自己的肩膀上，拖着他往路上走。达力的重量把他压得腰都直不起来了。费格太太跌跌撞撞地走在前面，不安地注视着拐角里的动静。

"把你的魔杖拿出来，"他们走进紫藤路时，她对哈利说，"现在别管什么《保密法》啦，反正免不了受罚，为一条火龙是一死，为一个火龙蛋也是一死。说到《对未成年巫师加以合理约束法》——这正是邓布利多一直担心的——路口那儿是什么？噢，是普伦提斯先生……别把魔杖收起来，孩子，我不是一直跟你说吗，我是不管用的！"

既要稳稳地举着魔杖，又要拖着达力往前走，这真不是件容易的事。哈利不耐烦地捅了捅表哥的肋骨，可是达力似乎完全丧失了自己行动的愿望，他瘫倒在哈利的肩膀上，两只大脚拖在地面上。

"你以前为什么没有告诉我你是个哑炮，费格太太？"哈利问，他不敢停脚，累得气喘吁吁，"我那么多次到你家去——你为什么一字不提呢？"

"邓布利多吩咐的，要我留心照看你，但什么也不能说，你当时还太小呢。对不起，我那时弄得你很不开心，哈利，但如果德思礼家的人觉得你喜欢上我家来，就再也不会让你来了。这挺不容易的，你知道……可是，哎呀，"她悲痛地说，又一次把双手紧紧地绞在一起，"如果邓布利多听说了这件事——蒙顿格斯怎么能离开呢，他应该值班到午夜的——他去了哪儿呢？我怎么去向邓布利多汇报这件事呢？我不会幻影显形啊。"

"我有一只猫头鹰，可以借给你。"哈利嘴里直哼哼，怀疑他的脊椎骨都要被达力压断了。

"哈利，你不明白！邓布利多需要尽快采取行动，因为魔法部有一套办法侦查未成年人使用魔法的情况，他们恐怕已经知道了，信不信由你。"

"但我要摆脱摄魂怪呀，不得不使用魔法——他们肯定更关心为什么摄魂怪在紫藤路飘来飘去，是不是？"

"哦，我亲爱的，我也巴不得是这样呢，但我担心——**蒙顿格斯·弗莱奇，我要宰了你！**"

啪，随着一声刺耳的爆响，空气里升起一股烟酒混合的恶臭，一个身穿一件破烂外套、胡子拉碴的矮胖子突然出现在他们面前。两条短短的罗圈腿，一头又长又乱的姜黄色头发，一双肿胀充血的眼睛，使他看上去像一只短腿猎狗那样愁苦。他手里还抓着一包银色的东西，哈利一眼认出那是一件隐形衣。

"出什么事了，费格？"他问，眼睛望望费格太太，望望哈利，又望望达力，"不是说不暴露身份的吗？"

"去你的不暴露身份！"费格太太嚷道，"摄魂怪来了，你这个逃避责任的没用的贼！"

"摄魂怪？"蒙顿格斯重复了一句，吓坏了，"摄魂怪，在这儿？"

第 2 章　一群猫头鹰

"没错，就在这儿，你这坨一无是处的臭大粪，就在这儿！"费格太太尖声嚷道，"摄魂怪袭击了你负责监护的孩子！"

"天哪，"蒙顿格斯轻声叫道，看看费格太太，看看哈利，又看看费格太太，"天哪，我——"

"你去买那些偷来的坩埚了！我不是叫你别去的吗？是不是？"

"我——唉，我——"蒙顿格斯显得心烦意乱，"这——这笔生意可是机会难得啊，你看——"

费格太太举起拎网袋的胳膊，用网袋使劲抽打蒙顿格斯的脸和脖子。从叮叮当当的声音推测，网袋里肯定装满了猫食。

"哎哟——够了——够了，你这只发疯的老蝙蝠！得派人去告诉邓布利多呀！"

"是的——摄魂怪——来了！"费格太太一边嚷，一边把那袋猫食没头没脑地砸向蒙顿格斯，"最好——你——自己去说——你可以——告诉他——你为什么——没在这里——帮忙！"

"别发火了！"蒙顿格斯用胳膊护住脑袋，往后退缩着说，"我这就去，我这就去！"

啪，又是一声刺耳的爆响，他消失了。

"真希望邓布利多取了他的小命！"费格太太气呼呼地说，"好了，快走吧，哈利，你还等什么呀？"

哈利已经累得气都喘不匀了，心想还是不要浪费口舌向费格太太解释说达力压得他几乎走不动路吧。他使劲拉了一下半昏半醒的达力，继续踉踉跄跄地往前走。

"我送你们到门口，"他们拐进女贞路时，费格太太说，"以防附近还有摄魂怪……哎呀呀，真是一场大祸啊……你不得不独自把它们赶跑……而邓布利多说我们要不惜一切代价阻止你使用魔法……唉，得啦，药水已经洒了，哭也没有用……这就像狸猫闯进了小精灵堆。"

"这么说，"哈利喘着气说，"邓布利多……一直在……派人跟踪我？"

"当然是这样，"费格太太不耐烦地说，"六月份发生了那件事之后，你难道还指望他让你一个人四处乱逛？孩子，他们告诉我说你很聪明……好了……进去吧，待着别出来。"他们已经到了4号门前，"我想很快就会有人跟你联系的。"

"你准备做什么？"哈利赶紧问道。

"我直接回家，"费格太太说，朝漆黑的街道张望了一下，打了个冷战，"我需要等候新的命令。待在家里别出来。晚安。"

"等等，先别走！我还想知道——"

但是费格太太已经一溜烟跑远了，厚拖鞋啪哒啪哒，网袋叮叮当当。

"等一下！"哈利对着她的背影喊道。他心里有数不清的问题要问任何一个与邓布利多有联系的人，但是一眨眼的工夫，费格太太的身影就被黑暗吞没了。哈利紧锁眉头，重新调整了一下瘫在他肩膀上的达力，拖着沉重的脚步，慢慢走上女贞路4号的花园小径。

门厅里亮着灯。哈利把魔杖重新插进牛仔裤的腰带，摁响了门铃。佩妮姨妈的身影越来越大，被前门的波浪纹玻璃折射得奇形怪状。

"达达！回来得正是时候，我正感到非常——非常——达达，怎么回事？"

哈利侧脸望着达力，及时从他胳膊下脱出身来。达力原地摇晃了几下，脸色发青……然后他张开大嘴，哇的一口，全吐在门垫子上了。

"达达，达达，你怎么啦？弗农？**弗农！**"

第2章　一群猫头鹰

哈利的姨父拖着笨重的身体从起居室赶来，那些海象胡子乱七八糟地飘了起来，每当他激动不安时总是这样。他三步并作两步赶上来，和佩妮姨妈一起搀扶着膝盖发软的达力跨过门槛，同时小心别踩到达力吐出来的那堆脏东西。

"他病了，弗农！"

"怎么回事，儿子？出了什么事？波奇斯太太在茶点上给你吃什么不合适的东西了？"

"你怎么身上都是土，亲爱的？你一直躺在地上吗？"

"慢着——你没有挨打吧，儿子，嗯？"

佩妮姨妈尖叫起来。

"给警察打电话，弗农！给警察打电话！达达，亲爱的，跟妈妈说说！他们把你怎么啦？"

在一片混乱中，似乎谁也没有注意哈利，这正合他的心意。他赶在弗农姨父重重关上房门前溜了进来。当德思礼一家闹哄哄地穿过门厅走向厨房时，哈利小心地蹑手蹑脚地朝楼梯走去。

"这是谁干的，儿子？快把他们的名字告诉我们。我们会抓住他们的，不用担心。"

"嘘！他正要说话呢，弗农！怎么回事，达达？快告诉妈妈！"

哈利的脚刚踏上第一级楼梯，达力终于发出了声音。

"他。"

哈利怔住了，一只脚踏在楼梯上，脸扭成一团，鼓起勇气准备迎接一场大爆炸。

"小子！你给我过来！"

哈利怀着恐惧和愤怒的心情，慢慢地把脚从楼梯上撤下来，转身跟上了德思礼一家。

刚从外面的夜色中进来，哈利觉得擦洗得一尘不染的厨房明晃晃的，显得怪异而不真实。佩妮姨妈领着达力坐到一把椅子上。达力仍然脸色发青,一副病恹恹的样子。弗农姨父站在滴水板前,眯起一对小眼睛,狠狠地瞪着哈利。

"你对我儿子做了什么?"他气势汹汹地吼道。

"什么也没做。"哈利说,他很清楚弗农姨父根本不会相信他的话。

"他对你做了什么,达达?"佩妮姨妈一边用湿海绵擦去达力皮夹克上的脏东西,一边用发抖的声音问道,"是——是那玩意儿吗,亲爱的? 他用了——他的家伙?"

达力颤抖着慢慢点点头。

"我没有!"哈利急切地说,佩妮姨妈发出一声号啕,弗农姨父举起两个拳头,"我没有把他怎么样,那不是我,那是——"

就在这时,一只长耳猫头鹰忽地从窗户飞进了厨房,擦着弗农姨父的头顶,轻盈地从厨房那头飞过来,把嘴里叼着的一个羊皮纸大信封丢在哈利脚边,然后优雅地一转身,翅膀尖正好扫过冰箱顶,嗖的一声飞了出去,掠过花园上空消失了。

"**猫头鹰!**"弗农姨父气得大吼,狠狠地把厨房窗户砰的一声关上了,太阳穴上的那根经常暴起的血管又在突突跳动。"**又是猫头鹰! 再也不许猫头鹰进我的家里!**"

哈利已经扯开信封,抽出了里面的信,他的心怦怦狂跳,已经快要跳到嗓子眼了。

亲爱的波特先生:

我们接到情报,你于今晚九点二十三分在一个麻瓜居住区,当着一个麻瓜的面施用了守护神咒。

这一行为严重违反了《对未成年巫师加以合理约束法》,因此你已被霍格沃茨魔法学校开除。魔法部将很快派代表前往你的住所,销毁你的魔杖。

第2章 一群猫头鹰

鉴于你此前已因违反《国际巫师联合会保密法》的第十三条而受到正式警告，我们很遗憾地通知你，你必须在八月十二日上午九时前往魔法部受审。

希望你多多保重。

你忠实的

马法尔达·霍普柯克

魔法部禁止滥用魔法办公室

哈利把信连读了两遍。他只模模糊糊地意识到弗农姨父和佩妮姨妈在那儿说着什么。他脑海里一片冰冷，一片空白。一个事实像一把致人瘫痪的飞镖扎进了他的意识。他被霍格沃茨开除了。一切都完了。他再也回不去了。

他抬头望着德思礼一家。弗农姨父的脸涨成了猪肝色，他大声吼叫着，两只拳头仍然高高地举着。佩妮姨妈用两只胳膊搂着又在干呕不止的达力。

哈利暂时麻木的思维似乎慢慢苏醒了过来。魔法部将很快派代表前往你的住所，销毁你的魔杖。只有一个办法。他必须逃走——事不宜迟。究竟去哪儿呢，哈利不知道，但有一点是肯定的：不管在霍格沃茨校内还是校外，他都离不开他的魔杖。在一种几乎是半梦半醒的状态中，他抽出魔杖，转身想离开厨房。

"你打算上哪儿去？"弗农姨父嚷道。看到哈利没有回答，他嘟嘟嚷嚷地从厨房那头走过来，挡在通往门厅的门口，"你的事儿还没完呢，小子！"

"闪开！"哈利轻声说。

"你必须待在这里，老实交代我的儿子怎么会——"

"如果你不闪开，我就给你念一个毒咒。"哈利说着举起了魔杖。

"你别想用它来对付我！"弗农姨父恶狠狠地说，"我知道，你出了那所你称为学校的疯人院,是不允许摆弄它的!"

"疯人院已经把我赶出来了,"哈利说,"所以我愿意干什么就干什么。现在给你三秒钟。一 —— 二 ——"

厨房里发出一声爆响,回音不绝。佩妮姨妈失声尖叫,弗农姨父吼叫着弯腰躲避,而哈利呢,他在寻找一场不是由他造成的混乱的源头,这已经是这个晚上的第三次了。他立刻发现了:一只昏头昏脑、羽毛蓬乱的谷仓猫头鹰,正蹲在厨房外的窗台上,刚才它撞在关着的窗户玻璃上了。

弗农姨父痛苦地嚷道:"猫头鹰!"哈利没有理睬他,径直跑到厨房那头,猛地打开窗户。猫头鹰伸出一条腿,上面拴着一小卷羊皮纸。它抖了抖羽毛,哈利刚把信取下来它就飞走了。哈利颤抖着双手,展开这第二封信,上面用黑墨水草草地写着几行字,纸上污渍斑斑。

哈利:

邓布利多刚赶到魔法部,正在尽力解决这件事。**不要离开你姨妈和姨父的家。不要再施魔法。不要交出你的魔杖。**

亚瑟·韦斯莱

邓布利多正在尽力解决这件事……这是什么意思呢?邓布利多有多大的权力来推翻魔法部的决定呢?这么说,哈利还有可能重新回到霍格沃茨?一线小小的希望在哈利心中迅速升起,但几乎立刻就被惊慌的情绪扼杀了 —— 他不施魔法,怎么可能拒绝交出魔杖呢?他必须与魔法部的代表展开较量。如果他那么做了,能够逃脱阿兹卡班监狱已算侥幸,更别说被学校开除了。

他脑子飞快地转着……他可以赶快逃走,冒着被魔法部抓到的危险,也可以待在原地,等着他们来这里找他。他觉得第一条路

第 2 章　一群猫头鹰

更有吸引力，但知道韦斯莱先生肯定考虑过怎样对他最有利……而且，邓布利多以前处理过比这糟糕得多的事情呢。

"好吧，"哈利说，"我改变主意了，我不走了。"

他飞快地扑到厨房桌子旁，面对达力和佩妮姨妈。德思礼一家似乎对他这样突然改变主意吃惊不小。佩妮姨妈绝望地望着弗农姨父。弗农姨父紫红色太阳穴上的血管跳得比以前更厉害了。

"这些讨厌透顶的猫头鹰是谁派来的？"他凶狠地吼道。

"第一只是魔法部派来的，把我开除了。"哈利平静地说。他竖起两只耳朵，专心听着外面的动静，生怕魔法部的代表已经来了。现在与其让弗农姨父大发雷霆、怒吼咆哮，还不如回答他的问题更容易，也更安静。"第二只是我朋友罗恩的爸爸派来的，他在魔法部工作。"

"魔法部？"弗农姨父恶声恶气地说，"你们这样的人也能在政府工作？哦，我总算都明白了，都明白了，怪不得这个国家如今一天不如一天呢。"

哈利没有回答。弗农姨父气呼呼地瞪着他，然后厉声问："你为什么会被开除？"

"因为我使用了魔法。"

"**啊哈！**"弗农姨父吼道，拳头重重地砸在冰箱顶上，冰箱的门忽地弹开，达力的几包低脂肪小食品掉了出来，散落在地上，"这么说你承认了！你对达力做了什么？"

"什么也没有，"哈利说，不像刚才那么平静了，"那不是我——"

"是你！"达力出人意料地冒出一句，弗农姨父和佩妮姨妈立刻朝哈利挥舞着胳膊让他闭嘴，然后两人都俯身看着达力。

"说下去，儿子，"弗农姨父说，"他做了什么？"

"告诉我们，亲爱的。"佩妮姨妈小声说。

"他用魔杖指着我。"达力含混不清地说。

"是啊,我指着他,但并没有用——"哈利气愤地说,然而——

"**闭嘴!**"弗农姨父和佩妮姨妈异口同声地吼道。

"说下去,儿子。"弗农姨父又说了一遍,小胡子上下乱舞。

"全黑了,"达力打着寒战,声音嘶哑地说,"四下里一片漆黑。然后我听——听见……有东西。在我——我的脑袋里。"

弗农姨父和佩妮姨妈交换了一个惊恐万状的眼神。如果说在这个世界上他们最不喜欢的东西是魔法——其次就是邻居在禁用浇水软管的事情上弄虚作假,做得比他们更过分——那么听到自己脑子里有人说话,肯定也是最糟糕的事情之一。他们显然认为达力已经精神错乱了。

"你听见什么样的话了,宝贝?"佩妮姨妈压低声音问,脸色白得吓人,眼里含着泪水。

可是达力似乎不会说话了。他又打了个寒噤,摇了摇那颗金色头发的大脑袋。尽管第一只猫头鹰到来后,哈利的内心已因恐惧而近乎麻木,但此刻他也感到有些好奇。摄魂怪能使人重新经历一生中最痛苦的时刻。那么,这个被溺爱的养尊处优、横行霸道的达力,会被迫听到什么呢?

"你是怎么摔倒的,儿子?"弗农姨父问,用的是一种很不自然的轻声细语,就像在一个病入膏肓的病人床边说话。

"绊——绊了一跤,"达力发着抖说,"后来——"

他指了指自己肥阔的胸脯。哈利明白了。达力想起了希望和快乐被吸走时灌满他肺部的那股阴森森的寒气。

"可怕,"达力声音嘶哑地说,"冷。冷极了。"

"好吧,"弗农姨父说,尽量使声音显得平静,"接下来发生了什么事,达力?"佩妮姨妈焦急地把手放在达力的额头上,试试他发不发烧。

"觉得……觉得……觉得……好像……好像……"

第 2 章 一群猫头鹰

"好像你再也不会感到快乐了。"哈利干巴巴地替他说道。

"就是这样。"达力小声说,仍然抖个不停。

"知道了!"弗农姨父直起身,重新扯开了嗓子,声音震耳欲聋,"你给我儿子念了一个古怪的咒语,害得他听见自己脑子里有人说话,还以为自己 —— 自己一辈子也快活不起来了,是不是?"

"我还要告诉你们多少遍?"哈利说,声音和火气同时上升,"不是我。是两个摄魂怪!"

"两个 —— 什么乱七八糟的东西?"

"摄 —— 魂 —— 怪,"哈利慢慢地一字一顿地说,"两个。"

"这摄魂怪又是什么古怪玩意儿?"

"他们看守阿兹卡班巫师监狱。"佩妮姨妈说。

话一出口,是两秒钟的死寂,然后佩妮姨妈猛地用手捂住嘴巴,似乎刚才不小心说了一句令人恶心的脏话。弗农姨父瞪大眼睛看着她。哈利脑子里一片混乱。费格太太倒也罢了 —— 可是佩妮姨妈?

"你怎么知道?"他惊讶极了,问道。

佩妮姨妈似乎被自己吓坏了。她战战兢兢带着歉意地看了一眼弗农姨父,手微微下垂,露出嘴里的长牙。

"好多年前 —— 我听见 —— 那个可怕的男孩 —— 对她说起过它们。"她断断续续地说。

"如果你是指我的爸爸妈妈,你为什么不说他们的名字呢?"哈利大声问,但佩妮姨妈没有理睬他。她似乎惊慌失措到了极点。

哈利感到非常震惊。几年前有一次佩妮姨妈情绪爆发,尖叫着说哈利的妈妈是个怪物,除此之外,哈利从没听她提起过自己的妹妹。而她居然记得魔法世界的这点细节,这么长时间都没有忘记。哈利真是惊讶极了,平常佩妮姨妈总是竭力假装魔法世界并不存在的呀。

弗农姨父张了张嘴又闭上,接着又张了张又闭上,然后,显然是在挣扎着回忆怎样说话。他第三次把嘴张开,声音嘶哑地说:"这么说——这么说——他们——呃——他们——呃——真的存在,他们——呃——这些死魂怪什么的?"

佩妮姨妈点了点头。

弗农姨父的目光从佩妮姨妈身上转向达力,又转向哈利,似乎希望有人大喊一声:"愚人节!"看到没有人这么做,他又把嘴巴张开了,而就在这时,今晚的第三只猫头鹰飞来了,他也就不用费力地再说什么。猫头鹰像一枚长着羽毛的炮弹,嗖的一声飞进仍然开着的窗户,啪哒哒地落在厨房的桌子上,吓得德思礼一家三口都跳了起来。哈利从猫头鹰嘴里扯下第二封公函样的信封,撕开封口,猫头鹰腾身飞回了外面的夜色中。

"够了——粗鲁的——猫头鹰。"弗农姨父心烦意乱地说,噔噔噔地走到窗口,又把窗户重重地关上。

亲爱的波特先生:

我们约二十二分钟前曾致函于你,之后魔法部改变了立即销毁你的魔杖的决定。我们允许你保留魔杖,直到八月十二日受审时再做正式决定。

经与霍格沃茨魔法学校校长商量,魔法部同意将开除你学籍的问题也留到那时再做决定。因此,你可以认为自己是暂时停学,等候进一步的调查。

顺致问候。

你忠实的
马法尔达·霍普柯克
魔法部禁止滥用魔法办公室

哈利飞快地将信连看了三遍。知道自己还没有肯定被开除,心

第2章 一群猫头鹰

头那个令人难受的疙瘩总算解开了一点,但他的担心丝毫没有消除。似乎所有的事情都取决于八月十二日的受审。

"怎么了?"弗农姨父说,把哈利一下子拉回到现实中,"现在又怎么啦?他们给你判决了没有?"他突然产生了一个念头,满怀希望地跟着问了这一句,"你们那类人有没有死刑啊?"

"我要去受审。"哈利说。

"他们在那儿给你判决?"

"我想是吧。"

"我不会放弃希望的。"弗农姨父满脸凶相地说。

"好吧,如果完事了的话——"哈利说着站了起来。他迫不及待地想清静一会儿,好好想一想,也许还要给罗恩、赫敏或小天狼星写一封信。

"**没有,事情还没完!**"弗农姨父吼道,"**坐下去!**"

"还有什么?"哈利不耐烦地问。

"**达力!**"弗农姨父咆哮着说,"我想知道我的儿子到底出了什么事!"

"**很好!**"哈利大喊一声。他气坏了,手里仍然攥着的魔杖杖头上冒出了红色和金色的火星。德思礼一家三口纷纷后退,一副大惊失色的样子。

"达力和我走在木兰花新月街和紫藤路之间的小巷里,"哈利语速极快地说,他拼命克制着自己的火气,"达力跟我斗嘴,我抽出了魔杖,但并没有用它。这时两个摄魂怪出现了——"

"这个摄魂鬼**是**什么东西?"弗农姨父狂怒地问,"它们**做**什么的?"

"我告诉过你了——它们吸光你内心所有的快乐,"哈利说,"如果逮着机会,它们还会亲吻你——"

"亲吻?"弗农姨父说,眼珠子微微凸了出来,"亲吻?"

"把灵魂从你的嘴里吸出来，它们管这叫'亲吻'。"

佩妮姨妈发出一声低低的惊叫。

"他的灵魂？它们没有吸走——他的灵魂没有被吸——"

佩妮姨妈抓住达力的两个肩膀拼命摇晃，好像要试试能不能听见他的灵魂在身体里哗啦啦作响似的。

"它们当然没有吸走他的灵魂，如果真是那样，你们会知道的。"哈利气恼地说。

"你把它们打跑了，是吗，儿子？"弗农姨父大声说，看他那模样，似乎正挣扎着把谈话拖回到他能理解的水平上，"你给了它们一个'左直拳接右直拳'，是不是？"

"他不可能给摄魂怪一个左直拳接右直拳。"哈利从牙缝里挤出声音说道。

"那他怎么会没事？"弗农姨父气势汹汹地问，"他怎么没有被吸空，嗯？"

"因为我念了守护神——"

呼呼。随着一阵撞击声，翅膀扇动，灰尘轻轻落处，第四只猫头鹰从厨房的壁炉里冲了出来。

"看在老天的分儿上！" 弗农姨父大叫，把一撮撮胡子连根拔了下来，他已经很长时间没有被逼到这个地步了，**"不许猫头鹰到这里来，我受不了啦，你给我听着！"**

可是哈利已经从猫头鹰脚上扯下了一卷羊皮纸。他相信这封信肯定是邓布利多寄来的，而且解释清楚了所有的事情——摄魂怪、费格太太、魔法部的勾当，还有他邓布利多打算怎样把事情摆平——因此，平生第一次，他看到小天狼星的笔迹后感到非常失望。他没有理睬弗农姨父继续对猫头鹰的事大叫大嚷，刚来的猫头鹰扑扇着翅膀从烟囱里飞出去时又搅起一片灰尘，他只好眯起眼睛，读着小天狼星的来信。

第 2 章　一群猫头鹰

亚瑟刚把事情告诉了我们。无论如何，你千万别再离开那所房子。

哈利觉得，对今晚发生的事做出这样的反应实在太不够意思了。他把羊皮纸翻过来，以为反面还有话，但什么也没有。

他的火气又上来了。他只身一人打跑了两个摄魂怪，难道就没有一个人对他说一声"干得漂亮"？看韦斯莱先生和小天狼星的反应，就好像他做了什么错事，他们要等弄清他造成了多大的破坏，再好好地训斥他一顿。

"……一堆，我的意思是，一群猫头鹰在我家里飞进飞出。我不允许，小子，我不——"

"猫头鹰要来，我也没有办法。"哈利没好气地说，使劲把小天狼星的来信捏在手心里。

"我想知道今晚事情的真相！"弗农姨父厉声吼道，"如果是摄魂怪伤害了达力，为什么你会被开除？你干了那事，你已经承认了！"

哈利深深吸了口气，镇定一下情绪。他的头又开始疼了。他最渴望的就是离开这间厨房，离开德思礼一家三口。

"为了摆脱摄魂怪，我念了守护神咒，"他说，竭力使自己保持平静，"对付它们只有这个办法管用。"

"可是摄魂怪跑到小惠金区来做什么？"弗农姨父怒不可遏地问。

"没法告诉你。"哈利疲倦地说，"不知道。"

现在他的脑袋在灯管投射出的强光下突突作响。他的愤怒逐渐消退，人觉得特别疲倦，浑身一点力气也没有了。德思礼一家三口都在瞪着他。

"是你，"弗农姨父恶狠狠地说，"肯定跟你有点关系，小子，我知道。不然它们为什么会出现在这儿？不然它们为什么会跑到那条小巷子里？方圆多少英里，你是唯一的一个——唯一的——"显然，他没有勇气说出"巫师"这个词，"一个你知道是什么的货色。"

"我也不知道它们为什么会上这儿来。"

但是听了弗农姨父的话，哈利已经极度疲劳的大脑又开始吱吱嘎嘎地运转起来。摄魂怪为什么到小惠金区来？它们正好落在哈利所在的小巷里，这怎么可能是巧合呢？它们是被派来的吗？难道魔法部失去了对摄魂怪的控制？难道摄魂怪擅自逃离了阿兹卡班，加入了伏地魔一伙，就像邓布利多曾经预言的那样？

"这些死魂怪是看守一家古怪监狱的？"弗农姨父问，吃力地紧跟着哈利的思路。

"是的。"哈利说。

只希望脑袋能够不疼，只希望能够离开厨房，回到黑暗的卧室，好好想想……

"啊哈！它们是来抓你的！"弗农姨父一脸得意地说，像是得出了一个不容辩驳的结论，"就是这么回事，对不对，小子？你想逃脱法律的制裁！"

"当然不是这样。"哈利说，使劲晃晃脑袋，像要赶走一只苍蝇，他的脑子在快速地运转。

"那为什么——？"

"一定是他派它们来的。"哈利轻声说，与其说是他在对弗农姨父说话，不如说是他自言自语。

"什么意思？一定是谁派它们来的？"

"伏地魔。"哈利说。

他模模糊糊地意识到眼前的情景多么奇怪：德思礼一家听到"巫师""魔法"和"魔杖"这样的词都会吓得连连退缩，失声尖叫，

第 2 章 一群猫头鹰

而听到有史以来最邪恶的魔头的名字，居然没有一丝一毫的惊慌。

"伏——慢着，"弗农姨父说，他的脸皱成一团，猪眼似的小眼睛里慢慢露出恍然大悟的神情，"我听说过这个名字……他就是那个——"

"杀死我爸爸妈妈的人，没错。"哈利说。

"可是他走了，"弗农姨父不耐烦地说，丝毫没有显出哈利父母被害是一个痛苦的话题，"那个大块头说的。他走了。"

"他又回来了。"哈利语气沉重地说。

他站在佩妮姨妈那像手术室一样整洁干净的厨房里，挨着最高档的冰箱和超宽屏幕电视机，心平气和地跟弗农姨父谈论伏地魔，这感觉真是非常怪异。今晚摄魂怪光临小惠金区，似乎打破了一堵挡在女贞路这个冷漠的非魔法世界和另一个世界之间的无形高墙。哈利的两种不同生活好像融在了一起，一切都乱了套。德思礼夫妇在询问魔法世界的详细情况，费格太太居然认识阿不思·邓布利多，摄魂怪在小惠金区上空飘来荡去，而他可能再也不能回到霍格沃茨去了。哈利的脑袋一跳一跳地疼得更厉害了。

"回来了？"佩妮姨妈压低声音问。

她望着哈利，那目光是以前从没有过的。突然之间，哈利有生以来第一次充分意识到佩妮姨妈是他妈妈的姐姐。他不明白为什么此刻这样强烈地感受到这一点。他只知道，这个屋子里不只他一个人模糊地意识到伏地魔的复出意味着什么。佩妮姨妈这辈子从没用这种目光看过他。她那双浅色的大眼睛（与她妹妹的眼睛如此不同）不再因厌恶和愤怒而眯起，而是睁得大大的，充满恐惧。哈利一直看着佩妮姨妈在激烈地维护一种假相——魔法根本不存在，除了她和弗农姨父共同生活的这个世界，根本不存在另一个世界——而现在这种假相似乎消失了。

"是的，"哈利说，现在他直接对佩妮姨妈说话了，"他一个月前回来的。我看见过他。"

佩妮姨妈的手摸索着抓住达力穿着皮夹克的肥阔肩膀,紧紧地抓着。

"慢着,"弗农姨父望望妻子,望望哈利,然后又望望妻子,似乎被他们之间突然出现的前所未有的相互理解弄糊涂了,"慢着。你是说,那个叫伏地魔的家伙回来了?"

"是的。"

"就是杀死你父母的那个人?"

"是的。"

"现在他派摄魂灵来追杀你?"

"看来是这样。"哈利说。

"我明白了。"弗农姨父说,目光从妻子苍白的脸上转向哈利,然后把裤子往上提了提。他整个人似乎正在膨胀,那张紫红色的大脸膛在哈利眼前拉长了。"好了,这下子全解决了,"他吸足了气,衬衫的前胸绷得紧紧的,"你可以从这个家里滚出去了,小子!"

"什么?"哈利问。

"我说过了——**出去!**"弗农姨父吼道,就连佩妮姨妈和达力也吓得跳了起来,"**出去!出去!** 我好多年前就应该这么做了!猫头鹰把这里当成了疗养所,布丁炸开了花,半个起居室被糟蹋得不成样子,达力长出了尾巴,玛姬在天花板上飘来飘去,还有那辆会飞的福特安格里亚车——**出去!出去!** 你玩够了!你该退出了!如果有疯子在追杀你,你就不能留在这里,不能威胁到我的妻子和儿子,不能给我们带来麻烦。如果你要跟你那没用的父母走同一条路,我受够了!**出去!**"

哈利站在原地,脚底像生了根。魔法部、韦斯莱先生和小天狼星的来信都捏在他的左手里。无论如何,你千万别再离开那所房子。**不要离开你姨妈和姨父的家。**

第2章 一群猫头鹰

"你听见我的话了!"弗农姨父向前探过身子,那张紫红色的大阔脸凑近哈利的脸,哈利都能感觉到他的唾沫星子喷到自己脸上,"快走!你半小时前不是急着要离开吗?我支持你!滚出去,永远不要再玷污我们家的门槛!我真不明白当初我们怎么会把你留下?玛姬说得对,应该把你送到孤儿院去。我们心肠太软了,到头来自己倒霉,还以为能铲除你身上的孽根,以为能把你变成一个正常人,没想到你从一开始就不可救药,我受够了——猫头鹰!"

第五只猫头鹰嗖的一声从烟囱里蹿了下来,因为速度太快,在它能够再次起飞之前一头撞在地上。它尖厉地叫了一声,又忽地腾空飞起。哈利举起一只手去抓那个深红色的信封,可猫头鹰掠过他的头顶,径直朝佩妮姨妈飞去。佩妮姨妈尖叫一声,抬起两只胳膊护住脸,闪身躲避。猫头鹰把红信封扔在她头上,转身又从烟囱里飞了出去。

哈利冲过去捡那封信,但佩妮姨妈抢先把信拿在了手里。

"如果你愿意,你可以打开,"哈利说,"反正我能听见里面说些什么。这是一封吼叫信。"

"扔掉它,佩妮!"弗农姨父大声吼道,"别碰它,可能会有危险!"

"信是写给我的,"佩妮姨妈声音颤抖地说,"写着我的名字,弗农,你看!*女贞路4号,厨房,佩妮·德思礼夫人*——"

她喘不过气来,完全吓坏了。这时红信封开始冒烟。

"快打开!"哈利催促道,"让它快点结束!你逃不过去的。"

"不。"

佩妮姨妈的手在颤抖。她惊慌失措地环顾厨房,似乎在寻找一条逃生之路,可是来不及了——信封蹿出了火苗。佩妮姨妈失声尖叫,扔掉了信封。

一个可怕的声音,从落在桌上的那封燃烧的信里传出来,充满了整个厨房，在有限的空间里回荡着。

> 记住我最后的，佩妮。

佩妮姨妈看上去似乎要晕倒了。她跌坐在达力旁边的椅子上，两只手捂着脸。信封剩下的残片在寂静中化成了灰烬。

"这是什么？"弗农姨父声音嘶哑地问，"什么——我不明——佩妮？"

佩妮姨妈什么也没说。达力呆呆地瞪着母亲，嘴巴张得大大的。寂静在可怕地升级。哈利无比惊愕地望着姨妈，脑袋疼得像要裂开一般。

"佩妮，亲爱的？"弗农姨父怯生生地问，"佩—佩妮？"

佩妮姨妈抬起头。她仍然抖个不停，费力地咽了口唾沫。

"那孩子——那孩子必须留在这里，弗农。"她有气无力地说。

"什—什么？"

"他留在这里。"她说，但眼睛没有望着哈利。她重新站了起来。

"他……可是佩妮……"

"如果我们把他赶出去，邻居们会说闲话的。"她说。她很快恢复了平日里那种精干、严厉的做派，尽管脸色仍然十分苍白，"他们会问一些令人尴尬的问题，他们会打听他上哪儿去了。我们必须把他留下。"

弗农姨父像只旧轮胎一样泄了气。

"可是佩妮，亲爱的——"

佩妮姨妈没有理睬他，而是转向了哈利。

"你必须待在自己的房间里，"她说，"不许离开这所房子。现在上床去吧。"

哈利没有动弹。

第 2 章 一群猫头鹰

"那封吼叫信是谁寄来的?"

"别问东问西了。"佩妮姨妈厉声呵斥道。

"你跟巫师有联系?"

"我叫你上床去!"

"那句话是什么意思? 记住最后的什么?"

"上床去!"

"怎么会——?"

"听见你姨妈的话了吗,快上床去!"

第3章

先遣警卫

我刚才遭到摄魂怪的袭击,而且可能会被霍格沃茨开除。我想知道发生了什么事,我什么时候才能离开这里。

哈利走进黑暗的卧室,来到书桌前,立刻把这几句话抄在三张羊皮纸上。第一封信写给小天狼星,第二封信写给罗恩,第三封信写给赫敏。他的猫头鹰海德薇出去捕食了,空空的笼子放在桌上。哈利在卧室里踱来踱去,等着它回来。他的脑袋嗡嗡作响,眼睛累得又疼又涩,但思绪一片混乱,根本不可能睡觉。刚才把达力一路拖回家,现在后背疼得厉害;之前脑袋被窗户撞了一下,又挨了达力一拳,这时两个肿包一跳一跳地疼。

他踱过来踱过去,内心充满了火气和沮丧。他把牙齿咬得咯咯响,拳头捏得紧紧的,每次经过窗口,都把愤怒的目光投向外面群星闪烁的空荡荡的夜空。摄魂怪被派来抓他,费格太太和蒙顿格斯·弗莱奇在偷偷跟踪他,然后他又被霍格沃茨暂时停学,还要到魔法部去受审——而且仍然没有一个人告诉他到底出了什么事。

还有,那封吼叫信说的是什么意思?是谁的声音那么可怕、

第3章　先遣警卫

那么气势汹汹地在厨房里回荡？

他为什么仍然被困在这里，得不到半点音讯？为什么每个人都像对待一个调皮捣蛋的孩子那样对待他？*不要再施魔法，待在那所房子里……*

他走过上学用的箱子时，狠狠地踢了它一脚，可是这非但没有缓解愤怒的心情，反而更糟糕了，现在他不仅要忍受身上其他地方的疼痛，脚趾也钻心的疼。

当他一瘸一拐地经过窗口时，海德薇像一个小幽灵似的轻轻扑棱着翅膀飞进了窗户。

"回来得是时候啊！"哈利看到它轻盈地落在笼子顶上，没好气地说，"赶紧把那玩意儿放下，我有活儿等着你干呢！"

海德薇嘴里叼着一只死青蛙，一双圆溜溜的琥珀色大眼睛责备地望着哈利。

"过来。"哈利说着拿起那三小卷羊皮纸和一根皮带子，把羊皮纸拴在海德薇长满鳞片的腿上，"把这些直接送给小天狼星、罗恩和赫敏，必须等拿到长长的回信再回来。如果需要，就不停地用嘴啄他们，逼他们写出长度合适的回信。明白了吗？"

海德薇发出一声含混的叫声，嘴里仍然被青蛙塞得满满的。

"好啦，快走吧。"哈利说。

海德薇立刻出发了。它刚一离开，哈利连衣服都没脱就一头倒在床上，眼睛呆呆地凝视着天花板。现在除了其他痛苦的感觉外，他还为自己刚才对海德薇恶劣的态度而感到内疚。海德薇是他在女贞路4号唯一的朋友。不过，等它拿到小天狼星、罗恩和赫敏的回信回来时，他会好好补偿它的。

他们肯定会很快给他回音的。他们不可能对摄魂怪的攻击无动于衷。没准儿他明天一早醒来，就会看到三封厚厚的信，里面写满了对他的同情，以及安排他立刻转移到陋居的计划。这个想法令他放宽了心，睡意随之袭来，淹没了所有的思绪。

然而，第二天早晨海德薇没有回来。哈利一整天都待在自己的卧室里，只有上厕所时才出去一下。佩妮姨妈一天三次把饭菜通过那扇小活板门塞进他的房间，那还是弗农姨父在三年前的夏天装上的。哈利每次听见佩妮姨妈的脚步声走近，都想问问她那封吼叫信是怎么回事，但这些问题与其问她，还不如去问那只门把手呢。除了送饭，德思礼一家人从不走近他的卧室。哈利也觉得硬跟他们待在一起没有什么意思。再大吵大闹一番不会有任何收获，大概只会惹得自己勃然大怒，忍不住违反法律动用魔法，一错再错。

这种情况整整持续了三天。有时候哈利焦躁不安，根本不能静下心来做任何事情，只是在卧室里踱来踱去，为他们所有的人让他在这里忍受煎熬而气愤。有时候他又完全无精打采，整小时整小时地躺在床上，眼睛失神地望着空中，为想到要去魔法部受审而惶恐不安。

如果他们的判决对他不利怎么办呢？如果他真的被开除，魔杖被折断成两截怎么办呢？他将怎么做？他将去哪里？他不可能再像以前那样整天跟德思礼一家生活在一起，因为他现在已经知道了另一个世界，一个真正属于他的世界。那么，他能不能搬到小天狼星那里去呢？一年前，小天狼星被迫逃避魔法部的追捕之前，曾经提出过这样的建议。现在哈利还没有成年，他们会允许他独自住在那里吗？或者，以后住在哪里的问题也将由别人替他做决定？难道他违反《国际保密法》的行为这么严重，使他不得不到阿兹卡班去坐牢？每次一想到这儿，哈利总忍不住从床上爬起来，又在房间里踱来踱去。

海德薇离开后的第四个夜晚，哈利正处于无精打采的状态，躺在床上，眼睛瞪着天花板，疲倦的大脑里几乎一片空白，这时弗农

第 3 章　先遣警卫

姨父走进了他的卧室。哈利慢慢地转过脸来望着他。弗农姨父穿着他那套最好的西装，一副得意洋洋的神情。

"我们要出去。"他说。

"对不起，你说什么？"

"我们——也就是说，你姨妈、达力和我——要出去。"

"好吧。"哈利干巴巴地说，眼睛重又望着天花板。

"我们不在的时候，你不许走出你的房间。"

"好的。"

"不许碰电视，碰音响，碰我们的任何东西。"

"行。"

"不准偷吃冰箱里的东西。"

"好的。"

"我要把你的门锁起来。"

"你锁吧。"

弗农姨父朝哈利瞪着眼睛，显然怀疑哈利这样听话有些不对头。然后他踏着沉重的脚步走出房间，回手把门关上了。哈利听见钥匙在锁眼里转动，又听见弗农姨父的脚步嗵嗵嗵地下楼去了。几分钟后，他听见车门重重关上，发动机隆隆作响，还听见了汽车驶出车道的确切无疑的声音。

哈利对德思礼一家的离去没有什么特别的感觉。对他来说，他们在不在家并无多少差别。他甚至都打不起精神下床把卧室的灯打开。房间里越来越黑了，他躺在那里，倾听着一直敞开的窗口传进来夜的声音，等待着海德薇归来的喜悦时刻。

空荡荡的房子在他周围发出吱吱嘎嘎的响声。管子里的水汩汩流淌。哈利躺在床上，仿佛处于一种麻木状态，脑子里什么也不想，心里焦躁不安。

突然，他清楚地听见下面厨房里传来哗啦一声响。

他腾地坐起，侧耳细听。德思礼一家不可能这么快就回来了，而且他并没有听见他们汽车驶回的声音。

几秒钟的寂静，然后传来了说话声。

盗贼，他想，一边悄悄地从床上下来——但紧接着他又想到，盗贼肯定不敢大声说话，而在厨房里走动的人显然并没有压低自己的声音。

他一把抓起床头柜上的魔杖，脸冲卧室的门站着，全神贯注地倾听。接着，锁咔嚓一响，卧室的门猛地开了，他吓得跳了起来。

哈利一动不动地站着，通过洞开的房门望着漆黑的楼梯平台，竖起耳朵捕捉动静，但再也没有听见任何声音。他迟疑片刻，然后飞快地、悄没声儿地走出自己的房间，来到楼梯口。

他的心一下子蹿到了嗓子眼儿。下面昏暗的门厅里站着好几个人，从玻璃门透进来的路灯的光照出了他们的轮廓。一共有八九个人，而且在哈利看来，他们都在抬头望着他。

"放下你的魔杖，孩子，免得把什么人的眼睛挖出来。"一个粗声粗气的低沉声音说。

哈利的心无法控制地狂跳着。他听出了那个声音，但并没有放下魔杖。

"穆迪教授？"他不敢肯定地问。

"教授不教授的，我可不太知道。"那个粗粗的声音吼道，"我一直没有捞到多少教书的机会，是不是？下来吧，我们想好好看看你呢。"

哈利把魔杖稍微放低了一点儿，但仍然用手攥得紧紧的，脚下也没有动弹。他完全有理由心存怀疑。就在最近，他曾跟那个他以为是疯眼汉穆迪的人一起待了九个月，结果发现那根本不是穆迪，而是一个冒名顶替的家伙，而且，那家伙在暴露身份前还想杀死他。哈利还没想好下一步该怎么做，这时第二个微微沙哑的声音从楼下

第3章 先遣警卫

飘了上来。

"没问题的,哈利。我们是来带你走的。"

哈利的心欢跳起来。这个声音也是他熟悉的,尽管已经有一年多没有听到了。

"卢——卢平教授?"他不敢相信地问,"是你吗?"

"我们干吗都摸黑站着?"第三个声音说话了,这次是一个完全陌生的声音,一个女人的声音,"荧光闪烁。"

一根魔杖头上突然发出亮光,照亮了门厅。哈利眨了眨眼睛。下面的人都挤在楼梯口,抬头目不转睛地望着他,有几个人还使劲伸长了脖子,好把他看得更清楚一些。

莱姆斯·卢平站得离他最近。卢平尽管还不算老,但显得十分疲惫,神色憔悴。他的白头发比哈利上次跟他分手时更多,身上的长袍也比以前多了几块补丁,更加破旧了。不过,他望着哈利时脸上绽开了灿烂的笑容。哈利呢,尽管心里吃惊得不行,也勉强对他笑着。

"噢,他的模样正跟我原先想的一样。"那个高高举着发光魔杖的女巫说。她似乎是那几个人里最年轻的,有着一张苍白的、心形的脸,一对闪闪发光的黑眼睛,那一头尖钉般的短发是一种鲜艳夺目的紫罗兰色。"你好哇,哈利!"

"啊,我明白你的意思了,莱姆斯,"站在最后面的一个黑皮肤、秃脑袋的巫师说——他声音低沉、缓慢,一边耳朵上戴着一只金环——"他看上去简直和詹姆一模一样。"

"除了那双眼睛,"后面一个满头银发、说话呼哧呼哧的巫师说,"是莉莉的眼睛。"

疯眼汉穆迪留着一头长长的灰白头发,鼻子上缺了一大块肉,此刻正眯起两只不对称的眼睛怀疑地盯着哈利。他的一只眼睛又小又黑,晶亮如珠,另一只眼睛则又大又圆,是亮蓝色的——这只魔眼能够看穿墙壁、房门和穆迪自己的后脑勺。

"你能保证这就是他吗,卢平?"他粗声大气地吼道,"如果我们带回去一个冒充他的食死徒,可就闹出大麻烦了。我们最好问他一点只有波特本人才会知道的事情。除非有人带着吐真剂?"

"哈利,你的守护神是什么样子的?"卢平问道。

"一头牡鹿。"哈利紧张地说。

"没错,就是他,疯眼汉。"卢平说。

哈利意识到这么多人直瞪瞪地盯着自己,他一边往楼下走,一边把魔杖插进牛仔裤后面的口袋里。

"别把魔杖插在那儿,孩子!"疯眼汉叫道,"如果它着起火来怎么办?知道吗,比你厉害的巫师都把自己的屁股给烧掉过!"

"你知道谁把屁股给烧掉啦?"紫罗兰色头发的女人很感兴趣地问疯眼汉。

"不用你管,只是别把魔杖放在裤兜里就对了!"疯眼汉气冲冲地说,"这是基本的魔杖安全守则,现在谁也不理会了。"他脚步重重地朝厨房走去。"我看见你了。"那女人冲天花板翻眼珠时,他恼怒地加了一句。

卢平伸出手来,跟哈利握手。

"你怎么样?"他问,一边仔细地打量着哈利。

"还——还好……"

哈利简直不敢相信这一切都是真的。四个星期毫无音讯,没有一点蛛丝马迹显示要将他从女贞路转移出去,可是突然之间,一大群巫师一本正经地站在这个家里,好像这是早就安排好的事情。他望望围在卢平身边的那些人,他们仍然眼巴巴地盯着他。他想起自己已经四天没有梳头,不由得感到很不好意思。

"我——你们来得真巧,德思礼一家出去了……"他吞吞吐吐地说。

第3章 先遣警卫

"真巧,哈!"紫罗兰色头发的女人说,"是我把他们引出去的,免得碍事。通过麻瓜邮局给他们寄了一封信,说他们在全英格兰最佳近郊草坪大奖赛中入围了。他们现在正急着去领奖……或者自以为是去领奖呢。"

哈利眼前闪过当弗农姨父得知根本就没有什么全英格兰最佳近郊草坪大奖赛时,脸上的那副表情。

"我们要离开这里,是不是?"他问,"很快就走?"

"差不多立即动身,"卢平说,"我们在等平安无事的信号。"

"我们去哪儿呢? 陋居吗?"哈利满怀希望地问。

"不去陋居,那里不行,"卢平说着示意哈利朝厨房走;那一群巫师都跟在后面,仍然好奇地打量着哈利,"太冒险了。我们在一个别人发现不了的地方建了指挥部。花了一些时间……"

疯眼汉穆迪已经坐在厨房的桌子边,大口大口地喝着弧形酒瓶里的酒,那只魔眼滴溜溜乱转,把德思礼家那许多节省劳力的用具尽收眼底。

"哈利,这是阿拉斯托·穆迪。"卢平指着穆迪继续说道。

"是啊,我知道。"哈利尴尬地说。一个自己以为认识了一年的人,又被别人介绍来重新认识,这感觉真是很奇怪。

"这位是尼法朵拉——"

"莱姆斯,别叫我尼法朵拉。"那个年轻女巫打了个冷战说道,"我是唐克斯。"

"尼法朵拉·唐克斯更喜欢别人只称呼她的姓。"卢平把话说完。

"如果你的傻瓜妈妈管你叫尼法朵拉①,你也会这样的。"唐克斯嘟哝道。

---

① 在英语里,"尼法朵拉"一词的前半部分"尼法"是一个不太雅观的字眼。

"这位是金斯莱·沙克尔，"他指的是那位高个子的黑皮肤巫师，那人欠了欠身。"埃非亚斯·多吉。"那个说话呼哧呼哧的巫师点了点头。"德达洛·迪歌——"

"我们以前见过。"爱激动的迪歌尖声尖气地说，他那顶紫色高顶大礼帽掉了下来。

"爱米琳·万斯。"一位披着深绿色披肩、端庄典雅的女巫微微点了点头；"斯多吉·波德摩。"一个长着一头厚厚的稻草色头发的方下巴巫师眨了眨眼睛；"还有海丝佳·琼斯。"一位头发乌黑、面颊粉嘟嘟的女巫从烤面包炉旁朝他们挥了挥手。

介绍到每个人时，哈利都笨拙地朝对方点头打招呼。他真希望他们能把目光投向别处，别老盯着他看。他感到自己好像突然被请到了舞台上。而且，他不明白为什么一下子来了这么多人。

"没想到那么多人主动提出要来接你。"卢平说，似乎读出了哈利的心思，两个嘴角微微动了动。

"是啊，是啊，越多越好。"穆迪闷闷不乐地说，"我们是你的警卫，波特。"

"现在就等一切平安的信号来了，我们就可以出发。"卢平说着朝厨房窗外望了望，"大概还有十五分钟。"

"弄得真干净啊，这些麻瓜，是不是？"那个姓唐克斯的女巫怀着极大的兴趣打量着厨房，说道，"我爸爸也是麻瓜出身，他是个典型的邋遢鬼。我想麻瓜也是多种多样的，就像巫师一样。"

"呃——是啊。"哈利说，"对了——"他重新转向卢平，"发生了什么事，谁也不给我一点儿消息，伏地——？"

几个巫师嘴里发出古怪的嘘嘘声，德达洛·迪歌的帽子又掉了下来，穆迪低吼道："闭嘴！"

"怎么啦？"哈利问。

"在这里什么也不能说，太危险了。"穆迪说，那只正常的眼睛

第3章　先遣警卫

转向哈利，而那只魔眼还是一动不动地盯着天花板。"该死，"他恼火地说，举起一只手去掏魔眼，"老是卡住——自从那个卑鄙小人戴过以后就出毛病了。"

随着一声令人不适的吧唧声，就像从洗涤池里拔撅子一样，穆迪把魔眼掏了出来。

"疯眼汉，你这样做怪叫人恶心的，你知道吧？"唐克斯随意地说。

"劳驾，给我一杯水，哈利。"穆迪要求道。

哈利走到洗碗机前，拿出一只干净杯子，在水池边接满了清水，而那帮巫师仍然眼巴巴地注视着他。他们这样毫不留情地盯着他看，他开始有点恼怒了。

"谢谢。"哈利把杯子递过去时穆迪说。他把魔眼丢进水里，用手捅得它一沉一浮。那只眼睛嗖嗖地转动，挨个儿瞪着屋里的每个人。"在回去的路上，我希望我能有三百六十度的视野。"

"我们怎么去——我们要去的地方？"哈利问。

"骑扫帚，"卢平说，"只有这个办法。你年纪太小，还不能幻影移形，飞路网会遭到他们的监视，而如果起用一个未经批准的门钥匙，那要搭上我们的性命还不够呢。"

"莱姆斯说你飞得很出色。"金斯莱·沙克尔用低沉的声音说。

"他飞得棒极了，"卢平说，他看了看手表，"不管怎样，哈利，你最好去收拾一下东西，等信号一来，我们就要上路。"

"我去帮帮你吧。"唐克斯欢快地说。

她跟着哈利回到门厅，往楼上走去，一路兴趣盎然、充满好奇地东张西望。

"这地方真好玩，"她说，"弄得也太干净了。你明白我的意思吧？有点不自然了。哦，这还差不多。"他们走进哈利的卧室，哈利把灯打开时，她说道。

哈利的房间确实比家里其他地方乱得多。整整四天闭门不出，情绪恶劣，哈利根本没有心思收拾东西。他的大部分书都散落在地板上，因为他为了分散注意力，把每本书都翻开看看，又随手扔到一边。海德薇的笼子需要清理了，已经开始发出臭味。他的箱子敞开着，可以看见麻瓜衣服、巫师长袍在里面堆得乱七八糟，有的还散在周围的地板上。

哈利开始把书一本本地捡起来，匆匆扔进箱子。唐克斯停在他打开的衣柜前，挑剔地照着柜门内侧的镜子。

"知道吗，我觉得实际上紫罗兰色并不适合我，"她扯着一绺尖钉般的头发忧虑地说，"你说，它是不是使我的脸显得太尖了点儿？"

"呃——"哈利的视线越过一本《不列颠和爱尔兰的魁地奇球队》望着她。

"没错，是这样。"唐克斯果断地说。她紧紧地闭上眼睛，脸上是一种紧张的表情，似乎在拼命回忆什么。一秒钟后，她的头发变成了泡泡糖般的粉红色。

"你怎么办到的？"哈利问，吃惊地望着她，这时她把眼睛睁开了。

"我是个易容马格斯，"她说，重新打量着镜子里的自己，脑袋转来转去，从各个角度审视自己的头发，"也就是说，我能够随心所欲地改变我的外貌。"她在镜子里看到身后的哈利脸上露出迷惑不解的表情，便又补充道："我天生就是。在傲罗培训时，我根本不用学习就得到了隐藏和伪装的最高分，这可真棒。"

"你是个傲罗？"哈利有些佩服地问道。对于从霍格沃茨毕业以后的职业，他唯一考虑过的就是做一个专门逮捕黑巫师的傲罗。

"是啊，"唐克斯显出很骄傲的样子说，"金斯莱也是，不过他的级别比我还要高一点。我是去年才取得资格的。潜行和跟踪这门

第3章 先遣警卫

课差点儿不及格。我总是笨手笨脚，你听见我们刚到楼下时我打碎那只盘子的声音了吗？"

"能通过学习成为一个易容马格斯吗？"哈利问道。他直起身来，把收拾行李的事抛到了脑后。

唐克斯轻轻地笑了。

"我敢说，你不反对有时候把你的伤疤藏起来吧，嗯？"

她的目光捕捉到哈利额头上的闪电形伤疤。

"不反对，我巴不得呢。"哈利嘟哝着把脸转开了。他不喜欢别人盯着他伤疤。

"噢，那你恐怕得靠自己的努力去学习了。"唐克斯说，"但易容马格斯非常稀罕，都是天生的，不是后天培养的。大多数巫师都需要用魔杖或药剂才能改变自己的外貌。不过我们得抓紧时间了，哈利，我们是来收拾行李的。"她望了望地上那堆乱七八糟的东西愧疚地说。

"噢——是啊。"哈利说着又抓起几本书。

"别犯傻了，可以快得多呢，让我来——收拾！"唐克斯大喊一声，同时用魔杖幅度很大地扫过地面。

书、衣服、望远镜和天平纷纷飘到空中，杂乱无章地飞进了箱子。

"不太整齐。"唐克斯说着，走到箱子旁边低头看了看里面乱糟糟的一堆，"我妈妈有一个诀窍，让东西自动归拢整齐——她还能让袜子自己叠起来呢——但我一直没弄清她是怎么做的——好像是迅速地一抖——"她满怀希望地抖了一下魔杖。

哈利的一只袜子软绵绵地扭动了一下，又落回到箱子里那堆乱七八糟的东西上。

"唉，算啦，"唐克斯说，把箱子盖砰的一声合上了，"至少东西都进去了。那玩意儿也需要打扫了。"她用魔杖指着海德薇的笼子。"清理一新。"几片羽毛和一些粪便顿时消失了。"哈,这下子好点儿了——对这些家务活儿方面的咒语,我一向不太在行。好了——东西都带齐了吗?坩埚?扫帚?哇!——火弩箭?"

她的目光落在哈利右手拿着的飞天扫帚上,眼睛顿时瞪大了。这是哈利的骄傲和欢乐,是小天狼星送给他的礼物,一把国际标准的飞天扫帚。

"我骑的还是一把彗星260呢。"唐克斯羡慕地说,"啊,好了……魔杖还插在你的牛仔裤里?两边的屁股还都在?好吧,我们走!箱子移动。"

哈利的箱子飘浮到离地面几英寸的高度。唐克斯像指挥家拿着指挥棒一样举着她的魔杖,让箱子在他们面前摇摇晃晃地飘过房间,飘出房门,她用左手拎着海德薇的笼子。哈利拿着他的飞天扫帚跟着她下了楼梯。

他们回到厨房时,穆迪已经把魔眼装上了,清洗过的眼睛转得飞快,哈利看了只觉得恶心想吐。金斯莱·沙克尔和斯多吉·波德摩在仔细研究微波炉,海丝佳·琼斯刚才在抽屉里东翻西翻,发现了一个削土豆器,现在正对着它哈哈大笑。卢平给德思礼一家写了封信,正在封口。

"太好了,"卢平抬头看到唐克斯和哈利走进来,说道,"大概还有一分钟。我们应该到外面的花园里去做好准备。哈利,我留下了一封信,告诉你的姨妈和姨父不要担心——"

"他们不会担心的。"哈利说。

"——说你很安全——"

"这只会让他们感到失望。"

"——还说你明年夏天再来看他们。"

"非得这样吗?"

卢平微微一笑,没有回答。

第 3 章　先遣警卫

"过来，孩子，"穆迪声音粗哑地说，用魔杖示意哈利到他跟前去，"我需要给你幻身。"

"你需要什么？"哈利不安地问。

"幻身咒。"穆迪说着举起魔杖，"卢平说你有一件隐形衣，但待会儿我们飞起来，它不会很贴身的。用幻身咒会把你伪装得更好。这就开始啦——"

他重重地敲了敲哈利的头顶，哈利有一种很奇怪的感觉，似乎穆迪在他脑袋上敲碎了一个鸡蛋，仿佛有一股冷冰冰的东西从魔杖敲打的地方流进了他的身体。

"干得漂亮，疯眼汉。"唐克斯瞪大眼睛望着哈利的上腹，欣赏地说。

哈利低头看了看自己的身体，确切地说，本该是自己身体的地方。现在它看上去好像根本不属于他了，倒没有隐形不见，但是颜色和质地变得与他身后的厨房设备一模一样。他似乎成了一只人形的变色龙。

"走吧。"穆迪用魔杖打开了后门的锁。

他们一个接一个地出了门，来到弗农姨父修剪得漂漂亮亮的草坪上。

"晴朗的夜空，"穆迪嘟哝着，那只魔眼扫视着天空，"如果能多点儿云彩做掩护就好了。好吧，你听着，"他粗声粗气地对哈利说，"我们排成紧密的队形往前飞。唐克斯在你的正前方，你紧紧跟在她后面。卢平在下面掩护你。我在你后面。其他人把我们围在中间。不管怎样都不能乱了队形，明白吗？如果我们中间有谁遇害——"

"那可能吗？"哈利担忧地问，但穆迪没有理他。

"——其他人继续往前飞，不能停下，不能乱了队形。如果他们把我们都干掉了，只有你还活着，哈利，还有后续的警卫随时准备接替上来。不停地往东飞,他们就会与你会合。"

"不要这样兴高采烈,疯眼汉,不然他会以为我们不是当真的。"唐克斯一边说,一边把哈利的箱子和海德薇的笼子绑在她扫帚上挂着的一根吊带上。

"我只是在把计划告诉孩子。"穆迪没好气地说,"我们的工作是把他安全护送到指挥部,如果我们半路就死了——"

"没有人会死的。"金斯莱·沙克尔用令人感到安心的低沉声音说。

"骑上扫帚,那是第一个信号!"卢平指着天空果断地说。

在他们头顶上空很高很高的地方,群星中突然绽开一片鲜红色的火花。哈利立刻看出那是魔杖变出的火花。他把右腿跨在火弩箭上,紧紧地抓住扫帚把,感觉到扫帚在微微颤动,似乎也和他一样迫不及待地渴望再次飞上天空。

"第二个信号,我们走吧!"卢平大声说,高空中又绽开一片火花,这次是绿色的。

哈利使劲蹬离地面。黑夜里凉爽的微风吹拂着他的头发,女贞路上那些方方正正的花园越来越远,迅速缩小成一幅由墨绿和黑色拼缀而成的图案,到魔法部受审的事被抛到了九霄云外,似乎嗖嗖掠过的空气把这个念头从脑海里吹跑了。哈利觉得他的心快乐得都要爆炸了。终于又飞上了天空,终于离开了女贞路,这可是他整个暑假都梦寐以求的事啊,他要回家了……一时间他心花怒放,似乎所有的烦恼都不存在了,都在星光灿烂的辽阔夜空中变得微不足道。

"快向左,向左,有个麻瓜在抬头往上看呢!"穆迪在他后面喊道。唐克斯猛地一拐,哈利紧紧跟上,望着自己的箱子在唐克斯的扫帚底下剧烈地晃来晃去。"我们需要飞得再高一些……再飞高四分之一英里!"

第3章 先遣警卫

他们忽忽地上升，哈利的眼睛被寒冷的空气刺得涌出了泪水。下面什么也看不见了，只有一个个针孔般的亮点，是路灯和汽车前灯发出的光，其中两个亮点可能属于弗农姨父的汽车……此刻德思礼一家大概正在赶回他们的空屋子呢，一路上为那个并不存在的草坪大奖赛气得肚子鼓鼓的……想到这里，哈利开心地大笑起来，但是其他巫师长袍飘动的呼呼声、那根拴住他箱子和鸟笼的吊带的嘎吱声，以及他们飞速掠过夜空时灌进耳朵里的呼啸风声，把他的笑声淹没了。一个月来，他从没有感觉这样快活、这样扬眉吐气。

"向南！"疯眼汉大叫，"前面是小镇！"

他们向右一拐，以免直接从蛛网般的万家灯火上空飞过。

"向东南飞，继续上升，前面有一片低云，我们可以飞进去，隐藏在里面！"穆迪喊道。

"可别在云里头飞！"唐克斯气呼呼地大声说，"我们会变成落汤鸡的，疯眼汉！"

哈利听她这么说，松了一口气。他的双手一直抓着火弩箭的扫帚把，已经有点发麻。真后悔刚才没想到再穿一件外套，他禁不住打起哆嗦来。

他们根据疯眼汉的指令，不时地改变路线。凛冽的寒风迎面吹来，哈利不得不紧紧眯起眼睛，耳朵也冻得生疼。在他的记忆中，只有一次也是这么冷骑在扫帚上，那是三年级时跟赫奇帕奇的那场魁地奇比赛，是在暴风雨中进行的。警卫们不停地在他周围绕着圈子，像一只只巨大的猛禽。哈利已经失去了时间概念。他不知道他们已经飞了多长时间，感觉至少有一个小时了。

"转向西南！"穆迪嚷道，"我们要避开高速公路！"

哈利已经感到冷得不行了，他渴望地想到下面公路上疾驶的汽车里的舒服干爽，甚至更渴望地想到撒飞路粉旅行时的感觉。在壁炉里转来转去也许不太舒服，但至少是热乎乎地被火焰烤着的呀……金斯莱·沙克尔呼呼地绕着他飞，秃脑袋和耳环在月光下微微闪烁……这时候爱米琳·万斯飞到他的右边，举着魔杖，警惕地转动着脑袋……然后她也嗖的一声超过了他，斯多吉·波德摩立刻补了上来……

"我们最好原路折回去一段，以确保没有被人跟踪！"穆迪大声说。

"**你疯了吗，疯眼汉？**"唐克斯在前面尖叫道，"我们都快在扫帚上冻僵了！如果这样不停地偏离路线，大概下个星期都到不了那儿！而且，我们差不多已经到了！"

"是应该开始降落了！"卢平的声音传了过来，"哈利，跟牢唐克斯！"

哈利跟着唐克斯往下俯冲。他们朝着一大片光亮飞去，哈利从没见过这么多灯光汇集在一起，纵横交错，星罗棋布，向四面八方延伸，其间点缀着一个个深黑色的方块。他们飞得越来越低，最后哈利能够看清一盏盏车灯和路灯、一个个烟囱和一根根电视天线了。他多么渴望赶紧落到地面啊，不过肯定需要有人先给他解冻，他才能从扫帚上下来。

"我们到了！"唐克斯大喊一声。几秒钟后，她落在了地面上。

哈利紧跟在她后面降落下来，在一个小广场中央一片凌乱荒芜的草地上跨下扫帚。唐克斯已经在把哈利的箱子从吊带上解下来。哈利浑身发抖，四下张望。周围的房屋门脸阴森森的，一副拒人千里之外的样子。有些房屋的窗户都破了，在路灯的映照下闪着惨淡的光，许多门上油漆剥落，还有几户的前门台阶外堆满了垃圾。

"这是什么地方？"哈利问。可是卢平小声说："等一等。"

穆迪在他的斗篷里翻找，骨节粗大的双手已经冻得不听使唤。

"找到了。"他嘟哝着举起一个像是银色打火机一样的东西，咔嗒摁了一下。

第 3 章　先遣警卫

最近的一盏路灯噗的一声熄灭了。他又咔嗒摁了一下那灭灯的玩意儿，第二盏灯也灭了。他不停地咔嗒咔嗒，最后广场上的所有路灯都熄灭了，只有那些拉着窗帘的窗户里透出亮光，还有夜空中弯弯的月亮洒下些许清辉。

"向邓布利多借的，"穆迪粗声粗气地说，把熄灯器装进口袋，"防止麻瓜从窗户里往外看，明白吗？现在走吧，快点儿。"

他拉着哈利的胳膊，领着他走出那片草地，穿过马路，来到人行道上。卢平和唐克斯搬着哈利的箱子跟在后面，其他人都拿出魔杖，在两侧掩护他们。

从最近一座房屋的楼上窗户里隐隐传来立体声音响的隆隆声。一股腐烂垃圾的刺鼻臭味儿，从破败的大门里那堆鼓鼓囊囊的垃圾口袋里散发出来。

"这儿，"穆迪粗声说着，把一张羊皮纸塞进哈利被幻身的手里，并举起他发光的魔杖凑过来照亮了纸上的字，"快读一读，牢牢记住。"

哈利低头看着那张羊皮纸，上面细细长长的笔迹似乎在哪儿见过，写的是：

凤凰社指挥部位于伦敦格里莫广场12号。

第4章

格里莫广场12号

"**什**么是凤——?"哈利刚要发问。

"别在这儿说,孩子!"穆迪厉声吼道,"等我们进去再说!"

他抽走了哈利手里的羊皮纸,用魔杖头把它点燃了。纸片卷曲着燃烧起来,飘落到地上。哈利抬头打量着周围的房屋,他们此时正站在11号的前面。他望望左边,看见的是10号,望望右边,却是13号。

"可是怎么不见——?"

"想想你刚才记住的话。"卢平轻声说。

哈利专心地想着,刚想到格里莫广场12号,就有一扇破破烂烂的门在11号和13号之间凭空冒了出来,接着肮脏的墙壁和阴森森的窗户也出现了,看上去就像一座额外的房子突然膨胀出来,把两边的东西都挤开了。哈利看得目瞪口呆。11号的立体声音响还在沉闷地响着,显然住在里面的麻瓜们什么也没有感觉到。

"走吧,快点儿。"穆迪粗声吼道,捅了一下哈利的后背。

哈利一边走上破烂的石头台阶,一边睁大眼睛望着刚变出来的房门。门上的黑漆都剥落了,布满左一道右一道的划痕。银质门环

第4章　格里莫广场12号

是一条盘曲的大蛇形状。门上没有钥匙孔，也没有信箱。

卢平抽出魔杖，在门上敲了一下。哈利听见许多金属撞击的响亮声音，以及像链条发出的哗啦哗啦声。门吱吱呀呀地打开了。

"快点进去，哈利，"卢平小声说，"但是别往里走得太远，别碰任何东西。"

哈利跨过门槛，走进几乎一片漆黑的门厅。他闻到了湿乎乎、灰扑扑的气味，还有一股甜滋滋的腐烂味儿。这地方给人的感觉像是一座废弃的空房子。他扭头望望后面，看见其他人正跟着鱼贯而入。卢平和唐克斯抬着他的箱子，拎着海德薇的笼子。穆迪站在外面最上面一级台阶上，把刚才熄灯器从路灯上偷来的一个个光球释放出去。光球一个接一个地跳进了各自的灯泡，转眼间广场又被橘黄色灯光照得通亮。穆迪一瘸一拐地走了进来，关上前门，这下子门厅更是黑得伸手不见五指了。

"这儿——"

他用魔杖重重地敲了一下哈利的脑袋。这次哈利觉得仿佛有一股热乎乎的东西顺着后背流淌下去，他知道幻身咒被解除了。

"好了，大家都待着别动，我给这里弄出点儿亮光。"穆迪轻声说。

听到别人这样压低声音说话，哈利产生了一种奇怪的不祥之感，就好像他们走进了一座将死之人的房子。他听见了一阵窸窸窣窣的声音，然后墙上一排老式气灯都亮了，投下一片晃晃悠悠的不真实的亮光，照着长长的阴森森的门厅里剥落的墙纸，和磨光绽线的地毯。头顶上一盏蛛网状的枝形吊灯闪烁着微光，墙上歪歪斜斜地挂着一些因年深日久而发黑的肖像。哈利听见壁脚板后面有什么东西急匆匆跑过。枝形吊灯和旁边一张摇晃不稳的桌子上的枝形烛台都做成了大蛇的形状。

随着一阵匆匆的脚步声，罗恩的母亲韦斯莱夫人从门厅另一端的一扇门里走了出来。她三步并作两步地朝他们走来，脸上洋溢着热情的笑容，不过哈利注意到，她比他上回见到时消瘦和苍白了许多。

"哦，哈利，见到你真是太高兴了！"她低声说，一把将哈利搂到怀里，差点儿把他的肋骨都搂断了，然后又把他推开一点，仔仔细细地端详着，"你看上去瘦了，需要多吃点东西，不过恐怕你得等一会儿才能吃晚饭。"

她又转向哈利身后的那伙巫师，口气急促地小声说："他刚来，会议已经开始了。"

哈利身后的巫师们都发出了关注和兴奋的声音，开始从他身边朝韦斯莱夫人刚才出来的那扇门走去。哈利正要跟着卢平过去，韦斯莱夫人把他拉住了。

"不行，哈利，只有凤凰社的成员才能参加会议。罗恩和赫敏都在楼上呢，你可以跟他们一起等到会议结束，然后我们就吃晚饭。在门厅里说话要压低声音。"她又用急促的语气小声说。

"为什么？"

"我不想吵醒任何东西。"

"你说什——？"

"我待会儿再给你解释，现在我得赶紧过去了，我应该在会上的——我来告诉你睡在什么地方。"

她用一根手指压在嘴唇上，领着哈利蹑手蹑脚地走过两道长长的、布满虫眼的窗帘——哈利猜想那后面一定是另外一扇门，接着他们绕过一个看上去是用巨怪的一条断腿做成的大伞架，然后顺着黑暗的楼梯往上走，旁边墙上的饰板上聚着一排皱巴巴的脑袋。哈利仔细一看，发现那都是些家养小精灵的脑袋。他们都长着同样难看的大鼻子。

哈利每走一步，内心的困惑就更多一层。他们在这座看上去属

第4章　格里莫广场12号

于最邪恶的黑巫师的房子里做什么呢?

"韦斯莱夫人,为什么——?"

"罗恩和赫敏会把一切都给你解释清楚的,亲爱的,我真的得赶紧过去了。"韦斯莱夫人心不在焉地小声说,"到了——"他们来到了楼梯的第二个平台上,"——你在右边的那个门。会开完了我来叫你们。"

说完,她就急匆匆地又下楼去了。

哈利走过昏暗的楼梯平台,转动了一下蛇头形状的卧室门把手,把门打开了。

他只匆匆扫了一眼这个光线昏暗的房间、高高的天花板、并排放着的两张单人床,就听见一阵刺耳的吱吱叫声,继而是一声更尖厉的惊叫,接着他的视线就被一大堆毛茸茸、乱糟糟的头发完全挡住了。赫敏猛地扑到他身上,差点儿把他撞得仰面摔倒,罗恩的那只小猫头鹰小猪,兴奋地在他们头顶上一圈一圈飞个不停。

"**哈利**!罗恩,他来了,哈利来了!我们没有听见你进来!哦,你怎么样?一切都好吧?是不是生我们的气了?肯定生气了。我知道我们的信都是没用的废话——但是我们什么也不能告诉你,邓布利多要我们发誓什么都不说的。哦,我们有太多的事情要告诉你啊,你也有好多事情要告诉我们——摄魂怪!当我们听说——还有那个到魔法部受审的事——真是太不像话了。我仔细查过了,他们不能开除你,绝对不能,《对未成年巫师加以合理约束法》里规定,在生命受到威胁的情况下可以使用魔法——"

"让他喘口气吧,赫敏。"罗恩一边说一边微笑着在哈利身后把门关上。在他们分开的这个月里,罗恩似乎又长高了几英寸,这使他比以前显得更瘦长、更笨拙了,不过那个长鼻子、那头红色的头发,还有那一脸的雀斑仍然和以前一模一样。

赫敏放开了哈利,仍然满脸喜色,但没等她再说什么,就听见传来一阵轻微的呼呼声，一个白色的东西从黑黑的衣柜顶上飞过来，轻捷地落在哈利肩头。

"海德薇！"

哈利抚摸着这只雪白的猫头鹰的羽毛，它嘴巴发出咔嗒咔嗒的声音，爱怜地轻轻啄着哈利的耳朵。

"它一直烦躁不安，"罗恩说，"它捎来你最后那两封信时，差点把我们啄个半死，你看看这个——"

他举起右手的食指给哈利看，上面有一个已经快要愈合但显然很深的伤口。

"哎呀，"哈利说，"真是对不起，但我想得到回信，你知道——"

"我们也想给你回信啊，哥们儿，"罗恩说，"赫敏担忧得要命，她不停地说，如果你一直困在那里，得不到一点儿消息，肯定会做出什么傻事来的。但邓布利多让我们——"

"——发誓不告诉我，"哈利说，"是啊，赫敏已经说过了。"

此刻，见到两个最要好朋友时的那种热乎乎的喜悦慢慢熄灭了，一股冷冰冰的东西涌进了他的内心深处。突然之间——虽然整整一个月眼巴巴地渴望见到他们——他觉得情愿罗恩和赫敏走开，让他独自待着。

一阵令人紧张的沉默，哈利机械地抚摸着海德薇，眼睛连看都不看他们俩。

"他似乎觉得这样做最合适，"赫敏呼吸有点急促地说，"我指的是邓布利多。"

"是啊。"哈利说。他注意到赫敏的手上也留着被海德薇啄伤的疤痕，而他却没有丝毫歉意。

"我想，他大概认为你跟麻瓜待在一起是最安全的——"罗恩说道。

第4章　格里莫广场 12 号

"是吗？"哈利扬起眉毛反问道，"你们这个暑假里谁遭到摄魂怪的袭击啦？"

"噢，没有——正因为那样，他才派了凤凰社的人随时跟踪你呀——"

哈利感到心里猛地忽悠一下，好像下楼梯时一脚踏空了。这么说大家都知道他被人跟踪，只有他一个人蒙在鼓里。

"看来并不怎么管用，是不是？"哈利说，拼命使声音保持平静，"我还是得自己保护自己，是不是？"

"他气极了，"赫敏用一种几乎战战兢兢的口吻说，"邓布利多。我们看见他了。当他弄清蒙顿格斯不到换岗时间就擅自离开时，他那副样子简直吓人。"

"噢，我倒巴不得蒙顿格斯离开呢。"哈利冷冰冰地说，"如果他不离开，我就不会使用魔法，邓布利多大概会让我整个暑假都待在女贞路吧。"

"你对⋯⋯对到魔法部受审不感到担心吗？"赫敏轻声问。

"不。"哈利倔强地没说实话。他从他们身边走开，四下打量着，海德薇心满意足地歇在他的肩头，但这个房间似乎并不能使他的情绪有所好转。这里阴暗、潮湿。墙皮剥落的墙面上空荡荡的，只有一张空白的油画布镶在一个华丽的相框里。哈利从它旁边经过时，仿佛听见有谁躲在暗处轻声发笑。

"那么，邓布利多为什么这样热心地把我蒙在鼓里呢？"哈利问，仍然竭力保持着淡漠的声音，"你们——呃——有没有费心问问他呢？"

他一抬头，正好瞥见他们俩交换了一个眼神，似乎在说他的表现正像他们所担心的一样。这并没有使他的情绪好转一点。

"我们对邓布利多说，我们很想告诉你到底发生了什么事情，"罗恩说，"我们真的说了，哥们儿。但他现在忙得要命，我们到这里之后只见过他两次。他没有多少时间，他只是叫我们保证写信时不把重要的事情告诉你，他说猫头鹰可能会被人半路截走。"

"如果他真的愿意，还是可以把消息告诉我的。"哈利粗暴地说，"难道除了猫头鹰，他就不知道还有其他送信的办法吗？"

赫敏扫了罗恩一眼，说道："这点我也想过。但他就是不想让你知道任何事情。"

"也许他认为我不可信任。"哈利一边说一边观察着他们的表情。

"别说傻话啦。"罗恩说，显得有点儿惊慌失措。

"或者认为我不能照顾好自己。"

"他当然不是这么想的！"赫敏焦急地说。

"那么我为什么不得不留在德思礼家，而你们俩却参与了这里发生的每件事情？"他的话一句接一句地喷出来，声音越来越高，"为什么你们俩就有资格知道所有发生的事情？"

"不是这样的！"罗恩打断了他，"妈妈不让我们走进他们开会的地方，她说我们年纪太小——"

哈利不知不觉地喊了起来：

"这么说你们没能参加会议，真是太遗憾了！但你们一直待在这里，是不是？你们一直待在一起！而我呢，我被困在德思礼家整整一个月！可我解决过的事情比你们俩都多，邓布利多明明知道这一点——是谁保住了魔法石？是谁除掉了里德尔？是谁从摄魂怪手里救了你们两个人的命？"

过去一个月里哈利有过的每一个痛苦、怨恨的想法，现在都一股脑儿地涌了出来：得不到消息时的焦虑不安，得知他们一直待在一起、唯独把他撇在一边时的委屈，被人跟踪、自己却蒙在鼓里的愤怒——所有这些令他有一种屈辱的感觉，现在这种感觉终于像决堤的洪水一样冲了出来。海德薇被他的声音吓坏了，抖抖翅膀飞

第4章 格里莫广场12号

回到衣柜顶上去了。小猪惊慌地吱吱叫着，在他们头顶上嗖嗖地越飞越快。

"是谁去年不得不穿越火龙和斯芬克斯，以及其他每一种令人恶心的东西？是谁亲眼看见了那家伙的复活？是谁不得不逃脱他的魔爪？是我！"

罗恩站在那里，半张着嘴巴，目瞪口呆，完全不知道该说什么，赫敏看上去快要哭了。

"可是，我凭什么知道现在的情况呢？别人凭什么要费心告诉我正在发生什么事情呢？"

"哈利，我们是想告诉你来着，我们真的——"赫敏急切地说。

"大概也不是特别想吧，不然你们就会派一只猫头鹰给我送信了，可是邓布利多叫你们发誓——"

"是啊，他确实——"

"我被困在女贞路整整四个星期，从垃圾箱里捡报纸看，就为了弄清情况到底怎么——"

"我们想——"

"我想你们一定开心得要命，是不是？舒舒服服地一块儿藏在这里——"

"不，说老实话——"

"哈利，我们真的很抱歉！"赫敏不顾一切地说，眼睛里已经闪着泪花，"你说得非常对，哈利——换了我也会生气的！"

哈利气冲冲地瞪着她，仍然急促地喘着粗气，然后一转身离开了他们俩，在房间里踱来踱去。海德薇在衣柜顶上闷闷不乐地尖叫。一阵长长的沉默，只有哈利脚下的地板发出哀怨的嘎吱声。

"这里到底是什么地方？"他向罗恩和赫敏抛出了这个问题。

"凤凰社的总部。"罗恩毫不迟疑地回答。

"有没有谁能行行好，告诉我什么是凤凰社——"

"这是一个秘密社团，"赫敏赶紧说道，"由邓布利多负责，是他创建的。社团里都是上次跟神秘人做斗争的一些人。"

"里面都有谁？"哈利停住脚步，双手插在口袋里。

"有好些人呢——"

"我们见过其中的二十来个，"罗恩说，"但肯定不止这些。"

哈利向他投去愤怒的目光。

"然后呢？"他问道，目光从一个转向另一个。

"呃，"罗恩说，"然后什么？"

"伏地魔！"哈利气愤地喊道，罗恩和赫敏都吓得缩起了脖子，"发生了什么事？他想干什么？他在哪儿？我们采取什么办法阻止他？"

"我们已经对你说过了，凤凰社不让我们参加他们的会议，"赫敏不安地说，"所以一些具体细节我们也不清楚——不过我们好歹知道一点儿大概。"看到哈利脸上的表情，她赶紧补充道。

"弗雷德和乔治发明了伸缩耳，明白吗，"罗恩说，"真的很管用。"

"伸缩——？"

"伸缩耳，对呀。可是我们最近只好不用它们了，因为妈妈发现了，气得要命。弗雷德和乔治不得不把它们藏了起来，免得妈妈把它们扔到垃圾箱里去。不过在妈妈发现是怎么回事之前，我们可用它们派了大用场呢。我们知道凤凰社的一些成员正在跟踪那些已暴露身份的食死徒，密切注意他们的行踪，你知道——"

"他们当中有些人正在吸收更多的人加入凤凰社——"赫敏说。

"还有些人正在为什么事情站岗放哨，"罗恩说，"他们一直在谈论什么警卫任务。"

"不会是保护我吧，啊？"哈利讥讽地说。

"哦，没错。"罗恩说，脸上露出了恍然大悟的神情。

第4章　格里莫广场12号

哈利轻蔑地哼了一声。他又在房间里一圈圈地踱起步来，看看这里看看那里，就是不看罗恩和赫敏。"那么你们俩最近在做什么呢，既然不让你们参加会议？"他问道，"你们说你们一直很忙。"

"是很忙啊，"赫敏急忙说，"我们给这座房子来了个彻底大扫除，这房子已经空了许多年头，里面滋生繁殖了许多东西。我们总算把厨房和大部分卧室打扫干净了，我想明天该去对付客厅——**哎呀！**"

啪、啪，随着两声刺耳的爆响，罗恩的两个双胞胎哥哥——弗雷德和乔治突然出现在房间中央。小猪吱吱地叫得更慌乱了，嗖地飞过去和海德薇一起栖在衣柜顶上。

"不许这么做！"赫敏惊魂未定地对双胞胎说。他们和罗恩一样长着一头红得耀眼的头发，不过身材比罗恩壮实，个头比罗恩略矮一些。

"你好，哈利，"乔治一边说一边朝哈利开心地笑着，"我们刚才好像听见你悦耳动听的声音了。"

"你用不着那样压抑自己的怒火，哈利，把它都发泄出来吧，"弗雷德也是满脸带笑，"五十英里之外大概还有两个人听不见你的声音呢。"

"这么说，你们俩通过幻影显形的考试啦？"哈利没好气地问。

"成绩优异。"弗雷德说，他手里拿着一个东西，像是一根长长的肉色细绳。

"从楼梯上下来也就不过多花三十秒钟。"罗恩说。

"时间就是金加隆，弟弟。"弗雷德说，"不管怎么说，哈利，你干扰接收了。伸缩耳，"他看到哈利扬起眉毛，又接着解释道，并举起了那根细绳，哈利这才看到它一直通到外面的楼梯平台上，"我们想听听楼下的动静。"

"你们可得小心点儿，"罗恩盯着伸缩耳说，"如果又给妈妈看见了……"

"值得冒险,他们在开一个重要会议。"弗雷德说。

门开了,露出一头红色的长发。

"噢,你好,哈利!"罗恩的妹妹金妮高兴地说,"我好像听见你的声音了。"

她又转向弗雷德和乔治,对他们说:"伸缩耳不管用了,妈妈竟然给厨房门念了个抗扰咒。"

"你怎么知道的?"乔治问,一副垂头丧气的样子。

"是唐克斯告诉我怎么验证的。"金妮说,"你只要往门上扔东西,如果东西碰不到门,就说明念了抗扰咒。我一直在楼梯顶上往门上扔粪弹,可它们全都避开门飞到了别处,所以伸缩耳根本不可能从门缝底下钻进去了。"

弗雷德长长地叹了一口气。

"可惜。我真想知道斯内普那老家伙想干什么。"

"斯内普!"哈利立刻问道,"他也在这儿?"

"是啊。"乔治说着小心地关上房门,坐在一张床上。弗雷德和金妮也跟了过来。"念一份报告。绝密的。"

"烦人精。"弗雷德懒洋洋地说。

"他现在是我们这边的人了。"赫敏责备地说。

罗恩哼了一声:"那也不能说他就不是烦人精了。瞧他看着我们时的那种眼神。"

"比尔也不喜欢他。"金妮说,似乎这就一锤定音了。

哈利不知道自己的火气是不是熄灭了,他此刻迫不及待地想知道更多的情况,这份渴望压过了他大叫大嚷的冲动。他一屁股坐在其他人对面的那张床上。

"比尔也在这儿?"他问,"他不是在埃及工作吗?"

"他申请了一个坐办公室的工作,这样就能回家,为凤凰社做

第 4 章　格里莫广场 12 号

事了。"弗雷德说，"他说他很想念那些古墓。不过，"他调皮地笑了，"也有所补偿啊。"

"什么意思？"

"还记得那个芙蓉·德拉库尔吗？"乔治说，"她在古灵阁找了一份工作，为了提高英语——"

"比尔一直在给她许多个别辅导。"弗雷德咯咯地笑着说。

"查理也加入了凤凰社，"乔治说，"但他人还在罗马尼亚。邓布利多希望尽量多吸收一些国外的巫师，所以查理在不上班时就与人广泛接触。"

"珀西不能那么做吗？"哈利问。据他上次所知道的情况，韦斯莱家的第三个儿子在魔法部的国际魔法合作司工作。

听了哈利的话，韦斯莱家的几个兄妹和赫敏交换了一个忧郁而意味深长的眼神。

"你可千万别在妈妈和爸爸面前提到珀西。"罗恩用紧张的口气对哈利说。

"为什么呢？"

"因为每次提到珀西的名字，爸爸就把手里拿的东西砸得粉碎，妈妈就放声大哭。"弗雷德说。

"真是太可怕了。"金妮悲哀地说。

"我想我们总算摆脱他了。"乔治说，脸上一反常态露出阴沉的表情。

"出什么事了？"哈利问。

"珀西和爸爸大吵了一架。"弗雷德说，"我从没见过爸爸跟谁吵成那样。平常总是妈妈大吵大嚷。"

"那是学期结束后的第一个星期，"罗恩说，"我们正准备来凤凰社。珀西回家了，告诉我们他被提拔了。"

"你在开玩笑吧？"哈利说。

哈利虽然很清楚珀西一直野心勃勃，但他有个印象，似乎珀西在魔法部的第一份工作干得并不是很成功。珀西犯了比较严重的失察罪，没有发现他的上司是受伏地魔控制的（就连魔法部也不相信——他们都以为克劳奇先生疯了）。

"是啊，我们也都感到很意外，"乔治说，"因为珀西在克劳奇的事情上惹了一大堆麻烦，后来又是调查又是什么的。他们说珀西应该意识到克劳奇精神失常，并及时向上级报告。但你是了解珀西的，克劳奇让他独当一面，他正巴不得呢。"

"那他们怎么还会提拔他呢？"

"我们也为这个感到纳闷呢。"罗恩说，看到哈利不再大嚷大叫，他似乎特别愿意让谈话正常地进行下去，"他回家时一副得意洋洋的样子——比平常还要得意，你就想象一下吧——他告诉爸爸，他们给了他一个福吉部长办公室里的职位。对于一个刚从霍格沃茨刚毕业一年的人来说，这真是一份求之不得的好差使：部长初级助理啊。我想，他大概指望爸爸会很高兴呢。"

"可是爸爸没有。"弗雷德忧郁地说。

"为什么呢？"哈利问。

"嗯，显然是因为福吉在部里大发雷霆，禁止任何人跟邓布利多有任何接触。"乔治说。

"这些日子邓布利多在部里名声扫地，知道吗？"弗雷德说，"他们都认为他散布神秘人回来了的消息是故意制造事端。"

"爸爸说福吉明确指出，凡是与邓布利多有任何瓜葛的人都不能再待在部里。"乔治说。

"问题是，福吉怀疑到爸爸头上了。他知道爸爸跟邓布利多关系不错，而且福吉一直觉得爸爸有点儿古怪，居然对麻瓜那么着迷。"

"这跟珀西有什么关系呢？"哈利迷惑不解地问。

第4章　格里莫广场12号

"我正要说到这一点上呢。爸爸琢磨，福吉把珀西安排在自己的办公室，是想利用他监视我们家——监视邓布利多。"

哈利轻轻吹出一声口哨。

"我猜珀西肯定很爱听这话。"

罗恩发出空洞的笑声。

"他简直气疯了。他说——唉，他说了一大堆可怕的话。说他自从进了部里，就一直不得不拼命挣扎，摆脱爸爸的坏名声；他还说爸爸没有一点抱负，害得我们一直过得——你知道的——我指的是一直没有多少钱——"

"什么？"哈利不敢相信地说，金妮发出一种怒猫般的叫声。

"我知道，"罗恩放低声音说，"后来更过分了。他说爸爸与邓布利多为伍真是蠢到了家，还说邓布利多眼看着就要有大麻烦了，爸爸会跟着他一块儿倒霉的，还说他——珀西——知道自己应该为谁效忠，他要忠于魔法部。他还说，如果妈妈和爸爸硬要背叛魔法部，他就要让每一个人知道他已经不再属于我们这个家了。当天晚上他就收拾行李走了。他眼下就住在伦敦这儿呢。"

哈利不出声地骂了几句。在罗恩的几个哥哥中间，他一直最不喜欢珀西，但压根儿也没想到珀西居然对韦斯莱先生说出那样的话。

"妈妈一直烦躁不安，"罗恩说，"你知道，哭哭啼啼的。她赶到伦敦，想和珀西谈谈，但珀西当着她的面把门重重地关上了。我不知道珀西上班时碰见爸爸是怎么做的——大概假装没看见吧。"

"但是珀西肯定知道伏地魔回来了，"哈利说，"他不是傻瓜，他肯定知道如果没有证据，你们的爸爸妈妈是不会轻易冒险的。"

"是啊，后来，你的名字就被扯到争吵里来了，"罗恩说着偷偷瞥了哈利一眼，"珀西说，唯一的证据就是你说的话，而……我也说不好……他认为光凭这个是不够的。"

"珀西把《预言家日报》当真了。"赫敏尖刻地说，其他人都点了点头。

"你们在说什么呀？"哈利问，挨个儿看看他们每个人。他们都小心翼翼地注视着他。

"你不是——你不是一直收到《预言家日报》吗？"赫敏不安地问。

"是啊，一直收到！"哈利说。

"你有没有——呃——你没有仔细看它吗？"赫敏问，口气更加不安了。

"没有从头到尾地看。"哈利以一种防卫的语气说，"如果他们要报道伏地魔的事情，肯定是头版头条的新闻，是不是？"

听到那个名字，其他人都吓得一缩脖子。赫敏急匆匆地说了下去："噢，你需要从头到尾看一遍才会发现，他们——呃——他们每星期都要提到你一两次呢。"

"那我应该看见——"

"你如果光看第一版，是不会看到的。"赫敏说着摇了摇脑袋，"我说的不是大块文章。他们只是顺带着提你一笔，把你当成一个笑料。"

"你说什——？"

"确实，这非常可恶，"赫敏强使自己的声音保持平静，"他们的根据就是丽塔的那些胡言乱语。"

"但她不是不再给他们写稿了吗，是不是？"

"噢，不写了，她遵守了自己的诺言——她也没有别的选择呀，"赫敏得意地解释道，"但是，她为他们现在要做的事情打下了基础。"

"什么基础？"哈利不耐烦地问。

"是这样，你知道吗，她在文章里说你到处昏倒，嚷嚷你的伤

第4章 格里莫广场12号

疤疼什么的。"

"是啊。"哈利说,他不太可能一下子就忘记丽塔·斯基特编派他的那些鬼话。

"现在他们在文章里提到你的时候,似乎你就是这样一个执迷不悟的、千方百计引起别人注意的人,以为自己是个悲壮的大英雄什么的。"赫敏说,语速很快,似乎让哈利很快听到这些事实就会减少一些不快似的,"他们不断假装不经意地说几句关于你的刻毒评论。碰到一篇毫无根据的报道,他们就会说'这只有哈利·波特才编得出来'之类的话;如果有人出了点可笑的事故,他们就会说'但愿他的额头上别弄出一道伤疤,不然他接下来会要求我们崇拜他了——'"

"我并不想得到任何人的崇拜——"哈利气愤地说。

"我知道你不想,"赫敏似乎吓坏了,赶紧说道,"我知道,哈利。但你明白他们在做什么吗?他们是想把你变成一个没有人会相信的人。福吉是幕后操纵者,我敢打赌。他们想使外面的巫师都认为你只是一个蠢笨的男孩,是个笑料,尽说一些荒唐的无稽之谈,就为了使自己出人头地,使这种状况保持下去。"

"我并没有要求——我不想——伏地魔杀死了我的父母!"哈利气急败坏地说,"我出名是因为他杀死了我的亲人却没能杀死我!谁想为了这个出名?他们难道不知道,我宁愿从来没有——"

"我们知道的,哈利。"金妮真诚地说。

"当然啦,他们一个字也没有提到摄魂怪攻击你的事。"赫敏说,"准是有人叫他们对这件事隐瞒不报。不然那应该是一个轰动性的好题材啊。失控的摄魂怪!他们甚至没有报道你违反《国际保密法》的事。我们猜想他们肯定是愿意报道的,那太符合你作为一个爱出风头的傻瓜的形象了。我们认为他们是在等到你被开除的那一天,然后他们就真的可以肆无忌惮了——我的意思是,万一你被开除了，但显然，"她急急忙忙地往下说，"实际上你不会，只要他们遵守他们自己的法律，情况就不会对你不利。"

又回到受审的话题上来了，而哈利不愿意去想这件事。他想重新换个话题，就在这时楼梯上传来了脚步声，他也就没必要费心去找话题了。

"哎哟。"

弗雷德使劲扯了一下伸缩耳。随着又一声爆响，他和乔治都不见了。几秒钟后，韦斯莱夫人出现在卧室门口。

"会开完了，现在你们可以下楼来吃晚饭了。哈利，大伙儿都盼着见到你呢。对了，谁在厨房门外丢了那么多粪弹？"

"克鲁克山。"金妮毫不脸红地说，"它最喜欢玩粪弹了。"

"噢，"韦斯莱夫人说，"我还以为是克利切呢，他总是做出这种古怪的事情。好了，在门厅里别忘了压低声音说话。金妮，你怎么两只手这么脏，干什么去了？快去洗干净再吃晚饭。"

金妮朝其他人做了个鬼脸，跟着妈妈走了出去，房间里只留下哈利和罗恩、赫敏。那两人都忧心忡忡地望着哈利，似乎担心其他人一走，他又会大吵大嚷起来。看到他们俩神情这么紧张，哈利觉得有点儿不好意思。

"这个……"他吞吞吐吐地说，但罗恩摇了摇头，赫敏轻声说道："我们知道你会生气的，哈利，我们真的不怪你，但你一定要理解，我们确实试着说服邓布利多——"

"好啦，我知道了。"哈利简短地说。

他想赶紧换一个与校长无关的话题，每次一想到邓布利多，哈利的内心就又呼呼地怒火直冒。

"克利切是谁？"他问。

"一个住在这里的家养小精灵，"罗恩说，"一个疯子。从没见过像他这样的。"

第4章　格里莫广场12号

赫敏冲罗恩皱起眉头。

"他不是疯子，罗恩。"

"他人生的最大理想就是像他妈妈那样把脑袋割下来，粘在一块饰板上。"罗恩不耐烦地说，"那正常吗，赫敏？"

"这个——可是，就算他有点儿古怪，那也不是他的过错。"

罗恩朝哈利翻翻眼睛。

"赫敏仍然没有放弃她的'呕吐'。"

"不是'呕吐'！"赫敏恼火地说，"是家养小精灵权益促进会。而且不光是我，邓布利多也说我们应该仁慈地对待克利切。"

"是啊，是啊。"罗恩说，"快走吧，我都饿坏了。"

他领头出了房门来到楼梯平台上，但没等他们开始下楼——

"慢着！"罗恩轻声说，伸出一只胳膊不让哈利和赫敏再往前走，"他们还在门厅里，说不定我们能听见什么呢。"

他们三个小心翼翼地从栏杆上往下看。下面昏暗的门厅里挤满了巫师，包括先前给哈利当警卫的那几个人。他们都在激动地小声议论着什么。在人群的最中间，哈利看见了那个头发乌黑油亮的脑袋和那个突出的大鼻子，那是他在霍格沃茨最不喜欢的老师——斯内普教授。哈利从栏杆上探出脑袋，他很想知道斯内普究竟在为凤凰社做些什么……

一根细细的肉色绳子在哈利眼前垂了下去。他一抬头，看见弗雷德和乔治正在上一层楼梯平台上小心地把伸缩耳降落到下面黑压压的人群中间。然而，没过一会儿，那伙人就开始朝前门走去，很快就不见了。

"见鬼！"哈利听见弗雷德小声骂了一句，把伸缩耳又拽了上去。

他们听见前门打开了，然后又关上了。

"斯内普从不在这里吃饭，"罗恩小声地告诉哈利，"谢天谢地。

我们走吧。"

"在门厅里别忘了压低声音说话,哈利。"赫敏悄声说。

他们经过墙上那一排家养小精灵的脑袋时,看见那些人离开后,卢平、韦斯莱夫人和唐克斯站在门前,用魔法把门上的许多道门锁和门闩封住。

"我们在下面的厨房里吃饭。"韦斯莱夫人在楼梯底下等他们时压低声音说,"哈利,亲爱的,你只要轻手轻脚地穿过门厅,再穿过这里的这道门——"

砰。

"唐克斯!"韦斯莱夫人恼火地喊道,转身去看身后。

"对不起!"唐克斯惨叫道——她仰面朝天躺在地上,"都怪那个倒霉的伞架,我已经是第二次被它绊倒——"

她的话没说完,就被一阵可怕的、震耳欲聋的、令人毛骨悚然的尖叫声淹没了。

哈利先前经过的那两道布满虫眼的天鹅绒帷幔,现在突然被掀开了,但后面并没有门。哈利一刹那间以为那是一扇窗户,窗户后面一个戴黑帽子的老太太正在拼命地尖叫,一声紧似一声,好像正在经受严刑毒打——接着哈利才意识到,这只是一幅真人大小的肖像,但是他有生以来从没见过这么逼真、这么令人不快的肖像。

那老太太流着口水,眼珠滴溜溜地转着,脸上的黄皮肤因为尖叫而绷得紧紧的。在他们身后的门厅里,其他肖像都被吵醒了,也开始尖叫起来,那声音简直把人的耳朵都吵聋了。哈利只好紧紧闭上眼睛,用手捂住耳朵。

卢平和韦斯莱夫人三步并作两步冲了过去,想拉上帷幔,把老太太遮在里面,但怎么也拉不上。老太太的叫声越发刺耳了,她还挥动着利爪般的双手,好像要来抓他们的脸。

"畜生!贱货!肮脏和罪恶的孽子!杂种,怪胎,丑八怪,

第4章　格里莫广场12号

快从这里滚出去！你们怎么敢玷污我祖上的家宅——"

唐克斯一个劲儿地道歉，一边把那条庞大而笨重的巨怪腿重新拖到原来的位置。韦斯莱夫人不再试着拉上帷幔了，而是转身匆匆朝门厅那头走去，一边用魔杖给其他肖像都念了昏迷咒。接着，一个留着一头黑色长发的男人从哈利对面的一扇门里冲了出来。

"闭嘴，你这个可怕的老女妖，闭嘴！"他吼道，一把抓住韦斯莱夫人刚才丢下的帷幔。

老太太顿时脸色煞白。

"你——你！"她一看见那个男人就瞪大了双眼，厉声叫道，"败家子，家族的耻辱，我生下的孽种！"

"我说过了——**闭**——**嘴**！"那男人吼道，他和卢平一起费了九牛二虎之力，总算把帷幔又拉上了。

老太太的尖叫声消失了，接着是一片余音回荡的寂静。

微微喘着粗气，撩开挡着眼睛的长长黑发，哈利的教父小天狼星转过身来看着哈利。

"你好，哈利，"他板着脸说，"看来你已经见过我的母亲了。"

第5章

凤凰社

"**你**的——?"

"是啊,我亲爱的好妈妈。"小天狼星说,"一个月来,我们一直想把她弄下来,但她似乎在画布后面念了一个永久粘贴咒。我们下楼去吧,快点儿,别等他们又醒过来。"

"可是你母亲的肖像放在这里做什么?"哈利疑惑地问,这时他们已经穿过那扇门出了门厅,正顺着一道狭窄的石头台阶往下走,其他人都跟在后面。

"没有人告诉过你吗?这是我父母的房子。"小天狼星说,"但布莱克家族就剩下我一个人了,所以这房子现在归我所有。我把它交给邓布利多当指挥部——我大概也只能做这点有用的事情了。"

哈利原来以为自己会得到更热情的欢迎,却发现小天狼星说话的口气那么生硬、冷漠。他跟着教父走到楼梯底下,穿过一道门,进入了地下室的厨房。

这里几乎和上面的门厅里一样昏暗,一个洞穴般幽深的房间,四周是粗糙的石头墙壁。大部分光线都来自房间那头的一个大壁炉。管子里冒出的烟雾弥漫在空气中,如同战场上的硝烟,黑乎乎的天花板上挂下来的沉甸甸的铁锅铁盆,在烟雾中显得面目狰狞、

第5章 凤凰社

阴森可怕。因为开会，房间里摆满了许多椅子，中间是一张长长的木头桌子，桌上散乱地放着羊皮纸卷、高脚酒杯、空酒瓶和一堆看上去像是破布的东西。韦斯莱先生和他的长子比尔坐在桌子那一头，脑袋凑在一起小声说着什么。

韦斯莱夫人清了清嗓子。她的丈夫，一个秃顶、红发、戴着角质架眼镜的瘦男人抬头望了望，赶紧站了起来。

"哈利！"韦斯莱先生说着，三步并作两步走过来迎接他，热情地同他握手，"见到你真是太高兴了！"

哈利的目光越过他的肩头，看见比尔匆匆卷起留在桌上的羊皮纸，他脑袋后面仍然扎着长长的马尾辫。

"路上还顺利吧，哈利？"比尔大声问道，同时试着一下子抱起十二卷羊皮纸，"这么说，疯眼汉没有让你取道格陵兰岛过来？"

"他想这么做来着。"唐克斯快步走过去想帮比尔一把，但转眼间就把一根蜡烛碰倒在最后一卷羊皮纸上，"哦，糟糕——对不起——"

"没关系，亲爱的。"韦斯莱夫人说，声音显得有点恼火。她一挥魔杖，把羊皮纸修复好了。韦斯莱夫人念咒时闪过一道亮光，哈利瞥见那纸上好像是一座建筑物的平面图。

韦斯莱夫人发现哈利在看，赶紧把平面图从桌上抓起来，塞进比尔已经不堪重负的怀里。

"这些东西应该会议一结束就赶紧收起来。"她厉声说，然后快步走向一个很古老的碗柜，从里面拿出晚餐的盘子。

比尔抽出魔杖，低声说了一句："消失不见！"那些羊皮纸卷一下子就不见了。

"坐下吧，哈利。"小天狼星说，"你已经见过蒙顿格斯了，是不是？"

哈利刚才以为是一堆破布的东西，这时发出一声长长的呼噜呼噜的鼾声，猛地惊醒过来。

"谁在说我的名字？"蒙顿格斯迷迷糊糊地嘟哝道，"我同意小天狼星的……"他高高举起一只脏兮兮的手，像是要投票表决，那双眼皮耷拉的、充血的眼睛茫然地瞪着。

金妮咯咯地笑了。

"会议结束了，顿格①。"小天狼星说，他们都围着蒙顿格斯在桌旁坐下，"哈利来了。"

"嗯？"蒙顿格斯说着，目光透过乱糟糟的姜黄色头发狠狠地地望着哈利，"天哪，他来了。没错……你好吗，哈利？"

"挺好的。"哈利说。

蒙顿格斯局促不安地在几个口袋里摸索，但眼睛仍然盯着哈利，最后他掏出一个满是污垢的黑烟斗。他把烟斗塞进嘴里，用魔杖把它点燃，深深地吸了一口。几秒钟后，大股大股泛着绿色的烟雾就把他包围了。

"我得向你道歉。"一个声音从那团臭烘烘的烟雾中间嘟哝着说。

"我最后再提醒你一次，蒙顿格斯，"韦斯莱夫人大声说道，"拜托，你能不能不要在厨房里抽那玩意儿，特别是我们马上就要吃饭了！"

"啊，"蒙顿格斯说，"好的。对不起，莫丽。"

蒙顿格斯把烟斗重新塞进口袋，烟雾散去了，但那股袜子烧焦的刺鼻气味迟迟没有散尽。

"如果你们想在午夜之前吃到晚饭，就需要有人来帮我一把。"韦斯莱夫人对房间里所有的人说，"不，你坐在那里别动，哈利，亲爱的，你刚经过长途旅行。"

---

① 蒙顿格斯的昵称。

第5章 凤凰社

"我能做点什么，莫丽？"唐克斯热情洋溢地说，跳起来冲了过去。

韦斯莱夫人迟疑着，显得心有余悸。

"呃——不用，没事儿，唐克斯，你也休息一会儿吧，今天你已经做了不少了。"

"不，不，我想帮帮你！"唐克斯欢快地说，匆匆奔向金妮正在拿餐具的碗柜，不留神撞翻了一把椅子。

很快，一套沉甸甸的刀子就在韦斯莱先生的监督下，开始自动切肉剁菜。韦斯莱夫人搅拌着一只悬挂在火上的大锅，其他人从食品储藏间拿出盘子、高脚酒杯和食物。哈利陪小天狼星和蒙顿格斯留在桌边，蒙顿格斯仍然悲哀地冲他眨巴着眼睛。

"后来又看见费格老太了吗？"他问。

"没有，"哈利说，"我谁也没看见。"

"你看，我不应该离开的，"蒙顿格斯探着身子，声音里带着恳求，"但我有机会做成一笔大买卖——"

哈利感到什么东西正蹭着他的膝盖，不禁吓了一跳，原来是克鲁克山——赫敏那只姜黄色的罗圈腿猫，它把身体绕在哈利的腿上，呼噜呼噜叫着，然后一下子跳到小天狼星的膝头，蜷作一团。小天狼星心不在焉地挠着它的耳根，同时转过脸来望着哈利，脸上表情仍然很沉重。

"这个夏天过得还好吧？"

"不好，糟糕透了。"哈利说。

小天狼星的脸上第一次掠过一丝若有若无的笑容。

"我真不知道你还有什么可抱怨的。"

"什么？"哈利不敢相信地说。

"就我个人来说，我还巴不得摄魂怪来袭击我呢。为保卫我的灵魂而殊死搏斗，这多好啊，可以打破令人厌烦的单调生活。你以为你的日子很难熬，但你至少可以出门到处走动走动，伸展伸展腿脚，跟人打打架什么的……我已经在屋里困了一个月了。"

"怎么会呢？"哈利皱起眉头问道。

"因为魔法部仍然在追捕我，伏地魔这会儿已经知道我是一个阿尼马格斯，虫尾巴肯定告诉他了，所以我再怎么伪装也没有用了。我已经不能为凤凰社做多少事情——至少邓布利多是这样感觉的。"

小天狼星说出邓布利多的名字时声音显得有点儿消沉，这使哈利明白，小天狼星对校长也有些不满。哈利顿时对教父产生了一种亲切的情感。

"至少你知道正在发生什么事情吧。"他安慰道。

"哦，是啊，"小天狼星讥讽地说，"听斯内普的长篇报告，忍受他的冷嘲热讽，似乎他冒着生命危险，出生入死，而我却安坐在这里，舒舒服服地混日子……他还问我大扫除搞得怎么样了——"

"什么大扫除？"哈利问。

"把这个地方搞得可以住人，"小天狼星说，又挥手指了指阴暗破败的厨房，"这里已经十年没有人居住，自从我亲爱的母亲去世之后就没住过人，除非算上她留下的家养小精灵，但那个小精灵已经变得疯疯癫癫——好长时间没做任何打扫了。"

"小天狼星，"蒙顿格斯说话了，他似乎根本没注意他们在说什么，而是在细细地端详一个空高脚酒杯，"这是纯银的吧，伙计？"

"是的，"小天狼星厌恶地看了看杯子，说道，"十五世纪小妖精制造的最精美的银器，上面还刻着布莱克家族的饰章。"

"这倒真是好东西。"蒙顿格斯含混地说，用袖口把杯子擦亮。

"弗雷德——乔治——**别这样，把它们端起来！**"韦斯莱夫人尖叫道。

哈利、小天狼星和蒙顿格斯扭头一看，说时迟那时快，三人赶

第 5 章 凤 凰 社

紧一猫腰，从桌子旁躲开了。弗雷德和乔治动用魔法把一大锅炖菜、一大铁壶黄油啤酒、一块沉重的切面包板，外加一把刀子，一股脑儿地朝他们猛抛过来。那锅炖菜咻溜溜滑过整个桌面，正好在桌子边缘停住，木头桌面上留下了一长条烧焦发黑的痕迹。那壶黄油啤酒哗啦一声翻倒了，啤酒洒得到处都是。切面包的刀子从板上掉下来，刀尖朝下扎进了桌子，凶险地微微颤动，那正好是几秒钟前小天狼星的右手放着的地方。

"看在老天的分儿上！"韦斯莱夫人大声嚷道，"没必要这么做 —— 这一套我受够了 —— 就算现在允许你们使用魔法了，你们也用不着做每件鸡毛蒜皮的小事都挥动魔杖吧！"

"我们只是为了节约一点时间！"弗雷德说着匆忙赶过来，把切面包的刀子拔出桌面，"对不起，小天狼星，伙计 —— 不是故意的 ——"

哈利和小天狼星都放声大笑。蒙顿格斯刚才向后栽下了椅子，这会儿正骂骂咧咧地爬起身来。克鲁克山愤怒地嘶嘶叫了一声，箭一般地钻到碗柜底下去了，那双黄澄澄的大眼睛在黑暗中闪闪发亮。

"儿子们，"韦斯莱先生把那锅炖菜重新端到桌子中央，说道，"你们的妈妈说得对，你们现在已经长大成人，应该表现出一点责任感了 ——"

"你们的几个哥哥就从没闹出过这种乱子！"韦斯莱夫人一边朝双胞胎儿子吼道，一边把另一壶黄油啤酒重重地放在桌上，洒出的啤酒几乎跟上一壶一样多，"比尔觉得没必要几步路就幻影移形！查理不会碰到什么东西都施魔法！珀西 ——"

她猛地停住话头，屏住呼吸，惊慌地望了丈夫一眼，韦斯莱先生的表情突然僵住了。

"我们吃饭吧。"比尔赶紧说道。

"看上去很不错啊,莫丽。"卢平说着,替她盛了一些炖菜在盘子里,隔着桌子递了过去。

几分钟没有人说话,只有大家坐下来就餐时盘子和餐具发出的碰撞声,还有椅子的摩擦声。然后,韦斯莱夫人转脸望着小天狼星。

"小天狼星,我一直想告诉你,客厅的那张写字台里面关着个什么东西,它不停地摇晃,发出咯啦啦的声音。也许只是一个博格特,但我想我们还是先请阿拉斯托来看看再把它放出来。"

"随便吧。"小天狼星兴味索然地说。

"还有,那儿的窗帘里都是狐獴子,"韦斯莱夫人接着说道,"我想明天我们得想办法把它们处理一下。"

"我正巴不得呢。"小天狼星说。哈利听出了他声音里的讽刺意味,但不知道其他人有没有听出来。

在哈利对面,唐克斯一边吃饭一边给她的鼻子变形,逗赫敏和金妮开心。每次她都紧紧地闭上眼睛,露出她在哈利卧室里时露出的那种痛苦表情,她的鼻子忽而肿胀得像鸟嘴一样,看上去活脱脱是斯内普的鼻子,忽而又缩回去,变成圆球蘑菇一般大小,然后每个鼻孔里都冒出一大堆鼻毛。这显然是吃饭时的固定娱乐节目,因为很快赫敏和金妮就要求她变出她们最喜欢的鼻子。

"变出一只猪鼻子来,唐克斯。"

唐克斯照办了,哈利抬起头,刹那间,他还以为一个女版达力正隔着桌子朝他咧嘴微笑呢。

韦斯莱先生、比尔和卢平正在进行一场关于妖精的激烈讨论。

"他们还是滴水不漏,什么也不肯说,"比尔说,"我仍然弄不清楚他们是不是相信他回来了。当然,他们大概不想支持任何一方,不想卷到这里头来。"

"我相信他们决不会倒向神秘人那边,"韦斯莱先生摇着头说道,"他们的损失也很惨重。还记得他上次杀害的那一家妖精吗,

第5章 凤凰社

就在诺丁汉附近?"

"我想,那得看人家给他们开出了什么价码,"卢平说,"我说的不是金子。如果有人向他们提供我们几个世纪以来不肯给他们的自由,他们就会抵挡不住诱惑。比尔,拉格诺那边还是没有丝毫转机吗?"

"他目前在感情上对巫师还是很排斥的,"比尔说,"他还为巴格曼的那档子事气得要命呢,觉得魔法部掩盖了真相。你们知道,那些妖精始终没能从他手里拿到他们的金子——"

桌子中央传来一阵大笑,淹没了比尔没说完的话。弗雷德、乔治、罗恩和蒙顿格斯在椅子上笑得前仰后合。

"……后来,"蒙顿格斯笑得喘不过气来,眼泪直顺着他的面颊往下流,他说,"后来,信不信由你们吧,他对我说,说:'咦,顿格,这些癞蛤蟆你是从哪儿弄来的?不知道哪个杂种把我的癞蛤蟆全偷走了!'我就说了:'把你的癞蛤蟆全偷走了,是威尔干的,那怎么办呢?所以你才需要再买一些呀,对不对?'你们信不信,孩子们,那个没头脑的滴水嘴石兽居然从我手里把他自己的癞蛤蟆全都买了回去,价钱比他原先买的时候还要高得多——"

"我们不需要听你唠叨这些生意经,蒙顿格斯,非常感谢。"韦斯莱夫人严厉地说。罗恩扑在桌子上,放声大笑。

"对不起,莫丽,"蒙顿格斯立刻说道,他擦擦眼泪,朝哈利眨了眨眼睛,"可是,你知道,癞蛤蟆是威尔从瓦提·海里斯那里偷出来的,所以我其实并没有做什么坏事。"

"我不知道你的是非观是在哪儿学的,蒙顿格斯,但你似乎漏掉了最关键的几课。"韦斯莱夫人冷冷地说。

弗雷德和乔治把脸埋在盛着黄油啤酒的高脚酒杯上,乔治笑得直打嗝。不知为什么,韦斯莱夫人狠狠地白了小天狼星一眼,然后起身拿来一个大大的黄酥皮派做甜点。哈利扭头望着他的教父。

"莫丽不大认可蒙顿格斯。"小天狼星压低声音说。

"那他怎么会加入凤凰社的？"哈利悄声地问。

"他有用啊，"小天狼星小声嘀咕道，"认识所有的骗子毛贼——哼，这也难怪，他自己就是那一类货色。不过他对邓布利多倒是忠心耿耿，邓布利多有一次还帮助他摆脱了困境。弄一个顿格这样的人在身边也有好处，他能听到我们听不到的东西。但莫丽认为请他留下来吃晚饭太过分了。莫丽还没有原谅他在应该跟踪你的时候擅离职守。"

吃了三大块黄酥皮派和蛋奶糕，哈利牛仔裤的裤腰紧得难受了（这就很能说明问题了，因为那条牛仔裤本来是达力的）。哈利放下勺子时，饭桌上的谈话逐渐平静了下来。韦斯莱先生靠在椅子背上，一副吃饱喝足、身心放松的样子。唐克斯张着大嘴打哈欠，她的鼻子已经恢复了正常。金妮把克鲁克山从碗柜下面引了出来，这会儿正盘腿坐在地上，把一些黄油啤酒的软木塞滚来滚去，让克鲁克山追着玩儿。

"差不多该上床睡觉了，我想。"韦斯莱夫人打着哈欠说。

"还没有呢，莫丽。"小天狼星把面前的空盘子推到一边，转脸望着哈利，"知道吗，我真为你感到吃惊。我以为你到这里的第一件事就是询问伏地魔的情况。"

屋里的气氛突然变了，速度如此之快，哈利还以为是摄魂怪来了。几秒钟前还是那样轻松悠闲，令人昏昏欲睡，现在却变得警觉，甚至是紧张了。听到伏地魔的名字，饭桌周围掠过一阵战栗。卢平刚才端起杯子正要喝酒，这时慢慢放下酒杯，露出警惕的神情。

"我问了！"哈利气愤地说，"我问了罗恩和赫敏，但他们说我们没被批准加入凤凰社，所以——"

"他们说得对呀，"韦斯莱夫人说，"你们年纪还太小。"

她笔直地坐在椅子上，两个拳头捏得紧紧的抱在怀里，睡意消

第5章 凤凰社

失得无影无踪。

"从什么时候开始，我们必须先加入凤凰社才能提问题？"小天狼星问，"哈利在那个麻瓜家里困了整整一个月。他有权利知道发生了什么——"

"等一等！"乔治大声打断了他。

"为什么哈利的问题就能得到答复？"弗雷德气呼呼地问。

"一个月来我们一直想从你们嘴里问出点什么来，但你们什么也不肯告诉我们！"乔治说。

"你们年纪太小了，你们没有加入凤凰社。"弗雷德说，那又尖又细的声音活脱脱就是他母亲的，听着简直不可思议，"而哈利甚至还没有成年呢！"

"没有人告诉你们凤凰社在做什么，这可不能怪我呀，"小天狼星平静地说，"这是你父母的决定。而哈利则不同——"

"用不着你来决定怎么对哈利有好处！"韦斯莱夫人厉声说，平日和蔼亲切的脸上此刻露出的表情很吓人，"我想，你没有忘记邓布利多说的话吧？"

"哪一部分？"小天狼星不失礼貌地问，但神情却像一个准备迎战的人。

"就是不告诉哈利他不需要知道的。"韦斯莱夫人说，着重强调了最后几个字。

罗恩、赫敏、弗雷德和乔治的脑袋在小天狼星和韦斯莱夫人之间转来转去，仿佛在观看网球场上的来回对打。金妮跪在一堆丢弃的黄油啤酒软木塞中间，呆呆地望着他们谈话，嘴巴微微张着。卢平眼睛一眨不眨地盯着小天狼星。

"我只打算告诉哈利他需要知道的，莫丽。"小天狼星说，"当时是他看见伏地魔（听到这个名字，饭桌周围的人又是一阵战栗）恢复肉身的，他比大多数人都更有权利——"

"他还不是凤凰社的成员呢!"韦斯莱夫人说,"他才十五岁,而且——"

"但他经历的事情不比凤凰社的大多数人少,"小天狼星说,"甚至比有些人还多。"

"没有人否认他做过的事情!"韦斯莱夫人说,声音越来越高,放在椅子扶手上的拳头在微微颤抖,"但他仍然——"

"他不是个孩子了!"小天狼星不耐烦地说。

"但他也不是个成年人!"韦斯莱夫人说,血液冲上了她的面颊,"他不是詹姆,小天狼星!"

"谢谢,我很清楚他是谁,莫丽。"小天狼星冷冷地说。

"我看不一定!"韦斯莱夫人说,"有时你谈起他时的语气,就好像你以为你最好的朋友又回来了似的!"

"那又有什么错呢?"哈利说。

"错就错在你不是你的父亲,哈利,不管你长得多么像他!"韦斯莱夫人说,眼睛仍然死死地盯着小天狼星,"你还在上学,对你负责任的成年人不应该忘记这一点!"

"你是说我是个不负责任的教父?"小天狼星问道,声音提高了。

"我是说大家都知道你做事莽撞,小天狼星,所以邓布利多才不断提醒你待在家里——"

"对不起,希望我们的谈话不要扯进邓布利多对我的指教。"小天狼星大声说。

"亚瑟!"韦斯莱夫人说,突然转向了她的丈夫,"亚瑟,你支持我一下!"

韦斯莱先生没有马上说话,而是摘下眼镜,在长袍上慢慢地擦拭镜片,眼睛也不看自己的妻子。他小心翼翼地把眼镜重新戴好,才开了口。

第 5 章 凤 凰 社

"邓布利多知道情况有了变化,莫丽。他同意在一定程度上必须把最新的消息告诉给哈利,既然哈利现在已经住在指挥部了。"

"没错,但那跟鼓励他随便发问还是有区别的!"

"就我个人来说,"卢平终于把目光从小天狼星身上移开,轻声细语地说话了,韦斯莱夫人立刻转向他,满心指望自己总算有了一个支持者,"我认为最好让哈利从我们这里了解到事实真相——不是所有的事实,莫丽,而是一个大致的情况,免得他从……别人那里得到一些混乱不清的说法。"

他的表情很温和,但哈利可以肯定,至少卢平知道有几只伸缩耳逃脱了韦斯莱夫人的清理扫荡。

"好吧,"韦斯莱夫人说,深深吸了口气,扫视了一圈饭桌,希望能得到支持,但没有人响应,"好吧……看来我的意见是要被否决了。我只想说一句,邓布利多不想让哈利知道得太多肯定有他的道理,我作为一个关心哈利切身利益的人——"

"他不是你的儿子。"小天狼星轻声说。

"但和我的儿子差不多。"韦斯莱夫人恼怒地说,"他还有谁?"

"他有我!"

"是啊,"韦斯莱夫人撇着嘴说,"问题是,你自己被关在阿兹卡班,根本就难以照顾他,是不是?"

小天狼星忍不住要从椅子上跳起来。

"莫丽,这张桌子旁关心哈利的人不止你一个。"卢平严厉地说,"小天狼星,坐下。"

韦斯莱夫人的下嘴唇颤抖着,小天狼星缓缓地跌回椅子上,脸色煞白。

"我认为这件事最好允许哈利发表意见,"卢平接着说,"他年纪不小了,可以自己决定了。"

"我想知道到底发生了什么事情。"哈利立刻说道。

他没有看韦斯莱夫人。刚才韦斯莱夫人说他就像她的亲生儿子一样,他很感动,但同时也被韦斯莱夫人对自己的过分溺爱弄得很不耐烦。小天狼星说得对,他已经不是一个孩子了。

"很好。"韦斯莱夫人说,声音都嘶哑了,"金妮——罗恩——赫敏——弗雷德——乔治——我要你们离开这间厨房,马上。"

立刻,屋子里像炸了窝一样。

"我们已经成年了!"弗雷德和乔治同时嚷道。

"哈利能知道,为什么我就不能?"罗恩大叫。

"妈妈,我也想听听!"金妮尖声喊。

"**不行!**"韦斯莱夫人大吼一声,腾地站起来,眼睛里放出奇亮的光芒,"我绝对不允许——"

"莫丽,你不能阻拦弗雷德和乔治,"韦斯莱先生疲倦地说,"他们已经成年了。"

"他们还在上学。"

"但他们是合法的成年人了。"韦斯莱先生还是用那疲倦的声音说。

韦斯莱夫人的脸此时涨得通红。

"我——哦,好吧,弗雷德和乔治可以留下,但是罗恩——"

"反正哈利会把你们说的一切都告诉我和赫敏的!"罗恩愤愤不平地说,"你——会吗?"他迎住哈利的目光,没有把握地追问了一句。

刹那间,哈利想对罗恩说他一个字也不会告诉他,也让他尝尝被蒙在鼓里的滋味,看看好受不好受。但是当两人目光相对时,他那种小心眼的冲动一下子就消失了。

"我当然会。"哈利说。

罗恩和赫敏顿时喜上眉梢。

"很好!"韦斯莱夫人大声喝道,"很好! 金妮——**上床睡觉!**"

第 5 章 凤 凰 社

金妮并不是乖乖离开的。他们听见她上楼时一路冲她妈妈连喊带叫,大发脾气。到了门厅里,布莱克夫人又发出震耳欲聋的尖叫,使喧闹声变得更加无法忍受。卢平赶紧冲到那幅肖像前使它恢复了平静。等他回来返身关上厨房的门,重新在桌子旁坐下,小天狼星才开口说话。

"好吧,哈利……你想知道什么?"

哈利深深吸了口气,问出了最近一个月来一直困扰着他的那个问题。

"伏地魔在哪儿?"他问,别人听到这个名字又是一阵战栗和畏缩,但他只当没看见,"他在做什么?我一直在想办法看麻瓜的新闻,但没有发现他的一点蛛丝马迹,没有人蹊跷地死去,什么也没有发生。"

"那是因为到现在为止还没有人蹊跷地死去,"小天狼星说,"反正据我们所知是这样……而我们知道不少情况。"

"至少他想不到我们会知道得这么多。"卢平说。

"他怎么会停止杀人呢?"哈利问。他知道伏地魔光是去年就不止一次地杀过人。

"因为他不想引起别人对他的注意,"小天狼星说,"那对他来说是很危险的。你知道,他这次回来并不像他所希望的那样顺利。他的安排被打乱了。"

"或者说,是你打乱了他的安排。"卢平说着,脸上露出满意的微笑。

"怎么会呢?"哈利困惑不解地问。

"你本来不应该活下来的!"小天狼星说,"除了他的食死徒,谁都不应该知道他已经回来。而你活下来成了证人。"

"他最不希望他一回来就对他保持警惕的人是邓布利多,"卢平说,"而你确保了邓布利多立刻就知道了这件事。"

"那又有什么用呢？"哈利问。

"你在开玩笑吗？"比尔不敢相信地说，"邓布利多是神秘人有生以来唯一害怕的人！"

"多亏了你，邓布利多才能够在伏地魔回来后不到一小时就重新召集了凤凰社。"小天狼星说。

"那么，凤凰社一直在做些什么呢？"哈利问，挨个儿望着大家。

"尽我们最大的努力，确保伏地魔无法实施他的计划。"小天狼星说。

"你们怎么知道他的计划是什么呢？"哈利立刻问道。

"邓布利多有敏锐的感觉，"卢平说，"而邓布利多的敏锐感觉一般都被证明是准确的。"

"那么邓布利多认为伏地魔的计划是什么呢？"

"是这样，首先，伏地魔想重新纠集他的人马。"小天狼星说，"过去，他有一大批人听他指挥，那些迫于他的淫威或受他蒙蔽而跟随他的巫师，那些忠心耿耿的食死徒，还有各种黑魔法生物。听说他还打算把巨人也拉拢过去。其实，他们只是他想纠集的大批人马中的一部分。他显然不会只带着十几个食死徒就来跟魔法部较量。"

"所以你们想阻止他得到更多的追随者？"

"我们在尽力而为。"卢平说。

"怎么做呢？"

"是这样，主要是尽量让更多的人相信神秘人真的回来了，让他们保持警惕，"比尔说，"不过这件事做起来很棘手。"

"为什么呢？"

"因为魔法部的态度。"唐克斯说，"哈利，神秘人回来后，你是见过康奈利·福吉的。哼，他丝毫也没有改变立场。他死活不肯

第 5 章 凤 凰 社

相信这件事真的发生了。"

"可是为什么呢？"哈利烦躁地问，"他为什么这样愚蠢？既然邓布利多——"

"啊，好了，你指出了问题的关键，"韦斯莱先生苦笑着说，"邓布利多。"

"福吉害怕他，明白吗？"唐克斯悲哀地说。

"害怕邓布利多？"哈利不敢相信地问。

"害怕他想做的事情。"韦斯莱先生说，"福吉认为邓布利多在密谋推翻他。他认为邓布利多自己想当魔法部部长。"

"可是邓布利多并不想——"

"他当然不想，"韦斯莱先生说，"他从来没想过要当部长，尽管米里森·巴格诺退休时，许多人想让邓布利多接替部长职位。后来福吉掌了大权，但他一直没有忘记曾经有多少人支持邓布利多，尽管其实邓布利多从来没有申请过这个职位。"

"在内心深处，福吉知道邓布利多比他有智慧得多，法力也比他强大得多。他刚开始当部长的时候，还三天两头地向邓布利多讨教、求助。"卢平说，"但是后来他似乎喜欢上了权力，信心也增强了。他迷恋当魔法部部长的感觉，而且他使自己相信，他才是有智慧的人，邓布利多只是故意制造事端。"

"他怎么能那么想呢？"哈利生气地说，"他怎么能认为邓布利多会凭空编造——我会凭空编造呢？"

"因为如果承认伏地魔回来了，就意味着有大麻烦，这种麻烦魔法部已经有将近十四年没有碰到了。"小天狼星尖刻地说，"福吉只是没有勇气面对这件事。他让自己相信邓布利多是在散布谣言，破坏他的稳定地位，这样一想就轻松多了。"

"你说到点子上了。"卢平说，"既然魔法部坚持说不用担心伏地魔，我们就很难让人们相信他回来了，特别是在人们其实也不愿意相信这个事实的情况下。还有，魔法部一直在对《预言家日报》施加压力，不让他们报道有关的任何消息，他们现在称这些消息为邓布利多的谣言，因此，巫师界的大部分人都完全不知道有事情发生了，这样一来，他们就很容易成为食死徒的攻击目标，如果食死徒使用夺魂咒的话。"

"可是你们在告诉人们真相，是不是？"哈利说，轮番看着韦斯莱先生、小天狼星、比尔、蒙顿格斯、卢平和唐克斯，"你们在让人们知道他已经回来了？"

他们全都苦笑着。

"唉，所有的人认为我是一个杀人不眨眼的疯子，魔法部悬赏一万加隆捉我归案，所以我不可能溜溜达达地在大街上散发传单，是不是？"小天狼星焦躁不安地说。

"在大多数人眼里，我不是一个很受欢迎的晚宴贵宾。"卢平说，"身为狼人，真是一种职业性的危害。"

"唐克斯和亚瑟如果信口开河，就会丢掉他们在魔法部的工作。"小天狼星说，"而我们在部里安插内线是很重要的，伏地魔肯定也有他们自己的奸细。"

"不过我们还是说服了几个人，"韦斯莱先生说，"比如这位唐克斯——她年纪太轻，上次没能加入凤凰社，能把傲罗争取到我们这边是一个很大的优势——金斯莱·沙克尔也是一个无价之宝。他负责追捕小天狼星，所以他一直向部里提供消息说小天狼星在西藏。"

"但是如果你们谁也不公布伏地魔回来的消息——"哈利话没说完。

"谁说我们没有公布这个消息？"小天狼星说，"你认为邓布利多为什么会陷入这样的麻烦境地？"

"你这话是什么意思？"哈利问。

第5章 凤凰社

"他们拼命想败坏他的名声,"卢平说,"你没看上个星期的《预言家日报》吗? 他们报道说他经过投票被解除了国际巫师联合会会长的职位,因为他已经年迈,力不从心,但那根本不是事实。他发表了一篇讲话,宣布伏地魔回来了,之后魔法部的巫师们就投票使他被解职了。他们给他降了级,他不再是威森加摩——就是最高巫师法庭——的首席魔法师,他们还在讨论收回他的梅林爵士团一级勋章。"

"可是邓布利多说,只要不把他从巧克力蛙的画片中撤下来,他们做什么他都不在乎。"比尔咧嘴笑着说。

"这不是什么好笑的事情。"韦斯莱先生严厉地说,"如果他一直这样公然与魔法部对着干,最后他可能会被关进阿兹卡班的,而我们最不希望看到的就是邓布利多被关起来。既然神秘人知道邓布利多在外面并且清楚他打算做什么,他就必须谨慎行事。如果邓布利多这个障碍被清除了——唉,神秘人就可以肆意妄为了。"

"但是,如果伏地魔想吸收更多的人成为食死徒,他回来的消息肯定会传出去的,是不是?"哈利急躁地问。

"伏地魔并不是大摇大摆地走到别人家门口,砰砰地敲他们的门,哈利,"小天狼星说,"他对他们施魔法,念毒咒,威逼利诱。他搞秘密活动是很有一套的。不管怎么说,网罗追随者只是他感兴趣的事情之一。他还有其他计划,可以神不知鬼不觉地实施的计划,眼下他的全部注意力都在那上面。"

"除了追随者以外,他还想得到什么呢?"哈利反应敏捷地问。他仿佛看到小天狼星和卢平飞快地交换了一下眼神,然后小天狼星才做出了回答。

"某种只有偷偷摸摸才能得到的东西。"

看到哈利还是一脸迷惑,小天狼星说:"比如一件武器。他以前所没有的东西。"

"他以前得势的时候?"

"是的。"

"比如什么样的武器呢?"哈利说,"比阿瓦达索命咒还要厉害——"

"够了!"韦斯莱夫人站在门旁的阴影里说。

哈利没有注意到她送金妮上楼已经回来了。她抱着双臂,满脸怒气。

"我希望你们赶紧上床睡觉。大家都去!"她补充了一句,挨个儿扫视着弗雷德、乔治、罗恩和赫敏。

"你不能对我们发号施令——"弗雷德想反抗。

"你看我能不能!"韦斯莱夫人吼道,她身体微微颤抖,望着小天狼星,"你告诉哈利的情况够多的了。再说下去,你就可以马上吸收他加入凤凰社了。"

"为什么不呢?"哈利立刻问道,"我想参加,我愿意参加。我希望参加战斗。"

"不行。"

这次说话的不是韦斯莱夫人,而是卢平。

"凤凰社的成员只能是达到一定年龄的巫师,"他说,"已经从学校毕业的巫师。"他看到弗雷德和乔治张嘴想要说什么,便又补充说,"这里头有很多危险,你们根本就不可能知道,你们谁也不知道……我认为莫丽说得对,小天狼星。我们说得够多的了。"

小天狼星微微耸了耸肩膀,但没有再说什么。韦斯莱夫人盛气凌人地招呼她的几个儿子和赫敏。他们一个接一个地站起身,哈利看到没什么希望了,也只好跟着站了起来。

第6章

最古老而高贵的布莱克家族

韦斯莱夫人跟着他们上楼,脸板得叫人害怕。

"我希望你们每个人立刻上床睡觉,不许说话。"他们走到楼梯的第一个平台时,她说道,"明天我们有许多事情要做。我想金妮已经睡着了。"她又对赫敏说:"尽量不要把她吵醒。"

"睡着了,是啊,没错。"弗雷德压低声音说,这时赫敏已经向他们道了晚安,他们正继续往楼上走去,"金妮肯定醒着,等着赫敏把他们在楼下说的话原原本本地告诉她,如果不是这样,我就是一只弗洛伯毛虫……"

"好了,罗恩,哈利,"韦斯莱夫人在楼梯的第二个平台上说,指着卧室,叫他们快点走进去,"快上床睡觉吧。"

"晚安。"哈利和罗恩对双胞胎说。

"睡个好觉。"弗雷德眨了眨眼睛说。

韦斯莱夫人在哈利身后重重地把门关上了。卧室看上去要说有什么不一样的话,倒是比第一次见到时更昏暗、更阴森了。墙上那幅空白油画此刻缓缓地、一起一伏地呼吸着,似乎住在里头的那个看不见的人已经进入了梦乡。哈利换上睡衣,摘下眼镜,爬到冰冷的床上;罗恩往衣柜顶上扔了一些猫头鹰食,安抚了一下海德薇和小猪，它们不停地呷着嘴，焦躁地扑扇着翅膀。

"我们不能每天晚上放它们出去捕食。"罗恩一边穿上他的褐紫红色睡衣，一边解释说，"邓布利多不想让太多的猫头鹰在广场上飞来飞去，他认为那样会显得很可疑。哦，对了……我忘记了……"

他走过去把门闩上了。

"为什么要这么做？"

"克利切，"罗恩一边关灯一边说道，"我来这里的第一天夜里，他凌晨三点钟摸进了我的房间。相信我，你总不愿意醒过来看见他在你房间里鬼鬼祟祟地转悠吧。算了……"他爬到床上，钻进被窝，转过脸在黑暗中望着哈利。哈利就着从肮脏的窗户中透进来的月光，勉强能够分辨出罗恩的轮廓。"你是怎么想的？"

哈利不需要询问罗恩的问话是什么意思。

"哦，他们告诉我们的情况，我们基本上都能猜得出来，是不是？"他说，想着刚才他们在楼下说过的所有那些话，"我的意思是，实际上他们只说了一点，就是凤凰社正在竭力阻止人们加入伏——"

罗恩呼地倒抽了一口冷气。

"——地魔，"哈利坚决地说，"你什么时候才能对他直呼其名呢？小天狼星和卢平就能做到。"

罗恩假装没听见最后这句话。

"是啊，你说得对，"他说，"他们告诉我们的事情，我们使用伸缩耳差不多都已经知道了。唯一的新消息就是——"

砰！

"哎哟！"

"你声音小点儿，罗恩，不然妈妈又该跑回来了。"

"你们俩幻影移形，正好落在我的膝盖上了！"

第6章　最古老而高贵的布莱克家族

"是啊，没办法，摸着黑总是不太容易。"

哈利看见弗雷德和乔治的模糊身影从罗恩的床上跳了下来。乔治一屁股坐在哈利脚边，哈利床垫的弹簧发出一阵呻吟，床垫往下陷了几英寸。

"怎么样，明白了吧？"乔治急切地问。

"小天狼星提到的那件武器？"哈利说。

"估计是不小心说漏了嘴，"弗雷德兴致勃勃地说，他已坐在了罗恩身边，"我们以前用伸缩耳可没听到这一点，是不是？"

"你们想那会是什么呢？"哈利问。

"什么都有可能。"弗雷德说。

"但是不可能有比阿瓦达索命咒还厉害的东西了，是不是？"罗恩说，"还有什么比死亡更可怕呢？"

"也许是一种可以一下子杀死好多人的武器。"乔治猜测道。

"也许是一种特别痛苦的杀人办法。"罗恩恐惧地说。

"他已经有了可以让人痛苦的钻心咒，"哈利说，"不会再需要比那个更有效的东西了。"

一阵沉默，哈利知道其他人像他一样，都在猜想这件秘密武器能做出什么恐怖的坏事。

"那么你们说，这武器如今在谁的手里呢？"乔治问。

"我希望在我们这边。"罗恩说，声音里微微透着紧张。

"如果是这样，准是由邓布利多保管着。"弗雷德说。

"在哪儿？"罗恩立刻问道，"在霍格沃茨？"

"肯定没错！"乔治说，"当年他就把魔法石藏在了那儿。"

"可是，一件武器肯定要比魔法石大得多呀！"罗恩说。

"不一定。"弗雷德说。

"是啊，威力大小不在于个头。"乔治说，"看看金妮吧。"

"你这是什么意思？"哈利说。

"你从来没有领教过她的蝙蝠精咒吧?"

"嘘!"弗雷德说着从床上欠起身子,"听!"

他们屏住呼吸。有脚步声从楼梯上传来。

"妈妈。"乔治说,说时迟那时快,随着啪的一声爆响,哈利觉得压在他床上的重量突然消失了。几秒钟后,他们听见门外的地板吱吱嘎嘎地响了起来,韦斯莱夫人显然在听他们是不是还在说话。

海德薇和小猪闷闷不乐地叫着。地板又吱吱嘎嘎地响了,他们听见她在继续往楼上走,去检查弗雷德和乔治了。

"你看,她根本就不相信我们。"罗恩懊丧地说。

哈利知道自己肯定是睡不着了。这一晚上发生的事情太多了,他需要好好想想,他估计自己会躺在床上,翻来覆去地寻思几个小时。他很想继续跟罗恩说说话,但韦斯莱夫人又吱吱嘎嘎地走下楼来了。她刚一走远,哈利又清清楚楚地听见其他人在往楼上走……实际上,那是一些多腿的动物在卧室门外悄没声地跑来跑去,保护神奇动物课的老师海格在说:"它们多漂亮啊,是不是,哈利?我们这学期要学习武器……"哈利突然看见那些动物的脑袋变成了一门门大炮,正转过来对准了他……他闪身躲藏……

接下来,他发现自己在被窝里蜷缩成一个温暖的球,乔治响亮的声音在房间里回荡。

"妈妈说该起床了,你们的早饭在厨房里,然后她要你们都到客厅去,那里的狐獴子比她原来想的还要多得多,她还在沙发底下发现了一窝死蒲绒绒。"

半小时后,哈利和罗恩三下五除二地穿好衣服,吃过早饭,来到了客厅。这是二楼的一个长长的、天花板很高的房间,橄榄绿色的墙壁上挂着肮脏的挂毯。每次有人把脚踩在地毯上,就会扬起一小股灰尘,长长的、黄绿色的天鹅绒窗帘嗡嗡作响,好像里面飞着许多看不见的蜜蜂。韦斯莱夫人、赫敏、金妮、弗雷德和乔治正围

第6章　最古老而高贵的布莱克家族

在窗帘前面，脸上都蒙着一块布，掩住了鼻子和嘴巴，样子显得特别滑稽。他们每个人手里都拿着一大瓶黑色的液体，瓶口有一个喷嘴。

"把脸蒙住，拿一瓶喷雾剂，"韦斯莱夫人一看见哈利和罗恩就说，一边指着一张细长腿桌子上的两瓶黑色液体，"这是狐猸子灭剂。我从没有见过害虫这样泛滥成灾的——那个家养小精灵这十年来都做什么了——"

赫敏的脸被一块茶巾遮去了一半，但哈利清清楚楚地看见她朝韦斯莱夫人投去了不满的一瞥。

"克利切已经很老了，他大概不能做——"

"克利切只要想做，他能做的事情准会使你大吃一惊，赫敏。"小天狼星说，他刚刚走进房间，手里拎着一只血迹斑斑的口袋，里面装的像是死老鼠。"我刚才在喂巴克比克，"看到哈利脸上询问的神色，他解释道，"我把它关在了楼上我母亲的卧室里。不管怎么说……这张写字台……"

他把那袋死老鼠扔在一把扶手椅上，俯身查看那个锁着的柜子，哈利这才第一次注意到柜子在微微颤动。

"没错，莫丽，我可以肯定这是一个博格特，"小天狼星从钥匙孔里往里瞅着说道，"但或许我们最好先让疯眼汉看看再把它放出来——据我对我妈的了解，搞不好是比博格特更可怕的东西。"

"你说得对，小天狼星。"韦斯莱夫人说。

两人说话都小心翼翼，客客气气，哈利明白他们俩都还没有忘记前一天晚上的争吵。

楼下传来叮叮当当刺耳的门铃声，紧接着是昨天晚上唐克斯撞翻伞架时触发的那种凄厉的尖叫哀号。

"我告诉他们多少次了，不要摁门铃！"小天狼星恼火地说，匆匆离开了房间。他们听见他脚步声很重地跑下楼去，而布莱克夫人的尖叫声又一次在整个房子里回荡起来：

"伤风败俗的家伙，肮脏的杂种，家族的败类，龌龊的孽子……"

"劳驾你把门关上，哈利。"韦斯莱夫人说。

哈利大着胆子，尽量拖延关上客厅房门的时间。他想听听楼下的动静。小天狼星显然已经把帷幔拉上盖住了他母亲的肖像，因为老太太不再尖叫了。哈利听见小天狼星走过门厅，然后前门上的链条一阵哗啦啦作响，一个低沉的声音说话了，哈利听出那是金斯莱·沙克尔："海丝佳刚把我替下，现在她穿上了穆迪的隐形斗篷，不过我要给邓布利多留一份报告……"

哈利感觉到韦斯莱夫人的眼睛在盯着他的后脑勺，便只好遗憾地关上客厅的门，重新加入了消灭狐獴子的行列。

韦斯莱夫人俯下身，查看着摊放在沙发上的《吉德罗·洛哈特教你清除家庭害虫》里关于灭狐獴子的那一页。

"听着，你们大家，你们必须格外留神，狐獴子的牙齿是有毒的，被它们咬了之后会中毒。我这里有一瓶解毒剂，但愿没有人需要它。"

她直起身，在窗帘前面摆开架势，示意他们都过去。

"我一发口令，就立刻开始喷。"她说，"我想它们会飞出来攻击我们，但喷雾剂上说，只要足足地喷一下，就能使它们瘫痪。等它们不能动弹了，就把它们扔进这只桶里。"

她小心地走出大家的喷射范围，举起她自己的喷雾剂。

"预备——喷！"

哈利刚喷了几秒钟，就有一只成年的狐獴子从窗帘的褶皱里飞了出来，甲虫般亮晶晶的翅膀嗡嗡扇动着，尖针般的小牙齿露在外面，小巧玲珑的身体上布满浓密的黑毛，四只小拳头愤怒地攥得紧紧的。哈利用狐獴子灭剂将它喷了个正着。它僵在半空中不动了，

第6章　最古老而高贵的布莱克家族

然后掉在下面满是虫眼的地毯上,当的一声,响得出奇。哈利把它捡起来丢进了桶里。

"弗雷德,你在做什么呢?"韦斯莱夫人严厉地问,"快喷它一下,然后扔掉!"

哈利转过头,看见弗雷德正用大拇指和食指捏住一只不断挣扎的狐獴子。

"好——嘞。"弗雷德欢快地说,迅速地朝那只狐獴子喷了一下,狐獴子昏了过去,但韦斯莱夫人刚一转身,弗雷德就挤挤眼睛,把狐獴子装进了口袋。

"我们想用狐獴子的毒液做实验,研制我们的速效逃课糖。"乔治压低声音对哈利说。

哈利敏捷地同时喷中了两只迎面飞来的狐獴子,凑到乔治身边,几乎不动嘴唇地低声问:"什么是速效逃课糖?"

"各种各样让你犯病的糖果,"乔治小声说,一边警惕地留意着韦斯莱夫人的背影,"记住,不是犯重病,而是刚好能在你不想上课的时候让你离开课堂。我和弗雷德这个夏天一直在研制它们。是一种双色口香糖,一头是橘黄色的,另一头是紫色的。如果你吃下这种吐吐糖的橘黄色一半,就会呕吐。等你冲出教室到医院去时,再吞下紫色的一半——"

"'——它又让你变得活蹦乱跳,使你能够在一个小时里进行你喜欢的休闲活动,不然那一小时肯定是枯燥乏味、毫无收获的。'反正我们的广告词就是这么说的,"他侧着身子移到了韦斯莱夫人看不见的地方,把掉在地上的几只狐獴子划拉到一起,装进了口袋,"但是还需要再做一些工作。目前,我们的试验者吐起来没完没了,无法歇口气吞下紫色的一半。"

"试验者?"

"我们,"弗雷德说,"我们轮流试验。弗雷德试验昏迷花糖——

我们俩还共同试验鼻血牛轧糖——"

"妈妈还以为我们在决斗呢。"乔治说。

"那么，笑话店还开着吧？"哈利小声问，一边假装调整喷雾器的喷嘴。

"唉，我们还没有机会去找房子呢，"弗雷德说，把声音压得更低了，这时韦斯莱夫人用围巾擦了擦额头上的汗，又返身投入战斗，"所以目前还只是办理邮购业务。上个星期我们在《预言家日报》上登了广告。"

"还得感谢你呢，伙计。"乔治说，"不用担心……妈妈什么也不知道。她再也不肯看《预言家日报》了，因为报上尽给你和邓布利多造谣。"

哈利咧嘴笑了。他曾经硬要韦斯莱家的这对双胞胎收下他在三强争霸赛中得到的一千加隆，以帮助他们实现开一个笑话店的雄心壮志，不过得知韦斯莱夫人不知道他资助了双胞胎，他还是感到松了口气。韦斯莱夫人认为，对她这两个儿子来说，开一家笑话店不是一个合适的职业。

消灭窗帘里的狐獴子花了几乎一上午的时间。一直到过了中午，韦斯莱夫人才摘掉防护的围巾，一屁股坐在一把中间凹陷的扶手椅上，紧接着又厌恶地大叫一声，跳了起来——她坐在那一袋死老鼠上了。窗帘不再发出嗡嗡的响声，它们软绵绵地垂着，因为喷了太多的药水而湿漉漉的。在它们的下面，失去知觉的狐獴子密密麻麻地躺在桶里，旁边一个碗里是它们黑色的卵，克鲁克山用鼻子嗅来嗅去，弗雷德和乔治眼馋地朝它们望着。

"我想，我们吃过午饭后再来对付那些吧。"韦斯莱夫人指着壁炉架两边布满灰尘的玻璃门柜子，那里面塞满了各种各样的古怪玩意儿：一批锈迹斑斑的短剑、动物的脚爪、一条盘起来的蛇皮，还有一大堆颜色暗淡发乌的银盒子，上面刻着哈利看不懂的文字，最

第6章 最古老而高贵的布莱克家族

让人不喜欢的是一个装饰用的水晶瓶,塞子上嵌着一块很大的蛋白石,瓶子里盛满了哈利相信是血的东西。

门铃又叮叮当当地响了起来。大伙儿都望着韦斯莱夫人。

"待在这儿,"她不容置疑地说,一把抓起那袋死老鼠,下面又传来了布莱克夫人凄厉刺耳的尖叫声,"我会带一些三明治上来。"

她走出房间,回手把门小心地关上了。立刻,大家都冲到窗口,朝下面的前门台阶望去。他们看见的是一个乱蓬蓬的姜黄色头顶,还有一大摞东倒西歪、眼看就要倒下来的坩埚。

"蒙顿格斯!"赫敏说,"他带那么多坩埚来干什么?"

"大概想找个安全的地方藏起来吧。"哈利说,"他本该跟踪我的那天晚上,去办的不就是这件事吗? 抢购来路不明的坩埚?"

"没错,你说得对!"弗雷德说,这时前门打开了,蒙顿格斯费力地搬着那些坩埚进了门,从他们的视野中消失了,"天哪,妈妈肯定不高兴……"

他和乔治走过去站在房门旁,仔细地听着。布莱克夫人的叫声已经停止了。

"蒙顿格斯在跟小天狼星和金斯莱说话,"弗雷德小声说,同时皱紧眉头专心地听着,"听不太清楚……你说我们可不可以冒险用一次伸缩耳?"

"值得一试,"乔治说,"我可以悄悄上楼拿一副——"

可是就在这个时候,楼下传来爆炸般的声响,伸缩耳变得完全没有必要了。每个人都能清清楚楚地听见韦斯莱夫人扯足嗓子的叫嚷。

"我们这里不是窝藏赃物的地方!"

"我真喜欢听妈妈冲别人嚷嚷,"弗雷德脸上带着满足的微笑说道,他把门打开了一两英寸,好让韦斯莱夫人的声音更清楚地传进屋里,"换换口味真不赖。"

"——完全不负责任，好像我们的烦心事还不够多似的，你还要把这一大堆偷来的坩埚拖进屋子——"

"那些傻瓜怎么会让她由着性子发火呢。"乔治摇摇头说，"必须趁早转移她的注意力，不然她的火气会越来越大，接连几小时嚷嚷个没完没了。哈利，自从蒙顿格斯在应该跟踪你的时候偷偷溜走之后，妈妈就一直盼着狠狠地教训他一顿——哦，小天狼星的妈妈又叫起来了。"

韦斯莱夫人的声音几乎被门厅里那些肖像发出的一片尖厉刺耳的叫声淹没。

乔治想关上房门，把声音挡在外面，但没等他来得及这么做，一个家养小精灵侧身闪了进来。

除了腰上围了一条脏兮兮的破布，就像热带国家男子用来遮体的腰布，他全身几乎一丝不挂。他的模样很老了，皮肤似乎比他的身体实际需要的多出了好几倍，脑袋像所有家养小精灵一样光秃秃的，但那两只蝙蝠般的大耳朵里长出了一大堆白毛。他两眼充血，水汪汪灰蒙蒙的，肉乎乎的鼻子很大，简直像猪的鼻子一样。

小精灵根本没有注意哈利和其他人。他就像看不见他们似的，弓着背，拖着脚，慢慢地、固执地朝房间那头走去，一边用牛蛙般沙哑、低沉的声音不停地轻声念叨：

"……闻着就像阴沟和罪犯的气味。她也好不到哪儿去，讨厌的老败类，领着她的小崽子糟蹋我女主人的房子。哦，我可怜的女主人哪，如果她地下有知，如果她知道他们把什么样的渣滓弄进了她的家门，她会对老克利切说些什么呢。哦，真丢人哪，泥巴种、狼人、叛徒和小偷，可怜的老克利切，他能怎么办呢……"

"你好，克利切。"弗雷德声音很大地说，一边重重地把门关上了。

家养小精灵顿时僵住了，嘴里不再念念有词，而是做出非常明

第6章 最古老而高贵的布莱克家族

显但很不可信的吃惊样子。

"克利切刚才没有看见小少爷。"他说,转身朝弗雷德鞠了一躬。他的脸仍然对着地毯,又用别人完全能够听见的声音说道:"是老败类的讨厌的小崽子。"

"对不起?"乔治说,"最后那句话我没听清。"

"克利切什么也没说,"小精灵又朝乔治鞠了一躬,然后用虽然很轻但清清楚楚的声音说,"这是他的双胞胎兄弟,一对古怪的小野崽子。"

哈利不知道要不要放声大笑。小精灵直起身,用恶毒的目光望了望他们大家,显然相信他们都听不见他的话,因为他又继续念叨开了:

"……还有那个泥巴种,大大咧咧、肆无忌惮地站在那里,如果我的女主人知道,哦,她该哭得多么伤心哪,这里又新来了一个男孩,克利切不知道他叫什么名字。他在这里做什么呢? 克利切不知道……"

"克利切,这是哈利,"赫敏犹豫地说,"哈利·波特。"

克利切那两只浅色的眼睛突然睁大了,嘴里念叨得比以前更快更充满火气:

"那泥巴种居然跟克利切说话,就好像她是我的朋友似的,如果克利切的女主人看见他跟这样的人在一起,哦,她会说什么呢——"

"不许叫她泥巴种!"罗恩和金妮非常生气地同时说道。

"没关系,"赫敏小声说,"他脑子不正常,不知道自己在说——"

"你别自欺欺人了,赫敏,他很清楚自己在说什么。"弗雷德一边说一边非常厌恶地瞪着克利切。

克利切嘴里仍然念念有词,眼睛望着哈利。

"这是真的吗？真的是哈利·波特？克利切看见伤疤了，肯定是真的，就是那个阻止了黑魔王的男孩，克利切不知道他是怎么做到的——"

"我们都不知道，克利切。"弗雷德说。

"你到底想要什么呀？"乔治问。

克利切的一对大眼睛猛地朝乔治望去。

"克利切在打扫卫生。"他躲躲闪闪地说。

"说得倒很像是真的。"哈利身后的一个声音说。

小天狼星回来了，他在门口怒气冲冲地瞪着小精灵。门厅里的声音平息了，也许韦斯莱夫人和蒙顿格斯把他们的争吵转移到厨房里去了。克利切一看见小天狼星立刻深鞠一躬，身子低得简直滑稽可笑，猪鼻子一般的大鼻子压扁在地上。

"快站起来。"小天狼星不耐烦地说，"好了，你想干什么？"

"克利切在打扫卫生，"小精灵又说了一遍，"克利切终生为高贵的布莱克家族效力——"

"可是房子一天比一天黑暗，它太脏了。"小天狼星说。

"少爷总是喜欢开点儿小玩笑，"克利切说着又鞠了一躬，随即压低声音念叨开了，"少爷是个讨厌的、忘恩负义的下流坏子，伤透了他母亲的心——"

"我母亲没有心，克利切，"小天狼星没好气地说，"她完全是靠怨恨维持生命的。"

克利切说话时又鞠了一躬。

"不管少爷怎么说，"他愤愤不平地嘟哝道，"少爷连给他母亲擦鞋底都不配，哦，我可怜的女主人哪，如果她看见克利切在服侍少爷会怎么说呢，女主人是多么恨他啊，他多么令人失望——"

"我问你到底打算干什么。"小天狼星冷冷地说，"每次你出来假装打扫卫生，可是却把什么东西都偷偷拿到你的房间，不让我们

第6章 最古老而高贵的布莱克家族

扔掉。"

"克利切永远不会把少爷家里的任何东西从合适的地方拿走。"小精灵说，然后又很快地念叨起来，"如果挂毯被扔掉了，女主人永远都不会原谅克利切的，挂毯在这个家里已经有七个世纪了，克利切一定要保住它，克利切绝不让少爷，还有那些血统叛徒和小崽子把挂毯毁掉——"

"我就知道是这么回事。"小天狼星说，朝对面墙上投去轻蔑的一瞥，"她会在挂毯后面再念一个永久粘贴咒，对此我毫不怀疑，但是如果我能摆脱它，我绝不会犹豫。好了，你走吧，克利切。"

克利切似乎不敢违抗直接的命令，不过，当他拖着两只脚走出去时，他投给小天狼星的目光充满了刻骨铭心的憎恨，而且他走出房间时嘴里一直念念有词：

"——从阿兹卡班回来，倒对克利切指手画脚了，哦，我可怜的女主人，如果她看到房子变成这样，会说什么呢，卑鄙小人住了进来，她的宝贝被扔了出去，她发誓不认这个儿子的，如今他又回来了，据说还是个杀人犯——"

"你再念叨，我就真的要杀人啦！"小天狼星烦躁地说，对着小精灵把门重重地关上了。

"小天狼星，他的脑子不正常，"赫敏恳求道，"我想他并不知道我们能听见他的话。"

"他独自待的时间太长了，"小天狼星说，"从我母亲的肖像里接受了一些疯疯癫癫的命令，自己对自己说话，不过他以前就是一个可恶的小——"

"如果你放他自由呢，"赫敏抱有希望地说，"说不定——"

"我们不能放他自由，他对凤凰社的事情知道得太多了。"小天狼星粗暴地说，"而且，不管怎么说，那份惊吓也会要了他的命。你突然对他提出要他离开这个家，看看他会有什么反应。"

小天狼星走到房间那头，克利切千方百计要保护的那个挂毯覆盖着整面墙壁。哈利和其他人跟了过去。

挂毯看上去很旧很旧了，颜色已经暗淡，似乎狐獾子把好几处都咬坏了。不过，上面绣的金线仍然闪闪发亮，他们清楚地看到了一幅枝枝蔓蔓的家谱图，一直可以追溯到（就哈利所知）中世纪。挂毯顶上绣着几个大字：

最古老而高贵的布莱克家族
永远纯洁

"你不在上面！"哈利看了看家谱最底下的一行说道。

"曾经在上面的。"小天狼星指了指挂毯上一个焦黑的小圆洞，那像是被香烟烧焦留下的痕迹，"我从家里逃走之后，我亲爱的老母亲就把我销毁了——克利切很喜欢低声念叨这个故事。"

"你从家里逃走？"

"那年我大约十六岁，"小天狼星说，"我受够了。"

"你去了哪儿？"哈利盯着他问道。

"你爸爸家里，"小天狼星说，"你的爷爷奶奶非常善解人意，他们差不多把我当成了第二个儿子。是啊，学校放假时，我就暂时住在你爸爸家里，到了十七岁，我就自己找了个地方。我叔叔阿尔法德给我留下了数量可观的金子——他也是从这里被清除出去的，大概惺惺相惜吧——反正，从那以后，我就自己照顾自己了，不过，波特先生和夫人总是欢迎我每个星期天到他们家吃午饭。"

"可是……你为什么……？"

"离家出走？"小天狼星苦笑了一下，用手梳理着他乱蓬蓬的长发，"因为我讨厌他们所有的人。我的父母，疯狂地痴迷纯血统，他们相信，身为布莱克家族的人，天生就是高贵的……我那个傻

第6章 最古老而高贵的布莱克家族

瓜弟弟，性情太软弱，居然相信了他们的话……这就是他。"

小天狼星伸出一个手指，指了指家谱图最下面的一个名字：雷古勒斯·布莱克。出生日期后面有一个死亡日期（大约在十五年前）。

"他比我小，"小天狼星说，"不断地有人提醒我，他这个儿子比我强得多。"

"可是他死了。"哈利说。

"是啊，"小天狼星说，"愚蠢的白痴……他加入了食死徒的行列。"

"你在开玩笑吧！"

"听我说，哈利，你看了这所房子的情形，难道还不明白我的家人都是什么样的巫师吗？"小天狼星不耐烦地说。

"你的——你的父母也是食死徒吗？"

"不，不是，可是相信我，他们认为伏地魔的主张是正确的，他们都赞成维护巫师血统的纯正，摆脱麻瓜出身的人，让纯血统的人掌握大权。他们并不是唯一的这么想的人，在伏地魔露出他的真实面孔之前，许多人都认为他对一些事情的主张是正确的……不过，当他们发现他为了获得权势而不择手段时，他们都胆怯、退缩了。但是我想，我的父母一开始一定认为雷古勒斯加入其中，算得上一个勇敢的小英雄。"

"他是被傲罗杀死的吗？"哈利不很确定地问。

"哦，不是，"小天狼星说，"不是，他是被伏地魔杀害的。或者，更有可能是在伏地魔的指使下被害的。我怀疑雷古勒斯还没有那么重要，需要伏地魔亲自动手把他干掉。从他死后我了解的情况看，他已经陷得很深，后来他对别人要他做的事情感到恐惧，就想退出。唉，你不可能向伏地魔递一份辞职报告就算完事。要么卖命终身，要么死路一条。"

"吃饭了。"韦斯莱夫人叫道。

她把魔杖高高地举在面前,魔杖尖上顶着一个托盘,里面堆着许多三明治和蛋糕。韦斯莱夫人的脸涨得通红,仍然一副怒气冲冲的样子。其他人都向她围拢过去,争先恐后地拿东西吃,哈利留在小天狼星身边没有动。小天狼星弯腰更仔细地看着挂毯。

"我已经好几年没有看这个东西了。这是菲尼亚斯·奈杰勒斯……我的高祖父,看见了吗?……是霍格沃茨历史上最不受欢迎的校长……还有阿拉明塔·梅利弗伦……我母亲的堂妹……试图强行通过一条魔法部法令,使捕杀麻瓜的行为合法化……还有我亲爱的埃拉朵拉婶婶……家养小精灵老得端不动盘子时就砍下他们的脑袋,这个家族传统就是她开创的……当然啦,每当家族中产生一个还算正派的人物时,他们就声明与他断绝关系。我看到唐克斯也不在上面。也许就是因为这个,克利切才不听从她的命令——克利切应该对家族里所有的人俯首听命的——"

"你和唐克斯是亲戚?"哈利吃惊地问。

"哦,是啊,她的母亲安多米达是我最喜欢的堂姐,"小天狼星一边说一边认真地研究家谱图,"没有,安多米达也不在上面,你看——"

他指着贝拉特里克斯和纳西莎两个名字之间的另一个被烧焦的小圆斑。

"安多米达的姐妹们都在上面,因为她们嫁给了可爱的、值得尊敬的纯血统巫师,只有安多米达嫁给了一个麻瓜出身的人——泰德·唐克斯,所以——"

小天狼星用魔杖做了一个向挂毯射击的动作,苦涩地笑了几声。但哈利没有笑,他正目不转睛地盯着安多米达的焦痕右边的几个名字。一根双股的金线把纳西莎·布莱克与卢修斯·马尔福连接在了一起,然后一根单股的垂直金线从他们的名字连向了德拉科的

第6章 最古老而高贵的布莱克家族

名字。

"你跟马尔福一家是亲戚!"

"纯血统的家庭之间都有亲戚关系。"小天狼星说,"如果你只想让你的儿女同纯血统的人结婚,那你的选择余地就非常有限了。我们这种人已经所剩无几了。莫丽和我是姻亲关系的表姐弟,亚瑟大概算是我远方表亲吧。但在这上面不可能找到他们——如果有哪个家里都是一伙玷污血统的败类,那准是韦斯莱一家了。"

哈利这时又望着安多米达的焦痕左边的那个名字:贝拉特里克斯·布莱克,一根双股金线将它与罗道夫斯·莱斯特兰奇的名字连接在一起。

"莱斯特兰奇……"哈利大声说。这名字触动了他记忆中的某个东西,他在什么地方见过它,现在一时想不起是在哪儿,但是他内心深处产生了一种奇怪的、阴森森的感觉。

"他们被关在了阿兹卡班。"小天狼星简短地说。

哈利好奇地望着他。

"贝拉特里克斯和她丈夫罗道夫斯是和小巴蒂·克劳奇一起进去的。"小天狼星还是用那种简慢生硬的声音说,"罗道夫斯的弟弟拉巴斯坦也和他们在一起。"

哈利想起来了。他在邓布利多的冥想盆里见过贝拉特里克斯·莱斯特兰奇。冥想盆是一种储存思想和记忆的奇特装置。贝拉特里克斯是一个高个子的黑皮肤女人,厚厚的眼帘耷拉着,她当时在接受审判,声明她继续为伏地魔效忠,并说她为自己在伏地魔失势后想方设法寻找他而感到骄傲,还说她坚信总有一天会因自己的忠诚而得到回报。

"你从没说过她是你的——"

"就算她是我的堂姐又有什么关系呢?"小天狼星没好气地说,"就我而言,他们根本就不是我的亲人。她当然更不能算我的亲人,我从你这么大以后就再没有见过她，除非算上我看见她被关进阿兹卡班时的匆匆一瞥。你认为我会因为有她这样一个亲戚而感到自豪吗？"

"对不起，"哈利赶紧说道，"我不是这个意思——我只是感到很意外，没别的——"

"没关系，用不着道歉。"小天狼星轻声嘀咕道。他转身离开了挂毯，两只手深深插在口袋里。"我真不愿意回到这里，"他一边说一边将目光投向了客厅的另一头，"我从来没想过我会又被困在这所房子里。"

哈利完全能够理解。他知道，如果他长大成人，以为永远摆脱女贞路4号了，结果又回到那个地方生活，会是一种什么感觉。

"当然，用它做指挥部再合适不过了。"小天狼星说，"我父亲住在这里时，对它采取了巫师界所知道的所有保密措施。这房子无法在地图上标绘出来，因此麻瓜们不可能登门拜访——就好像有谁愿意来似的——现在邓布利多又增加了一些他的保护措施，你简直不可能在别处找到一所比这更安全的房子了。知道吗，邓布利多是凤凰社的保密人——谁也不可能找到指挥部，除非邓布利多亲自告诉他们地址——就是昨天晚上穆迪给你看的那张纸条，是从邓布利多那里拿来的……"小天狼星发出一声短促、刺耳的笑声，"如果我父母看见他们的房子现在派上了这样的用场……唉，我母亲的肖像画应该给了你一些想象空间……"

他板着脸沉默了一会儿，叹了口气。

"如果我能偶尔出去一下，做一些有用的事情就好了。我问过邓布利多，我能不能陪你去参加受审——当然是以伤风的身份——这样我能给你一些精神支持，你说呢？"

哈利觉得他的心似乎一下子沉到肮脏的地毯下面去了。自从前一天晚上吃完饭之后，他就再没有想过受审的事。他终于回到了他

第6章　最古老而高贵的布莱克家族

最喜欢的人身边，听他们讲述正在发生的事情，这使他非常兴奋，早就把这件事忘到了九霄云外。现在听了小天狼星的话，那种万念俱灰的恐惧感又回来了。他呆呆地望着正在狼吞虎咽吃三明治的赫敏和韦斯莱兄弟，想着如果自己不能跟他们一起回霍格沃茨，该是一种什么滋味。

"别担心。"小天狼星说。哈利抬起头，这才发现小天狼星一直在注视着自己。"我相信他们一定会宣告你无罪的，《国际保密法》里肯定有允许人们为了保全性命而使用魔法的条款。"

"但如果他们真的开除了我，"哈利小声问，"我能回到这里跟你住在一起吗？"

小天狼星露出忧伤的笑容。

"到时候看吧。"

"如果我知道不用回到德思礼家去，我就不那么害怕受审了。"哈利央求道。

"你竟然宁愿住在这里，想必他们对你非常恶劣。"小天狼星忧郁地说。

"快点儿，你们两个，不然就什么吃的也没有了。"韦斯莱夫人喊道。

小天狼星又沉重地长叹了一声，朝挂毯投去悲哀的一瞥，便和哈利一起来到其他人身边。

那天下午，他们清除玻璃门柜子时，哈利尽量克制住自己不去想受审的事。幸好，这项工作需要注意力非常集中，因为柜子里的许多东西似乎很不情愿离开落满灰尘的搁板。小天狼星被一只银鼻烟盒狠狠地咬了一口，几秒钟内，被咬的手就结了一层难看的硬壳，好像戴了一只粗糙的褐色手套。

"没事。"他一边说一边很有兴趣地查看着那只手，然后用魔杖轻轻一点，手上的皮肤又恢复了正常，"里面一定是肉瘤粉。"

他把鼻烟盒扔进了专门放柜里垃圾的袋子里。片刻之后，哈利看见乔治小心地用一块布包着手，偷偷把盒子塞进了他那已经装满狐獴子的口袋里。

他们发现了一个样子特别难看的银器具，像是一把多脚的镊子。哈利刚把它拿起来，它就像蜘蛛一样飞快地顺着哈利的胳膊往上爬，而且还想刺破他的皮肤。小天狼星一把抓了过去，用一本名为《生而高贵：巫师家谱》的书把它拍碎了。还有一个音乐盒，一拧发条，就隐隐约约地发出叮叮咚咚的不祥乐曲，接着他们都发现自己莫名其妙地变得虚弱无力，昏昏欲睡，幸亏金妮脑子还算清楚，赶紧将盖子关上了。还有一个谁也打不开的沉甸甸的挂坠盒。一大堆古色古香的印章。此外，在一个灰扑扑的盒子里，放着一枚梅林一级勋章，是授予小天狼星的祖父的，奖励他"为魔法部做出的贡献"。

"意思是给了他们一大堆金子。"小天狼星轻蔑地说，把勋章扔进了装垃圾的袋子。

克利切好几次偷偷溜进房间，想把一些东西藏在他的腰布下面带走；每次被人抓住时，他都会说出许多非常难听的脏话。当小天狼星把一个刻着布莱克家族饰章的大金戒指从他手里硬夺过来时，克利切居然气得流出了眼泪，小声啜泣着走出房间，一边用哈利从来没听过的字眼诅咒小天狼星。

"这是我父亲的东西，"小天狼星说着把戒指扔进了袋子，"克利切对他不像对我母亲那样忠心耿耿，但我上个星期还是看见他在亲吻我父亲的一条旧裤子。"

接下来的几天，韦斯莱夫人让他们干得非常辛苦。给客厅消毒花了三天时间。最后，房间里还剩下两件令人不快的东西，一个就是那块布莱克家谱图的挂毯，他们想尽各种办法都不能把它从墙上

第6章 最古老而高贵的布莱克家族

弄下来，还有就是那个咔啦啦作响的写字台。穆迪还没有来指挥部，所以他们不敢肯定那里面到底是什么东西。

他们从客厅转移到一层的一个餐厅，发现那儿的碗柜里藏着大得像茶托一般的蜘蛛（罗恩急急忙忙跑出房间去给自己倒杯茶喝，一个半小时都没有回来）。那些印着布莱克家族饰章和铭词的瓷器都被小天狼星马马虎虎地扔进了一个袋子。装在褪色银相框里的一些老照片也遭到了同样的命运，当玻璃稀里哗啦地碎裂时，相框里的人都发出凄厉的尖叫。

斯内普大概喜欢把他们的工作称为"大扫除"，但在哈利看来，他们实际上是在对老房子发动一场战争。老房子在克利切的帮助下，进行着十分顽强的抵抗。这个家养小精灵总是出现在他们集中干活的地方，千方百计想从装垃圾的袋子里拿走一些东西，同时嘴里念叨着越来越难听的话。小天狼星最后甚至威胁说要给他衣服穿，克利切用水汪汪的眼睛盯着他说："少爷愿意做什么就做什么。"但不等转身，他又大声念叨说："可是少爷不会把克利切打发走的，不会的，因为克利切知道他们想干什么，噢，是的，他在密谋反抗黑魔王，是的，带着这些泥巴种、叛徒和渣滓……"

听了这话，小天狼星不理睬赫敏的抗议，一把从后面揪住克利切的腰布，把他扔到了房间外面。

每天门铃都要响几次，一听到铃声，小天狼星的母亲就开始刺耳地尖叫，哈利和其他人则努力想偷听来访者的谈话，但每次只能匆匆瞥上几眼，听几句零星的对话，就被韦斯莱夫人叫回去干活了，根本没有捞到多少有用的情报。斯内普又来了几次，每次都没有逗留太长时间，不过让哈利感到欣慰的是，他们一直没有正面碰见过。哈利还看见了他的变形术老师麦格教授，她穿着麻瓜的衣服和外套，显得十分古怪。她似乎也非常忙碌，来去匆匆。不过，有的时候来访者也会留下来帮忙。唐克斯和他们一起度过了一个难忘的下午,他们在楼上的一间厕所里发现了一只凶恶残忍的老食尸鬼。卢平本来是和小天狼星一起住在房子里的,但总时不时地离开很长一段时间,为凤凰社做秘密工作。但他帮助他们修好了一台老爷钟,那钟不知怎的染上了一个令人讨厌的坏毛病:朝过路人发射硬邦邦的螺丝钉。蒙顿格斯稍微挽回了一些自己在韦斯莱夫人心目中的形象,他把罗恩从一套古旧的紫色长袍里救了出来。当罗恩把那套袍子从衣柜里拿出来时,袍子缠住了他,要把他勒死。

哈利夜里还是睡得不踏实,梦境里仍然会出现那些长长的走廊和紧锁的房门,引起伤疤的阵阵刺痛,但在整个暑假里他总算第一次感到开心了。只要手里有活儿干,他就高兴。而当活儿告一段落,他松懈下来,或精疲力竭地躺在床上望着模糊的阴影在天花板上移动时,就又会想起即将到魔法部受审的可怕事情。一想到如果被开除他会怎么办,恐惧就像无数根尖针一样刺着他的心。这个想法太可怕了,他不敢大声把它说出来,就连对罗恩和赫敏也不敢说,而他们俩呢,尽管哈利经常看见他们凑在一起嘀嘀咕咕,并不时朝他这边投来担忧的目光,却也跟他一样,对这件事只字不提。有时,他忍不住会展开想象:面前出现了一个面目不清的魔法部官员,咔嚓一声把他的魔杖撅成了两截,命令他回到德思礼家去……他是绝对不会去的。在这一点上他已拿定主意。他要到格里莫广场这儿来跟小天狼星住在一起。

星期三晚上吃饭的时候,韦斯莱夫人转过脸来轻声对他说:"我已经把你最好的衣服熨平,你明天早晨穿上,哈利,我希望你今晚再把头发洗洗。好的第一印象是会创造奇迹的。"哈利听了这话,觉得就像一块砖头砸进了他心里。

罗恩、赫敏、弗雷德、乔治和金妮都停止了谈话,朝他这边望着。哈利点点头,还想继续吃他的排骨,但嘴里突然变得很干,简直没法咀嚼了。

第 6 章　最古老而高贵的布莱克家族

"我怎么去呢？"他问韦斯莱夫人，努力使声音听上去显得不太在乎。

"亚瑟上班时带你一起去。"韦斯莱夫人温和地说。

韦斯莱先生隔着桌子朝哈利鼓励地微笑着。

"你可以先待在我的办公室，等受审的时间到了再去。"他说。

哈利朝小天狼星望去，但没等他发问，韦斯莱夫人就回答了：

"邓布利多教授认为小天狼星陪你一起去不太合适，我必须说我——"

"——认为他非常正确。"小天狼星从紧咬的牙缝中挤出声音说。

韦斯莱夫人噘起了嘴巴。

"邓布利多是什么时候对你说这个话的？"哈利问，眼睛望着小天狼星。

"他昨夜来了一趟，那时你已经睡着了。"韦斯莱先生说。

小天狼星闷闷不乐地把叉子扎进一个土豆。哈利垂眼望着自己的盘子。邓布利多在他受审的前夜来过这所房子，却没有提出要见他，想到这一点，他原本就糟糕透顶的心情更加恶劣了。

第7章

魔法部

第二天早晨五点半,哈利猛地一下完全清醒过来,就好像有人冲他耳朵里大喊了一声。他一动不动地躺在那里,慢慢地,要去魔法部受审的事充满了他大脑的每个细胞。他再也无法忍受了,就从床上跳下来,戴上了眼镜。韦斯莱夫人已经把洗熨一新的牛仔裤和T恤衫放在了他的床脚边。哈利摸索着穿上它们。墙上那幅空白的画布在哧哧发笑。

罗恩四肢舒展地仰面躺在床上,嘴巴张得大大的,睡得正香。哈利穿过房间,来到门外的楼梯平台上,反手把门轻轻关上,罗恩一直没有动弹。哈利竭力不去想当他下次再见到罗恩时,他们可能已经不再是霍格沃茨的同学了。他轻手轻脚地走下楼梯,经过克利切祖先的那些脑袋,来到下面的厨房里。

他本来以为厨房里没有人,可他刚走到门口,就听见门后传来低低的说话声。他推开门,看见韦斯莱先生、韦斯莱夫人、小天狼星、卢平和唐克斯都坐在那里,好像正在等他似的。他们都穿得整整齐齐,只有韦斯莱夫人穿的是一件紫色的夹晨衣。哈利一进去,她就立刻站了起来。

"吃早饭。"她一边说一边抽出魔杖,匆匆地朝火炉走去。

第 7 章 魔 法 部

"早——早——早上好,哈利。"唐克斯打着哈欠说。今天早晨她的头发是金黄色的,打着卷儿。"睡得好吗?"

"挺好。"哈利说。

"我一夜没——没——没睡。"她说,又浑身颤抖着打了一个大哈欠,"过来坐下吧……"

她拖出一把椅子,结果把旁边一把椅子撞翻了。

"你想吃什么,哈利?"韦斯莱夫人大声问,"粥?松饼?熏鱼?熏咸肉和鸡蛋?面包?"

"就——就来面包好了,谢谢。"哈利说。

卢平看了一眼哈利,然后对唐克斯说:"你刚才说斯克林杰怎么啦?"

"哦……对了……是这样,我们需要更小心点儿了,他开始问我和金斯莱一些古怪的问题……"

他们没有要求哈利加入谈话,他感到松了口气。他心里一直局促不安。韦斯莱夫人把两片面包和橘子酱放在他面前,他费力地吃着,味同嚼蜡。韦斯莱夫人在他的另一边坐了下来,开始格外细致地关心他的T恤衫,一会儿把标签塞进去,一会儿又把肩膀上的接缝抹平。哈利真希望她不要这么做。

"……我得跟邓布利多说说,我明天可不能再值夜班了,我太——太——太累啦。"唐克斯说着,又打了一个大大的哈欠。

"我来替你吧,"韦斯莱先生说,"我没事儿,反正要赶一份报告……"

韦斯莱先生没有穿巫师长袍,而是穿着一条细条纹裤子和一件旧的短夹克衫。他把目光从唐克斯身上转向哈利。

"你感觉怎么样?"

哈利耸了耸肩。

"很快就会结束的。"韦斯莱先生给他打气说,"再过几个小时,你就什么事儿都没有了。"

哈利什么也没说。

"受审地点就在我那层楼，在阿米莉亚·博恩斯的办公室。她是法律执行司的司长，到时候就由她来向你提问。"

"阿米莉亚·博恩斯挺好的，哈利，"唐克斯真心诚意地说，"她很公正，会听你把话说完的。"

哈利点点头，仍然想不出一句话来说。

"不要发脾气，"小天狼星突然说，"态度要彬彬有礼，实事求是。"

哈利又点点头。

"法律会支持你的。"卢平轻声说，"即使是未成年巫师，也应该允许在生命受到威胁的情况下使用魔法。"

一股凉飕飕的东西正顺着哈利的脖子后面往下淌，他一时还以为有人在给他施幻身咒，接着才发现是韦斯莱夫人在用一把湿梳子对付他的头发。她用力按压着他的头顶。

"它服帖下来过吗？"她绝望地说。

哈利摇了摇头。

韦斯莱先生看了看表，抬头望着哈利。

"我想我们现在就走吧，"他说，"稍微早了点儿，但我想你与其在这儿闲待着，还不如在魔法部等着呢。"

"好吧。"哈利机械地说，放下面包，站了起来。

"你不会有事的，哈利。"唐克斯说着拍了拍他的胳膊。

"祝你好运。"卢平说，"我相信一切都会很顺利的。"

"如果不是，"小天狼星沉着脸说，"我就替你去找阿米莉亚·博恩斯算账……"

哈利勉强笑了笑。韦斯莱夫人使劲拥抱了他一下。

"我们都交叉手指为你祈祷。"她说。

第 7 章 魔 法 部

"好的,"哈利说,"那么……待会儿再见吧。"

他跟着韦斯莱先生上了楼,走过门厅。他可以听见帷幔后面小天狼星的母亲在睡梦中喃喃低语。韦斯莱先生拔掉门闩,两人出门来到外面。天刚刚破晓,天色灰蒙蒙的,带着寒意。

"你一般不是步行去上班的,对吗?"他们快步绕过广场时,哈利问他。

"对,我通常是幻影移形,"韦斯莱先生说,"但显然你不会,而且我们最好通过非魔法的方式去那里……给别人一个比较好的印象,要知道你受审是因为……"

韦斯莱先生走路时一只手插在夹克衫里,哈利知道那手里一定攥着魔杖。破败的街道上几乎一个人也没有,可是当他们走进寒酸的、不起眼的地铁车站时,发现里面已经挤满了早晨上班的乘客。韦斯莱先生难以抑制内心的浓厚兴趣,他每次发现自己与正在处理日常事务的麻瓜们近在咫尺时,都是这样。

"真是不可思议,"他小声说,指的是自动售票机,"太奇妙了。"

"已经坏了。"哈利指着告示牌。

"是吗,但即使这样……"韦斯莱先生说,满心喜爱、笑眯眯地望着那些售票机。

他们还是从一个睡眼惺忪的管理员手里买了地铁票(这笔交易是哈利完成的,因为韦斯莱先生不太搞得清麻瓜的货币),五分钟后,他们登上了地铁。地铁载着他们哐当哐当地朝伦敦市中心驶去。韦斯莱先生紧张地一遍遍核对窗户上方的地铁路线图。

"还有四站,哈利……现在还有三站……还有两站,哈利……"

他们在伦敦市中心的一站下了车,人流如潮,他们被无数衣冠楚楚、提着公文包的男男女女推挤着出了地铁。他们上了自动扶梯,通过检票处(韦斯莱先生看到旋转栅门那样灵巧地吞下他的车票,显得非常高兴),来到一条宽阔的街道上,两边都是威严壮观的建筑物，街上已经是车水马龙。

"这是什么地方？"韦斯莱先生茫然地问。哈利以为，虽然韦斯莱先生那样频繁地核对地铁路线图，他们还是下错了车站，顿时吓得心脏都停止了跳动。可是紧接着韦斯莱先生又说："啊，对了……这边走，哈利。"转身领着哈利拐进了一条岔道。

"对不起，"他说，"我从没有乘地铁来过，而且用麻瓜的眼光看起来，一切完全不同。说实在的，我以前一次也没有使用过来宾入口。"

他们往前走着，街道两边的建筑物渐渐不像刚才那样威严壮观了。最后来到一条凄凉的小街上，只有几间看上去破破烂烂的办公室、一家小酒馆和一个满得快要溢出来的垃圾转运箱。哈利原以为魔法部是在一个气派得多的地方呢。

"到了。"韦斯莱先生高兴地说，指着一间破旧的红色电话亭——上面好几块玻璃都不见了，后面紧贴着一堵被涂抹得一塌糊涂的墙，"你先进去，哈利。"

他打开电话亭的门。

哈利走了进去，心里纳闷这到底是怎么回事。韦斯莱先生挤进来站在哈利身边，反手把门关上了。里面真挤，哈利被挤得贴在了电话设备上。那电话歪歪斜斜地从墙上挂下来，似乎曾经有个破坏公物的家伙想用力把它扯掉。韦斯莱先生隔着哈利，伸手拿起了话筒。

"韦斯莱先生，我想这电话可能也坏了。"哈利说。

"不，没有，我相信它没有坏。"韦斯莱先生说着把话筒举过头顶，眼睛望着拨号盘，"让我想想……6……"他拨了这个号码，"2……4……又是一个4……又是一个2……"

随着拨号盘呼呼地转回到原来的位置，电话亭里响起了一个女人冷漠的声音，但那声音并不是从韦斯莱先生拿着的话筒里传出来的，它响亮而清晰，仿佛一个看不见的女人就站在他们身边。

第7章 魔法部

"欢迎来到魔法部,请说出您的姓名和来办事宜。"

"呃……"韦斯莱先生说,显然拿不准是不是应该对着话筒说话。最后他做了让步,把送话口贴在了耳朵上,"亚瑟·韦斯莱,禁止滥用麻瓜物品办公室,是陪哈利·波特来的,部里要求他来受审……"

"谢谢,"那个女人冷漠的声音说,"来宾,请拿起徽章,别在您的衣服前。"

丁零零,哗啦啦,哈利看见什么东西从平常用来退硬币的金属斜槽里滑了出来。他把它拿了起来:是一枚方方正正的银色徽章,上面写着:哈利·波特,受审。他把徽章别在T恤衫前,那个女人的声音又响了起来。

"魔法部的来宾,您需要在安检台接受检查,并登记您的魔杖。安检台位于正厅的尽头。"

电话亭的地面突然颤抖起来。他们慢慢沉入了地下。哈利惊恐地看着电话亭玻璃窗外的人行道越升越高,最后他们头顶上一片黑暗。他什么也看不见了,只能听见电话亭陷入地下时发出的单调、刺耳的摩擦声。过了大约一分钟,但哈利感觉要长得多,一道细细的金光照到他的脚面,随后金光逐渐变宽,扩大到他的身体上,最后直射他的面孔,他不得不使劲眨眼睛,以免眼泪流出来。

"魔法部希望您今天过得愉快。"那个女人的声音说。

电话亭的门猛地打开了,韦斯莱先生走了出去,哈利跟在后面,惊讶得嘴巴都合不拢了。

他们站在一个很长的金碧辉煌的大厅一头,地上是擦得光亮鉴人的深色木地板。孔雀蓝的天花板上镶嵌着闪闪发光的金色符号,不停地活动着、变化着,像是一个巨大的高空布告栏。两旁的墙壁都镶着乌黑油亮的深色木板,木板里嵌着许多镀金的壁炉。每过几秒钟,随着噗的一声轻响,就有一个巫师从左边某个壁炉里突然冒出来。而在右边，每个壁炉前都有几个人在排队等着离开。

门厅中间是一个喷泉。一个圆形的水潭中间竖立着一组纯金雕像，比真人还大。其中最高的是一个气质高贵的男巫，高举着魔杖，直指天空。他周围是一个美丽的女巫、一个马人、一个妖精和一个家养小精灵。马人、妖精和家养小精灵都无限崇拜地抬头望着两个巫师。一道道闪亮的水柱从巫师的魔杖顶端，从马人的箭头上，从妖精的帽子尖，从家养小精灵的两只耳朵里喷射出来。四下里有叮咚叮咚、哗啦哗啦的水声，有幻影显形的人发出的噗、啪的声音，还有几百个男女巫师杂乱的脚步声。他们大多脸上挂着早晨特有的死气沉沉的表情，大步流星地朝门厅那头的一排金色大门走去。

"这边走。"韦斯莱先生说。

他们加入了人群，挤在魔法部工作人员中间往前走。他们有些人怀里抱着一堆堆摇摇欲坠的羊皮纸，有些人提着破破烂烂的公文包，还有些人边走边读《预言家日报》。经过喷泉时，哈利看见水潭底部有许多闪闪发光的银西可和铜纳特，旁边一个污迹斑斑的小牌子上写着：

魔法兄弟喷泉的所有收益均捐献给圣芒戈魔法伤病医院。

如果不把我从霍格沃茨开除，我就放十个加隆进去，哈利发现自己这样绝望地想道。

"这边走，哈利。"韦斯莱先生说，他们离开了那些朝金色大门走去的魔法部职员的人流。在左边的一张桌子旁，在一个写着"安全检查"的牌子下，坐着一个穿孔雀蓝长袍、胡子刮得很不干净的巫师。他们走近时，他抬起头，放下了手里的《预言家日报》。

"我带了一位来宾。"韦斯莱先生说着指了指哈利。

"到这边来。"那巫师用没精打采的口吻说。

第7章 魔法部

哈利走近他面前，巫师举起一根长长的金棒，像汽车的天线一样细细的，很有韧性，他用它在哈利的前胸后背从上到下扫了一遍。

"魔杖。"安检巫师朝哈利嘟哝了一声，放下那个金色的玩意儿，伸出手来。

哈利把魔杖交了出去。巫师把它扔在一个怪模怪样的、像是一个单盘天平的黄铜机器上。机器开始微微振动。一条窄窄的羊皮纸从底部的一道口子里飞快地吐了出来。巫师把纸扯了下来，读着上面的字。

"十一英寸，杖芯是凤凰羽毛，用了四年。对吗？"

"没错。"哈利紧张不安地说。

"这个我留着，"巫师说着把那张羊皮纸条戳在一根小小的黄铜钉子上，"你把这个拿回去。"他把魔杖塞进了哈利手里。

"谢谢。"

"等一等……"巫师慢吞吞地说。

他的目光从哈利胸前的银色来宾徽章移向了哈利的额头。

"谢谢你，埃里克。"韦斯莱先生果断地说，一把抓住哈利的肩膀，带着他离开了桌子，回到走向金色大门的巫师人潮中。

哈利被人群推挤着，跟韦斯莱先生穿过大门，来到那边一个较小的大厅里。那儿至少有二十部升降梯，被精制的金色栅栏门挡着。哈利和韦斯莱先生走到围在一部升降梯前的人群中。旁边站着一个胡子拉碴的大个子巫师，怀里抱着一个大纸板箱，里面发出刺耳的摩擦声。

"还好吧，亚瑟？"巫师说着冲韦斯莱先生点了点头。

"你那里头是什么东西，鲍勃？"韦斯莱先生望着那纸板箱问道。

"还不能肯定。"巫师一本正经地说，"我们原以为是一只普普通通的鸡，没想到它喷出火来了。在我看来，这似乎严重违反了《禁止动物培育实验法》。"

随着叮叮当当、咔啦咔啦的一阵响动，一部升降梯降落到他们面前。金色的栅栏门轻轻滑开，哈利和韦斯莱先生与那伙人一起走进升降梯，哈利发现自己被挤得贴在了后面的墙上。几个巫师好奇地打量着他。他低头望着脚尖，避免与别人目光相对，一边用手抹平额前的头发。栅栏门哗啦一声关上了，升降梯慢慢上升，链条咔啦啦作响，哈利在电话亭里听见过的那个冷漠的女声又响了起来。

　　"第七层，魔法体育运动司，包括不列颠和爱尔兰魁地奇联盟指挥部、官方高布石俱乐部和滑稽产品专利办公室。"

　　升降梯的门开了，哈利瞥见了一条杂乱无章的走廊，墙上东倒西歪地贴着各种各样的魁地奇球队的海报。升降梯里一位抱着满怀飞天扫帚的巫师费力地挤了出去，在走廊上消失了。门关上了，升降梯微微晃动着继续上升，那女人的声音宣布道：

　　"第六层，魔法交通司，包括飞路网管理局、飞天扫帚管理控制局、门钥匙办公室和幻影显形测试中心。"

　　升降梯的门又一次被打开，四五个巫师走了出去。与此同时，几架纸飞机嗖嗖地飞进了升降梯。哈利抬头注视着它们绕着他的头顶慢悠悠地飞，它们的颜色是一种浅紫色，哈利还看见机翼边上盖着"魔法部"的戳记。

　　"那是部门之间传递消息的字条。"韦斯莱先生低声告诉他，"以前用的是猫头鹰，可是那种脏乱简直不可思议……办公桌上到处都是粪便……"

　　升降梯又咔啦咔啦地往上升了，那些字条围着从升降梯天花板上悬挂下来的那盏灯飞舞。

　　"第五层，国际魔法合作司，包括国际魔法贸易标准协会、国际魔法法律办公室和国际巫师联合会英国分会。"

　　门开了，两张字条随着几个巫师嗖嗖地飞了出去，但又有几张字条嗖嗖地飞了进来，绕着他们头顶的那盏灯飞来飞去，弄得灯光

第7章 魔法部

闪烁不定。

"第四层,神奇动物管理控制司,包括野兽、异类和幽灵办公室、妖精联络处和害虫咨询处。"

"对不起,请让一下。"捧着喷火鸡的巫师说。他走出了升降梯,一小群字条跟着飞了出去。升降梯的门又哐啷啷关上了。

"第三层,魔法事故和灾害司,包括逆转偶发魔法事件小组、记忆注销指挥部和麻瓜问题调解委员会。"

到了这一层,几乎所有的人都出去了,升降梯里只剩韦斯莱先生、哈利和一个女巫。那个女巫正在读一张长得要命、一直拖到地上的羊皮纸。升降梯再次微微摇晃着往上走,剩下的几张字条继续围着灯打转,然后门开了,那个声音宣布道:

"第二层,魔法法律执行司,包括禁止滥用魔法办公室、傲罗指挥部和威森加摩管理机构。"

"我们到了,哈利,"韦斯莱先生说,他们跟着那女巫走出了升降梯,来到一条两边都是房门的走廊上,"我的办公室在这层楼的另一边。"

"韦斯莱先生,"他们走过一个窗户,明亮的阳光洒了进来,哈利问道,"我们不是还在地底下吗?"

"是啊,没错。"韦斯莱先生说,"这些是施了魔法的窗户。魔法维修保养处决定我们每天是什么天气。上次我们这里刮了两个月的飓风,因为他们想涨工资……转过弯就是,哈利。"

他们转过一个拐角,穿过两扇沉重的橡木大门,进入了一片凌乱嘈杂、被分成许多小隔间的开放区域,里面谈笑风生,热闹异常。传递消息的字条从小隔间里飞进飞出,像一枚枚微型火箭。最近的一个小隔间上歪歪斜斜地挂着一个牌子:傲罗指挥部。

他们走过时,哈利偷偷朝门里望了望。傲罗们在他们小隔间的墙上贴满了东西,从被通缉的巫师的头像,到他们家人的照片,再到他们喜欢的魁地奇球队的海报,还有《预言家日报》上剪下来的文章,真是五花八门,包罗万象。一个穿深红色长袍的男人,脑袋后面的马尾辫比比尔的还长,他把靴子高高地跷在桌子上,正在给他的羽毛笔口授一篇报告。再往前走一点,一位一只眼睛蒙着眼罩的女巫正隔着小隔间的挡板跟金斯莱·沙克尔说话。

"早上好,韦斯莱,"看到他们走进来,金斯莱大大咧咧地说,"我一直想跟你说一句话,你能给我一秒钟时间吗?"

"行啊,如果真是一秒钟的话,"韦斯莱先生说,"我现在很忙。"

他们像是互相不怎么熟悉似的谈起话来,哈利张嘴刚想向金斯莱问好,韦斯莱先生踩了一下他的脚。他们跟着金斯莱走过一排小隔间,走进了最尽头的一个小隔间。

哈利微微吃了一惊。从四面八方朝他眨巴眼睛的正是小天狼星的脸。挡板上密密麻麻地贴着剪报和旧照片——包括小天狼星在波特婚礼上当伴郎的那张。只有一块地方没被小天狼星遮住,那里贴着一张世界地图,上面的一个个小红图钉像宝石一样闪闪发亮。

"给。"金斯莱生硬地对韦斯莱先生说,把一卷羊皮纸塞进了他手里,"关于最近十二个月有人看见麻瓜交通工具在天上飞的事,我需要尽可能多地了解情况。我们接到情报,布莱克可能仍在使用他那辆旧摩托车。"

金斯莱朝哈利使劲眨了一下眼睛,压低声音说:"把这份杂志给他,他大概会觉得很有趣的。"然后他又用正常的声音说,"拖的时间不要太长,韦斯莱,那份闪光腿的报告交迟了,害得我们的调查耽搁了一个月。"

"你如果读过我的报告,就会知道那个词是闪光臂①。"韦斯莱先生冷冷地说,"恐怕你关于摩托车的情报要等一等了,我们目前

---

① 这里指的是"麻瓜"世界里的"火器"(firearm)。

第7章 魔法部

忙得要命。"他又压低声音说道："你争取在七点钟前离开，莫丽在做肉丸子呢。"

他朝哈利示意，领着他走出金斯莱的小隔间，穿过第二道橡木大门，走进另一条过道，然后向左一拐，来到另一条走廊上，再往右一拐，走进一条光线昏暗、破旧不堪的走廊，最后来到走廊尽头，再也不能往前走了。左边有一扇门微微开了道缝，可以看出里面是一个扫帚间，右边的门上有个褪色的黄铜标牌：禁止滥用麻瓜物品办公室。

韦斯莱先生的办公室昏暗寒酸，似乎比扫帚间还要略小一些。两张桌子挤在里面，周围沿墙排着满得都快溢出来的文件柜，柜顶上还堆着一包包摇摇欲坠的文件，简直逼仄得连绕过桌子的空间都没有。从墙上仅有的一点点能够利用的空间，可以看出韦斯莱先生情有独钟的东西：几张汽车广告，其中一张画着拆开的发动机；两张信箱的插图画，看样子是他从麻瓜儿童图书上剪下来的；还有一张如何安装插座的示意图。

韦斯莱先生的收文篮里满满当当，位于最上面的是个旧的烤面包机，正在闷闷不乐地打嗝，此外还有两只空空的皮手套，正在摆弄着两个大拇指。收文篮旁边是一张韦斯莱全家福照片，哈利注意到珀西似乎已从照片上走了出去。

"这里没有窗户。"韦斯莱先生抱歉地说，一边脱下短夹克衫搭在椅子背上，"我们提出过要求，但他们似乎认为我们并不需要。坐下吧，哈利，看样子珀金斯还没有来。"

哈利勉强挤进珀金斯办公桌后的那把椅子，这时韦斯莱先生飞快地翻查着金斯莱·沙克尔刚才给他的那卷羊皮纸。

"啊，"他咧嘴笑着说，从羊皮纸中间抽出一本名为"唱唱反调"的杂志，"是的……"他草草地翻看着，"是的，他说得没错，我敢肯定小天狼星会觉得非常有意思——哦，天哪，这又是怎么啦？"

一张字条嗖地飞进了敞开的门，慢悠悠地落在那个不断打嗝的烤面包机上。韦斯莱先生打开字条，大声念道：

"'据报告，在贝斯纳绿地发生了第三例公共厕所污水回涌事件，请火速前去调查。'这可真是见鬼了⋯⋯"

"厕所污水回涌？"

"反麻瓜的恶作剧分子干的，"韦斯莱先生皱着眉头说，"上个星期就有过两次，一次是在温布尔顿，另一次是在象堡。麻瓜一冲厕所，脏东西不仅没消失——哎，你自己想象一下吧。可怜的人们不停地叫那些——管子人，我想他们是这么说的吧——你知道的，就是那些修理管子之类东西的人。"

"管子工？"

"对啦，就是这个，但是当然啦，他们也毫无办法。我只希望我们能抓住干这种勾当的人。"

"傲罗不会去抓他们吗？"

"噢，不，这种区区小事不需要傲罗出动，普通的魔法法律执行巡逻队就能对付——啊，哈利，这位是珀金斯。"

一个弯腰驼背、神情有些腼腆、一头松软的花白头发的老巫师微微喘着粗气走进了房间。

"啊，亚瑟！"他没有看哈利，只是着急地说道，"谢天谢地，我本来正发愁该怎么办才好呢，不知道要不要在这里等你们。我刚才打发一只猫头鹰给你家里送信，但你显然没有收到——十分钟前来了一条紧急消息——"

"厕所污水回涌的事我已经知道了。"韦斯莱先生说。

"不，不，不是厕所，是波特那孩子受审的事——他们把时间、地点给改了——改成了八点钟在下面那间旧的第十审判室——"

"在下面那间——可是他们告诉我说——梅林的胡子啊！"

韦斯莱先生看了看表，惊呼一声，从椅子上一跃而起。

第7章 魔法部

"快点儿,哈利,我们应该五分钟前就到那里的!"

珀金斯把身体贴在文件柜上让出道来,韦斯莱先生飞跑出办公室,哈利紧跟在后面。

"他们为什么要改时间呢?"哈利气喘吁吁地问。他们一溜烟地跑过傲罗的那些小隔间,人们纷纷探出头来,惊讶地望着他们飞奔而过。哈利觉得他似乎把五脏六腑都留在珀金斯的办公桌后面了。

"真不明白,幸亏我们这么早就来了。如果你错过了,可就大祸临头了!"

韦斯莱先生在升降梯旁刹住脚步,不耐烦地敲打着"向下"的按钮。

"快点儿!"

升降梯咔啦咔啦地出现了,他们闪身进了升降梯。每次升降梯一停,韦斯莱先生都要气愤地咒骂几句,并用拳头使劲击打着九层的按钮。

"那些审判室已经好多年没有使用了,"韦斯莱先生气呼呼地说,"我真不明白他们为什么要选择在那里 —— 除非 —— 不,不会 ——"

这个时候,一个胖胖的女巫端着一只冒烟的高脚酒杯走进了升降梯,韦斯莱先生便止住了嘴。

"正厅。"那个冷冷的女声说道,金色的栅栏门滑开了,哈利远远地看见喷泉中的那几尊黄金雕像。胖胖的女巫走了出去,一个满面菜色的巫师愁眉苦脸地走了进来。

"早上好,亚瑟,"升降梯开始下降时,他用忧郁低沉的声音说,"最近不怎么看见你下来。"

"我有急事,博德。"韦斯莱先生说,一边心急火燎地踮着脚尖,并不时用焦急的目光望望哈利。

"啊,是吗,"博德眼睛一眨不眨地打量着哈利,说道,"当然是这样。"

哈利几乎没有心情理睬博德,但对方目不转睛的凝视仍使他感到很不舒服。

"神秘事务司。"那个冷冷的女声说完就陷入了沉默。

"快点儿,哈利。"升降梯的门哗啦啦地打开了,韦斯莱先生催促道。他们飞快地跑过一道走廊。这道走廊与上面的那些走廊完全不同,墙上空荡荡的,没有门也没有窗户,只是走廊的尽头有一扇简简单单的黑门。哈利以为他们会走这扇门,不料韦斯莱先生抓住他的胳膊把他拉到左边,这里有个豁口通向一道阶梯。

"下来,下来,"韦斯莱先生气喘吁吁地说,一步跨下两个台阶,"连升降梯都下不到这么深的地方⋯⋯他们为什么要弄到这里来,我真⋯⋯"

他们下到阶梯底下,又顺着一道走廊往前跑,这里跟霍格沃茨的那些通向斯内普地下教室的走廊简直一模一样:粗糙的石头墙壁,托架上插着一支支火把。他们在这里经过的门都是沉重的木门,上面嵌着铁门闩和钥匙孔。

"第十⋯⋯审判室⋯⋯我想⋯⋯我们差不多到了⋯⋯没错。"

在一扇阴森森的挂着一把大铁锁的黑门前,韦斯莱先生跌跌撞撞地停下脚步,精疲力竭地靠在墙上,揪着胸前的衣服直喘粗气。

"走吧,"他喘着气说,用大拇指点着那扇门,"进去吧。"

"你不——你不和我一起——"

"哦,不行。我不能进去。祝你好运!"

哈利狂跳的心脏扑通扑通地撞击着他的喉结。他费力地咽了口唾沫,拧了一下门上沉重的铁把手,走进了审判室。

第8章

受 审

哈利倒抽了一口冷气,他无法控制自己。他走进的这间幽深的地下室对他来说太熟悉了,令他胆战心惊。他不仅以前见过它,而且还曾经来过这里。这就是他在邓布利多的冥想盆里来过的地方,他就是在这里目睹了莱斯特兰奇夫妇被判在阿兹卡班终身监禁。

四周的墙壁是用黑黑的石头砌成的,火把的光线昏暗阴森。他的两边是一排排逐渐升高的空板凳,而他的前方,在最高的几条板凳上,赫然浮现着许多黑乎乎的人影。他们刚才一直在窃窃私语,而当沉重的大门在哈利身后关上时,一种不祥的沉寂笼罩下来。

一个冷冷的男声在审判室里回荡。

"你迟到了。"

"对不起,"哈利紧张地说,"我——我不知道时间改了。"

"那不是威森加摩的过错。"那个声音说,"今天早晨派一只猫头鹰去通知你了。坐下吧。"

哈利垂下目光,望着房间中央的那把椅子,椅子的扶手上是左一道右一道的铁链。他曾经见过这些铁链突然蹿起来,把坐在上面的人捆得结结实实。他的双脚走过石头地面,发出响亮的回音。他小心翼翼地坐在椅子边上，链条凶险地叮叮当当响了起来，但并没有把他捆住。哈利觉得一阵眩晕恶心，抬头望了望坐在上面板凳上的那些人。

他所能看见的，大约有五十个人，穿着紫红色的长袍，左前胸上绣着一个精致的银色"W"①。他们都垂眼望着他，有的带着严厉的表情，其他人则毫不掩饰内心的好奇。

在前面一排板凳的正中间，坐着魔法部部长康奈利·福吉。福吉是一个大胖子，经常戴一顶暗黄绿色的圆顶高帽，不过今天他没有戴。另外，以前他对哈利说话时脸上总带着的那种慈祥的微笑，今天也消失不见了。福吉的左边坐着一个宽身材、方下巴的女巫，灰色的头发剪得短短的，戴着一副单片眼镜，脸上的表情令人生畏。福吉的右边坐着另一个女巫，但她在板凳上坐得太靠后了，脸被笼罩在阴影中。

"很好，"福吉说，"被告终于到场了，我们开始吧。你准备好了吗？"他朝板凳那头大声问道。

"是的，先生。"一个哈利熟悉的声音急切地说道。罗恩的哥哥珀西坐在前排板凳的最边上。哈利望着珀西，以为他会显露出认识自己的表情，但是他脸上什么表情也没有。珀西那双藏在角质架眼镜后面的眼睛正专注地盯着面前的羊皮纸，一支羽毛笔拿在手里准备记录。

"八月十二日的审判，"福吉声如洪钟地说，珀西忙不迭地开始做记录，"审理家住萨里郡小惠金区女贞路4号的哈利·詹姆·波特违反《对未成年巫师加以合理约束法》和《国际保密法》一案。

"审问者：魔法部部长康奈利·奥斯瓦尔德·福吉；魔法法律执行司司长阿米莉亚·苏珊·博恩斯；高级副部长多洛雷斯·简·乌

---

① 威森加摩（Wizengamot）的英文首字母。

第8章 受 审

姆里奇。审判记录员：珀西·伊格内修斯·韦斯莱——"

"被告方证人：阿不思·珀西瓦尔·伍尔弗里克·布赖恩·邓布利多。"哈利身后一个平静的声音说道。哈利猛一转头，把脖子扭了一下。

邓布利多镇定自若地大步走了过来，他身穿一袭黑蓝色的长袍，脸上是一副极为镇静的表情。他走到与哈利平行的地方，抬起头来，透过架在歪扭鼻梁上的半月形眼镜望着福吉，他长长的银白色胡须和头发在火把的映照下闪闪发光。

威森加摩的成员都在小声地交头接耳。所有的目光都投在邓布利多身上。有人显得很恼火，有人似乎有点儿害怕，而坐在后排的两个上了年纪的女巫竟然挥手表示欢迎。

哈利一看见邓布利多，内心升起一股强烈的情感，让他感到踏实，充满了希望，就像凤凰福克斯歌声曾经带给他的感觉一样。他想与邓布利多对一下目光，但邓布利多没有朝他这边看，而是继续抬眼望着显然惊慌失措的福吉。

"啊，"福吉说，看上去完全没了主张，"邓布利多。是的。这么说，你——呃——呃——你收到我们的信——知道审讯的时间、地点都改变了？"

"看来我是没收到，"邓布利多语气欢快地说，"不过，我犯了一个幸运的错误，提前三个小时就来到了魔法部，所以一切都没问题。"

"是的——好吧——我想我们需要再拿一把椅子来——我——韦斯莱，你能不能——？"

"不劳费心，不劳费心。"邓布利多温文尔雅地说。他抽出魔杖，轻轻抖动了一下，一把柔软的磨光印花棉布扶手椅凭空出现在哈利旁边。邓布利多坐了下来，长长的手指尖对接在一起，目光从那上面望着福吉，脸上带着彬彬有礼、饶有兴趣的表情。威森加摩的成员仍然在交头接耳,一个个坐立不安。后来福吉又开口说话时,他们才安静下来。

"是的,"福吉说,把面前的文件移来移去,"那么好吧。现在是……指控。是的。"

他从一堆文件中抽出一张羊皮纸,深深吸了口气,大声念道:"指控被告方有如下罪行:

"被告以前曾因类似指控受到魔法部书面警告,这次又在完全知道自己的行为是违法的情况下,蓄意地、明知故犯地于八月二日晚九点二十三分,在一个麻瓜居住区,当着一个麻瓜的面,施用了一个守护神咒,此行为违反了一八七五年颁布的《对未成年巫师加以合理约束法》第三款以及《国际巫师联合会保密法》第十三条。

"你就是居住在萨里郡小惠金区女贞路4号的哈利·詹姆·波特?"福吉一边问一边从羊皮纸上方瞪视着哈利。

"是的。"哈利回答。

"你三年前曾因非法使用魔法而受到魔法部的正式警告,是吗?"

"是的,可是——"

"但你又在八月二日晚用魔法变出了一个守护神?"福吉说。

"是的,"哈利说,"可是——"

"你明知道你还不到十七岁,不允许在校外使用魔法?"

"是的,可是——"

"明知道你当时身处一个麻瓜密集的地方?"

"是的,可是——"

"你完全清楚当时近旁就有一个麻瓜?"

"是的,"哈利恼火地说,"但我使用魔法,只是因为我们——"

戴单片眼镜的女巫用洪亮而深沉的声音打断了他。

"你变出了一个完全成熟的守护神?"

第8章 受 审

"是的,"哈利说,"因为——"

"一个实体守护神?"

"一个——什么?"哈利问。

"你的守护神具有清楚明确的形态? 我的意思是,它不仅仅是蒸气或烟雾?"

"是的,"哈利觉得又烦躁又有点绝望,"是一头牡鹿,每次都是一头牡鹿。"

"每次?"博恩斯女士用洪亮的声音问,"你以前也变出过守护神?"

"是的,"哈利说,"我这么做已经有一年多了。"

"你现在是十五岁?"

"是的,而且——"

"你是在学校里学会的?"

"是的,我三年级时,卢平教授教我的,因为——"

"真是了不起,"博恩斯女士从上面望着他说道,"他这个年纪能变出真正的守护神……确实很了不起。"

她周围的一些巫师又开始交头接耳了。有的点点头,有的则露出不悦的神情,连连摇头。

"这不是一个魔法多么了不起的问题,"福吉用恼怒的声音说,"实际上我认为,越是了不起就越糟糕,因为那孩子是当着一个麻瓜的面这么做的!"

那些露出不悦神情的巫师们喃喃地表示同意,哈利看见珀西居然也假装正经地点了点头。他被激怒了,忍不住开了口:

"我那么做是因为摄魂怪!"他大声说道,没人来得及再次打断他。

他以为人们又会交头接耳,没想到四下里鸦雀无声,似乎比刚才还要肃静。

"摄魂怪？"过了一会儿博恩斯女士说，她两条浓眉扬得高高的，单片眼镜似乎快要滑下来了，"你这是什么意思，孩子？"

"我是说，当时小巷里冒出了两个摄魂怪，直朝我和我表哥逼来！"

"啊，"福吉又说话了，嘴里发出令人讨厌的嘲笑声，一边望着前后左右的威森加摩成员，似乎希望他们对这个笑话也能心领神会，"是啊，是啊，我就知道我们会听到诸如此类的鬼话。"

"摄魂怪在小惠金区？"博恩斯女士说，语气里透着十二万分的惊讶，"我不明白——"

"你不明白吗，阿米莉亚？"福吉仍然嘲笑地说，"让我来解释一下吧。他可真是煞费苦心哪，发现摄魂怪可以成为一个绝妙的托词，确实绝妙。麻瓜是看不见摄魂怪的，是不是，孩子？非常巧妙，非常巧妙……所以没有证人，只有你的一面之词……"

"我没有说谎！"哈利大声说，声音盖过了审判席上再次响起的交头接耳声，"有两个，分别从小巷两头堵了过来，所有的东西都变得那么黑那么冷，我表哥感觉到了它们，拼命想逃跑——"

"够了，够了！"福吉说，脸上带着一副非常傲慢的神情，"很抱歉我打断了他，我敢肯定这是一篇经过精心排练的谎言——"

邓布利多清了清嗓子。威森加摩又安静了下来。

"实际上，我们有一个证人可以证明摄魂怪确实在那条小巷出现了，"他说，"我是说除了达力·德思礼之外。"

福吉肥胖的面孔似乎突然松懈了下来，好像有人放跑了里面的空气。他呆呆地瞪着下面的邓布利多，好一会儿之后，他像是重新振作了起来，说道："我们恐怕没有时间再听这些胡言乱语了，邓布利多，我希望快点处理这桩——"

"我也许记得不准确，"邓布利多和颜悦色地说，"但我相信根据《威森加摩权利宪章》，被告有权请证人出庭为其作证，对吗？

第 8 章 受 审

这难道不是魔法法律执行司的政策吗，博恩斯女士？"他问那个戴单片眼镜的女巫。

"不错，"博恩斯女士说，"确实如此。"

"哦，很好，很好，"福吉没好气地说，"这个人在哪儿？"

"我把她带来了，"邓布利多说，"她就在门外。我是不是——"

"不——韦斯莱，你去。"福吉粗暴地对珀西说。珀西立刻站起来，顺着石头台阶从法官席上跑了下来，匆匆跑过邓布利多和哈利身边，看也不看他们一眼。

片刻之后，珀西回来了，后面跟着费格太太。她显得很害怕，模样比平常更加古怪。哈利真希望她能想到把她那双厚拖鞋换掉。

邓布利多站起身，把椅子让给了费格太太，又给自己变出了一把。

"全名？"福吉大声问，这时费格太太刚刚战战兢兢地在椅子边缘坐下。

"阿拉贝拉·多里恩·费格。"费格太太用微微颤抖的声音说。

"你到底是谁？"福吉用不耐烦而高傲的声音问。

"我是小惠金区的居民，就住在哈利·波特家旁边。"费格太太说。

"在我们的记录上，除了哈利·波特外，没有任何巫师住在小惠金区。"博恩斯女士立刻说道，"那片地区一直受到严密监视，因为……因为以前发生过一些事情。"

"我是个哑炮，"费格太太说，"所以你们不会登记我的名字，是不是？"

"哑炮，嗯？"福吉怀疑地打量着她，说道，"我们会核实的。你待会儿把你父母的情况告诉我的助手韦斯莱。顺便提一句，哑炮能看见摄魂怪吗？"他加了一句，并向左右望了望长凳上的人。

"能，我们能看见！"费格太太气愤地说。

福吉又高高在上地看着她，扬了扬眉毛。"很好，"他冷冷地说，"你的说法是什么？"

"八月二日那天晚上，大约九点钟左右，我出门到紫藤路路口的拐角商店买猫食，"费格太太立刻急促地说开了，就好像她已经把要说的话都背了下来，"后来我听见木兰花新月街和紫藤路之间的小巷里传来骚乱声。我走到小巷口，看见摄魂怪在跑——"

"跑？"博恩斯女士严厉地说，"摄魂怪不会跑，它们只会滑行。"

"我就是这个意思，"费格太太赶紧说道，干瘪的脸上泛起了红晕，"在小巷里滑行，扑向像是两个男孩的人。"

"它们是什么模样？"博恩斯女士说着，紧紧眯起了眼睛，单片眼镜的边缘都陷进肉里去了。

"噢，一个块头很大，另一个瘦瘦的——"

"不，不，"博恩斯女士不耐烦地说，"摄魂怪……形容一下摄魂怪的模样。"

"噢，"费格太太说，现在红晕蔓延到她的脖子上了，"它们很大。很大，穿着斗篷。"

哈利感到他的心可怕地往下一沉。不管费格太太说什么，在他听来她似乎最多只看过摄魂怪的照片，而照片是根本无法传达那些家伙的真正本质的：它们在离地面几英寸的地方悬浮移动时的怪异可怖的样子；它们散发出的那股腐烂的恶臭；还有它们吞噬周围空气时发出的可怕的窸窸窣窣的声音……

在第二排长凳上，一个矮矮胖胖、留着一大蓬黑胡子的男巫师凑到旁边一位头发鬈曲的女巫师耳边窃窃私语起来。女巫师露出得意的讥笑，点了点头。

"很大，穿着斗篷，"博恩斯女士冷冷地重复了一遍——福吉讥讽地哼了一声。

第8章 受　审

"我明白了。还有别的吗？"

"有，"费格太太说，"我感觉到了它们。所有的一切都变得很冷，别忘了当时是很炎热的夏天的夜晚哪。然后我觉得……似乎所有的快乐都从世界上消失了……我想起了……可怕的事情……"

她的声音颤抖着，渐渐听不见了。

博恩斯女士的眼睛微微睁大了。哈利可以看见她眉毛下刚才镜片陷进去的地方留下的红印。

"摄魂怪做了什么？"她问。哈利内心升起一丝希望。

"它们朝两个男孩扑去，"费格太太说，现在她的声音更有力、更自信了，脸上的红晕也退去了，"一个男孩倒下了，另一个一边后退一边试着击退摄魂怪。这是哈利。他试了两次，变出来的只是银色烟雾。第三次再试，他变出了一个守护神。那守护神冲过去撞倒了第一个摄魂怪，然后在哈利的激励之下，又把第二个摄魂怪从他表哥身边赶跑了。这就是……这就是当时发生的事情。"费格太太说完了，她的声音有点儿软弱无力。

博恩斯女士默默地望着费格太太。福吉则看也不看她，只顾摆弄他的文件。最后，他抬起眼睛，有点咄咄逼人地说："那就是你看到的情形，是吗？"

"是当时发生的事情。"费格太太又说了一遍。

"很好，"福吉说，"你可以走了。"

费格太太胆怯地望望福吉，又望望邓布利多，然后站起来，拖着脚朝门口走去。哈利听见门在她身后重重地关上了。

"这个证人不很令人信服。"福吉傲慢地说。

"哦，我看不一定，"博恩斯女士用她洪亮的声音说，"她对摄魂怪发起进攻时的威力描绘得非常准确。而且我不明白，如果摄魂怪不在那里，她为什么要这么说。"

"可是摄魂怪跑到一个城郊的麻瓜住宅区，又正好遇到一个巫师？"福吉轻蔑地说，"这种可能性肯定很小很小，就连巴格曼也不会下赌注——"

"噢，我认为我们谁也不会相信摄魂怪出现在那里是一种巧合。"邓布利多轻言慢语地说。

坐在福吉的右边、脸被笼罩在阴影里的女巫微微动了动，但其他人都一动不动，一言不发。

"这到底是什么意思呢？"福吉冷冰冰地问。

"意思是我认为它们是有人派去的。"邓布利多说。

"我想，如果有人命令两个摄魂怪在小惠金区大摇大摆地溜达，我们应该会有记录的！"福吉粗声吼道。

"如果这两个摄魂怪最近接受了魔法部之外的某个人的指令，那就不一定了吧。"邓布利多平静地说，"我已经把我对这个问题的看法告诉过你，康奈利。"

"是的，你说过，"福吉强硬地说，"而我没有理由相信你的看法不是一派胡言，邓布利多。摄魂怪仍然规规矩矩地待在阿兹卡班，严格服从我们的命令。"

"那么，"邓布利多语调平稳而清晰地说，"我们必须问问我们自己，为什么魔法部的某人会在八月二日命令两个摄魂怪到那条小巷里去。"

这些话一说完，场上一片静默，坐在福吉右边的那个女巫探身向前，哈利这才第一次看清了她的脸。

哈利觉得她活像一只苍白的大癞蛤蟆。她又矮又胖，长着一张宽大的、皮肉松弛的脸，像弗农一样看不见脖子，一张大嘴向下耷拉着。她的眼睛很大，圆圆的，微微向外凸起。就连戴在她短鬈发上的那个黑色天鹅绒小蝴蝶结，也使哈利想到她正准备伸出黏糊糊的长舌头去捕捉一只大苍蝇。

第8章 受 审

"本主持准许高级副部长多洛雷斯·简·乌姆里奇发言。"福吉说。

于是那女巫用一种小姑娘一样大惊小怪、又尖又细的声音说起话来,哈利大吃了一惊,他还以为会听到一个沙哑的嗓音呢。

"我相信我一定是误会你的意思了,邓布利多教授。"她说,脸上堆着假笑,那两只圆圆的大眼睛仍和刚才一样冷漠,"我可能太愚笨了,但是我觉得刚才有那么一刹那,你似乎在暗示是魔法部下令攻击这个男孩的!"

她发出银铃般的笑声,哈利听得脖子后面的汗毛直竖。几个威森加摩的成员跟她一起笑了起来。但是并没有一个人真的觉得好笑,这是再明显不过了。

"如果摄魂怪确实只接受魔法部的命令,如果那两个摄魂怪一星期前确实袭击过哈利和他表哥,那么按逻辑推断,可能是魔法部的某个人命令摄魂怪去袭击的。"邓布利多温文尔雅地说,"当然啦,上面说的这两个摄魂怪也可能不受魔法部的控制——"

"没有哪个摄魂怪不受魔法部的控制!"福吉厉声说道,脸涨成了褐红色。

邓布利多微微欠身点了点头。

"那么,魔法部无疑会彻底调查为什么那两个摄魂怪会跑到离阿兹卡班这么远的地方,为什么它们没有得到批准就向人发起进攻。"

"邓布利多,魔法部做什么或不做什么,还轮不到你来决定!"福吉粗暴地说,此刻他脸上是一种会令弗农姨父感到骄傲的洋红色。

"当然是这样,"邓布利多不紧不慢地说,"我只是表示我相信这件事一定会被查个水落石出的。"

他扫了一眼博恩斯女士。博恩斯女士重新调整了一下单片眼镜，再次瞪着邓布利多，微微皱起眉头。

"我想提醒诸位，那两个摄魂怪的行为，就算它们不是这个孩子胡思乱想的产物，也不是这次审问的话题！"福吉说，"我们在这里是要审问哈利·波特违反《对未成年巫师加以合理约束法》一案！"

"当然是这样，"邓布利多说，"但摄魂怪在小巷里的出现与本案有着密切关系。该法的第七条写着，在特殊情况下可以在麻瓜面前使用魔法，那些特殊情况就包括当巫师本人或同时在场的其他巫师或麻瓜的生命受到威胁——"

"我们很熟悉第七条的内容，真是多谢你了！"福吉怒吼道。

"当然是这样，"邓布利多不卑不亢地说，"那么我们一致同意，哈利使用守护神咒时的情形正好符合第七条里所描述的特殊情况的范畴喽？"

"那是说如果真有摄魂怪的话，对此我深表怀疑。"

"你已经听一位目击证人叙述过了。"邓布利多打断了他，"如果你仍然怀疑她没说实话，不妨把她再叫进来，重新提问。我想她肯定不会反对的。"

"我——那个——不是——"福吉气急败坏地吼道，摆弄着面前的纸张，"这是——我想今天就把此事了结，邓布利多！"

"可是，你们肯定会不厌其烦地听一个证人的证词，因为草率行事会造成严重的误判。"邓布利多说。

"严重的误判。我的天哪！"福吉扯足了嗓门说，"邓布利多，你有没有费心算一算，这个孩子到底编造了多少荒唐可笑的谎言，就为了掩盖他在校外公然滥用魔法的行径！我想你大概已经忘记他三年前使用的那个悬停咒了吧——"

"那不是我，是一个家养小精灵！"哈利说。

"**看见了吧？**"福吉吼道，一边夸张地朝哈利那边做了个手势，

第8章 受 审

"一个家养小精灵！在一个麻瓜住宅里！请问这可能吗？"

"该家养小精灵目前正受雇于霍格沃茨魔法学校，"邓布利多说，"如果您愿意，我马上就可以把他召到这儿来作证。"

"我——不是——我没有时间听家养小精灵胡扯！而且，不光这一件事——他还把他姑妈吹得膨胀起来，天哪！"福吉大声嚷道，一拳砸在法官席上，把一瓶墨水打翻了。

"你当时非常仁慈地没有提出指控，我想你也同意即使是最优秀的巫师也并不是总能控制自己的情绪。"邓布利多平静地说，而福吉正手忙脚乱地试图擦掉笔记上的墨水。

"他在学校里干的那些坏事我还没有开始说呢。"

"可是，魔法部无权因霍格沃茨学生在校的不端行为而惩罚他们，因此，哈利在那里的所作所为与本案毫无关系。"邓布利多说，还是那样谦和有礼，但此时他的话里透着一种冷峻。

"哦嗬！"福吉说，"他在学校的行为不用我们管，嗯？你是这样认为的？"

"魔法部无权开除霍格沃茨的学生，康奈利，这一点我已在八月二日晚就提醒过你。"邓布利多说，"魔法部也无权没收魔杖，除非那些指控被证明确实成立，这一点，我也在八月二日晚提醒过你。你急于确保法律得到维护的态度是值得称道的，但你自己似乎，我相信是出于一时疏忽，忽略了几条法律。"

"法律是可以修改的。"福吉恶狠狠地说。

"当然是这样，"邓布利多欠了欠身说，"看样子你无疑正在做许多修改，康奈利。是啊，我被请出威森加摩只有短短几个星期，现在一件未成年人使用魔法的区区小事居然要动用正式的刑事法庭来审理！"

上面有几位巫师不安地在座位里动来动去。福吉的脸涨成了紫红的猪肝色。他右边的癞蛤蟆似的女巫则死死地瞪着邓布利多，脸上不带任何表情。

"据我所知,"邓布利多继续说道,"迄今还没有哪条法律规定,这次开庭要让哈利为其有生以来施过的每一个魔法而受罚。他是因一个特定的行为而受到指控的,并已为自己进行了辩护。我和他目前所能做的就是等候你们的裁决!"

邓布利多又把十个指尖对接在一起,不再说话了。福吉狠狠地瞪着他,一副恼羞成怒的样子。哈利侧眼望望邓布利多,想从他那里得到一些安慰。邓布利多告诉威森加摩现在就做出裁决,这样做合适不合适呢,他一点把握也没有。可是,邓布利多又一次没有理睬哈利希望与他进行目光交流的愿望。他继续注视着上面那些正在紧张地窃窃私语的威森加摩的全体成员。

哈利望着自己的脚尖。他的心似乎膨胀得很大很大,在肋骨下咚咚地狂跳着。他原来以为审讯的时间会更长一些。他不知道自己是否给人留下了较好的印象。实际上他并没有说几句话。他应该更详细地说一说摄魂怪,说一说他怎么摔倒在地,说一说他和达力怎么差点被摄魂怪吻了……

他两次抬头看了看福吉,张开嘴巴想说话,可是膨胀的心脏憋得他透不过气来,他两次都只是深深地吸了口气,又低下头望着自己脚上的鞋。

窃窃私语的声音停息了。哈利想抬头看看那些审判员,但又觉得继续研究自己的鞋带要轻松得多、容易得多。

"赞成指控不成立的请举手。"博恩斯女士用洪亮的声音说。

哈利猛地把头抬起。一只只手举了起来,数量不少……超过了半数! 他呼吸急促起来,想好好数一数,可是没等他数完,博恩斯女士就说:"赞成罪行成立的请举手。"

福吉把手举了起来,同时举手的还有其他六七个人,包括福吉右边的那个女巫,那个胡子拉碴的男巫和第二排那个鬈发的女巫。

第8章 受　审

福吉左右看看大家，喉咙里似乎被一大块东西卡住了，随即他把手放下来，深吸了两口气，因为拼命压抑着火气，声音都变得异样了："很好，很好……指控不成立。"

"太好了。"邓布利多欢快地说，迅速站了起来，抽出魔杖一挥，那两把印花棉布的扶手椅就消失了，"好了，我得走了。祝大家今天过得愉快。"

说完，他看也不看哈利一眼，就快步走出了暗室。

第 9 章

韦斯莱夫人的烦恼

邓布利多的突然离去使哈利感到十分意外。他一动不动地坐在缠着链条的椅子上，努力使自己从惊愕和如释重负的感觉中缓过来。威森加摩的成员们纷纷站起身来，一边说着话一边整理收拾文件。哈利也站了起来。似乎没有一个人在注意他，只有福吉右边那个癞蛤蟆般的女巫例外，她刚才一直盯着邓布利多，现在又盯着哈利了。哈利假装没有看见，他试着去捕捉福吉或博恩斯女士的目光，想问问他是不是可以走了，但福吉似乎打定主意不理睬哈利，博恩斯女士则忙着整理自己的公文包。于是哈利犹豫不决地朝门口走了几步，见没有人叫他回去，便赶紧加快了脚步。

他几乎是小跑着走完了最后几步，拧开房门，差点跟站在外面的韦斯莱先生撞了个满怀。韦斯莱先生脸色苍白，显得惶恐不安。

"邓布利多没有说——"

"澄清了，"哈利反手把门关上，说道，"所有的指控都不成立。"

韦斯莱先生顿时眉开眼笑，一把抓住哈利的两个肩膀。

"哈利，真是太棒了！其实，当然啦，他们不可能判你有罪的，你有证据嘛，但我还是不能假装自己不——"

第9章　韦斯莱夫人的烦恼

韦斯莱先生猛地顿住了，因为这时审判室的门又开了，威森加摩的成员鱼贯而出。

"梅林的胡子啊！"韦斯莱先生惊讶地喊了起来，把哈利拉到一边，让他们过去，"他们用全席法庭来审判你？"

"我想是的。"哈利轻声说。

一两个巫师走过时冲哈利点了点头，还有几个，包括博恩斯女士，对韦斯莱先生说："早上好，亚瑟。"但大多数人都把眼睛望着别处。康奈利和那个癞蛤蟆般的女巫几乎是最后离开地下室的。福吉只当韦斯莱先生和哈利是墙壁的一部分，而那个女巫走过时，又一次用几乎是审视的目光打量着哈利。最后走过的是珀西，他和福吉一样，完全无视他父亲和哈利的存在。他抓着一大卷羊皮纸和一大把备用的羽毛笔，背挺得直直的，鼻孔朝天，大步流星地走了过去。韦斯莱先生嘴巴周围的线条紧了一紧，但除此之外，他没有表露出见到他三儿子的任何迹象。

"我想直接把你送回去，你可以把这个好消息告诉大家。"他说，当珀西的脚跟消失在通往第九层的阶梯上时，他示意哈利往前走，"我要去贝斯纳绿地的那间厕所，顺便把你捎回去。走吧……"

"那么，你准备怎么对付那间厕所呢？"哈利咧嘴笑着问。突然之间，所有的事情似乎都比平常好玩了五倍。他终于开始明白：他被宣告无罪了，他就要回霍格沃茨了。

"哦，只需一个反恶咒的魔法，再简单不过了。"他们上楼时韦斯莱先生说，"修好被弄坏的东西倒没有什么，要纠正这种破坏行为背后的态度可就不容易了，哈利。有些巫师可能会觉得捉弄麻瓜挺好玩的，但这可能表达了一种更深刻、更丑恶的东西，我作为一个——"

韦斯莱先生话说到一半突然打住了。他们刚走到第九层的走廊上，康奈利·福吉站在离他们几英尺远的地方，正和一个高个子男人小声交谈，那人一头油光水滑的金黄色头发，一张尖脸白煞煞的。

听到他们的脚步声，那个高个子男人转过脸来。他也是话没说完就突然停住了，眯起冷冰冰的灰眼睛，死死地盯着哈利的脸。

"好啊，好啊，好啊……守护神波特！"卢修斯·马尔福冷冷地说。

哈利突然觉得透不过气来，似乎他一脚跨进了某个凝固的东西里。他上次看见这两只冷冰冰的灰眼睛时，它们隐藏在食死徒兜帽的两道狭缝后面；他上次听见这个男人的声音，是在阴暗的墓地里发出的阵阵嘲笑，而当时伏地魔正在折磨他。哈利不敢相信卢修斯·马尔福竟然还敢当面看着他，他不敢相信马尔福竟然出现在这里，在堂堂的魔法部，而康奈利·福吉竟然在跟他说话，要知道哈利几个星期前曾亲口对福吉说过马尔福是个食死徒。

"部长刚跟我说了你侥幸逃脱的经过，波特，"马尔福先生拿腔作调地说，"真是令人惊诧，你能不断地从很狭窄的洞里钻出来……说实在的，真像蛇一样。"

韦斯莱先生紧紧抓住哈利的肩膀，警告他不要轻举妄动。

"是啊，"哈利说，"是啊，我很善于逃脱。"

卢修斯·马尔福抬起目光望着韦斯莱先生的脸。

"还有亚瑟·韦斯莱！你在这里干什么呢，亚瑟？"

"我在这里工作。"韦斯莱先生没好气地说。

"肯定不是这里吧？"马尔福说着扬起眉毛，扫了一眼韦斯莱先生身后的那扇门，"我记得你好像是在第二层……你的那份工作所涉及的不就是把麻瓜物品偷回家，给它们施魔法吗？"

"不是。"韦斯莱先生粗暴地说，他的手指已深深陷进了哈利的肩膀。

"那么你在这里干什么呢？"哈利问卢修斯·马尔福。

"我认为，我自己和部长之间的一些私事不需要你来过问，波

第9章 韦斯莱夫人的烦恼

特。"马尔福说着抹了抹他长袍的前襟。哈利清楚地听见了一阵轻微的丁零丁零的声音,似乎马尔福的口袋里装满了金子。"说实在的,你可不能因为自己是邓布利多的宠儿,就指望我们其他人也对你这样放纵……好了,部长,我们这就去你的办公室吧?"

"当然。"福吉说着把背转向了哈利和韦斯莱先生,"这边走,卢修斯。"

他们迈开大步走了,一边低声交谈着。韦斯莱先生一直等到他们消失在升降梯里,才松开了哈利的肩膀。

"如果他们要一起谈事情,他为什么不在福吉的办公室外面等着呢?"哈利气呼呼地问道,"他到这下面来干什么?"

"照我看,他是想偷偷溜进审判室,"韦斯莱先生说,他显得十分心烦意乱,不住地扭头看看有没有人在偷听,"想弄清你到底是不是被开除了。我把你送回去时要给邓布利多留一个短信,他应该知道马尔福又在跟福吉嘀嘀咕咕了。"

"他们之间到底有什么私事呢?"

"我想是金子吧。"韦斯莱先生气愤地说,"许多年来,马尔福一直对各种各样的事出手很大方……好使自己跟有权势的人攀上交情……然后可以要求特殊照顾……让那些他不想通过的法律一拖再拖……哦,卢修斯·马尔福,他真是能耐不小,神通广大啊。"

升降梯来了,里面没有人,只有一群字条在韦斯莱先生的头顶上飞来飞去。他按了一下到正厅的按钮,升降梯的门哐啷啷关上了。他不耐烦地挥手驱赶着字条。

"韦斯莱先生,"哈利慢吞吞地说,"如果福吉跟马尔福这样的食死徒来往,如果他跟他们单独会面,我们怎么知道他们没有给福吉施夺魂咒呢?"

"别以为我们没有想到这一点,哈利,"韦斯莱先生小声说,"但邓布利多认为福吉目前是按照自己的意愿在行事——不过,用邓布利多的话说，这并不能给人带来多少安慰。现在最好还是别谈这件事，哈利。"

升降梯的门滑开了，他们走了出来，正厅里现在几乎空无一人。值班的巫师埃里克又藏在《预言家日报》后面了。他们径直从金色喷泉旁边走过时，哈利突然想起一件事。

"等一等……"他对韦斯莱先生说，然后从口袋里掏出钱袋，返身朝喷泉走去。

他抬头仔细端详着那位英俊巫师的面孔，现在离得近了，哈利觉得他显得很柔弱，很愚蠢。那女巫脸上堆着一个空洞的笑容，像是在参加选美比赛，而且就哈利对妖精和马人的了解，他们绝不可能这样含情脉脉地仰望任何人。只有家养小精灵那副怯生生的奴隶般的神态还令人信服。不知赫敏看到这个小精灵的雕像会说什么。哈利想到这儿，脸上露出调皮的笑容，他把钱袋倒了过来，不是数出十个加隆，而是把里面的钱全都倒进了水潭。

"我早就知道！"罗恩挥拳击打着空气，喊道，"你总是能够逃脱的！"

"他们肯定会宣告你无罪的，"赫敏说，刚才哈利走进厨房时，她看上去紧张得都快晕倒了，现在正用一只颤抖的手捂住眼睛，"没有理由给你判罪，根本就没有。"

"虽说你们都早就知道我不会有事，但每个人似乎都松了一口气呢。"哈利笑眯眯地说。

韦斯莱夫人正用她的围裙擦眼泪，弗雷德、乔治和金妮跳起了一种战舞[1]，嘴里一遍又一遍地唱道："他没事啦，没事啦，没事啦……"

---

[1] 原始部落战前做准备或战后庆祝胜利时跳的一种仪式性舞蹈。

第9章 韦斯莱夫人的烦恼

"够了！安静一点儿！"韦斯莱先生喊道，但他脸上也笑眯眯的，"听着，小天狼星，卢修斯·马尔福也在部里——"

"什么？"小天狼星警觉地问。

"他没事啦，没事啦，没事啦……"

"安静，安静，你们三个！是的，我们看见他在第九层跟福吉说话，然后他们一起进了福吉的办公室。这事儿应该让邓布利多知道。"

"一点儿不错，"小天狼星说，"我们会告诉他的，不要担心。"

"好了，我得走了，贝斯纳绿地还有一间正在呕吐的厕所等着我呢。莫丽，我大概会晚点儿回来，我要替换唐克斯，不过金斯莱可能过来吃晚饭——"

"他没事啦，没事啦，没事啦……"

"够了——弗雷德——乔治——金妮！"韦斯莱先生走出厨房后，韦斯莱夫人说道，"哈利，亲爱的，过来坐下吃点午饭吧，你早饭几乎没怎么吃。"

罗恩和赫敏坐在哈利对面，自打他到格里莫广场以来，他们还从没显得这么高兴呢。哈利心头那份令他感到晕眩的如释重负的感觉，曾经因为与卢修斯·马尔福狭路相逢而受到一点影响，现在又重新在心里激荡起来。突然之间，这座昏暗阴森的房子显得那么温暖、那么热情好客。就连克利切把脑袋探进厨房、看看这里闹哄哄的在做什么时，他那猪鼻子般的大鼻子看上去也没那么难看了。

"只要邓布利多出面支持你，他们就不可能给你定罪，这是不用说的。"罗恩兴高采烈地说，一边把大团大团的土豆泥分进每人的盘子里。

"是啊，他帮我摆平了这件事。"哈利说。他觉得如果现在说"我希望他跟我说两句话，哪怕看我一眼也好"，会显得很不知好歹，更不用说多么幼稚了。

想到这里,他额头上的伤疤突然一阵剧痛,他赶紧伸手捂住了它。

"怎么啦?"赫敏问,显得很惊慌。

"伤疤,"哈利含混地说,"没关系……现在经常有这种情况……"

其他人都没有注意到。这会儿他们都在一边动手盛饭菜,一边为哈利的侥幸脱身而欢欣鼓舞。弗雷德、乔治和金妮还在唱歌。赫敏看上去忧心忡忡,但没等她再说什么,罗恩就开心地说:"我猜邓布利多今晚肯定会来,你知道的,来跟我们一块儿庆祝呀。"

"我想他可能来不了,罗恩,"韦斯莱夫人说着把一大盘烤鸡放在哈利面前,"他眼下确实忙得够呛。"

"他没事啦,没事啦,没事啦……"

"**闭嘴!**"韦斯莱夫人大吼一声。

在接下来的几天里,哈利忍不住注意到格里莫广场12号里有一个人似乎对他能够重返霍格沃茨并不十分高兴。最初听到这个消息时,小天狼星表现出非常喜悦的样子,紧紧攥住了哈利的手,像其他人一样满脸喜色。可是,没过多久,他就变得比以前还要沉闷、忧郁,话越来越少,甚至跟哈利也没有几句话可说,他把自己关在他母亲房间里的时间越来越多,只与巴克比克为伴。

"你不要觉得内疚!"赫敏斩钉截铁地说。这已是几天以后,他们三个在四楼擦洗一个发霉的小橱时,哈利把自己内心的想法透露给了她和罗恩,"你属于霍格沃茨,小天狼星知道这一点。我个人认为,他这样很自私。"

"这么说太尖刻了。"罗恩一边说一边皱着眉头,使劲刮掉一块牢牢粘在他手指上的霉斑,"换了你,你也不愿意被困在这个房子里,没有人做伴。"

"会有人跟他做伴的!"赫敏说,"这里是凤凰社的指挥部,是

第9章 韦斯莱夫人的烦恼

不是？他只是心里起了希望，觉得哈利可能会过来和他住在一起。"

"我认为不是这样。"哈利拧干抹布说道，"当我问他我能不能住在这里时，他都不肯直截了当地回答我。"

"他只是不想让自己的希望变得更强烈。"赫敏显得很有见解地说，"他大概自己也感到有点内疚，因为我想他心里确实隐约希望你被开除。然后你们俩就都是被驱逐的人了。"

"别胡说了！"哈利和罗恩异口同声地说，赫敏只是耸了耸肩膀。

"随你们怎么想吧。但我有时认为罗恩的妈妈说得对，哈利，小天狼星确实搞不清你到底是你还是你父亲。"

"所以你认为他头脑有点儿不正常？"哈利恼火地问。

"不是，我只是认为他很长时间以来一直很孤独。"赫敏简单地说。

就在这时，韦斯莱夫人走进了他们身后的卧室。

"还没有弄完吗？"她说着把脑袋探进了小橱。

"我还以为你会过来叫我们休息一会儿呢！"罗恩气呼呼地说，"你知道我们来这里已经清除了多少霉菌吗？"

"你们这么热心想帮助凤凰社，"韦斯莱夫人说，"把指挥部打扫得能住人也算是你们的一份贡献嘛。"

"我觉得自己像个家养小精灵。"罗恩嘟哝道。

"是啊，现在你该明白他们过着多么悲惨的生活了吧，也许你会更积极地对待 S.P.E.W. 了！"赫敏满怀希望地说，韦斯莱夫人径自走开了，"对了，让人们体会到从早到晚都在打扫卫生是多么可怕，这个主意倒不坏——我们可以发起一个打扫格兰芬多公共休息室的筹款活动，所有收益都归 S.P.E.W.，这样不仅可以筹集资金，还能提高人们的觉悟。"

"我赞助你，求你别再谈什么'呕吐'了。"罗恩不耐烦地咕哝道，但声音很低，只有哈利能听见。

随着假期即将结束，哈利发现自己一天比一天更想念霍格沃茨了。他迫不及待地想看到海格，想打魁地奇球，甚至想穿过菜地走向草药课的温室。离开这座肮脏、腐臭的老房子真是太让人愉快了，这里还有一半的橱柜都锁得紧紧的，克利切总在你经过时躲在阴影里恶声恶气地漫骂，不过哈利得留心不在小天狼星能听见的地方说这些抱怨的话。

事实上，住在反伏地魔行动的指挥部里，一点儿也不像哈利原先想的那样有趣，那样激动人心。尽管凤凰社的成员定期进进出出，有时留下来吃饭，有时则只停留几分钟，说几句悄悄话，但韦斯莱夫人确保不让哈利和其他人（无论是用人耳还是伸缩耳）听到任何消息。他们都认为哈利除了刚来的那天晚上听到的那些，不再需要知道更多的事情，就连小天狼星也是这样想的。

假期的最后一天，哈利正在清扫衣柜顶上海德薇的粪便，罗恩拿着两个信封走进了卧室。

"书单来了。"他说，把一个信封扔给了站在椅子上的哈利，"也该来了，我还以为他们忘记了呢，往年早就来了……"

哈利把最后一点粪便扫进垃圾袋，然后从罗恩的头顶上把袋子扔进了墙角的废纸篓。废纸篓吞下垃圾袋，大声打起嗝来。哈利这才拆开他的信，里面有两张羊皮纸：一张照例是提醒他九月一日开学，另一张告诉他下一学年需要哪些书。

"只有两本新书，"他读着那张单子说道，"《标准咒语，五级》，米兰达·戈沙克著，和《魔法防御理论》，威尔伯特·斯林卡著。"

啪！

弗雷德和乔治幻影显形，突然出现在哈利身边。哈利现在对他们这一套已经习以为常，不会再被吓得从椅子上摔下来了。

第9章　韦斯莱夫人的烦恼

"我们正在纳闷是谁订下斯林卡的那本书的。"弗雷德随意地说。

"因为这意味着邓布利多找到黑魔法防御术课的新老师了。"乔治说。

"也该找到了。"弗雷德说。

"这是什么意思？"哈利一边问一边跳下来落在他们旁边。

"噢，几个星期前，我们用伸缩耳偷听了妈妈和爸爸的谈话。"弗雷德告诉哈利，"从他们的谈话中可以听出，邓布利多为了找到这学年能胜任这份工作的人，可是费尽了周折。"

"你看看以前那四个老师的遭遇，就觉得这并不奇怪了，是吧？"乔治说。

"一个被开除，一个死了，一个被消除了记忆，还有一个被锁在箱子里整整九个月。"哈利掰着指头一个个地数，"是啊，我明白你们的意思了。"

"罗恩，你怎么啦？"弗雷德问。

罗恩没有回答。哈利转过头一看，罗恩一动不动地站在那里，嘴巴微张，呆呆地望着霍格沃茨给他的那封信。

"怎么回事呀？"弗雷德不耐烦地问，一边绕到罗恩身后，从他肩膀上探头望着那张羊皮纸。

弗雷德也吃惊地张大了嘴巴。

"级长？"他不敢相信地瞪着那封信，说道，"级长？"

乔治冲上前，一把抢过罗恩另一只手里的信封，把它倒了过来。哈利看见一个红色和金色的东西掉进了乔治的手心。

"不可能。"乔治压低声音说。

"肯定是弄错了，"弗雷德把信从罗恩手里一把抢了过去，高高举在光线底下，似乎要检查上面的水印，"头脑正常的人，谁会选罗恩当级长呢？"

双胞胎的脑袋齐刷刷地转了过来,四只眼睛同时盯着哈利。

"我们还以为肯定是你呢!"弗雷德说,听他的口气,好像哈利在某种程度上欺骗了他们似的。

"我们以为邓布利多肯定会选你!"乔治愤愤不平地说。

"赢得了三强争霸赛,做了那么多事!"弗雷德说。

"我猜肯定是那些离奇的鬼话拖了他的后腿。"乔治对弗雷德说。

"是啊,"弗雷德慢吞吞地说,"是啊,你制造的麻烦太多了,伙计。嘿,至少你们俩中间有一个是在做正事的。"

他大步走到哈利身边,拍了拍他的后背,同时朝罗恩刻薄地瞪了一眼。

"级长……小罗尼①当上了级长。"

"哦哦,妈妈肯定要令人作呕了。"乔治唉声叹气地说,把级长的徽章塞进罗恩手里,好像生怕它会玷污了自己似的。

罗恩仍然一句话也没有说,只是接过徽章呆呆地望了一会儿,然后把它递给了哈利,似乎在无声地请求哈利证实徽章是货真价实的。哈利接了过来。格兰芬多的狮子身上镶着一个大大的字母"P"字。他在进入霍格沃茨的第一天,曾在珀西的胸前看见过一个这样的徽章。

门砰的一声被推开了,赫敏一头冲进房间,脸上红扑扑的,头发都飘了起来。她手里拿着一个信封。

"你——你拿到了——?"

她一眼看到哈利手里的徽章,发出一声尖叫。

"我早就知道!"她兴奋地说,挥舞着手里的信封,"我也是,哈利,我也是!"

---

① 罗恩的昵称。

第9章 韦斯莱夫人的烦恼

"不,"哈利赶紧说道,把徽章塞还到罗恩手里,"是罗恩,不是我。"

"是——什么?"

"级长是罗恩,不是我。"哈利说。

"罗恩?"赫敏说,吃惊得嘴巴都合不拢了,"可是……你能肯定吗?我是说——"

这时罗恩转过脸望着她,脸上带着一副挑衅的表情,赫敏的脸腾地红了。

"信上是我的名字。"他说。

"我……"赫敏说,似乎完全被弄糊涂了,"我……好吧……哇!罗恩,太棒了!这真是——"

"没有想到。"乔治说着点了点头。

"不是,"赫敏说,脸红得比刚才更厉害了,"不,不是的……罗恩也做了许多……他真的很……"

她身后的房门又被推开了一点儿,韦斯莱夫人抱着一堆刚洗干净的袍子后退着走了进来。

"金妮说书单终于来了。"她说着扫了一眼大家手里的信封,一边朝床边走去,然后开始把衣服分成两堆,"如果你们把书单给我,我今天下午就到对角巷去给你们把书买来,你们在家收拾行李。罗恩,我要给你再买一套睡衣,这一套短了至少六英寸,真不敢相信你怎么长得这么快……你想要什么颜色的?"

"给他买红色和金色相间的,配他的徽章。"乔治坏笑着说。

"配他的什么?"韦斯莱夫人心不在焉地说,卷起一双褐紫色的袜子放在罗恩的那堆衣服上。

"他的徽章啊,"弗雷德说,似乎长痛不如短痛,索性一口气都说了出来,"他那可爱的、崭新的、闪闪发亮的级长徽章。"

韦斯莱夫人脑子里还在想着睡衣,过了好一会儿她才明白了弗雷德的话。

"他的……可是……罗恩，你该不是……？"

罗恩举起了他的徽章。

韦斯莱夫人发出一声尖叫，跟赫敏刚才一模一样。

"我真不敢相信！我真不敢相信！哦，罗恩，真是太棒了！级长！家里的每个人都是级长！"

"弗雷德和我算什么？隔壁邻居吗？"乔治愤愤不平地说，他妈妈把他推到一边，张开双臂搂住了她最小的儿子。

"你爸爸听说了该多高兴啊！罗恩，我太为你骄傲了，多么令人高兴的消息，你以后可能会像比尔和珀西一样当上男生学生会主席呢，这是第一步啊！哦，最近烦心事这么多，没想到有了这么一个大喜讯，我真是太激动了，哦，罗尼——"

弗雷德和乔治都在韦斯莱夫人后面发出很响的干呕声，但韦斯莱夫人没有注意到。她用胳膊紧紧搂住罗恩的脖子，在他脸上左一下右一下地亲着，罗恩的脸涨得比他的徽章还要鲜红耀眼。

"妈妈……不要……妈妈，控制一下……"他喃喃地说，拼命想把她推开。

韦斯莱夫人放开了罗恩，气喘吁吁地说："那么，想要什么呢？我们给了珀西一只猫头鹰，可是当然啦，你已经有一只了。"

"你——你说什么？"罗恩说，似乎不敢相信自己的耳朵。

"你必须因此得到奖励！"韦斯莱夫人慈爱地说，"一套漂亮的新礼服长袍怎么样？"

"我们已经给他买了一套。"弗雷德没好气地说，似乎从心底里懊悔他的这份慷慨。

"或者一只新坩埚，查理的那只旧坩埚已经生满了锈，或者一只新老鼠，你以前一直那么喜欢斑斑——"

"妈妈，"罗恩满怀希望地说，"我能得到一把新扫帚吗？"

第9章 韦斯莱夫人的烦恼

韦斯莱夫人的脸微微沉了沉,飞天扫帚是很贵的。

"不要特别好的!"罗恩赶紧说道,"只要——只要一把新的,换换感觉……"

韦斯莱夫人犹豫了一下,然后笑了。

"当然可以……好了,我怎么也得走了,还要买一把扫帚呢。我们待会儿再见……小罗尼,级长!你们别忘了收拾箱子……级长……哦,我真是太高兴了!"

她又在罗恩的面颊上亲了一口,很响地抽了抽鼻子,匆匆忙忙地走出了房间。

弗雷德和乔治交换了一下目光。

"我们不亲你,你不介意吧,罗恩?"弗雷德装出一种诚惶诚恐的声音问。

"如果你愿意,我们可以行屈膝礼。"乔治说。

"哦,闭嘴!"罗恩说,气呼呼地瞪着他们。

"不然就怎么样?"弗雷德说,脸上露出一副坏笑,"要给我们关禁闭吗?"

"我倒想看看他敢不敢呢。"乔治咻咻地笑着说。

"如果你们不小心点儿,他就能!"赫敏气愤地说。

弗雷德和乔治哈哈大笑,罗恩低声说:"别这么说,赫敏。"

"乔治,我们以后可得多加小心了,"弗雷德假装浑身发抖地说道,"有这两个人盯着我们……"

"是啊,我们违法乱纪的日子眼看就要结束了。"乔治说着摇了摇头。

随着又一声震耳欲聋的啪,一对双胞胎幻影移形了。

"这两个人!"赫敏气恼地说,抬眼望着天花板,他们可以听见弗雷德和乔治在楼上的房间里放声大笑,"别理睬他们,罗恩,他们只是在嫉妒!"

"我认为不是，"罗恩怀疑地说，也抬头望着天花板，"他们总是说，只有傻瓜才会当级长……不过，"他的语气又高兴起来，"他们从来没得到过新扫帚！真希望我能跟妈妈一起去，亲自挑选……她肯定买不起'光轮'，但现在有新款的'横扫'上市了，那肯定很棒……对啊，我想我得去告诉她，我要'横扫'，这样她就知道了……"

他一头冲出房间，把哈利和赫敏撇在身后。

不知怎的，哈利发现自己不愿意看着赫敏。他转身走到他的床边，抱起韦斯莱夫人刚才放在床上的那堆干净衣服，朝房间那头他的箱子走去。

"哈利？"赫敏迟疑不决地说。

"太棒了，赫敏，"哈利说，热情得有些夸张，听上去根本不像是他的声音，而且他的眼睛仍然没看赫敏，"太出色了。级长。真了不起。"

"谢谢，"赫敏说，"唔——哈利——我能借海德薇用一下吗？我想告诉我的爸爸妈妈。他们肯定会非常高兴的——我是说当级长这件事他们是能明白的。"

"行，没问题，"哈利说，仍然是那种热情过分、不像是他自己的语气，"拿去吧！"

他弯腰俯在箱子上，把那堆衣服放在箱子底下，假装在里面翻找着什么，这时赫敏走到衣柜前唤海德薇下来。过了一会儿，哈利听见门关上了，但他仍然弯着腰，侧耳倾听，四下里没有别的声音，只有墙上那张空白油画布又在咻咻发笑，还有墙角的废纸篓在咳嗽，想把猫头鹰的粪便吐出来。

他直起身，看看身后，赫敏已经走了，海德薇也不见了。哈利慢慢走回床边，一头倒在床上，两眼失神地望着衣柜的脚。

他已经把五年级要挑选级长的事忘得一干二净。他一直忧心忡

第9章 韦斯莱夫人的烦恼

忡地担心会被开除,根本没有心思去想徽章正扇动着翅膀朝某些人飞来。但如果他没有忘记……如果他曾经想过……他会希望有什么结果呢?

不是这样的。他脑袋里一个诚实的小声音说道。

哈利的脸皱成一团,埋在双手里。他不能对自己撒谎。如果他知道要选级长,他肯定希望选中的是自己,而不是罗恩。他这是不是像德拉科·马尔福一样狂妄自大呢?他难道认为自己比别人都了不起?他真的相信自己比罗恩出色?

不。那个小声音斩钉截铁地说。

真的吗?哈利疑惑地想,急于把自己的感觉探究个水落石出。

我打魁地奇球确实打得比他棒,那个声音说,但在其他方面并不比他出色。

那是千真万确的,哈利想道,他的功课并不比罗恩优秀。可是功课以外的事情呢?自从进入霍格沃茨后,他、罗恩和赫敏共同经历的那些奇遇呢?而且还经常冒着比被开除更可怕的危险!

是啊,大多数时候罗恩和赫敏都和我在一起。哈利脑袋里的那个声音说。

不是总在一起,哈利同自己辩论道。他们也没有和我一起同奇洛搏斗。他们没有跟我和德尔和蛇怪较量。他们没有在小天狼星逃跑的那天晚上摆脱那些摄魂怪。在伏地魔回来的那天夜里,他们没有在墓地里和我在一起……

想到这里,他刚来的那天晚上感到自己受到不公平待遇的那种强烈感觉又一次在心头翻滚起来。我绝对做得更多,哈利气愤不平地说。我做得比他们俩都多!

可是,那个小声音公正地说,也许邓布利多选级长并不看中他们经历过多少危险处境……也许他选级长看的是其他因素……罗恩肯定具有一些你所没有的东西……

哈利睁开眼睛，透过手指缝望着衣柜爪子形的脚，想起了弗雷德说过的话："头脑正常的人，谁会选罗恩当级长呢……"

哈利发出一声嘲讽的轻笑，但随即又为自己感到恶心。

罗恩并没有要求邓布利多给他级长的徽章。这不是罗恩的错。而他，哈利，罗恩在世界上最好的朋友，难道就因为自己没有得到徽章，就要闷闷不乐，就要和双胞胎一起在罗恩背后嘲笑他，毁了罗恩的这份快乐吗？就因为罗恩第一次在某件事上胜过了他哈利？

就在这时，哈利听见楼梯上又传来罗恩的脚步声。他站起来，正了正眼镜，急忙在脸上摆出一个微笑，罗恩连蹦带跳地冲了进来。

"正好追上了她！"他高兴地说，"她说如果可能，就给我买'横扫'。"

"真酷！"哈利说，他听见自己热情的声音已不再那么虚假，总算松了口气，"你听我说——罗恩——太棒了，伙计。"

罗恩脸上的笑容消失了。

"我压根儿没想到会是我！"他说着摇了摇头，"我还以为会是你呢！"

"不，我惹的麻烦太多了。"哈利重复着弗雷德的话。

"是啊，"罗恩说，"是啊，我猜也是……好了，我们最好还是收拾箱子吧，好吗？"

真是奇怪，来到这里以后，他们的东西居然散落得到处都是。下午的大部分时间，他们都在从房子的各个角落里找回自己的书本和其他东西，重新塞进上学用的箱子。哈利注意到，罗恩不停地把他的级长徽章摆来摆去，先是搁在床头柜上，然后塞进牛仔裤口袋里，接着又拿出来放在叠好的长袍上，似乎要看看红色衬在黑色上的效果如何。后来乔治和弗雷德进来了一下，提出要用永久粘贴咒把徽章粘在他的额头上，罗恩才用褐紫色的袜子把它仔仔细细地包

第 9 章　韦斯莱夫人的烦恼

好，锁在了箱子里。

大约六点钟的时候，韦斯莱夫人从对角巷回来了，抱着一大堆书，还拎着一个长长的、棕色厚纸包着的东西，罗恩充满渴望地呻吟了一声，从她手里拿了过来。

"先别忙着打开，大家要来吃晚饭了，我希望你们都下楼去。"韦斯莱夫人说，可是她刚走开，罗恩就急不可耐地扯开包装纸，上上下下、仔仔细细地端详着他的新扫帚，脸上是一种欣喜若狂的表情。

在下面的地下室里，韦斯莱夫人在无比丰盛的饭桌上方挂出一条深红色的横幅，上面写着：

热烈祝贺

罗恩和赫敏

当选级长

她情绪非常好，整个假期哈利都没见她这么高兴过。

"我想我们应该搞一个小小的晚会，而不是一本正经地坐着吃饭，"看到哈利、罗恩、赫敏、弗雷德、乔治和金妮走进厨房，她对他们说道，"你爸爸和比尔正在路上呢，罗恩。我派猫头鹰给他们俩都送了信，他们都激动坏了。"她满脸喜色地补充道。

弗雷德翻了翻眼睛。

小天狼星、卢平、唐克斯和金斯莱·沙克尔已经到了，哈利给自己倒了一杯黄油啤酒后不久，疯眼汉穆迪脚步沉重地走了进来。

"哦，阿拉斯托，你来了我真高兴。"疯眼汉脱掉身上的旅行斗篷时，韦斯莱夫人高兴地说，"我们好长时间一直想问问你——你能不能看看客厅的那张写字台，告诉我们里面是什么东西？我们一直不敢打开，生怕那是个特别难对付的家伙。"

"没问题,莫丽……"

穆迪那亮蓝色的眼睛滴溜溜往上一转,死死盯着厨房的天花板。

"客厅……"他粗声粗气地说,魔眼的瞳孔缩小了,"墙角的写字台?啊,我看见了……是的,是一个博格特……需要我上去把它弄出来吗,莫丽?"

"不,不用了,我待会儿自己来吧。"韦斯莱夫人眉开眼笑地说,"你喝点酒吧。实际上,我们在搞一个小小的庆祝活动……"她指了指深红色的横幅,"家里第四位级长!"她揉揉罗恩的头发,慈爱地说。

"级长,哦?"穆迪低吼道,那只正常的眼睛望着罗恩,那只魔眼滴溜溜一转,朝着脑袋里面的一侧凝视着。哈利有一种很不舒服的感觉,似乎那眼睛正在望着自己,他转身朝小天狼星和卢平走去。

"好啊,祝贺祝贺,"穆迪说,仍然用他那只正常的眼睛盯着罗恩,"权威人士总会招来麻烦,但我想邓布利多一定认为你能够抵抗大多数厉害的毒咒,不然他不会选中你的……"

罗恩听到这样的说法,似乎很吃了一惊,但正好这时候他爸爸和大哥回来了,他也就用不着费心做出回答了。韦斯莱夫人喜气洋洋,甚至没有埋怨他们把蒙顿格斯也带了来。蒙顿格斯穿着一件长长的大衣,上面不该鼓起来的地方却鼓鼓囊囊的,显得很奇怪,而且他还不肯把大衣脱下来跟穆迪的旅行斗篷放在一起。

"好了,我想我们可以举杯了,"每个人都拿到饮料后,韦斯莱先生说,举起了他的高脚酒杯,"祝贺罗恩和赫敏当选格兰芬多的级长!"

大家都举杯祝贺,然后热烈鼓掌,罗恩和赫敏高兴得满脸放光。

"我自己从没当过级长。"大家都凑在桌子跟前取食物时,唐克

第9章 韦斯莱夫人的烦恼

斯在哈利身后兴高采烈地说。今天她的头发红得像西红柿，一直拖到腰际，看上去活像金妮的姐姐。"我们学院的院长说我缺乏某些必要的素质。"

"比如说什么呢？"正在挑一个烤土豆的金妮问道。

"比如不能够循规蹈矩。"唐克斯说。

金妮哈哈大笑。赫敏似乎不知道是不是也该笑一笑，便采取个折中的办法，端起杯子喝了一大口黄油啤酒，结果被呛着了。

"你呢，小天狼星？"金妮拍着赫敏的后背问道。

坐在哈利旁边的小天狼星发出他惯常的那种短促刺耳的笑声。

"没有人会选我当级长的，我花了那么多时间跟詹姆一起关禁闭。卢平是个好孩子，他得到了徽章。"

"我想，邓布利多大概希望我能对我最好的朋友进行一些管束。"卢平说，"不用说，我很悲惨地失败了。"

哈利的情绪突然好了起来。他爸爸当年也不是级长。顿时，晚会似乎变得好玩多了。他把盘子装得满满的，觉得自己加倍地喜爱房间里的每一个人。

罗恩逢人就热情洋溢地介绍他的新扫帚。

"……十秒钟内就从零到七十，不坏吧？要知道《飞天扫帚大全》上说，彗星290只有零到六十，而且还需要有一股顺风推着呢。"

赫敏正在十分恳切地跟卢平谈论她对小精灵权益的看法。

"我的意思是，这就跟狼人需要隔离一样，都是一派胡言，是不是？其根源都是巫师那种可怕的偏见，认为自己比别的生物优越……"

韦斯莱夫人和比尔又在争论那个老掉牙的问题：比尔的头发。

"……越来越没法收拾了，其实你长得挺精神的，如果头发短一点儿会好看得多，你说是不是呢，哈利？"

"哦——我不知道——"哈利说，没想到韦斯莱夫人居然来征求他的意见，他有点儿惊慌。他偷偷地离开他们，朝弗雷德和乔治那边走去，他们正和蒙顿格斯一起挤在一个角落里。

蒙顿格斯一看见哈利就停住话头，但弗雷德眨眨眼睛，示意哈利过去。

"没关系，"他对蒙顿格斯说，"我们可以信任哈利，他是我们的资助人！"

"看看顿格给我们带来了什么，"乔治说着摊开手掌给哈利看，那上面是一堆枯干的黑豆荚般的东西，虽然一动不动，却发出轻微的哗啦哗啦的声音。

"毒触手的种子，"乔治说，"我们的速效逃课糖要用到它们，但这是一种Ｃ类禁止贸易物品，所以我们一直很难搞到。"

"这么些给十个加隆吧，顿格？"弗雷德说。

"这可是我费了九牛二虎之力才弄到的！"蒙顿格斯说，他那松弛的、充血的眼睛拉得更狭长了，"对不起，小伙子们，低于二十我绝不出手。"

"顿格就喜欢开点儿小玩笑。"弗雷德对哈利说。

"是啊，他最精彩的一个玩笑就是一袋刺佬儿尖刺要价六个西可。"乔治说。

"小心点儿。"哈利轻声提醒他们。

"怎么啦？"弗雷德说，"妈妈忙着跟级长罗恩情意绵绵地说悄悄话呢，我们没事儿的。"

"可是穆迪可能在用眼睛盯着你们。"哈利指出这一点。

蒙顿格斯紧张地扭头看了看。

"说得对。"他嘟哝道，"好吧，小伙子们，十个就十个吧，只要你们赶紧把它们弄走。"

"谢谢你了，哈利！"弗雷德高兴地说，蒙顿格斯已经把口袋里的东西都倒在双胞胎伸出来的手里，然后匆匆走过去取东西吃，

第9章 韦斯莱夫人的烦恼

"我们最好把这些东西拿到楼上去……"

哈利望着他们的背影，心里隐隐有些不安。他突然想到，韦斯莱先生和韦斯莱夫人最终肯定会发现弗雷德和乔治在做笑话店的生意，然后不可避免地就会想知道本钱从何而来。把三强争霸赛的奖金送给双胞胎，这在当时似乎是一件很简单的事情，但如果它又导致一场家庭风波，使亲人疏远，就像珀西那样呢？如果韦斯莱夫人发现是哈利使得弗雷德和乔治能够开创一种她认为很不合适的职业，她还会觉得哈利像她的亲生儿子一样好吗？

双胞胎走后，哈利独自站在那里，内心只有一种沉甸甸的负疚感。突然，他听见有人在说他的名字。金斯莱·沙克尔那低沉浑厚的声音，即使在周围的一片嘈杂声中也能听见。

"……邓布利多为什么不选波特当级长呢？"金斯莱问。

"他准有他自己的道理。"卢平回答。

"但是那样会表现出对哈利的信任。换了我，我就会那么做，"金斯莱执意地说，"特别是在《预言家日报》三天两头地给他造谣……"

哈利没有转过头去。他不想让卢平和金斯莱知道他听见了。他尽管一点儿也不饿，但还是跟着蒙顿格斯回到了饭桌旁。他刚才突然产生的参加晚会的快乐又一下子消失得无影无踪。他真希望自己躺在楼上的床上。

疯眼汉穆迪用残缺不全的鼻子嗅了嗅一根鸡腿，显然他没有发现任何下毒的痕迹，因为他用牙齿扯下了一大块鸡肉。

"……扫帚把是用西班牙橡木做的，涂着防毒咒的清漆，还有内置的振动控制——"罗恩在对唐克斯说。

韦斯莱夫人打了个大大的哈欠。

"好了，我先去把那个博格特解决掉再上床睡觉……亚瑟，我不希望这些人闹得太晚，好吗？晚安，哈利，亲爱的。"

她说完就离开了厨房。哈利把盘子放在桌上,不知道能不能神不知鬼不觉地跟她一起离去。

"你没事吧,波特?"穆迪瓮声瓮气地问。

"没事呀,挺好的。"哈利没说实话。

穆迪对着他的弧形酒瓶喝了一大口,那只亮蓝色的魔眼斜过来望着哈利。

"来吧,我这儿有件东西,你可能会感兴趣。"他说。

穆迪从长袍里面的口袋掏出一张很破旧的魔法照片。

"最初的凤凰社,"穆迪声音低沉地说,"昨天晚上找我那件备用的隐形衣时发现的。看来波德摩不太懂规矩,不打算把我最好的那件隐形衣还给我了……我想可能有人愿意看看。"

哈利接过照片,上面有一小群人抬头望着他,有的朝他挥手致意,有的举起手里的酒杯。

"这是我。"穆迪指着自己说,其实这毫无必要。照片上的穆迪是不可能被认错的,尽管他那会儿头发不像现在这么白,鼻子也完好无损。"我旁边是邓布利多,另一边是德达洛·迪歌……这是马琳·麦金农,拍完这张照片两个星期后,她就被杀害了,他们还把她全家都抓了去。那是弗兰克·隆巴顿和艾丽斯·隆巴顿——"

哈利心里本来就不舒服,现在望着艾丽斯·隆巴顿,心里更是一阵发紧。他尽管从没见过她,却非常熟悉她那张圆圆的、充满友善的脸,因为她儿子纳威和她长得一模一样。

"——可怜的人,"穆迪粗声粗气地说,"死了也比遭那份罪强……这是爱米琳·万斯,你见过她的,这个显然是卢平……本吉·芬威克,他也遭遇了不幸,我们只找到了他的部分尸体……往旁边挪挪。"他用手碰碰照片,上面的小人儿都朝旁边移去,让那些本来被遮住的人挪到了前面。

"那是埃德加·博恩斯……阿米莉亚·博恩斯的哥哥,他们也

第9章　韦斯莱夫人的烦恼

抓走了他的全家，他是个了不起的巫师……斯多吉·波德摩，天哪，他看上去真年轻……卡拉多克·迪尔伯恩，照片拍完后六个月就失踪了，一直没有找到他的尸体……海格，这不用说了，看上去还是这副老样子……埃非亚斯·多吉，你见过的，我都忘记他以前老戴着那顶傻乎乎的帽子了……吉迪翁·普威特，出动了五个食死徒才把他和他弟弟费比安杀死，他们战斗得英勇顽强……往边上挪挪，往边上挪挪……"

照片上的小人儿挤在一起，让那些隐藏在后面的人出现在画面上。

"这是邓布利多的弟弟阿不福思，我只见过他那一次，是个奇怪的家伙……这是多卡斯·梅多斯，伏地魔亲手杀害了她……小天狼星，那时候他还留着短头发……还有……这里，我想你可能会有兴趣！"

哈利心里像打翻了五味瓶。他的妈妈和爸爸笑眯眯地望着他，他们俩中间坐着一个眼睛水汪汪的小个子男人，哈利一眼就认了出来，那是虫尾巴，就是他向伏地魔告发了哈利父母的下落，造成了他们俩的惨死。

"嗯？"穆迪说。

哈利抬头看看穆迪伤痕累累、坑坑洼洼的脸。显然，穆迪还以为自己给了哈利一件很稀罕的好东西呢。

"不错，"哈利说，又一次想勉强挤出一个笑容，"呃……对了，我刚想起来，我忘记收拾我的……"

他用不着绞尽脑汁编造一个他忘记收拾的东西了，因为小天狼星正好说道："你那儿是什么东西，疯眼汉？"穆迪转身朝那边望去。哈利赶紧走向厨房那头，不等有人来得及把他叫回去，就轻手轻脚地出了房门向楼上走去。

哈利不知道他为什么感到如此震惊。其实他以前看见过爸爸妈妈的照片，还亲眼看见过虫尾巴……可是他们在他最不防备的时候那样突然地跳到了他面前……谁都不会喜欢的，他生气地想……

还有，看见他们周围所有那些愉快的面孔……本吉·芬威克，只找到尸体的一些残片；吉迪翁·普威特，像英雄一样勇敢战死；还有隆巴顿夫妇，被折磨成了疯子……他们都永远在照片上愉快地挥手，谁也不知道前面等着他们的厄运……唉，穆迪大概会觉得这很有趣……他，哈利，觉得这让人心神不安……

哈利踮着脚尖走上门厅的楼梯，走过那些挤在一起的家养小精灵的脑袋，他很高兴终于可以一个人清静一会儿了，可是就在他走近楼梯的第一个平台时，他听见了一个声音。有人在客厅里哭泣。

"喂？"哈利说。

没有人回答，哭泣声在继续。他一步两级地走完最后几级楼梯，走过平台，推开了客厅的门。

有一个人蜷缩在黑暗的墙边，手里拿着魔杖，哭得整个身体都在颤抖。而四肢伸展躺在灰扑扑的旧地毯上，躺在皎洁的月光下的，正是罗恩，显然已经死了。

哈利一下子觉得肺里的空气似乎都被吸空了，他觉得自己正朝地板下坠落，大脑里一片冰冷——罗恩死了，不，这不可能——

可是等一等，这不可能呀——罗恩在楼下呢——

"韦斯莱夫人？"哈利哑着嗓子说。

"滑—滑—滑稽滑稽！"韦斯莱夫人啜泣着说，用颤抖的魔杖指着罗恩的尸体。

啪！

罗恩的尸体变成了比尔的，伸展四肢仰面躺着，空洞失神的眼睛睁得大大的。韦斯莱夫人哭得比刚才更厉害了。

"滑—滑稽滑稽！"她又抽抽搭搭地说。

第9章　韦斯莱夫人的烦恼

啪！

韦斯莱先生的尸体取代了比尔的，眼镜歪在一边，一道鲜血从脸上流淌下来。

"不！"韦斯莱夫人呻吟道，"不……滑稽滑稽！滑稽滑稽！**滑稽滑稽！**"

啪！死去的双胞胎。啪！死去的珀西。啪！死去的哈利……

"韦斯莱夫人，赶紧离开这里！"哈利瞪着地板上他自己的尸体喊道，"让别人——"

"出什么事了？"

卢平跑进了房间，后面紧跟着小天狼星，穆迪拖着沉重的脚步也来了。卢平望望韦斯莱夫人，又望望地板上哈利的尸体，似乎一下子全明白了。他拔出自己的魔杖，清清楚楚、毫不含糊地说：

"滑稽滑稽！"

哈利的尸体不见了。一个银色的圆球悬浮在尸体刚才躺着的上空。卢平又挥了一下魔杖，圆球化成一股烟雾消失了。

"哦——哦——哦！"韦斯莱夫人抽噎着，然后突然用手捂住脸，号啕大哭。

"莫丽，"卢平忧郁地说，一边朝她走去，"莫丽，不要……"

一眨眼间，她扑在卢平的肩膀上，哭得伤心欲绝。

"莫丽，那只是一个博格特，"卢平拍着她的脑袋，安慰她道，"是一个愚蠢的博格特……"

"我总是看见他们死—死—死了！"韦斯莱夫人靠在他的肩膀上抽泣着说，"总是看—看见！做—做梦也梦见……"

小天狼星盯着刚才博格特装成哈利的尸体躺过的地方。穆迪看着哈利，哈利则躲避着他的目光。他有一种奇怪的感觉，似乎穆迪的那只魔眼一直追随着他走出了厨房。

"不—不—不要告诉亚瑟，"韦斯莱夫人这时忍住呜咽，用袖口使劲地擦着眼睛,"我不——不——不想让他知道……我这么傻……"

卢平递给她一块手帕,她擤了擤鼻子。

"哈利,真对不起。你会怎么看我呢?"她声音颤抖地说,"连一个博格特都对付不了……"

"别说傻话了。"哈利说,想勉强露出一点儿笑容。

"我只是太——太——太担心了,"她说,眼泪又从眼睛里扑簌簌地滚落下来,"家——家——家里一半的人都在凤凰社,除非出现奇迹我们才会全部从战争中活下来……珀——珀——珀西不跟我们说话了……如果发生了可——可——可怕的事情,我们永远没有机会跟——跟——跟他和解怎么办呢?如果亚瑟和我被杀害了,那可如何是好?谁会来照——照——照顾罗恩和金妮呢?"

"莫丽,够了。"卢平果断地说,"这和上次不一样。现在凤凰社的组织更加严密,我们有了一个有利的开端,知道伏地魔打算做什么——"

韦斯莱夫人听见那个名字,惊恐地发出一声尖叫。

"哦,莫丽,勇敢点儿,现在你应该习惯听到他的名字——听着,我没法保证不会有人受到伤害,谁也不可能保证这一点,但我们的情况比上次好得多。你那时候不在凤凰社里,你不明白。上次食死徒的人数是我们的二十倍,他们是把我们一个一个地干掉的……"

哈利又想起了那张照片,想起了他爸爸妈妈洋溢着欢笑的脸。他知道穆迪还在注视着他。

"不要担心珀西,"小天狼星突然说道,"他会回心转意的。伏地魔总有一天会公开亮相的,到那个时候,整个魔法部都会请求我们原谅他们。而我还不知道会不会接受他们的道歉呢。"他又尖刻地添上了最后一句。

第 9 章　韦斯莱夫人的烦恼

"至于如果你和亚瑟遇害了，由谁来照顾罗恩和金妮，"卢平微微带笑地说，"你以为我们会怎么做，会让他们饿肚子吗？"

韦斯莱夫人颤抖着笑了笑。

"真是太傻了。"她又低声说了一句，擦了擦眼睛。

可是十分钟后，当哈利反手关上卧室的房门时，他无法认为韦斯莱夫人是在犯傻。他仍然能够看见爸爸妈妈从那张破烂的旧照片上笑眯眯地望着他，他们像周围的那么多人一样，浑然不知他们的生命就要终结。哈利眼前不断闪现着博格特轮番变出韦斯莱夫人家每个人的尸体的景象。

突然，他额头上的伤疤一阵剧痛，胃里也翻腾开了。

"停下！"他坚决地说，一边揉着伤疤，疼痛减轻了。

"疯狂的第一个迹象，就是跟自己的脑袋说话。"墙上那张空白画布里一个诡秘的声音说道。

哈利没去理它。他感到自己一下子成熟了很多，比以往任何时候都要成熟。而就在一个小时前，他还在担心笑话店的事，担心谁得到了级长的徽章，这使他觉得不可思议。

第 10 章

卢娜·洛夫古德

哈利这一夜睡得很不踏实。他的爸爸妈妈不停地在他的梦境里穿行,但从不说话。韦斯莱夫人对着克利切的尸体伤心哭泣,罗恩和赫敏头戴王冠在一旁看着。哈利发现自己又走在一条走廊上,走廊尽头是一扇紧锁的房门。他猛地惊醒过来,伤疤隐隐作痛。他发现罗恩已经穿好衣服,正跟他说话呢。

"……最好抓紧时间,妈妈要发脾气了,她说我们可能赶不上火车了……"

整座房子里一片混乱。哈利以最快的速度穿上衣服,听着外面的动静,似乎是弗雷德和乔治给他们的箱子施了魔法,让它们飞下楼去,省得自己搬,结果箱子径直撞向金妮,撞得她一连滚下两段楼梯,摔在门厅里。布莱克夫人和韦斯莱夫人同时声嘶力竭地尖叫起来。

"——弄不好会使她受重伤的。你们这两个白痴——"

"——肮脏的杂种,玷污我祖上的家宅——"

哈利正在穿软底运动鞋,赫敏匆匆跑进房间,一副紧张不安的样子。海德薇摇摇晃晃地立在她的肩膀上,她怀里还抱着动来动去

第 10 章　卢娜·洛夫古德

的克鲁克山。

"爸爸妈妈刚把海德薇送回来。"猫头鹰很善解人意地扇动着翅膀飞了过来,落在自己的笼子上,"你准备好了吗?"

"差不多了。金妮没事儿吧?"哈利戴上眼镜问道。

"韦斯莱夫人给她包扎了一下。"赫敏说,"可是这会儿疯眼汉又抱怨说斯多吉·波德摩没来我们不能走,不然警卫就少了一个人。"

"警卫?"哈利说,"我们去国王十字车站还要警卫?"

"是你去国王十字车站需要警卫。"赫敏纠正他道。

"为什么?"哈利不耐烦地说,"我认为伏地魔现在正潜伏着等待时机呢,难道你要告诉我他会从一个垃圾箱后面跳出来,对我下毒手吗?"

"我不知道,反正疯眼汉是那么说的。"赫敏心不在焉地说,一边看了看手表,"如果不赶紧动身,我们就肯定赶不上火车了……"

"**拜托,你们都赶紧给我下来!**"韦斯莱夫人大吼一声,赫敏就像给开水烫了似的跳起来,一溜烟地跑出了屋子。哈利抓起海德薇,胡乱地塞进笼子,然后拖着箱子跟在赫敏后面往楼下走。

布莱克夫人的肖像在气愤地大嚷大叫,但没有人去拉上帷幔把她遮住。反正门厅里这么吵闹,肯定还会把她再次吵醒的。

"哈利,你跟着我和唐克斯,"韦斯莱夫人提高声音,盖过了那声嘶力竭、一遍遍重复"**泥巴种!败类!肮脏的渣滓!**"的叫骂声,"把你的箱子和猫头鹰放下,阿拉斯托会对付这些行李的……哦,看在老天的分上,小天狼星,邓布利多说过不行!"

就在哈利费力地跨过堆放在门厅里的大大小小的箱子,往韦斯莱夫人那儿移动时,一条熊一样大的黑狗出现在哈利身边。

"哦,说实在的……"韦斯莱夫人绝望地说,"好吧,后果由你自己负责!"

她一把拧开大门，走到外面九月微弱的阳光下。哈利和黑狗也跟了出来。门在他们身后重重地关上，布莱克夫人的尖叫声立刻被隔断了。

"唐克斯在哪儿？"哈利问，一边东张西望地和他们一起走下12号的台阶，刚来到人行道上，那座房子就消失了。

"她就在那边等着我们呢。"韦斯莱夫人板着脸说，目光躲着不去看那条蹦蹦跳跳走在哈利身边的黑狗。

街角处有一个老太太在跟他们打招呼。她有一头打着小卷儿的灰发，戴着一顶形状像猪肉馅饼的紫帽子。

"你好哇，哈利。"她眨了眨眼睛说。"我们得抓紧时间了，是不是，莫丽？"她看了看表。

"我知道，我知道，"韦斯莱夫人叹着气说，一边把步子迈得更大了，"可是疯眼汉还想等斯多吉呢……唉，如果亚瑟还能从部里给我们借到车子就好了……可是最近福吉连一个空墨水瓶都不肯借给他了……麻瓜们怎么受得了不靠魔法的旅行呢……"

可是大黑狗开心地大叫一声，围着他们跳跃嬉戏，假装扑过去咬鸽子，还绕着圈子追逐自己的尾巴。哈利忍不住哈哈大笑。小天狼星这么长时间一直被关在屋里可憋坏了。韦斯莱夫人噘起了嘴巴，那模样简直有点儿像佩妮姨妈。

他们步行了二十分钟才赶到国王十字车站，路上没有发生什么大事，只是小天狼星为了逗哈利开心，作势吓跑了一两只猫。一进车站，他们就假装若无其事地徘徊在第9和第10站台之间的隔墙边，等到四下里没有人了，才一个接一个地靠在墙上，神不知鬼不觉地穿越到9$\frac{3}{4}$站台，只见霍格沃茨特快列车停在那里喷着黑色的蒸气，站台上挤满了正在告别的学生和他们的家人。哈利大口呼吸着这熟悉的气味，感到心快活得像要飞起来一样……他真的要回学校了……

第10章　卢娜·洛夫古德

"真希望其他人能及时赶来。"韦斯莱夫人焦急地说,扭头望着横跨站台上方的锻铁拱门,待会儿后来的人将会从那里过来。

"这条狗真不赖,哈利!"一个梳着脏辫的高个子男孩大声说。

"谢谢你,李。"哈利咧嘴微笑着说,小天狼星在一边兴奋地摇着尾巴。

"哦,太好了,"韦斯莱夫人说,明显松了口气,"阿拉斯托带着行李过来了,看……"

一顶搬运工的帽子低低地扣在那两只不对称的眼睛上,穆迪推着一辆堆满箱子的手推车,一瘸一拐地穿过了拱门。

"一切正常,"他低声对韦斯莱夫人和唐克斯说,"看来我们没有被人跟踪……"

几秒钟后,韦斯莱先生带着罗恩和赫敏出现在站台上。他们把穆迪行李车上的箱子一件件搬下来,快要搬完时,弗雷德、乔治和金妮才跟卢平一起赶到了。

"没遇到麻烦吧?"穆迪粗声问道。

"没有。"卢平说。

"我还是要向邓布利多告斯多吉一状,"穆迪说,"这是他一星期里第二次不露面了。怎么变得像蒙顿格斯一样不可靠了。"

"好了,好好照顾你们自己。"卢平说着跟他们挨个儿握手。他最后来到哈利面前,拍了一下他的肩膀:"你也是,哈利。要多加小心。"

"是啊,避免麻烦,提高警惕。"穆迪说着也跟哈利握了握手,"你们每个人都不要忘记——写信时千万不能什么都写。如果拿不准,就干脆别往信里写。"

"这次见到你们真是太好了。"唐克斯说着搂了搂赫敏和金妮,"我想我们很快就会再见面的。"

提醒大家上车的汽笛响起。站在站台上的学生们开始急急忙忙地登上火车。

"快点儿，快点儿，"韦斯莱夫人心烦意乱地说，胡乱地拥抱他们大家，两次把哈利抓过去搂了搂，"写信……听话……如果忘记了什么，我们会寄过去的……好了，上车吧，快点儿……"

刹那间，大黑狗靠两条后腿站了起来，把前爪搭在哈利的肩膀上，但韦斯莱夫人一把将哈利推向车门，一边压低声音说："看在老天的分儿上，小天狼星，你得更像一条狗的样子！"

"再见！"火车开动了，哈利从敞开的车窗向外喊道，罗恩、赫敏和金妮在他身边一个劲儿地挥手。唐克斯、卢平、穆迪、韦斯莱先生和韦斯莱夫人的身影很快地缩小了，只有那条大黑狗追着车窗奔跑，不住地摇晃着尾巴。站台上一掠而过的人们看到狗追火车，都被逗得哈哈大笑。接着火车拐过一个弯道，小天狼星不见了。

"他不应该跟我们一起来的。"赫敏用担心的语气说。

"哦，高兴点儿吧，"罗恩说，"他几个月没有看见阳光了，可怜的人哪。"

"好了，"弗雷德拍了一下手说，"总不能一整天都站在这里聊天吧，我们还有点儿事要跟李谈谈。待会儿见。"说完，他和乔治便从右边的过道上消失了。

火车行进的速度更快了，窗外的房屋呼呼地往后闪，他们原地站着直打晃儿。

"怎么样，我们去找间包厢吧？"哈利问。

罗恩和赫敏交换了一下目光。

"嗯。"罗恩说。

"我们——嗯——罗恩和我应该到级长包厢去的。"赫敏尴尬地说。

罗恩没有望着哈利，他似乎突然对左手的指甲产生了十分浓厚的兴趣。

第10章　卢娜·洛夫古德

"噢,"哈利说,"行,好的。"

"我想我们不会一路上都待在那儿的,"赫敏很快地说,"信上说,我们只需去接受男生学生会主席和女生学生会主席的指示,然后时不时地在走廊上巡视一下。"

"好的,"哈利又说了一遍,"好吧,那么我 —— 我们待会儿再见吧。"

"哎,没问题。"罗恩说着用惶恐不安、躲躲闪闪的目光扫了一眼哈利,"我真不愿意上那儿去,我情愿 —— 可我们又不得不去 —— 我是说,我根本就不喜欢去,我不是珀西。"他最后一句话说得斩钉截铁。

"我知道你不是。"哈利说着咧开嘴笑了。但是当赫敏和罗恩拖着箱子、抱着克鲁克山、拎着小猪的笼子朝火车头的方向走去时,哈利还是有了一种奇怪的失落感。以前每次乘坐霍格沃茨特快列车,他都是跟罗恩在一起的。

"走吧,"金妮对他说,"如果我们抓紧时间,还能为他们占到座位呢。"

"好吧。"哈利说。他一只手提起海德薇的笼子,另一只手抓住箱子把手。他们在过道里艰难地行走,透过玻璃门朝一间间包厢里张望,里面都已经坐满了人。哈利不由自主地注意到,许多人都怀着极大的兴趣盯着他看,有几个还用胳膊肘捅捅坐在旁边的人,对他指指点点。接连五节车厢都是这种情况,他这才想起《预言家日报》整个夏天都在告诉读者,他是怎样一个谎话连篇、特别爱卖弄的人。他郁闷地想,不知这些一边盯着他看、一边交头接耳的人是不是相信了那些谎言。

在最后一节车厢里,他们遇到了纳威·隆巴顿,他是哈利在格兰芬多五年级的同学。因为使劲拖着箱子,同时还要用一只手紧紧抓住他那只不断挣扎的蟾蜍莱福,他圆圆的脸上满是汗水。

"嘿，哈利，"他气喘吁吁地说，"嘿，金妮……到处都满了……我找不到座位……"

"你在说什么呀？"金妮从纳威身边挤过去，朝他身后的包厢里张望了一眼，说道，"这里面还有地方呢，只有疯姑娘洛夫古德一个人——"

纳威嘟哝了一句什么，似乎是不想去打扰别人。

"别傻了，"金妮大笑着说，"她没事儿的。"

她把门拉开，拖着箱子走进了包厢。哈利和纳威也跟了进去。

"你好，卢娜，"金妮说，"这些座位我们可以坐吗？"

坐在窗边的那个姑娘抬起了头。她长着一头乱蓬蓬、脏兮兮、长达腰际的金黄色头发，眉毛的颜色非常浅，两只眼睛向外凸出，这使她老有一种吃惊的表情。哈利立刻明白为什么纳威情愿放过这间包厢了。这姑娘身上明显透着一种疯疯癫癫的劲儿。这也许是因为她为了保险起见，居然把魔杖插在了左耳朵后面，或者是因为她居然戴着一串用黄油啤酒的软木塞串成的项链，或者是因为她读杂志时居然把杂志拿颠倒了。她的目光扫过纳威落在哈利身上。她点了点头。

"谢谢。"金妮说着对她微微一笑。

哈利和纳威把三个箱子和海德薇的笼子放在行李架上，然后坐了下来。卢娜从颠倒的杂志上望着他们，那本杂志的名字是"唱唱反调"。她似乎不像普通人那样需要经常眨眼睛，只是一个劲儿地盯着哈利看。哈利坐在她的对面，现在后悔不迭。

"暑假过得好吗，卢娜？"金妮问。

"是啊，"卢娜恍恍惚惚地说，眼睛仍然死死盯着哈利，"是啊，过得挺愉快的。你是哈利·波特。"她紧跟着说了一句。

"这我知道。"哈利说。

纳威哧哧地笑了。卢娜把浅色的眼睛转向了他。

第10章　卢娜·洛夫古德

"我不知道你是谁。"

"我谁也不是。"纳威赶紧说道。

"不，才不是呢，"金妮尖锐地说，"纳威·隆巴顿——这是卢娜·洛夫古德。卢娜和我同级，但是在拉文克劳。"

"过人的聪明才智是人类最大的财富。"卢娜用唱歌般的声音说。

她高高举起那本颠倒的杂志挡住自己的脸，不再出声了。哈利和纳威扬起眉毛互相望望。金妮强忍着不让自己咯咯笑出声来。

火车哐啷哐啷地往前开，把他们带到了空旷的乡村。这真是古怪的、变幻无常的一天。一会儿车厢里洒满阳光，一会儿又是天色阴沉，乌云密布。

"猜猜我生日得到了什么礼物？"纳威说。

"又是一个记忆球？"哈利说，他想起了纳威的奶奶为了提高纳威那糟糕透顶的记忆力，曾给他寄来的那个大理石般的玩意儿。

"不是，"纳威说，"我有一个就够了，不过那个旧的我已经丢了好久……不是，看看这个……"

他一只手紧紧攥着莱福，另一只手伸进书包翻找了一会儿，掏出一样东西，像是一棵栽在盆里的灰色小仙人掌，但上面不是长满了刺，而是布满一个个疖子般的东西。

"米布米宝。"他得意地说。

哈利瞪着那东西。它在微微地跳动，看上去像一个病变的内脏器官，让人感到不吉利。

"这是非常、非常稀罕的，"纳威满脸放光地说，"就连霍格沃茨的温室里都不一定有呢。我真想现在就拿给斯普劳特教授看看。这是我阿尔吉叔爷从亚述给我弄来的。我想看看我能不能培植它。"

哈利知道纳威最喜欢的一门课就是草药学，但是他怎么也弄不明白这种发育不良的小植物有什么用。

"它——嗯——它能做什么用吗？"他问。

"用处多着呢!"纳威骄傲地说,"它有一种惊人的自卫机制。看,替我拿着莱福……"

他把蟾蜍扔在哈利的膝盖上,从书包里拿出一支羽毛笔。卢娜·洛夫古德那双凸出的眼睛又从颠倒的杂志上露出来,注视着纳威的举动。纳威把舌尖含在牙齿间,把那盆米布米宝举到眼前,找准一个地方,用羽毛笔尖使劲捅了一下。

汁液从植物身上的每个疖子里喷射出来。一股股黏糊糊、臭烘烘的墨绿色汁液喷到了车厢的天花板上、窗户上,溅到卢娜·洛夫古德的杂志上。金妮幸好及时用胳膊挡住了脸,只是头上像戴了一顶黏糊糊的肮脏的绿帽子。哈利可就惨了,他两只手都忙着捉住莱福不让它逃走,结果被喷了个满脸花。那气味就像恶臭难闻的大粪。

纳威的脸上和身上也都被喷湿了,他晃了晃脑袋,想把遭殃最厉害的眼睛里的汁液挤出来。

"对——对不起,"他喘着气说,"我以前没有试过……没想到会是这个样子,不过别担心,臭汁没有毒。"他看到哈利往地上吐了一口,不安地补充道。

不早不晚就在这个时候,他们包厢的门被拉开了。

"噢……你好,哈利,"一个怯生生的声音说,"嗯……我来得好像不是时候?"

哈利用没拿莱福的那只手擦了擦镜片。一个长得非常漂亮、一头长发乌黑油亮的姑娘正站在包厢门口,笑眯眯地望着他。是秋·张,拉文克劳魁地奇球队的找球手。

"噢……你好。"哈利不知所措地说。

"嗯……"秋说,"好吧……我就是想过来问声好……再见吧。"

她脸颊红红的,关上门走了。哈利垂头耷脑地倒在座位上,唉声叹气。他多么希望秋看见他和一群很酷的人坐在一起,他们被他讲的一个笑话逗得乐不可支。他真不愿意被她看见自己跟纳威和疯

第10章 卢娜·洛夫古德

姑娘洛夫古德坐在一起，手里拿着一只癞蛤蟆，脸上淌着臭汁。

"没关系，"金妮安慰他说，"瞧，我们不费吹灰之力就能弄干净。"她抽出自己的魔杖，"清理一新！"

臭汁都消失了。

"对不起。"纳威又小声说了一遍。

罗恩和赫敏差不多一小时之后才过来。卖食品的手推车已经来过了，哈利、金妮和纳威吃完了南瓜馅饼，正忙着交换巧克力蛙的画片，这时包厢的门被推开，他们俩走了进来，跟他们在一起的还有克鲁克山和关在笼子里厉声尖叫的小猪。

"我饿惨了。"罗恩说着把小猪塞在海德薇旁边，从哈利手里抓过一块巧克力蛙，一屁股坐在哈利旁边的座位上。他撕开包装纸，一口咬掉了青蛙的脑袋，然后倒在椅背上，闭上了眼睛，似乎这一上午把他累坏了。

"是这样，每个学院的五年级都有两个级长，"赫敏说，她坐下时显得特别不高兴，"一男一女。"

"猜猜谁是斯莱特林的级长？"罗恩说，眼睛仍然闭着。

"马尔福。"哈利不假思索地回答，相信他最担心的事情会得到证实。

"没错。"罗恩苦闷地说，一边把青蛙的身体塞进嘴里，然后又拿了一块。

"还有那头十足的母牛潘西·帕金森，"赫敏尖刻地说，"她怎么能当级长呢，她比一个患了脑震荡的巨怪还要笨呢……"

"赫奇帕奇的是谁？"哈利问。

"厄尼·麦克米兰和汉娜·艾博。"罗恩含混不清地说。

"拉文克劳的是安东尼·戈德斯坦和帕德玛·佩蒂尔。"赫敏说。

"你和帕德玛·佩蒂尔一起参加过圣诞舞会呢。"一个朦胧的声音说。

大家都转过脸来望着卢娜·洛夫古德，她的眼睛从《唱唱反调》上方一眨不眨地盯着罗恩。罗恩赶紧把满嘴的巧克力蛙咽了下去。

"是啊，我知道的。"他说，显得有点儿吃惊。

"可是她玩得不太开心，"卢娜对他说，"她认为你对她不太好，因为你不肯跟她跳舞。我想我是不会在乎的，"她若有所思地又说道，"我不怎么喜欢跳舞。"

她又缩到《唱唱反调》后面去了。罗恩张大嘴巴呆呆地望着杂志封面，好几秒钟缓不过神来，随即转脸看看金妮，希望得到一些解释。可是金妮用手指关节堵着嘴，不让自己咯咯笑出声来。罗恩摇了摇头，整个儿给弄糊涂了，然后他看了看表。

"我们应该偶尔在过道里巡视巡视，"他对哈利和纳威说，"如果有人在做坏事，我们可以惩罚他们。我真想马上就抓住克拉布和高尔的什么把柄……"

"你不应该滥用职权，罗恩！"赫敏严厉地说。

"是啊，没错，因为马尔福是绝不会滥用职权的。"罗恩讽刺地说。

"难道你要把自己降低到他那个层次？"

"不，我只是要保证在他欺负我的朋友之前，先给他的朋友一点厉害瞧瞧。"

"看在老天的分儿上，罗恩——"

"我要罚高尔写句子，那会要了他的命，他最讨厌写字了。"罗恩开心地说。他放低声音，学着高尔粗声哑气的嗓音，把脸皱成一团，似乎在痛苦地集中注意力，假装在空气中写字："我……绝……不……能……像……狒……狒……的……屁……股。"

大伙儿哈哈大笑，但是谁也没有卢娜·洛夫古德笑得那样厉害。她发出一串尖厉刺耳的狂笑，把海德薇从梦中惊醒了。它愤怒地扑扇着翅膀，吓得克鲁克山跳到行李架上，嘶嘶地叫着。卢娜笑

第10章 卢娜·洛夫古德

得太厉害了,她手里的杂志掉下来,从腿上滑到了地板上。

"太好玩了!"

她急促地喘着气,一个劲儿地瞪着罗恩,两只凸出的眼睛里涌满了泪水。罗恩完全摸不着头脑,他疑惑地望望大家,而他们都被罗恩脸上的表情,还有卢娜·洛夫古德那没完没了的狂笑逗得开怀大笑。卢娜拼命捂着肚子,笑得前仰后合。

"你在嘲笑我吗?"罗恩冲她皱着眉头问道。

"狒狒的……屁股!"她按住肋骨,气喘吁吁地说。

其他人都在看卢娜狂笑,哈利却扫了一眼地上的那本杂志,突然注意到了什么,便伸手把杂志捡了起来。刚才颠倒着不容易看清封面上的图画,现在哈利看出原来是一幅画得很糟糕的康奈利·福吉的漫画,哈利是由他头上那顶暗黄绿色的圆顶硬礼帽认出他来的。福吉一只手抓住一袋金子,另一只手掐着一个妖精的脖子。漫画上的说明文字是:福吉离霸占古灵阁还有多远?

紧接着下面列出了杂志里其他文章的标题:

魁地奇联合会里的腐败:龙卷风队如何掌握大权

古代如尼文揭秘

小天狼星布莱克:恶棍还是受害者?

"可以给我看看吗?"哈利急切地问卢娜。

她点点头,眼睛仍然盯着罗恩,笑得连气都喘不上来了。

哈利打开杂志,扫了一眼目录。他已经把金斯莱委托韦斯莱先生转交给小天狼星的那本杂志忘了个一干二净,这会儿才又想起来,看来肯定就是这期的《唱唱反调》。

他找到页码,迫不及待地翻到那篇文章。

这一页也有一幅画得非常糟糕的漫画。实际上,如果没有说明文字，哈利简直认不出这个人就是小天狼星。画上的小天狼星站在一堆白骨上，手里举着魔杖，文章的标题是：

小天狼星——像画上的这么黑吗？ ①
臭名昭著的杀人魔王还是无辜的歌坛巨星？

哈利把这个句子读了好几遍，才确信没有弄错它的意思。小天狼星什么时候成了一位歌坛巨星？

十四年来，小天狼星布莱克一直被认为是个杀人魔王，杀害了十二个无辜的麻瓜和一名巫师。两年前布莱克胆大妄为地从阿兹卡班越狱逃跑，魔法部展开了前所未有的大范围搜捕。他应该被重新抓获，送回到摄魂怪手里，对此我们没有一个人提出质疑。

然而真是这样吗？

最近出现了令人惊诧的新证据，证明小天狼星布莱克也许并没有犯下他因之被送进阿兹卡班的那些罪行。小诺顿区刺叶路18号的多丽丝·珀基斯说，实际上，小天狼星可能根本就不在杀人现场。

"人们没有意识到，小天狼星布莱克是一个假名。"珀基斯夫人说，"人们以为是小天狼星布莱克的那个人，实际上是胖墩勃德曼，是流行歌唱组合淘气妖精的领唱，约十五年前在小诺顿区教堂大厅的一次音乐会上被一个萝卜打中耳朵后，就退出了公众生活。我在报纸上看到他的照片时一眼就认了出来。

---

① 小天狼星的姓"布莱克"（Black）在英语里是"黑"的意思，这是一句双关语。

第10章 卢娜·洛夫古德

所以,胖墩勃德曼不可能犯下那些罪行,因为那天他正好和我在一起享受浪漫的烛光晚宴。我已经给魔法部部长写了信,希望他能尽快给胖墩,又名小天狼星,彻底平反昭雪。"

哈利读完后,不敢相信地瞪着那篇文章。也许这是一个笑话,他想,也许杂志上经常刊登一些哗众取宠的笑料。他往后翻了几页,找到了关于福吉的那篇文章。

> 魔法部部长康奈利·福吉五年前当选部长时,曾经否认他有接管古灵阁巫师银行的打算。福吉总是一口咬定,他只想和我们的黄金保管者"和平合作"。
>
> **然而真是这样吗?**
>
> 与部长密切接触的消息提供者最近透露,福吉最强烈的野心就是控制妖精的黄金储备,如果必要的话,他会毫不犹豫地动用武力。
>
> "这也不会是第一次。"一位魔法部内部人士说,"他的朋友们都管他叫'妖精杀手'康奈利·福吉。但愿你能听见他在以为身旁没人时所说的话,哦,他总是在谈论他干掉的那些妖精。扔进水里淹死的,从楼上推下去摔死的,下毒药毒死的,还有做成馅饼烤熟的……"

哈利没有再读下去。福吉可能是有许多缺点,但哈利觉得很难想象他会命令别人把妖精做成馅饼,这太离奇了。他翻看杂志上的其他文章,偶尔停下来看两眼,他读到的内容有:有人指控塔特希尔龙卷风队是靠胁迫、非法对飞天扫帚做手脚、折磨对手等手段而赢得魁地奇联合会杯的;对一个巫师的采访,他宣称自己骑着一把横扫六星飞到了月亮上,并带回来一袋月亮上的青蛙作为证据;还有一篇文章讲的是古代如尼文，这至少解释了卢娜为什么一直颠倒着读《唱唱反调》。杂志上说，如果你把这些古代如尼文颠倒过来，就能看见它们其实是一个咒语，能把你仇敌的耳朵变成金橘。实际上，跟《唱唱反调》上的其他文章比起来，那篇提出小天狼星其实可能是淘气妖精领唱的文章还算是有点道理呢。

"上面有什么好东西吗？"罗恩看到哈利合上了杂志，问道。

"当然没有，"赫敏不等哈利回答，就尖刻地说，"《唱唱反调》是一堆垃圾，这是每个人都知道的。"

"对不起，"卢娜说，她的声音突然不再那么恍恍惚惚了，"我父亲是杂志主编。"

"我……哦，"赫敏显得非常尴尬地说，"是这样，有一些还是蛮有趣的……我的意思是，它还是很……"

"把它还给我吧，谢谢。"卢娜冷冷地说，探过身来一把从哈利手里夺过杂志，哗啦哗啦地翻到第五十七页，坚定不移地把它颠倒过来，把自己的脸挡在后面。就在这时，包厢的门第三次被拉开了。

哈利扭头一看，他其实早就预料到了，但此刻看到德拉科·马尔福在他两个死党克拉布和高尔的陪伴下，得意洋洋地冲自己冷笑时，他仍然感到很不愉快。

"怎么啦？"他不等马尔福开口，就挑衅地问道。

"注意礼貌，波特，不然我就让你关禁闭。"马尔福拖腔拖调地说，油光水滑的金黄色头发和尖尖的下巴跟他爸爸一模一样，"你看，我和你不同，我当上级长了，这就是说，我和你不同，我有权惩罚别人。"

"是吗，"哈利说，"可是你，和我不同，你是个饭桶，所以请你走开，别来打搅我们。"

罗恩、赫敏、金妮和纳威都哈哈大笑起来。马尔福的嘴唇扭曲了。

第10章 卢娜·洛夫古德

"告诉我,败在韦斯莱手下的滋味如何呀,波特?"他问。

"闭嘴,马尔福。"赫敏厉声说道。

"看来我触到痛处了。"马尔福得意地笑着说,"好吧,波特,你可要放规矩点儿,因为我会像一条猎狗一样跟着你,看你敢不敢越轨。"

"出去!"赫敏说着站了起来。

马尔福咻咻坏笑着,最后恶狠狠地朝哈利瞪了一眼,转身离开了,克拉布和高尔笨手笨脚地跟在后面。赫敏把包厢的门重重地关上,转脸望着哈利。哈利顿时就明白了,赫敏和他一样,也注意到了马尔福刚才说的话,并为此感到忧心忡忡。

"再扔一只青蛙过来。"罗恩说,他显然什么也没留意。

当着纳威和卢娜的面,哈利不能敞开来说话。他又和赫敏交换了一下惶恐不安的眼神,然后转脸望着窗外。

他原来以为,小天狼星陪他到车站来只是一个玩笑之举,现在才发现这么做即便不是非常危险,也是不够谨慎⋯⋯赫敏说得对⋯⋯小天狼星是不应该来的。如果马尔福先生注意到了那条黑狗,并告诉了德拉科呢? 如果他由此推断出韦斯莱夫妇、卢平、唐克斯和穆迪知道小天狼星藏在哪里呢? 或者,马尔福刚才说"像一条猎狗一样跟着"这样的话只是一种巧合?

他们继续向北行进,天气还是变幻不定。雨点有一搭没一搭地敲打着车窗,然后太阳懒洋洋地探出脸来,很快云层飘过,又把它遮住了。夜幕降临,包厢里的灯亮了,卢娜卷起《唱唱反调》,小心地放进书包,然后转过脸来,目不转睛地盯着包厢里的每个人。

哈利坐在那里,将额头贴在车窗上,想远远地就能看见霍格沃茨,但这是一个没有月亮的夜晚,而且被雨水打湿的车窗上脏兮兮的。

"我们最好换衣服吧。"最后赫敏说道。她和罗恩仔细地把级长徽章戴在胸前。哈利看见罗恩对着漆黑的窗户照了照自己的模样。

终于，火车慢慢地减速了，他们又听见四下里一片纷乱嘈杂，因为每个人都忙着把行李和宠物归拢在一起，准备下车。罗恩和赫敏要监督秩序，就又从包厢里消失了，留下哈利和其他人照看克鲁克山和小猪。

　　"我来帮你提那只猫头鹰，如果你愿意的话？"卢娜对哈利说，伸手来接小猪，纳威在一旁小心地把莱福塞进长袍里面的口袋。

　　"哦——嗯——谢谢。"哈利说着把笼子递给了她，然后将海德薇更稳妥地抱在怀里。

　　他们拖着沉重的脚步走出包厢，汇入了过道里的人流，开始感觉到夜晚的空气吹在脸上的刺痛。他们慢慢地朝门口挪动，哈利可以闻到通向湖畔的小路两旁那一棵棵松树的清香。他下车来到站台上，环顾四周，竖起耳朵捕捉那熟悉的声音："一年级新生上这儿来……一年级新生……"

　　可是他没有听见。取而代之的是一个完全陌生的声音，一个干脆利落的女声，正在大声喊着："请一年级新生上这儿排队！所有一年级新生都跟我来！"

　　一盏提灯摇摇晃晃地朝哈利这边移动，就着它的亮光，他看见了格拉普兰教授那突出的下巴和修剪得一丝不苟的头发，这位女巫前一年曾代替海格上过一段时间的保护神奇动物课。

　　"海格呢？"哈利大声问。

　　"我不知道，"金妮说，"但我们最好赶紧让开，我们把门都挡住了。"

　　"噢，好的……"

　　哈利和金妮顺着站台往车站外面走去，渐渐地两人分开了。哈利被人群推挤着往前走，一边眯起眼睛在黑暗中寻找海格的身影。海格不能不在这儿，哈利眼巴巴地盼着呢——再次见到海格是哈利内心最渴望的一件事。可是四下里都没有海格的影子。

第10章　卢娜·洛夫古德

他不可能离开,哈利一边想一边拖着沉重的脚步,和众人一起慢慢穿过狭窄的门道,来到外面的马路上。他可能只是患了感冒什么的……

他东张西望地寻找罗恩或赫敏,想知道他们对格拉普兰教授的再次出现有什么想法,可是他们俩都不在旁边,他只好由着自己被推向霍格莫德车站外那条被雨水冲刷过的黑乎乎的街道。

这里停着约一百辆没有马拉的马车,每年都是它们把一年级以上的学生送到城堡去的。哈利很快地扫了它们一眼,又转脸寻找罗恩和赫敏,接着他又回过头来细看。

马车前面不再是空的了。辕杆之间站着一些动物,如果硬要给它们一个名字的话,哈利觉得他会管它们叫马,尽管它们的模样有点儿类似爬行动物。它们身上一点肉也没有,黑色的毛皮紧紧地贴在骨架上,每一根骨头都清晰可见。它们的脑袋很像火龙的脑袋,没有瞳孔的眼睛白白的,目不转睛地瞪着。在肩骨间隆起的地方生出了翅膀——又大又黑的坚韧翅膀,看上去似乎应该属于巨大的蝙蝠。这些动物一动不动,静悄悄地站在夜色中,显得怪异而不吉利。哈利真不明白,这些马车明明自己就能行走,为什么还要用这些可怕的马来拉它们。

"小猪呢?"罗恩的声音在哈利身后响起。

"那个叫卢娜的女生提着呢。"哈利说着急切地转过身来,想跟罗恩讨论一下海格的事,"你说,为什么不见——"

"——海格?不知道,"罗恩说,显得很是担忧,"他可别出什么事……"

在离他们不远的地方,德拉科·马尔福,后面跟着一小伙死党,包括克拉布、高尔和潘西·帕金森。马尔福正在把几个神情很胆怯的二年级同学推到一边,好让他和他的朋友们独占一辆马车。几秒钟后,赫敏气喘吁吁地从人群中钻了出来。

"马尔福刚才在那里对一个一年级新生态度非常恶劣。我发誓一定要告他一状,他戴上徽章还不满三分钟呢,就利用它变本加厉地欺负人……克鲁克山呢?"

"金妮抱着呢。"哈利说,"她来了……"

金妮刚从人群里闪身出来,紧紧抱着不断扭动的克鲁克山。

"谢谢。"赫敏说着把猫从金妮手里接了过来,"走吧,我们赶紧找一辆马车坐在一起,待会儿就没有地方了……"

"我还没有拿到小猪呢!"罗恩说,可是赫敏已经朝最近的一辆空马车走去。哈利陪罗恩留在原地。

"你看,那是些什么东西?"哈利问罗恩,并冲那些可怕的怪马点点头,其他学生蜂拥着从他们身边走过。

"什么东西?"

"那些马——"

卢娜怀里抱着小猪的笼子出现了。小猫头鹰像平常一样兴奋地吱吱乱叫。

"给你,"她说,"它真是一只可爱的小猫头鹰,是吧?"

"嗯……是啊……它挺好的。"罗恩粗声粗气地说,"好了,快走吧,我们赶紧进去……你刚才说什么,哈利?"

"我刚才说,那些像马一样的东西是什么?"哈利说着,一边和罗恩、卢娜一起朝赫敏和金妮已经坐上的那辆马车走去。

"什么像马一样的东西?"

"就是拉那些马车的像马一样的东西!"哈利不耐烦地说。他们离最近的那匹怪马大约只有两三步远了,它正用空洞的白眼睛注视着他们。可是罗恩困惑不解地看了哈利一眼。

"你在说什么呀?"

"我在说——你看!"

哈利抓住罗恩的胳膊,拖得他转过身来,面对那匹长着翅膀的

第10章　卢娜·洛夫古德

怪马。罗恩直直地瞪眼看了一秒钟,然后转过脸来看着哈利。

"你叫我看什么呀?"

"看那个——那儿,就在辕杆之间!套在马车上的!就在你面前——"

可是罗恩还是一脸的迷惑,哈利突然产生了一个奇怪的想法。

"难道……难道你看不见它们?"

"看见什么?"

"难道你看不见拉马车的东西?"

这时候罗恩露出了非常惊愕的表情。

"你没有什么不对劲儿吧,哈利?"

"我……没事儿……"

哈利感到困惑极了。那匹马明明就在眼前,在他们身后车站窗户透出的朦胧灯光的映照下,实实在在地闪着光,鼻孔里喷出的气息在夜晚寒冷的空气中凝成了水汽。然而——除非罗恩是在装假——如果真是这样,这个玩笑可是太蹩脚了——罗恩居然根本看不见!

"我们进去吧,好吗?"罗恩忐忑不安地说,一边望着哈利,似乎很替他担心。

"好的,"哈利说,"好的,走吧……"

"没关系,"当罗恩钻进黑乎乎的马车车厢时,哈利身边一个恍恍惚惚的声音说道,"你并没有变疯什么的。我也能看见它们。"

"真的吗?"哈利迫切地问,转脸看着卢娜。他可以看见卢娜那双银白色的大眼睛里映出了那些长着蝙蝠翅膀的马。

"哦,是啊,"卢娜说,"我从第一天来这里就能看见它们。它们一直在拉马车。放心吧,你的头脑和我的一样清醒。"

她淡淡一笑,跟着罗恩钻进了发霉的马车车厢。哈利心头的疑虑并没有完全打消,但他还是跟着钻了进去。

第 11 章

分院帽的新歌

哈利不想告诉别人，他和卢娜有了同样的幻觉——如果真是幻觉的话，所以他在车厢里坐下来，反手把门重重地关上，再也没有谈论那些马的事。然而，他忍不住去注视在窗外移动的那些马的侧影。

"你们大家都看见那个叫格拉普兰的女人了吧？"金妮问，"她又回这儿来做什么呢？海格不会离开吧？"

"海格走了我才高兴呢，"卢娜说，"他可不算一个好老师，对吧？"

"不，他是好老师！"哈利、罗恩和金妮气愤地说。

哈利不满地瞪着赫敏。赫敏清了清喉咙，赶紧说道："嗯……是啊……他是很不错的。"

"得了吧，我们拉文克劳的同学都认为他是个荒唐可笑的人。"卢娜说，一副不管不顾、大大咧咧的劲儿。

"那说明你们的幽默感一塌糊涂。"罗恩不客气地回敬道，这时身下的车轮吱吱嘎嘎地开始转动了。

卢娜似乎并没有因罗恩的无礼而恼怒，相反，她盯着罗恩看了片刻，就好像他是一个还算有趣的电视节目。

第11章　分院帽的新歌

马车排成一队，吱吱嘎嘎、摇摇晃晃地在路上行走着。他们经过通向学校场地的大门，大门两边高高的石柱顶上是带翅膀的野猪。这时哈利探着身子，想看看禁林旁边海格的小屋里有没有灯光，可是场地上一片漆黑。霍格沃茨城堡隐隐约约地越来越近：一座座高耸的塔楼在黑暗的夜空衬托下显得更加漆黑，偶尔可见一扇窗户在他们头顶上射出火红耀眼的光芒。

马车叮叮当当地停在了通往橡木大门的石阶旁，哈利第一个下了车。他又转脸去望禁林那边有没有亮灯的窗户，然而海格的小屋里显然没有一点生命的迹象。哈利满不情愿地把目光转向那些皮包骨头的奇怪动物，心里隐约希望它们已经消失不见了，但它们仍然静静地站在夜晚寒冷的空气中，空洞的白眼睛闪闪发亮。

哈利看见的东西罗恩看不见，这种经历以前曾经有过一次，但那次只是镜子里的映像，比一百匹看上去实实在在、拉得动一队马车的牲畜要虚幻得多。如果卢娜的话是可信的，那么这些牲畜一直就存在，只是人们看不见而已。那么，为什么哈利突然能看见它们了，而罗恩却看不见呢？

"你到底走不走啊？"罗恩在他身边问道。

"噢……好的。"哈利赶紧说道，于是他们汇入人群，匆匆走上石阶，进入了城堡。

门厅被火把映照得红通通的，回响着学生们的脚步声。他们穿过石板铺的地面，向右边通往礼堂的两扇大门走去，开学宴会就在那里举行。

礼堂里摆着四张长长的学院餐桌，同学们纷纷就座，上面是没有星星的漆黑的天花板，与他们透过高高的窗户看见的外面天空一模一样。餐桌上空飘浮着一根根蜡烛，照亮了分散在礼堂里的那几个银白色的幽灵，照亮了同学们兴奋的面庞。他们在兴高采烈地谈话，交换暑假里的见闻，大声跟其他学院的朋友打招呼，互相审视着对方的新发型和新衣服。哈利又一次注意到,每当他走过时,人们都凑在一起交头接耳。他咬紧牙关,努力装出没看见、无所谓的样子。

卢娜离开他们坐到拉文克劳的桌子旁去了。他们刚走到格兰芬多的桌前,金妮就被几个四年级同学大呼小叫地拉过去坐了。哈利、罗恩、赫敏和纳威在桌子中央找到几个座位坐在一起,他们一边是格兰芬多学院的幽灵——差点没头的尼克,另一边是帕瓦蒂·佩蒂尔和拉文德·布朗。两个女生虚情假意、过分热情地跟哈利打招呼,这使哈利感觉到她们肯定一秒钟前还在议论自己。不过,他还有更重要的事情要操心呢。他的目光越过同学们的头顶,向礼堂前头的那张长长的教工桌子望去。

"他不在那儿。"

罗恩和赫敏的目光也在教工桌子上扫来扫去,其实这根本没有必要。海格的那副大块头,不管在哪个阵容里都会一下子凸显出来。

"他不可能离开的。"罗恩说,声音里微微透着担忧。

"当然不会。"哈利坚决地说。

"你们说他不会……受伤什么的吧,会吗?"赫敏不安地说。

"不会的。"哈利毫不迟疑地说。

"可是他去哪儿了呢?"

沉默了一会儿,哈利说话了,声音压得很低,以免让纳威、帕瓦蒂和拉文德听见:"也许他还没有回来呢。你们知道的——还没完成任务——就是他暑假里为邓布利多做的那件事情。"

"对……对,就是这样。"罗恩说,似乎一下子释然了,可是赫敏咬着嘴唇,目光来回扫视着教工桌子,似乎希望能为海格的缺席找到一个有说服力的解释。

"那是谁?"她尖声说,伸手指着教工桌子的中间。

哈利的目光随着她指的方向望去,先是落在了邓布利多教授身

第11章 分院帽的新歌

上。邓布利多坐在长长的教工桌子正中间的那把金色高背椅上，穿着布满银色星星的深紫色长袍，戴着一顶配套的帽子。邓布利多把头歪向了坐在他旁边的那个女人，她正对着他的耳朵说话。哈利觉得这女人看上去就像某个人的未婚的老姑妈，身材又矮又胖，留着一头拳曲的灰褐色短发，上面还戴着一个非常难看的粉红色大蝴蝶结，跟她罩在长袍外面的那件毛茸茸的粉红色开襟毛衣很相配。这时，她微微转过脸，端起高脚酒杯喝了一口，于是哈利看见了一张苍白的、癞蛤蟆似的脸，和一对眼皮松垂、眼珠凸出的眼睛。他一下子认出来了，非常震惊。

"就是那个姓乌姆里奇的女人！"

"谁？"赫敏说。

"她参加了对我的审问，她在福吉手下工作！"

"多漂亮的开襟毛衣啊！"罗恩假笑着说。

"她为福吉工作！"赫敏重复一遍，皱起了眉头，"那她到这里来做什么呢？"

"不知道……"

赫敏仔细看着教工桌子，眯起了眼睛。

"不，"她喃喃地说，"不会，肯定不会……"

哈利不明白赫敏在说什么，但也没有追问。他的注意力被刚出现在教工桌子后面的格拉普兰教授吸引住了。她走到桌子的最尽头，坐在了原本应该属于海格的座位上。这就是说，一年级新生肯定已经渡湖来到了城堡。果然，几秒钟后，通往大厅的门开了，长长的一队看上去惊魂未定的一年级新生由麦格教授领着走进了礼堂。麦格教授手里端着一个凳子，上面放了一顶古老的巫师帽，帽子上补丁摞补丁，磨损得起了毛边的帽檐旁有一道很宽的裂口。

礼堂里嗡嗡的谈话声渐渐平息了。一年级新生在教工桌子前排成一列，面对着其他年级的同学。麦格教授小心地把凳子放在他们前面，然后退到了后边。

一年级新生的脸在烛光的映照下闪着惨白的光。队伍中间的一个小男孩看上去似乎在瑟瑟发抖。哈利在一瞬间，想起当年他站在那里，等待那场将要决定他属于哪个学院的神秘测试时，心里曾是何等的忐忑不安。

全校的师生都屏住呼吸等待着。接着，帽檐旁的那道裂口像嘴一样张开了。分院帽大声唱起歌来：

> 很久以前我还是顶新帽，
> 那时霍格沃茨尚未建好，
> 高贵学堂的四位创建者，
> 以为他们永远不会分道扬镳。
> 同一个目标将他们相联，
> 彼此的愿望是那么一致：
> 要建成世上最好的魔法学校，
> 让他们的学识相传、延续。
> "我们将共同建校，共同教学！"
> 四位好友的主意十分坚决，
> 然而他们做梦也没有想到，
> 有朝一日他们会彼此分裂。
> 这个世上还有什么朋友，
> 能比斯莱特林和格兰芬多更好？
> 除非你算上另一对挚友——
> 赫奇帕奇和拉文克劳？
> 这样的好事怎么会搞糟？
> 这样的友情怎么会一笔勾销？
> 唉，我亲眼目睹了这悲哀的一幕，

第11章 分院帽的新歌

所以能在这里向大家细述。
斯莱特林说:"我们所教的学生,
他们的血统必须最最纯正。"
拉文克劳说:"我们所教的学生,
他们的智力必须高人一等。"
格兰芬多说:"我们所教的学生,
必须英勇无畏,奋不顾身。"
赫奇帕奇说:"我要教许多人,
并且对待他们一视同仁。"
这些分歧第一次露出端倪,
几乎没有引起什么纷争。
四位创建者每人拥有一个学院,
只招收他们各自想要的学生。
斯莱特林收的巫师如他本人,
诡计多端、血统纯正。
只有那些头脑最敏锐的后辈,
才能聆听拉文克劳的教诲。
若有谁大胆无畏、喜爱冒险,
便被勇敢的格兰芬多收进学院。
其余的都被好心的赫奇帕奇接收,
她把自己的全部本领向他们传授。
四个学院和它们的创建人,
就这样保持着牢固而真挚的友情。
在那许多愉快的岁月里,
霍格沃茨的教学十分和谐。
可是后来慢慢地出现了分裂,
并因我们的缺点和恐惧而愈演愈烈。

四个学院就像四根石柱,
曾将我们的学校牢牢撑住。
现在却互相反目,纠纷不断,
各个都想把大权独揽。
有那么一段时光,
学校眼看着就要夭亡。
无数的吵闹,无数的争斗,
昔日的好朋友反目成仇。
后来终于在某一天清晨,
老斯莱特林突然出走。
尽管那时纷争已经平息,
他还是让我们灰心不已。
四个创建者只剩下三个,
从此四个学院的情形,
再不像过去设想的那样
和睦相处,团结一心。
此刻分院帽就在你们面前,
你们都知道了事情的发展:
我把你们分进每个学院,
因为我的职责不容改变。
但是今年我要多说几句,
请你们把我的新歌仔细听取:
尽管我注定要使你们分裂,
但我担心这样做并不正确。
尽管我必须履行我的职责,
把每年的新生分成四份,
但我不知这样的分类,

第 11 章 分院帽的新歌

> 会不会导致我所惧怕的崩溃。
> 哦,知道危险,读懂征兆,
> 历史的教训给我们以警告,
> 我们的霍格沃茨面临着危难,
> 校外的仇敌正虎视眈眈。
> 我们的内部必须紧密团结,
> 不然一切就会从内部瓦解。
> 我已对你们直言相告,
> 我已为你们拉响警报……
> 现在让我们开始分院。

帽子说完又一动不动了。四下里响起了掌声,但其间夹杂着窃窃私语,这在哈利的记忆里还是头一次。在整个礼堂里,同学们都和坐在身边的人交头接耳,哈利和其他人一起拍着巴掌,心里很清楚他们在议论什么。

"今年有点跑题了,是不是?"罗恩扬起眉毛说。

"它也是有道理的。"哈利说。

通常,分院帽只描述霍格沃茨四个学院所看重的不同品质,以及它自己给学生分院的任务。哈利不记得它什么时候试图给学校提出忠告。

"不知道它以前有没有发出过警告?"赫敏说,声音微微显得有些不安。

"有过的,有过的,"差点没头的尼克知情地说,隔着纳威朝赫敏探过头来(纳威恐惧地退缩着——一个幽灵从你身体里穿过去,这是很不舒服的),"分院帽觉得自己在道义上有责任向学校提出适当的警告,如果它觉得——"

可是麦格教授正等着报出一年级新生的名单,这会儿用十分严厉的目光瞪着那些交头接耳的同学。差点没头的尼克用一根透明的手指压在嘴唇上，再次一本正经地坐得笔直，礼堂里的嗡嗡议论声戛然而止。麦格教授又皱着眉头扫了一眼四张桌子，然后垂眼望着手里那张长长的羊皮纸，大声报出第一个名字。

"尤安·阿伯克龙比。"

哈利刚才注意到的那个神色惊慌的小男孩跌跌撞撞地走上前，把帽子戴在了头上。幸亏有他那两只大得出奇的耳朵卡住，帽子才没有滑落到肩膀上。分院帽考虑了片刻，帽檐旁的裂口又张开了，大声宣布道：

"格兰芬多！"

哈利和格兰芬多的同学们一齐热烈鼓掌，尤安跟跟跄跄地走到他们的桌旁坐下来，看他那副神情，似乎巴不得地上有个洞让他钻进去，就再也没有人盯着他看了。

慢慢地，那支长长的一年级新生队伍一点点缩短了。在麦格教授报出名字和分院帽宣布分院结果之间的空隙，哈利可以听见罗恩的肚子咕咕直叫。最后，罗丝·泽勒被分进了赫奇帕奇，麦格教授拿起帽子和凳子大步走开了，这时邓布利多教授站了起来。

哈利最近对校长有过种种不满的情绪，但此刻看到邓布利多站在他们大家面前，他还是松了口气。海格不见了踪影，马车前面突然出现了那些像火龙一样的怪马，使哈利觉得他这次返回霍格沃茨，尽管是他梦寐以求的，却充满令他吃惊的意外，就像一首熟悉的歌曲里出现了不和谐的音符。但眼下的情形至少是正常的：在开学宴会开始前，他们的校长站起来问候大家。

"欢迎我们的新生，"邓布利多声音洪亮地说，他双臂张开，嘴上绽开灿烂的笑容，"欢迎！欢迎我们的老生——欢迎你们回来！演讲的时间多得是，但不是现在。痛痛快快地吃吧！"

礼堂里发出一片赞赏的笑声和热烈的鼓掌声，邓布利多端端

第11章 分院帽的新歌

正正地坐下来,把长长的胡子甩到肩膀上,不让它们挡着他的盘子——美味佳肴突然从天而降,五张长桌上一下子堆满了大块烤肉、馅饼、一盘盘的蔬菜、面包、果酱和一壶壶的南瓜汁,桌子因不堪重负而发出阵阵呻吟。

"太好了。"罗恩垂涎欲滴地叹了口气,抓起离他最近的一盘排骨,开始一块块地往自己盘子里堆,差点没头的尼克在一旁郁闷地看着他。

"分院之前你想说什么?"赫敏问幽灵,"就是关于帽子提出警告的事?"

"噢,对了,"尼克说,他似乎很高兴有理由把目光从罗恩身上挪开,罗恩这会儿几乎是在狼吞虎咽地吃着烤土豆,"是啊,我以前好几次听过分院帽提出警告,总是在它感觉到学校面临巨大危险的时候。当然啦,它的忠告每次都是一样的:团结一致,保持内部的稳定。"

"托子系义等目子,左木为字套西较有危险呢?"罗恩说。

他嘴里塞得满满的,哈利觉得他能够发出声音来就已经很了不起了。

"对不起,你说什么?"差点没头的尼克很有礼貌地说,赫敏则露出一副厌恶的神情。罗恩使劲吞下嘴里的东西,说:"它只是一顶帽子,怎么会知道学校有危险呢?"

"我不知道。"差点没头的尼克说,"当然啦,它放在邓布利多的办公室里,所以我敢说它在那里听到了一些什么。"

"它希望四个学院的人都成为朋友?"哈利说,他朝斯莱特林的桌子望去,德拉科·马尔福正在那里侃侃而谈,"这种可能性很小啊。"

"哎,你不应该是这种态度。"尼克责备地说,"和平共处,共同合作,这才是关键。我们这些幽灵虽然属于不同的学院,但始终保持着亲密的友谊。格兰芬多和斯莱特林之间竞争这么激烈，我却做梦也没有想过找血人巴罗吵架。"

"那只是因为你害怕他。"罗恩说。

差点没头的尼克显出一副受了很大侮辱的样子。

"害怕？我相信我——尼古拉斯·德·敏西-波平顿爵士，在我的一生中从没有犯过胆怯的错误！我血管里流淌着高贵的血液——"

"什么血液？"罗恩问，"你肯定不会还有——？"

"那是一种修辞手法！"差点没头的尼克恼火极了，脑袋在割开一半的脖子上危险地颤动着，"我想，我仍然可以享受随心所欲地选择用词的自由，尽管我已不再拥有吃喝的乐趣！不过放心吧，我已经习惯了同学们拿我的死亡开玩笑！"

"尼克，他并不是真的在嘲笑你！"赫敏说，生气地白了罗恩一眼。

不幸的是，罗恩的嘴里又塞得快要爆炸了，他只能含糊不清地嘟哝一句"不是有意嘲笑你"，而尼克似乎认为这句道歉过于轻描淡写。他一下子飞到空中，正了正插着羽毛的帽子，离开他们，飘向桌子的另一头，坐到克里维家的两兄弟——科林和丹尼斯中间去了。

"你干的好事，罗恩！"赫敏严厉地说。

"什么？"罗恩总算把满嘴的东西咽了下去，不服气地说，"我问一个简单的问题都不允许吗？"

"行了，别说啦。"赫敏没好气地说。在后来吃饭的时候，他们俩一直气鼓鼓地沉默着。

哈利对他们闹口角已经见怪不怪，认为犯不着去给他们调解。他觉得正好利用这个时间津津有味地享用他的牛排和腰子馅饼，接着是满满一大盘他最喜欢的糖浆水果馅饼。

第11章　分院帽的新歌

同学们都吃饱喝足了，礼堂的声音渐渐嘈杂起来，这时邓布利多又一次站起身。说话声立刻停止了，大家都把脸转向了校长。哈利这会儿已经感到有点昏昏欲睡。他那张四柱床正在楼上某个地方等着他呢，那么温暖而柔软……

"好了，既然我们正在消化又一顿无比丰盛的美味，我请求大家安静一会儿，听我像往常一样讲讲新学期的注意事项。"邓布利多说，"一年级新生应该知道，猎场里的禁林是学生不能进去的——这一点，我们的几位高年级同学现在也应该知道了。（哈利、罗恩和赫敏交换着调皮的笑容。）

"管理员费尔奇先生请求我，他还告诉我这已经是第四百六十二次了，请求我提醒你们大家，课间不许在走廊上施魔法，还有许多其他规定，都列在那张长长的单子上，贴在费尔奇先生办公室的门上。

"今年，我们的教师队伍有两个变动。我们很高兴地欢迎格拉普兰教授回来，她将教你们保护神奇动物课。我们同样高兴地介绍乌姆里奇教授，我们的黑魔法防御术课的新老师。"

礼堂里响起一片礼貌的但不很热情的掌声，哈利、罗恩和赫敏则交换了一个略微有些紧张的目光。邓布利多没有说格拉普兰要教多长时间。

邓布利多继续说道："学院魁地奇球队的选拔将于——"

他猛地顿住话头，询问地望着乌姆里奇教授。由于她站起来并不比坐着的时候高出多少，所以一时间谁也不明白邓布利多为什么突然停住不说了，这时只听乌姆里奇教授清了清嗓子："咳，咳。"大家才明白她已经站起来，正准备发表讲话呢。

邓布利多只是一刹那间显出惊讶的神情，接着就机敏地坐了下去，专注地望着乌姆里奇教授，似乎正迫不及待地想听她说话呢。其他教师则没有这样巧妙地掩饰他们的惊诧。斯普劳特教授的眉毛都快蹿到她飘拂的头发里去了，麦格教授把嘴巴抿得那么紧，是哈利从没见过的。以前还没有哪位新教师打断过邓布利多呢。许多学生都在暗暗发笑：这个女人显然不懂得霍格沃茨的规矩。

"谢谢你，校长，"乌姆里奇教授假笑着说，"谢谢你说了这么热情的欢迎辞。"

她的声音又高又尖，还带着气声，像小姑娘的声音，哈利又感到一种突如其来的强烈反感，他自己也不能解释这是为什么。他只知道他讨厌这个女人的一切，从她那假模假式的声音，到她身上那件毛茸茸的粉红色开襟毛衣。她又轻轻咳嗽几下清了清嗓子（咳，咳），继续往下说道：

"嗯，我必须说，能回到霍格沃茨真是太好了！"她咧嘴微笑着，露出嘴里很尖的牙齿，"看到这些愉快的小脸蛋朝上望着我，太好了！"

哈利朝周围看了看，他看到的面孔没有一张是愉快的。相反，他们都显得很吃惊，居然有人把他们当成五岁的小孩子。

"我迫切地希望早日认识你们大家，我相信我们会成为非常好的朋友！"

同学们听了这话，互相交换着目光。有些人几乎毫不掩饰地露出了一脸坏笑。

"我会跟她做朋友的，只要别让我借她那件开襟毛衣。"帕瓦蒂小声对拉文德说，两个人都不出声地咪咪笑了起来。

乌姆里奇教授又清了清嗓子（咳，咳），可是当她继续说话时，她声音里的一些气声不见了。现在她的声音变得一本正经得多，话也说得干巴巴的，好像那些话早就熟记在她心里似的。

"魔法部一向认为，教育年轻巫师是一项十分重要的事情。你们与生俱来的一些宝贵天赋，如果不在认真细致的指导下得到培养和锻炼，可能会白白浪费。魔法世界独有的古老的技艺，必须代代

第11章 分院帽的新歌

相传，不然就会消失殆尽。我们的祖先积累下的珍贵的魔法知识宝库，必须由那些有幸从事高贵的教育职业的人加以保护、补充和完善。"

说到这里，乌姆里奇教授停住话头，对着其他老师微微鞠了一躬，而他们谁也没有朝她回礼。麦格教授的两道黑眉毛紧紧拧在一起，使她看上去活像一只老鹰，而且哈利清清楚楚地看见，当乌姆里奇又轻轻"咳，咳"两下继续她的演讲时，麦格教授和斯普劳特教授交换了一个意味深长的眼神。

"霍格沃茨的历届校长，在肩负管理这所历史名校的重任时都有所创新，这是完全应该的，因为如果没有进步，就会停滞，就会衰败。然而同时，为进步而进步的做法是绝不应当受到鼓励的，我们的传统经过千锤百炼，往往并不需要拙劣的修正。要达到一种平衡，在旧与新之间，在恒久与变化之间，在传统与创新之间……"

哈利发现自己的注意力渐渐不集中了，似乎他的大脑开起了小差。邓布利多说话时四下里鸦雀无声，现在同学们都在交头接耳，窃窃私语，咯咯发笑，礼堂里一片嘈杂。在那边拉文克劳的桌上，秋·张正在兴高采烈地跟朋友们聊天。和她隔着几个座位的卢娜·洛夫古德又掏出了那本《唱唱反调》。与此同时，在赫奇帕奇的长桌上，厄尼·麦克米兰是仍然盯着乌姆里奇教授的为数不多的几个同学之一，但是他的目光呆滞无神，哈利可以肯定他只是在假装认真听讲，为的是不辜负他胸前那枚崭新的、闪闪发光的级长徽章。

乌姆里奇教授似乎没有注意到听众的坐立不安。哈利有一种感觉，即使她鼻子底下发生了一场大规模的暴动，她也会继续慢条斯理地演讲下去。然而教师们一个个听得都很仔细，赫敏似乎全神贯注地把乌姆里奇说的每一个字都听进去了，但从她的表情看，这些话她并不爱听。

"……因为有些变化取得了好的效果，而另一些变化到了适当的时候，就会被发现是决策失误。然而，有些旧的习惯将被保留，这是无可厚非的，而有些习惯已经陈旧过时，就必须抛弃。让我们不断前进，进入一个开明、高效和合乎情理的新时代，坚决保持应该保持的，完善需要完善的，摒弃那些我们必须禁止的。"

她坐了下去。邓布利多开始鼓掌，其他教师也跟着拍手，但哈利注意到他们有些人只拍了一两下就把手放下了。几个学生也一起鼓掌，但大多数学生只听了两三句就开了小差，这会儿根本没有意识到讲话已经结束，没等他们开始好好鼓掌，邓布利多就又站了起来。

"非常感谢你，乌姆里奇教授，你的讲话非常有启发性。"说着，他冲她欠了欠身，"好了，正如我刚才说的，魁地奇球队的选拔将于……"

"是啊，确实很有启发性。"赫敏压低声音说。

"你该不是说你听得津津有味吧？"罗恩小声问，把神情呆滞的脸转向赫敏，"这大概是我听过的最枯燥乏味的讲话了，而我还是在珀西身边长大的呢。"

"我说的是有启发性，不是有趣味性，"赫敏说，"它能说明许多问题。"

"是吗？"哈利惊讶地说，"在我听来像一大通废话。"

"废话里藏着一些重要的东西。"赫敏严肃地说。

"是吗？"罗恩茫然地问。

"什么叫'为进步而进步的做法是绝不应当受到鼓励的'？什么叫'摒弃那些我们必须禁止的'？"

"哎呀，到底是什么意思呢？"罗恩不耐烦地说。

"我来告诉你是什么意思吧，"赫敏咬着牙说，"这就说明魔法部在干预霍格沃茨。"

第11章 分院帽的新歌

周围响起一片桌椅板凳的碰撞声,显然邓布利多已经宣布全校师生解散,因为大家都站起来准备离开礼堂了。赫敏一跃而起,显出很惊慌的样子。

"罗恩,我们应该去给一年级新生指路的!"

"哎呀,对了,"罗恩说,显然他已经把这件事忘得精光,"喂——喂,你们大家!小不点儿们!"

"罗恩!"

"咳,本来就是嘛,他们这么小……"

"我知道,但你也不能管他们叫小不点儿!——一年级新生!"赫敏很威严地冲着桌子那边喊,"请这边走!"

一群新生很害羞地从格兰芬多和赫奇帕奇桌子之间的过道走了过来,一个个都尽量缩在后面,不敢出头。他们看上去确实很小,哈利可以肯定,自己当初来这儿的时候肯定没有显得这么稚嫩。他咧嘴微笑地看着他们。尤安·阿伯克龙比旁边的一个金黄头发的男孩似乎被吓呆了,他用胳膊肘捅捅尤安,对着他的耳朵说了几句什么。尤安·阿伯克龙比也显出十分害怕的样子,偷偷地用惊恐的目光看了看哈利,哈利感到自己脸上的笑容像臭汁一样滑落了下来。

"待会儿见。"他对罗恩和赫敏说,然后独自朝礼堂外走去,一路上尽量不去注意人们盯视的目光,以及他们的悄声议论和指指点点。他目不斜视地穿过门厅里拥挤的人群,匆匆走上大理石楼梯,抄了两条隐蔽的近路,很快就把大多数人甩在了后面。

他真是昏了头,居然没有想到这点。他一边走在楼上清静得多的走廊上,一边这样气愤地想道。肯定每个人都要盯着他看的。他两个月前刚从三强争霸赛的迷宫里钻出来,怀里抱着一位同学的尸体,口口声声宣称说看见伏地魔卷土重来了。上学期,他没有来得及把事情解释清楚,大家就不得不放假回家了——尽管他当时有勇气想把那片墓地上发生的可怕事情原原本本地告诉全校师生。

哈利来到通向格兰芬多公共休息室的走廊尽头，在胖夫人的肖像前刹住脚步，这才想起他还不知道新的口令是什么。

"嗯……"他愁眉苦脸地抬头望着胖夫人，胖夫人抹平她那件粉红色丝绸衣服上的褶皱，用严厉的目光看着他。

"没有口令，就不能通过。"她傲慢地说。

"哈利，我知道！"身后有个人气喘吁吁地说，哈利转身看见纳威慢慢朝他跑来，"你猜是什么？我这次居然能记住了——"他挥动着他在火车上拿给他们看过的那盆发育不良的小仙人掌："米布米宝！"

"对啦。"胖夫人说，她的肖像突然像门一样朝他们打开了，露出墙上的一个圆洞，哈利和纳威钻了进去。

格兰芬多公共休息室看上去像以前一样让人觉得愉快，这是塔楼中的一个圆形房间，摆满了已经磨破的、又松又软的扶手椅和摇摇晃晃的旧桌子。壁炉里噼噼啪啪地燃着旺火，几个人在那里把手烤热了再回楼上的宿舍。在房间的另一边，弗雷德和乔治·韦斯莱正把什么东西钉在布告栏里。哈利挥挥手祝他们晚安，就径直朝通向男生宿舍的那扇门走去。此刻他没有多少心情跟别人说话。纳威跟在他后面。

迪安·托马斯和西莫·斐尼甘已经先到了宿舍，正在往他们床边的墙上贴海报和照片。哈利把门推开时他们在说话，可是一看见他就突然停住不说了。哈利先是怀疑他们刚才是在议论他，接着又怀疑他自己有点疑神疑鬼。

"嘿。"他说，一边走到自己的箱子跟前，把它打开。

"你好，哈利，"迪安说，他正在穿一套和西汉姆联足球队队衣颜色相同的睡衣，"暑假过得好吗？"

"还行吧。"哈利含混地应付了一句。要原原本本地叙述他在暑

第11章 分院帽的新歌

假里的经历，恐怕说到下半夜都说不完，他没有精力这么做。"你呢？"

"啊，挺好的，"迪安轻轻笑着说，"反正比西莫强，他刚才正跟我说呢。"

"哟，出什么事了，西莫？"纳威一边把他的米布米宝小心翼翼地放在床头柜上，一边问道。

西莫没有马上回答。他正在格外细致地调整那张肯梅尔红隼魁地奇球队的海报，确保贴得端正。然后，他仍然背冲着哈利说道："我妈本来不想让我来的。"

"什么？"哈利正在脱袍子，听了这话怔住了。

"她不想让我回霍格沃茨。"

西莫离开了那张海报，从箱子里拿出自己的睡衣，眼睛仍然没看哈利。

"可是——为什么呢？"哈利问，感到十分震惊。他知道西莫的母亲是个巫师，他不明白她怎么会变得像德思礼家的人一样了。

西莫没有马上回答，一直把睡衣上的纽扣都扣好了才说话。

"嗯，"他斟词酌句地说，"我想大概是……因为你吧。"

"你这是什么意思？"哈利追问道。

他的心突然跳得很快，隐约感到似乎有什么东西正在朝他一步步逼近。

"嗯，"西莫又说道，仍然躲避着哈利的目光，"她……嗯……唉，也不光是因为你，还有邓布利多……"

"她相信了《预言家日报》？"哈利问，"她认为我是个骗子，邓布利多是个老糊涂？"

西莫抬头望着他。

"是啊，大概就是这个意思吧。"

哈利什么也没说。他把魔杖扔在床边的桌子上，脱下长袍，气呼呼地塞进箱子里，然后换上了睡衣。他感到厌倦，做一个总是被人盯着看、被人评头论足的人，实在让他感到厌倦。他们有谁明白，他们有谁哪怕只是明白那么一点点，这么多事情发生在一个人头上会是什么滋味……斐尼甘夫人不知道，这个愚蠢的女人，哈利恶狠狠地想。

他爬到床上，正要把帷帐拉上遮住自己，可是没等他这么做，西莫说话了："哎……那天晚上……到底是怎么回事……你知道，就是……塞德里克·迪戈里和所有的事情？"

西莫的声音既紧张又充满好奇。迪安正弯腰从箱子里取一双拖鞋，听了这话，突然奇怪地僵住了，哈利知道他也在侧耳细听。

"你为什么还要问我？"哈利反驳道，"就像你妈妈那样读读《预言家日报》好了，为什么不呢？你需要知道的东西它都会告诉你的。"

"不许你对我妈妈说三道四。"西莫气愤地说。

"谁管我叫骗子，我就要对谁说三道四。"哈利说。

"不许你跟我这样说话！"

"我爱怎么跟你说话就怎么说话。"哈利说，他的火气噌噌地往上蹿，一把抓起床边桌子上的魔杖，"如果你觉得没法跟我住一个宿舍，就去问问麦格教授能不能让你搬出去……别再让你妈妈担心——"

"不许你再提我妈妈，波特！"

"出什么事了？"

罗恩出现在门口。他睁大眼睛望望跪在床上用魔杖指着西莫的哈利，又望望站在地上抡起两只拳头的西莫。

"他对我妈妈说三道四！"西莫大喊。

"什么？"罗恩说，"哈利不会那样做的——我们见过你妈妈，都很喜欢她……"

第 11 章　分院帽的新歌

"那是在她开始相信垃圾《预言家日报》编派我的每一句话之前!"哈利直着嗓子吼道。

"噢,"罗恩说,布满雀斑的脸上显出恍然大悟的神情,"噢……是这样。"

"听我说,"西莫恶狠狠地白了哈利一眼,气极地说,"他说得对,我不想再跟他住在一个宿舍了,他疯了。"

"你太过分了,西莫。"罗恩说,他的耳朵开始红得发亮——一般来说,这是一个危险的信号。

"过分,我?"西莫喊道,他和罗恩正好相反,脸色越来越白,"你相信他编造的那些关于神秘人的胡言乱语,你认为他说的是实话?"

"是的,没错!"罗恩气愤地说。

"那你也疯了。"西莫厌恶地说。

"是吗?可是对你来说很不幸啊,哥们儿,我同时还是个级长!"罗恩用一根手指戳着自己的胸脯说,"所以,除非你想关禁闭,不然说话还是放规矩点!"

有那么几秒钟,似乎西莫觉得只要能把脑子里的想法一股脑儿吐出来,即使关禁闭也是值得的,可接着他轻蔑地哼了一声,原地一个转身,用手支撑着跳到床上,非常粗暴地拉上帷帐,结果用劲太大,把帷帐从床上扯了下来,落在地板上,灰扑扑的一大堆。罗恩严厉地瞪着西莫,然后转眼看着迪安和纳威。

"还有谁的父母对哈利有意见?"他咄咄逼人地问。

"我父母都是麻瓜,哥们儿,"迪安耸耸肩膀说,"他们根本不知道霍格沃茨有人死了,因为我才不会犯傻去告诉他们呢。"

"你不了解我妈妈,不管是谁都别想有什么事瞒过她!"西莫冲他嚷道,"而且,你父母反正也看不到《预言家日报》。他们还不知道我们的校长已经被威森加摩和国际巫师联合会开除了,因为他正在失去理智——"

"我奶奶说那都是胡扯。"纳威尖声说起话来,"她说走下坡路的是《预言家日报》,不是邓布利多。她已经停止订这份报纸了。我们相信哈利。"纳威简单明确地说。他爬到床上,把被子一直拉到下巴上,两只眼睛越过其他人,严肃地望着西莫。"我奶奶总是说神秘人总有一天会回来的。她说,如果邓布利多说他回来了,那他肯定就是回来了。"

哈利心头涌起一股对纳威的感激之情。房间里谁也没有再说什么。西莫拿出他的魔杖,把床上的帷帐重新修好,藏到它后面去了。迪安也上了床,翻了个身,不再开口。纳威似乎也没有话要说了,非常慈爱地望着他那棵月光映照下的仙人掌。

哈利向后躺下,枕到枕头上,罗恩在旁边的床上窸窸窣窣地忙碌着收拾东西。与西莫的争吵使哈利感到心绪烦乱,他一直是非常喜欢西莫的呀。以后还会有多少人说他是骗子,说他精神失常呢?

是不是邓布利多整个暑假都在忍受这些? 先被威森加摩开除,然后又被国际巫师联合会扫地出门? 是不是邓布利多生哈利的气了,才好几个月一直没有跟他联系? 不管怎么说,他们俩现在是拴在一起了。邓布利多相信了哈利,把他叙述的事情经过告诉了全校师生,之后又向范围更广的巫师界公布了。凡是认为哈利在说谎的人,都会认为邓布利多也是个骗子,或者认为邓布利多受了蒙蔽……

他们最后总会知道我们是对的,哈利愁闷地想,这时罗恩上了床,吹灭了宿舍里的最后一根蜡烛。可是哈利接着又想,在那个时候到来之前,他还要忍受多少像西莫这样的责难呢?

第 12 章

乌姆里奇教授

第二天早晨,西莫飞快地穿好衣服,没等哈利穿上袜子就离开了宿舍。

"难道他以为跟我在一个房间里待得太久,他就会变成疯子吗?"西莫的衣摆一闪消失后,哈利大声问道。

"别把这事放在心上,哈利,"迪安低声嘟哝了一句,把书包背上肩头,"他只是……"

可是,他似乎说不出西莫到底是怎么回事,尴尬地顿了一下,便也跟着出了房间。

纳威和罗恩都用"这是他的问题,不怪你"的目光看着哈利,可是哈利并没有感到舒服多少。这样的情形,他还要忍受多久?

"出什么事了?"五分钟后,哈利和罗恩赶去吃早饭,刚走到公共休息室,赫敏追了上来,"你的脸色真是太——哦,我的天哪。"

她吃惊地望着公共休息室的布告栏,上面新贴了一张大启事。

大把大把的加隆!

零花钱不够应付开销吗?

想多挣一点儿金子吗?

> 请与格兰芬多公共休息室的弗雷德和乔治·韦斯莱联系，
> 找一份简单的几乎毫无痛苦的课外临时工吧。
>
> （很抱歉，所有的工作都由求职者自己承担风险。）

"他们太过分了。"赫敏板着脸说，一把将启事揭了下来，弗雷德和乔治是把启事钉在一张布告上的，布告上写着第一次到霍格莫德村过周末的日期是在十月份。"我们得跟他们谈谈了，罗恩。"

罗恩显得十分惊慌。

"为什么？"

"因为我们是级长！"赫敏说，这时他们三个从肖像洞口爬了出来，"得由我们来制止这样的事情！"

罗恩什么也没有说。哈利从他闷闷不乐的表情可以看出，他觉得要阻止弗雷德和乔治做他们喜欢的事情可不是什么美差。

"对了，出什么事了，哈利？"赫敏接着问道，他们走下一道楼梯，楼梯旁边挂着一排老巫师的肖像，一个个都忙着互相说话，顾不上理睬他们，"你好像为了什么事情很生气。"

"西莫认为哈利在神秘人的事情上说了谎话。"罗恩看到哈利没有回答，便简明扼要地说道。

哈利以为赫敏会站在他一边做出愤怒的反应，可她只是叹了口气。

"是啊，拉文德也是这样想的。"赫敏愁眉苦脸地说。

"你一直在跟她愉快地聊天，讨论我到底是不是个谎话连篇、爱出风头的傻瓜，是吗？"哈利大声说。

"不是，"赫敏心平气和地说，"实际上，我叫她闭上她那张大肥嘴，不许再对你说三道四。哈利，真希望你不要再对我们横加指责，因为我和罗恩是和你站在一边的，除非你没有注意到。"

短暂的静默。

第 12 章　乌姆里奇教授

"对不起。"哈利低声说。

"没关系，"赫敏端着架子说，接着又摇摇头，"你们不记得邓布利多在上学期结束的宴会上说的话了吗？"

哈利和罗恩傻乎乎地望着她，赫敏又叹了口气。

"关于神秘人的。邓布利多说他'制造冲突和敌意的手段十分高明。我们只有表现出同样牢不可破的友谊和信任——'"

"你怎么能记住这样的话？"罗恩钦佩地望着她问道。

"我仔细听了，罗恩。"赫敏略微有些粗暴地说。

"我也听了呀，可是我还是说不出到底——"

"问题是，"赫敏很不客气地大声说，"这些才是邓布利多真正要说的话。神秘人回来才两个月，我们就已经开始自相争斗了。分院帽的警告也是同样的意思：团结一心——"

"哈利昨天晚上说得对，"罗恩反驳说，"如果这意味着我们要跟斯莱特林的人交朋友——可能性很小。"

"哎，我认为我们不能为学院之间的团结做出努力是非常遗憾的。"赫敏火气很冲地说。

他们来到大理石楼梯底下，拉文克劳的一群四年级学生正鱼贯穿过门厅。他们一看见哈利就赶紧凑成一堆，似乎唯恐哈利会对落在后面的人下毒手。

"是啊，我们确实应该努力跟那样的人交朋友。"哈利讽刺地说。

他们跟着拉文克劳的同学走进礼堂，一进门都不由自主地朝教工桌子望去。格拉普兰教授正跟天文学教师辛尼斯塔教授聊天，海格又一次因为缺席而格外引人注意。被施了魔法的天花板正好反映了哈利的情绪：灰蒙蒙的，一片愁云惨雾。

"邓布利多一句也没提那个姓格拉普兰的女人要在这儿待多久。"他说，这时他们正朝格兰芬多的桌子走去。

"也许……"赫敏若有所思地说。

"什么?"哈利和罗恩同时问道。

"噢……也许他不想让大家注意到海格不在。"

"你这是什么意思?不想让大家注意,"罗恩轻声笑了起来,"我们怎么可能不注意呢?"

赫敏还没来得及回答,一个梳着长辫子的黑皮肤高个子女孩大步走到哈利跟前。

"你好,安吉利娜。"

"你好,"她轻快地说,"暑假过得怎么样?"没等回答,她接着又说:"知道吗,我被选为格兰芬多魁地奇球队的队长了。"

"太好了。"哈利说,咧嘴朝她笑着。他猜想安吉利娜给球员们鼓劲时可能不像奥利弗·伍德那样啰嗦,这倒是一件好事。

"啊,对了,奥利弗走了,我们需要一个新的守门员。选拔将于星期五下午五点钟进行,我希望全体队员都能到场,行吗?这样我们可以看看那个新人能不能跟大家很好地配合。"

"好的。"哈利说。

安吉利娜朝他笑了笑走了。

"我忘记伍德已经走了,"赫敏在罗恩身边坐下,把一盘面包拖到面前,淡淡地说,"我想那会给球队带来很大的影响吧?"

"我想也是,"哈利在对面的板凳上坐了下来,"他是个出色的守门员……"

"不过,吸收一点新鲜血液也不坏呀,是不是?"罗恩说。

突然,嗖嗖嗖,咔啦咔啦咔啦,几百只猫头鹰从高处的窗口飞了进来。它们落到礼堂各处,把信件和包裹带给它们的主人,同时也把水珠洒在了吃早饭的人头上。显然,外面正在下着大雨。海德薇不见踪影,但哈利并不感到意外。给他写信的只有小天狼星,现在刚分别了二十四小时,估计小天狼星不会有什么新鲜事要告诉

第 12 章 乌姆里奇教授

他。赫敏不得不手忙脚乱地把橘子汁挪到一边,给一只嘴里叼着一份湿漉漉的《预言家日报》的大谷仓猫头鹰腾出地方。

"你怎么还订那玩意儿?"哈利气恼地说,又想起了西莫,这时赫敏把一个纳特放进猫头鹰脚上的小皮钱袋,猫头鹰扑扇着翅膀飞走了,"我才不费那功夫……都是一堆垃圾。"

"最好了解一下敌人在说什么。"赫敏阴沉地说。她展开报纸,把自己挡在后面,一直到哈利和罗恩都吃完早饭了,才重新把脸露了出来。

"没有什么,"她简单地说,把报纸卷起来放在了盘子旁边,"没有说到你和邓布利多,什么都没有说。"

这时候,麦格教授顺着桌子挨个儿分发课程表。

"看看今天!"罗恩唉声叹气地说,"魔法史、两节魔药课、占卜课、两节黑魔法防御术课……宾斯、斯内普、特里劳妮,还有那个叫乌姆里奇的女人,都在这同一天里!我希望弗雷德和乔治加快速度,赶紧把那些速效逃课糖弄出来……"

"别是我的耳朵出毛病了吧?"弗雷德说,他和乔治刚来,挤坐在哈利旁边,"霍格沃茨的级长总不会想要逃课吧?"

"看看我们今天有多倒霉。"罗恩发着牢骚,把他的课程表塞到了弗雷德鼻子底下,"我还从没有碰到过这么糟糕的星期一呢。"

"说得对呀,老弟,"弗雷德一边浏览课程表一边说道,"如果你愿意,可以来点儿鼻血牛轧糖,便宜卖你。"

"为什么便宜?"罗恩怀疑地说。

"因为鼻血会一直流个不停,直到身体的血都流干。我们还没有研究出解药呢。"乔治说着开始吃一块熏鱼。

"谢谢啦,"罗恩闷闷不乐地说,把课程表装进了口袋,"我想我还是去上课吧。"

"说到你们的速效逃课糖,"赫敏严厉地瞪着弗雷德和乔治说,

"你们不能在格兰芬多的布告栏上贴启事招聘试验者。"

"谁说的?"乔治说,一副很吃惊的样子。

"我说的,"赫敏说,"还有罗恩。"

"这事儿跟我可没关系。"罗恩赶紧说道。

赫敏气呼呼地瞪着他。弗雷德和乔治哧哧地笑。

"过不了多久,你就会改变腔调的,赫敏,"弗雷德说,一边往一块烤面饼上涂抹厚厚的黄油,"你们开始上五年级了,很快就会求着我们要逃课糖。"

"为什么上五年级就意味着我需要逃课糖呢?"赫敏问道。

"五年级是 O.W.L. 年。"乔治说。

"那又怎么样?"

"那就是说,你们就要面对考试了,是不是?考试会像一块砂轮使劲打磨你们的鼻子,会把鼻尖的皮都磨破。"弗雷德幸灾乐祸地说。

"就为了 O.W.L.,我们年级一半的同学都闹了点儿小毛病,"乔治兴高采烈地说,"哭鼻子抹泪啦,发脾气啦……帕翠霞·斯廷森动不动就晕倒……"

"肯尼思·托勒全身长满了疖子,你还记得吗?"弗雷德回忆道。

"那是因为你往他的睡衣里放了大泡粉。"乔治说。

"噢,对了,"弗雷德顽皮地笑了,"我忘记了……有时候真是很难记得清楚,是吧?"

"总之,五年级真是噩梦般的一年,"乔治说,"如果你们比较在乎考试成绩的话。还好,弗雷德和我总算精神头还不错。"

"是啊……你们后来每人通过了多少来着,三门 O.W.L.?"罗恩说。

"没错,"弗雷德漠不关心地说,"但我们觉得我们的前途是在

第 12 章　乌姆里奇教授

学术成就之外。"

"我们严肃地讨论过还要不要回来上七年级，"乔治眉飞色舞地说，"既然我们已经有了——"

他看到哈利警告的目光，赶紧刹住口，哈利知道乔治要说到他送给他们的那笔三强争霸赛的奖金了。

"——既然我们现在已经有了 O.W.L. 证书，"乔治赶紧改口道，"我是说，难道我们真的需要 N.E.W.T. 证书吗？但是我们想妈妈肯定不会让我们提早离开学校的，现在珀西又变成了世界上最大的傻瓜，妈妈就更不会同意了。"

"不过我们不会浪费在这里的最后一年，"弗雷德说，一边留恋地环顾着礼堂，"我们要利用这一年时间做一些市场研究，弄清霍格沃茨的普通学生到底希望从笑话店里买到什么，认真鉴定我们的研究成果，然后生产出满足需要的产品。"

"可是你们从哪儿去弄开办笑话店的本钱呢？"赫敏怀疑地问，"你们需要所有的配料和原料——我想，还有店面……"

哈利没有看双胞胎，他感到脸上发烧，便故意把勺子掉在地上，然后俯身去捡。他听见弗雷德在他头顶上说："别问我们，我们就不会编谎话骗你，赫敏。走吧，乔治，我们如果去得早，也许还能在草药课前卖掉几只伸缩耳呢。"

哈利从桌子底下钻出来，正好看见弗雷德和乔治走开的背影，每人手里拿着一摞面包。

"那是什么意思？"赫敏说，看看哈利，又看看罗恩，"'别问我们……'难道他们已经弄到了一些开办笑话店所需要的金子？"

"其实，我也一直在纳闷这件事呢。"罗恩紧锁着眉头说，"他们今年暑假给我买了一套新礼服长袍，我真不明白他们是从哪儿弄来的钱……"

哈利认为必须赶紧转移话题，离开这片危险的水域。

"你们说,这个学年真的很够呛吗?因为那些考试?"

"噢,是的,"罗恩说,"那是肯定的,是吧?O.W.L.确实非常重要,影响到以后可以申请什么工作等等。这个学年的下学期我们还会得到求职方面的建议,比尔告诉我的。这样明年就可以挑选自己需要的N.E.W.T.科目了。"

"你知道你从霍格沃茨毕业后想做什么吗?"哈利问他们俩,这时他们已经离开礼堂,朝魔法史课的教室走去。

"还没想好,"罗恩慢吞吞地说,"除非……嗯……"

他显得有点儿不好意思。

"什么?"哈利催促道。

"嗯,当一个傲罗倒是蛮酷的。"罗恩用漫不经心的口吻说。

"是啊。"哈利热情高涨地说。

"可是傲罗差不多都是精英,"罗恩说,"必须非常出色才行呢。你呢,赫敏?"

"我不知道。"她说,"我想做一些真正有价值的事情。"

"当一个傲罗就很有价值!"哈利说。

"是的,但是有价值的事情并不止这一件,"赫敏若有所思地说,"我是说,如果我能进一步推动家养小精灵权益促进会……"

哈利和罗恩都小心地不去看对方的眼睛。

魔法史被公认为巫师界设计的最枯燥的一门课程。他们的幽灵老师宾斯教授说起话来呼哧带喘,拖腔拖调,几乎肯定能在十分钟内使人昏昏欲睡;如果天气炎热,五分钟就够了。他上课的形式一成不变,总是滔滔不绝地照本宣科,学生们就在底下做笔记,或者更准确地说,是在睡眼蒙眬地发愣。哈利和罗恩的这门功课一直勉强能够及格,多亏了在考试前照抄赫敏的笔记。似乎只有赫敏一个人能够抵挡住宾斯声音的催眠力量。

今天,他们忍受着宾斯教授拖着腔调讲述巨人战争的话题,足

第12章 乌姆里奇教授

足忍受了四十五分钟。哈利刚听了十分钟,就隐约意识到如果换另一位老师,这个题目大概会比较引人入胜。接着他的大脑就走神了,在剩下来的三十五分钟里,他和罗恩一直在他羊皮纸的一角玩刽子手游戏,赫敏不时用眼角的余光狠狠地瞪他们。

"如果我今年不把笔记借给你们,会怎么样呢?"他们离开教室去休息时(宾斯教授穿过黑板飘走了),赫敏冷冷地问他们。

"我们的魔法史 O.W.L. 就会不及格。"罗恩说,"如果你想受到良心的谴责,赫敏……"

"哼,那是你们活该,"她厉声反驳道,"你们根本就没有认真听他讲课,对吗?"

"我们努力来着,"罗恩说,"我们只是没有你那样的大脑,你那样的记性、那样好的注意力 —— 你就是比我们聪明嘛 —— 你就不要哪壶不开提哪壶了好不好?"

"哼,别给我灌这些迷魂汤。"赫敏说,但她的表情微微缓和了些,领头来到外面湿乎乎的院子里。

天上下着蒙蒙细雨,因此,三三两两挤在院子里的人们看上去轮廓有点儿模糊。哈利、罗恩和赫敏在一个不断滴水的阳台下找了个隐蔽的角落,竖起长袍的领子抵挡九月的寒风,一边谈论着在本学年的第一节魔药课上,斯内普会给他们布置什么作业。他们一致认为那大概是一件很难很难的任务,为的是在两个月的假期后给他们一个下马威。就在这时,有人绕过拐角朝他们走来。

"你好,哈利!"

是秋·张,更稀罕的是,她这次又是一个人。这真是不同寻常,秋几乎总是被一大帮叽叽咕咕的女生包围着。哈利还记得他曾经有过的痛苦:他千方百计想在秋独自一人时碰到她,好邀请她参加圣诞舞会。

"你好。"哈利说,感觉到自己的脸热得发烫。这次至少你身上没沾着臭汁,他对自己说。秋似乎也想到了同样的事情。

"看来,你把那玩意儿清除干净了?"

"是啊。"哈利说,竭力想露出点笑容,似乎他们上一次见面并不尴尬,而是挺好玩的,"那么,你……嗯……暑假过得好吗?"

话一出口,他就后悔不该这么问——塞德里克曾是秋的男朋友,他的死一定影响了秋在暑假里的心情,就像哈利自己也没有过好暑假一样。秋的神色似乎微微紧了紧,但她说:"噢,挺好的,你知道……"

"那是龙卷风队的徽章吗?"罗恩突然指着秋的长袍前襟问道,那里别着一枚天蓝色徽章,上面有两个鲜艳醒目的金色字母"T"[1],"你该不是支持他们吧?"

"我确实支持他们。"秋说。

"你是一直就支持他们呢,还是从他们赢得俱乐部联合会杯后才支持他们的?"罗恩问,用的是一种在哈利看来没有必要的指责口气。

"我从六岁起就支持他们了,"秋冷冷地说,"好吧……再见,哈利。"

她走开了。赫敏等到秋走到院子中间,便回过头来责骂罗恩。

"你太不懂事了!"

"什么?我不过问她是不是——"

"你难道看不出来,她是想跟哈利单独谈谈吗?"

"那又怎么样?她完全可以谈嘛,我又没有拦着她——"

"你凭什么对她支持的魁地奇球队横加指责?"

"指责?我没有指责她,我只是——"

"谁在乎她支持不支持龙卷风队?"

---

[1] 龙卷风队,即塔特希尔龙卷风队,其英文名的第一个字母是 T。

第 12 章 乌姆里奇教授

"哦,得啦,你看见那些人戴的徽章,一半都是上个赛季刚买的——"

"可那又有什么关系?"

"那就说明他们并不是真正的球迷,他们只是跟风,赶浪头——"

"上课铃响了。"哈利无精打采地说,罗恩和赫敏吵得太厉害了,没有听见铃声。他们在走向斯内普地下教室的一路上还在吵个不停。这使哈利有足够的时间想道,他身边有纳威和罗恩这两个人,不知这辈子还有没有运气,跟秋说上两分钟让他回忆起来不会无地自容的话。

当他们排在斯内普教室门外的队伍里时,他又想道,她是主动来跟我说话的,难道不是吗?她曾经是塞德里克的女朋友,本来是很有理由恨他的,因为他活着走出了三强争霸赛的迷宫,而塞德里克却死了,然而她却用十分友好的态度跟他说话,似乎并不认为他头脑不正常,谎话连篇,或对塞德里克的死负有某种可怕的责任……是的,她确实是主动来跟他说话,而且是两天里的第二次了……想到这里,哈利的情绪欢悦起来,就连地下教室的门打开时发出的吱吱嘎嘎的阴森声音,也没有刺破那似乎在他内心深处膨胀起来的小小的希望泡泡。他跟在罗恩和赫敏后面走进教室,又跟着他们走向他们惯常坐的那张位于后排的桌子,假装没有听见他们俩发出的气呼呼的拌嘴声。

"安静。"斯内普冷冷地说,反手关上了教室的门。

其实他根本没有必要命令大家安静,全班同学一听见门关上了,立刻变得鸦雀无声,所有的小动作都停止了。一般来说,只要斯内普一出现,就足以让整个班级沉寂下来。

"在我们今天开始上课前,"斯内普快步走向讲台,严厉地望着他们大家说道,"我认为需要提醒你们一下,明年六月你们就要参加一项重要的考试了，那时你们将证明自己学到了多少魔药配制和使用方面的知识。尽管这个班上有几个人确实智力迟钝，但我希望你们在 O.W.L. 考试中都能够勉强'及格'，不然我会……很生气。"

他的目光这次落在了纳威脸上，纳威吓得倒吸了一口冷气。

"当然啦，过了这一年，你们中间的许多人就不能再上我的课了，"斯内普继续说道，"我只挑选最优秀的学生进入我的 N.E.W.T. 魔药班，这就是说，我们跟有些人将不得不说再见了。"

他微微噘起了嘴，目光落在哈利脸上。哈利也毫不示弱地瞪着他，一想到过了五年级，他就可以放弃魔药课了，不由得感到一种恶狠狠的快意。

"但是在那愉快的告别时刻到来之前，我们还需要再坚持一年。"斯内普轻声细语地说，"因此，不管你们是否打算参加N.E.W.T. 考试，我都建议你们大家集中精力学好功课，达到我要求我的 O.W.L. 学生们达到的较高的及格水平。

"今天，我们要配制一种普通巫师等级考试中经常出现的药剂：缓和剂，它能平息和舒缓烦躁焦虑的情绪。注意：如果放配料的时候马马虎虎，就会使服药者陷入一种死沉的，有时甚至是不可逆转的昏睡，所以你们需要格外注意自己的行为。"在哈利的左边，赫敏把身子坐得更直了一些，脸上是一副全神贯注的表情。"配料和配制方法——"斯内普一挥魔杖，"——在黑板上——"（黑板上果然出现了）"——你们所需要的一切——"他又一挥魔杖，"——在储藏柜里——"（他所说的那个储藏柜的门一下子打开了）"——你们有一个半小时……开始吧。"

正像哈利、罗恩和赫敏所猜测的，斯内普布置他们配制的这种药剂是最难、最费手脚的一种。必须按照严格的顺序和分量将配料加进坩埚；必须将混合物搅拌到规定的次数，不能多也不能少，先是顺时针，然后是逆时针；坩埚沸腾时火苗的温度必须降至某个特

第12章 乌姆里奇教授

定的标准,不能高也不能低,并保持一段特定的时间,然后才能加入最后一种配料。

"你们的药剂现在应该冒出一股淡淡的、银白色的蒸气。"还剩十分钟的时候斯内普说道。

哈利忙得大汗淋漓,绝望地抬头扫了一眼教室。他自己的坩埚冒出一团团深灰色的气体,罗恩的坩埚正喷溅着绿色的火花。西莫发了疯似的用魔杖尖去捅他坩埚下面的火苗,因为它们眼看就要熄灭了。赫敏的药剂倒是正冒出一股微微闪烁的银白色蒸气,当斯内普快步走过时,他鹰钩鼻上的眼睛低垂着看了看赫敏的坩埚,没有做任何评论,也就是说他挑不出任何毛病。可是,在哈利的坩埚旁,斯内普停下脚步,低头望着坩埚,脸上带着一种可怕的讥讽。

"波特,这是什么东西?"

教室前排的斯莱特林们都很感兴趣地抬起头来,他们最喜欢听斯内普挖苦哈利了。

"缓和剂。"哈利紧张地说。

"波特,告诉我,"斯内普轻声细语地说,"你认识字吗?"

德拉科·马尔福大声笑了起来。

"认识。"哈利说,手紧紧地攥住了魔杖。

"把操作说明的第三行念给我听听,波特。"

哈利眯眼望着黑板。现在地下教室里弥漫着各种颜色的蒸气,要看清黑板上的操作说明真不容易。

"'加入月长石粉,逆时针搅拌三次,沸腾七分钟,再加入两滴嚏根草糖浆。'"

他的心往下一沉。他没有加嚏根草糖浆,他让药剂沸腾七分钟后,就直接执行第四条操作说明了。

"第三条里每一项你都做到了吗,波特?"

"没有。"哈利很小声地说。

"对不起，请你再说一遍。"

"没有，"哈利提高了声音说，"我忘记放嚏根草了。"

"我知道你忘记了，波特，这就意味着这一坩埚垃圾毫无用处。消失不见。"

哈利的药剂一下子消失了。他傻乎乎地站在一只空坩埚旁。

"凡是认真读了操作说明的同学，把你们的药剂样品装进一个大肚短颈瓶里，仔细标上自己的姓名，拿到我的讲台上接受检验。"斯内普说，"家庭作业：在羊皮纸上写十二英寸长的论文，论述月长石的特性及其在制药方面的用途，星期四交。"

哈利周围的同学都在往短颈瓶里装药剂，他把东西一样样收起来，心里气得不行。他的药剂并不比罗恩的差，罗恩的那一坩埚东西现在发出一股臭鸡蛋的气味；也不比纳威的差，纳威的药剂变得硬邦邦的，像刚刚搅拌好的水泥，纳威这会儿不得不使劲把它从坩埚里抠出来。然而偏偏是他，哈利，今天的作业得了零分。他把魔杖放回书包，一屁股坐在座位上，望着其他同学一个个拿着装满药剂、盖上软木塞的短颈瓶，走向斯内普的讲台。下课铃终于响了，哈利第一个冲出地下教室。他已经开始吃午饭了，罗恩和赫敏才来到礼堂。天花板比上午的时候更昏暗阴沉了，雨点啪啪地打着高处的窗户。

"那真是很不公平，"赫敏安慰他道，她坐在哈利身边，给自己拿了一块土豆泥肉馅饼，"你的药剂远不像高尔的那么糟糕，当他往瓶子里装的时候，那东西突然四下迸溅，把他的袍子都烧着了。"

"是啊，这也难怪，"哈利说，气呼呼地瞪着面前的盘子，"斯内普什么时候公平地对待过我啊？"

赫敏和罗恩谁也没有回答。三个人心里都清楚，斯内普和哈利之间的敌意，从哈利踏进霍格沃茨的那一刻起就已经根深蒂固了。

"我还以为他今年会有点儿好转呢，"赫敏用失望的口气说，"我

第12章 乌姆里奇教授

的意思是……你们知道的……"她小心地望了望四周,他们两边都空着六七个座位,也没有人从桌子旁走过,"……现在他加入了凤凰社,还有所有的一切。"

"毒蘑菇是不会改变它们的斑点的,"罗恩一针见血地说,"反正,我一直认为邓布利多真是疯了,居然相信斯内普。有什么证据能证明他真的不再为神秘人工作了呢?"

"我认为邓布利多大概得到了足够的证据,不过他没有拿给你看,罗恩。"赫敏毫不客气地说。

"哦,闭嘴吧,你们两个。"罗恩张嘴正要反驳,哈利烦躁地说。赫敏和罗恩都怔住了,显得又生气又委屈。"你们就不能消停一会儿?"哈利说,"总是没完没了地斗来斗去,都快把我逼疯了。"说完,他扔下自己的土豆泥肉馅饼,把书包甩上肩头,扬长而去,留下两人坐在那里直发愣。

他一步两级地走上大理石楼梯,与许多匆匆忙忙赶去吃午饭的同学擦肩而过。刚才突然爆发的那股无名火,还在他心里熊熊燃烧着,想到罗恩和赫敏脸上惊愕的表情,他感到一种深深的快意。那是他们活该,他想道,他们为什么就不能安静点儿……总是一天到晚争争吵吵……换了谁都会被逼疯的……

在一处楼梯平台上,他从骑士卡多根爵士的大幅肖像前走过。卡多根爵士拔出宝剑,恶狠狠地朝哈利挥舞着,哈利根本不理睬他。

"回来,你这逃跑的懦夫!不许退缩,跟我战斗!"卡多根爵士从面罩后面用发闷的声音喊道,但哈利只顾继续往前走,卡多根爵士想来追他,于是跳进相邻的一幅画里,但住在画里的一条模样凶狠的大狼狗把他赶了回去。

在剩下的午饭时间里,哈利一直独自坐在北塔楼顶上的活板门下。上课铃响起时,他便第一个爬上了通往西比尔·特里劳尼教室的银色梯子。

除了魔药课，占卜课是哈利最不喜欢的课程，这主要是因为特里劳尼教授有一个习惯，每过几堂课就要预言哈利会死于非命。特里劳尼教授是一个瘦巴巴的女人，裹着厚厚的披肩，戴着一串串闪闪发亮的珠子，她的眼镜把她的一双眼睛放大了好几倍，总使哈利联想起某种昆虫。哈利进屋时，她正忙着把一本本破破烂烂的皮革装订的书分发在每张桌子上，那些单薄的小桌子杂乱无章地摆放在教室里。盖着罩布的灯发出的光线，和散发出一股难闻气味的不太旺的炉火都十分昏暗。当哈利在阴影里找了一个座位坐下时，特里劳尼教授似乎没有看见他。接下来的五分钟里，班里的同学陆陆续续地来了。罗恩从活板门里探出头，仔细往四下里张望，看见了哈利，直接朝他走了过来，或者说是尽量直接走了过来，因为他必须小心地绕过那么多桌子、椅子和一只只塞得鼓鼓囊囊的小坐垫。

"赫敏和我已经不吵了。"他说，在哈利身边坐了下来。

"很好。"哈利咕哝了一句。

"但赫敏说，她希望你不要动不动就朝我们发脾气。"罗恩说。

"我没有——"

"我只是传个话，"罗恩好言好语地劝说道，"但我认为她说得对。西莫和斯内普那么对待你又不是我们的错。"

"我从没有说过——"

"同学们好，"特里劳尼教授用她惯常那种模糊的、如梦似幻的声音说道，哈利赶紧闭了嘴，心里既恼火又有些羞愧，"欢迎你们回到占卜课上。当然啦，整个暑假我一直十分用心地关注着你们的命运，看到你们全都安然无恙地返回霍格沃茨，我非常高兴——因为，当然啦，我知道你们都会回来的。

"你们会发现在你们的桌子上有一本伊尼戈·英麦格写的《解梦指南》。解梦是占卜未来的一种十分重要的方法，也是你们的O.W.L.考试中很可能出现的一个题目。当然啦，我认为相比占卜这

第12章 乌姆里奇教授

门神圣的艺术来说,能否通过考试实在是很不重要。只要你们有了慧眼,什么证书啦、等级啦,都是区区小事。不过,校长愿意让你们参加考试,所以……"

她的声音微妙地逐渐低了下去,使得同学们都确信,特里劳尼教授认为她这门课程要比考试之类的俗事重要得多。

"请把书翻到导论,读一读英麦格关于解梦问题的说法。然后,分成两人一组,用《解梦指南》来解释对方最近做过的梦。开始吧。"

这门课倒是有一个好处,它不是连上两节。等全班同学读完那本书的导论时,就只有十分钟时间让他们解释梦境了。在与哈利和罗恩相邻的桌子旁,迪安和纳威分在一组,纳威立刻就开始啰里啰嗦地解释一个噩梦,梦里有一把大剪刀嘎吱嘎吱地剪他奶奶最好的一顶帽子。哈利和罗恩只是愁眉苦脸地大眼瞪小眼。

"我做梦从来不记得。"罗恩说,"你说一个吧。"

"你总能想起一个的。"哈利不耐烦地说。

他不想把自己的梦说给任何人听。他心里很清楚他三天两头梦见一片墓地意味着什么,他不需要罗恩、特里劳尼教授或愚蠢的《解梦指南》来告诉他。

"好吧,那天夜里我梦见自己在打魁地奇球,"罗恩说,皱起眉头拼命回忆着,"你认为那意味着什么?"

"那大概意味着你要被一颗巨大的棉花糖吃掉之类的。"哈利兴味索然地翻看着《解梦指南》说道。在《解梦指南》里查找一个个梦境真是一件枯燥乏味的事情,后来特里劳尼教授布置他们记录下一个月里每天做的梦作为家庭作业,哈利听了更是闷闷不乐。下课铃响了,他和罗恩领头走下梯子,罗恩大声抱怨道:

"你知不知道我们已经有多少家庭作业了? 宾斯叫我们写一篇一英尺半长的论文,谈巨人战争;斯内普要的论文是一英尺长,讲月长石的用途;现在特里劳尼又要我们记下一个月里每天做的梦!

弗雷德和乔治说这个O.W.L.年日子难熬，看来确实这样，是不是？那个姓乌姆里奇的女人最好别再给我们……"

他们走进黑魔法防御术课的教室时，发现乌姆里奇教授已经坐在讲台后面了。她穿着前一天晚上穿的那件毛茸茸的粉红色开襟毛衣，头顶上戴着那个黑天鹅绒的蝴蝶结。哈利又一次强烈而鲜明地想到一只大苍蝇愚蠢地落在了一只更大的癞蛤蟆身上。

全班同学走进教室时都默不作声，乌姆里奇教授还是个未知数，谁也不知道她对课堂纪律的要求有多么严格。

"同学们，下午好！"全班同学都坐下后，她说道。

几个同学嘟哝着"下午好"作为回答。

"啧，啧，"乌姆里奇教授说，"这可不行，是不是？我希望你们这样回答：'下午好，乌姆里奇教授。'请再来一遍。同学们，下午好！"

"下午好，乌姆里奇教授。"他们异口同声地回答。

"这就对了，"乌姆里奇教授声音嗲嗲地说，"这并不太难，是不是？请收起魔杖，拿出羽毛笔。"

许多同学交换着郁闷的眼神。跟在"收起魔杖"这个命令后面的，从来都不是他们觉得有趣的课。哈利把他的魔杖塞进书包，拿出了羽毛笔、墨水和羊皮纸。乌姆里奇教授打开她的手提包，抽出一根短得出奇的魔杖，在黑板上使劲一敲，黑板上立刻出现了两行字：

黑魔法防御术

回归基本原理

"同学们，你们这门课的教学一直断断续续，不成系统，是不是？"乌姆里奇教授转身面对全班同学，两只手十指交叉，端端正

第12章　乌姆里奇教授

正地放在胸前,然后说道,"教师不断更换,其中许多人似乎并没有遵照魔法部批准的课程标准进行授课,这不幸使你们现在远远没有达到 O.W.L. 年理应达到的水平。

"然而你们会很高兴地知道,这些问题即将得到改正。今年,我们要学习的是一门经过精心安排、以理论为中心、由魔法部批准的魔法防御术课程。请把这些话抄下来。"

她又敲了敲黑板,刚才那两行字消失了,取而代之的是"课程目标"。

1. 理解魔法防御术的基本原理。
2. 学会辨别可以合法使用魔法防御术的场合。
3. 在实际运用的背景下评定魔法防御术。

教室里只听得羽毛笔在羊皮纸上写字的沙沙声,两三分钟后,当每个同学都把乌姆里奇教授的三个课程目标抄录下来后,她问道:"是不是每位同学都有一本威尔伯特·斯林卡的《魔法防御理论》?"

班里响起一片喃喃表示肯定的声音。

"我认为我们还要再来一遍,"乌姆里奇教授说,"当我问你们一个问题时,我希望你们回答'是的,乌姆里奇教授'。或者'不,乌姆里奇教授'。再来一遍:是不是每位同学都有一本威尔伯特·斯林卡的《魔法防御理论》?"

"是的,乌姆里奇教授。"全班同学大声回答。

"很好。"乌姆里奇教授说,"我希望你们把书翻到第五页,读一读'第一章,入门基础原理'。读的时候不要交头接耳。"

乌姆里奇教授离开黑板,在讲台后面的椅子上坐了下来,用那两只癞蛤蟆似的鼓眼睛盯着大家。哈利把他那本《魔法防御理论》

翻到第五页，开始读了起来。

内容十分枯燥，简直就跟听宾斯教授讲课一样毫无趣味。他感到自己的注意力一点点地减退了。很快，他就盯着一行文字看了六七遍，却只看懂了开头几个词。几分钟过去了，教室里鸦雀无声。在他旁边，罗恩心不在焉地把羽毛笔在手指上转来转去，眼睛呆呆地瞪着书上同一个地方。哈利把目光转向右边，猛地大吃一惊，一下子从麻木的状态中清醒过来。赫敏甚至没有打开她那本《魔法防御理论》。她眼睛一眨不眨地盯着乌姆里奇教授，一只手高高举起。

在哈利的记忆中，赫敏从来没在老师要求读书的时候不照着做，也从来没能抵挡住诱惑，不去翻开任何一本出现在她面前的书。哈利疑惑地看着她，但她只是微微摇了摇头，表示她现在不想回答问题，随即继续盯着乌姆里奇教授，而乌姆里奇教授的目光正同样坚定地望着别的方向。

又过了几分钟，注视着赫敏的可不止哈利一个人了。老师吩咐他们读的那一章实在太啰嗦乏味了，越来越多的同学都更愿意注视赫敏怎样不出声地吸引乌姆里奇教授的目光，而不愿再去吭哧吭哧地啃什么"入门基础原理"。

后来，班上超过一半的同学都在盯着赫敏，而不是看着他们的课本，乌姆里奇教授似乎认为她再也不能对这种情况视而不见了。

"亲爱的，你是对这一章的内容有什么疑问吗？"她问赫敏，似乎刚刚注意到她。

"不，不是关于这一章的内容。"赫敏说。

"噢，我们现在是在读书，"乌姆里奇教授说，露出嘴里又小又尖的牙齿，"如果你有其他问题，我们可以下课再谈。"

"我对你的课程目标有一个疑问。"赫敏说。

乌姆里奇教授扬起了眉毛。

"你叫什么名字？"

第12章 乌姆里奇教授

"赫敏·格兰杰。"赫敏说。

"好吧,格兰杰小姐,我认为,这些课程目标写得非常清楚,只要你把它们从头到尾仔细读一遍。"乌姆里奇教授用坚定不移的嗲嗲的口吻说。

"可是,我不这么认为,"赫敏直言不讳地说,"那上面一个字也没有提到使用防御咒。"

一阵短暂的沉默,班里许多同学都扭过头去,皱着眉头看着仍然写在黑板上的三条课程目标。

"使用防御咒?"乌姆里奇教授轻声笑着重复道,"哎呀,我无法想象在我的课堂里会出现需要你们使用防御咒的情况,格兰杰小姐。你总不至于认为会在上课时受到攻击吧?"

"我们不使用魔法吗?"罗恩大声喊了一句。

"在我的班上,学生想讲话必须先举手,你是——"

"韦斯莱。"罗恩说着赶紧把手举了起来。

乌姆里奇教授笑得更慈祥了,但没有理会罗恩。哈利和赫敏马上也举起了手。乌姆里奇教授那双松泡泡的眼睛在哈利身上停留了一会儿,然后她对赫敏说:

"怎么,格兰杰小姐?你还有别的问题要问吗?"

"是的,"赫敏说,"黑魔法防御术的总体目标当然应该是练习防御咒,是吗?"

"你是魔法部专门培训的教育专家吗,格兰杰小姐?"乌姆里奇教授用她那甜得发腻的假声音问。

"不是,但——"

"那好,我想你恐怕没有资格判断任何一门课的'总体目标'是什么。我们的最新学习计划,是由比你年长得多、聪明得多的巫师们设计制定的。你们将以一种安全的、没有风险的方式学习防御咒——"

"那有什么用呢？"哈利大声问，"如果我们受到攻击，那肯定不会是以一种——"

"举手，波特先生！"乌姆里奇教授用唱歌般的声音说。

哈利赶紧把手高高举起。乌姆里奇教授又故技重演，立刻转过脸去看别的地方，可是现在又有另外几个学生举起了手。

"你叫什么名字？"乌姆里奇教授问迪安。

"迪安·托马斯。"

"说吧，托马斯先生。"

"嗯，就像哈利说的那样，不是吗？"迪安说，"如果我们受到攻击，是不可能没有风险的。"

"我再说一遍，"乌姆里奇教授说，一边以那种特别令人恼火的方式朝迪安微笑着，"你认为在我的班上会受到攻击吗？"

"不会，可是——"

乌姆里奇教授的声音压过了迪安的声音。"我不愿意批评这个学校的一些办学方式，"她说，脸上堆起虚假的笑容，把那张阔嘴咧得更大了，"但是在这个班上你们接触了几位很不负责任的巫师，确实很不负责任——更不用说，"她发出一声刺耳的笑声，"还有特别危险的半人半兽。"

"如果你指的是卢平教授，"迪安气愤地说，"他可是我们遇到的最好的老师——"

"举手，托马斯先生！正如我刚才说的——他们给你们介绍的魔法都很复杂，不适合你们这个年龄段，而且具有极大的潜在危害。你们被吓得不轻，竟然以为自己三天两头就会遭到黑魔法的攻击——"

"不，我们没有，"赫敏说，"我们只是——"

"你没有举手，格兰杰小姐！"

赫敏举起手，乌姆里奇教授转过脸去。

第12章 乌姆里奇教授

"据我所知,我的前任不仅在你们面前施用了非法的咒语,而且还在你们身上施用了这些咒语。"

"可是,后来发现他是个疯子嘛,是不是?"迪安气呼呼地说,"说实在的,我们仍然学到了不少东西呢。"

"你没有举手,托马斯先生!"乌姆里奇教授用颤颤的声音说,"好了,魔法部认为,理论知识足以帮助你们通过考试,说到底,让学生通过考试才是学校的宗旨所在。你叫什么名字?"她瞪着刚刚把手举起来的帕瓦蒂问道。

"帕瓦蒂·佩蒂尔。我们的黑魔法防御术课的考试里就没有一点实践性的内容吗?我们是不是应该显示出我们确实会施破解咒和其他魔法呢?"

"只要你们把理论学得非常扎实,就没有理由不会在严格控制的考试条件下施魔咒。"乌姆里奇教授轻蔑地说。

"事先不需要练习吗?"帕瓦蒂不敢相信地问,"难道你是在对我们说,我们第一次施那些魔咒就是在考试的时候吗?"

"我再说一遍,只要你们把理论学得非常扎实——"

"理论在现实世界里有什么用?"哈利又把拳头高高举起,大声问道。

乌姆里奇教授抬起目光。

"这是学校,波特先生,不是现实世界。"她轻声说。

"那么我们不需要做好准备,迎接等在外面的一切吗?"

"没有什么等在外面,波特先生。"

"哦,是吗?"哈利说。他的火气一整天都在内心暗暗翻腾,此刻已临近爆发点。

"你想象谁会来攻击你们这样的小孩子呢?"乌姆里奇教授用亲昵得可怕的声音问道。

"嗯,让我想想……"哈利用假装若有所思的口吻说,"也许……伏地魔?"

罗恩倒吸一口冷气,拉文德·布朗发出一声低低的尖叫,纳威一歪身从板凳上摔了下去,然而乌姆里奇教授却没有显出害怕的样子。她只是盯着哈利,脸上露出一种恶狠狠的心满意足的表情。

"格兰芬多扣十分,波特先生。"

教室里一片沉默和寂静。大家要么盯着乌姆里奇,要么盯着哈利。

"好了,让我把几件事情弄弄清楚。"

乌姆里奇教授站了起来,身体朝前探着,两只手指短粗的手掌按在讲台上。

"有人告诉你们说,某个黑巫师死而复生了——"

"他没有死,"哈利生气地说,"但是没错,他回来了!"

"波特先生,你已经让你们学院丢了十分,别再把事情越弄越糟。"乌姆里奇教授一口气说完这句话,眼睛看也没看哈利,"正如我刚才说的,有人对你们说,某个黑巫师又出来活动了。这是无稽之谈。"

"这不是无稽之谈!"哈利说,"我看见他了,我跟他搏斗了!"

"关禁闭,波特先生!"乌姆里奇教授得意洋洋地说,"明天傍晚。五点钟。在我的办公室。我再说一遍,这是无稽之谈。魔法部保证你们不会遇到来自任何黑巫师的危险。如果你们仍然心存疑虑,请务必在课后来找我。如果有人用黑巫师死而复生的鬼话吓唬你们,我倒很愿意听一听。我随时准备帮助你们。我是你们的朋友。好了,请大家继续阅读第五页,'入门基本原理'。"

乌姆里奇教授在她的讲台后面坐下了。哈利却站了起来。同学们都呆呆地望着他,西莫看上去半是害怕半是好奇。

"哈利,不要!"赫敏小声警告道,拉了拉他的衣袖。但哈利一甩胳膊,不想让她够到。

第12章 乌姆里奇教授

"那么,照你的说法,塞德里克·迪戈里是自己死掉的喽?"哈利问,他的声音微微发颤。

全班同学同时倒吸了一口冷气,因为除了罗恩和赫敏,他们谁都没有听哈利谈论过塞德里克遇难那天夜里发生的事情。他们急切地望望哈利,又望望乌姆里奇教授,只见她抬起眼睛盯着哈利,脸上再也看不见一丝假笑了。

"塞德里克·迪戈里的死是一场不幸的事故。"她冷冷地说。

"是谋杀。"哈利说。他感觉到自己浑身发抖。他几乎没有跟任何人谈过这件事,更不用说当着三十个竖起耳朵聆听的同学的面。"伏地魔杀死了他,你明明知道。"

乌姆里奇教授的脸上毫无表情。有那么一刻,哈利还以为她要冲自己失声尖叫呢。可接着她用那种最最温柔、最最嗲声嗲气的小姑娘一般的声音说道:"过来,波特先生,亲爱的。"

哈利把椅子踢到一边,从罗恩和赫敏身边绕过,走向讲台。他可以感觉到全班同学都屏住了呼吸。他实在太气愤了,根本不在乎接下来会发生什么。

乌姆里奇教授从她的手提包里抽出一卷粉红色的羊皮纸,在讲台上摊平,用她的羽毛笔在墨水瓶里蘸了蘸,匆匆地写了起来。她身子俯在讲台上,因此哈利看不见她在写什么。谁也没有说话。过了一分钟左右,她卷起羊皮纸,用魔杖敲了一下,羊皮纸就自动牢牢地封死了,使哈利无法打开。

"亲爱的,把这个拿给麦格教授。"乌姆里奇教授说着把羊皮纸递给了哈利。

哈利一言不发,从她手里接过羊皮纸,也没有回头看一眼罗恩和赫敏就离开了教室,反手把门重重地关上了。他顺着走廊飞快地往前走,手里攥着给麦格教授的便条。转过一个拐角,他猛地撞上了恶作剧精灵皮皮鬼。他是个长着一张阔嘴巴的小个子男人,正平躺着悬在空中,像玩杂技一样抛接着几个墨水池。

"哎呀,是傻宝宝波特!"皮皮鬼咯咯笑着说,让两个墨水池落到地上摔得粉碎,墨水溅到了墙上。哈利赶紧往后一躲,大吼一声:

"滚开,皮皮鬼!"

"哎哟,怪人儿发怪脾气了。"皮皮鬼说,在走廊上追着哈利,在他上方往前飞,一边调皮地斜眼看着他,"这次又犯了什么事儿,我亲爱的傻宝宝朋友?脑子里听见声音啦?眼前有幻觉啦?又开始说——"皮皮鬼大声地嘘了一声,"——怪腔啦?"

"我说了,别来**烦**我!"哈利大喊一声,转身跑下离他最近的一道楼梯,但皮皮鬼平躺在他旁边的栏杆上也滑了下来。

"哦,好多人以为他脾气暴,波特波特傻宝宝,
有些人心肠不算坏,知道他只是太悲哀,
皮皮鬼心里最清楚,说他是发疯犯糊涂——"

"闭嘴!"

他左边的一扇门突然打开,麦格教授从她的办公室里走了出来,神色严峻,微微透着疲惫。

"你到底在嚷嚷什么,波特?"她厉声问道,皮皮鬼开心地咯咯笑着,嗖的一下消失了,"你怎么不去上课?"

"我被打发来见你。"哈利生硬地说。

"打发?你这是什么意思,打发?"

哈利把乌姆里奇教授的便条递过去,麦格教授从他手里接过,皱着眉头,用魔杖一敲把封口撕开,展开读了起来。她读着乌姆里奇写的文字,眼睛在方方的镜片后面飞快地来回移动,每读完一行,眼睛就眯得更紧一些。

第 12 章 乌姆里奇教授

"进来，波特。"

哈利跟着麦格教授走进她的办公室。门在他身后自动关上了。

"怎么回事？"麦格教授突然厉声对他说，"这是真的吗？"

"什么是真的？"哈利问，语气咄咄逼人，他本来不想这样的。"教授？"他又找补了一句，努力使声音听上去礼貌一点儿。

"你真的冲乌姆里奇教授大吼大叫了？"

"是的。"哈利说。

"你说她是个骗子？"

"是的。"

"你告诉她那个连名字都不能提的人回来了？"

"是的。"

麦格教授在她的书桌后坐了下来，紧皱眉头望着哈利。然后她说："吃一块饼干吧，波特。"

"吃——什么？"

"吃一块饼干，"她不耐烦地又说了一遍，指着桌上一堆文件上的一个彩格图案的饼干盒，"坐下吧。"

以前曾经有过一次，哈利原以为要被麦格教授狠狠教训一顿，结果却被她选进了格兰芬多学院的魁地奇球队。此刻他坐在麦格教授对面的椅子上，自己拿了一块生姜蝾螈饼干，感觉就像那次一样迷惑不解，不知所措。

麦格教授放下乌姆里奇教授的便条，非常严肃地望着哈利。

"波特，你需要小心哪。"

哈利咽下嘴里的生姜蝾螈饼干，瞪着她。她的语气跟他以前所熟悉的完全不同。不再那么敏捷、干脆和严厉，而是低沉的、忧心忡忡的，似乎比平常更有人情味。

"在多洛雷斯·乌姆里奇的课上不守纪律，你付出的代价可能要比学院扣分和关禁闭严重得多。"

"你这是什么——"

"波特，用你的常识想一想，"麦格教授厉声地说，突然又恢复了她平常的腔调，"你知道她是什么来头，你一定知道她会去向谁汇报。"

下课铃响了。他们的头顶上和周围响起几百个学生同时走动的嘈杂声。

"这里写着，她这个星期每天晚上都要罚你关禁闭，从明天开始。"麦格教授又低头看了看乌姆里奇的便条，说道。

"这星期每天晚上！"哈利重复了一遍，简直被吓坏了，"可是，教授，难道你——"

"不行，我不能。"麦格教授断然地说。

"可是——"

"她是你的老师，她完全有权罚你关禁闭。你明天下午五点钟到她办公室去，开始第一次。记住：在多洛雷斯·乌姆里奇身边要千万留神。"

"可我说的是实话！"哈利愤愤不平地说，"伏地魔回来了，你知道的。邓布利多教授也知道他已经——"

"看在老天的分儿上，波特！"麦格教授生气地正了正眼镜，说道（刚才她听见哈利说出伏地魔的名字，脸部肌肉很厉害地抽搐了一下），"你真的以为问题在于说实话还是说谎话吗？问题在于你必须低着头做人，尽量不招惹麻烦，管好你自己的脾气！"

她站了起来，鼻孔张得大大的，嘴唇抿得紧紧的，哈利也跟着站了起来。

"再吃一块饼干吧。"她烦躁地说，把饼干盒推给了哈利。

"不用了，谢谢。"哈利冷冷地回答。

"别犯傻啦。"她厉声道。

哈利拿了一块。

第 12 章 乌姆里奇教授

"谢谢。"他满不情愿地说。

"多洛雷斯·乌姆里奇在开学宴会上的讲话你没有听吗,波特?"

"听了,"哈利说,"听了……她说……进步将被禁止……嗯,这就说明……说明魔法部企图干涉霍格沃茨。"

麦格教授打量他片刻,然后从鼻子里哼了一声,绕过桌子,为他打开了房门。

"好吧,不管怎么说,我很高兴你至少听了赫敏·格兰杰的话。"她说,示意哈利离开她的办公室。

第 13 章

被多洛雷斯关禁闭

对哈利来说,那天晚上在礼堂吃晚饭可不是一次愉快的经历。他和乌姆里奇大吵一架的消息不胫而走,即使按霍格沃茨的标准衡量,这样的传播速度也是快得出奇。当他坐在罗恩和赫敏中间开始吃饭时,看见周围的人都在窃窃私语。有趣的是,那些交头接耳的人似乎谁也不在乎他会不会听见他们的议论。恰恰相反,他们好像巴不得他动怒,再次嚷嚷起来,这样他们就能亲耳听到他是怎么说的了。

"他说他看见塞德里克·迪戈里被杀害……"

"他以为自己跟神秘人决斗来着……"

"快别胡扯了……"

"他以为自己在蒙谁呢?"

"饶了我吧……"

"我不明白的是,"哈利放下手里的餐具,声音颤抖地说(他的手抖得太厉害,刀叉都拿不稳了),"两个月前邓布利多告诉他们这件事时,他们怎么就都相信了呢……"

"问题是,哈利,我不敢肯定他们当时是不是相信了。"赫敏神色严峻地说,"哦,我们快离开这儿吧。"

第 13 章　被多洛雷斯关禁闭

她重重地放下刀叉，罗恩恋恋不舍地看了看刚吃了一半的苹果馅饼，但还是照着做了。人们一直盯着他们走出了礼堂。

"你是什么意思，你不敢肯定他们是不是相信邓布利多？"他们来到二楼的楼梯平台时，哈利问赫敏。

"唉，其实你并不明白事情发生以后是什么情况。"赫敏轻声说，"你从草地中央回来了，怀里抱着塞德里克的尸体……我们谁都没有看见迷宫里发生的一切……只是听邓布利多说神秘人回来了，杀死了塞德里克，还跟你展开了搏斗。"

"那是事实！"哈利大声说。

"我知道是事实，哈利，你能不能不要这样冲我大声嚷嚷？"赫敏疲倦地说，"实际上，大家还没完全理解这个事实，就都回家过暑假了。整整两个月的时间，他们读到的都是你是个疯子，邓布利多是个老糊涂！"

他们大步走在空荡荡的走廊上，返回格兰芬多的塔楼。雨水啪啪地敲打着窗户玻璃。哈利觉得这开学的第一天好像持续了一个星期，而他睡觉前还要完成那么一大堆家庭作业。他的右眼上方开始一跳一跳地疼。当他们拐进胖夫人的那条走廊时，他透过被雨水冲刷过的窗户望着外面黑黢黢的场地。海格的小屋里仍然没有灯光。

"米布米宝。"赫敏不等胖夫人开口发问就说道。肖像弹开，露出后面的洞口，他们三个爬了进去。

公共休息室里几乎空无一人，差不多所有的同学都还在下面吃晚饭。克鲁克山在一把扶手椅上舒展身体，小跑着过来迎接他们，发出很响的呼噜呼噜的喘息声。哈利、罗恩和赫敏在炉火旁他们最喜欢的三把椅子上坐定后，它轻盈地跳到赫敏的膝头，把身体蜷成一个毛茸茸的姜黄色坐垫。哈利望着火苗出神，感到极度疲倦，所有的精力都耗光了。

"邓布利多怎么能让这种事情发生呢？"赫敏突然嚷了起来，

把哈利和罗恩吓了一跳。克鲁克山从她身上跳开,一副受到冒犯的样子。赫敏气愤地敲打着椅子的扶手,里面填塞的东西从破洞里漏了出来。"他怎么能让那个可怕的女人教我们呢?而且还在我们参加 O.W.L. 考试的这一年!"

"唉,我们的黑魔法防御术课从来就没有过像样的老师,是不是?"哈利说,"你知道是怎么回事,海格告诉过我们,谁也不愿意接这个活儿,他们说这份工作中了毒咒。"

"这倒也是,可是居然聘请了一位根本不让我们施魔法的人!邓布利多在玩什么把戏?"

"那女人还想让别人给她当密探。"罗恩郁闷地说,"记得吗,她说如果我们听见有谁说神秘人回来了,她希望我们去向她汇报。"

"她来这儿当然就是为了刺探我们大家的,这还用说吗,不然福吉要她来做什么?"赫敏怒声说道。

"别再吵架了,"罗恩正想张嘴反驳,哈利疲倦地说,"我们能不能……能不能现在就做家庭作业,早做完早省心……"

他们从墙角拿来书包,回到炉火旁的椅子上。这时候同学们陆续吃完饭回来了。哈利侧着脸,尽量不去看肖像洞口,但仍然能感觉到大家都在盯着他。

"我们先写斯内普的那篇吧?"罗恩说着给他的羽毛笔蘸了蘸墨水,"月长石的……特性……以及它在……制药方面的……用途……"他低声嘟哝着,把这些字写在羊皮纸的最上面。"好了。"他在标题下面画了道横线,抬头满怀期待地望着赫敏。

"那么,月长石的特性以及它在制药方面的用途是什么呢?"

可是赫敏根本没听,她正眯起眼睛看着房间那头的角落,只见弗雷德、乔治和李·乔丹正坐在一群看上去天真幼稚的一年级新生中间,每个新生嘴里都在嚼着什么东西,看样子是从弗雷德手里提的那个大纸口袋里拿出来的。

第13章 被多洛雷斯关禁闭

"不行,对不起,他们实在太过分了。"赫敏说着腾地站起身,一副怒不可遏的样子,"来,罗恩。"

"我——干吗?"罗恩说,显然是在拖延时间,"不——算啦,赫敏——我们总不能因为他们发糖给别人吃,就训斥他们吧。"

"你心里很清楚,那些是鼻血牛轧糖,要么——要么就是吐吐糖,要么——"

"昏迷花糖?"哈利小声提醒道。

那些一年级新生就像被一把无形的大锤砸了一下脑袋,一个个在座位上昏了过去。有的扑通滑到了地上,有的只是瘫倒在椅子的扶手上,舌头伸得老长。在一旁观看的人多数都哈哈大笑起来,赫敏则挺起胸膛,大步流星地直冲弗雷德和乔治走去,这会儿他们正拿着带弹簧夹的写字板站在那里,仔细观察那些神志不清的一年级新生。罗恩的身体从椅子上抬起一半,迟疑地悬在那儿片刻,然后低声对哈利说:"她已经控制住了。"接着他把瘦长的身体尽量压得低低的,缩在椅子里。

"够了!"赫敏威严地对弗雷德和乔治说,他们俩都微微吃惊地抬起头来。

"是啊,你说得对,"乔治点点头说,"这个剂量看来是够劲儿了,是不是?"

"今天早晨我已经对你们说过了,不许在同学身上试验你们的这堆垃圾!"

"我们付钱给他们了!"弗雷德不服气地说。

"我不管,这可能很危险!"

"胡扯。"弗雷德说。

"冷静点儿,赫敏,不会有事儿的!"李·乔丹宽慰她说,一边在那些一年级新生中间走来走去,把紫色的糖果塞进他们张开的嘴巴里。

"是啊,你看,他们现在都醒过来了。"乔治说。

有几个新生确实开始动弹了。看到自己躺在地板上或瘫软在椅子上,显得非常震惊,因此哈利可以肯定,弗雷德和乔治事先并没有告诉他们这些糖是做什么用的。

"感觉还好吧?"乔治亲切地问躺在他脚下的一个黑头发的小个子女生。

"我 —— 我想是吧。"女生颤抖着说。

"太棒了。"弗雷德高兴地说,可是紧接着赫敏就把他的写字板和那一袋昏迷花糖都夺了过去。

"根本**不是**太棒了!"

"当然是太棒了,他们都还活着,是不是?"弗雷德生气地说。

"你们不能这么做,万一害得他们中间有谁患上重病呢?"

"不会让他们得病的,这些糖我们已经在自己身上试验过了,现在只想看看是不是每个人的反应都一样 ——"

"如果你们不停止这么做,我就要 ——"

"罚我们关禁闭?"弗雷德说,声音里透着一种"我倒要看你敢不敢"的意思。

"罚我们写句子?"乔治嘲笑着说。

房间里在一旁观看的人都笑了起来。赫敏尽量把身体挺得笔直,眯起眼睛,一头毛蓬蓬的头发似乎噼噼啪啪地闪着电光。

"不,"她说,声音因愤怒而微微发抖,"但我要写信给你们的妈妈。"

"你不会的。"乔治说,大惊失色地从她面前退后了一步。

"哦,会的,我会写的。"赫敏毫不含糊地说,"我无法阻止你们自己吃这些无聊的玩意儿,但你们不能把它们拿给一年级新生。"

弗雷德和乔治看样子完全被吓坏了。显然,在他们看来,赫敏的威胁是很阴险的一招。赫敏最后又狠狠地瞪了他们一眼,把弗雷

第13章　被多洛雷斯关禁闭

德的写字板和那一袋花糖塞进他怀里,然后大步走回她炉火旁的椅子前。

这时候,罗恩在座位上把身体埋得低低的,鼻子差不多跟膝盖平行了。

"感谢你的支持,罗恩。"赫敏刻薄地说。

"你自己处理得很好嘛。"罗恩嘟哝了一句。

赫敏瞪着面前空白的羊皮纸,愣了几秒钟,然后烦躁地说:"哦,没有用,我现在没法集中思想。我去睡觉了。"

她猛地打开书包,哈利以为她要把书本收起来,没想到她掏出了两件奇形怪状的羊毛织的东西,把它们小心地放在壁炉旁边的一张桌子上,并用几张皱巴巴的羊皮纸和一支破羽毛笔盖住,然后退后一步看看效果。

"我的天哪,你这到底是在做什么呀?"罗恩说,呆呆地望着她,好像怀疑她头脑是不是清醒。

"这些是给家养小精灵的帽子,"她轻快地说,现在才开始把书本塞进书包,"我暑假里织的。不用魔法,我织东西实在太慢了,现在回到了学校,应该能够再织出一大批了。"

"你要把帽子留给家养小精灵?"罗恩慢慢地问,"还用垃圾把它们先盖起来?"

"是的。"赫敏毫不示弱地说,把书包甩到了背后。

"那是行不通的,"罗恩气呼呼地说,"你不能欺骗他们捡起这些帽子。你给他们自由,他们也许并不想得到自由。"

"他们当然想得到自由!"赫敏不假思索地说,但脸色转成了粉红色,"你敢碰一碰那些帽子试试,罗恩!"

她走了。罗恩等她刚一出了通向女生宿舍的门,就把那些垃圾从羊毛帽子上拿掉了。

"至少应该让他们看清自己捡起来的是什么东西。"他坚决地说,"反正……"他卷起那张写着斯内普那篇论文标题的羊皮纸,"现在要把它写完是不可能的了。赫敏不在,我根本没法儿写,月长石到底有什么用,我真是一点儿也不知道。你呢?"

哈利摇了摇头,这才发现他的右边太阳穴疼得越来越厉害了。想起还要写那么长一篇关于巨人战争的文章,那疼痛更是如刀割一般。他知道明天早晨醒来,他肯定会后悔今天晚上没有完成家庭作业。他一边这么想着,一边把书本塞回书包里。

"我也去睡觉了。"

他走向通往男生宿舍的那扇门,正好与西莫擦肩而过,但看也没有看他。一闪念间,哈利仿佛觉得西莫张嘴想要说话,他赶紧加快脚步来到安静的、令人舒心的石头螺旋形楼梯上,不想再忍受别人的挑衅和刺激。

第二天早晨,天气和前一天一样灰蒙蒙的,细雨绵绵。吃早饭的时候,教工桌子上还是不见海格的身影。

"可是从有利的方面看,斯内普今天也不在。"罗恩给他们打气说。

赫敏打了一个大大的哈欠,给自己倒了一些咖啡。她似乎在为什么事情暗暗高兴,后来罗恩问她到底为何开心成这样,她简单地说:"帽子不见了。看来家养小精灵还是愿意得到自由的。"

"这我可说不准,"罗恩尖刻地对她说,"那些玩意儿大概根本就不能算衣物。在我看来,它们一点儿也不像帽子,倒更像是羊毛袋子。"

赫敏一上午都没跟他说话。

两节魔咒课后面接着是两节变形课。弗立维教授和麦格教授先后都用了十五分钟向全班同学强调 O.W.L. 考试的重要性。

"你们必须记住,"矮个子弗立维教授尖声尖气地说,他像往常

第13章 被多洛雷斯关禁闭

一样站在一堆书上,这样才能从讲台上看到全班同学,"这些考试可能会影响到你们未来许多年的前途!如果你们还没有严肃认真地考虑过你们的职业,现在应该好好想想了。与此同时,为了保证你们都发挥出自己的水平,恐怕我们都要比以前更加努力才行!"

接着,他们花了一个多小时复习召唤咒,据弗立维教授说,这是他们的O.W.L.考试中肯定会有的内容。下课前,他布置的魔咒课作业数量比以往任何时候都多。

变形课的情况即使不是更糟,也好不到哪儿去。

"不经过认真的学习、实践和应用,"麦格教授严肃地说,"你们就不可能通过O.W.L.考试。我认为,只要投入了时间和精力,这个班上的所有同学都没有理由得不到变形课的O.W.L.合格证书。"纳威不敢相信地叹了口气。"没错,你也同样,隆巴顿。"麦格教授说,"你的操作没有任何错误,只是缺乏自信。因此……今天我们开始学习消失咒。消失咒要比你们一般在达到N.E.W.T.水平时才会练习的驱召咒简单一些,但它仍然是你们O.W.L.考试中会出现的最难的魔法之一。"

她说得很对。哈利发现消失咒难得要命。到两节课快结束时,他和罗恩谁都没能使他们用来练习的蜗牛消失,虽然罗恩不死心地说,他认为他那只蜗牛的颜色变浅了点儿。而赫敏刚试到第三次,就成功地使她的蜗牛消失了,因此从麦格教授那里为格兰芬多学院赢得了十分的奖励。只有她一个人不用做家庭作业,其他人都必须连夜练习这个咒语,准备第二天下午再在那些蜗牛身上尝试一番。

有这么多家庭作业要完成,哈利和罗恩有些慌神了。他们用午饭时间泡图书馆,查找月长石在制药方面的用途。赫敏还在为罗恩诋毁她的羊毛帽子而生气,没有跟他们一起去。下午,当他们去上保护神奇动物课时,哈利的脑袋又疼了起来。

天气阴冷,凉风习习,他们走下草坡、向禁林边上海格的小屋走去时，感到有零星的雨点落在他们脸上。格拉普兰教授站在海格小屋门前十米开外的地方等待同学们，她的面前有一张长长的搁板桌，上面放着许多细树枝。哈利和罗恩刚走到她身边，就听见身后传来一阵刺耳的笑声。回头一看，只见德拉科·马尔福大步朝他们走来，身边围着他那群形影不离的斯莱特林密友。显然他刚才说了什么特别好笑的话，因为克拉布、高尔、潘西·帕金森和其他人围拢在搁板桌旁时，他们还忍不住开心地咯咯直笑，而且他们都不停地朝哈利这边看，因此哈利很容易就能猜出那个笑话说的是什么。

"人都来齐了吧？"格拉普兰教授看到斯莱特林和格兰芬多的同学都到了，便粗声粗气地问道，"我们开始吧。谁能告诉我这些东西叫什么名字？"

她指着面前的那一堆细树枝。赫敏腾地一下举起手。在她身后，马尔福龇着牙齿，学她上蹿下跳、急着回答问题的样子。潘西·帕金森发出一声刺耳的大笑，但几乎立刻就变成了一声尖叫，只见桌上的细树枝忽地蹿到空中，露出了它们的真面目，一个个像是木头做的小精灵，都长着褐色的、疙里疙瘩的腿和胳膊，每只手上有两根树枝般的手指，而每张扁平的、树皮般的滑稽面孔上，都有两只圆溜溜的褐色小眼睛在闪闪发亮。

"哎哟！"帕瓦蒂和拉文德说，这使哈利非常恼火。搞得谁都会以为海格从来没给他们看过什么有趣的动物。必须承认，弗洛伯毛虫确实有点儿乏味，但火蜥蜴和鹰头马身有翼兽还是挺有趣的，而炸尾螺或许有趣得过了头。

"姑娘们，请你们小声点儿！"格拉普兰教授严厉地说，抓了一把像是糙米一样的东西撒给那些枯枝般的动物，它们立刻扑上去吃了起来，"那么——有谁知道这些动物的名字？格兰杰小姐？"

"护树罗锅，"赫敏说，"它们是树木的保护神，通常生活在魔杖树上。"

第 13 章　被多洛雷斯关禁闭

"格兰芬多加五分。"格拉普兰教授说,"不错,这些动物是护树罗锅,格兰杰小姐说得很对,它们一般生活在枝干可以用来做魔杖的树上。有谁知道它们吃什么吗?"

"土鳖,"赫敏立刻答道,怪不得那些哈利以为是糙米的东西都在动个不停呢,"还有仙子蛋,如果它们能弄到的话。"

"好孩子,再加五分。所以,如果你们需要在护树罗锅栖息的树上采集树叶或木料,最好准备一些土鳖作为礼物,吸引它们的注意力,安抚它们的情绪。它们看上去没什么危险,但如果被惹急了,就会用手指来挖人的眼睛。你们可以看到,它们的手指非常尖利,碰到人的眼球可不是好玩的。好了,如果你们愿意靠近一点,拿一些土鳖,领一只护树罗锅去——这里的护树罗锅够三个人分到一只——便可以更仔细地研究它们。我希望下课前每人完成一张草图,标出护树罗锅身体的每个部分。"

同学们都朝搁板桌拥去。哈利故意绕到后面,这样他正好站在了格拉普兰教授旁边。

"海格到哪儿去了?"趁其他人都在挑选护树罗锅时,哈利问她。

"不关你的事。"格拉普兰教授强硬地说,上一次海格没能来上课时,她也是这样的态度。德拉科·马尔福那张尖脸上堆满坏笑,他把身体探到哈利面前,抓住了那只最大的护树罗锅。

"说不定,"马尔福把声音压得很低,只有哈利一个人能听见,"那个愚蠢的傻大个儿受了重伤!"

"如果你不闭嘴,没准你才会受重伤!"哈利几乎不动嘴唇地说。

"说不定他正在摆弄他对付不了的大家伙呢,但愿你明白我的意思。"

马尔福走开了,一边还扭头朝哈利坏笑,哈利突然觉得一阵恶心。莫非马尔福真的知道一些情况？毕竟他父亲是一个食死徒啊。会不会他掌握了海格的下落，而凤凰社的人还没有听说呢？他匆忙绕过桌子，找到罗恩和赫敏，他们正蹲在不远处的草地上，试图说服护树罗锅安安稳稳地待一会儿，好让他们把它画下来。哈利掏出羊皮纸和羽毛笔，蹲在他们俩身边，小声地把马尔福刚才说的话告诉了他们。

"如果海格出了什么事，邓布利多一定会知道的。"赫敏立刻说道，"你要是显出担心的样子，就正好中了马尔福的圈套，他就会看出来我们不知道事情到底怎么样了。我们千万别去理睬他，哈利。来，抓住护树罗锅一会儿，让我把它的脸画下来……"

"没错，"从旁边那组人里传来马尔福清楚的、拖腔拖调的声音，"两天前我爸爸刚跟部长谈过话，听那意思，魔法部真的下决心要采取严厉措施，扭转这地方不规范的教学了。所以，即使那个傻大个儿真的又露面了，大概也会立马被打发回家的。"

"哎哟！"

哈利把护树罗锅抓得太紧，几乎要把它折断了。护树罗锅挥起尖利的手指，报复性地在哈利手上狠狠抓了一下，哈利的手上留下两条又长又深的伤口。哈利丢下了护树罗锅。克拉布和高尔听说海格会被开除就已经在粗声大笑，现在笑得更厉害了。只见护树罗锅使出全身力气向禁林跑去，一个快速移动的棍棍小人儿很快就消失在树根间不见了。当场地那边远远传来下课的铃声时，哈利卷起那张血迹斑斑的护树罗锅草图，大步赶去上草药课，他手上包着赫敏的手帕，耳朵里还回响着马尔福讥讽的笑声。

"如果他再管海格叫傻大个儿……"哈利恶狠狠地说。

"哈利，别去跟马尔福吵架，别忘了，他现在是级长，他可以使你的日子变得非常难过……"

"哇，我倒想知道难过的日子是什么滋味。"哈利讽刺地说。罗

第 13 章　被多洛雷斯关禁闭

恩笑了，但赫敏皱起了眉头。三个人拖着沉重的脚步穿过菜地。天空似乎仍然拿不定主意要不要下雨。

"我只希望海格赶紧把事情办完早点回来，就是这样。"他们来到温室时，哈利低声地说，"不许说格拉普兰那女人上课上得比他强！"他又威胁地说了一句。

"我本来就没想说。"赫敏平静地说。

"因为她永远也不会有海格那么好。"哈利斩钉截铁地说，其实他心里很清楚，他刚才经历的是一节保护神奇动物课的优秀示范课，他为此气恼得要命。

离他们最近的那间温室的门开了，一些四年级学生从里面拥了出来，其中就有金妮。

"嘿。"她走过时愉快地说。几秒钟后，卢娜·洛夫古德也出来了，落在全班其他同学的后面，鼻子上沾着一块泥土，头发在头顶上打成了一个结。她一看见哈利，那双向外凸起的眼睛似乎兴奋得鼓了出来。她直冲着哈利走过来。哈利班上的许多同学都好奇地转过脸来看着他们。卢娜深深地吸了口气，也没有先打一个招呼，就直通通地说道："我相信那个连名字都不能提的人回来了，我相信你跟他展开过搏斗，并逃脱了他的魔爪。"

"呃——是的。"哈利尴尬地说。卢娜戴着一对橘红色水萝卜样的耳坠，帕瓦蒂和拉文德看来注意到了这点，她们俩咯咯笑着，用手指着她的耳垂。

"你们可以笑，"卢娜说，声音提高了，显然她以为帕瓦蒂和拉文德是在笑她刚才说的话，而不是笑她戴的东西，"可是人们以前还以为世界上没有泡泡鼻涕怪和弯角鼾兽之类的东西呢！"

"对啊，他们没有错啊，是不是？"赫敏不耐烦地说，"世界上确实没有泡泡鼻涕怪和弯角鼾兽之类的东西呀。"

卢娜咄咄逼人地瞪了赫敏一眼，猛一转身走开了，两个水萝卜剧烈地晃荡着。这时尖声大笑的可不止帕瓦蒂和拉文德两个人了。

"就这么几个相信我的人,你能不能别惹他们生气?"他们走进教室时,哈利对赫敏说。

"哦,看在上天的分儿上,哈利,你总不至于把希望寄托在她身上吧。"赫敏说,"金妮把她所有的事情都告诉我了。显然,她只相信那些毫无根据的事情。唉,我就知道,她父亲办着《唱唱反调》,她还能好到哪儿去呢?"

哈利想起了他到校那天晚上看见的那些不吉利的带翅膀的怪马,想起卢娜当时说她也能看见它们,他的心微微往下一沉。难道她在说谎? 可是没等哈利进一步深想这个问题,厄尼·麦克米兰走到了他的面前。

"我希望你知道,波特,"他用响亮的、传得很远的声音说道,"并不是只有怪人才支持你。我个人百分之百地相信你。我们全家始终坚决拥护邓布利多,我也是这样。"

"哦——非常感谢,厄尼。"哈利说,他很吃惊,同时也很高兴。厄尼这么做也许有点儿哗众取宠,但是以哈利当时的心情,能够得到一个耳朵上没挂胡萝卜的人投来的信任的一票,他真是由衷地感激。厄尼的话无疑使拉文德·布朗脸上的笑容一扫而光;当哈利转身跟罗恩和赫敏说话时,他瞥见了西莫的表情,看上去又困惑又不服气。

不出大家所料,斯普劳特教授一上课就向他们强调 O.W.L. 的重要性。哈利真希望所有的老师都别再谈这件事了。每当他想起有那么多家庭作业要做,就感到焦躁不安,心里一阵阵发紧。下课时斯普劳特教授又布置他们写一篇论文,哈利的这种感觉顿时变得更强烈了。格兰芬多的同学们一个个精疲力竭,身上散发着浓浓的火龙粪味儿——这是斯普劳特教授最喜欢的一种肥料——排着队返回城堡,谁也没有心思多说话。这又是特别累人的一天。

第13章 被多洛雷斯关禁闭

哈利饿坏了，五点钟他还要到乌姆里奇那里去关第一次禁闭。他来不及把书包送到格兰芬多塔楼，就直接赶去吃晚饭，这样可以匆匆忙忙吃点东西，再去面对乌姆里奇为他准备的不知什么差使。然而，他刚来到礼堂门口，就听见一个愤怒的声音高喊道："喂，波特！"

"又怎么了？"他疲惫地嘀咕道，一转身看见了安吉利娜·约翰逊，看她那样子好像马上就要大发雷霆了。

"我来告诉你又怎么了，"她说，几步冲到他面前，用手指使劲戳着哈利的胸口，"你怎么在星期五下午五点钟给自己弄了个关禁闭？"

"什么？"哈利说，"哎呀……对了，选拔守门员！"

"这会儿倒想起来了！"安吉利娜吼叫着说，"我不是告诉过你，我希望全队球员都参加选拔，找到一个能跟每个队员都配合默契的人吗？我不是告诉过你，我已经特地定好了魁地奇球场吗？现在你又决定不去参加了！"

"我没有决定不去参加！"哈利说，觉得被这些不公平的话刺伤了，"是那个叫乌姆里奇的女人罚我关禁闭，就因为我跟她说了关于神秘人的实话。"

"好吧，你可以直接去找她，请她星期五放你一马，"安吉利娜情绪激动地说，"我不管你怎么做。如果你愿意，不妨告诉她神秘人是你凭空想象出来的，只要保证你能够到场就行！"

她气势汹汹地走了。

"你们知道吗？"罗恩和赫敏走进礼堂时，哈利对他们说，"我想我们最好去找普德米尔联队核实一下，奥利弗·伍德是不是在训练期间不幸去世了，因为他的灵魂好像附在安吉利娜身上了。"

"你认为乌姆里奇有多少可能会在星期五放你一马呢？"他们在格兰芬多的桌旁坐下来时，罗恩怀疑地说。

"一点儿也没有，"哈利郁闷地说，一边把小羊排倒进自己的盘子里吃了起来，"不过最好还是试一试，对吗？我可以提出增加两次关禁闭什么的……"他咽下一大口土豆，接着说道："希望她今天晚上别把我留得太晚。你们知道吗，我们要写三篇论文，给麦格练习消失咒，给弗立维设计一个破解咒，把护树罗锅的草图画完，还要开始给特里劳妮写那无聊的做梦日记！"

罗恩叹了口气，不知为什么抬头扫了一眼天花板。

"而且看样子天要下雨了。"

"那跟我们的家庭作业有什么关系吗？"赫敏扬起眉毛问。

"没什么。"罗恩赶紧说道，耳朵变得通红。

五点差五分的时候，哈利告别了他们俩，朝四楼乌姆里奇的办公室走去。他敲了敲门，只听一个甜得发腻的声音喊道："进来。"哈利小心翼翼地走了进去，四下张望。

前面三位主人住在这里的时候，哈利曾经很熟悉这间办公室。在吉德罗·洛哈特居住的那些日子，墙上到处贴着他本人笑容满面的照片。卢平住进来后，每次进来找他，都有可能见到某些非常有趣的黑魔法生物，关在笼子里或水箱里。而冒牌的穆迪住在这里的时候，房间里堆满了各种各样的器具和手工制品，用来探测别人的不轨行为和伪装。

此刻，这个房间简直完全认不出来了。所有的东西上都盖着带花边的罩布和台布。还有几个插满干花的花瓶，每个都放在单独的小垫子上。一面墙上挂着一组装饰性的盘子，每个盘子上都有一只色彩鲜艳的小猫，各自脖子上戴着一个不同的蝴蝶结。这些东西太令人恶心了，哈利简直被吓住了，只顾呆呆地望着它们，这时乌姆里奇教授又说话了。

"晚上好，波特先生。"

哈利吓得急忙回过头来。他一开始没有注意到她，因为她穿着一件艳俗的印花长袍，颜色同她身后书桌上的桌布融在一起，简直

第 13 章 被多洛雷斯关禁闭

分不出来。

"晚上好,乌姆里奇教授。"哈利不自然地说。

"好吧,坐下吧。"她说,指着一张垂着花边的小桌子。她已经在旁边放了一把直背椅,桌上有一张空白的羊皮纸,显然是为哈利准备的。

"嗯,"哈利没有动弹,说道,"乌姆里奇教授,嗯 —— 在我们开始前,我 —— 我想请求你一……一件事。"

那双向外凸出的眼睛眯了起来。

"哦,什么?"

"是这样,我……我是格兰芬多魁地奇球队的队员。我应该在星期五下午五点钟参加新守门员的选拔,我 —— 我不知道那天晚上能不能不来关禁闭,另外 —— 另外找一个晚上再补上……"

他不等把话说完,心里就知道不会有用的。

"哦,不行。"乌姆里奇说,咧开大嘴笑得那么肉麻,好像刚吞下了一只特别美味多汁的苍蝇,"哦,不行,不行,不行。这是对你散布邪恶、卑鄙、哗众取宠的谎言的惩罚。波特先生,惩罚当然不能为满足有过失者的方便而随意调整。不行,明天、后天,还有星期五,你都必须在下午五点钟到这里来,按计划关禁闭。我认为,你错过一些你特别喜欢的活动,这其实倒是一件好事。它应该能强化我打算给你的教训。"

哈利感到血一下子冲上了脑袋,耳朵里嗡嗡作响。听她的意思,他是散布了"邪恶、卑鄙、哗众取宠的谎言"?

她微微偏着脑袋注视着哈利,脸上仍然挂着肉麻的微笑,似乎很清楚哈利心里在想什么,正等着看他会不会再次发作,大喊大叫。哈利费了很大的努力,转开目光不去看她,把书包扔在那把直背椅旁边坐了下来。

"不错,"乌姆里奇娇滴滴地说,"我们已经比较能够控制自己的情绪了,是不是? 现在,你要为我写几个句子,波特先生。不,不是用你的羽毛笔,"看见哈利弯腰去打开书包,她赶紧补充道,"你要用的是我的一支很不同寻常的笔。给。"

她递给哈利一支细细长长、笔尖特别尖利的黑色羽毛笔。

"我要你写:我不可以说谎。"她语调轻柔地对哈利说。

"写多少遍?"哈利问,也做出一副值得称赞的彬彬有礼的样子。

"哦,一直写到这句话刻在你心里。"乌姆里奇嗲声嗲气地说,"开始写吧。"

她走到自己的书桌旁坐了下来,埋头对付一堆羊皮纸,看样子像是一批等待批改的论文。哈利举起尖利的黑色羽毛笔,这才发现缺少了什么。

"你没有给我墨水。"他说。

"哦,你不需要墨水的。"乌姆里奇教授说,声音里带着一点浅浅的笑意。

哈利把羽毛笔的笔尖落在纸上,写道:

我不可以说谎。

他疼得倒抽了一口冷气。出现在羊皮纸上的字,看上去是用鲜红的墨水写成的。与此同时,这行字出现在了哈利右手的手背上,而且深深陷进了皮肉里,像是用解剖刀刻上去的一样 —— 然而,就在他眼睁睁地瞪着这些红艳艳的伤口时,皮肤又愈合了,刚才有字的地方只比以前稍微红了一点儿,但摸上去很光滑。

哈利扭头去看乌姆里奇。她正注视着他,那张癞蛤蟆似的阔嘴咧成了一个微笑。

"怎么啦?"

第13章 被多洛雷斯关禁闭

"没什么。"哈利轻声说。

他低头望着羊皮纸,再一次把笔尖落在上面,写下我不可以说谎。他又一次感到手背上烧灼般的疼痛,那些字又一次刻进他的皮肤,几秒钟后,伤口又一次愈合了。

就这样,哈利一遍又一遍地把这行字写在羊皮纸上。他很快就发现,他用的不是墨水,而是他自己的鲜血。一遍又一遍地,这些字刻进了他的手背,然后愈合,然后,当他再把笔尖落在羊皮纸上时,这些字又会再一次出现。

乌姆里奇办公室的窗外,夜幕渐渐降临了。哈利没有问她什么时候可以停止。他甚至没有看看表上几点钟了。他知道乌姆里奇在注视他,看他有没有服软的迹象,他不想显露出一丝一毫的软弱,即使他要在这里坐一整夜,用这支羽毛笔把自己的手深深地割开……

"过来。"过了似乎好几个小时之后,乌姆里奇说道。

哈利站了起来。他的手火辣辣地疼。他低头一看,发现伤口虽然愈合了,但那里的皮肤红红的,露着嫩肉。

"手。"乌姆里奇说。

哈利把手伸了出去。她把它握在自己的手里。当她用肥厚短粗、戴着一大堆丑陋的老式戒指的手指触摸哈利的手时,哈利拼命克制住一阵战栗。

"啧啧,看来我还没有给你留下一个深刻的烙印。"她笑容可掬地说,"没关系,我们明天晚上还得再试一试,对不对?你可以走了。"

哈利一言不发地离开了她的办公室。学校里几乎空无一人,时间肯定已经过了半夜。他慢慢地走过走廊,当他拐了个弯、确信乌姆里奇不会听见时,便撒腿跑了起来。

他没有时间练习消失咒,做梦日记里一个梦也没有记,护树罗锅的草图还没有画完,那么多篇论文一篇也没有写。第二天早上,他没吃早饭,匆匆忙忙地编了两个梦,草草写下来,准备拿到上午第一节的占卜课上交差。他吃惊地发现罗恩衣冠不整,蓬头垢面,也在临时抱佛脚。

"你昨天晚上怎么没做呢?"哈利问道,罗恩漫无目的地在公共休息室里东张西望,寻找灵感。昨夜哈利回到宿舍时,罗恩已经沉沉地睡着了。听了哈利的问话,他嘀咕了一句,像是"干别的事情了",然后埋头在羊皮纸上划拉了几行字。

"这肯定能对付了,"他啪地合上日记本说道,"我说我梦见自己在买一双新鞋,这下子她总编派不出离奇的算命鬼话了吧?"

他们一起匆匆赶往北塔楼。

"对了,在乌姆里奇那里关禁闭怎么样? 她叫你做什么了?"

哈利迟疑了一刹那,说:"写句子。"

"那倒不算太糟糕,是吧?"罗恩说。

"是啊。"哈利说。

"哟——我忘记了——她准了你星期五的假吗?"

"没有。"哈利说。

罗恩同情地呻吟了一声。

对哈利来说,这又是很难熬的一天。变形课上他是表现最差的几个人之一,因为他根本就没有练习消失咒。午饭时间他不得不放弃休息,把护树罗锅的那张草图画完。这还不算,麦格、格拉普兰和辛尼斯塔教授又给他们布置了一大堆家庭作业,他根本不可能在当天晚上完成,因为还要到乌姆里奇那里去关第二次禁闭。更糟糕的是,安吉利娜·约翰逊在吃晚饭时又找到他,听说他不能参加星期五选拔守门员的训练后,告诉他说,她对他的态度很不满意,她希望每个打算留在球队的人都把训练放在一切活动的首位。

"我在关禁闭!"她昂首挺胸地走开时,哈利冲着她的背影嚷道,"你以为我不愿意去打魁地奇球,情愿跟那个老癞蛤蟆关在一

第 13 章　被多洛雷斯关禁闭

间屋里吗?"

"还好,只是写写句子,"赫敏安慰他道,哈利一屁股坐在板凳上,低头望着面前的牛排腰子馅饼,他现在已经没有多少胃口了,"看起来倒不算是很可怕的惩罚……"

哈利张了张嘴又闭上了,随即点了点头。他也不明白自己为什么不想把乌姆里奇办公室里发生的一切告诉罗恩和赫敏。他只知道不想看到他们脸上惊恐的表情,那只会使事情显得更糟,因而也就更难面对。他还隐隐约约地感到,这是他和乌姆里奇之间的事情,是一场私底下的意志较量,他不想让她听到他在抱怨而感到快意。

"真不敢相信我们有这么多家庭作业要做。"罗恩烦恼地说。

"那你昨天晚上干吗什么都不做呢?"赫敏问他,"你到底上哪儿去了?"

"我……我当时想散散步。"罗恩闪烁其词地说。

哈利有一个很清楚的感觉:此刻隐瞒真相的不止他一个人。

第二次关禁闭和第一次同样痛苦难熬。哈利手背上的皮肤现在变得更敏感,很快就变红了,像着了火一样疼。哈利觉得过不了多久,伤口就不会那样有效地愈合了。过不了多久,那些字就会深深刻进他的手背,乌姆里奇大概就会满意了。不过,哈利拼命忍着不发出疼痛的喘息,而且,从他走进办公室直到乌姆里奇放他离去——又是午夜之后,他只说了两句话,"晚上好"和"晚安"。

他的家庭作业已经到了不堪收拾的地步,因此他返回格兰芬多公共休息室后,尽管累得一点力气也没有了,但并没有上床睡觉,而是打开书本,开始写斯内普布置的那篇关于月长石的论文。写完时已经是两点半了。他知道写得很糟糕,但也没有办法,他必须交东西上去,不然接下来就要被斯内普关禁闭了。接着,他匆匆回答了麦格教授给他们布置的几个问题,又拼凑了一些怎样恰当地对付护树罗锅的东西，准备拿去应付格拉普兰教授，然后才跟跟跄跄地上床睡觉，连衣服也没脱，囫囵倒在被子上，立刻就沉沉地睡着了。

星期四是在昏昏沉沉的疲劳中度过的。罗恩看上去也是一脸困倦，哈利真不明白他为什么会这样。哈利的第三次关禁闭跟前两次没有什么两样，只是过了两个小时后，哈利手背上的我不可以说谎便不再消失，一道道红红的划痕留在那里，冒出细细的血珠。乌姆里奇教授听不到羽毛笔尖的沙沙响声，便抬起头来。

"啊，"她温柔地说，绕过她的书桌过来查看哈利的手，"很好。这应该可以时时提醒你了，是不是？你今晚可以走了。"

"明天还要来吗？"哈利问，用左手拎起书包，因为右手疼痛难忍。

"哦，是的，"乌姆里奇教授说，笑得还像以前一样肉麻，"是的，我想再有一夜的努力，我们就可以把这句话刻得更深一些。"

哈利以前认为，他不可能恨世界上的哪个老师比恨斯内普更厉害，可是当他走回格兰芬多的塔楼时，他不得不承认斯内普找到了一位强有力的竞争对手。这个女人是歹毒的，他一边爬上通往八楼的楼梯一边想着，她是一个邪恶、变态、疯狂的老——

"罗恩？"

他走到楼梯顶上，向右一转，差点儿撞到了罗恩身上。罗恩鬼鬼祟祟地藏在瘦子拉克伦的雕像后面，手里抓着他的飞天扫帚。罗恩看见哈利时惊得跳了起来，赶紧把他那崭新的横扫十一星藏到背后。

"你在做什么？"

"呃——没什么。你在做什么？"

哈利朝他皱起眉头。

"行了，快告诉我吧！你藏在这里搞什么鬼？"

"我——我在躲弗雷德和乔治，如果你一定要知道的话。"罗

第 13 章 被多洛雷斯关禁闭

恩说,"他们刚和一群一年级新生从这里走过去,我敢说他们又在新生身上试验那些玩意儿了。我是说,现在只要有赫敏在,他们就不敢在公共休息室里做这件事了,对吧。"

他慌乱地、滔滔不绝地说。

"可是你拿着你的飞天扫帚做什么?你该不是在飞吧,嗯?"哈利问。

"我——嗯——嗯,好吧,我告诉你,可是不许笑话我,好吗?"罗恩提防地说,脸红得越来越厉害了,"我——我想,既然我有了一把体面的飞天扫帚,不妨去试试参加格兰芬多守门员的选拔。就是这样。好了,你笑吧。"

"我不会笑的。"哈利说。罗恩眨了眨眼睛。"这个主意太棒了!如果你能进入球队,真是再好不过了!我还没有见过你当守门员呢,你技术怎么样?"

"不算坏吧,"罗恩说,看到哈利的反应,他似乎大松了一口气,"查理、弗雷德和乔治在假期里练球时,总是叫我当守门员。"

"这么说,你今晚一直在练习?"

"每天晚上都在练,从星期二开始……不过就我一个人。我一直想给鬼飞球施魔法,让它们朝我飞来,可是不太容易,我不知道这会有多少用。"罗恩显得很紧张和焦虑,"弗雷德和乔治看到我也来参加选拔,肯定会笑掉大牙的。自从我被选为级长后,他们就一直不停止地嘲笑我。"

"真希望到时候我也能去。"哈利苦涩地说,他们一起朝公共休息室走去。

"是啊,我也——哈利,你的手背上是什么?"

哈利刚才用没拎书包的右手挠了挠鼻子,现在想藏起来,已经来不及了,就像罗恩想藏他的扫帚一样没有成功。

"只是划伤了——没有什么——没有——"

可是罗恩一把抓住哈利的胳膊，把哈利的手背拉到他的眼前。他呆呆地望着刻进皮肤里的那一行字，片刻之后，他显出恶心要吐的样子，放开了哈利。

"我记得你说她只是罚你写句子呀？"

哈利迟疑着，可毕竟罗恩已经对他说了实话，于是他把在乌姆里奇办公室里几个小时的遭遇如实地告诉了罗恩。

"那个老女妖！"罗恩厌恶地低声说道，他们在胖夫人面前停下脚步，胖夫人正把脑袋靠在相框上，恬静地打着瞌睡，"她不正常！去找麦格说说这个情况！"

"不，"哈利不假思索地说，"我不想让她知道她弄得我心烦意乱，她会感到得意的。"

"弄得你心烦意乱？你不能让她白白地这么做！"

"我不知道麦格有多大权力能够管束她。"哈利说。

"邓布利多，那就告诉邓布利多！"

"不。"哈利斩钉截铁地说。

"为什么不？"

"他需要考虑的事情太多了。"哈利说，其实这不是真正的原因。他不想到邓布利多那里寻求帮助，因为邓布利多从六月份起就没有跟他说过一次话。

"那么，我想你应该——"罗恩话没说完，就被胖夫人打断了，她刚才一直睡眼蒙眬地望着他们，这会儿忍不住嚷了起来，"你们到底给不给我口令，还是要我整夜在这里醒着，等你们两个把话说完？"

星期五早晨，天色还是和这星期的前几天一样阴沉而潮湿。哈利走进礼堂时，尽管还是习惯性地朝教工桌子扫了一眼，但实际上已经对看到海格不抱什么希望了。他立刻就把思路转到一些更迫在眉睫的事情上，比如必须完成的堆积如山的家庭作业，还有必须再

第 13 章　被多洛雷斯关禁闭

到乌姆里奇那里去关一次禁闭。

那天有两件事情给了哈利一些力量。一是他想到马上就要到周末了，二是尽管最后一次到乌姆里奇那里关禁闭肯定会很恐怖，但从她办公室的窗户能远远地看见魁地奇球场，如果运气好，说不定还能多少看见一点罗恩的选拔情况呢。当然，这些都是十分渺茫的希望之光，可是哈利目前的处境一片黑暗，但凡有什么事情能带来一点点光亮，他都会感到欣慰。他在霍格沃茨还从没经历过比这更糟糕的开学第一个星期呢。

那天傍晚五点钟，哈利敲响了乌姆里奇教授办公室的门——他满心希望这是最后一次。乌姆里奇喊他进去，在铺着花边的桌子上，那张空白羊皮纸已经在等着他了，旁边放着那支尖利的黑色羽毛笔。

"你知道该怎么做，波特先生。"乌姆里奇说，一边嗲兮兮地冲他笑着。

哈利拿起羽毛笔，朝窗外望了一眼。只要把椅子再往右边挪一两寸……他假装往桌子跟前挪了挪，做到了这点。现在他能远远地看见格兰芬多魁地奇球队的队员们在球场上飞来飞去的身影了，三根高高的球门柱底下站着六七个黑乎乎的人影，显然在等着当守门员。离得太远了，不可能看清哪一个是罗恩。

我不可以说谎，哈利写道。他右手背上的伤口裂开了，再次流出鲜血。

我不可以说谎。伤口陷得更深，火辣辣地剧痛。

我不可以说谎。鲜血顺着手腕流淌下来。

他冒险又朝窗外望了一眼。现在防守球门柱的不知是谁，表现糟糕透了。在哈利鼓足勇气偷看的几秒钟内，凯蒂·贝尔就连进了两球。他垂下目光，重新望着血迹斑斑的羊皮纸，真希望那个守门员不是罗恩。

我不可以说谎。

我不可以说谎。

他只要觉得有机会就抬头往窗外看，只要能听见乌姆里奇的羽毛笔写字的声音，或听见她打开书桌抽屉的声音。第三个参加选拔的人很不错，第四个非常差劲，第五个特别漂亮地躲过了一个游走球，却把一个很容易接住的球漏进了球门。天色越来越黑，哈利心想恐怕不可能看见第六和第七个候选人了。

我不可以说谎。

我不可以说谎。

羊皮纸上满是从他手背上流出的殷红的鲜血，他的手背疼得像着了火一般。当他再次抬头看时，夜幕已经降临，他再也看不清魁地奇球场上的情形了。

"让我们看看你有没有吃透这句话，好吗？"半小时后，乌姆里奇柔声细语地说。

她朝哈利走来，伸出她短粗的、戴着戒指的手指来抓他的胳膊。当她抓住哈利、仔细查看那些深深刻进他皮肉的文字时，哈利感到一阵烧灼般的剧痛，但不是手背在痛，而是他额头上的伤疤在痛。与此同时，他上腹部的什么地方还产生了一种十分异样的感觉。

哈利把胳膊从她手里挣脱出来，腾地站起身，直直地瞪着她。她也望着他，脸上的笑容把那张松泡泡的阔嘴抻得大大的。

"是啊，很疼，是不是？"她温柔地问。

哈利没有回答。怦怦怦，他的心跳得很响很快。乌姆里奇是在说他的手，还是她知道他刚才额头上的感觉呢？

"好吧，我认为我的目的达到了，波特先生。你可以走了。"

哈利拎起书包，尽快离开了房间。

保持冷静，他一边三步并作两步地奔上楼梯一边对自己说。保持冷静，不一定就是你认为的那样……

"米布米宝！"他气喘吁吁地对胖夫人说，肖像又一次打开了。

第 13 章　被多洛雷斯关禁闭

迎接他的是一片喧闹。罗恩迎面朝他跑来，满脸笑开了花，手里端着高脚酒杯，黄油啤酒洒得胸前都是。

"哈利，我成功了，我入选了，我是守门员了！"

"什么？哦——太棒了！"哈利说，努力使自己笑得自然一些，而他的心还在怦怦地狂跳，手还在突突地阵痛，还在流血。

"喝一点黄油啤酒吧，"罗恩塞给他一个酒瓶，"我真不敢相信——赫敏去哪儿了？"

"她在那儿。"也在大口喝着黄油啤酒的弗雷德说，指了指炉火旁的一把扶手椅。赫敏正坐在椅子上打瞌睡，手里的酒杯歪向一边，眼看就要洒出来了。

"嗯，刚才我把消息告诉她时，她还说她很高兴呢。"罗恩说，显得有点不高兴。

"让她睡吧。"乔治赶忙说道。过了一会儿，哈利才注意到周围那几个一年级新生脸上毫无疑问都带着刚流过鼻血的痕迹。

"来吧，罗恩，看看奥利弗的旧袍子你穿上合适不合适。"凯蒂·贝尔大声说，"我们可以把他的名字摘掉，换上你的……"

罗恩走了过去，安吉利娜大步走到哈利面前。

"对不起，我先前对你有些粗暴，波特。"她突然说，"当一个头儿压力太大了，你知道。我现在开始觉得我之前对伍德的态度有点儿不太公平。"她的目光越过高脚酒杯的边缘望着罗恩，微微蹙起了眉头。

"是这样，我知道他是你最好的朋友，但他不是最理想的，"她直率地说，"不过我认为经过一些训练，他应该没有问题。他家里出过一批出色的魁地奇球员。说实在话，我希望他以后能表现得比今天更有天分。维基·弗罗比舍和杰弗里·胡珀今晚都飞得比他好，可是胡珀动不动就哼哼唧唧，总是为一些鸡毛蒜皮的事没完没了地抱怨，维基的社团活动太多了。她自己也承认，如果训练和她的魔咒俱乐部相冲突，她会把魔咒俱乐部放在第一位。不管怎么说，我们明天下午两点钟有一场训练，这次你可一定要去。还要拜托你一件事，尽量多帮助帮助罗恩，好吗？"

哈利点了点头，安吉利娜慢慢走回去找艾丽娅·斯平内特了。哈利过去坐在赫敏身边，他刚放下书包，赫敏就猛地惊醒过来。

"哦，哈利，是你……罗恩真棒，是吗？"她睡眼惺忪地说。"我只是太——太——太累了，"她打了个哈欠，"我一点钟才睡觉，一直在织帽子。它们一眨眼就被拿光了！"

果然，哈利仔细一看，发现房间里到处藏着羊毛帽子，让毫无防备的小精灵可以无意中捡拾起来。

"太好了。"哈利心不在焉地说，如果再不马上找人说说，他就要憋得爆炸了，"听着，赫敏，我刚才在乌姆里奇的办公室里，她碰了我的胳膊……"

赫敏专注地听着。哈利讲完后，她慢慢地说："你担心神秘人控制了她，就像当年控制奇洛一样？"

"是啊，"哈利压低声音说，"有这种可能，是不是？"

"我想也是，"赫敏说，不过听她的语气，似乎并不完全相信，"但我认为神秘人不可能再像支配奇洛那样支配她了。我的意思是，神秘人现在已经活过来了，是不是，他有了自己的身体，不需要再去霸占别人的肉体。我想，他大概对乌姆里奇施了夺魂咒……"

哈利望着弗雷德、乔治和李·乔丹抛接黄油啤酒的空瓶子，一时间没有说话。然后赫敏又说道："去年，没有人碰你，你的伤疤也会疼起来，邓布利多不是说这与神秘人当时的感觉有关吗？我的意思是，说不定这跟乌姆里奇根本没有什么关系，发生这样的事时你正好跟她在一起，也许只是巧合而已？"

"她是魔鬼，"哈利斩钉截铁地说，"变态。"

"她确实很可怕，没错，但是……哈利，我认为你最好去告诉

第 13 章　被多洛雷斯关禁闭

邓布利多你的伤疤又疼了。"

这是两天里第二次有人建议他去找邓布利多,他对赫敏的回答跟对罗恩的回答完全一样。

"我不想用这件事去打扰他。就像你刚才说的,这不是什么大不了的事。整个暑假都在断断续续地疼 —— 只是今晚疼得更厉害一点儿,没什么 ——"

"哈利,我相信邓布利多愿意被这件事打扰 ——"

"是啊,"哈利没来得及控制住自己,脱口说道,"这是邓布利多唯一关心我的地方,是不是,我的伤疤?"

"别这么说,不是这样的!"

"我想,我还是写信把这件事告诉小天狼星吧,看看他怎么想 ——"

"哈利,你不能在信里谈这样的事情!"赫敏说,显得很惊慌,"你不记得啦,穆迪告诉我们写信时千万要小心!我们不能保证猫头鹰不会被人半路截走!"

"好吧,好吧,那我就不告诉他!"哈利烦躁地说。他站了起来。"我要去睡觉了。替我告诉罗恩一声,好吗?"

"哦,不行,"赫敏显出松了口气的样子,说道,"既然你要走了,就说明我也可以离开而不显得失礼了。我真是累坏了,明天还想再织一些帽子。对了,如果你愿意,可以帮我一起织,很好玩的,现在我的技术越来越好了,还能织出图案、小毛球和各种花样呢。"

哈利仔细望着赫敏的脸,发现那上面闪烁着喜悦的光芒,他竭力显出对她提出的建议有点儿动心的样子。

"呃……不,我恐怕不能,谢谢。"他说,"呃 —— 明天不行。我有一大堆家庭作业要做呢……"

他拖着疲惫的脚步走向男生宿舍的楼梯,赫敏被撇在那里,显得有些失望。

第 14 章

珀西和大脚板

第二天早晨,哈利是宿舍里第一个醒来的。他在床上躺了一会儿,望着灰尘在四柱床帷帐缝隙中透进来的那缕阳光中飞旋起舞,喜滋滋地想起了今天是星期六。新学期的第一个星期太漫长了,似乎永远熬不到尽头,就像一堂没完没了的魔法史课。

四下里是一片熟睡中的寂静,那一缕阳光仿佛是刚刚打造出来的,看来天色刚刚放亮。哈利拉开床周围的帘子,开始起床穿衣服。除了远处小鸟叽叽喳喳的啁啾,唯一的声音就是他那些格兰芬多同学缓慢、均匀的呼吸声。他小心翼翼地打开书包,拿出羊皮纸和羽毛笔,离开宿舍朝公共休息室走去。

哈利径直走向已经熄灭的炉火旁他最喜欢的那把松软的旧扶手椅,舒舒服服地坐下来,展开羊皮纸,一边打量着房间里的情景。平常一天下来,公共休息室里总是散了一地的羊皮纸团、破旧的高布石、空原料罐和糖纸,现在这些垃圾都不见了,同样不见的还有赫敏织的那些家养小精灵的帽子。哈利心不在焉地想,不知道现在有多少小精灵自愿或不自愿地被释放了。他这么想着,打开了墨水瓶的盖子,把羽毛笔伸进去蘸了蘸,然后让笔尖悬在光滑、泛黄的

第14章　珀西和大脚板

羊皮纸面上一英寸的地方，苦苦思索着……一两分钟后，他发现自己盯着空空的壁炉发呆，根本不知道该写些什么。

他现在才理解罗恩和赫敏暑假里给他写信有多么难了。怎么才能把刚过去的这一星期发生的每一件事都告诉小天狼星，并提出他迫不及待想问的所有问题，同时又不能让潜在的偷信贼得到许多他不想让他们知道的情报呢？

他一动不动地坐了一会儿，眼睛出神地望着壁炉，然后他终于拿定了主意，又把羽毛笔在墨水瓶里蘸了蘸，果断地在羊皮纸上写了起来。

亲爱的伤风：

　　希望你一切都好，回到这里的第一个星期糟糕极了，我真高兴终于到了周末。

　　我们有了一位新的黑魔法防御术课老师，乌姆里奇教授。她差不多像你妈妈一样好。我今天写信给你，是因为去年夏天我写信告诉你的那件事昨晚又出现了，当时我正在乌姆里奇那里关禁闭。

　　我们都很想念我们的那位最大的朋友，希望他能很快回来。

　　请尽快回信。

　　祝顺利。

　　　　　　　　　　　　　　　　　　　　哈　利

哈利把信读了好几遍，竭力从一个局外人的角度来审视它。他觉得，光靠读这封信，局外人决不会明白他在说什么——或在跟谁说话。他真希望小天狼星能够读懂关于海格的暗示，并告诉他们海格大概什么时候才能回来。哈利不想直接地问，担心会引起别人的过多注意，怀疑海格不在霍格沃茨会去做什么。

这封信很短，相比之下所花的时间就很长了。在他写信的工夫，阳光已经慢慢照到屋子中间，现在他能隐约听见楼上宿舍里的动静了。他小心地把羊皮纸封好，爬过肖像洞口，直奔猫头鹰棚屋去了。

"如果我是你，才不会走那条路呢。"哈利走在过道里时，差点没头的尼克突然从他面前的墙里飘了出来，惊得他不知所措，"皮皮鬼正在搞一个滑稽的玩笑，要捉弄下一个从走廊中间帕拉瑟胸像前面走过的人呢。"

"是不是让帕拉瑟掉在那个人的头顶上？"哈利问。

"太有趣了，确实如此，"差点没头的尼克用厌烦的声音说，"皮皮鬼从来玩不出什么巧妙精细的把戏。我得赶紧去找血人巴罗……他大概能够制止这件事……再见，哈利……"

"好的，再见。"哈利没有向右转，而是向左转，走了一条较远但更安全的路去猫头鹰棚屋。他走过一个又一个窗口，都能看到外面蔚蓝明亮的天空，他的心情越来越好。他待会儿还要参加训练，终于又能回到魁地奇球场了。

什么东西蹭了他的脚脖子一下。他低头一看，只见管理员的那只骨瘦如柴的灰猫洛丽丝夫人悄没声儿地走了过去。它用两只灯泡般的黄眼睛盯着哈利看了片刻，然后钻到忧郁的威尔福雕像后面不见了。

"我没做什么坏事。"哈利冲着它身后喊道。看它那样子，无疑是一只急急忙忙去找主人汇报的猫，而哈利不明白这是为什么。他完全有资格在一个星期六早晨到猫头鹰棚屋去呀。

现在太阳已经高高地挂在天空，哈利走进棚屋时，没有玻璃的窗户晃得他睁不开眼睛。一道道银白色的阳光纵横交错地照进这个圆形房间，几百只猫头鹰栖息在栖木上，在早晨的光线中显得有点儿焦躁不安，有几只显然刚从外面捕食回来。哈利伸长脖子寻找海

第 14 章 珀西和大脚板

德薇的身影时,脚下踩着细碎的动物骨头,铺着稻草的地面发出嘎吱嘎吱的响声。

"你在这儿。"他说,在靠近拱形天花板最顶部的地方看见了海德薇,"下来吧,我有一封信给你。"

海德薇低低地叫了一声,展开巨大的白色翅膀飞下来落在他的肩头。

"是的,我知道外面写的是'伤风',"哈利对它说,一边把信拿给它用嘴叼住,然后他也不知道为什么,又压低声音说,"但是给小天狼星的,明白吗?"

海德薇眨了一下琥珀色的眼睛,哈利知道这表示它听明白了。

"那就祝你一路平安。"哈利说,带着它来到一扇窗口。海德薇用力蹬了一下他的胳膊,腾身跃起,飞到了外面明晃晃的晴朗天空中。哈利一直注视着它,直到它变成了一个小黑点,彻底消失不见。然后他把目光转向海格的小屋,从这扇窗户正好可以看得很清楚,然而烟囱没有冒烟,窗帘拉得紧紧的,很明显仍然没有住人。

禁林的树梢在微风中轻轻摇摆,哈利望着它们,享受着新鲜空气吹拂在脸上的愉快感觉,心里想着待会儿的魁地奇球训练……就在这时,他看见了它——一匹巨大的、爬行动物般的、带翅膀的马,跟那天拉着霍格沃茨马车的那些怪马一模一样。只见它像翼手龙一般将坚韧的黑色翅膀充分展开,忽地从树丛中飞了出来,如同一只奇异的巨鸟。它盘旋了一大圈,又忽地一头扎进树丛。整个事情发生得太快了,哈利简直不敢相信他看到的情景,只知道自己的心像打鼓一样怦怦狂跳。

身后猫头鹰棚屋的门开了。他吃惊地跳了起来,猛一转身,看见秋·张手里拿着一封信和一个包裹。

"你好。"哈利下意识地说。

"噢……你好。"秋气喘吁吁地说,"我没想到这么早就有人上来了……五分钟前我才想起今天是我妈妈的生日。"

她举起手里的包裹。

"噢。"哈利说。他脑子里似乎一片混乱。他很想说几句好玩的、风趣的话，但脑海里闪过的却是刚才那匹可怕的长着翅膀的怪马。

"天气真不错。"他说着指了指窗外。他的五脏六腑似乎都因尴尬而缩成了一团。天气。他居然在谈天气……

"是啊。"秋说，一边东张西望寻找一只合适的猫头鹰，"正好适合打魁地奇球。我整个一星期都没出去，你呢？"

"也没有。"哈利说。

秋选中了学校的一只谷仓猫头鹰。她轻声唤它落到她的胳膊上，猫头鹰落定后顺从地伸出一只脚，让秋把包裹系在上面。

"对了，格兰芬多找到新的守门员了吗？"她问。

"找到了，"哈利说，"是我的朋友罗恩·韦斯莱，你认识他吗？"

"就是那个讨厌龙卷风队的人？"秋很冷淡地说，"他怎么样？"

"不错，"哈利说，"我想是的。不过我没有去看他的选拔，我被关禁闭了。"

秋抬起头，包裹在猫头鹰腿上只系好了一半。

"那个姓乌姆里奇的女人真讨厌，"她低声说，"就因为你讲了——讲了——讲了他遇难的实情，她就关你的禁闭。大家都听说了这件事，整个学校都传遍了。你能那样跟她针锋相对，真是很勇敢。"

哈利的五脏六腑又一下子膨胀起来，速度之快，使他感到自己能从落满鸟粪的地面上腾起好几英寸。谁还在乎一匹愚蠢的飞马呢，秋认为他真是很勇敢。一闪念间，他甚至想趁着帮秋往猫头鹰腿上系包裹的机会，故意假装不小心地让她看见他受伤的手背……可是这个激动人心的想法刚一冒头，猫头鹰棚屋的门又被推开了。

第14章 珀西和大脚板

管理员费尔奇呼哧呼哧地走了进来。他那塌陷的、脉络纵横的面颊上满是紫色的斑点，下巴上的垂肉抖个不停，稀疏的花白头发乱糟糟的。显然他是一路跑来的。洛丽丝夫人小跑着跟在他脚后，盯着头顶上的那些猫头鹰，饥饿地喵喵叫着。上面传来一片不安地扇动翅膀的声音，一只很大的棕色猫头鹰气势汹汹地把嘴咂得嗒嗒响。

"啊哈！"费尔奇说，拖着脚朝哈利跨近一步，皮肉松弛的面颊气得直抖，"我得到了一个情报，你打算订购大批的粪弹！"

哈利抱起双臂，瞪着管理员。

"谁对你说我订购了粪弹？"

秋望望哈利，又望望费尔奇，也皱起了眉头。她胳膊上的那只谷仓猫头鹰用一条腿站累了，提醒地叫了一声，但秋没有理会。

"我有我的情报来源。"费尔奇洋洋自得地咬着牙说，"现在把你要送的东西交出来。"

哈利暗自庆幸自己没有拖延就把信寄走了，他说："交不出来，已经走了。"

"走了？"费尔奇说，气得五官都变了形。

"走了。"哈利平静地说。

费尔奇恼怒地张开嘴，嘴唇无声地开合了几秒钟，然后用眼睛扫视着哈利的长袍。

"我怎么知道你没有装在口袋里呢？"

"因为——"

"我看见他寄出去的。"秋气愤地说。

费尔奇立刻把矛头对准了秋·张。

"你看见他——？"

"不错，我看见的。"秋激动地说。

片刻的静默，费尔奇瞪着秋，秋也瞪着费尔奇。然后管理员一转身，拖着脚朝门口走去。他的手停在门把手上，扭头望着哈利。

"如果我闻到有粪弹的味儿……"

他嘟嘟囔囔地走下楼梯。洛丽丝夫人恋恋不舍地看了那些猫头鹰最后一眼，跟着他下去了。

哈利和秋互相对望着。

"谢谢。"哈利说。

"没什么。"秋说，这才终于把包裹系在谷仓猫头鹰的另一条腿上，脸上微微泛着红晕，"你刚刚不是在订购粪弹吧？"

"不是。"哈利说。

"真奇怪，那他怎么以为你订了？"她一边说一边抱着猫头鹰走向窗口。

哈利耸了耸肩膀。他和秋一样，也觉得这件事蹊跷得很，然而奇怪的是，他此刻并没有怎么把它放在心上。

他们一起离开了猫头鹰棚屋。走到一条通往城堡西侧的走廊口时，秋说："我要从这边走了。嗯，我……我们再见吧，哈利。"

"好的……再见。"

秋朝他嫣然一笑，走了。哈利继续往前走，心里暗暗地一阵狂喜。他总算跟秋有了一次完整的对话，并且没有让自己出丑……你能那样跟她针锋相对，真是很勇敢……秋说他勇敢……秋并没有因为他活着而恨他……

当然啦，她更喜欢塞德里克，哈利知道……不过，如果他抢在塞德里克之前邀请她参加圣诞舞会，事情可能会完全不同……当哈利向她发出邀请时，她似乎是真心为自己不得不拒绝哈利而感到遗憾……

"早上好。"哈利来到礼堂，来到格兰芬多桌子旁罗恩和赫敏的身边，兴高采烈地对他们说。

"你这么开心，有什么喜事啊？"罗恩吃惊地打量着哈利，

第14章 珀西和大脚板

问道。

"唔……待会儿要打魁地奇球嘛。"哈利高兴地说,把一大盘熏咸肉和鸡蛋拖到自己面前。

"噢……是啊……"罗恩说。他放下吃了一半的面包,喝了一大口南瓜汁,然后说:"听着……你愿意早一点儿跟我一起出去吗?就是——呃——在训练前陪我练习练习?这样,你知道的,我就能多少找到点儿球感了。"

"行啊。"哈利说。

"慢着,我认为你们不应该这么做,"赫敏严肃地说,"你们俩都落下了一大堆家庭作业——"

可是她突然停住了话头。早晨的邮件来了,像平常一样,一只长耳猫头鹰叼着《预言家日报》朝她飞来,看着很危险地落在糖碗旁边,伸出了一条腿。赫敏把一个纳特塞进它的皮钱袋,拿过报纸,目光犀利地浏览着第一版,那只猫头鹰抖抖翅膀飞走了。

"有什么有趣的内容吗?"罗恩问。哈利咧嘴笑了,知道罗恩是急于把赫敏从家庭作业的话题上引开。

"没有,"她叹了口气,"都是关于古怪姐妹演唱组里那个贝斯手结婚的无聊八卦。"

赫敏展开报纸,把自己挡在了后面。哈利又津津有味地吃了一份鸡蛋和熏咸肉。罗恩呆呆地望着高处的窗户,看上去好像忧心忡忡的样子。

"等一等,"赫敏突然说道,"哦,糟糕……小天狼星!"

"出什么事了?"哈利一把抓过报纸,他用力太大,把报纸撕成了两半,他和赫敏各拿着一半。

"魔法部从消息可靠人士那里获悉,小天狼星布莱克,那个臭名昭著的杀人魔王……目前就藏在伦敦!"赫敏忧心忡忡地小声读着她那一半报纸。

"准是卢修斯·马尔福,我敢打赌,"哈利压低声音气愤地说,"他在站台上确实认出了小天狼星……"

"什么?"罗恩显得很惊慌地说,"你该不是说——"

"嘘!"另外两个同时说。

"……魔法部提醒巫师界,布莱克十分危险……杀害了十三个人……从阿兹卡班越狱出逃……又是惯常的那一套废话。"赫敏总结道,放下她那一半报纸,忧虑地望着哈利和罗恩,"得,他又一步也不能离开房子了。"她小声说,"邓布利多确实提醒过他不要出门的。"

哈利愁眉苦脸地望着他撕下来的那一半《预言家日报》。那一版的大部分版面都被一则"摩金夫人长袍专卖店"的广告占据了,似乎是在搞减价大甩卖。

"嘿!"他说,把报纸摊在桌上,让赫敏和罗恩也能看见,"看看这个!"

"我各种袍子都有了。"罗恩说。

"不是,"哈利说,"看……这里的这篇小文章……"

罗恩和赫敏低头细看。那篇文章还不到一英寸长,在那一栏的最下面,内容是:

非法侵入魔法部

斯多吉·波德摩,现年三十八岁,家住克拉彭区金莲花公园2号,日前在威森加摩接受审判,被控于八月三十一日非法侵入魔法部并企图实施抢劫。波德摩被魔法部的警卫埃里克·芒奇抓获,芒奇发现他在凌晨一点企图闯过一道一级保密门。波德摩拒绝为自己辩护,被判两项指控成立,在阿兹卡班监禁六个月。

"斯多吉·波德摩?"罗恩慢慢地说,"就是那个脑袋上像顶着

第14章　珀西和大脚板

一堆稻草的家伙,是吗? 他是凤凰社的——"

"罗恩,嘘!"赫敏说,一边惊恐地望望四周。

"在阿兹卡班监禁六个月!"哈利十分震惊,低声说道,"就因为企图闯过一道门!"

"别傻了,不会只是因为企图闯过一道门。他凌晨一点钟跑到魔法部去做什么呢?"赫敏压低声音说。

"你们说,他会不会是在给凤凰社做事呢?"罗恩小声而含混不清地问。

"等一下……"哈利慢慢地说,"斯多吉那天是应该来送我们的,记得吗?"

另外两人都看着他。

"是啊,他应该是护送我们去国王十字车站的警卫之一,记得吗? 就因为他没有露面,穆迪恼火得要命。所以他不可能是在为他们办事,对吗?"

"那,也许他们没想到他会被捕。"赫敏说。

"这也许是诬陷!"罗恩激动地嚷了起来,"不——你们听着!"看到赫敏脸上威胁的表情,他夸张地突然降低声音,继续说道:"魔法部怀疑他是邓布利多一伙的,所以——我也说不好——他们就把他引诱到魔法部,他根本就没有企图闯过一道门! 他们没准是在故意编造一些借口,好把他抓起来!"

哈利和赫敏沉默了片刻,思索着他的话。哈利认为这似乎有点牵强附会,但赫敏却显得很感兴趣。

"知道吗,如果真是这样,我一点儿也不会感到吃惊。"

她若有所思地叠着她那半张报纸。当哈利放下手中的刀叉时,她仿佛突然从沉思中惊醒过来。

"啊,对了,我想,我们应该先写斯普劳特布置的那篇自株传粉灌木的论文,如果顺利的话,还可以在午饭前开始练习麦格教授的非动物驱召咒……"

哈利想到楼上等着他的那一大堆家庭作业,心里有点儿负罪感,可是外面的天空那样清澈、蔚蓝,令人心旷神怡,而他已经一整个星期没有骑他的火弩箭了……

"我是说,我们可以今天晚上再做。"罗恩说,这时他和哈利走下草坡,直奔魁地奇球场。他们肩膀上扛着飞天扫帚,耳边依然回响着赫敏严厉的警告,说他们的 O.W.L. 考试肯定会门门不及格。"还有明天呢。她太把功课放在心上了,那是她的毛病……"顿了一下,他又用微微有些不安的声音说,"她说不让我们抄她的,你认为她真的会说到做到吗?"

"是啊,我想会的,"哈利说,"但是这个也很重要啊,如果我们想留在魁地奇球队里,就必须多多练习……"

"是啊,没错,"罗恩说,语气一下子振作起来,"我们有的是时间做这些事……"

他们走近魁地奇球场时,哈利朝右边望去,远处禁林里的树木黑黢黢的,随风微微摇摆。不见有东西从里面飞出来,天空中什么也没有,只有几只猫头鹰远远地在猫头鹰棚屋周围盘旋。他需要操心的事情已经够多了,那匹飞马并没有对他造成什么伤害。于是,他把它从脑子里赶了出去。

他们在更衣室的橱柜里拿了球开始练习,罗恩守住那三根球门柱,哈利充当追球手,想办法让鬼飞球突破罗恩的封锁。哈利认为罗恩的表现相当不错,哈利试图破门进球,但他进攻的球四分之三都被罗恩挡了出来,而且罗恩的状态越来越好。两个小时后,他们返回城堡吃午饭——饭桌上赫敏明确地告诉他们,她认为他们没有责任感——然后他们又回到魁地奇球场,开始真正的训练。他们走进更衣室时,除了安吉利娜,其他队友都已经到了。

"怎么样,罗恩?"乔治说,冲他眨了眨眼睛。

第14章　珀西和大脚板

"还好。"罗恩说，在走向球场的一路上，他的话越来越少。

"准备在我们面前露一手，小不点儿级长？"弗雷德说，毛蓬蓬的脑袋从魁地奇球袍的领口钻出来，脸上带着一丝坏笑。

"闭嘴。"罗恩板着脸说，第一次穿上了他自己的队服。袍子穿在他身上还挺合适，要知道这以前可是奥利弗·伍德的袍子，伍德的肩膀比罗恩的宽得多。

"好了，诸位，"安吉利娜从队长办公室走进来，已经换好了衣服，"我们开始吧。艾丽娅，弗雷德，劳驾你们帮大家把球箱子搬出去。噢，外面有几个人在观看，我希望你们只当没看见，好吗？"

她的语气故意显得很随便，哈利觉得自己已经猜到那些不请自来的观众是谁了。果然，当他们离开更衣室来到外面阳光灿烂的球场时，突然听到一阵尖叫声和嘲笑声，是斯莱特林魁地奇球队的队员和一些五花八门的追随者，他们聚集在空荡荡的看台中央，声音在露天球场周围响亮地回荡着。

"那个韦斯莱骑的是什么玩意儿？"马尔福用他冷嘲热讽、拖腔拖调的声音说，"怎么居然有人给那么一根发霉的破木头念飞行咒呢？"

克拉布、高尔和潘西·帕金森粗声大笑，尖声狂叫。罗恩骑上自己的飞天扫帚，蹬离了地面。哈利跟着他，从后面看见他的两只耳朵越来越红。

"别理他们，"他一边说一边加快速度追上罗恩，"等到跟他们比赛完，我们就会看到谁在笑了……"

"我要的就是这个态度，哈利。"安吉利娜赞许地说。她胳膊底下夹着一只鬼飞球，飞着绕过他们，然后放慢速度，在半空中停在她的队员们前面。"好了，诸位，我们先传几个球热热身，所有队员注意——"

"喂，约翰逊，你那个发型是怎么回事呀？"潘西·帕金森在下面尖声尖气地问,"怎么居然有人愿意让自己看上去像是脑袋里钻出蚯蚓来呢?"

安吉利娜把挡在脸前的长辫子甩到脑后,继续平静地说:"现在散开,看看我们做得怎么样……"

哈利一转身离开了其他人,来到球场的那一端。罗恩退向对面的球门。安吉利娜一只手举起鬼飞球,使劲朝弗雷德扔去,弗雷德传给乔治,乔治传给哈利,哈利再传给罗恩,罗恩没有接住。

那些斯莱特林们由马尔福打头,又是笑又是叫。罗恩猛地冲向地面,好赶在鬼飞球落地前把它抓住。他停止俯冲时的动作拖泥带水,差点从飞天扫帚上滑下去,然后他满脸通红地重新升到传球高度。哈利看见弗雷德和乔治交换了一下眼色,但破天荒第一次他们谁也没说什么,哈利感到松了口气。

"继续传,罗恩。"安吉利娜说,只当什么事也没发生。

罗恩把鬼飞球扔给艾丽娅,艾丽娅又传给哈利,哈利传给乔治……

"喂,波特,你的伤疤感觉怎么样?"马尔福喊道,"你真的不需要躺下来休息休息吗?你肯定有整整一星期没上医院了吧,这次可是破纪录了,是吧?"

乔治把球传给了安吉利娜,安吉利娜回手传给了哈利,哈利没想到会传给自己,但还是用手指尖把球接住了,飞快地传给罗恩,罗恩扑过去接球,差几英寸没接住。

"别这样,罗恩,"安吉利娜看到罗恩又俯冲到地面去追鬼飞球,恼火地说,"多留点儿神!"

当罗恩重新升到传球高度时,很难说清是他的脸还是鬼飞球红得更厉害。马尔福和斯莱特林球队的其他球员爆发出一阵哄笑。

第三次,罗恩接住了鬼飞球。也许是因为松了口气,他传球出去时太激动了,球直接飞过凯蒂张开的双手,重重地撞在她脸上。

第 14 章　珀西和大脚板

"对不起!"罗恩呻吟着说,嗖地飞过去看凯蒂伤得重不重。

"回到原位,她没事!"安吉利娜吼道,"但你是传球给队友,别想着把她从飞天扫帚上打下去,行吗? 这件事有游走球来做呢!"

凯蒂的鼻子流血了。下面的斯莱特林们又是跺脚又是嘲笑。弗雷德和乔治向凯蒂靠拢过去。

"给,把这个吃了,"弗雷德从口袋里掏出一个紫色的小东西递给她,说道,"血很快就会止住的。"

"好吧,"安吉利娜说,"弗雷德、乔治,去拿你们的球棒和一只游走球来。罗恩,快到球门柱那儿去。哈利,一听到我的命令,就把金色飞贼放出来。我们要开始进攻罗恩的球门了。"

哈利跟着双胞胎飞下去取金色飞贼。

"罗恩把事情弄得一团糟,是吧?"乔治低声说,他们三个降落在装球的箱子旁边,打开箱子取出了一只游走球和那只金色飞贼。

"他只是太紧张了。"哈利说,"今天上午我陪他练习时,他挺好的。"

"哦,但愿他不会这么快就过了高峰期。"弗雷德担忧地说。

他们回到空中。安吉利娜一吹哨子,哈利放开金色飞贼,弗雷德和乔治松手让游走球飞了出去。从那一刻起,哈利就不太知道其他人在做什么了。他的任务是抓住那只振翅飞翔的小金球,那可以给自己的球队净挣一百五十分呢。要做到这点,需要有过人的速度和精湛的技巧。他加快速度,在追球手们之间灵巧地蹿进蹿出,温暖的秋风吹拂着他的脸,远处斯莱特林们的叫嚷在他耳边回响,但已经不再有任何意义……可是没过一会儿,哨声吹响,他只好又停住了。

"停下 —— 停下 —— **停下!**"安吉利娜尖叫道,"罗恩 ——

你没有守住中间!"

哈利转脸去看罗恩,只见他盘旋在左边的圆环前,另外两个圆环完全无人防守。

"哦……对不起……"

"你得一边盯着追球手,一边不停地挪来挪去!"安吉利娜说,"要么守在中间,等必须防守某个圆环时再移动,要么就绕着三个圆环盘旋,千万不能莫名其妙地移到一边去,刚才那三个球就是这样漏进去的!"

"对不起……"罗恩又说了一遍,他的脸在蔚蓝色天空的衬托下,像烽火一样红得发亮。

"还有凯蒂,你就不能想点办法止住鼻血吗?"

"越来越厉害了!"凯蒂声音发闷地说,一边用袖子堵住不断流出的鲜血。

哈利扭头去看弗雷德,只见他神色慌张,正在检查自己的口袋。哈利看见弗雷德掏出一个紫色的东西,仔细看了一秒钟,然后回过头去看着凯蒂,显然被吓坏了。

"好了,我们再试一试。"安吉利娜说。斯莱特林们正在齐声合唱"格兰芬多输惨了,格兰芬多输惨了",安吉利娜假装没有听见,但她骑在扫帚上的姿势显然有点儿僵硬。

这次他们刚飞了不到三分钟,安吉利娜的哨子就又响了。哈利刚看见金色飞贼在对面球门柱周围飞速盘旋,但也只好停下来,心里明显感到很懊丧。

"又怎么啦?"他不耐烦地问离他最近的艾丽娅。

"凯蒂。"艾丽娅简洁地回答。

哈利一转脸,看见安吉利娜、弗雷德和乔治都拼命朝凯蒂飞去。哈利和艾丽娅也迅速赶了过去。看来安吉利娜停止训练的命令下得还算及时,凯蒂的脸色白得像一张纸,身上血迹斑斑。

第14章 珀西和大脚板

"她需要上医院。"安吉利娜说。

"我们送她去吧。"弗雷德说,"她 —— 呃 —— 大概是误吃了一颗血崩豆 ——"

"唉,少了击球手和一个追球手,再继续训练也没有什么意思了。"安吉利娜板着脸说,弗雷德和乔治一左一右搀扶着凯蒂朝城堡急匆匆地冲过去,"走吧,我们去换衣服。"

他们没精打采地走回更衣室,斯莱特林们还在大声唱个不停。

"训练怎么样?"半小时后哈利和罗恩从肖像洞口钻进格兰芬多公共休息室,赫敏很冷淡地问道。

"还算 ——"哈利刚想说话。

"完全搞砸了。"罗恩声音空洞地说,一屁股坐在赫敏旁边的椅子上。赫敏抬头看了看罗恩,冷淡的态度似乎缓和了些。

"没关系,你这是第一次参加训练,"她安慰道,"肯定需要时间 ——"

"谁说是我把训练搞砸的?"罗恩没好气地问。

"没有谁呀,"赫敏说,看上去大吃了一惊,"我以为 ——"

"你以为我注定就是废物吗?"

"不,我当然不是这样想的! 瞧,你说训练搞砸了,所以我就 ——"

"我要去做家庭作业了,"罗恩气呼呼地说,重重地走向通往男生宿舍的楼梯,身体一闪消失了。赫敏转向哈利。

"是他搞砸的吗?"

"不是。"哈利忠诚地维护朋友。

赫敏扬起眉毛。

"唉,我认为他可以表现得更好一些,"哈利喃喃地说,"但就像你说的,这只是第一次训练……"

那天晚上,哈利和罗恩在家庭作业上都没有取得多少进展。哈利知道罗恩尽想着他在魁地奇球训练时的糟糕表现,他自己也很难把"格兰芬多输惨了"的歌声从脑子里赶走。

整个星期天,他们都待在公共休息室里,埋头书本。房间里先是挤满了人,然后又都走空了。这又是晴朗宜人的一天,格兰芬多的大多数同学都在外面的场地上享受着也许是今年的最后一点阳光。到了晚上,哈利觉得仿佛有人在他的脑壳里使劲敲打他的脑袋。

"我们平时确实应该尽量多做掉一些作业。"哈利低声对罗恩说,他们终于结束了麦格教授的那篇关于非动物驱召咒的长篇论文,开始苦巴巴地对付辛尼斯塔教授那篇同样难、同样长的论文,是关于木星的许多卫星的。

"是啊,"罗恩说着揉了揉微微充血的眼睛,把第五张作废的羊皮纸扔进了旁边的炉火里,"哎……我们要不去问问赫敏,能不能让我们看看她写的论文?"

哈利朝赫敏望去。她正坐在那里跟金妮愉快地聊天,克鲁克山蜷缩在她的腿上,两根织针悬在她面前来回穿梭,她正在织一双怪模怪样的小精灵袜子。

"不行,"哈利语气沉重地说,"你知道她不会让我们看的。"

于是他们继续绞尽脑汁地想啊写啊,窗外的天空越来越黑。渐渐地,公共休息室里的人又开始变得稀少起来。到了十一点半,赫敏打着哈欠朝他们走来。

"快做完了吧?"

"没有。"罗恩没好气地说。

"木星最大的卫星是木卫三,不是木卫四,"她从罗恩身后指着他那篇天文学论文中的一行文字说道,"有火山的应该是木卫一。"

"谢谢。"罗恩凶巴巴地说,把那个写错的句子重重划去了。

"对不起,我只是——"

"是啊,如果你只是到这里来挑毛病的——"

第 14 章　珀西和大脚板

"罗恩——"

"我没有时间听你唠唠叨叨地教训人,好吗,赫敏,我这里已经忙得不可开交了——"

"不——快看!"

赫敏指着离他们最近的那扇窗户。哈利和罗恩都抬头看去。一只漂亮的长耳猫头鹰站在窗台上,瞪大眼睛看着屋里的罗恩。

"这是赫梅斯吗?"赫敏问,显得很惊愕。

"天哪,正是它!"罗恩小声说,扔下羽毛笔,站了起来,"珀西怎么会给我写信呢?"

罗恩走过去打开窗户,赫梅斯飞了进来,落在他的论文上,伸出一条腿,上面系着一封信。罗恩把信解了下来,猫头鹰立刻就飞走了,在罗恩画的木卫一上留下沾着墨水的脚印。

"没错,这肯定是珀西的笔迹。"罗恩说,一屁股坐回椅子上,瞪着羊皮纸卷外的几行字:霍格沃茨,格兰芬多学院,罗恩·韦斯莱。他抬头望着哈利和赫敏:"你们怎么看?"

"打开!"赫敏急切地说,哈利点点头。

罗恩打开羊皮纸卷看了起来。他的目光顺着羊皮纸一行一行地扫下去,眉头皱得越来越紧。看完信后,他脸上一副厌恶的神情。他把信塞给哈利和赫敏,他们俩凑在一起同时看了起来。

亲爱的罗恩:

　　我刚听说(从魔法部部长本人那里获悉,他是听你们的新老师乌姆里奇教授说的)你已经成为霍格沃茨的一名级长了。

　　听到这个消息,我非常高兴和意外,在此先表示对你的祝贺。我必须承认,我一直担心你会走上我们所谓的"弗雷德和乔治"的道路,而不是跟随我的足迹,因此你可以想象,当我听说你终于不再藐视权威,并决心真正肩负起一些责任时,我心里是何等的快慰。

但是，罗恩，我想要给你的不仅仅是祝贺，我还想给你一些忠告，因此我是在夜里寄这封信的，而不是通过平常的早晨邮件递送。我希望你能避开别人的刺探读这封信，避免遇到令人尴尬的提问。

部长告诉我你被选为级长时漏了点口风，我听出你现在还经常跟哈利·波特泡在一起。我必须告诉你，罗恩，如果你继续和那个男孩打得火热，就极有危险丢掉你的级长徽章。是的，我相信你听了这话会感到吃惊——你无疑会说波特一直是邓布利多的得意门生——可是我觉得我有必要告诉你，邓布利多在霍格沃茨当权的日子可能不会很长了，权威人士对波特的行为有着截然不同——也许更加准确——的看法。我这里不便多说，但如果你看了明天的《预言家日报》，便会清楚地明白现在的风向——就看你是不是能够确定自己的立场！

严肃地说，罗恩，你不应该与波特成为一路货色，这可能对你的前途十分不利，我说的还有走出校门以后的人生。你肯定知道，是我们的父亲陪波特去法庭的，他今年夏天受到整个威森加摩的审问，而他是由于侥幸才逃脱了罪责。我个人认为，他是钻了空子才勉强脱身，与我交谈过的许多人都仍然相信他是有罪的。

也许你不敢与波特断绝关系——我知道他可能已精神错乱，而且据我所知，还有暴力倾向——如果你确实有这方面的顾虑，或发现波特的举止还有令你感到不安的地方，我恳请你找多洛雷斯·乌姆里奇谈谈，她是一位十分可爱随和的女人，我知道她一定很乐意给你一些忠告。

说到这里，我不妨再给你一点告诫。正如我前面提到过的，邓布利多在霍格沃茨掌权的日子可能很快就要结束了。罗

第14章 珀西和大脚板

恩，你不应该效忠于他，而应该效忠于学校和魔法部。我十分遗憾地听说，迄今为止，乌姆里奇教授努力在霍格沃茨贯彻魔法部极力倡导的变革时，居然很少得到其他教员的支持合作。（不过她下个星期就会发现工作更容易开展了——同样请看明天的《预言家日报》！）我只想说明一点——如果某个学生眼下表现出愿意协助乌姆里奇教授，两年后便很可能成为男生学生会主席！

很遗憾我暑假里未能经常看见你。我很不愿意批评我们的父母，但如果他们继续跟邓布利多周围那帮危险人物混在一起，我恐怕再也不能与他们生活在同一个屋檐下了。（如果你什么时候给母亲写信，不妨告诉她说，有一个叫斯多吉·波德摩的人，是邓布利多的密友，最近因非法侵入魔法部而被送进了阿兹卡班。也许这会使他们看清他们目前交往的都是怎样一些下三滥的罪犯。）我认为自己十分幸运地及时摆脱了与这帮人为伍的耻辱——部长对我真是宽宏大量——因此我真心希望，罗恩，你也不要让亲情蒙蔽了双眼，看不清我们父母的信仰和行为的错误性质。我真诚地希望，他们总有一天会认识到自己错了。当然，当那一天到来时，我将很愿意接受他们由衷的道歉。

请十分慎重地考虑我说的话，特别是关于哈利·波特的那些，再次祝贺你当选级长。

你的哥哥
珀　西

哈利抬头看着罗恩。

"嗯，"他说，努力使声音听上去似乎他觉得整件事都非常可笑，"如果你想——呃——怎么说来着？"——他看了看珀西的信——"噢,对了——跟我'断绝关系',我发誓我绝不会有暴力倾向。"

"把信还给我,"罗恩伸出手说,"他是——"罗恩冲动地说,一把将珀西的信撕成两半,"世界上——"他将信撕成四片,"最大的——"他将信撕成八片,"傻瓜。"他把碎纸片扔进了炉火。

"来吧,我们得在天亮前把这东西写完。"他轻快地对哈利说,把辛尼斯塔教授的论文又拉到面前。

赫敏望着罗恩,脸上的表情有些古怪。

"哦,把它们拿过来。"她突然说道。

"什么?"罗恩说。

"把它们给我,我看一遍,修改一下。"她说。

"你说的是真的?啊,赫敏,你真是一个救命恩人,"罗恩说,"我该说什么——"

"你只要说:'我们保证再也不把家庭作业拖到这么晚了。'"赫敏伸出两只手接过他们的论文,但她看上去还是挺愉快的。

"万分感谢,赫敏。"哈利疲倦地说,把论文递了过去,瘫坐在他的扶手椅上揉着眼睛。

时间已过午夜,公共休息室里空荡荡的,只有他们三个和克鲁克山。四下里一片寂静,只听见赫敏的羽毛笔在他们的论文上这里那里划去一些句子的声音,还有她查找摊在桌上的那些参考书、核实一些细节时翻动书页的声音。哈利累极了。他还感到内心有一种空落落的、不舒服的异样感觉,这感觉跟疲劳没有关系,而跟此刻在炉火里卷成黑色灰烬的那封信大有关系。

他知道霍格沃茨校内一半的人都认为他很古怪,甚至疯狂。他知道《预言家日报》几个月来一直在别有用心地提及他,但是此刻看见珀西信里白纸黑字地写着那样的话,得知珀西建议罗恩与他断绝关系,甚至到乌姆里奇那里去告他的状,他才第一次真真切切地

第 14 章 珀西和大脚板

认识到自己的处境。他已经认识珀西四年了，暑假曾住在他们家里，魁地奇球世界杯赛时还跟他合住一个帐篷，甚至在上学期的三强争霸赛的第二个项目中，还从他那里得到过满分，然而现在，珀西认为他精神错乱，还可能有暴力倾向。

哈利心头油然涌起一阵对教父的同情，他想，在他认识的人当中，也许只有小天狼星一个人能够真正理解他目前的感受，因为小天狼星的处境和他一样。巫师界里几乎人人都认为小天狼星是一个危险的杀人犯，是伏地魔的得力拥护者，小天狼星曾不得不顶着这样的罪名生活了十四年……

哈利眨了眨眼睛。他刚才在炉火里看到一样东西，一样绝不可能在那里出现的东西。它突然闪现，又立刻消失了。不……不可能……一定是他的幻觉，因为他正在想着小天狼星……

"好了，把这个抄一遍，"赫敏对罗恩说，把他的论文和一张她写满文字的纸推给罗恩，"再加上我给你写的这个结尾。"

"赫敏，你真是我有生以来遇见的最好的人，"罗恩有气无力地说，"如果我再敢对你耍态度——"

"——我就知道你又恢复正常了。"赫敏说，"哈利，你的没问题，只是最后这里，我想你肯定是把辛尼斯塔教授的话听错了，木卫二上覆盖着冰雪，而不是老鼠①——哈利？"

哈利已经从椅子上滑下去跪在地上，此时正俯身趴在壁炉前布满焦痕和绽线的地毯上，直瞪瞪地望着火苗。

"哦——哈利？"罗恩不安地问，"你在那下面做什么？"

"我刚才在火里看见小天狼星的脑袋了。"哈利说。

他说得很平静。毕竟，他上学期就在这个壁炉里看见过小天狼星的脑袋，而且还跟它说过话。但他不能肯定这次是不是真的看见

---

① 在英语里，"冰"（ice）和"老鼠"（mice）读音相近。

了……它刚才消失得太快了……"

"小天狼星的脑袋？"赫敏重复了一遍，"你是说就像三强争霸赛期间他想跟你说话时那样？可是他现在不会那么做的，那太——小天狼星！"

她倒吸了一口气，盯着炉火。罗恩丢下手里的羽毛笔。在跳动的火苗中央，赫然出现了小天狼星的脑袋，长长的黑发垂落在笑嘻嘻的脸庞周围。

"我还以为你们会在其他人走光之前就上床睡觉呢。"他说，"我每小时都过来看看。"

"你每小时都在炉火里冒一下脑袋？"哈利轻声笑着说。

"只有几秒钟，看看这里是不是安全了。"

"但如果你被人看见了怎么办呢？"赫敏担忧地说。

"是啊，我觉得刚才有个女生——看她的样子，好像是个一年级新生——大概看见我了。不过别担心，"小天狼星看到赫敏一只手捂住嘴巴，赶紧说道，"等她定睛细看时，我已经不见了，我敢说她肯定以为我只是一截奇形怪状的木头什么的。"

"可是，小天狼星，这样做太冒险了——"赫敏说。

"你说起话来像莫丽。"小天狼星说，"我只有用这个办法才能过来回答哈利信上的问题，而不用靠密码——密码是可以被人破译的。"

听到提及哈利的信，赫敏和罗恩都转头望着他。

"你没说过你给小天狼星写了信！"赫敏责怪地说。

"我忘记了。"哈利说，这是千真万确的。他和秋在猫头鹰棚屋的邂逅，使他把之前发生的所有事情都忘了个精光。"别用那种眼光看着我，赫敏，谁也不可能从信里得到秘密情报。是吧，小天狼星？"

"是的，确实写得很巧妙。"小天狼星微笑着说，"好了，我们

第14章 珀西和大脚板

最好抓紧时间，以免被人打断——先说你的伤疤。"

"关于那个——"罗恩话没说完就被赫敏打断了。

"我们待会儿再告诉你。继续说吧，小天狼星。"

"好吧，我知道伤疤疼起来可不是好玩的，但我们认为这其实没什么可担忧的。它去年也经常疼，不是吗？"

"是啊，邓布利多说每当伏地魔有强烈的情绪波动时，我的伤疤就会疼，"哈利说，他像平常一样假装没有看见罗恩和赫敏脸上的恐惧表情，"所以，我关禁闭的那天晚上，他大概正好——也许是特别生气什么的吧。"

"是啊，现在他回来了，伤疤肯定会疼得更频繁了。"小天狼星说。

"那么，你认为这跟我在乌姆里奇那里关禁闭时她碰我并没有什么关系？"哈利问。

"我想没有关系。"小天狼星说，"我是因为她的知名度而知道她的，我相信她不是食死徒——"

"她坏成这样，完全有资格当食死徒。"哈利面色阴沉地说，罗恩和赫敏拼命点头表示赞同。

"不错，但世界上并不是只有好人和食死徒。"小天狼星面带苦笑说道，"不过我知道她是个讨厌的家伙——你们真该听听莱姆斯是怎么说她的。"

"卢平也认识她？"哈利马上问道，想起了乌姆里奇在第一节课上谈到危险的半人半兽时的评论。

"不认识，"小天狼星说，"但乌姆里奇两年前起草了一个反狼人的法律，害得卢平简直没办法找到工作。"

哈利想起卢平这些日子显得更落魄了许多，内心对乌姆里奇的厌恶又加深了几分。

"她跟狼人有什么仇？"赫敏气愤地说。

"我想是害怕他们吧。"小天狼星说,笑眯眯地看着赫敏动怒的样子,"显然,她仇恨半人半兽,去年她还到处奔走游说,要把人鱼驱拢在一起,打上标签。想想吧,克利切那样的讨厌鬼还在到处乱跑,却浪费时间和精力去迫害人鱼。"

罗恩哈哈大笑,赫敏却显得很恼火。

"小天狼星!"她责备地说,"说老实话,如果你在克利切身上多下些功夫,我相信他不会无动于衷的。毕竟,你是他从属的家庭里的最后一位成员,邓布利多教授说——"

"那么,乌姆里奇的课怎么样?"小天狼星打断了她,"她是不是训练你们大家去杀害半人半兽?"

"没有,"哈利说,假装没有看见赫敏为克利切辩护时被突然打断的恼火神情,"她根本不让我们使用魔法!"

"我们光是念那本愚蠢的教科书。"罗恩说。

"啊,那并不奇怪。"小天狼星说,"我们从魔法部内部得到情报,福吉不想让你们进行格斗训练。"

"格斗训练!"哈利不敢相信地说道,"他以为我们在这里做什么,组织一支巫师军队吗?"

"这正是他以为你们在做的事情,"小天狼星说,"或者说得更准确些,这正是他害怕邓布利多在做的事情——组织一支自己的秘密部队,然后就可以用它跟魔法部较量了。"

听了这话,大家静默了片刻,然后罗恩说:"我还从来没听说过这么愚蠢的话呢,就连卢娜·洛夫古德的那些疯话也没这么傻。"

"那么,就因为福吉害怕我们用咒语对付魔法部,就不让我们学习黑魔法防御术啦?"赫敏说,一脸气冲冲的样子。

"是啊,"小天狼星说,"福吉认为邓布利多会不择手段地篡权夺位。他对邓布利多的疑心一天比一天重。总有一天他会捏造莫须有的罪名把邓布利多抓起来的。"

第14章 珀西和大脚板

这使哈利想起了珀西的信。

"你知道明天的《预言家日报》上会有关于邓布利多的内容吗？罗恩的哥哥珀西认为会有——"

"我不知道，"小天狼星说，"我整个周末都没有看见凤凰社的人，他们一个个忙得要命。一直只有我和克利切在那儿……"

小天狼星的声音里明显透着痛苦。

"那么你也不知道海格的任何消息，是吗？"

"啊……"小天狼星说，"其实，他现在应该回来了，谁也说不准他发生了什么事情。"他看到他们愁眉苦脸的表情，又赶紧补充道，"可是邓布利多并不担心，所以你们三个也不要焦急不安。我相信海格不会有事的。"

"可是，如果说他现在应该回来了……"赫敏用焦虑的声音轻轻说。

"马克西姆女士当时跟他在一起，我们一直跟马克西姆保持着联系，她说他们在回家的路上分开了——但这并不表明海格受了伤或者——是啊，并不表明他不是安然无恙。"

哈利、罗恩和赫敏并没有完全信服，他们担忧地交换着目光。

"听着，不要太多打听海格的事，"小天狼星急忙说道，"这会使别人更注意到他没有回来，我知道邓布利多不愿意那样。海格很厉害，他一定不会有事的。"看到他们听了这话并没有高兴起来，小天狼星又说："对了，你们下次什么时候到霍格莫德村过周末？我一直在想，上次我在火车站装狗装得很成功，是不是？我想我可以——"

"不！"哈利和赫敏同时说，声音很响。

"小天狼星，你没有看《预言家日报》吗？"赫敏忧心忡忡地问。

"噢，那个，"小天狼星咧嘴笑着说，"他们总是猜测我在哪儿，但并没有真的搞到什么线索——"

"不，我们认为这次他们发现了线索。"哈利说，"马尔福在火车上说了一句话，使我们觉得他知道那条狗就是你，当时他父亲就在站台上——你知道的，小天狼星，就是卢修斯·马尔福——所以千万千万别再上这儿来了。如果马尔福再认出你来——"

"好吧，好吧，我明白了，"小天狼星说，显得很不高兴，"我只是一时兴起，以为你们大概愿意一起聚聚。"

"我愿意啊，只是不愿意你再被关进阿兹卡班！"哈利说。

片刻的静默，小天狼星从炉火里望着哈利，凹陷的眼睛中间有一道深纹。

"你不如我想的那样像你父亲，"他最后说道，声音里明显透着冷淡，"对詹姆来说，只有冒险才是有趣的。"

"可是——"

"好了，我得走了，我听见克利切下楼来了。"小天狼星说，但哈利可以肯定他在说谎，"那么我写信告诉你我什么时候能再回到炉火里，好吗？不知你敢不敢冒这个险？"

随着噗的一声轻响，小天狼星的脑袋不见了，那里重又闪烁着跳动的火苗。

第 15 章

霍格沃茨的高级调查官

他们本来以为第二天早晨要在赫敏的《预言家日报》上仔细搜寻，才能找到珀西信里提到的那篇文章。然而，送信的猫头鹰刚从牛奶罐上飞开，赫敏就猛地吸了口冷气。她展开报纸，露出一幅多洛雷斯·乌姆里奇的大照片。她满脸笑容，朝他们一下一下地眨着眼睛，上面是标题：

魔法部寻求教育改革

多洛雷斯·乌姆里奇被任命为

第一任高级调查官

"乌姆里奇——'高级调查官'？"哈利阴沉地说，吃了一半的面包片从他指间滑落，"这是什么意思？"

赫敏大声念道：

> 昨晚魔法部出人意料地通过了一项新的法令，使其对霍格沃茨魔法学校的控制达到了前所未有的程度。
>
> "一段时间以来，部长对霍格沃茨的现状日益感到不安。"

部长初级助理珀西·韦斯莱说,"他是听了家长们的担忧之后采取的行动,忧心忡忡的家长们觉得学校似乎正朝着一个他们很不赞成的方向发展。"

在最近几个星期,部长康奈利·福吉已经不是第一次采用新的法令对魔法学校实施改进。就在不久前的八月三十日通过了《第二十二号教育令》,确保如果目前的校长不能提供某一教职的候选人,将由魔法部推荐一个合适的人选。

"多洛雷斯·乌姆里奇就是这样被任命为霍格沃茨的教师的,"韦斯莱昨晚说,"邓布利多找不到人,部长就指派了乌姆里奇,不用说,她立刻就大获成功——"

"她立刻就**什么**?"哈利大声说。
"等等,还没完呢。"赫敏板着脸说。

"——立刻就大获成功,使黑魔法防御术课发生了突破性变革,并及时向部长提供了霍格沃茨真实状况的现场反馈信息。"

最近这次临时行动因魔法部《第二十三号教育令》的通过而正式生效,同时产生了霍格沃茨高级调查官这一新的职位。

"在部长试图控制所谓霍格沃茨教育水平下降趋势的计划中,这是一个令人激动的新阶段。"韦斯莱说,"调查官将有权审查她的教员同事,确保他们都能达到标准。乌姆里奇教授在其教职之外被授予这一职位,我们很高兴地告诉大家她已经欣然接受。"

魔法部的这些新措施得到了霍格沃茨学生家长的热烈支持。

第15章 霍格沃茨的高级调查官

"现在知道邓布利多将得到公正而客观的评估,我总算安心多了。"现年四十一岁的卢修斯·马尔福先生昨晚在他威尔特郡的宅邸里说,"我们许多关心自己孩子切身利益的人最近几年一直为邓布利多的古怪决策忧心忡忡,现在得知魔法部正在密切注意这一局面,感到十分欣慰。"

那些古怪决策,无疑包括任用有争议的教职员工,对此本报已有过评述,譬如雇用狼人莱姆斯·卢平,二分之一混血统巨人鲁伯·海格,以及有妄想症的前傲罗"疯眼汉"穆迪。

当然人们还纷纷传言,阿不思·邓布利多,一度曾是国际巫师联合会的会长和威森加摩的首席魔法师,现已不再能够承担管理霍格沃茨这所名校的重任。

"我认为,任命一位调查官,是保证霍格沃茨拥有一位我们都能信任的校长的第一步。"一位魔法部内部人士昨晚说。

威森加摩的元老格丝尔达·玛奇班和提贝卢斯·奥格登因抗议给霍格沃茨委派调查官而辞职。

"霍格沃茨是一所学校,不是康奈利·福吉办公室的外派驻地。"玛奇班夫人说,"这是企图进一步败坏阿不思·邓布利多的名声,是令人厌恶的行为。"

(关于玛奇班夫人被指控暗中勾结妖精颠覆集团的详细报道,请见本报第十七版。)

赫敏念完了,隔着桌子看着哈利和罗恩。

"现在总算知道怎么会给我们弄来个乌姆里奇了!福吉通过这个'教育令'硬把她派到了我们这里!现在福吉又给她权力审查其他教师!"赫敏呼吸急促,两只眼睛炯炯发亮,"我真不敢相信。这简直是无耻!"

"我知道是无耻。"哈利说。他低眼望着放在桌上紧握的右手,看见乌姆里奇逼他刻进皮肤里的那句话还留着的泛白的淡淡痕迹。

可是罗恩脸上绽开了一个调皮的微笑。

"怎么啦?"哈利和赫敏瞪着他同时问道。

"哦,我迫不及待地想看到麦格教授被审查,"罗恩开心地说,"乌姆里奇挨了打都不会知道是怎么回事。"

"哎呀,快点吧,"赫敏说着一跃而起,"我们得走了,如果她要检查宾斯的课,我们可不能迟到……"

然而乌姆里奇教授并没有检查他们的魔法史课,这节课仍然跟上个星期一那样枯燥乏味。后来他们赶去上两节魔药课时,乌姆里奇也不在斯内普的地下教室里。哈利那篇月长石的论文发下来了,顶上一角草草地批着一个又长又尖的黑黑的"D"。

"如果你们在 O.W.L. 考试中交出这样的东西,我给你们的这个成绩就是你们将会得到的。"斯内普讥笑着说,一边快步走在全班同学中间,把家庭作业发还给他们,"这应该使你们对考试中会出现什么内容有一个清醒的认识。"

斯内普走到教室前面,转身朝着同学们。

"这次家庭作业的总体水平糟糕透了。如果是考试,你们大多数人都不会及格。我希望,在本星期关于各种不同类型的解毒剂的论文中,你们能够多下一些功夫,不然我就不得不让那些得了 'D' 的笨蛋关禁闭了。"

他满脸讥笑,马尔福轻轻地嗤笑几声,用虽然很小,但传得很远的声音说:"还有人得了 'D' ? 哈!"

哈利意识到赫敏侧脸望过来,想看看他得到了什么成绩。他赶紧把那篇月长石的论文塞进书包,他觉得宁愿不让别人知道这件事。

第 15 章　霍格沃茨的高级调查官

哈利拿定主意，这节课绝不再让斯内普抓到把柄，判他不及格。他把黑板上的每行说明反复看了至少三遍才开始操作。他配制出来的增强剂虽然不像赫敏的那样是清澈的碧绿色，但至少是蓝色的，而不像纳威的那样是粉红色的。下课时，他怀着一种示威和宽慰混杂的心情，装了一瓶样品送到斯内普的讲台上。

"还好，不像上星期那么糟糕了，是不是？"赫敏说，这时他们离开地下教室走上阶梯，穿过门厅去吃午饭，"家庭作业也不算太坏，是不是？"

看到罗恩和哈利都没有回答，她又继续说道："我是说，我并不指望得到最高成绩，因为他是按照 O.W.L. 考试的标准给我们打分的，但在这个阶段能及格就很令人鼓舞了，你们说不是吗？"

哈利喉咙里发出一点含糊的声音。

"当然啦，从现在开始到考试，还会出现很多变化，我们有足够的时间提高和进步，但现在得到的成绩就像是一个起点线，是不是？我们可以在此基础上……"

他们一起在格兰芬多桌旁坐了下来。

"不用说，如果我得到一个'O'，肯定会兴奋得要命——"

"赫敏，"罗恩尖刻地说，"如果你想知道我们得了什么成绩，就直接问好了。"

"我不——我不是这意思——不过，如果你们愿意告诉我——"

"我得了个'P'，"罗恩一边说一边把汤舀进自己碗里，"高兴了吧？"

"唉，这没有什么可丢脸的，"弗雷德说，他刚和乔治、李·乔丹一起来到桌旁，坐在了哈利右边，"一个健康又精神的'P'，没有什么不好。"

"可是，"赫敏说，"'P'不是代表……"

"'差'①，没错，"李·乔丹说，"但还是比'D'强啊，对不对？'D'是'糟透了'②？"

哈利觉得脸上一阵发烧，假装被面包卷呛着了，咳嗽了几声。等他缓过劲来，发现赫敏还在大谈特谈O.W.L.考试评分等级的事，不禁十分懊丧。

"最高成绩'O'代表'优秀'③，"只听她说道，"然后是'A'——"

"不，是'E'，"乔治纠正她说，"'E'代表'超出预期'④。我总是觉得，弗雷德和我每门功课都应该得到'E'，因为我们来参加考试就是超出预期了。"

他们都大笑起来，只有赫敏没笑，她不屈不挠地探讨着这个话题："那么，'E'后面是'A'，代表'及格'⑤，那是最低的及格线，是不是？"

"没错。"弗雷德说，把整个面包卷在汤里浸了浸，塞进嘴里，一口吞了下去。

"那么，'P'就是'差'——"罗恩举起双臂，假装庆祝，"——然后是'D'，代表'糟透了'。"

"后面还有'T'呢。"乔治提醒他。

"'T'？"赫敏问，显然吓了一跳，"比'D'还要低吗？'T'代表的是什么呢？"

"'巨怪'⑥。"乔治不假思索地说。

哈利又笑了起来，尽管他不能肯定乔治是不是在开玩笑。他想象着自己拼命瞒着赫敏，不让她知道他在O.W.L.考试中每门功课

---

① ② ③ ④ ⑤　在英语里，"差"（poor）的第一个字母是P；"糟透了"（dreadful）的第一个字母是D；"优秀"（outstanding）的第一个字母是O；"超出预期"（Exceeds Expectations）的第一个字母是E，即通常所说的"良好"；"及格"（Acceptable）的第一个字母是A。

⑥　在英语里，"巨怪"（troll）的第一个字母是T。

第 15 章 霍格沃茨的高级调查官

都得了"T"的情景,便立刻下定决心,从现在起一定要用功学习。

"你们的课被检查过吗?"弗雷德问他们。

"没有。"赫敏立刻说,"你们呢?"

"就在刚才,吃饭之前,"乔治说,"是魔咒课。"

"怎么样啊?"哈利和赫敏同时问。

弗雷德耸了耸肩膀。

"还不算坏。乌姆里奇只是缩在墙角,在写字板上不停地做笔记。你们知道弗立维的脾气,他把乌姆里奇当成一个客人,似乎根本没把这事放在心上。乌姆里奇没说多少话。问了艾丽娅几个问题,打听平常上课是什么样的。艾丽娅回答说课上得非常好,就是这些。"

"我认为弗立维的分数不会低,"乔治说,"他总是让每个人都能通过考试。"

"你们今天下午是谁的课?"弗雷德问哈利。

"特里劳尼——"

"要是我见过一个'T'①,那就是她了。"

"——还有乌姆里奇本人。"

"啊,今天你要表现得规矩一点儿,在乌姆里奇面前管住自己的脾气。"乔治说,"如果你再错过魁地奇球训练,安吉利娜肯定要气得发疯了。"

可是哈利不用等到上黑魔法防御术课才能见到乌姆里奇教授。在昏暗的占卜课教室最后排的座位上,哈利正要抽出他的做梦日记,罗恩用胳膊肘捅了捅他。他转脸一看,只见乌姆里奇教授从地板上的活板门里钻了出来。正在说说笑笑的同学们顿时沉默了,正在走来走去分发《解梦指南》的特里劳尼教授听见教室里的声音突

---

① 在英语里,"特里劳尼"(Trelawney)的第一个字母是 T。

然低了下去，便回过头来。

"下午好，特里劳尼教授，"乌姆里奇教授又是那种满脸堆笑的样子，"我相信你一定收到我的通知了？上面写着检查你上课的日期和时间。"

特里劳尼教授板着脸点点头，显得很不高兴，转身背朝乌姆里奇教授，继续发课本。乌姆里奇教授仍然满脸是笑，抓住离她最近的那把扶手椅的椅背，把椅子拉到教室前面，放在特里劳尼教授座位后面几英寸的地方。然后她坐下来，从花里胡哨的包里掏出写字板，满怀期待地抬起头，等着开始上课。

特里劳尼教授用微微发抖的双手紧了紧身上裹的披肩，透过那副把眼睛放大了好多倍的大眼镜审视着全班同学。

"今天我们继续学习有预示性的梦，"她勇敢地用平常那种神秘莫测的语气说话，然而声音有些微微发抖，"请同学们分成两人一组，在《解梦指南》的帮助下，互相解释对方最近在梦里看到的情景。"

她刚要快步走回自己的座位，突然看见乌姆里奇教授就坐在那旁边，便立刻向左一转，朝帕瓦蒂和拉文德走去，她们俩已经在专心讨论帕瓦蒂最近做的一个梦了。

哈利打开他那本《解梦指南》，一边偷偷地注视着乌姆里奇。她已经在写字板上记着什么了。几分钟后，她站起来，开始跟着特里劳尼在教室里走来走去，听特里劳尼跟同学们对话，并不时地提出一两个问题。哈利赶紧埋头书本上。

"快想一个梦出来，"他对罗恩说，"说不定那个老癞蛤蟆要往这边来了。"

"我上次说过了，"罗恩抗议道，"这次该你了，你对我说一个吧。"

"唉，我不知道……"哈利焦急地说，他一点儿也想不起最近

第 15 章 霍格沃茨的高级调查官

几天做过什么梦,"我就说我梦见……把斯内普放在我的坩埚里淹死了。行,这个准行……"

罗恩乐得咯咯直笑,翻开了他的那本《解梦指南》。

"好吧,我们要用你的年龄加上你做梦那天的日期,还有主题词的字母个数……主题词是'淹死',还是'坩埚',还是'斯内普'呢?"

"没关系,随便挑一个吧。"哈利说着冒险朝后面扫了一眼。乌姆里奇教授就站在特里劳尼教授身后,当占卜课老师询问纳威做梦日记写得怎样时,乌姆里奇在写字板上记个不停。

"你哪天夜里做了这个梦?"罗恩一边埋头计算一边问道。

"不知道,昨天夜里吧,你说哪天就哪天。"哈利对他说,一边拼命想听清乌姆里奇在对特里劳尼教授说什么。她们现在跟他和罗恩只隔着一张桌子,乌姆里奇教授又在写字板上记了几笔,特里劳尼教授显得十分恼怒。

"那么,"乌姆里奇抬头看着特里劳尼,说道,"你在这个岗位上多长时间了,确切地说?"

特里劳尼教授狠狠地瞪着她,交叉双臂,耸起肩膀,似乎想尽量保护自己,不受这种粗暴无礼的调查的伤害。她微微顿了一下,大概断定这个问题并不那么唐突,她没有理由对它置之不理,便用十分愠怒的口吻说:"差不多十六年了。"

"时间不短了。"乌姆里奇教授说着又在她的写字板上记了几笔,"这么说是邓布利多教授任用你的?"

"没错。"特里劳尼教授干脆利落地说。

乌姆里奇教授又记了几笔。

"你是大名鼎鼎的先知卡珊德拉·特里劳尼的玄孙女?"

"是的。"特里劳尼教授说,把头昂得更高了一点。

写字板上又记下了几笔。

"可是我认为——如果我说错了你可以纠正——自卡珊德拉之后，你是你们家族里第一个具有第二视觉的人？"

"这些事情经常隔代——呃——隔三代遗传的。"特里劳尼教授说。

乌姆里奇教授那癞蛤蟆似的嘴笑得更大了。

"当然。"她娇滴滴地说，又记了几笔，"好吧，不知你是否可以为我预言点什么，嗯？"她询问地抬起头，依旧满脸堆笑。

特里劳尼教授浑身一下子绷紧了，似乎无法相信自己的耳朵。"我不明白你的意思。"她说，战栗地抓住围在瘦削的脖子上的披肩。

"我希望你能为我做一个预言。"乌姆里奇教授清清楚楚地说。

现在，从课本后面偷看和偷听的人可不止哈利和罗恩两个了。教室里大多数同学都呆呆地望着特里劳尼教授，只见她把身体挺得笔直，那些珠子和手镯叮叮当当响个不停。

"天目是不会受命而看的！"她用愤慨的语气说。

"明白了。"乌姆里奇教授轻轻说，又在她的写字板上记了几笔。

"我——可是——可是……等一等！"特里劳尼教授突然说，她试图用平常那种虚无飘渺的声音说话，但由于气得全身发抖，破坏了那种声音的神秘效果，"我……我觉得我确实看见了什么……是关于你的……啊，我感觉到了某种东西……某种黑色的东西……某种极其危险的……"

特里劳尼教授用颤抖的手指指着乌姆里奇教授，乌姆里奇教授的脸上还是那样和蔼可亲地笑着，两根眉毛扬了起来。

"恐怕……恐怕你会遇到可怕的危险！"特里劳尼教授戏剧性地结束了她的话。

一阵静默。乌姆里奇教授的眉毛仍然扬着。

"好吧，"她轻轻地说，又在写字板上草草划拉了几笔，"好吧，

第15章 霍格沃茨的高级调查官

如果你充其量只能做到这点……"

她转身走开了,特里劳尼教授呆呆地站在原地,胸脯剧烈地起伏着。哈利和罗恩对了一下眼神,知道罗恩心里的想法跟他完全一样。他们都知道特里劳尼教授是个大骗子,但另一方面,他们太憎恨乌姆里奇了,觉得情愿偏向特里劳尼一边——然而几秒钟后她突然对他们发难,他们就不这么想了。

"怎么样?"特里劳尼教授说,把长长的手指猛地戳到哈利鼻子底下,动作是一反常态地敏捷,"请让我看看你的做梦日记的开头几篇。"

当她用最高的嗓门解释完哈利的那些梦(所有的梦,包括关于喝粥的梦,都明显预示着可怕的早夭),哈利觉得对她的同情减少了许多。这个时候,乌姆里奇教授一直站在几步开外,在那写字板上记个不停。下课铃响了,她第一个下了银色的梯子。当他们十分钟后赶去上黑魔法防御术课时,她又在那儿等着大家了。

他们走进教室时,她在那里自己笑眯眯地哼着小曲儿。赫敏刚才去上算术占卜课了,哈利和罗恩一边拿出他们的《魔法防御理论》课本,一边把占卜课上发生的事情都告诉了她。没等赫敏来得及提问,乌姆里奇教授就命令大家安静下来。教室里立刻鸦雀无声。

"收起魔杖。"她笑容可掬地吩咐大家,那些抱有一线希望把魔杖拿出来的同学,只好失望地又把它们放回书包,"上节课我们学完了第一章,今天我希望你们都把书翻到第十九页,开始读'第二章,普通防御理论及其起源'。看书时不要讲话。"

她咧着大嘴,沾沾自喜地微笑着,在讲台后面坐了下来。全班同学整齐划一地把书翻到了第十九页,发出一片清晰可闻的叹气声。哈利闷闷不乐地想,不知这本书有没有那么多章节,够他们整个一学年在课上阅读。他正在查看目录,突然发现赫敏又把手举了起来。

乌姆里奇教授也注意到了，而且，她似乎已经对可能发生这样的事情想好了对策。她不再假装没有看见赫敏，而是站起来绕过前排课桌，面对面地站在赫敏跟前，然后弯下腰压低声音，不让全班同学听见她说话。"这次又怎么啦，格兰杰小姐？"

"第二章我已经读过了。"赫敏说。

"那好，接着读第三章。"

"那一章我也读过了。我把整本书都读完了。"

乌姆里奇教授眨眨眼睛，但几乎立刻就恢复了镇定。

"那好，你应该能够告诉我，在第十五章里，斯林卡关于反恶咒是怎么说的。"

"他说反恶咒这个词不恰当。"赫敏不假思索地说，"他说'反恶咒'这个词实际上是人们用来称呼他们的恶咒的，他们想使那些恶咒听上去更容易被人接受。"

乌姆里奇教授扬起眉毛，哈利知道她尽管不乐意，却也不由得心服口服。

"但我不同意。"赫敏继续说。

乌姆里奇教授的眉毛扬得更高了一些，目光明显变冷了。

"你不同意？"

"是的，不同意。"赫敏说，她不像乌姆里奇那样悄声耳语，而是用清晰的、传得很远的声音说话，把全班同学的注意力都吸引了过来，"斯林卡先生不喜欢恶咒，是吗？但我认为当恶咒用于防御时，会非常管用的。"

"哦，你是这么认为的？"乌姆里奇教授说，忘记了压低声音，并且站直了身体，"恐怕在这个教室里真正重要的是斯林卡先生的观点，而不是你的观点，格兰杰小姐。"

"可是——"赫敏刚要说话。

"够了。"乌姆里奇教授说。她走到教室前面，对着全班同学，

第15章　霍格沃茨的高级调查官

刚开始上课时那种喜气洋洋的劲头一下子不见了。"格兰杰小姐，我要给格兰芬多学院扣掉五分。"

听了这话，教室里响起一片窃窃私语。

"为什么？"哈利气愤地问。

"你别掺和进来！"赫敏焦急地小声对他说。

"因为用毫无意义的打岔扰乱我的课堂纪律。"乌姆里奇教授流利地说，"我在这里教课采用的是魔法部批准的方法，不包括鼓励学生对他们不很理解的事情发表自己的观点。以前教你们这门课的老师也许给了你们更多的自由，但他们没有一个人能够通过魔法部的调查——大概奇洛教授除外，至少他似乎只教授适合你们这个年龄的内容——"

"是啊，奇洛真是个了不起的好老师，"哈利大声说，"只是有一点小小的美中不足，他让伏地魔粘在他的后脑勺上了。"

这句话一出口，教室里一片沉默，哈利从没听见过这样掷地有声的沉默。接着——

"我认为再关一个星期的禁闭会对你有点帮助，波特先生。"乌姆里奇圆滑地说。

哈利手背上的伤口没有完全愈合，第二天早晨又流血了。晚上关禁闭时他没有叫一声痛，他打定主意不让乌姆里奇感到得意。他一遍又一遍地写"我不可以说谎"，不让一点声音从嘴唇间漏出来，尽管每写一个字母伤口就刻得更深。

正像乔治所预言的，哈利第二个星期关禁闭，最糟糕的后果就是安吉利娜的反应。星期二早上哈利刚到格兰芬多桌旁准备吃早饭，安吉利娜就堵住他，冲他大发脾气，声音嚷得那么响，使得麦格教授离开教工桌子，飞快地朝他们走来。

"约翰逊小姐，你怎么敢在礼堂里这样大吵大嚷！格兰芬多扣掉五分！"

"可是教授——他又弄得自己被关禁闭了——"

"怎么回事，波特？"麦格教授转过身来对着哈利严厉地问，"关禁闭？谁关你禁闭？"

"乌姆里奇教授。"哈利低声说，不敢去看麦格教授方框眼镜后面那双犀利的眼睛。

"难道你是说，"她放低声音，不让他们后面那群好奇的拉文克劳们听见，"我上个星期一警告过你之后，你又在乌姆里奇教授的课堂上发了脾气？"

"是的。"哈利对着地板小声说。

"波特，你必须管住自己！你会碰到大麻烦的！格兰芬多再扣掉五分！"

"可是——什么——？教授，不！"哈利被这种不公平的处理惹火了，说道，"我已经被她惩罚了，你为什么还要扣分？"

"因为关禁闭似乎对你并不起任何作用！"麦格教授尖刻地说，"行了，不许再抱怨一个字，波特！至于你，约翰逊小姐，今后你只许在魁地奇球场上大叫大嚷，不然就有可能丢掉队长的职务！"

麦格教授大步流星地走回教工桌子。安吉利娜怒不可遏地瞪了哈利一眼，昂首挺胸地走了，哈利一屁股坐在罗恩身边的板凳上，气得不行。

"她扣了格兰芬多的分数，就因为我每天晚上手背都被割开！这样公平吗，公平吗？"

"我知道，哥们儿，"罗恩同情地说，把熏咸肉倒进哈利的盘子里，"她肯定有毛病了。"

赫敏却只是翻着她的《预言家日报》，什么也没说。

"你认为麦格做得对，是吗？"哈利气愤地对着遮住赫敏面孔的康奈利·福吉的照片说。

第 15 章　霍格沃茨的高级调查官

"我也不希望她给你扣分,但我认为她提醒你别对乌姆里奇发脾气是对的。"说话的是赫敏的声音,眼前却是福吉在报纸的头版上有力地打着手势,显然他正在发表什么讲话。

整个魔咒课上,哈利没有跟赫敏说话,但当他们走进变形课教室时,他一下子忘记了跟赫敏生气的事。乌姆里奇教授拿着她的写字板,赫然坐在一个角落里。哈利一看见她,就把吃早饭时的不快抛到了脑后。

"太好了,"他们在惯常的座位上坐下时,罗恩小声说,"让我们看看乌姆里奇怎么自作自受吧。"

麦格教授大步走进教室,从她的神情看,似乎根本不知道乌姆里奇教授的存在。

"好了,"她说,教室里立刻安静下来,"斐尼甘先生,请过来把家庭作业发下去 —— 布朗小姐,请把这盒老鼠拿去 —— 别那么傻,姑娘,它们不会咬你的 —— 给每个同学分一只 ——"

"咳,咳。"乌姆里奇教授发出咳嗽声,还是她开学第一天晚上用来打断邓布利多的那种愚蠢的轻咳。麦格教授假装没有听见。西莫把哈利的论文发还给他。哈利没有看他,接过论文,看到自己总算得到了一个"A",不禁松了口气。

"好了,同学们,请仔细听好 —— 迪安·托马斯,如果你再那样折腾那只老鼠,我就关你的禁闭 —— 现在,大多数同学都能顺利地念消失咒让蜗牛消失了,就连那些还留下一点儿蜗牛壳的同学也都掌握了这个咒语的要点。今天,我们要 ——"

"咳,咳。"乌姆里奇教授发出咳嗽声。

"怎么啦?"麦格教授说着转过身去,两根眉毛聚在一起,似乎形成了一根长长的、令人生畏的直线。

"教授,我只想知道你有没有收到我的便条,上面通知了检查你上课情况的日期和时 ——"

"我显然是收到了,不然我就会问你跑到我的教室里来做什么了。"麦格教授说着又果断地转身背对乌姆里奇教授。许多同学交换着喜悦的目光。"正如我刚才说的:今天,我们要练习更难的老鼠消失咒。好,消失咒——"

"咳,咳。"

"我不明白,"麦格教授转身冲着乌姆里奇教授,带着怒气冷冷地说,"如果你不停地打断我,又怎么能够了解我平常的教学方法呢?你要知道,我说话时一般是不允许别人说话的。"

乌姆里奇教授看上去像被人扇了一记耳光。她没有说话,而是正了正写字板上的羊皮纸,恼羞成怒地草草写了起来。

麦格教授一副无所谓的样子,再一次对全班同学说道:

"我刚才说到:消失咒,随着需要消失的动物越来越复杂,它也越来越难掌握。蜗牛是一种无脊椎动物,挑战性不是很大,而老鼠是一种哺乳动物,要求就高得多了。这可不是你们脑子里惦记着晚饭就能完成的魔法。好了——咒语你们已经知道了,让我看看你们做得怎么样⋯⋯"

"她还教训我不该对乌姆里奇发脾气呢!"哈利压低声音对罗恩说,但脸上带着调皮的笑容——他对麦格教授的怨气一下子烟消云散了。

乌姆里奇教授没有像在特里劳妮教授的课堂上那样,跟着麦格教授在教室里走来走去,也许她意识到麦格教授不会准许。她只是坐在角落里,往写字板上记了又记,当麦格教授最后叫全班同学收拾东西下课时,她站了起来,一张脸板得吓人。

"嘿,这就开始了。"罗恩说着,拎起一根长长的、不断扭动的老鼠尾巴,扔进拉文德传递过来的盒子里。

同学们鱼贯走出教室,哈利看见乌姆里奇教授朝讲台走去。他捅了捅罗恩,罗恩又捅了捅赫敏,三个人故意落在后面偷听。

第 15 章　霍格沃茨的高级调查官

"你在霍格沃茨任教多长时间了?"乌姆里奇教授问。

"到今年十二月就满三十九年了。"麦格教授生硬地回答,啪的一声合上了提包。

乌姆里奇教授记了几笔。

"很好,"她说,"你将在十天之内收到对你的调查结果。"

"我迫不及待。"麦格教授用极其冷漠的口吻说,然后大步朝门口走来,"快点儿,你们三个。"她说,扫了一眼她前面的哈利、罗恩和赫敏。

哈利忍不住朝她露出一个淡淡的微笑,并且可以肯定麦格教授也对他笑了笑。

他以为要等到晚上关禁闭时才会再次看见乌姆里奇呢,可是他错了。当他们顺着草地去上保护神奇动物课时,他发现乌姆里奇正抱着她的写字板站在格拉普兰教授身边等着他们呢。

"你平常不教这门课,是不是?"哈利听见她这么问,这时他们来到长条搁板桌旁,那堆被捕获的护树罗锅正你争我夺地抢吃土鳖,就像无数根有生命的树枝。

"非常正确,"格拉普兰教授说,两只手背在身后,一下一下地踮着脚尖,"我是代课教师,临时代替海格教授。"

哈利和罗恩、赫敏交换着不安的目光。马尔福在对克拉布和高尔窃窃私语。他肯定巴不得利用这个机会向一位魔法部官员散布关于海格的流言蜚语。

"唔,"乌姆里奇教授放低了声音,但哈利仍然能很清楚地听见她说的话,"我不明白 —— 校长似乎很奇怪地不愿意向我提供这件事的任何情况 —— 你能不能告诉我,是什么原因使海格教授这么长时间没来上课?"

哈利看见马尔福急切地抬起头来。

"恐怕不能,"格拉普兰教授语调轻松地说,"我知道的并不比你多。只收到过猫头鹰捎来的邓布利多的信，问我愿不愿意代两个星期的课。我接受了。我所知道的就只有这么多。好了……我可以开始了吗？"

"好吧，请开始吧。"乌姆里奇教授说，在写字板上刷刷地写着。

乌姆里奇这节课采取了一种不同的方法，她在同学们中间走来走去，询问他们关于神奇动物的知识。大多数同学都能答得很好，哈利的心情稍微好了点儿。至少全班同学在关键时候没有给海格丢脸。

"总的来说，"乌姆里奇教授在盘问了迪安·托马斯很长时间之后，回到格拉普兰教授身边，"作为一个临时代课教师——或者不如说，一个客观的局外人——你认为霍格沃茨怎么样？你觉得你从学校的管理人员那里得到了足够的支持吗？"

"哦，是的，邓布利多很出色，"格拉普兰教授由衷地说，"我对这里的办学方式非常满意，确实非常满意。"

乌姆里奇显得怀疑但不失礼貌，她在写字板上记了一笔，继续问道："你打算这一学年给这个班的学生教些什么呢——当然啦，假设海格教授不回来的话？"

"哦，我要把O.W.L.考试中经常会出现的动物都教给他们，"格拉普兰教授说，"剩下来的不多了——他们已经学了独角兽和嗅嗅，我想我们还要学习庞洛克和猫狸子，确保他们能够辨认燕尾狗和刺佬儿，你知道……"

"看来，至少你似乎知道自己在做什么。"乌姆里奇教授说，很明显地在写字板上打了个钩儿。哈利不喜欢她格外强调那个"你"字，更不喜欢她接着又向高尔发问："对了，我听说这门课上曾有同学受过伤？"

高尔傻乎乎地咧嘴笑了。马尔福急不可耐地抢着回答。

"是我，"他说，"我被一头鹰头马身有翼兽划伤了。"

第15章 霍格沃茨的高级调查官

"鹰头马身有翼兽?"乌姆里奇教授说,一边在纸上飞快地写着。

"那只是因为他自己太傻,不听海格的吩咐。"哈利生气地说。

罗恩和赫敏都唉声叹气。乌姆里奇教授慢慢地把头转向哈利这边。

"我想,再关你一晚上禁闭吧。"她温柔地说,"好了,非常感谢,格拉普兰教授,我想我不再需要别的了。你将在十天之内收到对你的调查结果。"

"好极了。"格拉普兰教授说,乌姆里奇教授拔腿穿过草地朝城堡走去。

那天夜里,当哈利离开乌姆里奇的办公室时,已经差不多半夜了,他的手在不停地流血,包手的围巾上沾满了血迹。他以为回去时公共休息室里不会有人了,没想到罗恩和赫敏都坐在那里等他呢。他看见他们非常高兴,特别是赫敏表现出的是同情,而不是批评。

"给,"她焦急地说,把一小碗黄色的液体推到哈利面前,"把你的手浸在里面,这是一种经过过滤和酸洗的莫特拉鼠触角的汁液,应该能管点用。"

哈利把疼痛流血的手浸在碗里,疼痛一下子就减轻了,他顿时感到舒服极了。克鲁克山绕着他的腿蜷缩起来,大声地呼噜呼噜叫着,然后跳到他的膝头趴下来。

"谢谢。"哈利感激地说,用左手挠了挠克鲁克山的耳朵根。

"我仍然觉得你应该去说说这件事。"罗恩低声说。

"不。"哈利断然地说。

"麦格如果知道了,准会气得发疯——"

"是啊,她大概会的。"哈利说,"可谁知道过多久乌姆里奇又会通过另一条法令,规定凡是对高级调查官有意见的人都要被立即开除?"

罗恩张了张嘴想反驳,但什么也没说出来,愣了一会儿,又把嘴合上了,一副垂头丧气的样子。

"她是个可怕的女人,"赫敏小声说,"可怕。你知道吗,你进来的时候我正在跟罗恩说……我们必须对她采取一点行动了。"

"我建议下毒。"罗恩一本正经地说。

"不……我的意思是,我们刚才在说她是一个多么糟糕的老师,从她那里根本学不到什么黑魔法防御知识。"赫敏说。

"唉,那我们能有什么办法呢。"罗恩打了个哈欠说,"已经来不及了,是不是? 她得到了这份工作,注定要在这里待下去。福吉会保证这一点的。"

"嗯,"赫敏犹豫不决地说,"是这样,我今天在想……"她有点紧张地望了哈利一眼,然后继续说道,"我在想——也许我们应该索性——索性自己来做了。"

"自己来做什么?"哈利怀疑地问,他的手仍然泡在莫特拉鼠触角的汁液里。

"嗯——我们自己学习黑魔法防御术。"赫敏说。

"别胡扯了,"罗恩抱怨道,"你还要增加我们的负担? 难道你不知道,我和哈利又落下了一堆家庭作业,现在才第二个星期呢?"

"可是这比家庭作业重要得多!"赫敏说。

哈利和罗恩瞪大眼睛看着她。

"我认为世界上再也没有什么比家庭作业更重要的了!"罗恩说。

"别说傻话,当然有。"赫敏说,哈利看到她脸上突然容光焕发,就像平常她对S.P.E.W.表现出来的狂热激情一样,他不由得产生了一种不祥的感觉,"我的意思是,就像哈利在乌姆里奇的第一

第15章　霍格沃茨的高级调查官

节课上说的，我们要做好准备，去对付外面将会等待我们的一切。我是说，我们要确保真的能够保护自己。如果整整一年什么也学不到——"

"我们自己做不了什么，"罗恩用一种心灰意冷的口吻说，"我是说，不错，我们可以到图书馆从书里找到一些恶咒自己练习，我想——"

"不，我认为我们已经过了只从书本上学习知识的阶段了。"赫敏说，"我们需要一个老师，一个合适的老师，他可以教我们怎样使用咒语，如果我们做得不对，还可以纠正我们。"

"如果你是在说卢平……"哈利话没说完。

"不，不，我不是在说他，"赫敏说，"他整天忙着凤凰社的事，而且，我们最多能在去霍格莫德村过周末时看见他，这个次数是远远不够的。"

"那么是谁呢？"哈利朝她皱起眉头。

赫敏深深地吐了一口气。

"你还看不出来吗？"她说，"我说的是你，哈利。"

片刻的沉默。夜晚的微风吹得罗恩身后的窗户嘎嘎作响，炉子里的火已经熄灭了。

"我怎么啦？"哈利说。

"我是说让你教我们黑魔法防御术。"

哈利呆呆地瞪着赫敏，然后转向罗恩，想和罗恩交换一下气恼的眼神。有时赫敏滔滔不绝地阐述 S.P.E.W. 之类的荒唐计划时，他们常会这样交换眼神。然而令哈利惊愕的是，罗恩的表情并不气恼。

罗恩微微蹙起眉头，显然是在思考。然后他说："这倒是个主意。"

"什么是个主意？"哈利说。

"你呀，"罗恩说，"教我们大家学魔法。"

"可是……"

哈利脸上露出了笑容，这两个人肯定是在跟他开玩笑呢。

"可我不是老师，我不能——"

"哈利，你是全年级在黑魔法防御术方面最出色的。"赫敏说。

"我？"哈利说，笑得比先前更开心了，"我才不是呢，你每次考试成绩都比我好——"

"实际上不是的，"赫敏冷静地说，"三年级的时候你就超过了我——只有那一年我们俩都考了试，而且当时遇到了一位真正懂行的老师。但我这里讲的不是考试成绩，哈利。想想你做的那些事情！"

"什么意思？"

"要我说，我倒不敢肯定我真想要一个这么傻的人来教我呢。"罗恩微微嘲笑地对赫敏说。然后他转向哈利。

"让我想想，"他说，一边学着高尔拼命动脑筋时拉长脸的样子，"啊……第一年——你从神秘人那里保住了魔法石。"

"可那是凭运气，"哈利说，"不是凭技能——"

"第二年，"罗恩打断了他，"你杀死了蛇怪，消灭了里德尔。"

"是啊，但如果当时福克斯不出现，我——"

"第三年，"罗恩的声音更高了，"你一下子击退了一百个摄魂怪——"

"你知道那是侥幸，如果时间转换器没有——"

"去年，"罗恩简直是在大喊大叫了，"你又一次摆脱了神秘人的魔爪——"

"听我说！"哈利几乎是气愤地说，因为现在罗恩和赫敏都在那儿发笑了，"先听我说，好吗？这些事情说起来挺了不起的，可凭的全都是运气——我一半的时间都不知道自己在做什么，根本就不是计划好的，我只是凭着感觉行事，而且差不多总是能得到

第15章 霍格沃茨的高级调查官

帮助——"

罗恩和赫敏还在那儿发笑,哈利觉得火气上来了。他自己也不明白为什么这么生气。

"别一脸坏笑地坐在那儿,好像你们知道得比我还清楚,当时在场的是我,不是吗?"他激动地说,"我知道是怎么回事,好吗?我每次能够死里逃生,并不是因为我在黑魔法防御术方面多么出色,我能够侥幸逃脱都是因为——因为我总能够及时得到帮助,或者因为我的感觉还算准确——但每次我都是糊里糊涂地过来的,我根本不知道自己在做什么——**别笑啦!**"

那碗莫特拉鼠触角的汁液掉在地上,碗摔得粉碎。他这才发现自己站了起来,却不记得是怎么站起来的。克鲁克山溜进了沙发底下。罗恩和赫敏脸上的笑容不见了。

"你们根本不知道那是什么滋味!你们——你们谁都没有面对过他,是不是?你们以为那只是背诵一大堆咒语朝他们扔过去,就像你们在课堂上那样?那些时候,你明知道在你和死亡之间没有任何东西,除了你自己——你自己的智慧,或勇气,或其他什么——你明知道自己转眼间就会被人杀害,或遭受折磨,或眼睁睁地看着朋友死去,还怎么能够正常地思考,他们从没有在课堂上告诉过我们,应对那样的情况是什么感觉——而你们俩坐在这里摆出这副样子,就好像我是一个聪明的男孩,所以才活着站在这里,就好像塞德里克是个傻瓜,把事情弄糟了——你们根本不明白,那个人很有可能就是我,如果不是因为伏地魔需要我——"

"我们没有说过那样的话,哥们儿,"罗恩说,显然被吓坏了,"我们没有对迪戈里说三道四,没有——你完全理解错了——"

他求助地望着赫敏,赫敏也是一脸的惊慌。

"哈利,"她战战兢兢地说,"你不明白吗?正因为……因为这个我们才需要你……我们需要知道那是什……什么感觉……面

327

对着伏——伏地魔。"

这是赫敏第一次说出伏地魔的名字，也正是这一点使哈利的心情平静了下来。他仍然急促地喘着气，重新坐到了椅子上，这时才意识到他的手又在一跳一跳地剧痛。他真后悔不该打碎那碗莫特拉鼠触角的汁液。

"怎么样……好好考虑考虑，"赫敏小声地说，"好吗？"

哈利不知道该说什么。他已经为刚才的大发雷霆感到羞愧了。他点点头，其实并不清楚他同意的是什么。

赫敏站了起来。

"好吧，我要去睡觉了。"她说，显然在尽量使自己的声音自然一些，"唔……晚安。"

罗恩也站起身来。

"走吧？"他有点尴尬地对哈利说。

"好的，"哈利说，"过……过一会儿吧，我把这里收拾收拾。"他指着地上的碎碗。罗恩点点头离开了。

"恢复如初。"哈利用魔杖指着那些碎瓷片，低声说道。碎片立刻拼拢在一起，瓷碗又完好如初，可是里面的莫特拉鼠触角的汁液再也回不来了。

他突然感到无比的疲倦，真想倒在扶手椅上睡一觉，但还是强迫自己站起来，跟在罗恩后面上了楼。夜里他睡得很不踏实，总是梦见那些长长的走廊和紧锁的房门。第二天早晨醒来时，他额头上的伤疤又开始刺痛了。

第 16 章

在猪头酒吧

自从第一次提出让哈利讲授黑魔法防御术课的建议之后，赫敏整整两个星期没有再提这件事。哈利在乌姆里奇那里的关禁闭终于结束了（他怀疑那行已深深刻进他手背的文字恐怕永远不会完全消失了），罗恩又参加了四次魁地奇球训练，最后两次没有受到大声呵斥。在变形课上，他们三个都成功地念咒让老鼠消失了（实际上赫敏已经更进一步，在练习让小猫消失的咒语了）。然后，在九月底一个狂风大作的夜晚，他们三个坐在图书馆里，为斯内普查找魔药成分时，这个话题又被提了出来。

"我很想知道，"赫敏突然说道，"你有没有再考虑过黑魔法防御术的事，哈利。"

"当然考虑过，"哈利没好气地说，"怎么能忘记呢，有那个女妖在教我们——"

"我指的是我和罗恩的那个主意——"罗恩用惊恐的、带有威胁的目光瞪了赫敏一眼，赫敏朝罗恩皱起眉头，"——哦，好吧，就说是我的那个主意吧——由你来教我们。"

哈利没有马上回答。他在假装仔细阅读《亚洲抗毒大全》中的一页，不想把脑子里的想法说出来。

在刚刚过去的两个星期里，他对这件事情考虑了很多。有时觉得这是一个荒唐的念头，就像赫敏刚提出来的那天晚上一样，有时却发现自己在思索他与黑魔法生物和食死徒的各种交锋中，最起作用的那些咒语——发现自己实际上是在潜意识中备课……

"嗯，"他不能再假装对《亚洲抗毒大全》感兴趣了，于是慢悠悠地说，"是啊，我——我是想过一点儿。"

"怎么样？"赫敏急切地说。

"我也说不好。"哈利拖延着时间。他抬头看着罗恩。

"我从一开始就觉得这是一个好主意。"罗恩说，他看到哈利肯定不会再嚷嚷了，便似乎比较热心参与这场谈话了。

哈利局促地在椅子上动来动去。

"你们听我说了那一切全靠运气，是不是？"

"是的，哈利，"赫敏温和地说，"可是，你假装在黑魔法防御术方面不出色是没有用的，因为你确实很出色。去年，只有你一个人能彻底摆脱夺魂咒，你能变出一个守护神，你能做到各种就连成年巫师也做不到的事情，威克多尔以前总是说——"

罗恩猛地把头转向她，速度太快，似乎把脖子都拧痛了。他一边揉着脖子一边说："什么？威基说什么啦？"

"哦，哦，"赫敏用腻烦的口吻说，"他说哈利会的魔法就连他也不会，而他当时已在德姆斯特朗上最后一年级了。"

罗恩怀疑地打量着赫敏。

"你该不会还跟他保持联系吧？"

"是又怎么样？"赫敏冷冷地说，但她的脸微微有些泛红，"我也可以有一个笔友嘛——"

"他可不只是想做你的笔友。"罗恩指责地说。

赫敏气恼地摇了摇头，没理睬继续注视着她的罗恩，对哈利说

第16章 在猪头酒吧

道:"那么,你是怎么想的呢? 你会教我们吗?"

"就教你和罗恩,是吗?"

"嗯,"赫敏说,看上去又有一点不安,"嗯……你听了可千万别再发脾气,哈利,求求你了……但我确实认为,只要有谁想学,你都应该教他们。我是说,我们是在谈论如何保护自己,抵抗伏——伏地魔。哦,别那么厌,罗恩。如果我们不给其他人提供机会,似乎不太公平。"

哈利考虑了片刻,然后说道:"是啊,但我怀疑除了你们俩,还有谁会愿意我去教他们呢。别忘了我是一个疯子!"

"嘿,我想,当你知道竟然有那么多人有兴趣听你讲一讲时,你恐怕会感到吃惊的。"赫敏认真地说。"瞧,"她朝哈利探过身——罗恩仍然皱着眉头注视着她,这时也凑上前来听——"知道十月的第一个周末我们要去霍格莫德吗? 我们不妨叫每个感兴趣的人在村里跟我们见见面,好好议一议这件事,怎么样?"

"为什么一定要弄到校外去呢?"罗恩问。

"因为,"赫敏说,一边低头继续抄写那张中国咬人甘蓝的图表,"如果乌姆里奇发现了我们要做的事情,她肯定不会很高兴的。"

哈利一直盼望着到霍格莫德村去过周末,但是有一件事让他很担心。小天狼星自从九月初在炉火中出现过一次之后,这么长时间都没有音讯。哈利知道,他们当时说不想让他再来,一定惹得他很不高兴——但是哈利有时仍然担心小天狼星会不顾一切,鲁莽行事,出现在村子里。如果到了霍格莫德村,一条大黑狗在路上冲他们奔来,说不定就在德拉科·马尔福的鼻子底下,那可怎么办呢?

"我说,你不能怪他想出来散散心。"当哈利把他的担忧告诉罗恩和赫敏时,罗恩说道,"我是说,他在外面逃跑了两年多,是不是,虽然那并不是什么好玩的事,但至少那时候他是自由的,是不是?

现在却整天跟那个可怕的小精灵关在一起。"

赫敏气呼呼地瞪着罗恩,但她对罗恩这样贬损克利切并没有作更多的表示。

"问题是,"她对哈利说,"在伏—伏地魔——哦,看在老天的分儿上,别这样,罗恩——在他公开出现之前,小天狼星不得不一直隐藏着,是不是?我是说,愚蠢的魔法部先要承认邓布利多说的关于伏地魔的话都是真的,才会意识到小天狼星是无辜的。一旦那些傻瓜又开始捉拿真正的食死徒时,大家便会看出小天狼星不是食死徒了……我是说,至少他没有标记呀。"

"我认为他不会傻乎乎地跑到这里来的。"罗恩安慰他们道,"如果他这么做,邓布利多肯定会气得发疯,而小天狼星很听邓布利多的话,尽管他并不喜欢那些意见。"

看到哈利还是一脸的担忧,赫敏说:"听着,我和罗恩一直在试探那些我们认为可能想学习一些正规的黑魔法防御术的人,其中两三个似乎很感兴趣。我们叫他们在霍格莫德村跟我们碰面。"

"好的。"哈利淡淡地说,心里还在想着小天狼星。

"不要担心,哈利,"赫敏轻声说,"你要做的事情已经够多的了,别老惦记着小天狼星了。"

她说得当然很对,哈利的家庭作业只是勉强能按时完成,不过现在不用每天晚上到乌姆里奇那里关禁闭了,他觉得轻松了不少。罗恩的功课落得比哈利还要多,因为他们俩都要参加每星期两次的魁地奇球训练,罗恩还要履行级长的职责。而赫敏呢,她选的科目比他们俩都多,却不仅做完了所有的家庭作业,还能找到时间给小精灵织衣服。哈利不得不承认她的手艺越来越好,现在几乎可以分得出哪些是帽子,哪些是袜子了。

到霍格莫德村去的那天早晨,天气晴朗,但是有风。吃过早饭,他们在费尔奇面前排起了长队,他要对着那张长长的名单核对他们

第 16 章　在猪头酒吧

的名字，名单上列的是得到家长或监护人允许，可以拜访霍格莫德村的同学。哈利突然揪心地想到，如果不是小天狼星，他根本就去不成。

哈利走到费尔奇面前时，管理员使劲嗅了嗅鼻子，似乎想从哈利身上闻出什么东西的气味。然后他草草点了下头，下巴上的垂肉又颤抖起来，哈利继续往前走，来到石阶上，来到寒冷的阳光灿烂的户外。

"呃——费尔奇为什么使劲嗅你？"罗恩问，这时候，他、哈利和赫敏正迈着轻快的脚步，走在通往大门的宽阔车道上。

"我猜他是想闻闻有没有粪弹的气味吧，"哈利轻声笑着说，"我忘记告诉你们了……"

他把给小天狼星寄信、费尔奇几秒钟后冲进来要求看信的事原原本本地讲给他们听。使他微微感到吃惊的是，赫敏对这件事非常感兴趣，甚至比哈利自己还要感兴趣得多。

"他说他得到情报，你在订购粪弹？那么是谁向他提供情报的呢？"

"不知道，"哈利耸了耸肩膀说，"大概是马尔福吧，他会觉得这很有趣。"

他们从顶上立着带翅膀野猪的高高石柱之间穿过，向左拐到通往村子的路上，风把他们的头发吹得挡住了眼睛。

"马尔福？"赫敏表示怀疑地说，"嗯……是啊……有可能……"

然后，在快到霍格莫德村的一路上，她一直在沉思默想。

"我们到底上哪儿去呀？"哈利问，"三把扫帚吗？"

"哦——不是，"赫敏从沉思中惊醒过来，说道，"不是，那里总是挤满了人，嘈杂得厉害。我叫其他人在猪头酒吧跟我们碰头，就是另外一家酒吧，你们知道的，不在大路上。我也觉得这有点儿……怎么说呢……有些破败……但同学们一般不上那儿去，所以我想我们不会被人偷听到。"

他们顺着大路往前走，经过佐科笑话店——不出所料，他们在这里看见了弗雷德、乔治和李·乔丹，经过邮局——每过一会儿就有一些猫头鹰从里面飞出来，然后他们拐进旁边的一条小路，顶端有一家小酒吧。破破烂烂的木头招牌悬挂在门上锈迹斑斑的支架上，上面画着一个被砍下来的野猪头，血迹渗透了包着它的白布。他们走近时，招牌被风吹得吱吱嘎嘎作响。他们三人在门外迟疑着。

"走，进去吧。"赫敏说，显得有点儿紧张。哈利领头走了进去。

里面与三把扫帚酒吧完全不一样，那儿的大吧台总使人感到明亮、干净而温暖。猪头酒吧只有一间又小又暗、非常肮脏的屋子，散发着一股浓浓的羊膻味。几扇凸窗上积着厚厚的污垢，光线几乎透不进来，只有粗糙的木头桌子上点着一些蜡烛头。哈利第一眼望去，以为地面是压实的泥地，可是踩在上面才发现，原本是石头铺的地面上积了几个世纪的污秽。

哈利想起一年级时海格提到过这家酒吧："猪头酒吧里有许多古怪的家伙。"他这么说，解释他是怎么从酒吧里一个戴兜帽的陌生人手里赢得一只火龙蛋的。当时哈利还纳闷，在他们交往时那人始终把脸挡得严严实实，海格为什么不觉得奇怪呢。现在他才发现，猪头酒吧里似乎很流行把脸隐藏起来。吧台那儿有一个人，整个脑袋都裹在脏兮兮的灰色绷带里，却仍然能一杯接一杯地把一种冒烟的、燃着火苗的东西从嘴上一道绷带的缝隙中灌进去。窗边的一张桌子旁坐着两个戴兜帽的人影，若不是他们用很浓重的约克郡口音在说话，哈利简直以为他们是摄魂怪。在壁炉旁一个阴暗的角落里坐着一个女巫，厚厚的黑色纱巾一直垂到她的双脚。他们只能看见她的鼻尖，因为它把纱巾顶得微微突起。

"我觉得不大对劲儿，赫敏。"他们朝吧台走去时，哈利低声说。

第 16 章　在猪头酒吧

他格外注意地望着那个全身裹纱巾的女巫。"你有没有想到那里面会是乌姆里奇呢？"

赫敏掂量着朝那裹纱巾的身影扫了一眼。

"乌姆里奇比这个女人矮，"她悄声说，"而且，就算乌姆里奇上这儿来了，她也不能阻止我们，哈利，因为我把学校的规章制度反复看了两三遍。我们没有越轨。我还专门问过弗立维教授，学生可不可以进猪头酒吧，他说可以，但他一再建议我要自己带上杯子。我查遍了我能想到的组织学习小组和作业小组的规定，它们都是在绝对被允许的范围内的。我只是觉得我们做这件事不应该过分张扬。"

"是的，"哈利干巴巴地说，"特别是你筹划的实际上并不是一个作业小组，对吗？"

酒吧老板侧身从一个后门闪出，朝他们迎上来。他是个看上去脾气暴躁的老头儿，长着一大堆长长的灰色头发和胡子。他个子又高又瘦，哈利隐约感觉似乎在哪儿见过他。

"要什么？"他嘟哝着问。

"请来三瓶黄油啤酒。"赫敏说。

那人弯腰从柜台底下掏出三只布满灰尘、肮脏透顶的瓶子，重重地放在吧台上。

"六个西可。"他说。

"我来付。"哈利赶紧说道，把银币递了过去。酒吧老板的目光移向哈利，在他的伤疤上停留了一刹那。然后他移开目光，把哈利给他的钱放进一只古老的木头钱柜，抽屉自动滑开，把钱吞了进去。哈利、罗恩和赫敏退到离吧台最远的一张桌旁坐了下来，东张西望。那个裹着脏兮兮的灰色绷带的男人用指关节敲打着柜台，又从酒吧老板那儿得到了一杯冒烟的饮料。

"你猜怎么着？"罗恩怀着极大的热情望着吧台，喃喃地说，

"在这里我们可以想点什么就点什么。我敢说那家伙肯定会什么都卖给我们的,他才不管那么多呢。我一直想尝尝火焰威士忌——"

"你——是——个——级长。"赫敏恶狠狠地说。

"噢,"罗恩说,脸上的笑容隐去了,"是啊……"

"那么,你说谁会来跟我们碰头呢?"哈利问,一边拧开他那瓶黄油啤酒的锈迹斑斑的瓶盖,喝了一大口。

"就那么三两个人,"赫敏说着看了看表,焦急地朝门口张望,"我叫他们差不多这个时候到,估计他们肯定都知道在什么地方——哦,看,这大概就是他们了。"

酒吧的门开了,一道粗粗的、弥漫着灰尘的阳光把屋子一分为二,转眼又消失了,是被拥进来的一大帮人挡住了。

首先进来的是纳威、迪安和拉文德,后面紧跟着帕瓦蒂和帕德玛·佩蒂尔,还有(哈利内心抽搐了一下)秋和她那帮叽叽喳喳的女友中的一个,然后是(独自一人,神情恍惚,仿佛是不经意间走进来的)卢娜·洛夫古德,再后面是凯蒂·贝尔、艾丽娅·斯平内特和安吉利娜·约翰逊、科林和丹尼斯·克里维兄弟俩、厄尼·麦克米兰、贾斯廷·芬列里、汉娜·艾博,还有一个哈利叫不出名字的赫奇帕奇女生,一根长长的辫子拖在背上,三个拉文克劳男生,哈利可以肯定他们叫安东尼·戈德斯坦、迈克尔·科纳和泰瑞·布特,还有金妮,后面跟着一个瘦瘦高高、长着一个翘鼻子的黄头发男生,哈利模模糊糊记得他是赫奇帕奇魁地奇球队的队员,走在最后的是弗雷德、乔治和他们的朋友李·乔丹,三个人怀里都抱着大纸袋,里面装满了在佐科笑话店买的东西。

"三两个人?"哈利声音嘶哑地对赫敏说,"三两个人?"

"是啊,不错,看来这个主意很得人心。"赫敏高兴地说,"罗恩,你是不是再搬几把椅子过来?"

酒吧老板正在用一块脏得像是从来没洗过的破布擦一只玻璃

第16章 在猪头酒吧

杯,看到这情景不禁呆住了。他的酒吧大概从没来过这么多人。

"嘿,"弗雷德说,抢先走到吧台旁,迅速数了数他的同伴,"劳驾,能不能给我们来……二十五瓶黄油啤酒?"

酒吧老板瞪了他片刻,然后恼怒地把破布扔下,似乎正在做一件非常重要的事情被打断了,他开始从吧台下面拿出一瓶瓶灰扑扑的黄油啤酒。

"谢谢!"弗雷德说着把啤酒传给大家,"每个人都出点钱吧,我可买不起这么多啤酒……"

哈利麻木地望着这一大帮叽叽喳喳的人从弗雷德手中接过啤酒,然后在袍子里摸索着寻找硬币。他想象不出这么多人是来做什么的,接着他突然产生了一个可怕的想法:他们大概想听人演讲,于是他恼怒地转向赫敏。

"你对别人是怎么说的?"他压低声音问,"他们想听到什么?"

"我已经告诉过你了,他们只是想听你讲讲你要说的话。"赫敏安慰他道,见哈利还是怒气冲冲地看着她,她便赶紧补充道,"现在还不需要你做什么,我先对他们说几句。"

"嘿,哈利。"纳威绽开满脸笑容,在哈利对面坐了下来。

哈利勉强对他报以微笑,但什么也没说。他嘴里突然变得特别干。秋刚才对他嫣然一笑,坐在了罗恩右边。她的朋友,就是那个长着一头淡红金色鬈发的女生,却没有笑,而是用完全不信任的眼光看了看哈利,似乎准确无误地告诉他,若依着她自己的意思,是根本不会上这儿来的。

这些新来的人三三两两地围着哈利、罗恩和赫敏坐了下来,有的显得很兴奋,有的则充满好奇,卢娜·洛夫古德恍恍惚惚地独自发呆。每个人都在椅子上坐定了,说话声也渐渐平静下来。大家的目光都盯在哈利身上。

"嗯,"赫敏说,因为紧张,她的声音比平常略高一些,"嗯——

呃——大家好。"

这伙人把注意力转向了赫敏,但目光仍然不时地扫到哈利身上。

"是这样……嗯……咳,你们都知道为什么要上这儿来。嗯……是这样,哈利想出一个主意——我是说——"(哈利狠狠地瞪了她一眼)"——我想出一个主意——如果有谁愿意学习黑魔法防御术——我是说,学到真本事,而不是那个乌姆里奇教给我们的那堆垃圾——"(赫敏的声音突然变得坚定和理直气壮了许多)"——谁也不会管那玩意儿叫黑魔法防御术——"("说得好,说得好!"安东尼·戈德斯坦说,赫敏似乎很受鼓舞)"——我想,我们不妨,嗯,自己解决问题。"

她顿了顿,侧脸看看哈利,继续说道:"我的意思是学会如何有效地保护自己,不仅是学理论,还要练习真正的魔咒——"

"但是我想,你肯定也需要通过黑魔法防御术课的 O.W.L. 考试吧?"迈克尔·科纳说。

"当然是的,"赫敏立刻说道,"但是比那更重要的是,我想在防御术方面得到正规的训练,因为……因为……"她深深吸了口气才把话说完,"因为伏地魔回来了。"

大家的反应立竿见影,不出所料。秋的女友尖叫一声,把黄油啤酒泼洒在自己身上;泰瑞·布特不由自主地抽搐了一下;帕德玛·佩蒂尔打了个寒战;纳威发出一声怪叫,又及时把它转化为咳嗽。但他们都眼巴巴地,甚至是迫切地望着哈利。

"嗯……计划就是这样,"赫敏说,"如果你们想加入,我们需要决定一下今后怎么——"

"有什么证据证明神秘人回来了?"那个黄头发赫奇帕奇球员用咄咄逼人的口气问。

"噢,邓布利多相信——"赫敏话没说完。

第16章 在猪头酒吧

"你是想说,邓布利多相信他。"黄头发的男孩说着冲哈利点了点头。

"你是谁?"罗恩很不礼貌地问。

"扎卡赖斯·史密斯。"那男孩说,"我认为我们有权知道他究竟为什么要说神秘人回来了。"

"注意,"赫敏敏捷地插进来说,"这其实并不是这次聚会所要讨论的——"

"没关系,赫敏。"哈利说。

他这才明白为什么会来这么多人。他认为赫敏本应该看清这一点。这帮人中有一些——甚至是大多数——之所以来,是想亲耳听听哈利编了哪些谎话。

"我为什么要说神秘人回来了?"他直视着扎卡赖斯的脸问道,"因为我看见他了。邓布利多上学年结束时已经对全校同学讲了事情的经过,如果你不相信他,那么你也不会相信我,我不想浪费一下午时间说服别人相信我。"

哈利说话时,大家似乎都屏住了呼吸。哈利感觉到就连酒吧老板也在听。他不停地用那块肮脏的破布擦着同一只玻璃杯,把它擦得更脏了。

扎卡赖斯轻蔑地说:"上学期邓布利多只告诉我们塞德里克·迪戈里被神秘人杀死了,你把迪戈里的尸体带回到霍格沃茨。他没有告诉我们具体的细节,他没有告诉我们迪戈里究竟是怎么被害的,我认为我们都很想知道——"

"如果你来是想听听伏地魔杀人是什么情形,我可没法帮助你。"哈利说。他的火气这些日子总是接近临界点,现在又噌噌地往上蹿了。他眼睛仍然盯着扎卡赖斯·史密斯那张咄咄逼人的脸,并打定主意不去看秋。"我不想谈论塞德里克·迪戈里,明白吗?如果你上这儿来就是为了这个,你现在就可以走了。"

他气呼呼地朝赫敏那边瞪了一眼。他觉得这一切都怪她，是她决定把他当个怪物一样拿出来展览的，不用问，他们都是想来看看他编的那些谎话到底有多离奇。然而，他们没有一个人离开座位，就连扎卡赖斯也不例外，尽管他仍然毫不示弱地盯着哈利。

"所以，"赫敏说，她的声音又变得尖细，"所以……就像我刚才说的……如果你们想学习一些防御术，我们就需要筹划一下该怎么做，多长时间碰一次面，在什么地方碰面——"

"那是真的吗，"那个背后拖着一根长辫子的女生望着哈利，打断了赫敏的话，"你真的能变出一个守护神吗？"

听了这话，大伙儿很感兴趣地低声议论起来。

"是啊。"哈利有点提防地说。

"一个实体守护神？"

这句话使哈利想起了什么。

"呃——你不认识博恩斯夫人吧？"他问。

那女生笑了。

"她是我姑姑，"她说，"我叫苏珊·博恩斯。我姑姑对我说了你受审的事。那么——这是真的喽？你能变出一头牡鹿守护神？"

"是的。"哈利说。

"天啊，哈利！"李说，显出十分钦佩的样子，"我以前从不知道！"

"妈妈叫罗恩不要四处张扬，"弗雷德朝哈利咧嘴笑着说，"她说你受到的注意已经够多的了。"

"她说得没错。"哈利低声说，有几个人大声笑了起来。

裹纱巾的女巫在座位上不易察觉地动了动。

"你用邓布利多办公室的那把剑杀死了蛇怪？"泰瑞·布特问道，"那是去年墙上的一幅肖像告诉我的……"

"嗯——是的，确实是这样。"哈利说。

第 16 章　在猪头酒吧

贾斯廷·芬列里吹了声口哨，克里维兄弟俩交换了一个震惊的目光，拉文德·布朗轻轻叫了一声："哇！"哈利觉得他衣领周围开始有点发热了。他下定决心就是不去看秋。

"我们上一年级的时候，"纳威对大伙儿说，"他抢出了那颗魔术石——"

"是魔法石。"赫敏小声地纠正他。

"噢，对——是从神秘人手中。"纳威把话说完。

汉娜·艾博的眼睛瞪得像金加隆那么圆。

"更不用说，"秋说（哈利猛地将目光转向她，她面带微笑看着他，他的内心又是一阵翻腾），"上学期他在三强争霸赛里所完成的那些项目——穿越火龙、人鱼和巨蜘蛛等等……"

桌旁响起一片表示钦佩和赞同的喃喃声。哈利内心一阵悸动。他拼命调整自己的面部表情，不要显出太得意的样子。秋这样赞扬他，使得他刚才发誓要对他们说的话现在很难说得出口了。

"其实，"他说，大家立刻安静了下来，"我……我不想表现得故作谦虚什么的，可是……所有那些事情我都得到过许多帮助……"

"穿越火龙那次你没有得到帮助，"迈克尔·科纳立刻说，"你当时飞起来的样子真够酷的……"

"是啊，嗯——"哈利说，觉得再表示反对就会显得无礼了。

"今年夏天你摆脱那些摄魂怪时也没有人帮助你。"苏珊·博恩斯说。

"是的，"哈利说，"是的，对，我知道我做的有些事情没有得到帮助，但我想要说明的是——"

"你该不是在耍滑头，不想把这些魔法展示给我们看吧？"扎卡赖斯·史密斯说。

"我有一个主意，"罗恩不等哈利说话就大声说，"你干吗不闭上你的嘴呢？"

也许"耍滑头"这个词特别令罗恩反感①。反正，他此刻狠狠地瞪着扎卡赖斯，似乎恨不得上去揍他一顿。扎卡赖斯脸红了。

"我们都是来跟他学东西的，可是他却说他实际上什么都不会。"他说。

"他不是这么说的。"弗雷德气呼呼地说。

"你是不是要我们帮你洗洗耳朵呀？"乔治问道，从一只佐科笑话店的购物袋里掏出一个长长的、看着怪可怕的金属玩意儿。

"或者你身体上随便什么部位，我们才不管把它插在哪儿呢。"弗雷德说。

"好了，好了，"赫敏赶紧说道，"言归正传……关键是，我们一致同意让哈利给我们上课吗？"

大家喃喃地表示赞同。扎卡赖斯抱着双臂什么也没说，不过这也许是因为他正紧张地盯着弗雷德手里的东西。

"好的。"赫敏说，显得松了口气，总算有一件事情定下来了，"那么，第二个问题是，我们多长时间上一次课。我想，少于一星期一次恐怕没有什么用——"

"慢着，"安吉利娜说，"一定要保证这跟我们的魁地奇球训练不相冲突。"

"对，"秋说，"也不能跟我们的相冲突。"

"还有我们的。"扎卡赖斯·史密斯说。

"我相信我们能找到一个适合所有人的晚上，"赫敏说，略微有些不耐烦，"但是你们知道，这是很重要的，我们谈论的是学点本事保护自己，抵抗伏—伏地魔的食死徒——"

"说得好！"厄尼·麦克米兰大声喊道，哈利本以为他早就会

---

① 在英语中，"耍滑头"这个词的发音和罗恩的姓"韦斯莱"比较接近。

第16章 在猪头酒吧

开口说话的,"我个人认为,这确实非常重要,大概比我们今年要做的其他任何事情都重要,甚至包括即将到来的O.W.L.考试!"

他威严地扫视大家一眼,似乎等着有人大声说"那可不对!"看到没有人开口,他继续说:"我个人十分纳闷,为什么在这样一个至关重要的时期,魔法部给我们塞进来那样一个根本没用的老师。显然,他们拒绝相信神秘人已经回来了,但也不至于给我们派来这么个千方百计阻止我们使用防御咒的老师——"

"我们认为,乌姆里奇之所以不让我们练习黑魔法防御术,"赫敏说,"是因为她脑子里有一些……一些荒唐的想法,以为邓布利多会利用学校的学生作为一支秘密军队。她以为邓布利多会鼓动我们去对抗魔法部。"

听到这个消息,几乎每个人都惊得目瞪口呆,只有卢娜·洛夫古德例外,她尖声道:"是的,这也说得通。毕竟康奈利·福吉就有自己的秘密军队。"

"什么?"哈利说,完全被这个意想不到的信息惊呆了。

"是的,他有一支黑利奥帕组成的军队。"卢娜一本正经地说。

"不可能。"赫敏不客气地说。

"千真万确。"卢娜说。

"黑利奥帕是什么?"纳威问,显得很茫然。

"它们是火精灵,"卢娜说,凸出的眼睛睁得大大的,使她显得比平常更加疯狂,"是浑身冒火的庞然大物,在大地上飞奔而过,能把面前的一切烧得精光——"

"它们根本不存在,纳威。"赫敏尖刻地说。

"哦,存在!"卢娜生气地说。

"对不起,请问有什么证据呢?"赫敏厉声地问。

"有大量目击者的报道。就因为你这么孤陋寡闻,需要所有的东西都塞到你的鼻子底下才会——"

"咳，咳，"金妮惟妙惟肖地模仿着乌姆里奇教授，几个人吃惊地东张西望，然后哈哈大笑起来，"刚才我们不是要决定多长时间聚会一次上防御课的吗？"

"对啊，"赫敏立刻说道，"对啊，你说得对，金妮。"

"我说，一星期一次再好不过了。"李·乔丹说。

"只要——"安吉利娜刚想说话。

"是的，是的，我们知道还有魁地奇球。"赫敏用紧张的口气说，"还有一件事情需要决定，就是我们在什么地方聚会……"

这个问题比较复杂，大家都陷入了沉默。

"图书馆？"片刻之后凯蒂·贝尔建议道。

"我们在图书馆里练习恶咒，平斯女士恐怕不会太高兴。"哈利说。

"要么找一间不用的教室？"迪安说。

"是啊，"罗恩说，"麦格大概会让我们用她的教室呢，上回哈利为三强争霸赛训练时，她就是这么做的。"

然而哈利可以肯定，麦格这次不会这么通融了。尽管赫敏说学习小组和作业小组是允许的，但哈利心里很清楚，别人会认为他们这个小组大逆不道。

"这样吧，我们想办法找一个地方，"赫敏说，"等确定了第一次聚会的时间和地点，就发消息通知大家。"

她在包里翻找了一阵，拿出羊皮纸和一支羽毛笔，然后迟疑着，似乎在下决心强迫自己把话说出来。

"我——我想让每个人把自己的名字写下来，这样就知道今天来的都有谁了。我同时还认为，"她深深吸了口气，"我们应该一致同意不把我们要做的事情张扬出去。所以你们一旦签了名，就表示同意不把我们的事情告诉乌姆里奇或其他任何人。"

弗雷德伸手接过羊皮纸，欣然地在上面签了自己的名字，可是

第16章 在猪头酒吧

哈利立刻注意到，有几个人听说要把他们的名字写在名单上，显得不太高兴。

"呃……"扎卡赖斯慢吞吞地说，没有接乔治递过去的羊皮纸，"嗯……我想厄尼肯定会告诉我什么时候聚会的。"

可是厄尼对于签名也显得很犹豫。赫敏对他扬起了眉毛。

"我……嗯，我们是级长，"厄尼脱口而出，"如果名单被别人发现了……嗯，我的意思是……你自己也说了，如果被乌姆里奇发现了——"

"你刚才还说参加这个小组是你今年要做的最重要的事情。"哈利提醒他。

"我——是的，"厄尼说，"是的，这点我相信，只是——"

"厄尼，你真的以为我会把这张名单到处乱扔吗？"赫敏恼火地说。

"不，不，当然不是，"厄尼说，显得稍稍不那么担心了，"我——好吧，我当然要签名。"

在厄尼之后，没有人再提出反对，不过哈利看见秋的女友朝她责备地白了一眼，才签上了自己的名字。当最后一个人——扎卡赖斯——也把名字签上后，赫敏把羊皮纸收回去仔细放进书包。现在小组里有了一种奇怪的感觉。似乎大家刚刚签了一份契约。

"好了，时间过得真快。"弗雷德大大咧咧地说，一边站了起来，"乔治、李和我还要去买一些高度机密的东西，我们待会儿见！"

其他人也三三两两地起身告辞。秋在离开前磨磨蹭蹭地系着书包上的搭扣，长长的、瀑布般的黑发飘到前面挡住了她的脸，但她的女友站在她旁边，抱着双臂，不耐烦地咂着舌头，秋别无选择，只好和她一起走了。就在女友陪她走出门时，秋回过脸，冲哈利挥了挥手。

"我觉得进行得还算顺利。"片刻之后，赫敏和哈利、罗恩一起走出猪头酒吧,来到阳光灿烂的户外,她高兴地说。哈利和罗恩手里还攥着各自的那瓶黄油啤酒。

"那个叫扎卡赖斯的家伙是个讨厌鬼。"罗恩说,怒气冲冲地瞪着远处隐约可见的扎卡赖斯的背影。

"我也不太喜欢他,"赫敏承认道,"但那天我在赫奇帕奇桌上跟厄尼和汉娜说话时,被他听见了,他似乎特别感兴趣地要来,我能说什么呢?不过确实是人来得越多越好——我是说,迈克尔·科纳如果不是在跟金妮谈恋爱,他和他那些朋友是不会来的——"

罗恩正把瓶里最后几滴黄油啤酒倒进嘴里,听了这话,一下子呛住了,啤酒洒在了胸前。

"他在**什么**?"罗恩气急败坏地问,两只耳朵活像两个生牛肉卷,"她在谈恋爱——我的妹妹在谈恋爱——你说什么,在跟迈克尔·科纳谈恋爱?"

"是啊,我想正因为这个,科纳和他那些朋友才会来的——是啊,他们显然对学习防御术很感兴趣,但如果金妮没有告诉迈克尔是怎么回事——"

"什么时候开始——她什么时候——"

"去年年底,他们在圣诞舞会上遇见的,后来就开始约会。"赫敏镇静地说。他们拐上大路,她在文人居羽毛笔店外停住脚步,橱窗里陈列着许多讨人喜欢的野鸡羽毛笔,摆放得非常漂亮。"唔……我想买一支新笔。"

她转身进了商店。哈利和罗恩也跟了进去。

"迈克尔·科纳是哪个家伙?"罗恩气呼呼地问。

"黑皮肤的那个。"赫敏说。

"我不喜欢他。"罗恩不假思索地说。

"真让我吃惊。"赫敏压低声音说。

第16章 在猪头酒吧

"可是,"罗恩说,跟着赫敏走过一排排插在铜钵里的羽毛笔,"我还以为金妮喜欢哈利呢!"

赫敏十分同情地看着他,摇了摇头。

"金妮以前是喜欢哈利,但几个月前她放弃了。当然啦,她并不是不喜欢你。"她好心地对哈利补充一句,一边仔细检查一支长的、黑色和金色相间的羽毛笔。

哈利脑子里还满是秋离开时朝他挥手的情景,对这个话题不像罗恩那么感兴趣,罗恩简直是气得发抖了。但哈利确实想起了一些他在此之前没怎么注意的情况。

"怪不得她现在开始说话了,是吗?"他问赫敏,"她以前在我面前从不说话的。"

"对极了。"赫敏说,"好吧,我想我就要这一支了……"

她走向柜台,递过去十五个西可和两个纳特,罗恩仍然对着她的脖子呼哧呼哧地喘粗气。

"罗恩,"赫敏转身踩了下他的脚,严厉地说,"金妮正是因为这个才没告诉你她在跟迈克尔谈恋爱的,她就知道你会一听就炸。所以,看在老天的分儿上,别再对这件事唠叨个没完了。"

"你这话是什么意思?谁一听就炸?我才不会为什么事唠叨个没完呢……"罗恩走在街上,还一直在不出声地嘀咕。

赫敏冲哈利翻了翻眼睛,然后趁罗恩仍在低声咒骂迈克尔·科纳的工夫低声说:"说起迈克尔和金妮……你和秋怎么样啦?"

"你这是什么意思?"哈利赶紧问道。

似乎有一股沸腾的热水在身体里迅速奔涌,带给他一种火辣辣的感觉,使他的脸在寒风中感到刺痛——他表现得那么明显吗?

"嘿,"赫敏微微带笑说,"她简直就不能把目光从你身上挪开,是不是?"

哈利从没有发现霍格莫德村竟是这样美丽。

第 17 章

第二十四号教育令

这个周末余下的时光,哈利觉得整个学期都没这么开心。他和罗恩星期天又花了不少时间赶家庭作业,虽然这很难说是乐趣,但秋天最后的灿烂阳光依旧照耀着,所以他们没有伏在公共休息室的书桌前,而是把作业拿到外面,坐在湖边一棵大山毛榉树底下。赫敏的功课当然都按时做完了,她又带了些毛线出来,对织针施了魔法,让它们在她身边咔嗒咔嗒地飞舞,织出更多的帽子和围巾。

想到他们在反抗乌姆里奇和魔法部,自己是反叛的关键人物,哈利感到极大的满足。他不断地在脑子里重温星期六的聚会:那么多人来向他学习黑魔法防御术……他们听了他的事迹之后的表情……秋赞扬他在三强争霸赛中的表现……大家没有把他当成说谎的怪物,而是当成钦佩的对象,这使他情绪高涨,直到星期一早晨还很兴奋,尽管还要上所有他最不喜欢的课。

他和罗恩一起走下宿舍楼梯,一边讨论着安吉利娜的主意:在当晚的魁地奇比赛中练习新招术:树懒抱树滚。走到阳光明亮的公共休息室中间,他们才发现屋里多了点东西,它已经吸引了一小群人的注意。

第17章　第二十四号教育令

格兰芬多的布告栏上贴了一张大告示，大得盖住了布告栏上其他的一切——售卖二手咒语书的单子、阿格斯·费尔奇定期提醒的校规、魁地奇球队训练日程、交换巧克力蛙画片的条子、韦斯莱兄弟找人做试验的新广告、到霍格莫德村过周末的日期，还有失物招领启事。新告示上印着大黑体字，底下有一个看上去很正式的印章，旁边是工整的花体签名。

霍格沃茨高级调查官令

兹解散一切学生组织、协会、团队或俱乐部。

组织、协会、团队和俱乐部的定义是三名或三名以上学生的定期集会。

可向高级调查官（乌姆里奇教授）请求重组。

未经高级调查官批准，不得存在任何学生组织、协会、团队或俱乐部。

如发现有学生未经高级调查官批准而组建或参加任何组织、协会、团队或俱乐部，立即开除。

以上条例符合《第二十四号教育令》。

签名：

高级调查官

多洛雷斯·简·乌姆里奇

哈利和罗恩越过一些二年级学生的头顶读着告示，那几人显得有些担忧。

"他们会关掉高布石俱乐部吗？"其中一个问他的朋友。

"我想你们的高布石没事。"罗恩阴沉地说，把那二年级学生吓了一跳，二年级学生急忙走了。"但我们可能不会那么幸运，你觉得呢？"他问哈利。

哈利重新读着告示,星期六以来的满心快乐消失了,他现在满腔怒火。

"这不是巧合,"他攥着拳头说,"她知道了。"

"不可能。"罗恩马上说。

"酒吧里人多耳杂。正视事实吧,我们不知道在场的有多少人可以信任……任何人都可能跑去向乌姆里奇告密……"

而他还以为他们相信他,甚至钦佩他……

"扎卡赖斯·史密斯!"罗恩一拳砸在掌心里,"要么就是——我觉得那个迈克尔·科纳也有些鬼鬼祟祟——"

"不知道赫敏看了这个没有?"哈利扭头望望通往女生宿舍的门。

"我们去告诉她。"罗恩说。他一个箭步跳过去,拉开门冲上了螺旋形的楼梯。

他跑到第六级的时候出了事故。在一阵高音汽笛般的响声中,楼梯融化了,变成一条长长的、光溜溜的石滑梯。一刹那间,罗恩还想往前跑,胳膊像风车一样乱舞,然后他向后一倒,顺着新生成的滑梯倒栽下来,躺在哈利的脚下。

"哦——我想我们是不能进入女生宿舍的。"哈利忍着笑把罗恩拉了起来。

两个四年级女生开心地从石滑梯上滑下。

"哦,谁想上楼?"她们咯咯笑着跳起来,眼睛盯着哈利和罗恩。

"我,"罗恩说,他的衣服还乱着,"我没想到会这样。这不公平!"他对哈利说,两个女生朝肖像洞口走去,还在咯咯疯笑,"赫敏可以进我们宿舍,为什么不许我们——?"

"这是一条古板的规矩,"赫敏说,她刚轻轻巧巧地滑到他们面前的地毯上,正在站起身来,"可是《霍格沃茨:一段校史》说学校

第17章　第二十四号教育令

创始人认为男孩没有女孩可靠。好啦，你们为什么想进去？"

"找你啊——你看！"罗恩把她拽到布告栏前。

赫敏的目光顺着告示迅速下移，面容凝重起来。

"一定有人告密了！"罗恩愤然道。

"不可能。"赫敏低声说。

"你太天真了，"罗恩说，"你以为就因为你是正直可靠的——"

"不，不可能，因为我在我们签字的那张羊皮纸上加了一个咒语。"赫敏严肃地说，"相信我，如果有人去向乌姆里奇告密，我们准能知道，而且他们会后悔不迭的。"

"他们会怎么样？"罗恩急切地问。

"这么说吧，它会让爱洛伊丝·米德根的青春痘看上去像几颗可爱的雀斑。"赫敏说，"走，我们去吃早饭，看看别人是怎么想的……是不是所有的学院都贴了？"

一进礼堂，他们就看出乌姆里奇的告示不仅贴在格兰芬多楼内。礼堂里有一种特殊的紧张气氛，叽叽喳喳，异常纷乱，人们跑来跑去谈论着看到的消息。哈利、罗恩和赫敏刚坐下，纳威、迪安、弗雷德、乔治、金妮就冲了过来。

"你们看到了吗？"

"你认为她知道了吗？"

"我们怎么办？"

他们都看着哈利。哈利朝四周扫了一眼，确保附近没有教师。

"我们当然还是要干。"他小声说道。

"就知道你会这么说。"乔治眉开眼笑，重重地一拍哈利的胳膊。

"级长们也参加吗？"弗雷德满怀疑问地望着罗恩和赫敏。

"当然。"赫敏冷静地说。

"厄尼和汉娜·艾博过来了，"罗恩回头看着，"还有拉文克劳的那些小子和史密斯……谁也没长出多少粉刺。"

赫敏神色惊慌。

"别管粉刺了，那些傻瓜现在不能过来，会引起怀疑的——坐下！"她用口型对厄尼和汉娜说，使劲打手势让他们坐回赫奇帕奇餐桌旁，"等会儿！我们——等会儿——再聊！"

"我去告诉迈克尔，"金妮不耐烦地说，一甩腿跳下凳子，"这个笨蛋，真是……"

她快步走向拉文克劳的餐桌，哈利望着她。秋坐在不远处，正跟她带到猪头酒吧的那个鬈发女朋友聊天。乌姆里奇的告示会不会吓得她不敢来聚会呢？

可是，直到他们离开礼堂去上魔法史课时，才感受到告示的全面影响。

"哈利！罗恩！"

是安吉利娜，她匆匆走来，一脸的绝望。

"没事，"等她走近了，哈利小声说，"我们还会——"

"你发现她把魁地奇球也包括在内了吗？"安吉利娜盖过他的声音说，"我们得去请求重组格兰芬多球队！"

"什么？"哈利说。

"不可能。"罗恩震惊地叫道。

"你们读了告示，上面提到团队！听着，哈利……我说最后一遍……求你，求你不要再跟乌姆里奇闹脾气，不然她可能再也不让我们比赛了！"

"好，好，"哈利说，因为安吉利娜好像快要哭出来了，"别担心，我会注意的……"

"我敢打赌乌姆里奇在魔法史课上，"他们赶着去上课时，罗恩阴郁地说，"她还没有检察过宾斯的课……我可以拿身家性命打赌她在那儿……"

第 17 章　第二十四号教育令

可是他错了，课堂上只有一位教师，就是宾斯教授。他像往常一样飘在他的座椅上方一英寸处，准备继续他那关于巨人战争的嗡嗡说教。哈利甚至没有试图去听他今天讲的内容，他在羊皮纸上信手涂画，不理睬赫敏多次的瞪眼和推搡，直到肋部挨了特疼的一戳才恼火地抬起头来。

"干什么？"

赫敏指指窗外。哈利扭头一看，海德薇栖在窄窄的窗台上，透过厚厚的玻璃看着他，脚上系着一封信。哈利不明白，他们刚吃过早餐，它为什么不像往常一样在那时送信呢？许多同学也在指点着海德薇。

"哦，我一直喜欢那只猫头鹰，它真漂亮。"哈利听见拉文德对帕瓦蒂赞叹说。

他瞟了一眼讲台，宾斯教授继续安详地念着讲义，没发觉全班的注意力比平常更不集中在他身上。哈利悄悄溜下座位，猫着腰沿着座位快步走到窗前，拨开窗钩，慢慢地打开窗户。

他以为海德薇会伸脚让他把信取下，然后飞回猫头鹰棚屋，可是窗户一开到足够宽，它就跳了进来，哀哀直叫。哈利关上窗，担心地瞥了一眼宾斯教授，猫腰溜回座位，海德薇蹲在他的肩头。他坐下后，把海德薇放到腿上，开始取它脚上的信。

这时他才发现海德薇的羽毛异常蓬乱，有的倒折着，一只翅膀弯成一个奇怪的角度。

"它受伤了。"哈利小声说，头低垂在海德薇的身体上方。赫敏和罗恩凑过来，赫敏甚至放下了她的羽毛笔。"看——它的翅膀不对劲——"

海德薇在颤抖，哈利碰到它的翅膀时，它惊跳了一下，羽毛全部竖了起来，好像充了气一般，它责怪地看着哈利。

"宾斯教授，"哈利大声说，全班都回过头来，"我不舒服。"

宾斯教授从讲义上抬起眼睛,像往常一样似乎很惊讶地发现屋子里坐满了人。

"不舒服?"他恍惚地重复道。

"很不舒服,"哈利坚定地说,把海德薇藏在身后站了起来,"我想我需要去校医院。"

"对,"宾斯教授显然有些手足无措,"对……对,校医院……好,那你去吧,珀金斯……"

一出教室,哈利就把海德薇放回肩头,顺着走廊疾行,直到看不见宾斯的门才停下来思考。他想到的给海德薇疗伤的第一人选当然是海格,但是不知道海格在哪儿,现在唯一的选择只有去找格拉普兰教授,希望她能帮忙。

他透过窗户朝狂风大作、阴云笼罩的场地上张望。海格的小屋附近看不到格拉普兰教授的踪影,如果没在上课,她可能在教工休息室。哈利往楼下跑去,海德薇在他肩上摇晃起来,微弱地鸣叫。

教工休息室门口立着一对滴水嘴石兽,哈利走近时,其中一头声音沙哑地说:"你该在教室里,年轻人。"

"情况紧急。"哈利简短地答道。

"哦,情况紧急,是吗?"另一只石兽尖声说,"这下我们可没话说了,对不对?"

哈利敲敲门,脚步声响起,门开了,站在他面前的是麦格教授。

"你不会又被关禁闭了吧!"她一见哈利就说,方眼镜片闪着危险的光。

"没有,教授!"哈利急忙说。

"那你为什么没上课?"

"显然是情况紧急。"第二只石兽讥讽地说。

"我想找格拉普兰教授,"哈利解释道,"我的猫头鹰受伤了。"

"受伤的猫头鹰?"

第 17 章　第二十四号教育令

格拉普兰教授出现在麦格教授身旁，吸着烟斗，手拿一份《预言家日报》。

"是的，"哈利小心地把海德薇从肩上举了起来，"它比其他猫头鹰到得都晚，而且它的翅膀有问题，看——"

格拉普兰教授把烟斗紧紧地咬在嘴里，从哈利手中接过海德薇，麦格教授在一旁看着。

"嗯，"格拉普兰教授说，嘴里的烟斗一动一动的，"看来它遭到了袭击，可是想不出会是什么东西……当然，夜骐有时会袭击鸟类，但霍格沃茨的夜骐已经被海格训练过，不会袭击猫头鹰……"

哈利既不知道也不关心夜骐是什么，他只想弄清海德薇有没有事。但麦格教授锐利地看着哈利说："你知道这只猫头鹰飞了多远吗，波特？"

"嗯，"哈利说，"是从伦敦飞过来的吧，我想。"

他匆匆接触到麦格教授的目光，从她眉心拧起的样子看出，她明白"伦敦"代表着"格里莫广场12号"。

格拉普兰教授从袍子里掏出一只镜片，安到她的眼睛上，仔细检查海德薇的翅膀。"如果你把它留在我这儿，我应该可以把这些伤治好，波特。"她说，"反正它这几天不应做长途飞行。"

"呃——好的——谢谢。"哈利说，这时下课铃响了。

"没什么。"格拉普兰教授粗声说道，转身走进了教师办公室。

"等等，威尔米娜①！"麦格教授叫道，"波特的信！"

"哦，对了！"哈利说，他一时忘了系在海德薇脚上的纸卷。格拉普兰教授把它递了过来，带着海德薇消失在屋内。海德薇一直盯着哈利，似乎不能相信他会这样把自己交出去。哈利有点内疚地

---

① 格拉普兰教授的名字。

转身离开，但麦格教授把他叫住了。

"波特！"

"是，教授？"

麦格教授朝走廊上看看，两头都有学生走来。

"记住，"她小声急促地说，眼睛望着哈利手里的纸卷，"霍格沃茨内外的通信渠道可能被监视了，知道吗？"

"我——"哈利说，但走廊上的人流几乎已涌到他身边。麦格教授简单地对他点点头，退回屋里，哈利被人群裹挟着走到外面的院子里，看到罗恩和赫敏已经站在一个有遮盖的角落，斗篷领子竖着挡风。哈利快步向他们走去，一边撕开纸卷，看到了小天狼星的字迹：

今天，老时间，老地方。

"海德薇没事吧？"他一走近，赫敏就焦急地问。

"你把它弄哪儿去了？"罗恩问。

"交给了格拉普兰，"哈利说，"我还碰到了麦格……听着……"

他转述了麦格教授的话，令他奇怪的是，两人都没显得震惊，而是意味深长地交换了一下眼色。

"怎么？"哈利来回地看着罗恩和赫敏。

"我刚才还对罗恩讲……会不会有人拦截了海德薇？它以前从没在飞行中受过伤，是不是？"

"到底是谁的信？"罗恩把纸条抓了过去。

"伤风的。"哈利小声说。

"'老时间，老地方'？他是不是指公共休息室的壁炉？"

"显然是的，"赫敏也在看着纸条，表情有点不安，"但愿没人

第17章 第二十四号教育令

看过这信……"

"信还封得好好的，"哈利说，试图安慰她，也是想说服自己，"而且没人看得懂，除非他们知道我们上次在哪儿跟他说过话，是不是？"

"我没把握，"赫敏担忧地说，把书包甩到肩上，因为铃声又响了，"用魔法重新封上纸卷并不是很难……要是再有人监视飞路网……可是我不知道用什么方式警告他才能不被拦截！"

他们沉重地走下地下教室的石阶去上魔药课，三人都在沉思，可是下到底层时，他们被德拉科·马尔福的声音唤醒了。他正站在斯内普教室门外，挥舞着一张公文样的羊皮纸，提高了嗓门在嚷嚷，他们听得清清楚楚。

"没错，乌姆里奇马上就批准了斯莱特林魁地奇球队继续活动，我今天一早去问她的。嘿，这事办起来简直毫不费劲。跟你说吧，她和我爸爸很熟，我爸爸经常出入魔法部……格兰芬多能不能继续活动就有的瞧了，是不是？"

"别发火，"赫敏恳求地对哈利和罗恩说，他们俩都瞪着马尔福，脸色铁青，握着拳头，"他就想激怒你们……"

"我是说，"马尔福又提高了一些嗓门，灰眼睛恶意地朝哈利和罗恩这边闪着，"如果这事要论在魔法部的影响力，我觉得他们没什么机会……据我爸爸说，部里这些年一直在找理由撤掉亚瑟·韦斯莱……至于波特嘛……我爸说部里把他送到圣芒戈去只是迟早的事……他们好像有个特殊病房，专收脑子被魔法搞坏的人……"

马尔福扮出一副怪相，嘴拉得老长，眼珠转来转去。克拉布和高尔像往常一样咯咯傻笑，潘西·帕金森兴奋地尖叫。

什么东西猛地撞到哈利肩上，把他撞到了一边。他刹那间意识到纳威从他身边冲了过去，直奔马尔福。

"纳威，不要！"

哈利一个箭步，抓住纳威袍子的后摆，纳威疯狂地挣扎，挥着拳头，拼命想去揍马尔福。马尔福一时显得惊骇万分。

"帮帮我！"哈利对罗恩喊道，他一只胳膊搂住纳威的脖子，把他往后拖离斯莱特林那帮人。克拉布和高尔现在也活动起了胳膊，护在马尔福身前，准备打架。罗恩急忙上前抓住纳威的手臂，和哈利一起把他拖回格兰芬多这边。纳威脸涨得通红，哈利加在他脖子上的力量使他话语不清，但他嘴里还是蹦出了一些字眼。

"不是……开玩笑……不要……芒戈……教训……他……"

地下教室的门开了，斯内普站在那儿，他的黑眼珠扫向格兰芬多这边，看到哈利、罗恩和纳威扭在一起。

"打架，波特、韦斯莱、隆巴顿？"斯内普用他那冷冰冰的、讥讽的语调说，"格兰芬多扣十分。放开隆巴顿，波特，不然就关禁闭。全部进教室。"

哈利放开手，纳威站在那儿喘着气，对他怒目而视。

"我必须拦着你，"哈利气喘吁吁地说，一边捡起书包，"克拉布和高尔会把你撕碎的。"

纳威没说话，抓起自己的书包，大步走进地下教室。

"看在老天的分上，"他们跟在纳威后面，罗恩迟钝地说，"这是怎么回事？"

哈利没有回答，他了解为什么纳威最听不得脑子被魔法搞坏而进圣芒戈的话，但他对邓布利多发过誓，不把纳威的秘密告诉任何人。就连纳威也不知道哈利是知情者。

哈利、罗恩和赫敏在教室后排的老位子上坐下来，抽出羊皮纸、羽毛笔和《千种神奇药草及蕈类》课本。周围的同学都在交头接耳地议论纳威刚才的行为，但当斯内普关上地下教室的门，发出重重的回响时，全班顿时肃静下来。

第17章 第二十四号教育令

"大家会发现，"斯内普用低沉、讥讽的语调说，"我们今天有一位客人。"

他朝昏暗的角落一指，哈利看见乌姆里奇教授坐在那儿，腿上放着写字板。他瞟瞟罗恩和赫敏，扬了扬眉毛。斯内普和乌姆里奇，他最讨厌的两个老师……他难以决定自己希望谁占上风。

"今天继续配增强剂，你们会看到自己上节课留下的混合液，如果配得对，周末的时候应该已经充分发酵了。操作方法——"他又挥起魔杖，"——在黑板上。开始。"

乌姆里奇教授前半个小时都在角落里记笔记。哈利一心想听她向斯内普提问，以至于配药时又粗心大意了。

"火蜥蜴血，哈利！"赫敏叫道，抓着他的手腕，不让他第三次加错成分，"不是石榴汁！"

"好的。"哈利心不在焉地说，放下瓶子，继续注视着角落里，乌姆里奇刚刚站起来。"哈。"他轻声说。只见乌姆里奇从两排桌子间走向斯内普，斯内普正在俯身查看迪安·托马斯的坩埚。

"哎呀，这个班看来学得相当深嘛，"乌姆里奇轻快地对着斯内普的后背说，"但我怀疑教他们增强剂这样的药剂是否可取。我想部里会希望把它从课程中删掉。"

斯内普缓缓直起腰，转身看着她。

"那么……你在霍格沃茨教课有多久了？"乌姆里奇问，羽毛笔做好了在写字板上记录的准备。

"十四年。"斯内普的表情深不可测。哈利紧紧盯着他，加了几滴液体，药水发出可怕的嘶嘶声，由青绿变成了橘黄。

"你先申请任教黑魔法防御术课，是不是？"乌姆里奇教授问斯内普。

"是的。"斯内普低声说。

"但没申请到？"

斯内普撇着嘴。

"显而易见。"

乌姆里奇教授在写字板上刷刷地写着。

"你进校以来多次申请任教黑魔法防御术课,是不是?"

"是的。"斯内普低声说,嘴唇几乎不动。他看上去很恼火。

"你知道邓布利多为什么屡次拒绝用你吗?"乌姆里奇问。

"我建议你去问他。"斯内普生硬地答道。

"我会的。"乌姆里奇教授笑容可掬地说。

"这有关系吗?"斯内普问,他的黑眼睛眯缝起来。

"有啊,"乌姆里奇教授说,"部里希望全面了解教师的——呃——背景。"

她转身走开,踱到潘西·帕金森身边,开始向她询问课程情况。斯内普回头看看哈利,两人视线短暂相交,哈利急忙垂眼看他的药水,它现在已经凝结成污浊不堪的一体,发出橡胶烧煳了的冲鼻气味。

"又是零分,波特。"斯内普恶狠狠地说,魔杖一挥清空了哈利的坩埚,"你给我写一篇这种药剂正确配制的文章,注明你错在哪儿,为什么错,下节课交上来,听懂了吗?"

"听懂了。"哈利愤怒地说。斯内普已经给他们布置了作业,今晚还有魁地奇球训练,这意味着他又得熬两个通宵。简直不能相信他今天早上醒来还感觉非常快乐呢,他现在只盼着这一天赶快结束。

"我也许要逃占卜课了,"午饭后他们又站在院子里时,他沮丧地说,风掀着他的袍摆和帽檐,"装病赶写斯内普的文章,免得熬夜……"

"你不能逃占卜课。"赫敏正色说。

"听听谁在说话,你自己走出了占卜课的课堂,你恨特里劳尼!"罗恩打抱不平。

第 17 章　第二十四号教育令

"我不恨她,"赫敏高傲地说,"我只觉得她是个糟糕的老师,一个彻头彻尾的老骗子……但哈利已经少上了魔法史课,我觉得他今天不应该再缺课了!"

这话中的实情不容忽视,所以半小时后,哈利坐到了占卜课那热烘烘、散发着一股腻人香水味的课堂上,生着所有人的气。特里劳尼教授又在发《解梦指南》的课本,与其坐在这里琢磨一堆编造的梦,还不如写斯内普罚做的文章呢。

然而,他不是占卜课上唯一一个没好气的人。特里劳尼把一本《解梦指南》掼在哈利和罗恩的桌子上,嘟着嘴大步走开,把下一本《解梦指南》朝西莫和迪安扔去,差点砸到了西莫的脑袋,又把最后一本塞到纳威胸前,推得他从凳子上滑了下去。

"好了,开始吧!"特里劳尼教授大声说,声音尖得有点歇斯底里,"你们知道该干什么!难道我教得有那么差劲,你们都没学会打开课本吗?"

同学们困惑地看着她,面面相觑。但哈利认为他知道是怎么回事。特里劳尼教授怒冲冲地走回高背教师椅,被镜片放大的眼睛里盈满愤怒的泪水。哈利把脑袋凑向罗恩,小声说:"我想她收到调查结果了。"

"教授?"帕瓦蒂·佩蒂尔小声问(她和拉文德一直相当钦佩特里劳尼教授),"教授,有什么——不对吗?"

"不对!"特里劳尼教授叫了起来,声音激动得直发抖,"当然没有!我受了侮辱……含沙射影……毫无根据的指责……但是没有不对,当然没有……"

她颤抖地深吸了一口气,扭过脸去,愤怒的泪水从眼镜下涌了出来。

"且不提,"她哽咽道,"我十六年兢兢业业……显然没人注意……但我不应该受到侮辱,不应该!"

"可是教授,谁在侮辱您呢?"帕瓦蒂怯怯地问。

"当权者!"特里劳尼教授用戏剧般的低沉颤抖的声音说,"那些眼睛被世俗蒙蔽,不能见我所见、知我所知的人……当然,我们这些先知总是让人害怕,总是受迫害……这是——唉——我们的命……"

她哽噎了,用披肩角擦擦湿漉漉的面颊,从袖子里抽出一块小绣花手帕,使劲地擤鼻子,声音就像皮皮鬼发出的呸呸声。

罗恩偷偷地笑。拉文德鄙夷地瞪了他一眼。

"教授,"帕瓦蒂说,"您说的……是不是乌姆里奇教授……?"

"别跟我提那个女人!"特里劳尼教授大喊一声,跳了起来,身上的珠子哗啦哗啦响,眼镜片一闪一闪,"请你们做作业吧!"

余下的时间里,她在班上走来走去,眼镜后还有泪水滴下,并不时地喃喃自语,好像在威胁谁。

"……干脆辞职算了……这种耻辱……留用察看……走着瞧……她怎么敢……"

"你和乌姆里奇有一点相同,"他们在黑魔法防御术课上会合时,哈利悄悄对赫敏说,"她显然也认为特里劳尼是个老骗子……好像让她留用察看了。"

说话间乌姆里奇走进了教室,戴着她的黑天鹅绒蝴蝶结,踌躇满志。

"下午好,同学们。"

"下午好,乌姆里奇教授。"大家拖腔拖调地说。

"请收起魔杖……"

但这次没有一片忙乱,因为根本没人把魔杖拿出来。

"请翻到《魔法防御理论》第三十四页,读第三章'对魔法袭击采取非进攻性反应的理由',看书时——"

第17章　第二十四号教育令

"—— 请不要讲话。"哈利、罗恩和赫敏在嗓子眼里说。

"没有魁地奇球训练了。"晚饭后哈利、罗恩和赫敏走进公共休息室时,安吉利娜声音空洞地说。

"可是我很克制呀!"哈利说,显得十分震惊,"我没对她说什么,安吉利娜,我发誓——"

"我知道,我知道,"安吉利娜痛苦地说,"她只说她还要考虑考虑。"

"考虑什么?"罗恩愤然说道,"她批准了斯莱特林,凭什么不批准我们?"

但是哈利能想象出来,乌姆里奇多么喜欢把格兰芬多魁地奇球队当作悬在他们头上的威胁,她当然不愿意过早放弃这个武器。

"算啦,"赫敏说,"往好的方面想吧——至少你有时间写斯内普的文章了!"

"这是好的方面?"哈利抢白道,罗恩难以置信地望着赫敏,"没有魁地奇球训练,魔药课又罚作业!"

哈利跌坐在椅子上,不情愿地从书包里抽出魔药课的论文开始写。他很难集中思想,尽管他知道小天狼星在火中现身还早,但还是忍不住过几分钟就朝火里看看,以防万一。屋子里吵得要命:弗雷德和乔治好像终于完善了一种速效逃课糖,正在轮流向起哄喝彩的人群演示。

弗雷德先咬口香糖橘黄色的一头,马上大口呕吐起来,吐进他们摆在面前的桶里,然后又强咽下紫色的一头,呕吐立刻停止。每过一阵子,李·乔丹便懒洋洋地清空呕吐物,用的是斯内普常对哈利的药水使用的消失咒。

呕吐声、喝彩声,人们纷纷向弗雷德和乔治订货的声音,使哈利简直没法集中思想写增强剂的正确配方。赫敏也不帮忙,欢呼声和呕吐物落到桶底的声音中夹杂着赫敏不满的大声冷笑,哈利觉得这更让人分神。

"去阻止他们好了!"他烦躁地说,第四次划去写错的狮身鹰首兽爪粉的分量。

"我不能,他们技术上没有犯任何错误。"赫敏咬着牙说,"吃脏东西是他们自己的权利,我也找不到一条规定说别的傻瓜不能买它,除非能证明它有危险,可看上去并没有……"

她和哈利、罗恩看着乔治把呕吐物喷射到桶里,吞下剩下的糖,直起身来微笑着张开手臂,博得长长的喝彩。

"我不明白弗雷德和乔治为什么都只得了三门O.W.L.证书,"哈利看着弗雷德、乔治和李从热切的人群中收金币,"他们学得不错嘛……"

"哦,他们只会一些没用的花哨东西。"赫敏轻蔑地说。

"没用?"罗恩怪叫道,"赫敏,他们已经收了二十六个加隆了。"

韦斯莱兄弟周围的人群很晚才散去,然后弗雷德、李和乔治又坐在那里数钱,午夜过后很久,哈利、罗恩和赫敏总算可以享有公共休息室的清静了。弗雷德终于炫耀地摇着他的钱盒子,关上了通往男生宿舍的门,惹得赫敏皱起眉头。哈利的魔药课论文没写几个字,他决定今晚放弃了。他收拾书本的时候,在扶手椅上打瞌睡的罗恩哼了一声醒过来,迷糊地望向火焰。

"小天狼星!"他叫道。

哈利迅速转身,小天狼星那乱蓬蓬的黑脑袋又出现在火中。

"你们好!"他笑嘻嘻地说。

"你好!"哈利、罗恩和赫敏同声说,三人都跪到壁炉前的地毯上。克鲁克山喵喵叫着凑近炉火,不顾灼热,把脸凑近小天狼星。

"情况怎么样?"小天狼星问。

"不大好,"哈利说,赫敏把克鲁克山拉了回来,免得它烤焦胡

第 17 章　第二十四号教育令

须,"部里又出了个法令,意味着我们不能有魁地奇球队了——"

"——还有秘密黑魔法防御小组?"小天狼星说。

片刻沉默。

"你怎么知道的?"哈利问。

"你们选聚会地点时要更谨慎些,"小天狼星的嘴咧得更开了,"猪头酒吧,你们怎么想的……"

"总比三把扫帚强吧!"赫敏辩解道,"那儿总是挤满了人——"

"——那才不容易偷听呀,"小天狼星说,"你要学的东西还很多,赫敏。"

"谁偷听了我们?"哈利问。

"当然是蒙顿格斯,"小天狼星说,看到三人疑惑的样子,他笑了起来,"就是那个披着长纱巾的女巫。"

"那是蒙顿格斯?"哈利问,不觉惊呆了,"他在猪头酒吧干什么?"

"你说他在干什么?"小天狼星不耐烦地说,"自然是盯着你们了。"

"还有人在跟踪我?"哈利愤怒地问。

"对,是这样,"小天狼星说,"而且很有必要,是不是? 如果你周末放假做的第一件事就是组织一个非法的防御小组。"

但他看上去既不生气也不着急,相反,他望着哈利的目光中带着明显的自豪。

"顿格为什么躲着我们?"罗恩失望地问,"我们愿意见到他。"

"他二十年前被禁止进猪头酒吧,那个酒吧老板记性好极了。"小天狼星说,"斯多吉被捕时我们丢掉了穆迪的备用隐形斗篷,所以顿格近来经常扮成女巫……好了……首先,罗恩——我向你妈妈发了誓要转达她的口信。"

"啊? 说吧。"罗恩有些害怕。

"她叫你无论如何不要参加非法的秘密黑魔法防御小组。她说你肯定会被开除，毁了你的前程。她说以后有的是时间学着保护自己，你现在想那些还太早。她也——"小天狼星的目光转向了另外两人，"——劝哈利和赫敏不要搞这个小组，虽然她承认自己没有资格这样要求你们，但她只求你们记得，她是为你们好。她本想写信，但如果猫头鹰被抓，你们就倒霉了，她也不能自己来说，因为她今晚值班。"

"值什么班？"罗恩忙问。

"别担心，只是凤凰社的事，所以我就当了信使，别忘了告诉她我把口信带到了，因为我感觉她不大信任我。"

又是一阵沉默，克鲁克山喵喵地想去抓小天狼星的脑袋，罗恩抠着地毯上的一个小洞。

"这么说，你是想让我表态不参加防御小组？"哈利终于开口喃喃地问道。

"我？当然不是！"小天狼星惊讶地说，"我觉得这是个好主意！"

"真的？"哈利说，一下子振奋起来。

"当然啦！"小天狼星说，"你想你爸爸和我会乖乖地听乌姆里奇那老女妖的命令吗？"

"可是——上学期你总叫我小心，别冒险——"

"上学期各种迹象表明霍格沃茨校内有人想杀你，哈利！"小天狼星不耐烦地说，"这学期我们知道霍格沃茨校外有人想把我们都干掉，所以我想学习自卫是很好的主意！"

"如果真被开除了呢？"赫敏的脸上带着疑问。

"赫敏，这件事可都是你的主意！"哈利瞪着她说。

"我知道……我只是想听听小天狼星的看法。"她耸耸肩说。

"宁可为自卫而被开除，也比安全地坐在学校里两眼一抹黑强。"小天狼星说。

第 17 章　第二十四号教育令

"好哇，好哇。"哈利和罗恩热烈地欢呼。

"那么，你们如何组织这个小组？在哪儿聚会？"

"现在有点麻烦，"哈利说，"不知道能去哪儿……"

"尖叫棚屋怎么样？"小天狼星提议道。

"嘿，这主意不错！"罗恩兴奋地说，但赫敏发出了怀疑的声音，三人都一起看着她，小天狼星的脑袋在火里转动着。

"小天狼星，你在学校那会儿，只有你们四个人在尖叫棚屋碰头，"赫敏说，"你们都能变成动物，而且我想如果愿意的话，你们可以挤进一件隐形衣里。可是我们有二十八个人，都不会变动物，我们需要的不是一件隐形衣，而是一顶隐形大帐篷——"

"言之有理。"小天狼星说，看上去有点气馁，"我想你们会找到一个地方的……五楼的大镜子后面以前有一个挺大的秘密通道，够你们练习魔咒的——"

"弗雷德和乔治说给堵上了，"哈利摇摇头说，"好像是塌了。"

"哦……"小天狼星皱眉道，"好吧，我想想再——"

他的话音断了，脸色突然变得紧张而惊恐。他转过头，似乎在朝壁炉的砖墙里看。

"小天狼星？"哈利担心地说。

可是他已经消失了。哈利对着火苗愣了片刻，转身看着罗恩和赫敏。

"他怎么——？"

赫敏惊叫一声，跳了起来，眼睛还盯着火里。

火里出现了一只手，摸索着像要抓住什么东西，一只五指短粗的手，戴满难看的老式戒指……

三人吓得撒腿就跑，在男生宿舍门口哈利回头看了一眼。乌姆里奇的手还在火焰中乱抓，好像她知道小天狼星的头刚才就在那里，决心要抓住它似的。

第 18 章

邓布利多军

"乌姆里奇看了你的信,哈利,没有别的解释。"

"你认为乌姆里奇攻击了海德薇?"他愤怒地问。

"我几乎可以肯定。"赫敏神情严峻地说,"注意你的牛蛙,它要跑了。"

哈利用魔杖指着满怀希望地朝桌子另一头蹦去的牛蛙——"牛蛙飞来!"——牛蛙沮丧地落回了他的手里。

魔咒课永远是最适合讲悄悄话的课之一:教室里一般都很热闹;被别人听见的可能性很小。今天,教室里满是呱呱叫的牛蛙和嘎嘎叫的乌鸦,外面倾盆大雨敲打着窗户,哈利、罗恩和赫敏的窃窃私语根本没人听见,他们议论着乌姆里奇怎么会差点抓到了小天狼星。

"自从费尔奇说你订了粪弹,我就一直有这种怀疑,因为那显然是个愚蠢的谎话。"赫敏小声说,"只要看了你的信,就会很清楚你没订,所以你不应该有麻烦——那是一个无聊的玩笑,不是吗?但后来我想,要是有人就想找借口看你的信呢? 那样,对乌姆里奇可是个好办法——告诉费尔奇,让他做恶人没收那封信,然后从他那儿偷去,或直接要求看信——我不认为费尔奇会拒绝,他什

第 18 章 邓布利多军

么时候维护过学生的权利？哈利，你要把你的牛蛙捏死了。"

哈利低头一看，牛蛙被他攥得太紧，眼睛都突出来了，他忙把它放到桌上。

"昨晚可真够险的。"赫敏说，"我在想乌姆里奇知不知道她只是差一点儿。无声无息！"

她用来练无声无息咒的牛蛙叫到一半突然哑了，责备地看着她。

"如果她抓到了伤风——"

哈利接着替她把话讲完。

"——伤风今早可能就回到阿兹卡班了。"哈利心不在焉地挥挥魔杖，他的牛蛙鼓成了一个绿气球，发出一声尖叫。

"无声无息！"赫敏急忙用魔杖指着哈利的牛蛙说，牛蛙无声地瘪了下来，"反正，他不能再这么来了。可是我不知道怎么告诉他。不能让猫头鹰送信了。"

"我想他不会再冒险了。"罗恩说，"他又不笨，他知道自己差点被她抓到。无声无息！"

他面前那只丑陋的大乌鸦嘲笑地呱呱大叫。

"无声无息！**无声无息！**"

乌鸦叫得更响了。

"你的魔杖动得不对，"赫敏用批评的眼光看着罗恩，"不要挥舞，应该迅速一刺。"

"乌鸦比牛蛙难。"罗恩咬着牙说。

"好，我们交换。"赫敏抓过罗恩的乌鸦换掉了她那只肥牛蛙，"无声无息！"乌鸦的尖嘴还在一张一合，但没有了声音。

"很好，格兰杰小姐！"弗立维教授尖细的嗓门说，三人吓了一跳，"现在我来看你练习，韦斯莱先生！"

"什——？噢——噢，好的，"罗恩慌张地说，"呃——无声无息!"

他刺得用力过猛,戳到了牛蛙的眼睛,牛蛙发出一声震耳欲聋的大叫,从桌上蹦了下去。

结果不出他们所料,哈利和罗恩的家庭作业中增加了无声无息咒练习。

因为下雨,课间休息可以留在室内。他们在二楼一间闹哄哄、挤满了人的教室里找了个座位,皮皮鬼在吊灯旁梦幻般地飘着,时而朝某人头顶上吹一滴墨珠。他们刚坐下,安吉利娜就从一堆堆聊天的学生中挤了过来。

"我得到批准了!"她说,"重组魁地奇球队!"

"太棒了!"罗恩和哈利一齐说。

"是啊,"安吉利娜满面春风地说,"我找了麦格教授,我想她可能去求邓布利多了——总之,乌姆里奇只好让步。哈!所以我请你们今晚七点到球场,行吗,我们得补时间。你们意识到离第一场比赛只有三星期了吗?"

她从他们身边挤过去,勉强躲过了皮皮鬼吹出的墨珠,墨珠落到了旁边一个一年级新生的身上,她的身影随之消失。

罗恩看看窗外,笑容在慢慢地消失,窗玻璃被大雨打得一片模糊。

"但愿天会放晴……你怎么了,赫敏?"

赫敏也望着窗户,但好像对一切视而不见。她目光茫然,眉头微锁。

"我在想……"她依然皱眉望着雨打的窗户。

"想小天——'伤风'?"哈利问。

"不……不完全是……"赫敏慢吞吞地说,"我是想……我们是在做正确的事……是吗?"

哈利和罗恩对视了一下。

第18章 邓布利多军

"哦,你说得可真明白,"罗恩说,"你要是说得不清不楚就该让人心烦了。"

赫敏看着他,好像刚刚发现他在那儿似的。

"我只是在想,"她的声音有力了一点,"我们做得是不是正确,组织黑魔法防御小组。"

"什么?"哈利和罗恩齐声说。

"赫敏,这一开始可是你的主意啊!"罗恩抱怨道。

"我知道,"赫敏绞着手说,"但是跟伤风谈过之后……"

"可他很赞成!"哈利说。

"对,"赫敏又望着窗户说,"对,正是这样我才觉得也许不是个好主意……"

皮皮鬼俯身飘到他们头上,用豆子枪瞄准他们,三人下意识地举起书包挡着脑袋,直到他过去。

"有话直说吧,"他们把书包放回地上时,哈利恼火地说,"小天狼星支持我们,结果你倒觉得我们不应该干下去了?"

赫敏显得紧张而难过。她看着自己的手说:"你真相信他的判断吗?"

"我相信!"哈利马上说,"他总给我们出好点子!"

一滴墨珠从他们身旁飞过,正中凯蒂·贝尔的耳朵。赫敏看着凯蒂跳起来朝皮皮鬼扔东西。过了好一会儿赫敏才开口,她好像在斟词酌句。

"你不觉得他自从被困在格里莫广场之后,变得……有点……鲁莽了吗?你不觉得他……好像在……通过我们生活吗?"

"你说什么,'通过我们生活'?"哈利质问道。

"我是说……嗯,我想他愿意在部里派来的人眼皮底下搞一个秘密防御小组……他待在那个地方什么也干不了,一定憋得慌……所以我想他会积极地……怂恿我们。"

罗恩看上去完全被搞糊涂了。

"小天狼星说得对,"他说,"你说话真像我妈妈。"

赫敏咬着嘴唇没有答腔。上课铃响了,皮皮鬼向凯蒂俯冲过去,把一瓶墨水全倒在了她头上。

天气并没有好转,晚上七点钟哈利和罗恩去魁地奇球场训练时,几分钟就被淋得透湿,脚在湿漉漉的草地上直打滑。天空灰沉沉的,雷声阵阵。进到温暖明亮的更衣室里真是舒了口气,但他们知道这轻松只是暂时的。他们发现弗雷德和乔治正在讨论要不要用一种速效逃课糖来躲避飞行。

"……可是我打赌她会知道的,"弗雷德咧嘴说,"我昨天要是没向她兜售吐吐糖就好了。"

"我们可以用发烧糖,"乔治悄声说,"没人看到过——"

"灵吗?"罗恩满怀希望地问,屋顶上雨敲得更响了,狂风绕着屋子呼啸。

"还行,"弗雷德说,"你的体温会一下子升上去——"

"但也会长一些大脓包,"乔治说,"我们还没想出消除它们的办法。"

"我看不到脓包啊。"罗恩打量着这对双胞胎兄弟。

"你是看不到,"弗雷德阴沉地说,"它们不长在我们通常露在外面的部位。"

"可是会使你坐在扫帚上简直像——"

"好了,大家听我说。"安吉利娜从队长办公室走出来大声说,"我知道天气不理想,但我们很可能在这种条件下跟斯莱特林队比赛,所以最好练练怎么对付。哈利,我们在那场暴雨中跟赫奇帕奇比赛,你不是用了点法子就使雨水不蒙住眼镜了吗?"

"是赫敏做的。"哈利说,他抽出魔杖,敲了敲眼镜说,"水火

第18章 邓布利多军

不侵!"

"我想我们都应该试一试,"安吉利娜说,"只要不让雨打到脸上,视线就清楚多了——大家一起来——水火不侵!好,我们走吧。"

他们都把魔杖收进袍子里面的口袋里,扛起飞天扫帚,跟着安吉利娜出了更衣室。

一行人踏着越来越厚的泥泞走到球场中央,虽然有水火不侵咒,但能见度还是很低,光线迅速减弱,雨帘狂扫场地。

"好,听我口哨。"安吉利娜喊道。

哈利双脚一蹬腾空而起,泥水四溅,风吹得他有一点偏斜。他不知道在这种天气怎么能看到飞贼,光是看他们练习用的游走球就够费劲的了。开场一分钟游走球就差点把他撞下了飞天扫帚,他不得不用树懒抱树滚来躲避。可惜安吉利娜没看见,事实上,她好像什么都看不见,他们都不知道别人在干什么。风越来越猛,哈利甚至能听到远处雨水啪啪抽打湖面的声音。

安吉利娜让他们练了近一个小时才作罢。她把落汤鸡一般、发着牢骚的队员带回更衣室,坚持说这次训练不是浪费时间,不过她的语调也显得底气不足。弗雷德和乔治特别窝火,两人都变成了罗圈腿,每走一步都龇牙咧嘴。哈利用毛巾擦头时听到他们在小声抱怨。

"我的有几个可能破了。"弗雷德声音沉闷地说。

"我的还没有,"乔治从牙缝里挤出声音说,"胀得厉害……好像又大了……"

"哎哟!"哈利叫了一声。

他用毛巾捂住脸,疼得双眼紧闭。他前额的伤疤又灼痛起来,好几个星期没这么痛了。

"怎么了?"几个声音同时问道。

哈利拿开毛巾,更衣室模糊一片,因为他没戴眼镜,但他能感觉到大家的脸都朝着他。

"没什么,"他咕哝道,"我——不小心碰到眼睛了,没事。"

他对罗恩使了个眼色,当队员们裹上斗篷、拉低了帽檐、鱼贯出去时,他们俩留了下来。

"怎么回事?"艾丽娅一从门口消失,罗恩就问,"是你的伤疤吗?"

哈利点点头。

"可是……"罗恩惊疑地走到窗前,朝雨中看了看,"他——他现在不可能离我们很近,是不是?"

"是啊,"哈利低声说,一屁股坐到凳子上,揉着额头,"他也许在千里之外。我疼是因为……他……发怒了。"

哈利根本没想这么说,这话在他听来像出自一个陌生人之口——但他马上意识到这是真情。他也不知道这意识从何而来,但他的确知道,伏地魔,无论在哪里或在做什么,都正在大发脾气。

"你看到他了吗?"罗恩恐惧地说,"你……是不是看到了幻象?"

哈利静静地坐着,盯着自己的脚,让思想与记忆在余痛中放松……

纷乱的影像,喧嚣的声音……

"他想办一件事,但办得不够快。"

他又一次惊奇地听到自己说出这句话,但很清楚它是实情。

"可是……你怎么知道的?"罗恩问。

哈利摇摇头,用手紧紧地按住眼睛,眼前迸出无数的星星。他感到罗恩在他身边坐了下来,知道罗恩在盯着他。

"上次是这样吗?"罗恩屏着气问,"在乌姆里奇办公室里你伤疤疼的那次,神秘人也是在发怒吗?"

第18章 邓布利多军

哈利摇摇头。

"那次是什么？"

哈利回忆着。他在看乌姆里奇的脸……伤疤痛起来……他腹部有一种异样的感觉……一种奇怪的、跳跃的感觉……高兴的感觉……当然，他当时没有分辨出来，因为他自己是那么痛苦……

"上次是因为他很高兴，真的高兴。他想到……有件好事要发生。我们回霍格沃茨前的那一夜……"他回忆起在格里莫广场他和罗恩的卧室里，伤疤疼得特别厉害的那次，"他在大发雷霆……"

他转过头，见罗恩目瞪口呆地盯着他。

"你可以代替特里劳尼了，哥们儿。"罗恩钦佩地说。

"我没有预言。"哈利说。

"不，你知道你在做什么吗？"罗恩的语气中充满敬畏，"哈利，你在读神秘人的思想！"

"不，"哈利摇头道，"我想那只是……他的情绪。我只是对他的情绪有一些闪电般的感觉……邓布利多去年说过会发生这种情况……他说当伏地魔靠近我，或当他感到仇恨时，我就会有感应。现在他高兴时我也有感应了……"

片刻的沉默，风雨抽打着房屋。

"你得告诉什么人。"罗恩说。

"我上次告诉小天狼星了。"

"那好，这次也告诉他！"

"不行吧？"哈利沉重地说，"乌姆里奇在监视猫头鹰和炉火，你忘了吗？"

"那就邓布利多——"

"我告诉过你，他已经知道了。"哈利站起来，从挂钩上摘下他的斗篷披到身上，"再告诉他没有意义。"

罗恩系上斗篷，若有所思地望着哈利。

"邓布利多会想知道的。"他说。

哈利耸耸肩。

"走吧,我们还要练无声无息咒呢……"

他们匆匆穿过黑暗的场地,在泥泞的草坪上一步一滑地前进,谁也没有说话。哈利在努力思考。伏地魔想办而办得不够快的事是什么呢?

"……他还有其他计划……他可以神不知鬼不觉地实施的计划……某种只有偷偷摸摸才能得到的东西……比如一件武器。他以前没有的东西。"

哈利几星期来都没有琢磨过这些话,他一心只关注着霍格沃茨的情况,与乌姆里奇的斗争,魔法部的不公正干预……但现在这些话又回到他脑子里,引起了他的思考……如果是因为迟迟搞不到那件武器——不管它是什么,伏地魔的怒气就可以解释了。是不是凤凰社阻挠了他?武器藏在哪儿?目前在谁的手里?

"米布米宝。"罗恩的声音说,哈利回过神来,刚刚来得及从肖像洞口钻进公共休息室。

赫敏好像早就睡了,克鲁克山蜷缩在一旁的椅子上,赫敏织出的各种疙里疙瘩的小精灵帽留在炉旁的桌子上。哈利有些庆幸赫敏不在,他不太想讨论伤疤疼的事,赫敏也会催他去找邓布利多。罗恩老是担心地看着他,但哈利抽出魔药学课本,开始写他的论文,其实只是假装集中思想。到罗恩也去睡觉时,他还没写多少。

夜阑人静,哈利反复读着一段关于坏血草、独活草和喷嚏草用途的文字,却一点也没读进去。

这些植物最易造成脑炎,多用于迷乱药中,致人急躁鲁莽……

……赫敏说小天狼星被困在格里莫广场后变得鲁莽……

……最易造成脑炎,多用于……

……如果发现他能知道伏地魔的感觉,《预言家日报》会认为

第18章 邓布利多军

他得了脑炎……

……多用于迷乱药中……

……迷乱……没错……，他为什么能知道伏地魔的感觉呢？他们之间这种奇怪的联系是什么呢？邓布利多一直没有做出令人满意的解释。

……致人……

他真想睡觉……

……急躁鲁莽……

……壁炉前的扶手椅温暖舒适，雨还在敲打窗户，克鲁克山呜呜地叫着，炉火噼啪作响……

课本从哈利手中滑落，掉在地毯上，发出一声闷响，他的脑袋歪到了一边……

他又走在一条没有窗户的走廊里，脚步声在寂静中回响。走廊尽头那扇门越来越近，他的心跳兴奋地加快……要是能够推开它……走进去……

他伸出手……手指离它只有几英寸了……

"哈利·波特，先生！"

他惊醒过来。公共休息室的蜡烛都已熄灭，但近旁有个东西在动。

"谁？"哈利坐直了身体，炉火几乎燃尽，屋里很暗。

"多比把您的猫头鹰带来了，先生！"一个尖细的声音说。

"多比？"哈利麻木地应了一声，在黑暗中朝声音的方向望去。

家养小精灵多比站在赫敏留下六七顶小花帽的桌边，那对尖尖的大耳朵中间像是戴着赫敏织过的所有帽子，一顶压一顶，使他的脑袋似乎变长了两三英尺，最顶上蹲着海德薇，平静地叫着，显然已经痊愈。

"多比自告奋勇来送回哈利·波特的猫头鹰！"小精灵尖声尖

气地说,脸上充满崇敬,"格拉普兰教授说它已经好了,先生!"他深鞠一躬,铅笔尖般的鼻子擦到了破旧的地毯,海德薇不满地叫了一声,飞到哈利的椅子扶手上。

"谢谢,多比!"哈利抚摸着海德薇的脑袋,使劲眨着眼睛,想除去梦中所见的那扇门的影像……它是那么鲜明……他仔细一瞧多比,发现这小精灵还围着几条围巾,穿着不知多少双袜子,使他的脚看上去大得不成比例。

"呃……你拿了赫敏放在这里的全部衣服吗?"

"哦,不是,先生,"多比愉快地说,"多比还拿了些给闪闪,先生。"

"噢,闪闪怎么样?"哈利问。

多比的耳朵微微耷拉了下来。

"闪闪还是酗酒,先生。"他难过地说,网球那么大的绿眼睛垂了下去,"她还是不在意穿什么衣服,哈利·波特。其他家养小精灵也无所谓。他们都不肯打扫格兰芬多塔楼了,帽子和袜子藏得到处都是,他们觉得那是侮辱。都是多比一个人在搞卫生,先生,但多比不介意,先生,因为他总希望遇见哈利·波特,今晚他如愿以偿了,先生!"多比又深鞠一躬。"但哈利·波特好像不高兴,"多比直起腰,怯怯地望着哈利,"多比听到他说梦话了。哈利·波特做了噩梦吗?"

"还好,"哈利打了个哈欠,揉揉眼睛,"我做过更可怕的。"

小精灵用他那大大的、圆圆的眼睛端详着哈利,然后耷拉下耳朵,特别认真地说:"多比想帮助哈利·波特,因为哈利·波特解放了多比,多比现在比从前快乐了好多好多。"

哈利笑了。

"你帮不了我的,多比,但是谢谢你。"

他俯身捡起魔药学课本,只能明天拼命赶了。他合上书时,炉

第18章　邓布利多军

火照亮了手背上那道白色的伤疤，那是被乌姆里奇关禁闭的结果。

"等一等——有一件事你可以帮我，多比。"哈利慢慢地说。

小精灵看了过来，喜笑颜开。

"说吧，哈利·波特，先生！"

"我需要一个地方，能让二十八个人练习黑魔法防御术而不被老师们发现，尤其是，"哈利攥紧课本，伤疤发出白色光泽，"乌姆里奇教授。"

他以为小精灵的笑容会消失，耳朵会耷拉下来；他以为多比会说这不可能，或者说他会努力，但希望不大。可是他没想到，多比轻轻一跳，耳朵愉快地摆动起来，两手一拍。

"多比知道一个绝妙的地方，先生！"他高兴地说，"多比来霍格沃茨时听其他小精灵提到过，我们叫它'来去屋'，先生，或'有求必应屋'！"

"为什么？"哈利好奇地问。

"因为这间屋子只有当一个人真正需要它时才能进得去。"多比严肃地说，"它时有时无，当它出现时，总是布置得符合求助者的需要。多比用过它，先生。"小精灵的声音低了下去，面有愧色，"闪闪醉得厉害时，多比就把她藏在有求必应屋里，他发现那儿有黄油啤酒的醒酒药，还有一个符合小精灵尺寸的床可以让闪闪睡觉，先生……多比还知道，费尔奇先生工具不够时在那儿找到过备用的清洁用具，先生，还有——"

"还有，如果你需要一个卫生间，"哈利问，突然想起邓布利多在去年圣诞舞会上说过的话，"它会备有很多便壶吗？"

"多比认为会的，先生，"多比认真地点头道，"那是一间非常奇妙的屋子，先生。"

"有多少人知道它？"哈利坐直了身体。

"很少，先生。人们通常在需要时才会偶然闯进去，但以后就再也找不着它了,因为他们不知道它一直在那儿听候需要,先生。"

"听起来很棒,"哈利说,心跳加快了,"听起来妙极了,多比。你什么时候能带我去看看?"

"什么时候都行,哈利·波特,先生,"看到哈利热切的样子,多比显得很高兴,"如果您愿意,现在就可以去。"

哈利很想马上就去,他正要站起来,打算跑上楼去拿隐形衣,然而(不是第一次),一个很像赫敏的声音在他耳边说:鲁莽。时间毕竟太晚,他已精疲力竭。

"今晚算了,多比,"哈利不情愿地说,又坐回到椅子上,"这件事很重要……我不想办砸,需要周密地计划……你能不能告诉我这个有求必应屋在哪儿,怎么进去?"

他们溅着水花穿过淹了水的菜地去上两节草药课,袍子被吹得鼓鼓的,在风中飘舞。雨点像冰雹一样打着温室的屋顶,几乎听不到斯普劳特教授在说什么。下午的保护神奇动物课从风雨肆虐的户外转移到了一楼的一个空教室里。午饭时安吉利娜跟队员们说魁地奇球训练取消了,大家如释重负。

"正好,"哈利小声说,"因为我们找到了防御小组第一次集会的地方。今晚八点钟,在八楼,巨怪棒打傻巴拿巴的挂毯对面。你能通知凯蒂和艾丽娅吗?"

安吉利娜似乎有些吃惊,但答应通知其他人。哈利继续狼吞虎咽地吃着他的香肠和土豆泥。当他抬起头来喝南瓜汁时,发现赫敏正看着他。

"怎么啦?"他含混地问。

"嗯……多比的计划并不总是那么安全。你不记得是他让你失去了手臂里所有的骨头吗?"

"这间屋子不只是多比的胡思乱想,邓布利多也知道,他在圣

第18章　邓布利多军

诞舞会上跟我提起过①。"

赫敏脸色晴朗起来。

"邓布利多跟你说过？"

"顺便提了一句。"哈利耸耸肩。

"噢，那就好。"赫敏轻快地说，没有再提出异议。

他们和罗恩一整天都在分头找在猪头酒吧签名的人，通知晚上开会。哈利有些失望，金妮在他之前找到了秋·张和她的朋友。晚饭结束时，他确信上次去猪头酒吧的二十五个人都得到了消息。

七点半，哈利、罗恩和赫敏离开了格兰芬多的公共休息室，哈利手里握着一片古旧的羊皮纸。虽然五年级学生可以在走廊上待到九点，但当他们三人走向八楼时，还是紧张地左顾右盼。

"等等。"在最后一段楼梯顶上哈利警告地说。他展开羊皮纸，用魔杖敲敲它，轻轻念道："我庄严宣誓我没干好事。"

空白的羊皮纸上出现了一幅霍格沃茨地图，移动的黑点上标着名字，显示出在霍格沃茨的所有人的位置。

"费尔奇在三楼，"哈利把活点地图举到眼前仔细看着，"洛丽丝夫人在五楼。"

"乌姆里奇呢？"赫敏担心地问。

"在她的办公室里。"哈利指着乌姆里奇的位置说，"好，走吧。"

他们迅速穿过走廊，来到多比描述的地方，即画着傻巴拿巴试图教巨怪跳芭蕾舞的巨幅挂毯前，对面是一段白墙。

"到了。"哈利低声说，一个被虫蛀的巨怪停止了痛打这个试图成为芭蕾舞教师的人，扭头注视着他们，"多比说要三次走过这段墙，集中精神想我们需要什么。"

他们照此而行，走到白墙一端的窗户处向后转，走到另一端一

---

① 实际上当时邓布利多是跟卡卡洛夫说的，但哈利在旁边听见了。

人高的花瓶处再折回。罗恩眯着眼集中思想，赫敏小声念念有词，哈利双手握拳目视前方。

我们需要一个学习搏斗的地方……他想，给我们一个练习的场所……不会被发现……

"哈利！"他们第三次转身时，赫敏突然说。

墙上出现了一扇非常光滑的门。罗恩盯着它，心存戒备。哈利伸手握住铜把手，拉开了门，带头走进一间宽敞的屋子，里面像八层楼下面的地下教室里一样点着摇曳的火把。

墙边是一溜木书架，地上没有椅子，但放着缎面的大坐垫。屋子另一头的架子上摆着窥镜、探密器等各种仪器，还有一面有裂缝的大照妖镜，哈利确信就是去年挂在假穆迪办公室里的那面。

"这些练昏迷咒的时候有用。"罗恩用脚踢踢坐垫，兴奋地说。

"看这些书！"赫敏激动地伸出一根手指，从一排排皮面大厚书的书脊上划过，"《普通咒语及解招》……《智胜黑魔法》……《自卫咒语集》……哇……"她回头望着哈利，脸上放光，哈利看出，这几百本书终于让赫敏相信他们的行动是对的了，"哈利，太棒了，我们要的东西应有尽有。"

她立刻从书架上抽出《以毒攻毒集》，坐到最近的垫子上读了起来。

轻轻的敲门声响起，哈利转身一看，金妮、纳威、帕瓦蒂和迪安到了。

"哇，"迪安环顾四周，惊叹道，"这是什么地方？"

哈利开始解释，可是没等他说完，又有人进来了，他只好从头讲起。八点钟时，每个垫子上都坐了人。哈利走到门口，转动锁上的钥匙，发出令人满意的咔嗒一声，大家都安静下来看着他。赫敏仔细地在《以毒攻毒集》的书页上加上标记，把书放到了一边。

"嗯，"哈利有点紧张，"这就是我们找到的练习场所，大家——

第18章 邓布利多军

哦——显然觉得还不错——"

"太妙了！"秋说，有几人小声附和。

"真怪，"弗雷德皱眉打量着四周，"我们在这儿躲过费尔奇，乔治，你还记得吗？可那次它只是个扫帚间……"

"喂，哈利，这是什么？"迪安在后排指着窥镜和照妖镜问。

"黑魔法探测器，"哈利从垫子间走了过去，"一般都用来显示附近有没有黑巫师或敌人活动，但不要太依赖这些仪器，它们可能会受骗……"

他朝裂了缝的照妖镜里看了一会儿，有隐约的人影在晃动，但都看不真切。他没再理会它。

"好，我一直在考虑我们首先该干什么——呃——"他发现一只手举了起来，"什么事，赫敏？"

"我想我们应该选一个领导。"赫敏说。

"哈利就是领导。"秋马上说，看她的眼光，好像赫敏疯了似的。

哈利心头又是一跳。

"没错，但我想我们应该正式选举，"赫敏镇静地说，"这样可以正式授权给他。所以——谁觉得哈利应该做我们的领导？"

全体举手，连扎卡赖斯·史密斯也举手了，尽管有点勉强。

"啊——谢谢。"哈利觉得脸上发烧，"还有——什么，赫敏？"

"我还觉得我们应该有个名称，"她清晰地说，手还举在空中，"这可以促进团结，加强集体精神，是不是？"

"叫'反乌姆里奇联盟'行吗？"安吉利娜期待地问。

"或者叫'魔法部是笨蛋小组'？"弗雷德提议。

"我想，"赫敏皱眉望着弗雷德说，"这个名称最好让人看不出我们是干什么的，这样我们可以在外面安全地提到它。"

"防御协会？"秋说，"简称D.A.，谁也不知道我们在说什么。"

"嘿，D.A. 不错，"金妮说，"但我们把全名叫作'邓布利多军①'吧，那可是魔法部最害怕的，对吧？"

一片低低的赞许声和笑声。

"都同意 D.A. 吗？"赫敏像主持人似的问，一边跪起来数人头，"大多数 —— 动议通过了。"

她把签着所有人名字的羊皮纸钉到墙上，在顶端用大字通栏写道：

邓布利多军

"很好，"她坐下之后哈利说，"我们开始练习吧？我想第一个要练的是除你武器，大家知道，就是缴械咒。我知道这比较基础，但我觉得它确实有用 ——"

"哦，拜托，"扎卡赖斯·史密斯抱着胳膊，翻了翻白眼说，"我想除你武器对神秘人不起作用吧？"

"我对他用过，"哈利平静地说，"就在六月份，它救了我的命。"

史密斯呆呆地张着嘴巴，屋里鸦雀无声。

"但如果你不屑于练它，可以离开。"哈利说。

史密斯没有动。其他人也都没动。

"好，"这么多的目光集中在哈利身上，他的嘴有点发干，"我想我们应该分成两人一组进行练习。"

发指示的感觉很怪，而看到指示被执行的感觉更怪。大家立刻站起来两两结对。可以想见，纳威落了单。

"你可以跟我练。"哈利对他说，"好 —— 听我数到三 —— 一、二、三 ——"

---

① "防御协会"和"邓布利多军"英文首字母缩写都为 D.A.。

第 18 章 邓布利多军

屋里顿时响起一片除你武器的叫喊声，魔杖四处乱飞，打偏了的咒语击中架子上的书籍，一本本的书飞到了空中。哈利身手快，纳威的魔杖旋转着飞出去，撞到天花板上，火星四溅，然后当啷一声落到书架顶上，哈利用召唤咒把它收了回来。他看看周围，感到从基本功练起是对的。许多咒语用得乱七八糟，不少人根本不能解除对手的武器，只能逼着他们往后跳几步或畏缩一下，无力的咒语从他们头上呼啸飞过。

"除你武器！"纳威喝道，哈利猝不及防，魔杖脱手飞出。

"**我成功了！**"纳威欢喜地说，"以前从来没有——**我成功了！**"

"不错！"哈利鼓励地说，决定不指出在真正搏斗时，对手不可能看着别处，魔杖松松握在一边，"纳威，你能不能轮流跟罗恩和赫敏练一会儿，我随便走走，看看大家练得怎么样。"

哈利走到屋子中央，扎卡赖斯·史密斯出了很奇怪的情况，每次他张嘴要解除安东尼·戈德斯坦的武器时，自己的魔杖却飞了出去，而安东尼好像并没有发声。但哈利没多久就解开了谜团，弗雷德和乔治离史密斯不远，两人轮流用魔杖指着他的后背。

"对不起，哈利，"看到哈利的目光，乔治忙说，"没忍住。"

哈利走了一圈，努力纠正做错的人。金妮和迈克尔·科纳一组，她做得很好，迈克尔要么是水平很差，要么是不肯对金妮念这个咒语。厄尼·麦克米兰不必要地挥舞着魔杖，使得对方有时间进行防御。克里维兄弟很热情，但技术不稳定，附近架子上飞起的书大都是他们的功劳。卢娜·洛夫古德也是反复无常，有时能让贾斯廷·芬列里的魔杖旋转着飞出，其他时候则只是让他的头发竖了起来。

"好了，停！"哈利喊道，"停！**停！**"

我需要一个口哨，他这样一想，便马上在最近的一排书上发现了一个。他抓起口哨使劲一吹。大家都垂下了魔杖。

"练得不错,"哈利说,"但还有应该改进的地方。"扎卡赖斯·史密斯瞪着他。"我们再来……"

他又开始在屋里巡视,不时停下来提提意见。大家的技术渐渐改善。他起先避免走近秋和她的朋友,但巡视两圈之后,他觉得不能再忽略她们了。

"哦,"他走近时,秋慌乱地说,"除你武衣!不是,除你火器!不——哦,对不起,玛丽埃塔!"

她那鬈发朋友的袖子着火了。玛丽埃塔用自己的魔杖把火扑灭,然后瞪着哈利,好像是他的错似的。

"你让我紧张了,我原来做得挺好的!"秋懊丧地说。

"很不错,"哈利撒谎道,但看到秋扬起眉毛,忙又改口说,"哦,不,很糟糕,但我知道你能做好,我在那边看到……"

秋笑了起来。玛丽埃塔酸溜溜地看着他们俩,扭身走了。

"别管她,"秋小声说,"她不大想来,是我拖她来的。她父母不许她做触犯乌姆里奇的事情,你知道——她妈妈在部里工作。"

"那你父母呢?"哈利问。

"他们也不让我跟乌姆里奇作对,"秋说,骄傲地挺直了身躯,"但如果他们以为在塞德里克的事之后,我还会不抵抗神秘人——"

她没有说下去,神情显得有些迷茫,两人尴尬地沉默了一阵子。泰瑞·布特的魔杖从哈利耳边呼啸而过,重重地打在艾丽娅·斯平内特的鼻子上。

"我爸爸非常支持反魔法部的行动!"卢娜·洛夫古德在哈利身后自豪地说。她显然偷听了他们的谈话,贾斯廷·芬列里在努力挣脱裹到他头上的袍子。"他总说他相信福吉什么事都干得出来,我是说,看看他派人暗杀了多少妖精!当然,福吉还利用神秘事务司研制可怕的毒药,偷偷地对跟他有分歧的人下药。还有他的阿古

第18章 邓布利多军

巴什吉特——"

"别问。"看到秋困惑地张开嘴巴,哈利说。秋笑了。

"嘿,哈利,"赫敏在屋子另一头喊道,"你看时间了吗?"

哈利低头一看手表,吃了一惊——已经九点十分,他们必须马上回公共休息室了,否则可能会被费尔奇抓到,因为触犯校规受到严惩。他一吹口哨,大家停止了叫嚷"除你武器",最后几根魔杖噼里啪啦地落到了地上。

"非常好,"哈利说,"但我们超过时间了,就到这里吧。下星期同一时间,同一地点?"

"早点更好!"迪安·托马斯急切地说,不少人点头赞同。

但安吉利娜忙说:"魁地奇赛季要开始了,球队也要训练!"

"那就下星期三晚上吧,"哈利说,"到时候再决定其他集会时间……好,我们最好赶快走……"

他又抽出活点地图,仔细查看八楼有没有教师。他让大家三四个人结伴走,然后担心地看着他们的小黑点是否安全回到了宿舍:赫奇帕奇的回到了那条也通向厨房地下室的走廊,拉文克劳的回到了城堡西面的塔楼,格兰芬多的沿八楼走廊回到了胖夫人肖像前。

"真是太棒了,哈利。"赫敏说,屋里只剩下了她、哈利和罗恩。

"是啊!"罗恩热烈地说,他们溜出门去,看着那扇门在身后重新变成石头,"哈利,你看到我让赫敏的魔杖脱手了吗?"

"只有一次。"赫敏像被刺了一下,"我胜你的次数多得多——"

"不止一次,我胜了你至少三次——"

"哼,如果你算上自己绊了一跤,把我魔杖撞掉的那次——"

他们一路吵回了公共休息室,但哈利没有听,他还在看活点地图,同时回想着秋说的他让她紧张的那句话。

第19章

狮子与蛇

此后的两个星期中,哈利觉得他胸口好像戴着护身符,一个热乎乎的秘密支撑着他上完了乌姆里奇的课,甚至使他能看着乌姆里奇可怕的癞蛤蟆眼温和地微笑。他和D.A.在乌姆里奇的眼皮底下抵抗她,做着她和魔法部最害怕的事情。每当她的课上要读威尔伯特·斯林卡的书时,哈利就去回忆最近集会的满意片断:纳威如何解除了赫敏的武器,科林·克里维如何在三次集会之后终于掌握了障碍咒,帕瓦蒂·佩蒂尔如何成功地运用粉碎咒把摆满窥镜的桌子变成了尘土。

哈利发现几乎无法把D.A.的集会固定在一星期的某个晚上,因为要避开三支魁地奇球队的训练,而且训练时间常因天气情况而变更。但哈利并不烦恼,他觉得集会时间不固定或许更好。如果有人监视他们的话,倒不容易找到规律。

赫敏很快想出了一种很聪明的方式,用来在临时变更的情况下通知所有成员下次集会的时间。因为如果不同学院的人频繁地在礼堂里穿梭交谈,容易引起怀疑。她给每个成员一枚假加隆(罗恩第一次看到篮子时很兴奋,以为赫敏真的在发金币呢)。

"看到硬币边缘的数字了吗?"第四次集会结束时,赫敏举起

第 19 章 狮子与蛇

一枚硬币给大家看。硬币在火把的照耀下发出黄灿灿的光芒,"在真加隆上它只是一个编号,代表铸成这枚硬币的妖精。但这些假币上的数字会变动,显示下次集会的时间。改时间时硬币会发热,如果你把它放在口袋里,就会感觉到。我们每人拿一枚,哈利确定了下次集会时间,就修改他硬币上的数字,大家的硬币都会有同样变化,因为我给它们施了一个变化咒。"

赫敏说完后众人默不作声,她看看一张张仰望着她的面孔,有些发窘。

"嗯——我以为是个好主意,"她没把握地说,"我想,就算乌姆里奇要翻我们的口袋,带一个加隆也没什么可疑的,是不是?可是……好吧,如果你们不想用……"

"你会施变化咒?"泰瑞·布特问。

"会啊。"赫敏说。

"可那是……那是 N.E.W.T. 水平啊。"泰瑞弱弱地说。

"哦,"赫敏努力显得谦虚一些,"哦……啊……是,我想是的……"

"你怎么没在拉文克劳?"泰瑞惊奇地望着赫敏问道,"你有这样的脑子?"

"分院帽是正经考虑过要把我放到拉文克劳的,"赫敏轻松地说,"可最后决定了格兰芬多。那么,我们就用这些加隆啦?"

一片赞同声,每个人上前从篮里拿了一枚金币。哈利斜睨着赫敏。

"你知道这让我想起了什么吗?"

"不知道,什么呀?"

"食死徒的伤疤。伏地魔碰到其中一个人的伤疤,所有人的伤疤都会痛,他们就知道该去找他了。"

"对……"赫敏轻声说,"我就是受了这个启发……但你会发现我决定把时间刻在金属上,而不是成员的皮肤上……"

"嗯……我喜欢你的方式,"哈利笑着把他的加隆揣进了口袋里,"我想唯一的危险是我们可能会不小心把它给花了。"

"机会不大,"罗恩有点悲哀地看着他的假币说,"我没有真加隆跟它混在一起。"

随着本赛季的第一场魁地奇球赛——格兰芬多队与斯莱特林队交锋的临近,D.A.的集会暂停了,因为安吉利娜坚持几乎每天训练。魁地奇杯已经长期没有赛事,更增加了人们对这场球赛的兴趣和热情。拉文克劳与赫奇帕奇非常关心比赛结果,因为他们来年要跟这两个队较量。两个学院的院长虽然表面上装得洒脱,很有体育精神的样子,却暗下决心要看到己方取胜。哈利看出麦格教授多么希望他们打败斯莱特林,她在比赛前一星期免除了他们的家庭作业。

"我想你们这一段够忙的了。"她高傲地说,大家都不敢相信自己的耳朵,直到她望着哈利和罗恩严肃地说,"同学们,我已经看惯了魁地奇杯摆在我的书房里,实在不想把它交给斯内普教授,所以请用这多出的时间加强训练,行不行?"

斯内普的偏向也是明摆着的:他老是为斯莱特林队预租球场,使得格兰芬多队很难找到场地训练。他还对多起斯莱特林学生企图在走廊里用魔法坑害格兰芬多球员的报告置若罔闻。当艾丽娅·斯平内特眉毛长得挡住了眼睛和嘴巴、被送进校医院时,斯内普一口咬定是她自己用了生发咒,而不肯听十四个目击者的证词,他们明明看到斯莱特林队守门员迈尔斯·布莱奇在图书馆里从背后对艾丽娅施了魔法。

哈利对格兰芬多队感到乐观,毕竟,他们以前从没有输给过马尔福的球队。不可否认,罗恩的球技还没达到伍德的水平,但他正在刻苦提高。他最大的弱点是犯了错误就会失去信心,一个球没守

第 19 章 狮子与蛇

住,他就心烦意乱,结果丢球更多。但是,哈利也见过罗恩状态好时真正精彩的救球:在一次难忘的训练中,罗恩单手吊在扫帚上,把鬼飞球从球门边大力踢开,使它一直飞到球场另一端,穿过了对方球门中间的圆环。其他队员都认为这个救球,比前不久爱尔兰国家队守门员巴里·瑞安对波兰最好的追球手拉迪斯洛·扎莫斯基的那一球更精彩。就连弗雷德都说,罗恩也许还会让他和乔治感到自豪,他们在认真考虑承认和罗恩有亲戚关系,他告诉罗恩他们四年来一直想否认这一点。

唯一真正让哈利担心的是,罗恩在进球场之前就会被斯莱特林队的战术搞得慌了神。哈利当然已经听惯了他们四年多来对他的恶言恶语,所以像"嘿,傻宝宝波特,我听到沃林顿发誓说星期六要把你从扫帚上撞下去"这样的话根本不会让他胆战心惊,只会让他笑笑而已。"沃林顿的准头那么差,如果他要撞的是我旁边的那个人,我会更担心一些。"他的反驳让罗恩和赫敏哈哈大笑,潘西·帕金森脸上得意的笑容消失了。

但罗恩没有经受过这种侮辱、讥讽和恫吓的无情攻势。当一些斯莱特林的学生(其中有比他块头大得多的七年级学生)在他们从走廊里走过时低声说:"在校医院订好床位了吗,韦斯莱?"罗恩没有笑,而是脸色有点发绿。当德拉科·马尔福模仿罗恩漏接鬼飞球(每次他们见面时,他都会这么做)时,罗恩耳根通红,双手发抖,手上拿着什么都会掉。

十月在狂风暴雨中结束,十一月来临了,寒如冻铁,每天早晨都是一层坚霜,冰冷的风割着露在外面的手和面颊。天空和礼堂的天花板变成了淡淡的苍灰色,霍格沃茨周围的群山戴上了雪帽,城堡里的气温下降了那么多,课间在走廊上时,许多学生都戴着厚厚的火龙皮手套。

比赛那天的清晨,天气晴朗而寒冷。哈利醒过来看看罗恩的床,只见他坐得笔直,手臂抱着膝盖,目光呆滞。

"你没事吧?"哈利问。

罗恩点点头,但没有说话。哈利不禁想起罗恩不慎对自己施了吐鼻涕虫咒的情景,此刻他看上去和当时一样,面色苍白,汗津津的,而且同样不肯张嘴。

"你需要吃点早饭,"哈利鼓励地说,"走。"

他们走进礼堂时,里面的人正迅速多起来,说话声比往常更响,气氛也更热烈。他们走过斯莱特林餐桌时,听见了一阵喧哗。哈利环顾左右,看到每个人不仅和平时一样穿戴着银绿相间的围巾和帽子,还多戴了一枚皇冠状的银徽章。不知什么原因,他们中的许多人都一边朝罗恩挥手,一边放声大笑。哈利想看清徽章上是什么字,但他急于带罗恩赶快走过这张餐桌,没来得及细看。

他们在格兰芬多的餐桌旁受到了热烈欢迎,这里的每个人都是金红相间的围巾和帽子。可是欢呼声不仅没使罗恩振作起来,反倒似乎吸走了他最后的一点士气。他颓然坐到最近的一张凳子上,好像面前是他的断头饭。

"我这么做准是疯了,"他声音沙哑地低声说,"疯了。"

"别胡说,"哈利严厉地说,递给他一些麦片,"你没问题,紧张是正常的。"

"我是废物,"罗恩说,"我没用,我根本打不了球。我是怎么想的?"

"别泄气,"哈利坚定地说,"看看你那天用脚救的那个球,连弗雷德和乔治都说精彩——"

罗恩痛苦地看着哈利。

"那是意外,"他可怜巴巴地小声说,"是撞上的——当时我从扫帚上滑了下去,你们都没看见,我正想法爬上去时,碰巧踢到了鬼飞球。"

第 19 章　狮子与蛇

"哦，"哈利迅速从这个扫兴的意外中恢复过来，"再来几次这样的意外，我们就赢定了，是不是？"

赫敏和金妮坐在他们对面，戴着金红相间的围巾、手套，还有玫瑰形的徽章。

"你感觉怎么样？"金妮问罗恩，罗恩正盯着空了的麦片碗底剩下的牛奶，像在认真考虑是否要把自己溺死在里面。

"他只是有些紧张。"哈利说。

"那是好现象，我发现一点不紧张时考试就考不好。"赫敏热情地说。

"你们好。"一个梦呓般的声音在他们身后说。哈利抬起头来：卢娜·洛夫古德从拉文克劳餐桌旁溜过来。许多人在看着她，有的公然笑着对她指指点点。她搞了一顶狮头形状的帽子，有真狮子头那么大，摇摇欲坠地戴在头上。

"我支持格兰芬多，"卢娜不必要地指着她的帽子说，"看它会干什么……"

她伸手用魔杖敲了敲帽子，狮头张开大嘴，发出一声逼真的狮吼，把周围人都吓了一跳。

"不错吧？"卢娜快活地说，"我本来想让它咀嚼一条象征斯莱特林的蛇，可是来不及了。不管怎样……祝你好运，罗恩！"

她飘然而去。大家还没从她那顶帽子的惊吓中恢复过来，只见安吉利娜带着凯蒂和艾丽娅匆匆走来，艾丽娅的眉毛总算被庞弗雷女士变回正常了。

"大家准备好之后，"安吉利娜说，"我们就直接去球场，查看情况，换衣服。"

"我们一会儿就去，"哈利向她保证，"罗恩要吃点早饭。"

十分钟后，罗恩显然什么也吃不下了，哈利觉得最好还是带他去更衣室。他们起身时，赫敏也站了起来，她抓住哈利的胳膊，把他拉到一边。

"别让罗恩看到斯莱特林徽章上的字。"她急切地说。

哈利询问地望着她,但她警告地摇摇头。罗恩已经慢慢走了过来,表情茫然而绝望。

"祝你好运,罗恩,"赫敏踮起脚亲了亲他的面颊,"还有你,哈利——"

穿过礼堂时,罗恩似乎清醒了一些,摸着面颊上被赫敏亲过的地方,显得有些困惑,仿佛不明白发生了什么。他似乎已经注意不到周围的事情。但哈利走过斯莱特林餐桌时,好奇地瞥了一眼那些皇冠状的徽章,这次他看清了上面刻的字:

韦斯莱是我们的王

WEASLEY
IS OUR KING

他感到这不会是什么好话,便赶快带着罗恩穿过门厅,下了石阶,走入寒冷的空气中。

结霜的草地在脚下嘎吱嘎吱地响,他们匆匆走下斜坡,赶往体育场。没有风,天空是均匀的珠白色,这意味着能见度较好,不会有阳光刺眼。哈利一边走一边向罗恩指出这些有利条件,但搞不清罗恩听到了没有。

安吉利娜已经换好衣服,正在对其他队员讲话。哈利和罗恩套上球袍(罗恩一开始穿反了,半天也穿不上去,几分钟后艾丽娅动了恻隐之心,过来帮了一把),坐下来听赛前训话,外面的人声越来越响,人们从城堡拥向了球场。

"我看到了斯莱特林的最后阵容,"安吉利娜看着一张羊皮纸

第 19 章 狮子与蛇

说,"去年的击球手德里克和博尔走了,但蒙太好像新找了两只普通的大猩猩,而不是飞行高手。这两人叫克拉布和高尔,我不大了解他们——"

"我们了解。"哈利和罗恩一起说。

"他们好像连扫帚的头尾都分不清。"安吉利娜收起羊皮纸说,"不过话说回来,我一直奇怪德里克和博尔不靠路标是怎么找到球场的。"

"克拉布和高尔也是一路货。"哈利安慰她说。

他们听到无数双脚登上看台的声音。有人在唱歌,但哈利听不清歌词。他开始感到紧张,但知道他的不安与罗恩的相比微不足道。罗恩捂着肚子,目光又变得呆滞了,表情僵硬,脸色灰白。

"到时间了,"安吉利娜看看表,小声说,"走吧……祝我们好运。"

队员们站了起来,扛起飞天扫帚,列队走出更衣室,飞到炫目的天空中,受到雷鸣般的欢迎,哈利还能听到歌声,尽管被欢呼声和口哨声所掩盖。

斯莱特林队员已经站在那里,也戴着皇冠状的银徽章。新队长蒙太身材与达力相仿,粗大的前臂像带毛的火腿。他身后是几乎同样粗壮的克拉布和高尔,他们俩蠢笨地眨着眼睛,挥舞着新发的球棒。马尔福站在旁边,阳光照在他淡金色的头发上闪闪发亮。他捕捉到了哈利的目光,拍拍胸口的银徽章,得意地笑了。

"双方队长握手。"裁判霍琦女士喊道,安吉利娜和蒙太走到了一起。哈利看得出蒙太想捏断安吉利娜的手指,但安吉利娜没有畏缩。"骑上扫帚……"

霍琦女士把哨子塞进嘴里用力一吹。

开球了,十四名球员腾空而起,哈利用眼角的余光看见罗恩直奔球门的圆环。哈利急速上升,躲开了一个游走球,开始绕着大圈飞行,四下寻找一点金光。在运动场的另一端,德拉科·马尔福也是如此。

"约翰逊,约翰逊抢到了鬼飞球,这姑娘打得真好,这话我都说好几年了,她还不肯跟我约会——"

"**乔丹!**"麦格教授喊道。

"开个玩笑,教授,加一点作料——她躲过了沃林顿,闪过了蒙太,她——哎哟——她被身后来的游走球击中了,克拉布打来的……蒙太抓住了鬼飞球,蒙太带球往回冲——乔治·韦斯莱打出一个漂亮的游走球,奔着蒙太的头部飞去,蒙太丢掉了鬼飞球,被凯蒂·贝尔抓起,格兰芬多的凯蒂·贝尔反传给艾丽娅·斯平内特,斯平内特马上——"

李·乔丹的解说在球场上回响,哈利竭力聆听,耳边是呼啸的风声和观众的喧嚣,他们在高声喊叫,喝倒彩,唱歌。

"躲过了沃林顿,避开一个游走球——好悬哪,艾丽娅——观众喜欢这个,听听这声音,他们在唱什么?"

李·乔丹停下来听时,歌声响亮地从看台上斯莱特林那一片银绿相间的海洋中扬起:

> 韦斯莱那个小傻样,
> 他一个球也不会挡,
> 斯莱特林人放声唱,
> 韦斯莱是我们的王。

> 韦斯莱生在垃圾箱,
> 他总把球往门里放,
> 韦斯莱保我赢这场,
> 韦斯莱是我们的王。

第 19 章 狮子与蛇

"——艾丽娅把球回传给安吉利娜!"李叫道。哈利拨转方向,感到五脏六腑都在翻腾,他知道李·乔丹努力想把歌声盖过去。"加油,安吉利娜——看来她只有守门员要对付了!——**她射门了——她——啊**……"

斯莱特林队守门员布莱奇把球扑住了,他把鬼飞球抛给沃林顿,沃林顿带球疾驰,绕过了艾丽娅和凯蒂。他离罗恩越来越近,下面的歌声也越来越响——

> 韦斯莱是我们的王,
> 韦斯莱是我们的王,
> 他总把球往门里放,
> 韦斯莱是我们的王。

哈利无法控制自己,他顾不上寻找金色飞贼,掉转火弩箭注视着罗恩,球场另一头那个孤单的身影守在三个球门圆环前,魁梧的沃林顿在向他飞驰。

"——沃林顿拿到了鬼飞球,沃林顿朝球门冲去,游走球追不上他了,前面只有守门员——"

斯莱特林的看台上的歌声突然嘹亮起来:

> 韦斯莱那个小傻样,
> 他一个球也不会挡……

"——现在是对格兰芬多的新守门员韦斯莱的第一个考验,他是击球手弗雷德和乔治的弟弟,球队的后起之秀——加油,罗恩!"

但欢呼声从斯莱特林那一方发出:罗恩张着胳膊一扑,鬼飞球从他腋下飞过,径直穿入中间的那个圆环。

"斯莱特林得分!"李的声音在看台上的观众发出的喝彩声和嘘声中响起,"十比零,斯莱特林领先 —— 罗恩运气不佳……"

斯莱特林的人唱得更响了:

韦斯莱生在垃圾箱,
他总把球往门里放……

"—— 格兰芬多又控制了球,凯蒂·贝尔在场上飞驰 ——"李·乔丹英勇地喊道,尽管歌声现已震耳欲聋,他的声音几乎听不见了。

韦斯莱保我赢这场,
韦斯莱是我们的王……

"哈利,**你在干什么?**"安吉利娜尖叫着从他身边飞过,去追赶凯蒂,"**动起来!**"

哈利发现自己在空中静止了一分多钟,只顾观看比赛战况,想都没想要去寻找飞贼。他吓了一跳,急忙俯冲,又开始绕球场兜圈子,瞪大眼睛搜寻,努力不去理会现已响彻全场的合唱:

韦斯莱是我们的王,
韦斯莱是我们的王……

不见飞贼的踪影,马尔福也和哈利一样在兜圈子。他们擦肩而过,哈利听到马尔福高声唱着:

第 19 章 狮子与蛇

韦斯莱生在垃圾箱……

"—— 又是沃林顿,"李·乔丹高吼,"传给了普塞,普塞越过了斯平内特,安吉利娜加油,你能追上他 —— 结果并没能 —— 但弗雷德·韦斯莱打出了一个漂亮的游走球,不,是乔治·韦斯莱,咳,管他呢,反正是他们俩中的一个。沃林顿丢掉了鬼飞球,凯蒂·贝尔 —— 呃 —— 也丢掉了……现在是蒙太拿到了鬼飞球,斯莱特林的队长蒙太拿到了鬼飞球,正朝前场冲去,格兰芬多加油,拦住他!"

哈利从斯莱特林的球门后面绕过,强迫自己不去看罗恩那头的情况。越过斯莱特林的守门员时,他听到布莱奇和下面的人一起唱着:

韦斯莱那个小傻样……

"—— 普塞又躲过了艾丽娅,直奔球门而去,扑住它,罗恩!"
哈利不用看就知道发生了什么:格兰芬多一方发出痛苦的呻吟,而斯莱特林们爆发出尖叫声和鼓掌声。哈利向下望去,看到脸长得像狮子狗脸的潘西·帕金森背对球场站在看台前,指挥着斯莱特林的啦啦队高唱:

斯莱特林人放声唱,
韦斯莱是我们的王。

但二十比零不算什么,格兰芬多还有时间追上比分或抓住飞贼,只要进几个球,他们就又能像以往一样领先了,哈利安慰着自己。他在其他球员之间上下穿行,追着一个亮闪闪的东西,不料却是蒙太的表带……

可是罗恩又让对方进了两个球。哈利寻找飞贼的动机里有了惶恐的成分。他只盼着快点找到它,结束这场比赛……

"——格兰芬多的凯蒂·贝尔带球晃过普塞,又躲开了蒙太,好身法,凯蒂,她把球传给约翰逊。安吉利娜·约翰逊接住鬼飞球,甩掉了沃林顿,冲向球门。加油,安吉利娜——**格兰芬多得分!四十比十,斯莱特林四十比十领先**,普塞得到了鬼飞球……"

哈利听见卢娜那顶滑稽的狮子帽在格兰芬多的欢呼声中咆哮,深受鼓舞,只差三十分,没什么,很容易追平。哈利躲开克拉布向他径直射来的一个游走球,继续在场中疯狂地搜索金色飞贼,一边留意着马尔福是否发现了它,但马尔福和他一样绕场奔驰,一无所获……

"——普塞传给沃林顿,沃林顿传给蒙太,蒙太又传给普塞——约翰逊抢断,约翰逊拿到了鬼飞球,传给贝尔,看上去不错——不好——贝尔被斯莱特林队员高尔打出的游走球击中,普塞又拿到了球……"

韦斯莱生在垃圾箱,
他总把球往门里放,
韦斯莱保我赢这场——

哈利终于看到了,小小的、忽闪忽闪的金色飞贼,正在斯莱特林那端的球场上方几英尺处盘旋。

他俯冲过去……

一刹那间,马尔福从哈利左边冲出,一道银绿相间的身影伏在扫帚上……

飞贼绕过球门圆环的柱脚,向看台另一侧飞去,这一转向对马尔福十分有利,他离得更近。哈利拨转火弩箭,他和马尔福现在并

第19章 狮子与蛇

驾齐驱……

离地面几英尺时，哈利右手放开扫帚把，伸向飞贼……在他右边，马尔福的手臂也伸了出去，抓够着……

在风声呼啸的千钧一发之际，一切都结束了——哈利的手指握住了小小的、挣扎着的金球——马尔福的指甲绝望地抓向哈利的手背——哈利一拨飞天扫帚腾空升起，手里攥着还在挣扎的小球，格兰芬多的支持者高声叫好……

他们得救了，虽然罗恩放进了那么多球，但只要格兰芬多获胜，没人会记得——

砰！

一个游走球正中哈利的后腰，他从扫帚上飞了出去，幸好他抓飞贼时俯冲而下，离地面只有五六英尺了，但还是被打得喘不过气来，仰面摔倒在冻硬的球场上。他听见霍琦女士尖厉的哨声，看台上哗然大乱，混杂着嘘声、嘲笑声和愤怒的叫喊声，嗵的一声，接着是安吉利娜焦急的声音。

"你没事吧？"

"当然。"哈利咬牙说，抓住安吉利娜的手，让她把自己拉起来。霍琦女士向哈利上方的一个斯莱特林队员冲去，从哈利的角度看不出那人是谁。

"是那个暴徒，克拉布！"安吉利娜气愤地说，"他一看你抓到了飞贼，就把游走球狠狠地向你打来——但我们赢了，哈利，我们赢了！"

哈利听到背后一声冷笑，他转过身去，手里仍紧攥着飞贼：德拉科·马尔福降落在旁边，气得脸色发白，但嘴角还带着一丝嘲讽。

"救了韦斯莱一命，是不是？"他对哈利说，"我从没见过这么臭的守门员……可他是生在垃圾箱嘛……你喜欢我的歌词吗，波特？"

哈利没有回答,走开去迎接他的队友,他们陆续降落,得意洋洋地呐喊欢呼,挥着拳头。只有罗恩除外,他在球门柱那边下了扫帚,一个人慢慢地走回了更衣室。

"我们还想多写几行歌词!"马尔福嚷道,凯蒂和艾丽娅正在和哈利拥抱,"可是又肥又丑不好押韵——我们想唱唱他的老妈——"

"酸葡萄。"安吉利娜厌恶地瞪了马尔福一眼。

"——没用的废物也不好押韵——他爸爸——"

弗雷德和乔治意识到马尔福在说什么。两兄弟正在和哈利握手,他们僵住了,回头看着马尔福。

"别理他,"安吉利娜赶忙拉住弗雷德的胳膊说,"别理他,弗雷德,让他喊去,他只是输了球眼红,这个没教养的小——"

"——可你喜欢韦斯莱家,是不是,波特?"马尔福讥笑道,"还在那儿度假,是不是?不知你怎么受得了那股臭味,不过我想你是被麻瓜带大的,韦斯莱家的土窝闻起来就不错了——"

哈利抓住了乔治,安吉利娜、艾丽娅和凯蒂三个人才拖住了弗雷德,不让他扑向马尔福。马尔福放肆地笑着。哈利扭头找霍琦女士,但她还在斥责克拉布犯规击球。

"也可能是,"马尔福一边朝后退,一边斜睨着眼睛说,"你记得你妈妈家的臭味,韦斯莱家的猪圈让你想起——"

哈利没意识到他松开了乔治,只知道一秒钟后他们俩一起扑向了马尔福。哈利完全忘了所有老师都在观看,只想让马尔福越痛越好。没时间拔魔杖,他抡起攥着飞贼的拳头,使出浑身力气朝马尔福的肚子上揍去。

"哈利!哈利!乔治!住手!"

他听到女孩子的尖叫、马尔福的惨叫、乔治的诅咒,还有口哨声和周围人的叫嚷声,但他不予理会,直到旁边有人断喝:"障碍重

第19章 狮子与蛇

重!"咒语的一股力量把他向后撞倒,他才停止了狠揍他够得到的每一寸马尔福的身体……

"你们在干什么?"霍琦女士喊道,哈利跳了起来。看来是霍琦女士用障碍咒击中了哈利。她一手举着哨子,一手拿着魔杖,她的飞天扫帚躺在几英尺外。马尔福蜷缩在地上呻吟号叫,鼻子流着血。乔治嘴唇肿了,弗雷德还在被三个追球手扭着,克拉布在后面咯咯地笑。"我从没见过这种行为——回城堡去,你们两个,直接去院长办公室!快去!"

哈利和乔治大步离开了球场,两人都气喘吁吁,一句话也不说。人群的喧哗渐渐远去,他们走到门厅时,只能听见他们自己的脚步声了。哈利发觉他的右手中还有东西在挣扎。他低下头,看到飞贼的银色翅膀从他的指缝间钻出来,想要挣脱出去。他的指关节都被马尔福的下巴磕伤了。

刚到麦格教授办公室的门口,就见她大步从他们身后的走廊走来。她戴着格兰芬多的围巾,但走向他们时,她用颤抖的双手把围巾从脖子上扯了下来,脸色铁青。

"进去!"她指着门厉声说。哈利和乔治进去之后,她走到办公桌后面,面向他们,把格兰芬多的围巾扔到地上,气得浑身发抖。

"真行啊?"她说,"我从没见过这样丢人的表演。两个打一个!你们自己解释吧!"

"是马尔福挑衅。"哈利僵硬地说。

"挑衅?"麦格教授吼道,猛地一捶桌子,她的彩格饼干盒滑到地上震开了,生姜蝾螈饼干撒了一地,"他刚输了球,是不是,他当然想挑衅你们!可他究竟能说什么,至于让你们两个——"

"他侮辱我的父母,"乔治大叫,"还有哈利的母亲。"

"可是你们没有让霍琦女士来解决,而是决定展示麻瓜的斗殴方式,是吗?"麦格教授吼道,"你们知不知道自己——?"

"咳,咳。"

乔治和哈利一齐转过身去,多洛雷斯·乌姆里奇站在门口,裹着一件绿花呢斗篷,使她更像一只大癞蛤蟆。她脸上挂着那种令人恶心的、阴森森的可怕笑容,哈利已经习惯把它与灾难联系在一起。

"需要我帮忙吗,麦格教授?"乌姆里奇用她骨子里最毒的甜腻声音问。

麦格教授脸上血色上涌。

"帮忙?"她努力压低声音说,"你是什么意思,帮忙?"

乌姆里奇教授走进了办公室,依然令人恶心地笑着。

"哦,我以为你会感激多一点点官方支持呢。"

就算看到麦格教授鼻孔里冒出火星,哈利也不会奇怪。

"你想错了。"她说,没理睬乌姆里奇,"现在,你们两个听仔细。我不管马尔福如何挑衅,哪怕他侮辱了你们的每一位亲属。你们的行为令人厌恶,我罚你们每人关禁闭一星期! 别那样看着我,波特,你们活该! 如果你们哪一个——"

"咳,咳。"

麦格教授闭上眼睛,似乎在祈求耐心,她再次转向乌姆里奇教授。

"什么事?"

"我想他们应该受到比关禁闭更重的惩罚。"乌姆里奇笑得更甜了。

麦格教授猛地睁开眼睛。

"很遗憾,"她说,同时努力报以对等的笑容,这使她看上去像患了牙关紧闭症,"我的意见是算数的,因为他们在我的学院,多洛雷斯。"

"哦,实际上,米勒娃,"乌姆里奇皮笑肉不笑地说,"我想你会发现我的意见是算数的。咦,放在哪儿了? 康奈利刚刚发来

第 19 章 狮子与蛇

的……我是说，"她假笑一声，在手提包里翻找着，"部长刚刚发来的……在这儿……"

她抽出一张羊皮纸打开来，做作地清了清嗓子，开始宣读。

"咳，咳……《第二十五号教育令》。"

"又来一个！"麦格教授情绪激烈地叫道。

"不错，"乌姆里奇仍面带微笑，"米勒娃，实际上，是你让我看到了我们需要一个新的条令……记得你推翻过我的意见吗？当时我不同意格兰芬多重组魁地奇球队，你去找邓布利多，他坚持要让球队比赛。我不能容忍这种做法。我马上和魔法部部长联系，他也认为高级调查官必须有权剥夺学生的特权，否则她——也就是我——连普通教师的权力都不如！现在你看到我不让格兰芬多重组球队是多么正确了吧，米勒娃？可怕的脾气……好了，我现在宣读新法令……咳，咳……'高级调查官今后对涉及霍格沃茨学生的一切惩罚、制裁和剥夺权利等事宜具有最高权威，并对其他教员所做出的此类惩罚、制裁和剥夺权利具有修改权。签名：康奈利·福吉，魔法部部长，梅林爵士团一级勋章'……"

她卷起羊皮纸放进手提包里，依然面带笑容。

"所以……我想我不得不禁止这两人再打魁地奇球。"她的目光在哈利和乔治之间来回移动。

哈利感到飞贼在他手中疯狂地挣扎。

"禁止我们？"他的声音遥远得奇怪，"再……打球？"

"不错，波特先生，我想终身禁赛比较合适，"乌姆里奇说，看到哈利艰难地试图理解她的话，她笑得更开心了，"你和这位韦斯莱先生。我想，为了安全起见，这位小伙子的双胞胎兄弟也应被禁止——如果他的队友没有拦住他的话，我相信他也会袭击小马尔福先生的。我要没收他们的飞天扫帚，把它们安全地保管在我的办公室里，以确保没人违反我的禁令。但我并非不讲情理，麦格教授,"她转身对像冰雕一般瞪着她的麦格教授说,"其他队员可以继续打球,我没看到他们有暴力倾向。好了……祝你们下午好。"

乌姆里奇带着极度满足的神气走了出去,留下一片恐怖的沉寂。

"禁赛,"当天晚上在公共休息室里,安吉利娜声音空洞地说,"禁赛。没有找球手和击球手……我们还能干什么?"

根本感觉不到他们赢了球,哈利到处只看见沮丧和愤怒的面孔。队员们意志消沉地坐在炉边,只有罗恩不在,他自从比赛结束后就没有露面。

"真不公平,"艾丽娅麻木地说,"克拉布在哨响后打出游走球怎么算?她禁止他了吗?"

"没有,"金妮伤心地说,她和赫敏坐在哈利的两侧,"克拉布只被罚写句子,我听到蒙太吃晚饭时笑着说的。"

"弗雷德根本没动手也被禁赛!"艾丽娅捶着膝盖愤恨地说。

"没动手不是我的错,"弗雷德的脸色非常难看,"要是你们三个不拦着我,我准把那个小畜生打成肉泥。"

哈利难受地看着漆黑的窗外,下雪了。他抓到的飞贼在公共休息室里一圈一圈地飞着,人们像被催眠了似的盯着它看。克鲁克山从这把椅子跳到那把椅子,想要抓住它。

"我去睡觉了,"安吉利娜慢慢地站起身,"也许这只是一场噩梦……也许我早上醒来会发现我们还没有比赛……"

很快,艾丽娅和凯蒂也走了。过了一会儿,弗雷德和乔治也快快而去,对路过的每一个人都怒目而视。金妮不一会也走了,炉边只剩下哈利和赫敏。

"你看到罗恩了吗?"赫敏轻声问。

哈利摇摇头。

第 19 章 狮子与蛇

"我想他在躲着我们,"赫敏说,"你认为他会在 ——"

就在这时,他们身后传来嘎吱声,胖夫人向前转开,罗恩从肖像洞口爬了进来。他脸色非常苍白,头上沾着雪花。看到哈利和赫敏,他一下子呆住了。

"你去哪儿了?"赫敏跳起来急切地问。

"散步。"罗恩嘟哝道。他还穿着魁地奇球袍。

"你好像冻僵了,"赫敏说,"快过来坐!"

罗恩走到炉边,瘫在离哈利最远的一把椅子上,没有看他。飞贼在他们头顶上盘旋着。

"对不起。"罗恩看着脚尖喃喃地说。

"为什么?"哈利问。

"我以为自己能打魁地奇。"罗恩说,"我打算明天一早就提出离队。"

"如果你离队,全队就只有三个球员了。"哈利没好气地说。见罗恩困惑不解,他说:"我被终身禁赛。还有弗雷德和乔治。"

"什么?"罗恩叫起来。

赫敏把事情的经过告诉了他。哈利受不了自己再讲一遍。赫敏讲完后,罗恩显得更痛苦了。

"都怪我 ——"

"你又没让我揍马尔福。"哈利恼火地说。

"—— 如果不是我在场上那么没用 ——"

"—— 跟这个没关系 ——"

"—— 是那首歌让我紧张 ——"

"—— 换了谁都会紧张 ——"

赫敏站起来走到窗口,离开了争论,看雪花在窗前飘舞。

"别这样行不行?"哈利爆发道,"没有你在这儿一味自责就已经够糟了。"

罗恩没有吭声,难过地看着自己湿漉漉的袍摆。过了一会儿,他闷声闷气地说:"这是我这辈子感觉最糟的一次。"

"我也一样。"哈利痛苦地说。

"好了,"赫敏说,声音有点发颤,"我想有一件事可能会让你们俩都高兴起来。"

"是吗?"哈利怀疑地问。

"嗯。"赫敏从漆黑的、飘着雪花的窗前转过身来,莞尔一笑,"海格回来了。"

第20章

海格的故事

哈利冲到男生宿舍,从箱子里拿出隐形衣和活点地图,他的动作那么快,结果他和罗恩起码等了五分钟,赫敏才急急忙忙从女生宿舍下来,戴着围巾、手套和她自己织的一顶织花小精灵帽。

"外面很冷!"看到罗恩不耐烦地咂嘴,她辩解说。

他们爬出肖像洞口,匆匆钻进隐形衣——罗恩个头长了不少,必须弯着腰才能把脚藏在里面。然后三人小心翼翼地走下许多级楼梯,时而停下来在地图上查看一下费尔奇和洛丽丝夫人的踪影。他们很幸运,路上只碰到了差点没头的尼克,他飘飘荡荡,无心地哼着歌曲,听上去与"韦斯莱是我们的王"惊人的相似。他们蹑手蹑脚地穿过门厅,来到静悄悄的雪地上。看到前面那一小方金色的灯光和海格烟囱上袅袅的青烟,哈利的心剧烈地跳了起来。他加快了步伐,另外两人跌跌撞撞地跟在后面。他们激动地踏着变厚的积雪走到木门前,哈利举手敲了三下,一条狗在里面狂吠起来。

"海格,是我们!"哈利对着钥匙孔叫道。

"应该想到的!"一个粗哑的声音说。

他们在隐形衣下相视而笑,听得出海格的声音很高兴:"刚回来三秒钟……让开，牙牙……让开，你这条瞌睡虫……"

拨门闩的声音，门吱吱嘎嘎地开了，门缝中露出海格的脑袋。

赫敏尖叫起来。

"梅林的胡子啊，小声点！"海格急忙说，他越过他们的头顶使劲张望，"在隐形衣里呢，是不是？进来，进来！"

"对不起！"赫敏低声说，三人从海格身边挤进屋里，扯下隐形衣，让他能看到他们，"我只是——哦，海格！"

"没事儿，没事儿！"海格忙说，他关上门，又赶紧拉上所有的窗帘，但赫敏依然惊恐地望着他。

海格的头发乱糟糟的，上面结着血块，他的左眼肿成了一条缝，又青又紫，脸上和手上伤痕累累，有的还在流血，他动作很小心，哈利怀疑可能他的肋骨断了。他显然刚刚到家，一件厚厚的黑色旅行斗篷搭在椅背上，一个装得下几个小孩的大背包靠在墙边。海格有正常人的两倍高、三倍宽，他一瘸一拐地走向火炉，往火上搁了一个铜水壶。

"你遇到什么了？"哈利问，牙牙围着他们又蹦又跳，想要舔他们的脸蛋。

"我说了，没事儿。"海格固执地说，"喝杯茶吗？"

"算了吧，"罗恩说，"看你那副样子！"

"跟你们说了我很好。"海格说着直起腰，转身对他们微笑，但疼得皱了皱眉，"啊，看到你们真高兴——暑假过得不错，是不是？"

"海格，你遭到袭击了！"罗恩说。

"我说最后一遍，没事儿！"海格一口咬定。

"如果我们哪个的脸变成了一团肉酱，你会说没事吗？"罗恩说。

"你应该去让庞弗雷女士看看，海格，"赫敏焦急地说，"有些

第 20 章 海格的故事

伤口看上去很严重。"

"我会处理的,行了吧?"海格威严地说。

他走到小屋中间那张巨大的木桌前,揭去桌上的一块茶巾,下面是一块带血的生肉,绿莹莹的,比普通的汽车轮胎稍大一点。

"你不会吃那个吧,海格?"罗恩凑过去看了看,"好像有毒啊。"

"它就是这个样子,是火龙肉,"海格说,"我没准备吃它。"

他拎起火龙肉,敷在自己的左脸上,绿色的血滴到胡子上,他满意地哼哼了一声。

"好些了,它有镇痛作用,你知道的。"

"你能告诉我们你遇到了什么吗?"哈利问。

"不行,哈利,这是绝对机密,不能告诉你们,拿我的工作都抵不了这责任。"

"是巨人打你的吗,海格?"赫敏轻声问。

海格的手一松,龙肉咕叽滑到了他的胸口。

"巨人?"海格在火龙肉滑到他的皮带上之前把它抓住,重新敷在脸上,"谁说巨人了?你们跟谁聊过?谁告诉你们——谁说我——啊?"

"我们猜的。"赫敏抱歉地说。

"哦,你们猜的,是吗?"海格用没被火龙肉遮住的那只眼睛严厉地盯着她。

"挺……明显的嘛。"罗恩说,哈利点点头。

海格瞪着他们,然后哼了一声,把火龙肉扔回桌上,走到呜呜响的水壶跟前。

"没见过像你们这么大的小孩知道这么多不该知道的事儿,"他嘟哝着,把滚开的水泼泼洒洒地倒进三个水桶形状的杯子里,"我不是夸你们。有人管这叫——包打听。多管闲事。"

但他的胡子在抖动。

"你去找巨人了?"哈利在桌边坐下笑着问。

海格把茶杯放在每个人面前,坐下来,又拎起火龙肉敷在脸上。

"嗯,去了。"他嘟哝道。

"找到他们了?"赫敏屏着气问。

"老实说,他们并不那么难找,"海格说,"个头大嘛。"

"他们在哪儿?"罗恩问。

"山里。"海格含糊地回答。

"那为什么麻瓜没有——"

"不是没有,"海格低沉地说,"只是麻瓜的死因总被说成是登山事故,对不对?"

他把火龙肉移了移,盖住最严重的伤痕。

"海格,跟我们说说你干了什么吧!"罗恩说,"说说被巨人袭击的事,哈利可以说说被摄魂怪袭击的事——"

正在喝茶的海格呛了一下,火龙肉也掉了。他连连咳嗽,大量的唾液、茶水和火龙血溅到桌上,火龙肉啪嗒一声滑到地上。

"你说什么,被摄魂怪袭击了?"海格大声说。

"你不知道吗?"赫敏瞪大眼睛问。

"我走后发生的事我都不知道。我有秘密使命,不希望猫头鹰到处跟着我——讨厌的摄魂怪!不会是真的吧?"

"是真的,它们出现在小惠金区,袭击了我和我表哥,然后魔法部把我开除了——"

"什么?"

"——我只好去受审,好多的事情,可是,你还是先跟我们说说巨人的事吧。"

"你被开除了?"

"先说说你的暑假,然后我再说我的。"

第 20 章　海格的故事

海格用他能睁开的那只眼睛瞪着哈利。哈利与他对视着,脸上是直率而坚决的表情。

"唉,好吧。"海格无可奈何地说。

他弯下腰把火龙肉从牙牙的嘴里拽了出来。

"不要,海格,这不卫生——"赫敏说,但海格已经把火龙肉重新敷到他肿起来的眼睛上了。他又喝了一口茶提神,然后说道:"我们学期一结束就出发了——"

"马克西姆女士跟你一起吗?"赫敏插嘴问。

"对,"海格说,他脸上没被胡子和绿色的火龙肉遮住的一点地方显出了温柔的表情,"只有我们两个。告诉你们吧,奥利姆她不怕吃苦。你们知道,她是一位优雅的、穿得很考究的女士。我知道我们要去哪里,怕她受不了爬石头、睡岩洞什么的,可她一次都没抱怨过。"

"你知道你们要去哪里?"哈利问,"你知道巨人在哪儿?"

"邓布利多知道,他告诉了我们。"海格说。

"巨人是不是藏起来了?"罗恩问,"他们的藏身处是秘密的吗?"

"并不是,"海格摇着乱蓬蓬的脑袋说,"只是许多巫师都不操心巨人在哪儿,只要他们离得很远就行。但巨人住的地方很难进去,至少对人类是这样的。所以我们需要邓布利多的指引。我们花了一个月才到地方——"

"一个月?"罗恩说,好像他从没听说过长得这么离谱的旅行,"可是——你们为什么不拿门钥匙呢?"

海格看着罗恩,那只露在外面的眼睛里有一种近乎怜悯的奇怪表情。

"我们受到监视,罗恩。"他粗哑地说。

"什么意思?"

"你不明白,"海格说,"魔法部监视着邓布利多和他们认为跟邓布利多一道的人——"

"我们知道,"哈利忙说,急于听海格的故事,"我们知道魔法部在监视邓布利多——"

"所以你们不能用魔法过去?"罗恩震惊地问,"你们一路只能像麻瓜一样?"

"也不是一路,"海格狡黠地说,"我们只是必须多加小心,因为我和奥利姆,块头大了点——"

罗恩发出强忍着的噗嗤一声,赶紧喝了一大口茶。

"——很容易被跟踪。我们装作一起去度假,因为知道有魔法部的人在盯梢,所以我们去了法国,假装要去奥利姆的学校。我们只能慢慢走,因为我不能用魔法,而且知道魔法部在找借口拘留我们。但在地一龙附近我们终于甩掉了那个尾巴——"

"哦,是第戎①吧?"赫敏兴奋地说,"我去那儿度过假,你有没有看见——"

看到罗恩的脸色,她不作声了。

"然后我们找机会用了一点魔法,旅行还不赖。在波兰边境遇到几个疯巨怪,我在明斯克的酒吧里跟一个吸血鬼闹了点小别扭,但刨去这些,就再顺利不过了。

"我们到了那个地方,开始在山里跋涉,寻找他们的踪影……

"接近他们后,我们又不得不收起魔法。一是因为巨人不喜欢巫师,我们不想太早惹火他们;另外邓布利多警告我们说,神秘人肯定也在寻找巨人,可能已经派出了使者。他嘱咐我们在那一带要非常小心,千万不能引人注意,提防附近有食死徒。"

海格停下来喝了一大口茶。

---

① 法国中东部城市,勃艮第大区首府和科多尔省省会。

第20章 海格的故事

"说呀！"哈利性急地催促道。

"后来找到了。"海格直率地说，"一天晚上翻过山脊，他们就在下面，小小的篝火，巨大的影子……就像山在移动。"

"有多大？"罗恩屏着气问。

"大概二十英尺吧，"海格漫不经心地说，"大的可能有二十五英尺。"

"有多少人？"哈利问。

"我想有七八十个吧。"海格回答。

"全在那儿了吗？"赫敏问。

"嗯，"海格悲哀地说，"只剩八十个了，以前有好多，全世界起码有一百个部落，但是渐渐消亡了。当然，巫师杀了一些，但大部分死于自相残杀。现在他们死得更快了，因为不适合那样挤在一起生活。邓布利多说是我们的错，是巫师把他们赶到了老远的地方，他们没有办法，为了生存只能待在一起。"

"那么，"哈利说，"你们看到了巨人，后来呢？"

"我们一直等到早上，为了安全起见，不想在夜里悄悄走过去。"海格说，"凌晨三点左右他们在原地睡着了。我们不敢睡，一是怕哪个巨人醒了爬上来，二是呼噜声响得吓人。快天亮时引起了一场雪崩。

"天亮之后我们就下去了。"

"就那样？"罗恩敬畏地问，"你们直接走进了巨人的营地？"

"邓布利多告诉了我们该怎么做，"海格说，"给古戈礼物，表示敬意。"

"给谁礼物？"哈利问。

"哦，古戈——就是首领。"

"你怎么知道哪个是古戈？"罗恩问。

海格乐了。

"错不了,他最大,最丑,最懒,坐在那儿等别人拿东西给他吃,死羊什么的。他叫卡库斯。我估计他有二十二三英尺高,有两头公象那么重,皮肤像犀牛皮。"

"你们就直接走了过去?"赫敏提心吊胆地问。

"嗯……走了下去,他躺在山谷里。他们待在四座高山之间的洼地里,靠近一个高山湖泊。卡库斯躺在湖边,咆哮着让人喂他和他老婆。我跟奥利姆走下山坡——"

"可是他们看见你们的时候没有想杀你们吗?"罗恩难以置信地问。

"肯定有人这么想,"海格耸耸肩膀,"但我们按邓布利多说的那样,把礼物举得高高的,眼睛盯着古戈,没有理会其他人。就这样,其他人安静下来,看着我们走了过去,我们一直走到卡库斯的脚边,鞠了个躬,把礼物放在他面前。"

"送给巨人什么礼物?"罗恩感兴趣地问,"是吃的吗?"

"不是,他自己能搞到吃的。"海格说,"我们送他魔法。巨人喜欢魔法,只是不喜欢我们用魔法对付他们。总之,第一天我们给了他一支古卜莱仙火。"

赫敏轻轻地哇了一声,但哈利和罗恩都不解地皱起了眉头。

"一支——?"

"永恒的火,"赫敏不耐烦地说,"你们该知道的,弗立维教授在课上提了至少两次!"

"总之,"海格忙说,不等罗恩回嘴,"邓布利多用魔法使这支火把能永远燃烧,这不是一般巫师能做到的。我把它放在卡库斯脚边的雪地上,说:'阿不思·邓布利多给巨人古戈的礼物,向他表示敬意。'"

"卡库斯说什么?"哈利急切地问。

"什么也没说,"海格说,"他不会说我们的话。"

第20章 海格的故事

"你开玩笑吧?"

"这没关系,"海格平静地说,"邓布利多提醒过可能发生这种情况。还好,卡库斯叫来两个懂我们话的巨人,给我们做翻译。"

"他喜欢这礼物吗?"罗恩问。

"哦,是的,他们一明白是什么礼物,营地上就起了一片骚动。"海格把火龙肉翻过来,把凉的一面贴在他的肿眼上,"他们非常高兴。这时我说:'阿不思·邓布利多捎话,使者明天再带礼物来时,请古戈与他交谈。'"

"你为什么不当天跟他们谈?"赫敏问。

"邓布利多要我们慢慢来,"海格说,"让巨人看到我们守信用。明天再带礼物来,如果真的带了,会给他们一个好印象。而且让他们有时间检验一下第一份礼物,发现它是好东西,想要更多。总之,面对卡库斯这样的巨人——一下子说很多,他们会杀死你,免得多事。所以我们鞠躬退了回去,找了个舒服的小岩洞过夜;第二天早上再去时,看到卡库斯正在眼巴巴地等我们呢。"

"你们跟他谈了?"

"是啊,我们先送给他一顶漂亮的头盔——妖精做的,坚不可摧,然后就坐下来谈话。"

"他说什么?"

"没怎么说,主要是听。但苗头不错,他听说过邓布利多,知道他反对杀死英国最后一批巨人。卡库斯好像对邓布利多的话很感兴趣。还有几个人也围过来听,尤其是懂一点英语的。我们走的时候充满希望,答应第二天再带一个礼物来。

"可是那天晚上坏事了。"

"什么意思?"罗恩忙问。

"我说过,巨人们不适合住在一起,"海格悲哀地说,"不适合组成那么大的一群。他们不能控制自己,每隔几个星期就要互相打个半死。男的跟男的打，女的跟女的打。那些老部落的残余打来打去，还不算为了食物、火和睡觉地方的争斗。眼看他们整个种族都快灭绝了，你以为他们会停止自相残杀？但……"

海格深深地叹了口气。

"那天晚上发生了一场恶斗，我们在洞口看到的，在下面的山谷里。打了几小时，声音大得你都不敢相信。太阳出来时，雪都是红的，他的头沉入了湖底。"

"谁的头？"赫敏惊问。

"卡库斯的。"海格沉重地说，"换了个新古戈，叫高高马。"他长叹一声。"没想到，我们和古戈交朋友才两天就换了人。我们感到高高马可能不好说话，但也只能去试一试。"

"你们去找他说话？"罗恩不敢相信地问，"在看到他砍掉其他巨人的脑袋之后？"

"我们当然去了。"海格说，"这么大老远过去的，怎么能两天就放弃呢？我们带着本打算送给卡库斯的礼物走了下去。

"我还没开口就知道不行了。他坐在那儿，戴着卡库斯的头盔，斜眼看着我们走近。他非常魁梧，是那里最高大的之一，黑头发，大黑牙，戴着骨头项链，有的看着像人骨。我努力了一下——举起一大卷火龙皮说：'给巨人古戈的礼物——'话还没说完，就头朝下被吊了起来。他的两个手下抓住了我。"

赫敏用手捂住了嘴巴。

"你是怎么从那里脱身的？"哈利问。

"要不是奥利姆在，我就出不来了。"海格说，"她抽出魔杖，施了几个我这辈子见过的最快的魔法，真了不起。眼疾咒正中那两个家伙的眼睛，他们马上把我丢下了——但这下麻烦了，因为我们对巨人用了魔法，那正是巨人仇恨巫师的原因。我们只好逃走，知道不能再走进营地了。"

第20章 海格的故事

"哎呀,海格。"罗恩轻声说。

"你在那儿只待了三天,怎么这么晚才回来?"赫敏问。

"我们没有只待三天就走!"海格好像受了侮辱,"邓布利多还指望着我们呢!"

"可是你说你们不能再回去了!"

"白天是不能,我们必须需要重新考虑。趴在岩洞里观察了几天。情况不妙。"

"他又砍人脑袋了?"赫敏有点作呕。

"不是,"海格说,"那还好些。"

"什么意思?"

"我是说,我们很快发现他并不排斥所有的巫师——只排斥我们。"

"食死徒?"哈利马上问。

"对,"海格阴沉地说,"每天都有两个带着礼物来见他,他没有把他们吊起来。"

"你怎么知道是食死徒?"罗恩问。

"因为我认出了一个,"海格粗声说,"麦克尼尔,记得吗?他们派来杀巴克比克的那家伙。他是个疯子,像高高马一样喜欢杀人,难怪他们那么投缘。"

"麦克尼尔说服巨人跟神秘人联合了?"赫敏绝望地说。

"别着急呀,我还没讲完呢!"海格愤愤地叫道,他一开始什么也不肯说,现在倒好像说上瘾了,"我和奥利姆商量了一下,虽然古戈好像偏向神秘人,但并不意味着巨人都是这样,我们要想法说服其他巨人——那些不愿意高高马当古戈的人。"

"你怎么看得出哪些是呢?"罗恩问。

"他们是被打惨了的,对不对?"海格耐心地解释,"有点头脑的都会躲着高高马,像我们一样藏在周围的岩洞里。所以我们决定晚上到各个岩洞走走，看能不能说服几个人。"

"你们到漆黑的岩洞里去找巨人？"罗恩说，声音里满是敬畏。

"巨人倒不是我们最担心的，"海格说，"我们更怕食死徒。邓布利多嘱咐过尽量不要跟他们纠缠。问题是那帮人知道我们在那儿——大概是高高马说的。夜里我们想趁巨人睡觉时溜进岩洞，麦克尼尔那帮人却在山里找我们。我很难拦住奥利姆，"海格的嘴角牵动着大胡子，"她一心想教训教训他们……她被激怒时可真不得了，奥利姆……像团烈火……大概是因为她的法国血统吧……"

海格眼眶湿润地看着炉火，哈利给了他三十秒回忆时间，然后大声清了清嗓子。

"怎么样？你们接近其他巨人了吗？"

"什么？哦……哦，接近了。在卡库斯被杀后的第三个夜里，我们钻出岩洞，悄悄摸下山去，睁大眼睛提防着食死徒。我们进了几个岩洞，没有——然后，大约到第六个洞时，发现里面藏着三个巨人。"

"一定够挤的。"罗恩说。

"连悬挂猫狸子的地方都没有。"海格说。

"他们看到你们的时候没有打你们吗？"赫敏问。

"如果他们身体好一点的话，可能会的。"海格说，"但他们三个都伤得很重。高高马那一伙把他们打晕了，他们苏醒后，爬进了最近的藏身之处。总之，其中一个懂一点英语，给那两个当翻译，我们的话好像效果还不坏。后来我们就经常过去，探视被打伤的巨人……我想我们一度说服了六七个。"

"六七个？"罗恩兴奋地说，"那不错呀——他们会过来和我们一起对抗神秘人吗？"

但赫敏说："'一度'是什么意思，海格？"

海格悲哀地看着她。

第 20 章 海格的故事

"高高马的人袭击了岩洞,活下来的再也不想跟我们打交道了。"

"那……那不会有巨人来了?"罗恩失望地问。

"是啊,"海格深深地叹了口气,又翻动火龙肉,把凉的一面贴在脸上,"但我们做了该做的事,传达了邓布利多的口信,有人听到了,我想会有人记得。假使那些不愿服从高高马的巨人住到山外,他们也许会想起邓布利多是友好的……说不定会过来……"

雪正在积满窗棂。哈利感到膝头都湿透了,牙牙把脑袋搁在他的腿上,流着口水。

"海格?"过了一会儿赫敏轻声问道。

"嗯?"

"你有没有……你在那儿的时候……有没有听到你……你……妈妈的消息?"

海格露在外面的眼睛看着她,赫敏似乎很害怕。

"对不起……我……我忘了——"

"死了,"海格嘟哝道,"好些年前就死了。他们告诉我的。"

"哦……我……真对不起。"赫敏声音小小地说。海格耸了耸宽大的肩膀。

"没必要,"他干脆地说,"不大记得她。不是个好母亲。"

又沉默了,赫敏不安地瞟着哈利和罗恩,显然希望他们开口说话。

"可你还没解释你怎么会变成这样的,海格。"罗恩指了指海格那血污的面孔。

"还有你为什么回来得这么晚。"哈利说,"小天狼星说马克西姆女士早就回去了——"

"谁袭击了你?"罗恩问。

"我没受到袭击!"海格强调道,"我——"

但他的话被一阵骤然的敲门声淹没。赫敏倒吸了一口凉气，手里的杯子掉到地上摔碎了。牙牙叫了起来。四个人瞪着门旁的窗户，一个矮胖的身影在薄窗帘上晃动。

"是她！"罗恩低声说。

"钻进来！"哈利急忙说，抓起隐形衣披在自己和赫敏身上，罗恩也奔过去钻进了隐形衣。三人挨挨挤挤地退到一个角落里。牙牙对着门口狂吠。海格似乎完全不知所措了。

"海格，把我们的杯子藏起来！"

海格抓起哈利和罗恩的茶杯，塞到牙牙的篮筐垫子底下。牙牙在跳着抓门。海格用脚把它推开到一边，拉开了门。

乌姆里奇教授站在门口，穿着她的绿花呢斗篷，戴着一顶同样颜色的带耳罩的帽子。她噘着嘴，身体后仰，好看到海格的脸，她的个头还不到海格的肚脐眼呢。

"这么说，"她说得又慢又响，好像对聋子讲话似的，"你就是海格，是吗？"

没等海格回答，她就走进屋来，凸出的眼睛骨碌碌乱转。

"走开。"她挥着皮包对牙牙喝道，因为牙牙跳到她跟前，想舔她的脸。

"呃——我不想没礼貌，"海格瞪着她说，"可你到底是谁啊？"

"我的名字叫多洛雷斯·乌姆里奇。"

她扫视着小屋，两次直瞪着哈利站的角落，哈利像三明治一样夹在罗恩和赫敏中间。

"多洛雷斯·乌姆里奇？"海格好像彻底被搞糊涂了，"我以为你是魔法部的——你不是跟福吉在一起的吗？"

"对，我之前是对部长负责的高级副部长。"乌姆里奇说。她开始在屋里踱步，留意每个细节，从墙边的背包到搭在那儿的黑色旅行斗篷。"我现在是黑魔法防御术课的教师——"

第 20 章 海格的故事

"你很勇敢,"海格说,"现在没多少人肯教这个了——"

"——兼霍格沃茨高级调查官。"乌姆里奇好像没听见海格的话一样。

"那是什么?"海格皱眉问。

"正是我要问的问题。"乌姆里奇指着地上的碎瓷片,那是赫敏摔碎的茶杯。

"哦,真要命,"海格欲盖弥彰地朝哈利、罗恩和赫敏站的地方瞥了一眼,"哦,那是……是牙牙,它打碎了茶杯,所以我只好用这一只。"

海格指指他的茶杯,一只手还按着敷在眼上的火龙肉。乌姆里奇站在他面前,注意着他脸上的每个细节。

"我刚才听到了说话声。"她低声说。

"我在跟牙牙说话。"海格坚定地回答。

"它也跟你说话吗?"

"啊……以某种方式,"海格说,显得不大自在,"我有时说牙牙很像人——"

"雪地上有三对脚印,从城堡门口通到你的小屋。"乌姆里奇圆滑地说。

赫敏倒吸了一口气,哈利赶紧捂住她的嘴巴。幸好,牙牙大声地嗅着乌姆里奇教授的袍摆,她似乎没有听见。

"哦,我刚回来。"海格说,一只大手朝背包挥了挥,"也许有人来过,我没见着。"

"你的小屋门口没有离开的脚印。"

"这……我不知道……"海格紧张地揪着胡须,又求助似的朝哈利三人站的角落瞟去,"呃……"

乌姆里奇转身从屋子这头走向那头,仔细巡视。她弯腰看看床下;她打开海格的碗柜;她从哈利他们跟前不到两英寸处走过,三人贴墙而立，哈利使劲收着肚子。在仔细检查过海格煮饭用的大锅之后，她转身问道："你怎么了？这些伤是怎么回事？"

海格赶紧把火龙肉从脸上拿下来，哈利认为这是个错误，他眼睛周围黑紫的瘀肿都露出来了，更别提脸上那么多的鲜血和血块。"哦，我……出了点事故。"海格无力地说。

"什么样的事故？"

"我——我摔了一跤。"

"摔了一跤。"她冷冷地重复道。

"是的。被……被朋友的飞天扫帚绊的。我自己不会飞。看我这块头，我想没有一把扫帚载得了我。我朋友养神符马，不知你见过没有，大牲口，长着翅膀，我骑过一回——"

"你去哪儿了？"乌姆里奇冷冷地打断了海格的胡扯。

"我去……？"

"哪儿了？对，开学两个多月了，你的课由别的老师代着，同事都不知道你的去向，你没留下地址，你到底去哪儿了？"

一阵沉默，海格用他新露出的眼睛瞪着乌姆里奇，哈利几乎能听到他的大脑在疯狂地转动。

"我——我去疗养了。"他说。

"疗养。"乌姆里奇教授说。她打量着海格那没有血色的青肿的脸，静默中，火龙血缓缓地滴到他的皮马甲上。"看得出来。"

"是啊，"海格说，"享受点——新鲜空气，你知道——"

"是啊，猎场看守一定很难呼吸到新鲜空气。"乌姆里奇亲切地说。海格脸上没有瘀青的那一小块皮肤变红了。

"嗯——换换风景，你知道——"

"高山风景？"乌姆里奇马上说。

她知道了，哈利绝望地想。

"高山？"海格重复道，显然在使劲动脑子，"不，是法国南部，

第20章 海格的故事

阳光和……和大海。"

"是吗?"乌姆里奇说,"你没怎么晒黑啊。"

"啊……是……皮肤敏感。"海格想做出一个讨好的笑容,哈利注意到他掉了两颗牙齿。乌姆里奇冷冷地看着海格,他的笑容挂不住了。然后乌姆里奇把皮包往臂弯里拉了拉说:"我自然会向部长报告你这么晚回来的。"

"是。"海格点头说。

"你还应该知道,作为高级调查官,我有一个不幸但必要的任务,就是调查其他教师的教学。所以我敢说我们很快又会见面的。"

她猛然转身朝门口走去。

"你要调查我们?"海格望着她的后背茫然地问。

"对,"乌姆里奇手放在门把上,回头看着他,轻声说,"魔法部决心清除不合格的教师,海格。晚安。"

她出去了,啪地把门带上。哈利想掀开隐形衣,但赫敏抓住了他的手腕。

"等等,"她耳语道,"她可能还没走。"

海格似乎也这么想,他大步走到窗前,把窗帘拉开一条缝。

"她回城堡去了。"他低声说,"邪门……她还要调查别人?"

"是啊,"哈利扯掉隐形衣说,"特里劳尼已经留用察看了……"

"嗯……海格,你打算在课上让我们干什么?"赫敏问。

"哦,别担心,我准备了一堆的内容,"海格兴致勃勃地说,又从桌上拿起火龙肉敷在眼睛上,"我为你们的 O.W.L. 学年专门留了一些动物。等着吧,它们非常特别。"

"嗯……特别在哪里?"赫敏试探性地问。

"不能说,"海格快活地答道,"我想给你们一个惊喜。"

"哎呀,海格,"赫敏一着急,顾不得掩饰了,"乌姆里奇教授会挑毛病的,要是你课上用太危险的——"

"危险？"海格似乎觉得好笑，"别说傻话了，我不会给你们危险东西的！我是说，它们能照看好自己——"

"海格，你必须通过乌姆里奇的检查，所以，如果让她看到你教我们怎样寻找庞洛克，怎样区分刺佬儿和刺猬等等，真的会好得多！"赫敏急切地说。

"可那不大有趣，赫敏，"海格说，"我准备的东西要神奇得多，我养了好些年了，我想全英国只有我这一批驯养的——"

"海格……求求你……"赫敏的声音真有点绝望了，"乌姆里奇在找借口除掉她认为跟邓布利多关系太密切的教师，求求你，教点平常的、O.W.L.考试中肯定会有的东西……"

但海格只是打了个大大的哈欠，独眼朝屋角的大床投去渴望的一瞥。

"好了，今天够累的，天也晚了。"他轻轻拍了拍赫敏的肩膀，赫敏膝盖一软，扑通跪到地上。"哦——对不起——"他揪着袍领把赫敏拉了起来，"不要为我担心，现在我回来了，我发誓我给你们的保护神奇动物课准备了很好的东西……现在你们最好回城堡去，别忘了擦掉脚印！"

"我不知道他有没有听懂你的话。"罗恩后来在路上说。看看四下安全，他们便踏着渐渐加厚的积雪走回城堡，一路没有留下痕迹，因为赫敏用了擦除咒。

"那我明天再来，"赫敏坚决地说，"必要的话我会帮他备课，解雇特里劳尼我不在乎，但是她不能赶走海格！"

第21章

蛇　眼

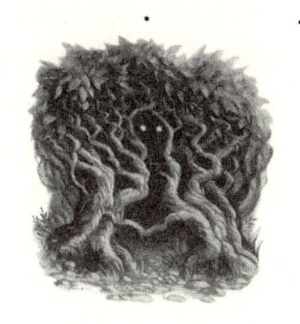

星期天早上，赫敏踏着两英尺深的积雪走向海格的小屋。哈利和罗恩想陪她去，但他们的"家庭作业山"又增到了骇人的高度，只好不情愿地留在了公共休息室里，努力不去理睬楼下传来的欢叫声。同学们在湖上溜冰，滑雪橇，更糟糕的是，他们还用魔法使雪球飞上格兰芬多塔楼，重重地砸在窗户上。

"喂！"罗恩终于失去了耐心，把头伸出窗外吼道，"我是级长，再有一个雪球砸到这扇窗户——**哎哟！**"

他猛地缩回头，脸上全是雪。

"是弗雷德和乔治，"他砰地关上窗户，恨恨地说，"臭小子们……"

午饭前赫敏才从海格那儿回来，微微哆嗦着，袍子膝部以下都湿了。

"怎么样？"她进来时罗恩抬起头来问，"帮他备好课了？"

"我努力了。"赫敏没精打采地说，坐进哈利旁边的椅子，抽出魔杖，花样复杂地舞了一下，杖尖冒出热气。赫敏用它指着自己的袍子，水汽从袍子上蒸发了出去。"我去的时候他不在，我在外面敲门敲了至少半小时,他才从林子里走出来——"

哈利呻吟了一声,禁林里多的是容易让海格被解雇的生物。"他在那儿养了什么?他说了吗?"哈利问。

"没有,"赫敏苦恼地说,"他说他要给我们一个惊喜。我想说明乌姆里奇的情况,可他就是听不进去。他一个劲儿地说脑子正常的人都不会愿意研究刺佬儿而放弃客迈拉兽——哦,我想他没有客迈拉兽。"看到哈利和罗恩惊恐的表情,她赶紧加了一句,"但他不是没试过,他说那是因为客迈拉的蛋不容易弄到……我不知多少次对他讲,用格拉普兰的教法更有利。可我真觉得他连一半都没听进去。你们知道,他有些怪怪的,还是不肯说他是怎么受的伤……"

海格第二天早饭时重新出现在教工桌子旁,并不是所有学生都反应热烈。弗雷德、乔治和李·乔丹等人热烈欢呼,冲到格兰芬多与赫奇帕奇桌子之间的过道上,拉着海格巨大的手握了又握。另一些人,像帕瓦蒂和拉文德等则郁闷地交换着眼色,摇着头。哈利知道他们许多人更喜欢格拉普兰教授的课。最糟糕的是,他心里一小块公正的地方知道他们是有理由的:格拉普兰概念中有趣的课,决不是可能有人被揪掉脑袋的那种。

星期二,哈利、罗恩和赫敏穿得严严实实地去上海格的课,心里有些害怕。哈利不仅担心海格可能会教的东西,还担心其他同学,尤其是马尔福及其心腹,在乌姆里奇听课时的表现。

然而,当他们在雪地上深一脚浅一脚地朝等在树林边的海格走去时,却没有看到高级调查官的影子。海格的样子不让人宽心,星期六夜里紫色的伤痕现在显出了黄绿色,有些伤口好像还在流血。哈利不明白:难道海格受了什么怪兽的袭击,它的毒液能阻止伤口愈合?仿佛是为了让这幅不祥的画面更加完整,海格肩上似乎还扛着半头死牛。

第21章 蛇 眼

"我们今天在这儿上课!"海格愉快地对正在走近的学生们说,把头朝身后黑乎乎的林子一摆,"林子里密了点儿! 不过,它们喜欢黑暗……"

"什么东西喜欢黑暗?"哈利听到马尔福尖声问克拉布和高尔,声音中带着一丝恐惧,"他说什么喜欢黑暗——你们听见了吗?"

哈利想起马尔福以前唯一一次进这个林子的情形,那时他自己也不是很勇敢。哈利笑了;魁地奇比赛后凡是能让马尔福不自在的事情他都赞成。

"准备好了吗?"海格快活地扫视着同学们说,"好。我为你们五年级留了一堂林中考察课,想让你们看看这些动物在自然环境中的生活。我们今天要学习的动物非常稀有,我想我可能是全英国唯一一个驯服了它们的人——"

"你肯定它们被驯服了吗?"马尔福问,声音中的恐惧更明显了,"反正这不会是你第一次把野兽带到课堂上,对吧?"

斯莱特林的学生小声附和,几个格兰芬多的学生好像也觉得马尔福说的不无道理。

"当然被驯服了。"海格皱起眉头,把肩上的死牛朝上提了提。

"那你的脸是怎么回事?"马尔福问。

"不关你的事!"海格火了,"好了,如果你们问完了愚蠢的问题,就跟我走!"

他转身大步走进森林。大家似乎都不大愿意跟进去。哈利望望罗恩与赫敏,他们叹了口气,点点头。于是三人带头跟在海格后面。

走了大约十分钟,来到一处林木茂密、暗如黄昏的地方,地上一点积雪也没有。海格吭哧一声把那半头牛撂到地上,退后两步,转身面对着全体同学。许多人都用树干做掩护,紧张地东张西望,小心翼翼地向他靠近,似乎在防备随时受到袭击。

"靠拢,靠拢。"海格鼓励地说,"现在,它们会被肉味引来,但我还是叫它们一声,因为它们愿意听到是我……"

他转过身,摇摇脑袋甩开挡在脸上的头发,发出一种古怪的、尖厉的叫声。声音在幽暗的林子里回响,像是巨鸟的鸣叫。没有人笑,大部分人似乎都吓得不敢出声了。

海格又叫了一声。一分钟过去了,学生们一直在紧张地越过肩膀和树木窥视四周,想看一眼正在靠近的不知什么东西。当海格第三次甩开头发,扩张他那宽大的胸脯时,哈利推推罗恩,指了指两棵多节的紫杉之间的暗处。

一对发亮空洞的白眼睛在昏暗中渐渐变大,随后是火龙一样的脸、颈部和骨骼毕露的身体,一匹巨大的、长着翅膀的黑马从黑暗中显现出来。它朝学生们看了几秒钟,甩了甩长长的黑尾巴,然后低下头开始用尖牙撕咬死牛。

哈利感到如释重负。现在终于证明这些动物不是他的幻想,而是真的:海格也知道。他急切地望着罗恩,但罗恩还在朝林间张望,过了片刻他小声地问:"海格为什么不叫了?"

大部分同学也带着像罗恩一样困惑、紧张而又期待的表情东张西望,但就是看不到站在几英尺外的黑马。只有另外两人好像看到了:高尔身后一个瘦瘦的斯莱特林男生正在看黑马吃肉,脸上露出非常厌恶的表情;纳威的目光盯着那条不停甩动的长长黑尾。

"哦,又来了一位!"海格自豪地说,第二匹黑马从林中出现了,收起皮革一样的翅膀,低头贪婪地吃起了生肉,"现在……有谁看见了,举个手。"

哈利举起手,非常高兴终于有机会了解这些怪马的秘密了。海格朝他点了点头。

"嗯……我知道你会的,哈利。"他严肃地说,"还有你,纳威? 还有——"

"对不起,"马尔福用讥讽的口气说,"我们到底应该看到

第21章 蛇 眼

什么？"

海格指了指地上的死牛作为回答。同学们盯着它看了几秒钟，有几个人倒吸了一口冷气，帕瓦蒂尖叫起来。哈利知道为什么。一块块肉自动从骨头上剥离，消失在空气中，看上去一定非常诡异。

"什么东西？"帕瓦蒂退到离她最近的一棵树后，恐惧地问，"什么东西在吃它？"

"夜骐，"海格自豪地说，赫敏在哈利旁边领悟地"哦！"了一声，"霍格沃茨这里有一大群呢。现在，有谁知道——？"

"可它们非常非常不吉利！"帕瓦蒂插嘴说，看上去很惊恐，"会给看到它们的人带来各种可怕的灾祸，特里劳尼教授有一次跟我说过——"

"不不不，"海格笑道，"那只是迷信，没什么不吉利的，它们很聪明也很有用。当然，这一群没多少事可干，主要也就拉拉学校的马车，除非邓布利多要出远门又不想用幻影移形——又来了一对，瞧——"

又有两匹马悄然显现了，其中一匹从帕瓦蒂身旁擦过。她浑身发抖，紧紧抱着树干说："我觉得有什么东西，它好像在我旁边！"

"别害怕，它不会伤害你的。"海格耐心地说，"现在，谁能告诉我为什么有人看得见，有人看不见？"

赫敏举起手。

"你说。"海格对她一笑说。

"只有见过死亡的人才能看见夜骐。"赫敏说。

"对了，"海格严肃地说，"格兰芬多加十分。夜骐——"

"咳，咳。"

乌姆里奇教授来了。她站在离哈利几英尺远的地方，仍是绿帽子、绿斗篷，手拿写字板。没听过乌姆里奇假咳的海格有点担心地望着旁边的一匹夜骐，显然以为是它发出的声音。

"咳，咳。"

"哦，你好！"海格微笑道，发现了怪声的来源。

"你有没有收到我早上送到你小屋的字条？"乌姆里奇还是像她前一次对海格说话时那样，说得又慢又响，似乎对方是个外国人，而且智力迟钝，"我说要来听你的课。"

"哦，收到了，"海格爽朗地说，"很高兴你找到了地方！你看——我不知道——你能看到吗？我们今天讲夜骐——"

"对不起，"乌姆里奇教授把手放在耳朵边握成杯子形状，皱着眉头大声说，"你说什么？"

海格显得有点疑惑。

"呃——夜骐！"他响亮地说，"大马——呃——长着翅膀的，你知道！"

他把粗胳膊扑扇了两下，希望她明白。乌姆里奇教授朝他挑起眉毛，在写字板上边念边写，"要靠……笨拙的……手势……"

"好……"海格说，转身面向学生，看上去有点慌乱，"呃……我说到哪儿了？"

"似乎……记性……很差……"乌姆里奇说，声音响得大家都能听见。德拉科·马尔福的样子好像圣诞节提前一个月到了，赫敏则气得涨红了脸。

"哦，"海格不安地瞟了瞟乌姆里奇的写字板，但还是勇敢地讲了下去。"对，我正要告诉你们这群夜骐是怎么来的。开始只有一匹公马和五匹母马。这匹叫乌乌，"他拍拍最先出现的那匹，"是我最喜欢的，这个林子里出生的第一匹——"

"你知不知道，"乌姆里奇高声打断他，"魔法部已把夜骐列为'危险动物'？"

哈利的心陡地一沉，但海格只是笑笑。

"夜骐不危险！当然，要真给惹急了，它们可能会咬你——"

第21章 蛇　眼

"对……残暴……表现出……快意……"乌姆里奇又边说边在笔记本上写道。

"不——不是!"海格说,看上去有点着急了,"我是说,狗急了还会咬人呢,对吧——夜骐只是因为死人的关系名声不好——人们过去以为它不吉利,对吧?只是无知,对吧?"

乌姆里奇没有回答。她记完最后一笔,抬头看着海格,依旧又慢又响地说:"请像往常一样继续讲课,我要在学生中——"她指着一个个学生,"——走一走,"她做出走路的样子,马尔福和潘西·帕金森在偷笑,"提点问题。"她又指指自己的嘴巴,表示说话。

海格瞪着她,显然完全不明白她为什么装成他听不懂正常英语的样子。赫敏眼中含着愤怒的泪花。

"女妖,邪恶的女妖!"她小声说,看着乌姆里奇走向潘西·帕金森,"我知道你要干什么,你这丑陋的、变态的、恶毒的——"

"哦……总之,"海格试图继续讲下去,"这个——夜骐,对,它们浑身都是宝……"

"你觉得,"乌姆里奇教授清脆地问潘西·帕金森,"你能听懂海格教授讲话吗?"

像赫敏一样,潘西也含着眼泪,但这些眼泪是笑出来的。她使劲忍着笑,回答得断断续续。

"不能……因为……听起来……很多时候……像呜噜呜噜……"

乌姆里奇在写字板上唰唰地写着。海格脸上几小块没有瘀青的皮肤一下红了,但他努力装作没听见潘西的回答。

"呃……这个……夜骐的好东西。对了,当它们被驯服之后,像这群一样,你就不会迷路了。方向感好得惊人,只要告诉它们你想去哪儿——"

"当然啦,得假定他们能听懂你的话。"马尔福大声说,潘西·帕金森又咯咯地笑了起来。乌姆里奇教授纵容地朝他们笑笑,然后转向纳威。

"你能看到夜骐,是吗,隆巴顿?"她问。

纳威点点头。

"你看到谁死了?"她语气冷漠地问。

"我……我爷爷。"纳威说。

"你觉得它们怎么样?"她说,粗短的手指朝黑色的飞马挥了挥,它们已经把很大一部分牛身撕得只剩骨头了。

"嗯,"纳威瞟了一眼海格,紧张地说,"嗯,它们……呃……挺好的……"

"学生……不敢……承认……害怕。"乌姆里奇念道,又在写字板上记了几笔。

"不!"纳威不安地说,"我不害怕它们——!"

"没关系。"乌姆里奇拍拍纳威的肩膀,她显然想露出一副理解的笑容,但在哈利看来却更像狞笑。"好了,海格,"她转身仰视着他,再一次用又慢又响的声音说,"我想我已经掌握了足够的情况……你会在十天之内——"她伸出短粗的十指,"收到——"(她做出从空中取东西状)"你的调查结果。"她指了指写字板。然后,她更加得意地微笑着,从学生中匆匆走了出去,在绿帽子下比以前更像一只癞蛤蟆。马尔福和潘西·帕金森笑个不停,赫敏气得浑身发抖,纳威看上去迷惑而懊恼。

"那个邪恶、虚伪、变态的滴水嘴石兽!"半小时后赫敏愤怒地说,他们沿着来时在雪地上踩出的小道走回城堡,"你们看出她想干什么吗? 又是她那套歧视半人半兽的把戏——她想把海格说成是智力低下的巨怪,就因为海格的妈妈是个巨人——哦,这不公平,其实课上得不赖——我是说,如果又是炸尾螺也就罢了,但是夜骐挺好的——老实讲,对海格来说,它们真是很不错了!"

第21章 蛇 眼

"乌姆里奇说它们有危险。"罗恩说。

"咳,就像海格说的,它们能照看好自己。"赫敏不耐烦地说,"我想格拉普兰那样的老师一般是不会在提高班之前教这个的,但是,它们确实很有趣,是不是?有人看见,有人看不见!我希望我能看见。"

"是吗?"哈利平静地问。

她一下子显得很惊恐。

"哦,哈利 —— 对不起 —— 我当然不希望 —— 那真是句蠢话 ——"

"没关系,"哈利赶忙说,"别担心。"

"我奇怪竟有这么多人看得见,"罗恩说,"班上有三个 ——"

"对啊,韦斯莱,我们也在纳闷呢。"一个阴阳怪气的声音说。因为雪太深,他们都没听见马尔福、克拉布和高尔就走在身后。"你以为如果你见过人咽气,就能把鬼飞球看得更清楚些吗?"

他和克拉布、高尔放声大笑,从旁边挤过,朝城堡走去,又高唱起"韦斯莱是我们的王"。罗恩耳朵通红。

"别理他们,千万别理他们。"赫敏急忙劝道。她抽出魔杖,又用咒语产生热气,在没人踏过的雪地上融化出一条通向温室的路。

十二月带来了更多的雪,也给五年级学生带来了雪崩般的家庭作业。随着圣诞节的临近,罗恩、赫敏的级长工作越来越繁重。他们要负责监督装饰城堡("你去挂彩带,皮皮鬼却抓着另一头要把你勒死。"罗恩说),要看着课间因为天冷而待在室内的一二年级学生("他们脸皮真厚,我们一年级时绝对没那么放肆。"罗恩说),还要轮班和阿格斯·费尔奇在走廊里巡视,因为费尔奇怀疑节日气氛会使巫师决斗增多("那家伙脑子里有大粪。"罗恩气愤地说)。赫敏忙得没工夫织小精灵帽,心里很着急,她只剩三顶了。

"那些我还没有解放的可怜的小精灵,圣诞节只好待在这里,因为帽子不够!"

哈利不忍心讲多比把她织的帽子全拿走了,便埋下头写魔法史课的论文。反正他不愿去想圣诞节。上学以来,他这是第一次很想在假期离开霍格沃茨。不能打球,又担心海格会被留用察看,他现在恨透了这个地方。他唯一盼望的就是D.A.的活动,可是假期中只能暂停,因为几乎所有成员都要和家人一起过节。赫敏要跟父母去滑雪,罗恩觉得非常有趣,他从没听说过麻瓜把木条绑在脚上从山上滑下去。罗恩自己要回陋居。哈利妒忌了好几天,后来他问罗恩打算怎么回家过节,罗恩说:"你也去呀!我没说过吗?妈妈几星期前就写信叫我邀请你了!"

赫敏翻了个白眼,但哈利的心飞了起来。在陋居过圣诞节真是太棒了,只是哈利有点内疚不能和小天狼星一起过节。他也想过能不能说服韦斯莱夫人邀请他的教父,但他不仅怀疑邓布利多不会让小天狼星离开格里莫广场,而且深感韦斯莱夫人可能也不欢迎他去,她跟小天狼星总是不和。小天狼星自从上次在火中消失后还没跟哈利联系过,哈利知道,在乌姆里奇严密的监视下试图联系是不明智的,但他不愿想到小天狼星独自待在他母亲的老房子里,也许只能寂寞地和克利切拉开一个彩包爆竹。

哈利早早来到有求必应屋,参加节前的最后一次D.A.活动。他很高兴自己来得早,因为所有的火把亮起时,他看出多比为了过节已经把这里装饰过了。一看就知道是小精灵干的,因为没有别人会在天花板上吊一百个金色的小球,每个球上都有哈利的大头照,还刻着一行字:**圣诞哈利路亚**[①]!

---

① "哈利路亚"为犹太教和基督教欢呼用语,意思为"赞美神"。多比在此把哈利的名字用在了"祝圣诞快乐!"的祝福语中。

第21章 蛇 眼

哈利刚把最后一个小金球摘下来，门吱呀一声开了，卢娜·洛夫古德像往常一样做梦似的走了进来。

"你好，"她含糊地说，打量着其他的装饰，"很漂亮，是你搞的吗？"

"不，"哈利说，"是家养小精灵多比。"

"槲寄生。"卢娜做梦似的说，指着几乎罩在哈利头顶上的一大丛白浆果。哈利赶快从它下面跳了出来。"这就对了，"卢娜严肃地说，"它里面经常会长蛹钩。"

正在这时，安吉利娜、凯蒂和艾丽娅进来了，哈利也就用不着追问蛹钩是什么了。三个女生都气喘吁吁，看上去冻得够呛。

"咳，"安吉利娜没精打采地说，扯下斗篷扔到角落里，"我们终于找到你的替补了。"

"替补我？"哈利傻乎乎地问。

"你、弗雷德和乔治，"安吉利娜不耐烦地说，"我们有新的找球手了！"

"谁？"哈利忙问。

"金妮·韦斯莱。"凯蒂说。

哈利愣愣地望着她。

"没错，我知道。"安吉利娜说着抽出魔杖，活动着胳膊，"可她很不错，真的。当然不如你，"她狠狠地白了哈利一眼说，"可是既然你不能参加……"

哈利咽回了已到嘴边的反驳：她难道没有想过，他被迫离队，不比她遗憾一百倍吗？

"击球手呢？"他问，努力使语气保持平静。

"安德鲁·柯克，"艾丽娅毫无热情地说，"杰克·斯劳珀，都不是很灵，但跟别的木头比起来……"

罗恩、赫敏和纳威的到来结束了这场压抑的谈话，不到五分钟，屋子里已经满得看不到安吉利娜灼人的责备目光了。

"好，"哈利叫大家安静，"我想今晚我们就复习一下以前练过的内容，因为这是节前最后一次集会，在三星期的假期之前学新东西没有意义——"

"不学新东西？"扎卡赖斯·史密斯不满地嘟哝道，声音传遍了全屋，"早知道就不来了……"

"那我们都很遗憾哈利没有早点告诉你。"弗雷德大声说。

几个人偷偷地笑。哈利看到秋也在笑，心里又是一跳，好像下楼时一脚踩空了似的。

"——我们两两练习，"哈利说，"从障碍咒开始，练十分钟，然后把垫子拿出来，再练昏迷咒。"

众人顺从地分组，哈利照例和纳威一组。屋里很快便充斥了"障碍重重"之声，被点中的人会僵住一分钟左右，对手无所事事地看着他练习，然后他们活动起来，跟对手交换角色。

纳威进步得像换了个人。过了一会儿，当哈利连着僵住三次之后，他又让纳威去跟罗恩、赫敏练，自己在屋里转转，看看别人。走过秋的身旁时，秋朝他嫣然一笑。哈利努力抵制老想往那边走的诱惑。

练了十分钟障碍咒之后，他们摆开垫子，又练起了昏迷咒。地方太小，不够他们一起练，一半人先在旁边看着，然后交换。哈利看着大家，心里充满了自豪。诚然，纳威击昏了帕德玛·佩蒂尔，而不是他所瞄准的迪安，但比起以前，他的准头已经好多了，其他人也都有很大的进步。

一小时后，哈利叫大家停了下来。

"练得很好了，"他笑望着大家说，"假期结束回来后我们可以开始一些难度大的——甚至可以包括守护神咒。"

一片兴奋的议论声。人们像往常一样三三两两地走出房间，许

第21章 蛇 眼

多人祝哈利"圣诞快乐"。哈利心情很好，跟罗恩、赫敏一起收起垫子，堆放整齐。罗恩与赫敏先走了，他多待了一会儿，因为秋还在，他希望听到她说"圣诞快乐"。

"你先走吧。"他听到秋对她的朋友玛丽埃塔说，他的心一下蹦到了嗓子眼儿。

哈利假装把垫子摞齐，知道屋里没有别人了，他等着秋开口，可是听到的却是一声抽泣。

他转过身，看到秋站在屋子中间，脸上流着泪。

"怎么——？"

哈利不知道怎么办，她只是站在那儿，默默地哭泣。

"怎么啦？"他无力地问。

她摇摇头，用衣袖拭了拭眼泪。

"对不起，"她含混地说，"我想……只是因为……学这些东西……让我……我想起……要是他会这些……他现在就会还活着……"

哈利的心一下子掉过原来的位置，沉到了肚脐眼附近。他该知道的，她想谈塞德里克。

"他会这些。"哈利沉重地说，"他使用得很好，要不也走不到迷宫中央。可如果伏地魔真想杀你，你没有机会。"

听到伏地魔的名字，秋哽噎了一下，但无畏地望着哈利。

"你当时还是婴儿却活了下来。"她轻声说。

"哦，是的。"哈利疲惫地说，一边朝门口走去，"我不知道为什么，谁也不知道，所以没什么可骄傲的。"

"哦，别走！"秋又带着哭腔说，"真对不起，我这个样子……我本来不想……"

她又哽噎了。即使眼眶红肿，她还是很好看。哈利难过极了，本来只要一句"圣诞快乐"，他就会非常高兴……

"我提到塞德里克，"秋又用袖子拭了拭眼泪，"我知道你一定很难过，你看到了他的死……我想你只是希望忘掉……"

哈利什么也没说。这是事实，但他觉得说出来太残忍了。

"你真——真是个好老师，"秋含泪微笑道，"我以前从来没有击昏过什么东西。"

"谢谢。"哈利笨拙地说。

他们对视了很久，哈利有从屋里逃出去的强烈冲动，可脚根本挪不动。

"槲寄生。"秋指指他头顶的天花板说。

"没错，"哈利说，感到唇干舌燥，"但里面可能长满了蛹钩。"

"蛹钩是什么？"

"不知道。"哈利说。秋靠近了些，哈利的脑子好像被击昏了。"你得问疯姑娘，我是说卢娜。"

秋发出一种半哭半笑的滑稽声音。她离他更近了，他几乎数得清她鼻子上的雀斑。

"我真的喜欢你，哈利。"

他无法思考。一种震颤的感觉传遍他的全身，麻痹了他的手臂、双腿和大脑。

她太近了。他能看见她睫毛上的每颗泪珠……

半小时后他回到公共休息室，发现罗恩与赫敏坐在壁炉前最好的位置上，几乎所有的人都回去睡觉了。赫敏在写一封很长很长的信，半卷羊皮纸已经写满了，从桌边垂下来。罗恩趴在炉前的地毯上，试图完成变形课作业。

"什么把你绊住了？"罗恩问。哈利倒在了赫敏旁边的扶手椅上。

哈利没有回答。他沉浸在震惊中，既想告诉罗恩和赫敏刚才发

第 21 章 蛇 眼

生了什么，又想把这秘密带进坟墓。

"你还好吧，哈利？"赫敏问，从笔尖上抬起目光看着他。

哈利心不在焉地耸了耸肩。其实他也不知道自己是好还是不好。

"怎么啦？"罗恩用胳膊肘支起身子，好看清哈利，"发生了什么事？"

哈利不知道该怎么对他们开口，也拿不准要不要说。就在他决定不说的时候，赫敏把问题接了过去。

"是秋吗？"她淡淡地问，"她在会后堵住了你吧？"

哈利微微有些吃惊，点了点头。罗恩哧哧地笑，看到赫敏的目光，赶忙止住了。

"那——呃——她想干吗？"他装出随便的口气问。

"她——"哈利的声音有点儿哑，他清了清嗓子，又说，"她——呃——"

"你们接吻了吗？"赫敏干脆地问。

罗恩腾地坐了起来，把墨水瓶碰得骨碌碌地滚在地毯上。他全然不管，只顾眼巴巴地盯着哈利。

"接了吗？"他问。

哈利从罗恩好奇而兴奋的面孔望向赫敏微蹙的双眉，点了点头。

"**哈！**"

罗恩得意地一挥拳头，嘎嘎大笑，把窗前几个怯怯的二年级学生惊得跳了起来。看到罗恩在地毯上打滚，哈利脸上勉强浮现出一丝笑容。赫敏厌恶地看了罗恩一眼，继续写她的信。

"哎，"罗恩最后抬头看着哈利说，"怎么样？"

哈利想了一会儿。

"湿的。"他诚实地说。

罗恩发出一声怪叫，很难说是表示祝贺还是恶心。

"因为她在哭。"哈利沉重地说。

"哦，"罗恩说，脸上的笑容减退了一些，"你接吻水平那么差吗？"

"不知道，"哈利说，他没有想过这一点，顿时担心起来，"可能是吧。"

"当然不是。"赫敏随口说道，还在忙着写她的信。

"你怎么知道？"罗恩尖刻地问。

"因为秋最近一半时间都在哭，"赫敏含糊地说，"吃饭时哭，上盥洗室也哭，到哪儿都哭。"

"我还以为一点接吻能让她开心起来呢。"罗恩咧嘴笑道。

"罗恩，"赫敏板着脸说，把羽毛笔伸到墨水瓶里，"你是我不幸遇到的最迟钝的笨蛋。"

"这是什么意思？"罗恩不平地问，"什么人会在别人亲她的时候哭鼻子？"

"是啊，"哈利有点绝望地说，"谁会呢？"

赫敏带着几乎是怜悯的表情看着他们这一对。

"你们不明白秋现在的心情吗？"她问。

"不明白。"哈利和罗恩一齐说。

赫敏叹了口气，搁下羽毛笔。

"显而易见，她心里很悲伤，因为塞德里克的死。同时我想她有些困惑，因为她以前喜欢塞德里克，现在又喜欢哈利，她搞不清到底最喜欢谁。同时她还感到内疚，觉得和哈利接吻是对心中的塞德里克的亵渎。她还担心，要是她跟哈利好的话，别人会怎么说。而且，她可能还搞不清对哈利的感情，因为塞德里克死时哈利在场。所以这一切非常矛盾和痛苦。哦，她还怕被踢出拉文克劳魁地奇球队，因为她近来飞得那么差。"

第 21 章 蛇 眼

她的话把两人说愣了。然后罗恩说:"一个人不能同时有那么多感情,会爆炸的。"

"你自己只有一茶匙的感情,并不代表人人都是这样。"赫敏挖苦道,又拿起了她的笔。

"是她主动的,"哈利说,"我本来不想——她靠过来——然后就趴在我身上哭——我不知道怎么办——"

"怨不得你,伙计。"罗恩说,似乎被吓着了。

"你只需要对她温柔点儿。"赫敏担心地抬起眼睛说,"你有没有啊?"

"嗯,"哈利脸上热得难受,"我好像——拍了拍她的背。"

赫敏似乎用了很大努力才忍住没有翻白眼。

"我想这还不算最糟糕。"她说,"你还打算见她吗?"

"我非见不可,是不是?"哈利说,"有 D.A. 集会呀。"

"你知道我指的是什么。"赫敏不耐烦地说。

哈利沉默了。赫敏的话展现了一幕幕吓人的前景。他试着想象跟秋一起出去——或许去霍格莫德村——跟她单独相处几小时。在发生了刚才那件事之后,秋当然会期望他约她出去的……这念头使得他的胃痛苦地紧缩起来。

"反正,"赫敏漠然地说,又埋在她的信里了,"你会有很多机会约她的……"

"要是他不想约她呢?"罗恩一直盯着哈利,脸上现出一种不常见的精明。

"别犯傻,"赫敏含糊地说,"哈利早就喜欢她了,是不是,哈利?"

哈利没有回答。不错,他是早就喜欢秋了,但他想象的两人相处的画面中,秋总是快乐的,而不是趴在他肩上哭得不可收拾。

"你在给谁写小说呢?"罗恩问赫敏,伸头去读已经垂到地上的羊皮纸。赫敏把它拖了上去。

"威克多尔。"

"克鲁姆?"

"我们还知道几个威克多尔呀?"

罗恩没说话,但看上去快快的。他们又沉默地坐了二十分钟,罗恩在不耐烦的哼哼和涂涂擦擦中完成了他的变形课论文;赫敏沉着地写到羊皮纸的最后,把它仔细地卷起封好;哈利盯着炉火,特别希望小天狼星的脑袋出现,给他一些关于女孩子的忠告。但炉火只是噼噼啪啪地越烧越低,直到红热的余炭化成了灰烬。哈利环顾四周,发现屋里又只剩他们三个了。

"好了,晚安。"赫敏说,打着大哈欠朝女生宿舍的楼梯走去。

"她看上克鲁姆什么啦?"罗恩和哈利一起上楼时问道。

"嗯,"哈利思考着说,"我想他岁数大些,是不是……又是国际球星……"

"可是除了这个之外,"罗恩似乎很恼火,"我说,他不就是个暴躁的饭桶吗?"

"确实有点暴躁。"哈利说,他还在想着秋。

他们默默地脱掉袍子,换上睡衣。迪安、西莫和纳威都已睡着了。哈利把眼镜放在床头桌上,钻进被里,但没有拉上帷帐,而是盯着纳威床边窗户外的那一片星空。要是他昨晚这个时候知道,二十四小时之内他会亲吻秋·张……

"晚安。"罗恩在他右边咕哝着说。

"晚安。"哈利说。

也许下次……如果有下次的话……她会快乐一些。他应该约她出去的,她当时可能在期待他开口,现在正生着他的气……或者她正躺在床上,为塞德里克哭泣? 他不知道该怎么想。赫敏的解释似乎使这一切变得更复杂,而不是更好懂了。

第21章 蛇　眼

学校应该教这个，他翻了个身想道，女孩子的心思……这至少比占卜课有用得多。

纳威在睡梦中抽了抽鼻子，远处传来一只猫头鹰的叫声。

哈利梦见他回到了D.A.集会的房间，秋埋怨他把她骗来了，说他答应只要她来了就给她一百五十张巧克力蛙画片。哈利辩白着……秋叫了起来："塞德里克给了我好多好多巧克力蛙画片，看！"她从袍子里掏出一把把的画片撒到空中，然后她又变成了赫敏。赫敏说："你答应过她的，哈利……我想你最好给她点别的……你的火弩箭怎么样？"哈利争辩说他不能把火弩箭送给秋，因为它被乌姆里奇拿走了，而且这一切是荒唐的，他只是到D.A.房间里来挂一些多比脑袋形状的圣诞彩球……

梦境幻化了……

他的身体柔软、有力而又灵活，在闪亮的金属栅栏间，在阴暗、冰冷的石头上滑过……他身体贴着地面，用腹部滑行……光线很暗，但他能看到周围物体的光亮，一些奇异的、鲜明的色彩……他转动脑袋……一眼看去，走廊是空的……不对……有个人坐在地上，头垂在胸前，他的轮廓在昏暗中闪烁。

哈利伸出舌头……他尝了尝那人的气味……他活着，但在打瞌睡……坐在走廊尽头那扇门的前面……

哈利渴望咬那个人……但他必须克制住这种冲动……有更重要的事要做……

那人惊醒了……跳了起来，一件银斗篷从他腿上滑落下来，哈利看到他明亮、模糊的轮廓屹立在面前，一根魔杖从皮带上抽出……他别无选择……他从地板上竖起身子，袭击了一下、两下、三下，把他的尖牙深深地扎进那人的身体，感到肋骨在他的牙齿间碎裂，热乎乎的鲜血涌出……

那人痛得大叫……然后没声音了……瘫倒在墙脚……鲜血

溅到地上……

他的前额疼得要命……好像要炸开了……

"哈利！**哈利！**"

他睁开眼睛，浑身浸满冷汗，床单全裹在身上，像紧身衣。他觉得额头上好像插了一把滚烫的火钳。

"哈利！"

罗恩站在床前，好像吓坏了，床脚还有几个人影。哈利抱紧脑袋，痛得眼前发黑……他滚到床边吐了起来。

"他真的病了，"一个惊恐的声音说，"要喊人吗？"

"哈利！哈利！"

他要告诉罗恩，这至关重要……哈利大口吸着气，从床上撑起身子，下决心不再呕吐，他痛得视线模糊。

"你爸爸，"他气喘吁吁地说，胸口起伏着，"你爸爸……出事了……"

"什么？"罗恩没听懂。

"你爸爸！他被咬了，很严重，到处都是血……"

"我去叫人。"那个惊恐的声音说，哈利听见脚步声跑出了宿舍。

"哈利，哥们儿，"罗恩将信将疑，"你……你只是在做梦……"

"不是！"哈利愤怒地说，一定要让罗恩明白，"不是梦……不是一般的梦……我在那儿，我看到了……我干的……"

他听到西莫和迪安在嘀嘀咕咕，但他顾不了这么多了。额头上的剧痛稍稍减轻了些，但他还在出汗，发高烧一样浑身哆嗦着。他又呕吐起来，罗恩朝后一跳闪开了。

"哈利，你病了，"他不安地说，"纳威去找人了……"

"我没事！"哈利呛了一下，用睡衣擦擦嘴巴，控制不住地哆嗦着，"我没生病，该担心的是你爸爸——我们要找到他在哪

第21章 蛇 眼

儿 —— 他流血不止 —— 我是 —— 那是一条大蛇。"

他想下床,但罗恩把他按了回去。迪安和西莫还在旁边小声嘀咕。过了一分钟还是十分钟,哈利不知道,他只是坐在那儿瑟瑟发抖,感到伤疤的剧痛在缓慢消退 …… 楼梯上传来急促的脚步声,他又听到了纳威的声音。

"这边,教授。"

麦格教授穿着格子呢的晨衣匆匆走进宿舍,眼镜歪架在瘦削的鼻梁上。

"怎么了,波特?哪儿疼?"

哈利从没像现在这样高兴见到她,他现在正需要凤凰社的成员,而不是紧张兮兮给他开些没用的汤药的人。

"是罗恩的爸爸,"他说着又坐了起来,"他被蛇咬了,非常严重,我看到的。"

"什么意思,你看到的?"麦格教授的黑眉毛拧了起来。

"我也说不清 …… 我在睡觉,后来就到了那儿 ……"

"你是说你梦见的?"

"不是!"哈利烦躁地说。没人听得懂吗?"我先做了一个完全不同的梦,一些傻事 …… 后来这个插了进来,是真的,不是我的幻想,韦斯莱先生在地上睡觉,被一条蛇咬了,好多的血,他倒了下去,必须找到他在哪儿 ……"

麦格教授透过歪斜的眼镜盯着他,好像被看到的东西吓坏了。

"我没说谎,我也没有发疯!"哈利喊了起来,"跟你说,我是亲眼看到的!"

"我相信你,波特,"麦格教授干脆地说,"穿上你的晨衣 —— 我们去见校长。"

第 22 章

圣芒戈魔法伤病医院

她认真对待他的话了,哈利大感欣慰。他没有迟疑,一下子就从床上蹦起来,套上晨衣,把眼镜推到鼻梁上。

"韦斯莱,你也应该一起来。"麦格教授说。

他们跟着麦格教授走过默立一旁的纳威、迪安和西莫,出了宿舍,从螺旋形楼梯下到公共休息室,钻出肖像洞口,沿着胖夫人那道洒满月光的走廊往前走。哈利觉得他内心的恐惧随时都可能决堤。他想跑,想大声叫邓布利多。他们这样慢腾腾地走着,而韦斯莱先生正在流血。要是那些尖牙(哈利努力不去想"我的尖牙")有毒呢?路上遇到洛丽丝夫人,它把灯泡般的眼睛转向他们,发出微弱的嘶嘶声,麦格教授说了一声"嘘!"洛丽丝夫人溜进了阴影中。几分钟后,他们来到了邓布利多办公室入口处的滴水嘴石兽跟前。

"滋滋蜜蜂糖。"麦格教授说。

石兽活过来跳到一边,后面的墙壁裂成两半,露出一段不断上升的石梯,好像一架螺旋形的自动扶梯。三人踏上楼梯,墙壁在他们身后咔嚓合拢。他们转着小圈上升,来到那一扇闪闪发亮的橡木门前,门上有狮身鹰首兽形状的铜门环。

虽然早已过了午夜,屋里却传出说话声,乱哄哄的,好像邓布

第22章 圣芒戈魔法伤病医院

利多在招待至少十二个人。

麦格教授把兽形门环叩了三下，说话声突然停止，好像被关掉了似的。门自动打开，麦格教授领着哈利和罗恩走了进去。

屋里半明半暗，桌上那些古怪的银质仪器静静地待着，而不是像往常那样嗡嗡转动，吐出阵阵烟雾。墙上历届校长的肖像都在相框里打瞌睡。门后面，一只个头像天鹅、羽毛金红相间、美丽非凡的大鸟在栖木上打瞌睡，头藏在翅膀下面。

"哦，是你，麦格教授……还有……啊。"

邓布利多坐在他书桌后的高背椅上，凑在蜡烛光前看文件。他穿着雪白的睡衣，外罩一件刺绣华丽、紫金相间的便袍，但看上去精神抖擞，锐利的蓝眼睛紧盯着麦格教授。

"邓布利多教授，波特刚才做了一个……一个噩梦。"麦格教授说，"他说……"

"不是噩梦。"哈利马上说。

麦格教授回头看看哈利，微微皱起眉头。

"好吧，波特，你自己跟校长说吧。"

"我……嗯，我确实在睡觉……"哈利说，虽然他又害怕又着急让邓布利多明白，但仍然有点气恼校长没有看他，而是望着自己交叉的十指，"可这不是一般的梦……它是真的……我看到它发生了……"他深深吸了口气，"罗恩的爸爸——韦斯莱先生——被一条大蛇咬了。"

他说完后，这些话似乎在空气中回响，有点荒唐，甚至可笑。短暂的沉默中，邓布利多向后一靠，凝视着天花板。罗恩望望哈利，又望望邓布利多，面孔苍白而震惊。

"你是怎么看到的？"邓布利多轻声问，依然没有看哈利。

"嗯……我不知道，"哈利有点恼火地说——这有什么关系？"在我脑子里吧——"

"你误会了，"邓布利多依然是平静的语气，"我是说……你记不记得——嗯——你看到袭击时是在什么位置？你是站在受害者旁边，还是从上面俯瞰着这一幕？"

这个问题很怪，哈利呆呆地望着邓布利多，他好像知道似的……

"我就是那条蛇，"哈利说，"我都是从蛇的角度看到的……"

一时没人吭声，然后邓布利多看着脸色仍然煞白的罗恩，换了一种比较强烈的语气说："亚瑟伤得严重吗？"

"很严重。"哈利强调地说——他们为什么领会得这么慢呢？难道不知道一个人被那么长的尖牙刺穿之后会流多少血吗？邓布利多为什么不能看他一眼呢？

邓布利多猛地站起来，把哈利吓了一跳。他对离天花板很近的一幅旧肖像说："埃弗拉？"他厉声说，"还有你，戴丽丝！"

一个额前留着短黑头发的黄脸男巫和旁边相框中一个垂着长长银发卷的老女巫立刻睁开了眼睛，两人刚才好像都睡得很酣。

"你们听见了吗？"邓布利多问。

男巫点点头，女巫说："当然。"

"那男子红头发，戴眼镜。"邓布利多说，"埃弗拉，你需要发警报，以确保他被自己人发现——"

两位巫师点点头，从侧面出了相框，但并没有出现在旁边的相框里（像在霍格沃茨经常发生的那样），而是消失不见了。一个相框里只剩下了深色的帘子，另一个剩下了一把漂亮的皮椅。哈利注意到墙上其他许多老校长虽然逼真地打着呼噜，流着口水，却从眼皮底下偷偷地看他，他突然明白了刚才敲门时是谁在说话。

"埃弗拉和戴丽丝是霍格沃茨鼎鼎有名的两位校长，"邓布利多快步从哈利、罗恩和麦格教授身旁走到门边睡觉的美丽大鸟跟前，"其他重要的巫师机构也挂有他们的肖像。他们能在自己的肖像之间随意来去，所以能告诉我们别处发生的事情……"

第22章 圣芒戈魔法伤病医院

"但韦斯莱先生可能在任何地方!"哈利说。

"三位请坐一会儿,"邓布利多说,好像哈利没说话一样,"埃弗拉和戴丽丝可能要几分钟之后才能回来……麦格教授,你能不能再拉几把椅子过来。"

麦格教授从睡袍兜里抽出魔杖,挥了一下,凭空变出三把椅子,是直背的木椅,与哈利受审时邓布利多变出的软椅不同。哈利坐下来,回头看着邓布利多,邓布利多用一根手指抚摸着福克斯头上的金色羽毛,凤凰立刻醒了过来,仰起美丽的头颈,用明亮的黑眼睛望着他。

"我们需要一点警报。"邓布利多轻轻对它说。

一道火光,凤凰不见了。

邓布利多现在快步走到一台精巧的银质仪器前,哈利一直不知道这些银仪器的用途。邓布利多把那台仪器搬到书桌上,重新面对他们坐下,用魔杖尖轻轻敲打着仪器。

仪器立刻运转起来,发出有节奏的叮当声,顶部的小银管喷出一缕缕淡绿色的轻烟,在空气中汇聚缭绕。邓布利多专注地望着轻烟,眉头紧锁。几秒钟后,几缕轻烟变成一股稳定的烟雾,越来越浓,在空气中盘旋……顶端化成了一个蛇头,蛇嘴大张着。哈利想知道仪器是否在证实他的描述,他急切地看着邓布利多,急于得到肯定的表示,但校长没有抬头。

"自然,自然,"他自言自语地说,依然注视着烟气,一点也没有惊讶,"但实质上是分开的吧?"

哈利对这个问题完全摸不着头脑,但烟蛇马上分成了两条,在昏暗的空气中盘旋、扭动。邓布利多带着严峻而满意的神情,又用魔杖轻轻敲了敲仪器。叮当声减慢停止了,烟蛇渐渐淡去,化成无形的烟雾消失了。

邓布利多把仪器放回细长的小桌上。哈利看到肖像中许多老校长在窥视,他们发现哈利在看着他们,又赶忙假装睡着了。哈利正想问那奇怪的银仪器是干什么的,右边墙壁上方一声喊叫,那个叫埃弗拉的男巫已经回到相框中,有点气喘吁吁。

"邓布利多!"

"什么消息?"邓布利多马上问。

"我一直喊到有人跑来,"男巫用帘子擦着额头说,"说我听到楼下有东西在动 —— 他们半信半疑,但还是下去看了 —— 你知道下面没有肖像可以供我瞭望。总之,几分钟后他们把他抬了上来。他看上去不妙,浑身是血,他们离开时我跑到艾芙丽达·克拉格的肖像中去好好看了一眼 ——"

"很好,"邓布利多说,罗恩抽搐了一下,"我想戴丽丝会看到他进去,然后 ——"

过了一会儿,拖着银发卷的女巫也回到了相框中,她咳嗽着坐到皮椅上说:"对,他们把他送进了圣芒戈,邓布利多……他们从我的肖像下面走过……他看上去状况很不好……"

"谢谢你。"邓布利多说,转身望着麦格教授。

"米勒娃,我需要你去叫醒韦斯莱家的其他孩子。"

"当然……"

麦格教授站起来快步走向门口。哈利瞥了瞥罗恩,他现在看上去很害怕。

"邓布利多 —— 还有莫丽呢?"麦格教授在门口说。

"让福克斯放完哨之后去吧,"邓布利多说,"但她可能已经知道了……她那奇妙的挂钟……"

哈利知道邓布利多指的是那个不显示时间,只显示韦斯莱家各人位置和情况的挂钟。他揪心地想到韦斯莱先生的指针此时此刻一定指着"生命危险"。可是天太晚了……韦斯莱夫人也许在睡觉,没有看钟……他心里发寒,想起韦斯莱夫人的博格特变成她丈夫

第22章 圣芒戈魔法伤病医院

的尸体，眼镜歪斜，脸上流着血……但韦斯莱先生不会死……他不能死……

邓布利多在哈利和罗恩身后的一个柜子里摸索着，找出了一个熏黑的旧茶壶，小心地放到桌上。他举起魔杖，念了声"门托斯！"茶壶颤动了一会儿，发出奇异的蓝光，然后渐渐静止，又变得乌黑。

邓布利多走到另一幅肖像前，这是一个留着山羊胡、一副聪明相的男巫。画中他身着银绿相间的斯莱特林服装，似乎睡得很香，没听见邓布利多在叫他。

"菲尼亚斯，菲尼亚斯！"

现在墙上肖像中的人都不再装睡了，他们在相框中走来走去，想看得更清楚些。聪明相的男巫继续装睡时，他们有些人也开始叫他。

"菲尼亚斯！菲尼亚斯！**菲尼亚斯**！"

他装不下去了，夸张地动了一下，睁大眼睛。

"有人叫我吗？"

"我需要你再到你的另外一幅肖像中跑一趟，菲尼亚斯，"邓布利多说，"我又得到了一个消息。"

"到我的那幅肖像中跑一趟？"菲尼亚斯尖声说，假装打了一个长长的哈欠（他的目光在屋里扫了一圈，落到哈利身上），"哦，不行，邓布利多，我今晚太累了……"

哈利觉得菲尼亚斯的声音有点耳熟。在哪儿听到过呢？没等他细想，周围的肖像突然爆发出一片抗议。

"不听命令，先生！"一个红鼻子的大胖男巫挥着拳头吼道，"不守职责！"

"我们有义务为现任的霍格沃茨校长效力！"一个看上去体质虚弱的老男巫喊道，哈利认出是邓布利多的前任，阿芒多·迪佩特，"不害臊，菲尼亚斯！"

"要我来说服他吗，邓布利多？"一个目光精明的女巫举起一根极粗的魔杖，看上去有点像桦树条。

"哦，好吧，"菲尼亚斯有点害怕地瞟着这根魔杖说，"不过他这会儿可能早把我的肖像毁了，他已经毁了家里大部分——"

"小天狼星不会打坏你的肖像。"邓布利多说。哈利一下想起他在哪儿听到过菲尼亚斯的声音了：是从格里莫广场12号他卧室里那看似空空的相框里传出的。"你要告诉他，亚瑟·韦斯莱受了重伤，其夫人、儿女和哈利·波特很快会去他家。明白吗？"

"亚瑟·韦斯莱受伤，老婆孩子和哈利·波特要来。"菲尼亚斯懒洋洋地说，"行，行……好吧……"

他从相框中溜了出去，消失了，这时书房的门又开了，弗雷德、乔治和金妮由麦格教授领了进来，三人都还穿着睡衣，头发凌乱，神色惊恐。

"哈利——怎么回事？"金妮问，看起来吓坏了，"麦格教授说你看到爸爸受伤了——"

"你父亲在为凤凰社工作时受了伤，"邓布利多不等哈利开口就说，"他已被送往圣芒戈魔法伤病医院。我要把你们送回小天狼星的住处，那里比陋居更方便去医院，你们在那里会见到你们的母亲。"

"我们怎么去？"弗雷德忧心忡忡地问，"用飞路粉吗？"

"不，"邓布利多说，"这个时候用飞路粉不安全，网络被监视了。你们要用门钥匙。"他指了指桌上那把看上去很平常的旧茶壶，"现在只等菲尼亚斯·奈杰勒斯回来……我想确保没有危险再把你们送去——"

屋子中央火光一现，留下一根金羽毛，轻盈地飘向地面。

"是福克斯的警报。"邓布利多接住羽毛说，"乌姆里奇教授一定知道你们都不在床上……米勒娃，去把她支开——不管用什么借口——"

在格子呢的沙沙声中，麦格教授走了。

第22章　圣芒戈魔法伤病医院

"他说欢迎，"邓布利多身后一个懒洋洋的声音说，那个叫菲尼亚斯的男巫重新出现在斯莱特林的旗帜前，"我的玄孙有留人住宿的怪癖……"

"来吧，"邓布利多对哈利和韦斯莱他们说，"快，趁现在还没有人来……"

哈利等人围在邓布利多桌前。

"你们都用过门钥匙吧？"邓布利多问，大家点点头，每人都把手放到黑茶壶上，"好。我数到三，一……二……"

只是一瞬间的工夫：在邓布利多数到"三"之前那短暂的停顿中，哈利抬头看了他一眼——他们离得很近，邓布利多清澈的目光从门钥匙移到哈利的脸上。

顿时，哈利的伤疤火烧火燎地痛起来，像伤口重新裂开了一样——哈利心中升起一股强烈的憎恨，毫无来由，但强烈得可怕，他那一刻只想袭击——想咬——想把他的尖牙插进面前这个人的身体——

"……三。"

他感到肚脐眼后被猛地一扯，地面从他脚下消失了，他的手粘在茶壶上，跟其他人碰撞着，在旋转的色彩和呼呼的风声中飞速前进。茶壶一直牵引着他们……直到他的脚突然撞到地面，震得他膝盖一弯。茶壶哗啦落地。近旁一个声音说话了。

"又回来了，这些败类渣滓，他们的爸爸是要死了吗？"

"**出去！**"另一个声音咆哮道。

哈利爬起来环顾四周，他们来到了格里莫广场12号阴暗的地下厨房里。唯一的光源是炉火和一根摇曳的蜡烛，照出残留的清冷的晚饭。克利切走向前厅门口，拉着缠腰布，回头恶意地看了看他们，消失了。小天狼星疾步向他们走来，显得很焦急。他没刮胡子，还穿着白天的衣服，身上还带着一股类似蒙顿格斯身上的陈酒味儿。

"怎么啦？"他伸手把金妮拉了起来，"菲尼亚斯·奈杰勒斯说亚瑟受了重伤——"

"问哈利吧。"弗雷德说。

"对，我也想听听。"乔治说。

双胞胎和金妮都盯着哈利，克利切的脚步声在外面楼梯上停住了。

"是——"哈利开口道，这比告诉麦格教授和邓布利多还要难，"我好像——做了个梦……"

他讲了他看到的一切，但稍有改动，好像他是在旁边看到了大蛇袭击，而不是直接通过蛇的眼睛……脸色依然煞白的罗恩快速地看了他一眼，但没有说话。哈利讲完之后，弗雷德、乔治和金妮又盯了他好一会儿。哈利觉得他们的目光中有责备的成分，他不知道这是不是自己的想象。如果他们光是这样就要责备他，他真庆幸没有说出自己当时就附在蛇的身上……

"妈妈来了吗？"弗雷德转向小天狼星问。

"她可能还不知道。"小天狼星说，"重要的是在乌姆里奇干涉之前你们就得离开。我想邓布利多正在通知莫丽吧。"

"我们要去圣芒戈医院，"金妮着急地说，看了看她的哥哥们，他们当然还穿着睡衣，"小天狼星，你能借我们几件斗篷什么的吗——？"

"等等，你们不能冲到圣芒戈去！"小天狼星说。

"我们要去的话当然能去。"弗雷德犟头犟脑地说，"他是我们的爸爸！"

"你们怎么解释，在医院通知家属之前你们就知道亚瑟受伤了呢？"

"那有什么关系？"乔治激烈地说。

"有关系，因为我们不想声张哈利能看见千里之外的事！"小

第22章　圣芒戈魔法伤病医院

天狼星恼怒地说，"你知道魔法部会就此做什么文章吗？"

弗雷德和乔治的神情表示他们才不管魔法部会做什么呢。罗恩依旧脸色苍白，一言不发。

金妮说："可以说是别人告诉我们的……我们是从别处听说的，不提哈利……"

"听谁说的？"小天狼星不耐烦地说，"听着，你爸爸是在为凤凰社工作时受伤的，这事本身已经够可疑了，再添上他的子女几秒钟后就知道了情况，你们会严重损害凤凰社的——"

"我们不关心什么愚蠢的凤凰社！"弗雷德叫了起来。

"我们的爸爸生命垂危！"乔治嚷道。

"你们的父亲知道他在干什么，他不会感谢你们搅乱凤凰社的大事！"小天狼星也火了，"就是这样——这就是你们不是凤凰社成员的原因——你们不懂——有些东西是值得为之去死的！"

"你说得轻松，缩在这儿！"弗雷德吼道，"我没看到你有生命危险！"

小天狼星脸上仅有的一点血色一下子消失了，有一会儿他看上去似乎想揍弗雷德，但开口时却是坚定而平静。

"我知道这很难，但我们大家要装作还不知道，不要急躁，至少等听到你母亲的消息再说，好吗？"

弗雷德和乔治还不服气，但金妮走到最近的椅子前坐了下来。哈利看看罗恩，罗恩做了个介于点头和耸肩之间的古怪动作，两人也坐下了。双胞胎兄弟又瞪了小天狼星一分钟，才坐到了金妮的两边。

"这就对了，"小天狼星鼓励地说，"来，我们……一边喝一边等。黄油啤酒飞来！"

他举起魔杖，六个酒瓶从食品间朝他们飞来，滑过桌面，冲散了小天狼星的剩饭剩菜，刚巧停在六人的面前。他们喝了起来，一时间只听见厨房炉火的噼啪声和酒瓶轻碰桌面的声音。

哈利喝酒只是为了手上有点事做，他的胃里充满了可怕的、烧灼般的负疚感。要不是他，他们就不会在这里，而是好端端地在床上睡觉。虽然他可以对自己说是他的警报保证了韦斯莱先生被及时发现，但这也没有什么用，因为有一个无法逃避的事实：是他袭击了韦斯莱先生……

别瞎想，你没有尖牙，他对自己说，竭力保持镇静，但握着啤酒瓶的手在颤抖。你当时躺在床上，没有袭击任何人……

可是，在邓布利多办公室又是怎么回事呢？他问自己。我觉得我想袭击邓布利多……

他把酒瓶放到桌上，不料动作重了些，酒洒了出来，但没人注意。突然间，一道火光照亮了他们面前的脏盘子，他们惊叫起来，一卷羊皮纸啪地落到桌上，伴着一根金色的凤凰尾羽。

"福克斯！"小天狼星马上说，抓起了羊皮纸，"不是邓布利多的笔迹——一定是你妈妈的信，给——"

他把信塞到乔治手里。乔治撕开信读道："爸爸还活着。我现在去圣芒戈。待在那儿，我会尽快通报消息。妈妈。"

乔治看看大家。

"还活着……"他慢慢地说，"可这听上去……"

他不必说完，哈利也觉得听上去韦斯莱先生像是在生死之间徘徊。罗恩还是脸色异常苍白，盯着他母亲的信的背面，好像它能对他说些安慰的话似的。弗雷德从乔治手中抽过信纸，自己念了一遍，抬头看着哈利。哈利觉得他握着酒瓶的手又颤抖起来，赶忙紧紧攥住瓶子。

哈利不记得他几时熬过比这更漫长的夜晚。小天狼星提过一次叫大家去睡觉，但语气不是很有力，韦斯莱兄弟反感的表情就足以回答了。他们大部分时间都默默地围坐在桌边，看着烛芯在液体蜡中越燃越低，时而把酒瓶举到唇边，说话也只是问问时间，猜测发

第22章　圣芒戈魔法伤病医院

生了什么，或相互安慰几句，说如果有坏消息会立刻知道的，因为韦斯莱夫人一定早就到了圣芒戈医院。

弗雷德打起盹来，脑袋歪歪到肩上。金妮像小猫一样蜷缩在椅子上，但眼睛还睁着，哈利看到她的眸子里映着炉火的光。罗恩托着脑袋坐在那里，看不出是醒着还是睡了。哈利和小天狼星偶尔看一看对方，他们两个是侵入这场家庭悲剧的外人。等啊……等啊……

罗恩的表上五点十分时，厨房门开了，韦斯莱夫人走了进来。她脸色非常苍白，但当他们都转过头看着她，弗雷德、罗恩和哈利站起身来时，她无力地笑了一下。

"他脱离危险了。"她说，声音虚弱而疲惫，"他在睡觉。我们待会儿可以一起去看他。比尔在陪他呢，他上午请假了。"

弗雷德一屁股坐回椅子上，双手捂着脸。乔治和金妮站起来，快步走过去和母亲拥抱。罗恩虚弱地笑了一声，把剩下的黄油啤酒一饮而尽。

"早饭！"小天狼星跳了起来，愉快地大声说，"那个可恶的家养小精灵呢？克利切！**克利切！**"

但克利切没有回应。

"哦，算了吧，"小天狼星嘟哝道，一边点着人数，"我来看看——七个人……咸肉加鸡蛋，再来点茶，还有烤面包——"

哈利忙跑到炉边帮忙。他不想打搅韦斯莱一家的喜悦，而且害怕韦斯莱夫人让他讲那个梦。然而，他刚把盘子从碗柜中拿出来，韦斯莱夫人就接了过去，并且拥抱了他一下。

"要不是你，真不知道会怎么样，哈利。"她低声说，"亚瑟可能再过几小时都不会被发现，那样就晚了。多亏你，救了他一命，而且邓布利多想出了一个好的说法解释亚瑟为什么会在那儿，不然的话，真不知道他会遇到多大的麻烦，看看可怜的斯多吉吧……"

哈利无法承受她的感激，幸好她很快放开了他，去感谢小天狼星通宵照看她的孩子们。小天狼星说他很高兴能帮忙，并希望他们在韦斯莱先生住院期间留在他家。

"哦，小天狼星，我真感激……医院说他要住一阵子，能离得近就太好了……当然，这就是说我们可能得在这儿过圣诞节了……"

"那更好！"小天狼星说得如此真诚，韦斯莱夫人对他笑了一下，系上围裙，开始帮着做早饭。

"小天狼星，"哈利小声说，他再也忍不住了，"我能跟你说句话吗？嗯——现在？"

他走进昏暗的食品间，小天狼星跟了进来。哈利开门见山地对他教父讲了梦里的每个细节，讲了他自己就是袭击韦斯莱先生的那条蛇。

他停下来喘息时，小天狼星说："你跟邓布利多说了吗？"

"说了，"哈利烦躁地说，"可他没给我解释，他现在什么也不跟我讲了……"

"如果是严重的事，我相信，他会跟你讲的。"小天狼星镇定地说。

"可不止这些，"哈利的声音低得像耳语，"小天狼星，我……我觉得我要疯了……在邓布利多的办公室里，在我们触摸门钥匙之前……有一两秒钟我觉得自己是一条蛇，我感觉像蛇——当我看着邓布利多的时候，我的伤疤特别痛——小天狼星，我想咬他——"

他只能看到小天狼星的一小条脸，其余都在暗处。

"准是幻觉的残留影响，你还在想那个梦——管它是什么呢——"小天狼星说。

"不是，"哈利摇头说，"就像我心里有东西冒出来，就像我身体里面有一条蛇——"

第22章　圣芒戈魔法伤病医院

"你需要睡觉。"小天狼星坚决地说,"吃点早饭,上楼休息去,午饭后可以跟他们一起去看亚瑟。你受了刺激,哈利,你在自责,其实你只是目击了这件事,幸好你看到了,不然亚瑟可能就完了。别胡思乱想……"

他拍拍哈利的肩膀,离开了食品间,剩下哈利一个人站在黑暗中。

大家都睡了一上午,除了哈利。他上楼进了他和罗恩暑假最后几个星期住过的卧室。罗恩爬到床上,几分钟就睡着了,哈利却和衣而坐,蜷曲着靠在冰冷的金属床栏上,故意让自己不舒服,决心不打瞌睡,唯恐睡着后再变成蛇,醒来发现他袭击了罗恩,或者游到其他房间袭击了别人……

罗恩醒来后,哈利假装自己也睡了个好觉。午饭时,他们的行李从霍格沃茨运来了,这样他们可以穿着麻瓜的衣服去圣芒戈。除了哈利之外,所有的人都兴高采烈,有说有笑,脱下袍子,换上了牛仔裤和运动衫。他们高兴地招呼来陪他们横穿伦敦城的唐克斯和疯眼汉,大家开心地取笑疯眼汉歪戴在头上挡住魔眼的圆礼帽,对他说,这会让头发又变得短而亮粉的唐克斯在地铁里不再那么惹人注意。这倒是实话。

唐克斯对哈利梦见韦斯莱先生遭蛇咬一事很感兴趣,而哈利一点也不想谈这个话题。

"你家里不会有先知的血统吧?"唐克斯好奇地问,他们并排坐在车厢里,哐啷哐啷地朝市中心驶去。

"没有。"哈利说,想到特里劳尼教授,他觉得受到了侮辱。

"不是,"唐克斯自己琢磨道,"我想你做的不是真正的预言,对吧? 你没有看到未来,你看到的是现在……真奇怪,是不是? 但挺有用的……"

哈利没有回答,幸好他们到站了,在伦敦的市中心。挤着下车时,他让弗雷德和乔治插到了领路的唐克斯和自己中间。他们都跟着她登上自动扶梯，穆迪噔噔噔地走在最后，圆礼帽拉得低低的，一只粗糙的大手插在上衣纽扣之间握着魔杖。哈利感到那只遮住的眼睛紧紧盯着他，他怕别人又提起那个梦，就问疯眼汉圣芒戈藏在哪儿。

"离这儿不远。"穆迪嘟哝道。他们走到寒冷的街上，这是一条宽阔的街道，两旁的商店里挤满了圣诞节的顾客。穆迪把哈利推到前面，自己压后。哈利知道他帽檐下的眼睛在四下转动。"不容易找到一个好地址建医院，对角巷地皮不够，又不能像魔法部一样建在地下——不利于健康。最后他们在这儿搞到了一栋楼，理由是病号可以混在人群中来来往往……"

他抓住哈利的肩膀，免得他们被一群显然只想挤进旁边那家电器店的购物者冲散。

"到了。"过了一会儿穆迪说。

面前是一座老式的红砖百货商店，叫淘淘有限公司，看上去衰败冷清，橱窗里只有几个破裂的假人，歪戴着假发，姿态各异，穿的是至少十年以前的服装。积满灰尘的门上挂着"停业装修"的大牌子。哈利分明听到一个拎着大包小包的高个子女人对同伴说："这个地方从来没有开张过……"

"这儿，"唐克斯招手把他们领到一个橱窗前，里面只有一个特别丑的女假人，假睫毛都要掉了，穿着绿色尼龙背心裙，"都准备好了吗？"

大家点点头，向她靠拢过去。穆迪又在哈利后背上推了一把，让他往前去。唐克斯凑近橱窗，抬头望着那个丑陋的假人，呼出的气模糊了玻璃，"你好哇，我们来看亚瑟·韦斯莱。"

一刹那间，哈利觉得唐克斯很滑稽，隔着玻璃用这么小的声音说话，街上人来人往，汽车声那么响，假人怎么能听得见呢。然后他想起假人本来就听不见。但他随即吃惊地张大了嘴巴，只见假人

第22章 圣芒戈魔法伤病医院

微微点一下头,招了招连在一起的手指。唐克斯抓住金妮和韦斯莱夫人的胳膊,径直穿过玻璃消失了。

弗雷德、乔治和罗恩也走了进去。哈利看看熙熙攘攘的人群,似乎谁也没工夫瞥一眼淘淘公司这样难看的橱窗,也没人注意到六个人刚刚在他面前融入了空气中。

"走吧。"穆迪粗声说着,又捅了哈利的后背一下。他们俩一起走上前,好像穿过了一层凉水,却不冷也不湿地从对面出来了。

丑陋的假人和她站的地方都消失了。他们好像来到了一个拥挤的候诊室,一排排男女巫师坐在摇摇晃晃的木椅上,有些看上去很正常,在读过期的《女巫周刊》,另一些则有可怕的畸形,如长着象鼻子或胸口多生出了一只手等。室内比街上安静不到哪儿去,因为有许多病人发出非常奇怪的声音。前排中间一个满头大汗的女巫使劲扇着一份《预言家日报》,不断发出尖锐的汽笛声,口吐蒸气。角落里一个邋遢的男巫一动就像钟那样当当响,每响一声他的脑袋就可怕地摆动起来,他只好抓住耳朵把它稳住。

穿着绿袍的男女巫师在候诊者中走来走去,询问情况,在乌姆里奇那样的写字板上作记录。哈利注意到他们胸口绣的徽章:一根魔杖与骨头组成的十字。

"他们是医生吗?"他小声问罗恩。

"医生?"罗恩好像很吃惊,"那些把人切开的麻瓜疯子?不是,他们是治疗师。"

"这边!"在角落里的男巫刚发出的一阵当当声中,韦斯莱夫人喊道。他们跟她排到队伍里,一个胖胖的金发女巫坐在标有"问讯处"字样的桌子前,她身后的墙上贴满通知和招贴,如**干净坩埚防止魔药变毒药,解药不可乱用,需经合格治疗师认可。**

还有一幅垂着长长银发卷的女巫的大肖像,上面注明:

戴丽丝·德文特

圣芒戈治疗师（1722—1741）

霍格沃茨魔法学校校长（1741—1768）

戴丽丝在仔细打量韦斯莱的亲友团，好像在点人数。遇到哈利的目光时，她微微眨了眨眼，从侧面走出相框消失了。

队伍前头有一个年轻男巫正在跳一种奇异的快步舞，一边喊痛一边试图向桌后的女巫解释他的困境。

"是——嗷——我哥哥给我的鞋子——哎哟——它在咬我的——嗷——脚——看看，上面一定有——啊——毒咒，我——啊——脱不下来——"他轮流跳着两只脚，好像在热炭上跳舞。

"鞋子没妨碍你阅读吧？"金发女巫不耐烦地指着桌子左边的大牌子说，"你得去五楼的咒语伤害科，指示牌上写着呢。下一个！"

那男巫一跳一拐地让到一边，韦斯莱亲友团等人往前挪了几步。哈利读着指示牌：

器物事故科 ·················· 一楼
（坩埚爆炸、魔杖走火、扫帚碰撞等）
生物伤害科 ·················· 二楼
（蜇咬、灼伤、嵌刺等）
奇异病菌感染科 ·················· 三楼
（龙痘疮、消失症、淋巴真菌炎等传染病）
药剂和植物中毒科 ·················· 四楼
（皮疹、反胃、大笑不止等）
咒语伤害科 ·················· 五楼
（去不掉的魔咒、恶咒、错误使用的魔咒等）

第22章　圣芒戈魔法伤病医院

茶室和商店 ·················· 六楼
　　如果不知去哪一科，不能正常说话，或不记得为何事而来，我们的接待员愿意帮忙。

　　一个老态龙钟、戴着喇叭形助听器的男巫慢慢蹭到前面："我来看望布罗德里克·博德！"他带着哮喘声说。

　　"四十九号病房，但恐怕你是在浪费时间，"女巫随口答道，"他完全糊涂了，还当自己是茶壶呢。下一个！"

　　一个脸色疲惫的男巫紧紧抓着小女儿的脚脖子，她的连裤衫背部长出来一对大羽毛翅膀，在他脑袋旁边拍打着。

　　"五楼。"女巫问都没问就厌倦地说，那男子举着女儿从旁边的双扇门走了出去，像举着一个奇特的气球。"下一个！"

　　韦斯莱夫人走到桌前。

　　"你好，"她说，"我丈夫亚瑟·韦斯莱今天早上换的病房，请问——？"

　　"亚瑟·韦斯莱？"女巫用手指顺着一张长长的单子往下找，"哦，二楼，右边第二个门，戴伊·卢埃林病房。"

　　"谢谢。"韦斯莱夫人说，"跟我来。"

　　他们随她穿过双扇门，走过一条狭窄的走廊，两边是著名治疗师的肖像，装有蜡烛的水晶泡泡飘在天花板上，看上去像巨大的肥皂泡。他们路过的门口都有穿着绿袍的巫师进进出出，有一扇门里飘出一股黄色的臭气，不时听到隐隐的哀号声。他们登上楼梯，进了生物伤害科，右边第二个门上写着"危险"戴伊·卢埃林病房：重度咬伤。底下一张铜框镶嵌的卡片上有手写的字样：主治疗师：希伯克拉特·斯梅绥克；实习治疗师：奥古斯都·派伊。

　　"我们在外面等吧，莫丽，"唐克斯说，"亚瑟一次不能见太多的人……应该让家里人先进。"

疯眼汉赞同地咕噜了一声，背靠在墙上，魔眼骨碌碌地转动着。哈利也往后缩，但韦斯莱夫人伸手把他推进了门，说："别傻了，哈利，亚瑟想谢谢你……"

病房很小，暗暗的，只有门对面的墙上高处开了一个窄窄的窗户。光线主要由聚在天花板中央的水晶泡泡提供。橡木镶板的墙上挂着一个邪里邪气的男巫的肖像，上面写着：

厄克特·拉哈罗（1612—1697），掏肠咒发明者。

病房里只有三个病人。韦斯莱先生的病床在房间的最里头，小窗户旁边。哈利欣慰地看到他靠在几个枕头上，就着那正好落到他床上的唯一一道阳光看《预言家日报》。他们走过去时他抬起头，看到是谁之后，高兴地笑了起来。

"你们好！"他把《预言家日报》扔到一边，叫道，"莫丽，比尔刚走，上班去了，但他说会去看你。"

"你怎么样，亚瑟？"韦斯莱夫人俯身吻了吻他的面颊，担心地看着他的脸问，"看上去还有点憔悴。"

"我感觉很好，"韦斯莱先生愉快地说，伸出那只没受伤的胳膊抱了抱金妮，"要是他们能把绷带拆掉的话，我都可以回家了。"

"为什么不能拆，爸爸？"弗雷德问。

"因为每次拆的时候我都流血不止，"韦斯莱先生轻松地说，伸手拿过搁在床头柜上的魔杖，轻轻一挥，床边多了六把椅子，"好像那条蛇的毒牙里有一种特殊的毒液，能阻止伤口愈合……但他们相信能找到解药，他们说见过比我严重得多的情况，我现在只是要每小时服用一种补血药。可那一位，"他压低嗓门，把头朝对面床上一点，一个脸色发绿的男子躺在那儿，眼睛盯着天花板，"被狼人咬了，可怜的人，治不好了。"

第22章 圣芒戈魔法伤病医院

"狼人?"韦斯莱夫人惊恐地小声说,"他在公共病房安全吗?不用单独隔离吗?"

"离满月还有两星期呢,"韦斯莱先生平静地提醒她,"治疗师今天早上跟他谈话了,想让他相信他可以过几乎正常的生活。我跟他说我认识一个狼人——当然没提名字。我说他人很好,状态也不难控制。"

"他说什么?"乔治问。

"他说我要是不闭嘴,他就让我再挨一下咬。"韦斯莱先生悲哀地说,"那边那个女的,"他指指门边的那一张有人的病床,"不肯告诉治疗师她是被什么东西咬的,我们猜一定是她非法搞来的东西。那东西把她腿上的肉咬下了一大块,换绷带的时候那个难闻哪。"

"跟我们说说你是怎么受伤的吧,爸爸?"弗雷德把椅子朝床边拖了拖,问道。

"你们都知道了,是不是?"韦斯莱先生说,意味深长地朝哈利笑了一下,"很简单——我这天过得很辛苦,打了个瞌睡,就被咬了。"

"《预言家日报》里说你受伤了吗?"弗雷德指着他爸爸丢在一边的报纸问。

"没有,当然没有,"韦斯莱先生略带苦涩地一笑,"魔法部不会希望人人都知道有一条肮脏的大蛇——"

"亚瑟!"韦斯莱夫人警告道。

"——啊——偷袭了我。"韦斯莱先生忙说,但哈利觉得这不是他本来要说的话。

"当时你在哪儿,爸爸?"乔治问。

"这事跟你无关。"韦斯莱先生说,但嘴角还带着笑。他抓起《预言家日报》,抖开来说:"我刚刚正在看威利·威德辛被捕的报道。你们知道夏天的时候厕所污水回涌是威利干的吗? 他的一个咒语出了问题，厕所爆炸了，他们发现他昏迷不醒地躺在一片废墟中，从头到脚淹在——"

"你说你当时在'值班'，"弗雷德低声打断他问，"你究竟做什么呢？"

"你爸爸说了，"韦斯莱夫人小声说，"在这里不谈这个！继续说威利·威德辛吧，亚瑟——"

"别问我为什么，厕所爆炸一事居然没定他的罪，"韦斯莱先生严肃地说，"我只能猜测有金钱交易——"

"你在看守它，是不是？"乔治低声问，"那件武器，神秘人要找的东西？"

"乔治，安静！"他母亲训斥道。

"反正，"韦斯莱先生提高了嗓门，"这一回威利是在向麻瓜出售咬人的门把手时被抓获的。我想他逃不掉了，因为文章里说，两个麻瓜被咬掉了手指，正在圣芒戈接受骨骼再生和记忆修改的急救。想想吧，麻瓜进了圣芒戈！不知道他们在哪个病房？"

他环顾四周，好像希望看到指示牌。

"哈利，你不是说神秘人有条蛇吗？"弗雷德问，一边看着他爸爸的反应，"好大的一条？你在他恢复肉身的那天晚上看到的，对不对？"

"够了。"韦斯莱夫人生气地说，"疯眼汉和唐克斯在外面呢，亚瑟，他们想进来看你。你们可以出去等，"她又对她的孩子和哈利说，"待会儿再进来说再见。去吧……"

他们退到走廊上。疯眼汉和唐克斯走进去关上了房门。弗雷德扬起了眉毛。

"好啊，"他冷冷地说，手在口袋里摸索着，"就那样吧，什么也别告诉我们。"

"找这个吗？"乔治说，递过一团肉色细绳状的东西。

第22章 圣芒戈魔法伤病医院

"你真是我肚里的蛔虫啊。"弗雷德咧嘴一笑,"看看圣芒戈是不是在病房门上加了抗扰咒,好吗?"

他和乔治打开线团,分开五个伸缩耳分给大家,哈利犹豫着要不要拿。

"拿着吧,哈利!你救了爸爸的命,如果谁有权利偷听他讲话,那就是你了……"

哈利禁不住笑了,拿起线头,像兄弟俩那样把它塞到耳朵里。

"好,走吧!"弗雷德小声说。

肉色的细绳像长虫般蠕动着,一扭一扭地从门底下钻了进去。一开始哈利什么也听不见,然后他听到唐克斯在小声说话,清晰得就像在他身边一样,把他吓了一跳。

"……他们把那里搜遍了,就是找不到那条蛇,它好像咬了你之后就消失了……可是神秘人不可能指望一条蛇进去吧?"

"我想他是放蛇出来侦察的,"穆迪的粗嗓门说,"因为他至今没什么进展,对吧?我估计他是想探探情况,如果亚瑟不在那儿,那畜生就会有时间多看看。波特说他看到了全过程?"

"对,"韦斯莱夫人的声音有点不安,"你知道,邓布利多似乎一直在等着哈利看到这种事……"

"啊,"穆迪说,"波特那孩子是有点怪,我们都知道。"

"今天早上邓布利多跟我说话的时候,好像有些担心哈利。"韦斯莱夫人小声说。

"他当然担心了,"穆迪粗声说,"那孩子通过神秘人的蛇的眼睛看东西。波特显然不知道这意味着什么,但如果神秘人附在他身上——"

哈利把伸缩耳摘了下来,心怦怦乱跳,脸上火辣辣的。他看看其他人,他们都望着他,线还挂在耳朵上,脸上带着突如其来的惊恐。

第 23 章

封闭病房中的圣诞节

这就是邓布利多不再正视哈利目光的原因吗？他是不是担心会在里面看到伏地魔，怕那翠绿的眼睛会突然变得血红，瞳孔像猫眼那样只有一条缝？哈利想起伏地魔那张蛇脸从奇洛教授的后脑勺上露出来的情形，他用手摸摸自己的后脑勺，想象着伏地魔从自己脑壳里钻出来会是什么感觉。

他感到自己很脏，受了污染，好像带着某种致命的病菌，不配与干净、清白、身体和心灵没有被伏地魔玷污的人们一起坐地铁从医院回去……他不只是看到了那条蛇，他就是那条蛇。他现在知道了……

然后他生出一个真正可怕的念头，一个记忆跳出脑海，使他的五脏六腑像毒蛇一样翻腾起来……

"除了追随者以外，他还想得到什么呢？"

"某种只有偷偷摸摸才能得到的东西……比如一件武器。他以前所没有的东西。"

我就是那件武器，哈利想，好像毒液正在他的血管里奔突，使他浑身冰凉，出了一身冷汗。他在漆黑的隧道中随着地铁车厢摇摇晃晃。我就是伏地魔想利用的东西，所以他们到处都让人守着我，

第23章 封闭病房中的圣诞节

不是为了保护我，是为了保护别人，只是不管用，在霍格沃茨不可能一直有人看着我……昨晚我还是袭击了韦斯莱先生，是我，伏地魔让我干的，他现在可能就在我的肚子里，听见我在想什么……

"你没事吧，哈利，亲爱的？"韦斯莱夫人隔着金妮凑过来问他，地铁列车在隧道里哐当哐当地行驶，"你脸色不大好，不舒服吗？"

大家都看着他，他使劲摇摇头，抬头盯着一幅家庭保险广告。

"哈利，亲爱的，你真的没事吗？"走过格里莫广场中央那片杂乱的草坪时，韦斯莱夫人担心地问，"你脸色这么苍白……上午真的睡着了吗？你马上回楼上躺着，晚饭前还能睡两小时，好吗？"

哈利点点头，正好有借口不用跟别人说话，他求之不得。所以韦斯莱夫人一打开前门，他就径直走过巨怪腿做的伞架，上楼逃进了他和罗恩的卧室。

他在屋里踱来踱去，走过两张床和菲尼亚斯·奈杰勒斯的空相框，脑子里翻涌着一个个问题和可怕的念头……

他是怎么变成蛇的？也许他是阿尼马格斯……不，不可能，他会知道的……也许伏地魔是阿尼马格斯……对，哈利想，这就说得通了，他当然能变成一条蛇……当他附在我身上时，我们都变成了蛇……可这还不能解释我怎么会在五分钟之内去了伦敦又回到床上……但除了邓布利多之外，伏地魔几乎是世界上最厉害的巫师，把人运来运去对他来说可能不成问题……

然后他心中猛地一惊，想道：这太可怕了——如果伏地魔附在我身上，我现在就让他清楚地看到了凤凰社的总部！他会知道哪些人是凤凰社的，小天狼星在哪儿……我还听了很多不该听的东西，我在这儿的第一个晚上小天狼星对我说的那些话……

只有一个办法：他必须马上离开格里莫广场。他要在霍格沃茨一个人过圣诞节，这样至少可以在节日期间保证他们的安全……

不行，还是没有用，霍格沃茨也有许多人可以伤害，如果下一个是西莫、迪安或纳威呢？他停止了踱步，望着菲尼亚斯·奈杰勒斯的空相框，肚子里像灌了铅。他别无选择，只有回女贞路，同其他巫师彻底隔离……

好吧，他想，如果必须走，再耽搁已经没有意义。他竭力不去想象德思礼一家看见他提前六个月回来了会有什么反应，而是大步走到他的箱子前，关上盖子，锁好，然后习惯性地回头找海德薇，这才想起它还在霍格沃茨——也好，少拎一个笼子。他提起箱子的一头，把它向门口拖去，忽听一个讽刺的声音说道："想逃，是不是？"

哈利扭头一看，菲尼亚斯·奈杰勒斯又回到了画布上，正倚在相框上看着他，脸上带着揶揄的表情。

"不是逃，不是。"哈利简单地说，拖着箱子又走了几步。

"我想，"菲尼亚斯·奈杰勒斯抚摸着山羊胡须说，"做格兰芬多的学生需要很勇敢，是不是？依我看你来我们学院可能更合适。斯莱特林人勇敢，但是不傻。比方说，如果有机会，我们总是选择保命。"

"我不是为了保自己的命。"哈利干脆地说，把箱子拖过门口一块虫蛀的、特别毛糙的地毯。

"哦，我知道了，"菲尼亚斯·奈杰勒斯依然抚摸着胡须，"这不是胆怯的逃跑——你这是高尚行为！"

哈利没理他。可当他抓住门把手时，菲尼亚斯·奈杰勒斯懒洋洋地说："我有阿不思·邓布利多的口信。"

哈利急忙转身。

"什么口信？"

"待在这儿。"

"我没动呀！"哈利的手还放在门把手上，"什么口信？"

第23章 封闭病房中的圣诞节

"我已经告诉你了,傻瓜,"菲尼亚斯·奈杰勒斯平和地说,"邓布利多说:'待在这儿。'"

"为什么?"哈利丢下箱子,急切地问,"他为什么要我待在这儿?他还说了什么?"

"什么也没说。"菲尼亚斯·奈杰勒斯挑起一根细细的黑眉毛,好像觉得哈利很无礼。

哈利的火气腾地蹿了上来,像一条蛇从高草中猛地竖起。他已精疲力竭,困惑到极点,他在这十二个小时内经历了恐惧、宽慰,然后又是恐惧,可邓布利多还是不肯跟他谈!

"就这样,是不是?"他大声说,"待在这儿?我被摄魂怪袭击之后,也是人人都对我这么说!哈利,待着别动,等大人去查清楚!但我们什么也不会告诉你,因为你的小脑瓜搞不懂!"

"你知道,"菲尼亚斯·奈杰勒斯的声音比哈利的还大,"这就是我讨厌当老师的原因!年轻人总以为他们什么事都绝对正确,真让人讨厌。可怜的自负的小家伙,你有没有想过,霍格沃茨的校长可能有很好的理由不把他计划的每个细节都告诉你?你在感觉委屈的时候,就没有想一想,服从邓布利多的命令曾经害了你吗?没有,没有!你像所有的年轻人一样,以为就你有感情,有思想,就你看到了危险,就你能看出黑魔王的阴谋……"

"那他是在制订跟我有关的计划了?"哈利马上问。

"我说了吗?"菲尼亚斯·奈杰勒斯懒懒地看着他的丝绸手套,"现在,对不起,我有比听少年的烦恼更重要的事要做……日安……"

他走出相框不见了。

"好,走吧!"哈利朝空相框吼道,"对邓布利多说,我感激涕零!"

空相框不再出声。哈利气呼呼地把箱子拖回床脚,然后扑到虫

473

蛙的床罩上，闭着眼睛，身子沉重而酸痛……

他觉得像走了好远好远的路……真不能相信不到二十四小时之前秋·张还在槲寄生下向他靠近……他太累了……他害怕睡着……但他不知道自己能坚持多久……邓布利多叫他留下来……那一定表示他可以睡觉……但他还是害怕……要是再……？

他渐渐沉入了阴影中……

好像他脑子里有一段胶片在等着放映。他在空荡荡的走廊上朝一扇黑门走去，经过粗糙的石墙、火把，左边一个门洞连着通到楼下的石阶。

他摸到了黑门，可是打不开……他站在那儿看着门，渴望能进去……那后面有他一心想要的东西……他梦想不到的宝贝……只希望他的伤疤不那么刺痛……他可以想清楚些……

"哈利，"罗恩的声音从遥远的地方传来，"妈妈说晚饭好了，但如果你不想起来，她可以给你留一点儿……"

哈利睁开眼睛，但罗恩已经离开了。

他不想单独跟我待在一起，哈利想，*在听了穆迪的话之后……*

他想，知道了他身上有什么，他们谁也不会要他了……

他不想下去吃饭，不想去讨人嫌。他翻了一下身，过一会儿又迷糊过去，醒来时已是凌晨，肚子饿得发痛，罗恩在旁边床上打着呼噜。哈利眯眼环顾四周，看见菲尼亚斯·奈杰勒斯又站在肖像中了，哈利想到邓布利多可能是派菲尼亚斯·奈杰勒斯来监视他的，怕他再伤人。

不洁的感觉增强了，他几乎希望自己没有听邓布利多的话留下来……如果以后在格里莫广场的生活就是这样，也许他还不如在女贞路呢。

第23章 封闭病房中的圣诞节

上午其他人都忙着布置圣诞节的装饰。哈利不记得小天狼星什么时候有过这么好的兴致，他居然唱起了圣诞颂歌，显然很高兴有人陪他过节。哈利听到小天狼星的声音穿过地板传来，而他一个人坐在这间冷冰冰的客厅里，看着窗外的天空越来越白，要下雪了。与此同时，想到别人有机会不停地议论他，他有一种残酷的快感。他们肯定会这么做的。午饭时听见韦斯莱夫人在楼梯上轻轻喊他的名字，他又往楼上躲了躲，没有答应。

晚上六点左右门铃响了，布莱克夫人又尖叫起来。哈利以为是蒙顿格斯或其他凤凰社成员来访，于是他躲在巴克比克的房间，在墙上靠得更舒服些，一边喂死老鼠给巴克比克，一边努力忘记自己有多饿。几分钟后有人咚咚敲门，他微微吃了一惊。

"我知道你在这儿，"赫敏的声音说，"你出来好吗？我想跟你谈谈。"

"你到这儿来干什么？"哈利拉开门问，巴克比克又开始在铺着稻草的地上扒找它可能漏掉的老鼠肉，"我还以为你跟你爸妈去滑雪了呢。"

"唉，说实话，滑雪真不适合我，所以我是来过圣诞节的。"她头上沾着雪花，脸冻得红扑扑的，"可是别告诉罗恩，我对他说滑雪很棒，因为他老是笑我。总之，爸妈有点失望，但我说认真准备考试的人都留在霍格沃茨学习。他们希望我考好，所以会理解的。好了，"她轻松地说，"到你的卧室去吧，罗恩的妈妈在那儿生了火，还送了三明治上去。"

哈利跟她回到三楼，进屋时惊讶地看到罗恩和金妮正坐在罗恩的床上等着他们。

"我是坐骑士公共汽车来的。"哈利还没来得及开口，赫敏就活泼地说，一边脱掉外衣，"邓布利多昨天早上就告诉我了。可我必须等到学期正式结束才能走。你们在乌姆里奇眼皮底下消失，把她鼻子都气歪了，尽管邓布利多对她说韦斯莱先生在圣芒戈医院，是他批准你们去探视的。所以……"

她在金妮身边坐了下来，两个女孩和罗恩一起看着哈利。

"你感觉怎么样？"赫敏问。

"很好。"哈利生硬地答道。

"别撒谎了，哈利，"她不耐烦地说，"罗恩和金妮说你从圣芒戈回来后就一直躲着大家。"

"他们这么说的？"哈利瞪着罗恩和金妮。罗恩低头看着脚，金妮好像并没有什么不好意思。

"就是嘛！"她说，"你都不看我们！"

"是你们不看我！"哈利气愤地说。

"也许你们轮流看来看去，就是对不上。"赫敏说，嘴角轻轻颤动。

"很有趣吧。"哈利抢白了一句，背过脸去。

"喂，别老觉得别人误解你。"赫敏尖刻地说，"他们都告诉我了，你昨天用伸缩耳听到了什么——"

"是吗？"哈利吼道，他手插在兜里，看着外面纷纷扬扬的雪花，"都在说我，是不是？好啊，我都快习惯了……"

"我们希望跟你说话，哈利，"金妮说，"可你回来之后就一直躲着——"

"我不需要别人跟我说话。"哈利越来越火了。

"那你可有点傻，"金妮生气地说，"你认识的人里，只有我被神秘人附身过，我可以告诉你那是什么感觉。"

哈利呆立了一会儿，被这些话震住了，然后回过味来，转身看着金妮。

"我忘了。"

"你真走运。"金妮冷冷地说。

第23章 封闭病房中的圣诞节

"对不起，"哈利真心地说，"那……你认为我是被附身了吗？"

"你能记得你做过的所有事吗？"金妮问，"有没有大段的空白，你不知道自己干了什么？"

哈利努力回想。

"没有。"他说。

"那神秘人就没有附在你身上。"金妮干脆地说，"他附到我身上的时候，我有几个小时都不知道干了些什么。我发现自己在一个地方，但不知道是怎么去的。"

哈利不大敢相信她，但他的心几乎不由自主地轻松起来。

"可我梦见你爸爸和蛇——"

"哈利，你以前也做过这种噩梦，"赫敏说，"去年你就看到过伏地魔在干什么。"

"这次不一样，"哈利摇头道，"我在蛇的身体里，好像我就是那条蛇……要是伏地魔用法力把我运到了伦敦——？"

"你哪天能看看《霍格沃茨：一段校史》就好了，"赫敏似乎大为气恼，"也许那会提醒你，在霍格沃茨不可能用幻影显形和移形，就连伏地魔也无法让你飞出宿舍，哈利。"

"你没离开过你的床，哥们儿，"罗恩说，"在叫醒你至少一分钟前我还看到你在那儿翻来滚去……"

哈利又开始踱步，思考。他们的话不只是一种安慰，而且很有道理……他几乎想也没想就从床上的盘子里抓起一块三明治，贪婪地塞进了嘴里。

我不是那件武器，哈利想，他的心里涨满了快乐和解脱的感觉，听到小天狼星在门外高唱着"上帝保佑你，快乐的鹰头马身有翼兽"朝巴克比克的房间走去，他都想跟着唱。

他怎么会想回女贞路过圣诞节呢？小天狼星的快乐是有传染

性的。小天狼星因为家里又住满了人而高兴，哈利的回来尤其让他高兴。他不再是夏天那个阴沉的主人了，现在他似乎决心要让每个人都像在霍格沃茨一样开心，如果不是更开心的话。他不知疲倦地为过节做准备，在大家的帮助下打扫和装饰房间。圣诞节前夜他们上床睡觉时，家里简直都认不出来了。生锈的吊灯上挂的不再是蜘蛛网，而是冬青花环和金银彩带，魔法变出的雪花亮晶晶地堆在破地毯上，蒙顿格斯搞来的一棵大圣诞树挡住了小天狼星的家谱，上面装饰着活的小仙子，就连门厅墙上摆放的那些小精灵脑袋也戴上了圣诞老人的帽子和胡子。

圣诞节早上哈利醒来后发现床脚有一堆礼物，罗恩的那堆更大一些，他已经拆了一半。

"今年大丰收，"罗恩在一堆包装纸中对哈利说，"谢谢你的扫帚指南针，太棒了，比赫敏的礼物好，她送了一个家庭作业计划簿——"

哈利翻到了一个有赫敏笔迹的礼包，她也送了他一个小本子，看上去跟日记本差不多，只是每翻开一页，它就会说"今日事，今日毕！"之类的话。

小天狼星和卢平送了哈利一套精美的图书：《实用防御魔法及其对抗黑魔法的应用》，里面的咒语和逆转咒都有彩色动画图解。哈利急切地翻了翻第一册，看出这书对他准备 D.A. 的活动很有用。海格送了他一个带尖牙的毛皮钱包，尖牙大概是防盗装置，可惜哈利往里面放钱时有被咬掉手指的可能。唐克斯的礼物是一个小小的火弩箭模型，哈利看着它在屋子里飞，希望那把真的扫帚还在他手里。罗恩给了他一大盒比比多味豆，韦斯莱夫妇的礼物还是手织的套头衫以及肉馅饼。多比送了一张很难看的图画，哈利怀疑是这小精灵自己画的。他刚要把图画倒过来看会不会好一点儿，只听响亮的啪的一声，弗雷德和乔治在床脚幻影显形了。

第 23 章　封闭病房中的圣诞节

"圣诞快乐，"乔治说，"暂时别下楼。"

"为什么？"罗恩问。

"妈妈又哭了，"弗雷德沉重地说，"珀西把圣诞套头衫寄回来了。"

"连个字条都没有，"乔治说，"没问爸爸怎么样，也不去看他……"

"我们想安慰妈妈，"弗雷德一边说一边绕过床来看哈利手里的画，"对她说珀西不过是一堆老鼠屎——"

"——没用，"乔治说着拿了一块巧克力蛙吃，"所以卢平接了过去，最好等他把妈妈劝好了，我们再下去吃早饭。"

"这是什么？"弗雷德打量着多比的画问，"像一只长臂猿，长了两个黑眼睛。"

"是哈利！"乔治指着画的背面说，"后头写了。"

"很像。"弗雷德嘻嘻笑道。哈利把新的作业计划簿朝他扔过去，本子撞墙落地后开心地说："只要你在 i 上加了点，t 上加了横，什么事情都能干得成！"

他们起床穿衣，听见住在家里的人互道"圣诞快乐！"下楼时，他们碰到了赫敏。

"谢谢你的书，哈利！"她高兴地说，"我一直想要一本《数字占卜学新原理》！那瓶香水非常特别，罗恩。"

"别客气，"罗恩说，"那是给谁的？"他看着她手里那个漂亮的礼包问。

"克利切。"赫敏愉快地说。

"最好别是衣服！"罗恩警告道，"你知道小天狼星说的，克利切知道得太多，我们不能把他放走！"

"不是衣服，"赫敏说，"虽然要按我的意思，准会让他换下那块臭烘烘的破布。这只是一条花被子，我想可以让他的卧室亮堂一点儿。"

"什么卧室?"哈利压低了嗓门,因为他们正从小天狼星母亲的肖像旁走过。

"哦,小天狼星说算不上卧室,不过是个——窝。"赫敏说,"克利切似乎睡在厨房锅炉间里的锅炉下面。"

韦斯莱夫人独自待在地下室,她站在炉边祝他们圣诞快乐的时候,听上去像得了重感冒。他们都移开了目光。

"这就是克利切的房间?"罗恩说,走到食品间对面角落里一扇黑乎乎的门前,哈利从没看到这扇门打开过。

"是,"赫敏现在听起来有点紧张,"嗯……我想我们最好敲敲门……"

罗恩用指节敲了敲门,里面没声音。

"他一定溜上楼了。"他说,不管三七二十一拉开了房门,"啊!"

哈利朝里面看去,空间大部分都被一个老式的大锅炉占了,但在管子下面一尺来宽的地方,克利切给自己弄了一个窝,地上堆着各种各样的破布和气味难闻的旧毯子,中间一小块凹陷处便是克利切每天晚上蜷着身子睡觉的地方。到处散着变质的面包屑和发了霉的奶酪。紧里头的角落里有一些闪闪发光的小玩意儿和硬币,哈利估计是克利切一点一滴从小天狼星的手里抢救下来的。连小天狼星夏天扔掉的那些银相框的家庭照片也在。玻璃虽然碎了,但里面黑白照片上的人还高傲地望着他,包括他在邓布利多的冥想盆里看到的那个黑皮肤、肿眼皮的女人:贝拉特里克斯·莱斯特兰奇——哈利觉得胃里抽搐了一下。看来她是克利切最喜欢的照片,他把她放在最前面,而且用魔术胶带笨拙地把玻璃粘了起来。

"我就把给他的礼物留在这儿吧,"赫敏利落地把礼包放在破布和毯子中间的凹处,轻轻带上房门,"他会发现的,没关系……"

"想想看,"他们关上锅炉间的门时,小天狼星刚好从食品间端

第23章 封闭病房中的圣诞节

了一只大火鸡出来,"最近谁见到克利切了?"

"我从来的那天晚上之后就没见过他。"哈利说,"你把他从厨房里轰了出去。"

"对了……"小天狼星皱着眉说,"我想那也是我最后一次见他……他准是藏在楼上……"

"他不会走了吧?"哈利说,"你说'出去',他可能会以为你叫他离开这所房子?"

"不会,家养小精灵没有衣服不能离开,他们被束缚在主人家里。"小天狼星说。

"他们要真想离开的话是可以走的。"哈利提出了异议,"多比就是,三年前他就离开了马尔福家来给我报信。他后来不得不惩罚自己,但他还是出来了。"

小天狼星似乎有点不安,然后说:"我过会儿去找他,我想我会发现他正在楼上对着我妈妈的旧布鲁姆女裤①痛哭流涕呢……当然,他也可能爬到晾衣柜里一命呜呼……但我不能抱太大的希望……"

弗雷德、乔治和罗恩笑了起来,但赫敏用责备的眼光看着他们。

吃了圣诞午餐之后,韦斯莱一家、哈利和赫敏打算再去看看韦斯莱先生,由疯眼汉和卢平护送。蒙顿格斯赶上了吃圣诞布丁和果冻蛋糕,因为圣诞节地铁不开,他"借"了一辆车子,但哈利很怀疑他是否征得了主人同意。这部车子也像韦斯莱家的老福特安格里亚一样加了扩大咒,外面大小正常,但十个人坐进去再加上开车的蒙顿格斯都不挤。韦斯莱夫人犹豫了一阵子,哈利知道,她对蒙顿

---

① 布鲁姆女裤,一种在踝部扎紧的土耳其式宽大裤子,是美国女改革家A.J.布鲁姆夫人(1818—1894)所倡导的一种女裤。

格斯不满,但又不愿用非魔法的方式旅行,因而内心十分纠结。最后车外的严寒和子女们的恳求取得了胜利,韦斯莱夫人高高兴兴地坐到了后排弗雷德和乔治的中间。

他们很快就到了圣芒戈,一路上车辆稀少,只有一些去医院的巫师悄悄走在寂静无人的街上。哈利等人下了车,蒙顿格斯把车开过街角去等他们。他们溜达到穿绿尼龙裙的假人站的橱窗跟前,然后一个一个穿过了玻璃。

候诊室里一派节日的气氛:明亮的水晶泡泡变成了红色和金色,像巨大的圣诞彩球不断闪烁。每个门口都挂着冬青,用魔法加盖了白雪和冰凌的圣诞树在每个屋角闪闪发亮,树尖顶着一颗闪烁的金星。人没有上次那么多,但在屋子中间哈利还是被一个左鼻孔塞了个小蜜橘的女巫挤到了一边。

"家庭纠纷,嗯?"问讯台后面那个金发女巫幸灾乐祸地说,"你是我今天看到的第三位……咒语伤害科,五楼……"

他们发现韦斯莱先生倚在床上,腿上的托盘里放着吃剩的火鸡套餐,脸上带着绵羊般温顺的表情。

"情况怎么样,亚瑟?"大家向他问过好,送了礼物之后,韦斯莱夫人问。

"很好,很好。"韦斯莱先生的语气有点过分热情,"你——呃——没见到斯梅绥克治疗师吧?"

"没有啊,"韦斯莱夫人起了疑心,"怎么啦?"

"没什么,没什么。"韦斯莱先生轻松地说,开始拆那堆礼物,"今天都过得开心吗?得了什么礼物?哦,哈利——这个太棒了——"他打开了哈利送的保险丝和螺丝刀。

韦斯莱夫人似乎对他的回答不大满意。当韦斯莱先生侧过来和哈利握手时,她看了看他睡衣里的绷带。

"亚瑟,"她说,嗓音像捕鼠夹发出的声音一样尖脆,"你换了

第23章 封闭病房中的圣诞节

绷带。为什么早换了一天，亚瑟？他们说要明天才换呢。"

"啊？"韦斯莱先生好像很害怕，把被单拉到了胸口以上，"没有——没什么——这是——我——"

他似乎在韦斯莱夫人锐利的目光下泄了气。

"唉——别生气，莫丽，奥古斯都·派伊出了个主意……你知道，他是实习治疗师，一个可爱的年轻人，爱研究……这个……辅助性治疗……我是说一些麻瓜的老疗法……叫作缝线，莫丽，它对——对麻瓜的伤口很有效——"

韦斯莱夫人发出一声介于尖叫和咆哮之间的可怕声音。卢平走到狼人床前——他没人探视，正愁闷地望着韦斯莱先生身边的这群人。比尔嘀咕说要去拿杯茶，弗雷德和乔治跳起来要跟他一起去，一边咧着嘴笑。

"你想告诉我，"韦斯莱夫人一个字比一个字说得响，似乎没发觉其他人都在惊慌逃窜，"你在瞎用麻瓜的疗法？"

"不是瞎用，莫丽，亲爱的，"韦斯莱先生恳求地说，"只是——只是派伊和我想试试——只可惜——对这种特殊的伤口——它没有我们预期的那么有效——"

"什么意思？"

"呃……这个，我不知道你懂不懂——缝线是怎么回事？"

"听上去好像你想把你的皮肤缝起来，"韦斯莱夫人冷笑一声说，"可是，亚瑟，你也不至于那么愚蠢——"

"我也想要一杯茶。"哈利跳起来说。

赫敏、罗恩和金妮几乎是和他一起冲到门口的。关门时他们听到了韦斯莱夫人的尖叫：**"你说什么？原理就是这样？"**

"这就是爸爸。"金妮摇头说，他们沿着过道走去，"缝线……我问你……"

"哦，它对非魔法伤口挺有效的，"赫敏公正地说，"我想蛇毒

483

里准是有什么东西把它化掉了……茶室在哪儿呀？"

"六楼。"哈利想起了问讯处的牌子。

他们沿着走廊走过一道道双扇门，看到了一架摇摇晃晃的楼梯，墙上挂着面目狰狞的治疗师的肖像。爬楼梯的时候，那些治疗师冲他们嚷嚷，诊断出稀奇古怪的病症，想出种种可怕的疗法。罗恩气得够呛，有个中世纪的巫师叫喊说他显然有严重的散花痘。

"那是什么东西？"他气愤地问，那治疗师把画中人推到一边，追了罗恩六个相框。

"此乃皮肤沉疴，少爷，会留有疤痕，令您比目前还不中看——"

"你说谁不中看？"罗恩的耳根红了。

"唯有取蟾蜍之肝贴于喉部，于望日月光朗朗之时赤身裸体立于一桶鳗鱼目中——"

"我没有散花痘！"

"可您面现触目瑕疵，少爷——"

"这是雀斑！"罗恩大怒，"回你自己的相框里去，别缠着我！"

他转向竭力绷着脸的其他几个人。

"这是几楼？"

"我想是六楼。"赫敏说。

"不，是五楼，"哈利说，"还有一层——"

可是走上平台时，他突然停住了脚步，瞪着标有**咒语伤害科**的双扇门上的小窗。一个男子鼻子压在玻璃上，在盯着他们看：金色的鬈发，明亮的蓝眼睛，一副茫然的笑容，露出白得耀眼的牙齿。

"哎呀！"罗恩也瞪着那男子。

"天哪，"赫敏突然惊叫道，听起来像喘不过气一样，"洛哈特教授！"

前黑魔法防御术课教师推门走了出来，穿着一件丁香紫色的长袍。

第23章　封闭病房中的圣诞节

"你们好!"他说,"我想你们是要我签名,是不是?"

"没变多少。"哈利小声地对金妮说,金妮笑了。

"呃——您好吗,教授?"罗恩的语气有点内疚,是他的魔杖出了故障,破坏了洛哈特教授的记忆,才使他住进了圣芒戈。当时洛哈特是想永远抹去哈利和罗恩的记忆,所以哈利此时对洛哈特的同情有限。

"我很好,谢谢!"洛哈特热情洋溢地说,从兜里掏出一支磨破的孔雀羽毛笔,"你们想要多少签名? 你们知道,我能写连笔字了!"

"哦……我们现在不需要,谢谢。"罗恩说着对哈利扬起了眉毛,于是哈利问:"教授,您怎么在走廊里闲逛? 您不应该在病房里吗?"

洛哈特脸上的笑容渐渐消失了,他盯着哈利看了一会儿,然后说:"我们以前见过吗?"

"哦……见过。"哈利说,"您在霍格沃茨教过我们,记得吗?"

"教过?"洛哈特说,显得有点疑惑,"我吗?"

然后笑容又回到他的脸上,突然得令人害怕。

"教了你们所有的知识,是吧? 好,你要多少签名? 整整一打怎么样,你可以送给所有的小朋友,一个也不漏!"

但这时一个脑袋从走廊另一头的门后探出来叫道:"吉德罗,淘气的孩子,你跑到哪儿去了?"

一个头上戴着金银丝花环的如母亲般的治疗师匆匆跑来,热情地对哈利等人微笑着。

"哦,吉德罗,有人来看你! 太好了,而且是圣诞节! 你们知道吗,从来没有人探视过他,可怜的小羊羔,我想不出为什么,他这么可爱,对不对?"

"我们在签名!"吉德罗又对治疗师灿烂地一笑,"他们要好多,不给不答应！但愿我有那么多照片！"

"听听，"治疗师拉起洛哈特的手臂，宠爱地看着他，仿佛他是个早熟的两岁儿童，"他几年前很有名，我们希望这种给人签名的爱好意味着他的记忆有所恢复。请这边走好吗？他住的是封闭式病房，一定是趁我拿礼物进去的时候溜出来的，那扇门通常都锁着……他不危险！只是，"她压低了声音，"对他自己有点危险，上帝保佑他……不知道自己是谁，走出去了就不记得怎么回来……你们来看他真是太好了——"

"啊，"罗恩徒然地指着楼上，"其实，我们只是——哦——"

可是治疗师期待地冲着他们微笑，罗恩"想去喝杯茶"的嗫嚅低得听不见了。他们无可奈何地对视了一下，跟着洛哈特和治疗师走去。

"别待太久。"罗恩小声说。

治疗师用魔杖指着杰纳斯·西奇病房的门，念了声"阿拉霍洞开"，门应声而开。她领头走了进去，一只手紧紧抓着吉德罗的胳膊，让他坐在了床边的扶手椅上。

"这是我们的长住病房，"她低声对哈利、罗恩、赫敏和金妮说，"永久性咒语伤害。当然，依靠药物和咒语强化治疗再加上一点运气，可以使病情有所好转……吉德罗确实好像恢复了一些意识。博德先生进步很大，他的说话能力恢复得不错，尽管他还没说过我们能听懂的话……好了，我得发完圣诞礼物，你们聊一会儿……"

哈利打量着这间病房，它显然是病人长住的家。病床周围的私人物品比韦斯莱先生那边的多得多。吉德罗的床头板周围的墙上贴着他自己的照片，都在向新来者露齿微笑，挥手致意。许多照片是他签给自己的，笔画幼稚零乱。他刚被治疗师按到椅子上，就拉过一沓照片，抓起羽毛笔，疯狂地签起名来。

第23章　封闭病房中的圣诞节

"你可以把它们放在信封里,"他对金妮说,把签好的照片一张张扔到她膝上,"我没被遗忘,没有,我仍然收到许多崇拜者的来信……格拉迪丝·古吉翁每周都写……我真搞不懂为什么……"他停了下来,似乎有点困惑,随即又露出笑容,起劲地签起名来,"我想只是因为我相貌英俊……"

一个面色灰黄、愁眉苦脸的男巫躺在对面的床上,盯着天花板自言自语,仿佛对周围事物不知不觉。隔了两张床是一个满脸长毛的女人,哈利想起二年级时赫敏也有过类似的经历,幸好她的损容不是永久性的。病房另一头的两张床有花帘子围着,给病人和探视者一些隐私。

"你的,阿格尼丝,"治疗师愉快地跟脸上长毛的女人打招呼,递给她一小堆圣诞礼物,"看,没有被忘记吧?你儿子派了猫头鹰来说他晚上来看你,真不错,是不是?"

阿格尼丝响亮地吠叫了几声。

"布罗德里克,你看,有人送给你一盆植物,还有一个漂亮的日历,每个月是不同的鹰头马身有翼兽,会带给你好心情的,是不是?"治疗师快步走到自言自语的男子跟前,把一盆怪难看的植物放在他的床头柜上,又用魔杖把日历挂到墙上,那植物上的长触手摆来摆去。"还有——哦,隆巴顿夫人,您这就走吗?"

哈利猛地转过头。病房那头的帘子已经拉开,有两人从床边走了出来:一个可怕的老女巫,穿着一件绿色的长袍,披着虫蛀的狐皮,尖帽子上装饰的无疑是一只秃鹫的标本,她后面跟着一个看上去闷闷不乐的——纳威。

哈利突然意识到那边两张床上的病人是谁了。他拼命想转移其他人的注意,让纳威悄悄走出病房,不被询问。但罗恩听到"隆巴顿"也抬起头来,哈利没来得及制止,他已经叫出了声:"纳威!"

纳威浑身一震,畏缩了一下,仿佛一颗子弹刚从他身旁擦过。

"是我们，纳威！"罗恩高兴地站了起来，"你看见了吗？洛哈特在这儿！你来看谁？"

"是你的朋友吗，纳威，小乖乖？"纳威的奶奶亲切地说着，向他们走来。

纳威似乎宁愿自己在世界上任何地方，就是不要在这里。他圆鼓鼓的脸上泛起紫红色，没有接触他们的目光。

"啊，对了，"他奶奶凝视着哈利，伸出一只枯干的、鹰爪般的手给他握，"对，对，我当然知道你是谁。纳威对你评价很高。"

"呃——谢谢。"哈利和她握了握手。纳威没有看哈利，只盯着自己的脚，脸上越来越紫。

"你们两个显然是韦斯莱家的，"隆巴顿夫人高贵地把手伸给了罗恩和金妮，"对，我认识你们的父母——当然，不大熟——是好人，好人……你一定是赫敏·格兰杰吧？"

赫敏听隆巴顿夫人叫出自己的名字似乎吃了一惊，但也和她握了握手。

"对，纳威跟我说起过你。帮他渡过了一些难关，是不是？他是个好孩子，"她用严厉审视的眼光沿着尖鼻子向下瞅着纳威，"但没有他爸爸的才气，我不得不说。"她把头朝里边那两张床一点，帽子上的秃鹫吓人地抖动起来。

"怎么？"罗恩惊奇地问（哈利想踩他的脚，但穿着牛仔裤做这种动作比穿袍子要显眼得多），"那边是你爸爸吗，纳威？"

"什么？"隆巴顿夫人厉声问，"你没跟朋友说过你父母的事吗，纳威？"

纳威深深吸了口气，抬头看着天花板，摇了摇头。哈利不记得他为哪个人这么难受过，可是他想不出有什么办法可以帮纳威解围。

"哼，这不是什么羞耻的事！"隆巴顿夫人生气地说，"你应该

第23章 封闭病房中的圣诞节

感到自豪，纳威，自豪！他们牺牲了健康和理智，不是为了让唯一的儿子以他们为耻的！"

"我没觉得羞耻。"纳威无力地说，还是不看哈利等人。罗恩踮着脚往那两张床上看。

"你不羞耻的样子可有些奇怪！"隆巴顿夫人说，"我儿子和儿媳被神秘人的手下折磨疯了。"她高傲地转向哈利、罗恩、赫敏和金妮说。

赫敏和金妮都捂住了嘴巴。罗恩不再伸着脖子去看纳威的父母，显得十分羞愧。

"他们是傲罗，在魔法界很受尊敬。"隆巴顿夫人继续说，"天分很高，他们两个。我——哎，艾丽斯，什么事？"

纳威的母亲穿着睡衣缓缓走来。她已不再有穆迪那张凤凰社最早成员合影上的那样圆润快乐的脸庞。她的脸现在消瘦而憔悴，眼睛特别大，头发已经白了，零乱而枯干。她似乎不想说话，或是不能说，但她怯怯地朝纳威比画着，手里捏着什么东西。

"又一个？"隆巴顿夫人有点疲倦地说，"很好，艾丽斯，很好——纳威，拿着吧，管它是什么……"

纳威已经伸出手来，他母亲丢给他一张吹宝超级泡泡糖的包装纸。

"很好，亲爱的。"纳威的奶奶拍着她的肩膀，装出高兴的样子。

纳威轻声说："谢谢，妈妈。"

他母亲蹒跚地走了回去，一边哼着歌曲。纳威挑战地看着大家，好像准备接受他们的嘲笑，但哈利觉得他从没遇到过比这更不好笑的事。

"好吧，我们该回去了。"隆巴顿夫人叹息着说，一边戴上长长的绿手套，"很高兴见到你们大家。纳威，把那张糖纸扔到垃圾箱里，她给你的都够贴满你的卧室了吧……"

但祖孙二人离开时,哈利相信他看到纳威把糖纸塞进了口袋里。

门关上了。

"我一直不知道。"赫敏眼泪汪汪地说。

"我也不知道。"罗恩声音嘶哑。

"我也是。"金妮小声说。

他们都看着哈利。

"我知道,"他难过地说,"邓布利多跟我讲过,但我保证过不说出去……贝拉特里克斯·莱斯特兰奇就是为这事进阿兹卡班的,她对纳威的父母用了钻心咒,害得他们发了疯。"

"贝拉特里克斯·莱斯特兰奇干的?"赫敏惊恐地说,"就是克利切窝里的照片上那个女人?"

长时间的沉默,然后是洛哈特气愤的声音。

"喂,我的连笔字可不是白练的,知道吧!"

第 24 章

大脑封闭术

克利切原来躲在阁楼上。小天狼星说在那儿找到了他,他满身灰尘,无疑又在翻寻布莱克家的其他古董,想藏到他的锅炉间里。虽然小天狼星听了这个说法放下心来,哈利却有些不安。克利切出来后情绪似乎有所好转,他那怨恨的嘀咕减少了,也比平常听话了,但有一两次哈利发现这个小精灵在贪婪地盯着他,一见哈利发觉就赶忙移开目光。

哈利没有向小天狼星提起这些隐隐的怀疑。圣诞节过完了,小天狼星的快乐在迅速消散。随着众人返回霍格沃茨之日临近,他越来越容易陷入韦斯莱夫人称之为"间歇性忧郁症"的状态:沉默寡言,脾气暴躁,经常躲到巴克比克的房间里一待就是几小时。他的忧郁在整所房子里蔓延,像毒气一样从门底下泄出来,所有的人都被感染了。

哈利不想留下小天狼星一个人跟克利切做伴。事实上,他生平第一次不再盼望返回霍格沃茨。返校意味着回到乌姆里奇的专制之下,她一定在他们离校期间又强行通过了十来条法令;再说他现在被禁飞了,也没有魁地奇球赛可盼。考试临近,作业量很可能又要增加。邓布利多还是那么遥远。说实话,要不是有 D.A.,哈利觉得他可能会去求小天狼星想办法让他离开霍格沃茨，留在格里莫广场。

假期最后一天发生了一件事，让哈利真正害怕返校了。

"哈利，亲爱的，"韦斯莱夫人把头伸进他和罗恩的卧室，他们俩在下巫师棋，赫敏、金妮和克鲁克山在旁边观看，"你到厨房来一下好吗？斯内普教授有话跟你说。"

哈利一时没反应过来，他的车在和罗恩的一个卒子激烈搏斗，他正兴奋地给它加油鼓劲呢。

"压扁它——压扁它，它不过是个小卒子，你这个笨蛋——对不起，韦斯莱夫人，你说什么？"

"斯内普教授在厨房里，他想和你谈谈。"

哈利惊恐地张大了嘴巴。他望望罗恩、赫敏和金妮，他们都目瞪口呆地看着他。赫敏好不容易才把克鲁克山管住了一刻钟，此时黄猫欢喜地跳到棋盘上，棋子尖叫着四散奔逃。

"斯内普？"哈利茫然地问。

"斯内普教授，亲爱的。"韦斯莱夫人责备地说，"快来吧，他说他待不了多久。"

"他找你干吗？"韦斯莱夫人走了，罗恩忐忑地问，"你没干什么吧？"

"没有！"哈利愤慨地说，一边拼命回想自己有什么过错会让斯内普追到格里莫广场来。莫非他上次作业得了一个"T"？

一两分钟后，他推开了厨房的门，看到小天狼星和斯内普坐在长桌前，气呼呼地瞪着相反的方向，沉默中充满了对彼此的厌恶。小天狼星面前有一封打开的信。

"呃。"哈利出声报告他的存在。

斯内普回过头来，一张脸镶在油油的黑发帘中。

"坐下，波特。"

第24章　大脑封闭术

"我说,"小天狼星往后一靠,翘起椅子,对着天花板大声说,"我希望你不要在这儿发号施令,斯内普,这是我的家。"

斯内普苍白的脸上涌起一阵难看的红潮,哈利在小天狼星身边坐了下来,望着桌子对面的斯内普。

"我本该和你一个人谈,波特,"斯内普嘴角浮现出惯常的冷笑,"但布莱克——"

"我是他的教父。"小天狼星嗓门更大了。

"我是奉邓布利多之命来的,"斯内普说,声音则越来越微弱而尖刻,"不过请留下,布莱克,我知道你喜欢有……参与感。"

"这话什么意思?"小天狼星问,重重地把椅腿落回了地面。

"意思是我想你一定挺——啊——挺心烦的,不能为凤凰社做任何有用的事。"斯内普故意强调"有用"一词。

这一下轮到小天狼星涨红了脸,斯内普嘴角带着胜利的笑容转向哈利。

"校长让我来通知你,波特,他希望你这学期学习大脑封闭术。"

"学习什么?"哈利愣愣地问。

斯内普的冷笑更明显了。

"大脑封闭术,波特。防止头脑受到外来入侵。是魔法中冷僻的一门,但非常有用。"

哈利的心脏剧烈地跳了起来。防止外来入侵?可他没有被附身啊,大家都这么说……

"为什么我要学大——这玩意儿?"他脱口而出。

"因为校长认为有必要,"斯内普和缓地说,"你一周接受一次单独辅导,但不能告诉任何人,尤其是多洛雷斯·乌姆里奇。明白吗?"

"明白。"哈利说,"谁来教我?"

斯内普扬了扬眉毛。

"本人。"他说。

哈利感到他的五脏六腑在融化，由斯内普单独辅导——他到底做了什么要受到这种惩罚？他急忙求助地看着小天狼星。

"为什么邓布利多不能教他？"小天狼星咄咄逼人地问，"为什么是你？"

"我想是因为校长有权把不愉快的差使下放吧，"斯内普圆滑地说，"我向你保证这不是我要来的。"他站起身来，"我星期一晚上六点在我办公室等你，波特。如果有人问，就说是魔药课补习，见过你在我课上表现的人都不会否认有这个必要。"

他转身离开，黑色的旅行斗篷旋起了一股风。

"等一等。"小天狼星说着坐直了身子。

斯内普回身看着他冷笑。

"我很忙，布莱克……不像你。我没有无限的空闲……"

"那我直话直说吧。"小天狼星站了起来。他比斯内普高得多，哈利注意到斯内普的手在斗篷口袋里攥紧了，猜想他一定是握住了魔杖柄。"如果我听到你借教哈利大脑封闭术来整他，我会找你算账的。"

"多么动人哪，"斯内普冷笑道，"但你一定发现波特很像他父亲吧？"

"不错。"小天狼星自豪地说。

"那你该知道他骄傲自大，批评对他就像耳旁风。"斯内普圆滑地说。

小天狼星一把推开椅子，绕过桌子大步朝斯内普走去，一边抽出了魔杖。斯内普也亮出了魔杖。两人摆开架式，小天狼星脸色铁青，斯内普在算计，目光在小天狼星的脸和杖尖之间扫来扫去。

"小天狼星！"哈利叫道，但他好像没听见。

第 24 章 大脑封闭术

"我警告过你,鼻涕精,"小天狼星的脸离斯内普的脸不到一尺,"邓布利多或许认为你改造好了,可我不这么想——"

"哦,那你为什么不对他说呢?"斯内普低声说,"是不是担心他不会把在老妈家躲六个月的人的话当回事?"

"告诉我,卢修斯·马尔福近来怎么样? 我想他一定很高兴他的哈巴狗在霍格沃茨任教吧?"

"提到狗,"斯内普轻轻地说,"你知道吗,你上次冒险外出时,卢修斯·马尔福认出了你。很聪明啊,布莱克,在安全的站台上被人看到……让你有铁打的理由以后不用出洞了,是不是?"

小天狼星举起了魔杖。

"**不要!**"哈利叫了起来,从桌上翻过去挡在他们中间,"小天狼星,别——"

"你在说我是懦夫吗?"小天狼星咆哮道,想把哈利推开,但哈利坚决不动。

"嗯,我想是吧。"斯内普说。

"哈利——让开——!"小天狼星大吼一声,没拿魔杖的手一掌把他推到旁边。

厨房门开了,韦斯莱全家和赫敏一拥而入,个个兴高采烈,韦斯莱先生骄傲地走在中间,穿着条纹布的睡衣,外罩一件防水雨衣。

"治好了!"他兴冲冲地向厨房里的人宣布,"完全好了!"

他们全都僵立在门口,瞪着眼前这定格的一幕:小天狼星和斯内普都扭头望着门口,魔杖直指对方的面门,哈利张着手臂站在两人中间,想把他们推开。

"梅林的胡子啊,"韦斯莱先生的笑容消失了,"这是怎么一回事?"

小天狼星和斯内普都垂下了魔杖。哈利左右看看,两人脸上都带着极度的轻蔑,但突然进来这么多的目击者似乎使他们恢复了理智。斯内普把魔杖插进口袋，大步走出厨房，没有理睬韦斯莱一家人。走到门口，他又回过头来。

"星期一晚上六点，波特。"

他扬长而去，小天狼星瞪着他的背影，魔杖垂在一旁。

"到底是怎么回事？"韦斯莱先生又问。

"没什么，亚瑟，"小天狼星喘着粗气，像刚跑完长跑，"只是两个老同学叙叙旧……"他好像用了极大努力似的微笑道，"……你治好了？好，真好……"

"可不是嘛！"韦斯莱夫人把丈夫领到一把椅子跟前，"斯梅绥克治疗师终于找到了那条蛇尖牙里毒素的解药，亚瑟也从捣鼓麻瓜医术中吸取了教训，是不是，亲爱的？"她带着威胁问。

"是的，莫丽，亲爱的。"韦斯莱先生温顺地说。

由于韦斯莱先生回到了他们中间，那天的晚餐本应是非常愉快的，哈利看得出小天狼星竭力想活跃气氛，他强迫自己听了弗雷德和乔治的笑话后高声大笑，殷勤地劝大家多吃，但除此之外，他的脸就会阴沉下去，显得心事重重。他和哈利之间隔着来向韦斯莱先生道贺的蒙顿格斯和疯眼汉。哈利想对小天狼星说别把斯内普的话放在心上，斯内普是故意激他的，他们都不认为小天狼星听邓布利多的话待在格里莫广场是贪生怕死，可是没有找到机会。看着小天狼星那可怕的表情，哈利怀疑即使有机会他也未必敢讲。他只是小声地对罗恩和赫敏说了要跟斯内普学大脑封闭术的事。

"邓布利多想让你不再做那些关于伏地魔的梦，"赫敏马上说，"你不会舍不得它们吧？"

"跟斯内普补课？"罗恩声音中充满了恐惧，"我宁可做噩梦。"

第二天，他们准备乘骑士公共汽车回霍格沃茨，仍由唐克斯和卢平护送。早上哈利、罗恩和赫敏进厨房时，他们俩正在吃早饭。大人们好像在小声交谈，但哈利一开门，他们马上回过头来不说了。

第 24 章　大脑封闭术

他们匆匆吃过早饭,穿上外套,戴好围巾,准备上路。一月的清晨天色灰白,寒意袭人。哈利的胸口堵得难受,他不想跟小天狼星说再见,他对这次分别有一种不祥之感,不知道何时才能再见。他觉得自己有责任提醒小天狼星别做傻事——他担心小天狼星受了斯内普说他是懦夫的刺激,可能现在就已盘算着贸然离开格里莫广场。但他还没想好怎么说,小天狼星就把他叫到了一边。

"你带上这个。"他悄悄地说,塞给哈利一个包得很不像样的、平装书大小的东西。

"这是什么?"哈利问。

"如果斯内普欺负你,你可以用它告诉我。别在这儿打开!"小天狼星提防地看了看韦斯莱夫人,她正在劝双胞胎戴上她自己织的手套,"我怀疑莫丽不赞成——但我希望你在需要我的时候用它,好吗?"

"好的。"哈利答应着,把小包塞到上衣内侧的口袋里,但他知道自己不会用的。他,哈利,决不会把小天狼星引出安全地带,无论斯内普在教他大脑封闭术时怎么虐待他。

"走吧。"小天狼星拍拍哈利的肩膀,强打笑容说。哈利还没来得及说话,他们已经上了楼,停在了带粗铁链和门闩的正门前,韦斯莱一家围在那里。

"再见,哈利,多保重。"韦斯莱夫人拥抱了他一下。

"再见,哈利,替我看着点蛇!"韦斯莱先生握着他的手亲切地说。

"好——好的。"哈利心不在焉地答道。这是他提醒小天狼星的最后一个机会,他转身望着教父的脸,张嘴刚要说话,但小天狼星用一只胳膊搂了他一下,粗声粗气地说:"照顾好自己,哈利。"然后哈利就被推进了凛冽的空气中,唐克斯追着他下了台阶(她今天扮成了一个身着粗花呢的高个女人,头发是铁灰色的)。

12号的门在身后关上了,他们跟着卢平下了台阶。走到人行道上时,哈利回头看了看,12号在迅速缩小,两边的房屋延伸过来挤着它,一眨眼的工夫它就不见了。

"快点儿,越早上车越好。"唐克斯扫了一眼广场说,哈利觉得她眼神中有一些紧张。卢平挥起右手。

砰!

一辆鲜艳的紫色三层公共汽车凭空出现在他们面前,差点撞到了路灯柱,灯柱朝后一跳躲开了。

一个穿着紫色制服、长着招风耳、满脸粉刺的瘦小伙跳下来说:"欢迎乘坐——"

"我们知道了,谢谢你,"唐克斯迅速说,"上车,上车——"

她把哈利推向汽车踏板,售票员瞪眼看着哈利走过去。

"哎——是哈——!"

"你要喊他的名字我就让你万劫不复。"唐克斯小声威胁道,一边把金妮和赫敏也推向前去。

"我一直想坐这个。"罗恩高兴地说,他也上了车,只顾东看西看。

哈利上次乘骑士公共汽车是晚上,三层车厢里排满了铜床架。现在是清晨,车上摆满了各式各样的椅子,也不讲究搭配,胡乱地挤在窗边,有的似乎是在汽车突然停在格里莫广场时翻倒的,几个巫师正在嘟嘟囔囔地爬起来。不知是谁的购物袋滑到了车厢那头,青蛙卵、蟑螂和蛋奶饼干撒了一地。

"看来我们得分开了,"唐克斯果断地说,一边寻找空座位,"弗雷德、乔治和金妮,你们坐到后面去……卢平可以跟你们一起……"

她和哈利、罗恩和赫敏走到了顶上那一层,最前面和最后面各有两把空椅子,售票员斯坦·桑帕克热心地跟着哈利和罗恩走到了

第 24 章 大脑封闭术

后面。哈利走过时许多人回头看他，他坐下后，看到那些脑袋都赶忙转了过去。

哈利和罗恩每人递给斯坦十一个西可，汽车又开了起来，危险地摇晃着，轰隆隆地绕过格里莫广场，车身扭来扭去的，时而还会驶上人行道。然后又是**砰**的一声巨响，他们都被往后甩去，罗恩的椅子翻了，他膝上的小猪从笼子里挣了出来，啾啾地飞到车厢前面，拍着翅膀落到赫敏的肩头。哈利抓住了蜡烛架才勉强没有摔倒，他朝窗外望去，他们好像正沿着一条高速公路疾驶。

"伯明翰城外。"斯坦愉快地回答了哈利心里的问题，罗恩努力从地上爬了起来，"你挺好的，哈利？我夏天老是在报上看到你的名字，可是没什么好话……我对厄恩说，我们见到他的时候他不像个疯子啊，慢慢显出来的，是不是？"

他把票递给他们，继续着迷地盯着哈利。斯坦显然不在乎一个人有多疯，只要他的名字能上报。骑士公共汽车吓人地倾斜着，超过了内侧的一溜小汽车。哈利望望前面，看见赫敏捂住了眼睛，小猪在她肩上快乐地摇摆着。

砰！

椅子又朝后滑去，骑士公共汽车从伯明翰公路跳到了一条幽静的乡间小道上，一路尽是险弯。车子忽左忽右压上路边时，一道道树篱跳着闪开了。他们又开上了一条闹市区的主干道、一座崇山峻岭中的高架桥，然后是高楼间一条冷风飕飕的街道，每次都是**砰**的一声巨响。

"我改主意了，"罗恩第六次从地上爬起来时嘟哝道，"我再也不想坐这玩意儿了。"

"注意，下一站是霍格沃茨。"斯坦快活地说，摇摇晃晃地走过来，"前面那个跟你们一起上车的霸道女人给了点小费，要让你们先下。不过我们得先让马什女士下去。"下层传来呕吐声和可怕的哗啦声,"她不舒服。"

几分钟后骑士公共汽车在一个小酒吧外尖声刹住,小店闪身躲避,才没有被撞上。他们听见斯坦把可怜的马什女士扶下了车,二层乘客都嘀咕着舒了口气。汽车继续前行,加速,直到——

砰!

他们已经行驶在白雪覆盖的霍格莫德村,哈利瞥见了小巷里的猪头酒吧,砍下的猪头招牌在寒风中吱嘎作响。片片雪花打在车前的大窗子上。车子终于摇摇晃晃地停在了霍格沃茨大门外。

卢平和唐克斯帮他们把行李弄下车,然后下来说再见。哈利望了一眼三层的骑士公共汽车,见所有乘客都把鼻子贴在窗子上看着他们。

"进学校就安全了。"唐克斯警惕地扫了一眼僻静的街道,"过得愉快,啊?"

"保重。"卢平和每个人握手,最后轮到哈利时,"听着……"他低声说,其他人都在和唐克斯作最后的道别,"哈利,我知道你不喜欢斯内普,但他是高超的大脑封闭术师,我们——包括小天狼星都希望你学会保护自己,所以刻苦学习,好吗?"

"好。"哈利沉重地说,抬眼望着卢平那过早显出皱纹的脸,"再见了……"

六个人吃力地拖着箱子,沿着结冰的车道往城堡走去,赫敏说要在睡觉前织出几顶小精灵帽。来到橡木大门前,哈利回头看了一眼,骑士公共汽车已经不见了。想到明天晚上的事情,他倒有点希望自己还在车上。

第二天,哈利大部分时间都在为晚上的到来而害怕。上午的魔药课丝毫没有消除他的恐惧,斯内普还是那么可恶。课间走廊上不断有 D.A. 的成员满怀希望地来问他晚上要不要聚会,他的情绪更

第 24 章 大脑封闭术

加低落。

"我会像往常一样通知你们下一次的时间,"哈利一遍遍地说,"但今天晚上不行,我要 —— 补魔药课……"

"你要补魔药课?"午饭后扎卡赖斯·史密斯把哈利堵在门厅里,傲慢地说,"老天,你一定糟透了,斯内普不经常给人补课的,是不是?"

史密斯趾高气扬地走开了,罗恩气愤地瞪着他。

"要我对他施毒咒吗? 我现在还能击中他。"他举起魔杖对准了史密斯的后背。

"算了,"哈利沮丧地说,"谁都会这么想,是不是? 觉得我笨 ——"

"嗨,哈利。"哈利身后一个声音叫道。他转过身,发现秋站在那儿。

"嗯,"哈利的胃揪紧了,"嗨。"

"我们去图书馆,哈利。"赫敏果断地说,抓着罗恩的胳膊把他朝大理石楼梯拽去。

"圣诞节过得好吗?"秋问。

"嗯,还不错。"哈利说。

"我过得挺安静。"不知为什么,秋似乎有些不好意思,"嗯……下个月又要去一次霍格莫德村,你看到通知了吗?"

"什么? 哦,没有,我回来后还没看过布告栏呢。"

"是在情人节……"

"哦,"哈利不明白她为什么要跟他说这个,"你是不是想 ——?"

"要是你愿意。"她热切地说。

哈利呆住了,他本想说:"你是不是想问下次 D.A. 活动的时间?"但她的回答好像对不上。

"我 —— 呃 ——"他说。

"噢，你不愿意就算了，"她说，似乎感到有些屈辱，"没关系，回头见。"

她讪讪离去，哈利瞪着她的背影，脑子在疯狂地转动，突然醒悟了过来。

"秋！嗨——秋！"

他跑过去，在大理石楼梯上追到了秋。

"呃——你想在情人节跟我去霍格莫德吗？"

"哦，是的！"秋羞红了脸，灿烂地一笑。

"好……那么……就说定了。"哈利感到这一天还不算完全失败，他在下午上课前到图书馆去找罗恩和赫敏时，脚步不知不觉也变轻快了。

但到了晚上六点钟，就连成功地约了秋·张也不足以减轻哈利的不祥之感，这感觉随着他朝斯内普办公室迈出的每一步而增强。

他在门外停了一会儿，希望自己是在别处。只要不是在这里，在哪儿都行。然后他深深吸了口气，敲门进去。

这是一间昏暗的屋子，架子上放着几百个玻璃瓶，黏糊糊的动植物标本浮在五颜六色的药剂中。角落上一个柜子里装满了斯内普曾经——不无根据地——指责哈利盗取的药材。但哈利的注意力被吸引到了书桌上，烛光里有一个刻着神秘字母和符号的浅浅的石盆。哈利一下认出来了——邓布利多的冥想盆——他正在纳闷把它摆在这儿干什么，斯内普冷冰冰的声音从阴影处传来，把他吓了一跳。

"把你身后的门关上，波特。"

哈利照办了，恐惧地感到他把自己关了起来。他转过身，斯内普已经走到亮处，无声地指指书桌对面的椅子。哈利过去坐了，斯内普也坐下来，冷酷的黑眼睛一眨不眨地盯着哈利，脸上的每一道纹路里都刻着厌恶。

第24章　大脑封闭术

"好，波特，你知道来这儿干什么。"他说，"校长要我教你大脑封闭术，我只能希望你比在魔药课上聪明一点儿。"

"是。"哈利不敢多话地答道。

"这也许不是一般的课，波特，"斯内普的眼睛阴险地眯缝起来，"但我还是你的老师，你任何时候都要叫我'先生'或'教授'。"

"是……先生。"哈利说。

"言归正传，大脑封闭术。在你亲爱的教父的厨房里我告诉过你，这门魔法能够防止头脑受到魔法的入侵和影响。"

"为什么邓布利多教授认为我需要它，先生？"哈利直视着斯内普冷酷的黑眼睛，不知他会不会回答。

斯内普瞪了他一会儿，轻蔑地说："就算是你，到现在也该想通了吧，波特？黑魔王极其擅长摄神取念——"

"那是什么意思，先生？"

"即从另一个人的头脑中提取感觉和记忆——"

"他能读人心吗？"哈利马上问，他最担心的事被证实了。

"你没用心，波特，"斯内普说，他的黑眼睛闪着冷光，"你不懂得微妙的区别，这是使你把药剂配得如此糟糕的缺陷之一。"

斯内普停顿了一会儿，显然在品味侮辱哈利的快感，然后继续说：

"只有麻瓜才讲'读人心'。人心不是一本书，不可以随意翻阅和研究。思想也不是刻在脑壳里的，不可以让人钻进去读。人心是一种复杂的、多层次的东西，波特——至少多数头脑是。"他得意地笑道，"然而，会摄神取念的人可以在某些情况下研究别人的头脑，并做出正确的解释。比如说，黑魔王几乎总能看出别人对他说谎。只有擅长大脑封闭术的人才能封住与谎话相矛盾的感觉和记忆，在他面前说谎而不被发现。"

不管斯内普怎么说，摄神取念在哈利听来还是像读人心，而且他一点也不喜欢它的读音。

"那他能知道我们现在想什么吗，先生？"

"黑魔王离得很远，霍格沃茨的院墙和场地有许多古老的咒语守护着，保证了校内人员的身心安全。"斯内普说，"时间和空间对魔法是有影响的，波特。目光接触对摄神取念往往十分关键。"

"那我为什么还要学大脑封闭术？"

斯内普瞟着哈利，用一根细长的手指摸着嘴巴。

"常规似乎不适用于你，波特。那个没能杀死你的咒语似乎在你和黑魔王之间建立了某种联系。迹象表明，有些时候，当你的头脑最放松、最脆弱时——比如在睡梦中，你就能感知黑魔王的思想和情绪。校长认为不应该任其继续下去，他要我教你怎样对黑魔王封闭你的思想。"

哈利的心咚咚直跳。这解释不通啊。

"可邓布利多教授为什么要制止呢？"他突然问，"我不大喜欢这感觉，可是这感觉挺有用呀。我是说……我看到了大蛇袭击韦斯莱先生，不然邓布利多教授可能救不了他，是不是，先生？"

斯内普看了哈利一会儿，依然用手指摸着嘴巴，然后缓缓开口，仿佛在斟酌每个字眼。

"黑魔王似乎直到最近才发觉你和他之间的这种联系。在此之前似乎是你能感知他的情绪和思想，他却浑然不知。但是，你圣诞节前的那个梦——"

"韦斯莱先生和蛇？"

"别打断我，波特。"斯内普凶狠地说，"我说到，你圣诞节前的那个梦，如此严重地侵入了黑魔王的思想——"

"我是在蛇的脑子里，不是他的！"

"我似乎刚说过别打断我，波特！"

但哈利不在意斯内普发火，他终于抓到了问题的根本。他身子

第 24 章 大脑封闭术

往前探了过去，不知不觉已经坐在椅子的边缘，身体绷得紧紧的，就像随时准备逃跑一样。

"我感知的是伏地魔的思想，怎么又用蛇眼看东西呢？"

"不要说黑魔王的名字！"斯内普喝道。

一阵难堪的沉默，他们隔着冥想盆怒目相对。

"邓布利多教授也说他的名字。"哈利小声说。

"邓布利多是本领高强的巫师，"斯内普咕哝道，"他可能不讳言这个名字……但我们其他人……"他似乎是不自觉地摸了摸左胳膊，哈利知道那是烙有黑魔标记的地方。

"我只是想知道，"哈利竭力使语气保持礼貌，"为什么——"

"看来是你进入了蛇的脑子，因为黑魔王当时正在那里，"斯内普咆哮道，"他正附在蛇的体内，所以你梦见你也在里面。"

"那伏——他——发现我了吗？"

"看来是的。"斯内普冷冷地说。

"你怎么知道的？"哈利忙问，"这只是邓布利多教授的猜测，还是——？"

"我说过，"斯内普硬板板地坐在椅子上，眼睛像两条缝，"叫我先生。"

"是，先生。"哈利不耐烦地说，"可是你怎么知道——？"

"我们知道就够了。"斯内普厉声道，"重要的是黑魔王现在已经察觉你能感知他的思想和感觉。他还推断出这种情况是可以反过来的，也就是说，他已想到他或许能感知你的思想和感觉——"

"他可能想操纵我？"哈利问，赶紧又补上一句，"先生？"

"可能。"斯内普冷淡、漠然地说，"这就又回到了大脑封闭术。"

斯内普从袍子里抽出魔杖，哈利绷紧了身体。但斯内普只是把杖尖举到太阳穴上，插到油腻的发根中。当他拿开魔杖时，杖尖上连着一缕银色的东西,像粗粗的蛛丝。他把魔杖拿开时,银丝断开了,轻柔地落到了冥想盆里,在盆中旋转成了银白色,既非气体又非液体。斯内普又两次把魔杖举到太阳穴上,把银色的物质加入石盆中。他没有解释,只是小心地把冥想盆捧到靠边的架子上,然后转过来手持魔杖对着哈利。

"站起来,拿出你的魔杖,波特。"

哈利紧张地站了起来,两人隔着桌子对峙着。

"你可以用魔杖解除我的武器,或者用你能想到的其他方式自卫。"斯内普说。

"你要做什么?"哈利害怕地看着斯内普的魔杖问。

"我要进入你的大脑,"斯内普轻声说,"我们要看看你的抵抗能力。我听说你已经显示出对夺魂咒的抵抗力……你会发现这里要用到类似的能力……现在,准备……摄神取念!"

斯内普突然出手,哈利还没来得及准备,没来得及做任何抵抗:办公室在他眼前晃动着消失了,一幅幅画面像放电影般生动地在他脑海中闪过,他已看不到周围的东西。

五岁时他看着达力骑在红色的新自行车上,他心中充满了嫉妒……九岁时他被斗牛犬利皮赶到树上,德思礼一家在草坪上哈哈大笑……他戴着分院帽,听见它说他可以去斯莱特林……赫敏躺在校医院,满脸黑毛……一百个摄魂怪在黑暗的湖边把他包围了……秋·张在槲寄生下向他靠近……

不,记忆中的秋靠近时,哈利脑子里有个声音叫道,你不能看这个,你不能看,这是隐私——

他感到膝盖一阵剧痛,斯内普的办公室回来了,他发现自己倒在地上,一只膝盖在桌腿上重重地磕了一下。他抬头望望斯内普,见他放下了魔杖,正揉着手腕,那儿有一道红肿的鞭痕,像一个烙印。

第24章 大脑封闭术

"你想施蜇人咒吗？"斯内普冷冷地问。

"没有。"哈利怨恨地说，一边从地上爬了起来。

"我想也是。"斯内普轻蔑地说，"你让我进得太深，你失去了控制。"

"你全看到了？"哈利不知自己想不想听到回答。

"一些片段。"斯内普说着撇了撇嘴，"那条狗是谁的？"

"玛姬姑妈的。"哈利小声说，心里恨透了斯内普。

"不过，作为第一次，还不算太差。"斯内普又举起魔杖，"你在最后阻止了我，尽管你浪费了时间和精力大喊大叫。你必须集中精神，用你的脑子抵抗我，不需要用魔杖。"

"我会努力的。"哈利愤怒地说，"但你没告诉我怎么做！"

"礼貌，波特。"斯内普凶狠地说，"现在，我要你闭上眼睛。"

哈利狠狠地瞪了他一眼才照办了。他不喜欢闭眼站在那儿，让斯内普拿着魔杖站在他面前。

"排除杂念，波特，"斯内普冷冷的声音说，"丢开所有的感情……"

但对斯内普的愤怒仍像毒液一样冲击着哈利的血管。丢开愤怒？还不如丢掉一条腿更容易些……

"你没有做到，波特……你需要约束自己……集中思想，开始……"

哈利努力清空头脑，不去思考，不去回忆，不去感觉……

"再来……我数到三……一——二——三——摄神取念！"

一条黑色的巨龙在他面前张牙舞爪……他的父母在魔镜中向他招手……塞德里克·迪戈里躺在地上，两眼无神地瞪着他……

"不——！"

他又跪在了地上，脸埋在手心里，脑子生疼，好像有人要把它从脑壳中抽出去一样。

"起来！"斯内普厉声说，"起来！你没有做，没有努力，你让我看到了你所害怕的记忆，等于在给我武器！"

哈利站了起来，心脏怦怦狂跳，好像真的刚看到塞德里克死在墓地里一样。斯内普看上去比平常更苍白，更愤怒，尽管远不如哈利愤怒。

"我 —— 努 —— 力 —— 了。"他咬着牙说。

"我叫你丢开感情！"

"是吗？我现在觉得很难做到。"哈利吼道。

"那你就很容易被黑魔王利用！"斯内普残酷地说，"把心事写在脸上的傻瓜们，不会控制自己的感情，沉溺在悲伤的回忆中，让自己那么容易受刺激 —— 一句话，软弱的人，他们在他的力量面前不堪一击！他要侵入你的思想易如反掌，波特！"

"我不软弱。"哈利低声说，他怒火中烧，觉得自己马上就有可能揍斯内普了。

"那就证明一下！控制自己！"斯内普训斥道，"克制你的怒气，管好你的大脑！我们再来！准备！摄神取念！"

他看着弗农姨父把信箱钉死……一百个摄魂怪从湖上朝他飘来……他和韦斯莱先生在一条没有窗户的走廊上疾行……离走廊尽头的黑门越来越近……哈利以为要进去……但韦斯莱先生把他领向左边，走下石阶……

"我知道了！我知道了！"

他又扑倒在斯内普办公室的地上，伤疤针扎一般地痛，但从他嘴里发出的声音却是欢喜的。他撑起身子，看到斯内普手举魔杖瞪着他。这次斯内普好像没等哈利反抗就撤除了咒语。

"怎么回事，波特？"他盯着哈利问。

"我看见 —— 我想起，"哈利喘着气说，"我刚刚意识到……"

"意识到什么？"斯内普厉声问。

第24章 大脑封闭术

哈利没有马上回答,他揉着额头,还在回味那一刻令人目眩的顿悟……

他几个月来经常梦见一条没有窗户的走廊,尽头有一扇上锁的门,但从未意识到它是个真实的地方。现在在回忆中看到,他发现那就是他和韦斯莱先生八月十二日赶往审判室时经过的那条走廊,它通向神秘事务司,韦斯莱先生就是在那儿被伏地魔的蛇咬伤的……

他抬头望着斯内普。

"神秘事务司里有什么?"

"你说什么?"斯内普轻声问,哈利快意地看到他有些慌张。

"我说,神秘事务司里有什么,先生?"哈利说。

"你为什么问这个?"斯内普缓缓地问。

"因为,"哈利紧盯着斯内普,看他有什么反应,"我看到的那条走廊——我几个月来一直梦见它——我刚刚意识到——它通向神秘事务司……我想伏地魔渴望得到那——"

"我叫你别说黑魔王的名字!"

他们怒目相向,哈利的伤疤又灼痛起来,但他没管它。斯内普似乎有些紧张,说话时却努力装出冷淡和漠不关心的样子。

"神秘事务司里有许多东西,波特,没有几样是你搞得懂的,而且每一样都不关你的事。我说清楚了吗?"

"清楚了。"哈利说,还在揉着伤疤,它越来越疼了。

"我希望你星期三同一时间过来,我们继续练习。"

"好的。"哈利说。他迫不及待地想离开斯内普的办公室去找罗恩与赫敏。

"你每天晚上睡觉前要排除一切情感——使你的头脑变得空而平静,明白吗?"

"明白。"哈利说,但他几乎没有听。

"小心，波特……我会知道你有没有练习……"

"是。"哈利小声说。他把书包甩到肩上，快步朝门口走去。开门时他回头看了看斯内普，他正背对着哈利，用魔杖把他的思想从冥想盆里挑出来，小心地放回脑子里。哈利没再说话就离开了，他轻轻带上门，伤疤还在突突地痛着。

他在图书馆里找到了罗恩与赫敏，两人正在赶乌姆里奇新布置的一堆作业。其他学生，几乎全是五年级的，也都坐在点着灯的桌前，鼻子凑近书本，羽毛笔在刷刷地狂写。竖框窗子外的天色越来越黑，唯一的声音就是平斯女士的鞋子发出的哒哒轻响。她在过道里威胁地来回巡视，把呼吸喷到碰她那些宝贝图书的人的脖子上。

哈利有点哆嗦，伤疤还在痛着，他觉得有点发烧。在罗恩、赫敏对面坐下时，他在窗户中照见了自己，脸色十分苍白，伤疤似乎比平常更显眼了。

"怎么样？"赫敏小声问，然后露出担心的表情，"你没事吧，哈利？"

"嗯……没事……我不知道。"哈利烦躁地说，痛得皱了皱眉，"告诉你们……我刚发现了一件事……"

他讲了刚才看到和推想的那件事。

"你……你是说……"罗恩小声说，平斯女士走了过去，带着哒哒的轻响，"那件武器——神秘人要找的东西——藏在魔法部？"

"应该是在神秘事务司。"哈利悄声道，"你爸爸带我去审判室受审时看到过那扇门，跟他被蛇咬时看守的门就是同一扇。"

赫敏长长地吁了一口气。

"当然啦。"她说。

"什么当然啦？"罗恩不耐烦地问。

"罗恩，想想吧……斯多吉·波德摩企图闯入魔法部的一扇门……一定就是那扇，这不像是巧合！"

第24章 大脑封闭术

"为什么斯多吉要闯进去呢，他不是我们这一边的吗？"

"嗯，我不知道，"赫敏承认道，"是有点奇怪……"

"神秘事务司里到底有什么呢？"哈利问罗恩，"你爸爸提过什么吗？"

"我知道他们管在那儿工作的人叫'不可言说者'，"罗恩皱眉道，"因为好像没人知道他们在那儿干什么……那种地方会有武器？这可够怪的……"

"一点也不怪，合情合理，"赫敏说，"我想那是魔法部开发的什么绝密玩意儿……哈利，你真的没事吗？"

这时哈利正用两手搓着额头，像是要熨平它。

"嗯……没事……"他放下手，双手在颤抖，"只是有点……我不大喜欢大脑封闭术……"

"脑子一次次地受到袭击，我想谁都会发虚的。"赫敏同情地说，"我们回公共休息室去吧，那儿会舒服一点儿……"

但公共休息室里闹哄哄地挤满了人，弗雷德和乔治在演示笑话店的最新产品。

"无头帽！"乔治吆喝道，弗雷德对观看的学生挥舞着一顶饰有粉红色羽毛的尖帽子，"两个加隆一顶……诸位请看弗雷德！"

弗雷德笑嘻嘻地把帽子套到头上，一刹那间他显得呆头呆脑，然后帽子和头一起消失了。

几个女生尖叫起来，其他人哄堂大笑。

"脱帽！"乔治喊道，弗雷德的手在肩膀上方的空间摸索了一阵子，他的头重新出现了，粉红色羽毛的帽子被摘了下来。

"那帽子是怎么做到的？"赫敏也从作业上分了神，仔细观察着弗雷德和乔治，"显然是一种隐形咒，但把隐形区域扩大到施了魔法的物体之外倒是蛮聪明的……不过我想这魔法不会持续太久……"

哈利没有回答，他还是不舒服。

"我明天再做吧。"他低声说，把刚从书包里拿出来的课本又塞了回去。

"记在你的家庭作业计划簿上！"赫敏建议道，"这样你就不会忘了！"

哈利和罗恩交换了一下眼色，他从书包里掏出计划簿，小心地打开了它。

"不要说以后做，你这个二流货！"本子叱责道，哈利草草记下乌姆里奇的作业，赫敏满意地笑了。

"我去睡觉了。"哈利把作业计划簿塞进了书包，心想一有机会就把它丢到火里去。

他穿过公共休息室，躲开想给他戴无头帽的乔治，走到通往男生宿舍的安静凉爽的石楼梯上。他感觉很难受，就像梦见蛇的那天夜里一样。但他想也许躺一会儿就好了。

他打开宿舍的门，刚往里走了一步，脑袋就像被切开似的疼了起来。他不知道身在何处，站着还是躺着，甚至不知道自己的名字。

疯狂的笑声在他耳中回响……他好久没有这么开心过了……兴高采烈，欣喜若狂，得意忘形……一件大大的好事发生了……

"哈利？**哈利！**"

有人打了他一记耳光。疯狂的笑声中插入一声疼痛的叫喊。快乐渐渐消失，但笑声还在持续……

他睁开眼睛，发现那疯狂的笑声是从他自己嘴里发出来的。他一意识到这点，笑声就消失了。哈利气喘吁吁地躺在地上，瞪着天花板，额头的伤疤可怕地跳动着。罗恩俯身看着他，看上去很担心。

"你怎么啦？"

"我……不知道……"哈利喘着气，坐了起来，"他很高兴……很高兴……"

第24章 大脑封闭术

"神秘人?"

"有一件好事发生了,"哈利嘟哝道,他像梦见韦斯莱先生被蛇咬之后那样浑身发抖,非常难受,"他一直盼望的事情。"

像在格兰芬多队更衣室那次一样,这些话仿佛是一个陌生人用哈利的嘴说出来的,但他知道这是实情。他深深地呼吸,不让自己吐在罗恩身上。他很庆幸迪安和西莫不在场。

"赫敏让我来看看你。"罗恩低声说,一边把哈利拉了起来,"她说你这会儿抵抗力很弱,斯内普刚折腾过你的脑子……但我想长远看会有用的,是吧?"

罗恩怀疑地看看哈利,把他扶到床边。哈利没信心地点点头,瘫靠在枕头上,因为晚上摔的那些跤而浑身疼痛,他的伤疤仍像针扎般地疼。他不禁怀疑第一次学习的大脑封闭术不仅没有加强他的抵抗力,反而将其削弱了。同时他怀着极大的恐惧揣测着,究竟是什么事让伏地魔感觉到了十四年来从没有过的开心。

第25章

无奈的甲虫

哈利的问题第二天一早就找到了答案。赫敏的《预言家日报》送来后,她打开报纸先看头版,突然大声尖叫,周围的人都朝她看了过来。

"怎么啦?"哈利和罗恩一齐问。

赫敏把报纸摊到他们面前的桌上,指着占满头版的十张黑白照片,九个男巫和一个女巫的面孔,有的在无声哂笑,有的傲慢地用手指敲着他们照片的边。每张照片下注有姓名和被关进阿兹卡班的罪行。

安东宁·多洛霍夫,一个男巫苍白、扭曲的长脸正对着哈利冷笑,凶残地杀害了吉迪翁和费比安·普威特兄弟俩。

奥古斯特·卢克伍德,一个头发油光光的麻脸男子倚在照片的边上,一副厌倦的表情,向神秘人泄露魔法部机密。

但哈利的目光被那个女巫吸引住了。第一眼看报纸时她的面孔就跳入了他的视线,她黑色的长发在照片上显得乱蓬蓬的,但哈利见过它光滑乌亮的样子。她厚眼皮下的眼睛瞪着他,薄嘴唇浮现出一丝高傲的、轻蔑的微笑。像小天狼星一样,她还保留着一些俊美的痕迹,但某种东西——也许是阿兹卡班,已经夺走了她大部分

第 25 章　无奈的甲虫

的美丽。

　　贝拉特里克斯·莱斯特兰奇，酷刑折磨弗兰克和艾丽斯·隆巴顿夫妇，导致二人永久性残废。

赫敏推推哈利，指指照片上方的标题。哈利只顾看贝拉特里克斯，都没看标题。

阿兹卡班多人越狱
魔法部担心布莱克是食死徒的"号召人"

"布莱克？"哈利大声说，"不是——？"
"嘘！"赫敏急道，"小声点儿——往下看！"

　　魔法部昨天夜间宣布阿兹卡班发生大规模越狱事件。
　　部长康奈利·福吉在办公室接受采访时证实十名重犯于昨晚脱逃，他已向麻瓜首相通报了逃犯的危险性。
　　"非常遗憾，我们陷入了与两年半前杀人犯小天狼星布莱克脱逃时相同的处境，"福吉昨夜说，"而且我们认为两次越狱并非没有联系。如此大规模的越狱令人怀疑有外面的接应，要知道布莱克作为从阿兹卡班脱逃的第一人，最有条件帮助他人越狱。逃犯中还包括布莱克的堂姐贝拉特里克斯·莱斯特兰奇。我们认为这些逃犯可能把布莱克当作领袖。但魔法部正不遗余力地追缉逃犯，并请公众保持警惕，切勿接近这些要犯。"

"你看，哈利，"罗恩颇为震惊地说，"怪不得他昨天晚上那么高兴……"

"我不能相信，"哈利吼道，"福吉竟会把越狱怪到小天狼星的头上？"

"他还能怎么样？"赫敏挖苦地说，"他能说'对不起，邓布利多提醒过我，阿兹卡班的看守投靠了伏地魔'——别哼哼，罗恩——'现在伏地魔的得力助手也跑了'吗？他花了六个月对大家说你和邓布利多都是骗子，不是吗？"

赫敏翻开报纸，开始读里面的报道。哈利环顾礼堂，不明白其他学生为什么没有显得恐慌，或至少在议论这可怕的头版新闻，但很少有人像赫敏那样每天拿到报纸。他们还在聊着作业、魁地奇球和鬼知道是什么的废话，而墙外又有十个食死徒壮大了伏地魔的力量……

他朝教工桌子望去，那儿是另一番景象：邓布利多和麦格教授在密切交谈，两人面容都异常严峻。斯普劳特教授把《预言家日报》靠在番茄酱的瓶子上，专心致志地读着第一版，勺子举在空中，连勺里的蛋黄滴到了腿上都没发觉。桌子另一头的乌姆里奇教授正在大口地喝麦片粥，她眼皮松垂的眼睛第一次没有在礼堂里搜寻行为不当的学生。她皱着眉头吃饭，不时恶毒地朝邓布利多和麦格教授那边瞥上一眼，他们正在专心谈话。

"呃，天——"赫敏惊叫一声，还在看着报纸。

"又怎么了？"哈利忙问，感觉心惊肉跳。

"……太可怕了。"赫敏看上去非常震惊，把第十版折过来，递给了哈利和罗恩。

魔法部职员死于非命

圣芒戈医院昨晚保证对魔法部职员布罗德里克·博德之死做出全面调查。四十九岁的博德先生被一盆植物勒死在病床上，治疗师抢救无效。博德先生数周前在一次工作事故中受伤。

第25章　无奈的甲虫

出事时分管博德先生病房的治疗师梅莲姆·斯特劳带薪停职，昨天未接受采访。但医院发言人称：

"圣芒戈对博德先生之死深表遗憾，惨剧发生前他正在日渐康复。

"我们对病房中的装饰物有严格规定，但斯特劳治疗师在圣诞节的忙碌中，忽视了博德先生床头植物的危险性。随着博德先生语言和行动能力的恢复，治疗师鼓励他亲自照料那盆植物，却没看出它不是无害的蟹爪兰，而是一枝魔鬼网。康复中的博德先生一碰到它，马上就被勒死了。

"圣芒戈医院还不能解释这盆植物怎么会出现在病房里，望知情者提供线索。"

"博德……"罗恩说，"博德，挺耳熟的……"

"我们见过他，"赫敏小声说，"在圣芒戈，记得吗？他住在洛哈特对面的床上，光躺在那儿瞪着天花板。我们还看到了魔鬼网，她——那个治疗师说它是圣诞礼物。"

哈利记起当时的情景，恐怖感涌上心头，像胆汁堵在他的喉咙里。

"我们怎么会没有认出魔鬼网呢……？以前见过的呀……我们本来可以阻止……"

"谁想得到魔鬼网会伪装成盆栽植物出现在医院里？"罗恩尖刻地说，"这不怪我们，要怪那个送礼的！准是个蠢货，为什么不看看买的是什么呢？"

"得了吧，罗恩！"赫敏不安地说，"我想，没人会把魔鬼网放在花盆里而看不出它想勒死碰它的人。这——这是谋杀……很聪明的谋杀……如果送植物的人没留下姓名，谁能查得出来？"

哈利没有考虑魔鬼网，他记起受审那天乘升降梯下到魔法部第九层时，从门厅进来的那个黄脸男子。

"我见过博德，"他缓缓地说，"跟你爸爸在魔法部……"

罗恩张大了嘴巴。

"我在家听爸爸提到过他！他是个不可言说者——他在神秘事务司工作！"

三人面面相觑，赫敏把报纸抽过去，翻到头版，瞪着十名越狱的食死徒瞧了一会儿，然后跳了起来。

"你要干吗？"罗恩吃惊地问。

"发一封信，"赫敏说，把书包甩到肩上，"可能……嗯，我不知道……但值得试一试……只有我能够……"

"我讨厌她那样，"罗恩嘟哝道，他和哈利也站起来，慢慢走出礼堂，"她就告诉我们一次会死吗？只需要十秒钟——嘿，海格！"

海格站在门厅的门口让一群拉文克劳的学生过去。他还像寻找巨人刚回来时那样伤痕累累，而且鼻梁上又多了一个新的伤口。

"你们好啊？"他想笑，但只做出了一个痛苦的鬼脸。

"你没事吧，海格？"哈利跟着他问，海格沉重地走在拉文克劳的学生后面。

"很好，很好，"海格假装快活地说，还挥了挥手，差点打到了旁边惊恐的维克多教授，"就是忙，你知道，还是那些事儿——备课——两只火蜥蜴的鳞烂了——我被留用察看了。"他嘟哝道。

"你被留用察看了？"罗恩大声问，许多学生都好奇地回头看了看，"对不起——我是说——你留用察看了？"他压低了嗓门。

"是啊，"海格说，"说实话，这是意料中的。你可能不理解，但那次调查结果不好……算了。"他长叹一声，"得再去给火蜥蜴抹点辣椒粉，不然它们的尾巴也要掉了。再见，哈利……罗恩……"

第25章 无奈的甲虫

他沉重地走开了,出了前门,下了台阶,走进潮湿的场地。哈利望着他,不知道自己还能承受多少坏消息。

海格留用察看的事几天就在学校里传开了,让哈利感到愤慨的是,几乎没有人看上去有什么难过,有些人,尤其是德拉科·马尔福,显得很高兴。至于不知名的魔法部职员在圣芒戈蹊跷身亡,似乎只有哈利、罗恩和赫敏才知道或关心。现在走廊上只有一个话题:十名在逃的食死徒。这个消息终于通过少数读报的人渗透到了校园里。谣传说在霍格莫德有人认出了几名逃犯,还说逃犯藏在尖叫棚屋,可能会像小天狼星那样闯进霍格沃茨。

魔法家庭的孩子从小就听说过这些食死徒,他们的名字几乎和伏地魔一样令人觉得恐惧,他们在伏地魔的恐怖统治下所犯的罪行众所周知。霍格沃茨的学生中就有受害者的家属,这些学生发现自己不情愿地成了走廊里注意的焦点:苏珊·博恩斯的叔叔、婶婶和堂兄弟都死在一个逃犯手里,她在草药课上痛苦地说,现在深深体会到了哈利的感觉。

"我不知道你怎么受得了,真可怕。"她坦率地说,一边往叫咬藤幼苗上加了太多的火龙粪,使得它们难受地扭动尖叫起来。

哈利这些天在走廊里又成了小声议论和指指点点的对象,但他发现议论者的语气稍有变化。现在是好奇代替了敌意,有一两次他肯定听到有人对《预言家日报》关于十名食死徒为什么以及如何逃出阿兹卡班的说法表示不满。在困惑和恐惧中,这些怀疑者似乎转向了仅剩的一种解释,即哈利和邓布利多去年以来所讲的内容。

不仅学生的情绪变了,现在还经常能看到两三个教师在走廊里低声紧张地交谈,一见有学生走近就不说了。

"显然他们不能在教工休息室自由讲话了,"赫敏小声说,她和哈利、罗恩碰到麦格、弗立维和斯普劳特教授聚在魔咒课教室外,

"有乌姆里奇在那儿呢。"

"你说他们有新的消息吗?"罗恩回头望着三位教师。

"就算有,我们也不能听,是不是?"哈利气愤地说,"在教育令……第多少号来着?在那之后我们就不能听了。"因为阿兹卡班越狱事件见报的第二天早上,学院的布告栏上又贴出了新的告示:

霍格沃茨高级调查官令

兹禁止教师向学生提供任何与其任教科目无密切关联的信息。

以上条例符合《第二十六号教育令》。

签名:

高级调查官

多洛雷斯·简·乌姆里奇

这条最新法令在学生中引出了许多玩笑。李·乔丹向乌姆里奇指出,依据新法令她不能责备弗雷德和乔治在教室后面玩噼啪爆炸牌。

"噼啪爆炸牌跟黑魔法防御术不相干,教授!那是跟您任教科目无关的信息!"

哈利再见到李时,李的手背鲜血淋漓,哈利建议用一点莫特拉鼠汁。

哈利以为阿兹卡班越狱事件会使乌姆里奇收敛一点儿,以为她会为她亲爱的福吉眼皮底下出的这个大纰漏而感到羞愧。然而,这件事似乎只是使她更疯狂地想把霍格沃茨的生活控制在掌心里。她好像正下定决心近期内至少要解雇一个人,只不过是特里劳尼和海格谁先走的问题。

第 25 章 无奈的甲虫

现在每堂占卜课和保护神奇动物课都在乌姆里奇和她的写字板前面进行。在香气熏人的塔楼楼顶的房间里,乌姆里奇坐在火炉边,不时打断特里劳尼教授越来越歇斯底里的讲课,问她鸟相学和七字学之类刁钻古怪的问题,坚持要她预言学生的回答,并要求她展示用水晶球、茶叶和如尼文石占卜的能力。哈利觉得特里劳尼快要崩溃了,他有几次在走廊里碰到她(这本身就很反常,因为她一般只待在她的塔楼里),都见她在激动地自言自语,绞着双手,惊恐地回头张望,身上散发着一股强烈的烹调雪利酒的味道。若不是太为海格担心,他都要为她难过了——可是如果两人中必须有一个丢掉工作,哈利只有一个选择。

不幸的是,哈利看不出海格比特里劳尼好到哪儿去。虽然他好像听了赫敏的劝告,自从快到圣诞节之后就没在课上用过比燕尾狗(它除了尾巴分叉之外与小猎犬没什么区别)更吓人的东西,但他似乎也受了刺激。他在课堂上心烦意乱,魂不守舍,经常忘了讲课的思路,答错问题,还老紧张地去瞟乌姆里奇。他跟哈利三人也前所未有地疏远,特别叫他们不要在天黑后去看他。

"如果被她抓到了,我们都会完蛋的。"他直截了当地说。他们不想进一步连累他,晚上就不再去他的小屋了。

哈利觉得,乌姆里奇在一步步剥夺让他的霍格沃茨生活有意义的东西:访问海格的小屋、小天狼星的来信、他的火弩箭,还有魁地奇球。他只能用他唯一的方式进行报复:加倍投入 D.A. 的活动。

哈利高兴地看到,得知十名食死徒在逃后,大家(包括扎卡赖斯·史密斯)都训练得更刻苦了。然而谁的进步都没有纳威明显,残害他父母的凶手逃跑的消息使他发生了奇特的甚至有些吓人的变化。他一次都没有提过在圣芒戈的封闭病房里见过哈利等人的事,见他这样,他们也守口如瓶。纳威也从来不提贝拉特里克斯及其同伙的在逃,事实上,他在 D.A. 活动时几乎一句话都不说了,只是埋头苦练哈利教的每个咒语和破解咒，圆脸蛋绷得紧紧的，似乎不在乎受伤和事故，练得比屋里任何人都卖力。他的进步快得令人害怕，当哈利教一种能把小恶咒反弹到敌人身上的铁甲咒时，只有赫敏比纳威先学会。

其实哈利非常希望自己在学习大脑封闭术时也能有纳威那样大的进步。斯内普对哈利的第一次辅导很糟糕，以后也没有改善，相反，哈利觉得他的状态越来越差了。

在学习大脑封闭术以前，他的伤疤偶尔也会痛，通常是在夜里，或是在他几次突然感应到伏地魔的思想和情绪之后。但现在伤疤几乎是不间断地刺痛，他经常感到一阵阵与他当时行为无关的烦恼或喜悦，总是伴随着伤疤的剧烈疼痛。他恐惧地觉得自己正在逐渐变成一种天线，能接收伏地魔情绪的微小波动。他能肯定这种灵敏度的提高是第一次跟斯内普学习大脑封闭术后开始的。而且，他现在几乎每天晚上都梦见自己在走廊上朝神秘事务司走去，最后总是充满渴望地站在那扇黑门前。

"也许有点儿像生病，"听了哈利的倾诉之后，赫敏关切地说，"像发烧那样，要先加重，之后再变好。"

"是斯内普的辅导使它加重的。"哈利断言，"伤疤疼得太难受了，而且我讨厌每天晚上走那条走廊。"他恼火地揉着额头，"我希望那扇门快点儿打开，盯着它都看厌了——"

"这可不是开玩笑，"赫敏厉声说，"邓布利多不想让你梦见那条走廊，要不他也不会让斯内普教你大脑封闭术。你还得努力点。"

"我努力了！"哈利火了起来，"你倒试试看，斯内普想进到你脑子里，这不是什么开心的事！"

"也许……"罗恩开口道。

"也许什么？"赫敏没好气地问。

"也许不能封闭大脑并不是哈利的错。"罗恩阴沉地说。

第 25 章　无奈的甲虫

"你是什么意思？"赫敏问。

"嗯，也许斯内普不是真想帮助哈利……"

两人都瞪着罗恩，他意味深长地看着他们。

"也许，"他低声说，"斯内普实际上是想把哈利的头脑打开得更大一点儿……让神秘人——"

"别胡说，罗恩，"赫敏生气地打断他，"你怀疑过斯内普多少次了，哪次是对的？邓布利多信任他，他为凤凰社工作，这就够了。"

"他以前是食死徒，"罗恩固执地说，"我们从没见过他真正转变的证据……"

"邓布利多信任他，"赫敏坚持道，"要是我们不相信邓布利多，就没人可相信了。"

有那么多烦心的事和要做的事——使五年级学生经常熬夜的惊人作业量、秘密的 D.A. 集会、斯内普的定期辅导——一月份过起来快得可怕。在不知不觉中，二月已经来临，带来了较为温暖湿润的天气，以及本学年的第二次霍格莫德之行。哈利自上次约定之后一直没什么时间跟秋说话，现在突然发现要跟她度过整整一个情人节。

二月十四日早上哈利特意打扮了一下，他和罗恩来到礼堂吃早饭时正赶上猫头鹰送信，海德薇不在——他也没指望它来，但他们坐下时，赫敏从一只陌生的褐色猫头鹰嘴里抽出了一封信。

"还算及时！要是今天不来……"她急切地撕开信封，抽出一小张羊皮纸，读了起来，目光迅速地来回移动，脸上现出恶狠狠的快意。

"哈利，"她抬头看着他，"这很重要，你中午能到三把扫帚来找我吗？"

"嗯……我不知道，"哈利没把握地说，"秋可能希望我一直陪着她。我们还没说过今天要干什么呢。"

"那就带她一起来好了。"赫敏急切地说，"你会来吗？"

"嗯……好吧，可为什么呢？"

"我现在没时间告诉你，我得赶快回信——"

她匆匆走出礼堂，一手拿着信一手捏着片面包。

"你去吗？"哈利问罗恩。但罗恩沮丧地摇摇头。

"我去不了霍格莫德，安吉利娜要训练一整天，好像会有用似的——我们是我见过的最差的队。你没看见过斯劳珀和柯克，太臭了，比我还臭。"他重重地叹了口气，"不知道安吉利娜为什么不让我离队……"

"因为你状态好的时候挺不错的。"哈利烦躁地说。

他觉得很难同情罗恩的处境，因为他自己几乎愿意花一切代价参加这次对赫奇帕奇的比赛。罗恩似乎觉出了哈利的语气，吃早饭时没再提魁地奇球，说"再见"的时候两人态度也有一点儿冷淡。罗恩去了魁地奇球场，哈利用饭勺当镜子理了理头发，一个人去门厅找秋，心里惴惴不安，不知道和她说些什么。

她站在橡木门旁等他，梳着长长的马尾辫，非常美丽。哈利的脚好像太大了，变得与身体不协调起来。他向她走过去的时候，他突然感到他的手臂在身边摆动得那么蠢笨。

"嗨。"秋有点儿紧张地说。

"嗨。"哈利说。

两人对视了一会儿，哈利说："那——我们走吧？"

"噢——好的……"

他们排到等费尔奇签字出校的队伍中，偶尔接触到对方的目光，躲闪地笑笑，但没有说话。走到外面时哈利松了一口气，觉得默默走路要比尴尬地站在那儿自在一些。清风习习，路过魁地奇球

第 25 章　无奈的甲虫

场时,哈利瞥见罗恩和金妮在看台上空掠过,他心里一阵剧痛:他没法和他们一起。

"你很想打球,是吗?"秋说。

他回过头,见她正望着他。

"是,"哈利叹道,"很想。"

"还记得我们第一次比赛吗,三年级的时候?"她问他。

"记得,"哈利笑道,"你老是挡着我。"

"伍德叫你别讲绅士风度,该撞就把我撞下去。"秋怀念地微笑道,"我听说他被波特利队选走了,是吗?"

"不,是普德米尔联队,我去年在世界杯上见过他。"

"嗯,我在那儿看到过你,记得吗? 我们在同一个营地上。真棒,是不是?"

魁地奇世界杯的话题伴着他们一直走出了校门。哈利简直不能相信跟她聊天这么轻松,并不比跟罗恩、赫敏说话困难。他正开始感到自信和愉快时,旁边走过一大帮斯莱特林女生,里面有潘西·帕金森。

"波特和张!"潘西尖叫道,女生们一片哄笑,"啊,张,你的眼光不怎么样嘛……迪戈里至少长得还不错!"

她们加快了步子,一边尖声议论,放肆地回头看哈利和秋,留下一阵难堪的沉默。哈利想不出除了魁地奇球还有什么可说的,秋有点儿脸红,看着自己的脚。

"嗯……你想去哪儿?"进霍格莫德村时哈利问道。大街上全是学生,在街上溜达,看商店的橱窗,聚在一起玩闹。

"哦……我无所谓,"秋耸了耸肩,"嗯……就逛逛商店怎么样?"

他们朝德维斯-班斯商店走去。橱窗里贴出了一张大告示,几个当地人正在围着看,哈利和秋走近时他们就走开了。哈利发现他再次面对着十个越狱的食死徒的照片，告示说，"根据魔法部命令"，如有人能提供缉拿逃犯的线索，奖赏一千个加隆。

"真有意思，"秋也望着食死徒的照片，低声说，"你记得吗？小天狼星布莱克逃走的那次，霍格莫德村到处都是派来抓他的摄魂怪。现在十个食死徒在外面，却看不到摄魂怪……"

"是啊，"哈利把目光从贝拉特里克斯·莱斯特兰奇的脸上移开，往大街上张望了一下，"是很奇怪。"

他并不为附近没有摄魂怪而遗憾，但想起来这个现象的确耐人寻味。它们不仅让食死徒逃掉了，而且还不积极搜捕他们……摄魂怪现在好像真的脱离了魔法部的控制。

他和秋走过的每个橱窗里都贴着十个食死徒的照片。走过文人居羽毛笔店时下起了雨，冰冷的雨滴打在哈利的脸上和脖颈里。

"嗯……你想喝杯咖啡吗？"雨下得大起来，秋试探地问。

"好啊，"哈利环顾四周，"哪儿有——？"

"对了，附近有个很好的地方，你去过帕笛芙吗？"秋高兴地说，带他拐到侧路上，走进了一家他从来没注意到的小茶馆。这地方很小，里面雾气腾腾，好像所有的东西都用褶边或蝴蝶结装饰着。哈利不快地想起了乌姆里奇的办公室。

"很可爱，是不是？"秋快乐地说。

"呃……是啊。"哈利言不由衷地答道。

"看，情人节的装饰！"秋说，每个小圆桌上方都飞翔着金色的小天使，时而向人们撒下粉红的纸屑。

"啊……"

两人在仅剩的一张圆桌旁坐下，挨着雾蒙蒙的窗户。旁边大约一英尺半以外坐着拉文克劳球队队长罗杰·戴维斯，跟一个漂亮的金发姑娘在一起，两人握着手。哈利有些不自在，尤其是他发现屋里净是一对一对的，全都手拉着手。也许秋也希望他握着她的手。

第25章　无奈的甲虫

"两位要点什么？"帕笛芙夫人问，她身材肥胖，梳着光亮的黑发髻，艰难地从两张桌子间挤过来。

"请来两杯咖啡。"秋说。

在等咖啡的时候，罗杰·戴维斯和他的女友开始隔着糖罐接吻。哈利希望他们不要这样。他感到戴维斯在做出一个秋很快会希望他效仿的榜样。他脸上发热，望着窗户，但是水汽太多，看不到外面的街道。为了推迟面对秋的时刻，他抬眼看着天花板，好像在研究上面的油漆，脸上被小天使撒了一把彩纸屑。

又过了痛苦的几分钟，秋提起了乌姆里奇，哈利如释重负地抓住话头，两人愉快地骂了她一阵子，但这个话题在D.A.活动时已经谈过很多了，所以没能聊多久。又是一阵沉默。哈利听到邻桌传来的吧嗒声，急于要找点儿别的话说。

"呃……你中午想跟我去三把扫帚酒馆吗？我要去见赫敏·格兰杰。"

秋扬起了眉毛。

"你要见赫敏·格兰杰？今天？"

"对，她叫我去的，我觉得应该去。你想跟我一起去吗？她说没关系。"

"哼……她真好。"

但是从秋的语气听来，她一点儿也不觉得好，相反，她的声音冷冷的，一下子疏远起来。

又是几分钟的沉默，哈利大口喝着咖啡，很快就该换杯新的了。邻桌罗杰和他女友的嘴唇好像粘在了一起。

秋的手放在杯子旁边，哈利感到越来越大的压力要求他去握住它。*豁出去吧*，他对自己说，恐惧与兴奋交织的感觉涌上心头，伸手握住它……真奇怪，只要越过一尺远的距离去碰碰她的手，竟比在空中抓高速移动的飞贼还难得多……

正当他伸出手时,秋的手却从桌面上拿了下去。她有些感兴趣地看着罗杰和女友接吻。

"他约过我,"她轻声说,"罗杰,两个星期之前,但我拒绝了。"

哈利抓住糖罐,掩饰住刚才突然伸手的动作。他不明白秋为什么要说这个。如果她想坐在那儿被罗杰热烈地亲吻,又为什么要跟他出来呢?

他没有说话。小天使又撒下一把彩纸屑,有的飘到了哈利正要喝的最后一点儿冷咖啡里。

"我去年和塞德里克来过这里。"秋说。

在领会这句话的一两秒钟里,哈利的心结成了冰。周围都是接吻的情侣,小天使在他们的头顶上飞翔,他无法相信她现在想谈塞德里克。

秋的声音高了一些。

"我一直想问……塞德里克——他临死前提到了我吗?"

这是哈利最不想谈的话题,更不想和秋谈。

"噢——没有——"他低声说,"当时——他没有时间说话。唔……你……你假期里看了很多魁地奇比赛吗?你支持龙卷风队,是不是?"

他装出轻松愉快的口气,却惊恐地发现秋又眼泪汪汪了,就像圣诞节前那次 D.A. 集会之后一样。

"哎呀,"他着了慌,凑近一些,怕给别人听见,"现在不谈塞德里克好吗……我们聊点别的……"

但这显然是句错话。

"我以为,"她说,眼泪扑簌簌地掉到桌上,"我以为你会一会懂!我需要谈这个!你当然也一也需一需要!你亲眼看到的,是一是不是?"

就像一场噩梦:罗杰的女友甚至让自己脱了胶,回头看着秋哭泣。

第 25 章　无奈的甲虫

"嗯——我谈过,"哈利小声说,"跟罗恩和赫敏,但是——"

"呃,你跟赫敏·格兰杰谈!"她尖声说,满脸泪光,又有几对接吻的情侣分开来看着他们,"可是不愿跟我谈!也—也许我们最好……付—付账,你去见赫敏·格—格兰杰,你显然很想去!"

哈利瞪着她,完全给弄蒙了。秋抓起一块有花边的餐巾擦了擦脸。

"秋?"哈利无力地说,希望罗杰搂住他的女友继续吻她,免得她一直盯着他和秋。

"走啊!"秋用餐巾捂着脸哭泣,"我不知道你为什么要约我出来,既然你马上又要去见别的女孩……赫敏后面还有几个?"

"不是这样的!"哈利终于明白了她气恼的原因,轻松地笑了起来,他马上发现这又是个错误,但为时已晚。

秋跳了起来。整个茶馆都安静下来,每个人都在看着他们。

"再会,哈利。"秋引人注目地说,哽噎着跑到门口,甩开门冲进了瓢泼大雨中。

"秋!"哈利叫道,但门已经当啷一声关上了。

茶馆里静悄悄的,所有的眼睛都盯着哈利。他丢下一个加隆,甩掉头发上的彩纸屑,追了出去。

雨哗哗地下着,哈利看不到秋的影子。他不明白是怎么回事,半小时前他们还很融洽呀。

"女人!"他恼火地咕哝道,手插在兜里,水花四溅地走在被雨水冲刷的街道上,"她为什么要谈塞德里克?为什么总要扯出一个让她变成自来水管的话题呢?"

他朝右一拐,啪哒啪哒地跑了起来,几分钟后就来到了三把扫帚的门口。他知道见赫敏还太早,但心想可能会碰到某个熟人打发这段时间。他甩掉挡在眼睛上的湿头发,环顾四周,看到海格一个人闷闷地坐在角落里。

"嘿，海格！"他从桌子间挤过去，拉把椅子坐了下来。

海格跳了起来，低头看着哈利，好像一下子没认出来。哈利看到他脸上又添了两道伤口和几处青紫。

"哦，是你啊，哈利，"海格说，"你好吗？"

"挺好的。"哈利撒了个谎，事实上，在伤痕累累、面容愁苦的海格面前，他觉得自己没什么可抱怨的，"呃——你好吗？"

"我？"海格说，"啊，我很好，哈利，很好……"

他盯着水桶那么大的白镴酒杯，叹了口气。哈利不知道说什么好。两人默默地坐了一会儿。海格突然说："我们差不多，是吧，哈利？"

"呃——"哈利说。

"嗯……我以前说过……都是外人，差不多是吧，"海格明白地点点头，"又都是孤儿。嗯……都是孤儿。"

他喝了一大口酒。

"有个好家庭大不一样，"他说，"我爸爸是好的，你爸妈也是好的，要是他们活着，生活就会不一样，是吧？"

"嗯……可能吧。"哈利谨慎地说，海格的心情似乎很奇怪。

"家庭，"海格阴郁地说，"不管你怎么说，血是很重要的……"

他擦去了眼中流出的一滴血。

"海格，"哈利忍不住说，"你从哪儿受的这些伤？"

"呃？"海格似乎吓了一跳，"什么伤？"

"这么多！"哈利指着海格的脸说。

"哦……一般的磕磕碰碰，哈利，"海格轻描淡写地说，"我干的是粗活。"

他喝干了酒，把杯子放到桌上，站了起来。

"再见，哈利……多保重……"

第25章 无奈的甲虫

他笨重地走出酒吧，一副潦倒的样子，消失在倾盆大雨中。哈利看着他离开，心里很难受。海格不开心，而且掩藏着什么，但他好像决心不接受帮助。这到底是怎么回事？可是哈利还没来得及往深处想，就听见有人叫他的名字。

"哈利！哈利，这边！"

赫敏在房间另一头向他招手。他站起来，穿过拥挤的酒吧朝她走去。还隔着几张桌子时，他发现赫敏不是一个人。她身边坐着两位最让他想象不到的同伴：卢娜·洛夫古德和丽塔·斯基特——《预言家日报》前记者，天底下赫敏最不喜欢的人之一。

"你来得真早！"赫敏说，往旁边挪了挪，让他坐下来，"我以为你跟秋在一起，起码还要过一个小时才能来呢！"

"秋？"丽塔马上问，扭过身子贪婪地盯着哈利，"女孩子？"

她抓起鳄鱼皮手提包，在包里摸索着。

"哈利跟一百个女孩约会也不关你的事，"赫敏冷冷地对丽塔说，"你可以把那东西放下。"

丽塔正要抽出一根绿色的羽毛笔，她的表情就像被迫喝了臭汁一样，她把皮包又关上了。

"你们在做什么？"哈利坐下来，看着丽塔、卢娜和赫敏。

"你进来的时候十全十美小姐正要告诉我——"丽塔啜了一大口饮料，"我可以跟他说话吧？"她尖刻地问赫敏。

"可以。"赫敏淡淡地说。

失业不适合丽塔。以前精心烫过的鬈发现已变直，乱糟糟地挂着。两寸长的尖指甲上的红指甲油已经剥落，眼镜上掉了两颗假珠宝。她又吸了一大口饮料，几乎不动嘴唇地说："她很漂亮吧，哈利？"

"再提一句哈利的感情生活，交易就告吹。"赫敏恼火地说。

"什么交易？"丽塔用手背擦着嘴问，"你还没提过交易呢，一本正经小姐,你只是叫我过来。好了,总有一天……"她颤抖地吸了口气。

"对,总有一天你还会写文章攻击我和哈利,"赫敏无动于衷地说,"为什么不找个在乎的人呢?"

"他们今年已经写了很多攻击哈利的文章,没用我帮忙。"丽塔从杯子上方瞟了他一眼,沙哑地低声问,"你感觉如何,哈利?被出卖了?心烦意乱了?被误解了?"

"他感到愤怒,当然是这样,"赫敏斩钉截铁地说,"因为他把真相告诉过魔法部部长,可部长竟蠢得不相信他。"

"你真的坚持认为,那个连名字都不能提的人回来了?"丽塔把眼镜往下推了推,锐利地盯着哈利,手指渴望地摸着鳄鱼皮包的搭扣,"你还抱着邓布利多的那套鬼话:神秘人回来了,你是唯一的见证人——?"

"我不是唯一的见证人,"哈利吼道,"还有十几个食死徒在场。想知道他们的名字吗?"

"非常愿意,"丽塔轻声说,又在皮包里摸索,看她那眼神,好像哈利是她见过的最美丽的东西似的,"一个醒目的大标题:**波特控告……**副标题:**哈利·波特指出我们中间的食死徒**。然后,在你的一张大照片底下:不安的少年,神秘人袭击的幸存者——十五岁少年哈利·波特昨指控魔法界有名望人士是食死徒,舆论哗然……"

速记羽毛笔已经在她的手上,正要放进嘴巴里,但陶醉的表情突然从她脸上消失了。

"当然,"她放下羽毛笔,狠狠剜了赫敏一眼,"十全十美小姐不希望登这篇文章,是不是?"

"实际上,"赫敏甜甜地说,"十全十美小姐正希望登这篇文章。"

丽塔瞪着赫敏,哈利也愣了。卢娜做梦似的轻声哼起了"韦斯

第25章 无奈的甲虫

莱是我们的王",用插在棍子上的鸡尾酒洋葱搅动着她的饮料。

"你希望我报道他说的关于那个连名字都不能提的人的情况?"丽塔小声问赫敏。

"对,"赫敏说,"真实报道。所有的事实。就像哈利讲的一样。他会提供全部细节,他会说出他在那儿看到的所有别人不知道的食死徒的名字,他会告诉你伏地魔现在是什么样子——哎,稳重一点儿。"她轻蔑地说,扔过去一张餐巾纸,因为听到伏地魔的名字,丽塔浑身一震,把半杯火焰威士忌都泼到了身上。

丽塔擦了擦她那脏兮兮的雨衣,仍然瞪着赫敏。然后她直率地说:"《预言家日报》不会登的。我想你也知道,没人相信他那个荒唐的故事,大家都认为他是妄想。如果你让我从那个角度来写——"

"我们不需要再来一篇说哈利疯了的文章!"赫敏生气地说,"已经够多的了,谢谢你!我想让他有机会说出真相!"

"那种文章没有市场。"丽塔冷淡地说。

"你是说《预言家日报》不会登,因为福吉不让他们登。"赫敏愤然说道。

丽塔狠狠地瞪了赫敏一会儿,然后往前凑过去,不带感情地说:"好吧,福吉靠着《预言家日报》,但结果都是一样的。他们不会刊登说哈利好话的文章,没人要看,它跟公众心理相抵触。这次阿兹卡班越狱已经搞得人心惶惶,人们不愿相信神秘人回来了。"

"这么说《预言家日报》存在的目的就是说人们愿意听的话,是吗?"赫敏尖刻地说。

丽塔坐直了身体,扬起眉毛,喝干了她的火焰威士忌。

"《预言家日报》存在的目的是把自己推销出去,小傻瓜。"她冷冷地说。

"我爸爸说那是一份糟糕的报纸。"卢娜突然插话说。她呷着鸡尾酒洋葱，用她那大大的、凸出的、有一点儿疯狂的眼睛盯着丽塔。"我爸爸总是登他认为人们需要知道的重要消息，他不在乎赚不赚钱。"

丽塔轻蔑地看着卢娜。

"我猜你爸爸办的是什么可笑的乡村小报吧？很可能是《与麻瓜交往二十五法》，还有下次飞蚤市场的日期？"

"不是，"卢娜把洋葱浸到她那杯腮囊草水中，"他是《唱唱反调》的主编。"

丽塔冷笑一声，声音很响，惊得邻桌的人都回过头来。

"'他认为人们需要知道的重要消息'？"她挖苦道，"我可以用那破报纸上的货色给我的花园施肥。"

"你正好可以提高一下它的品位嘛，"赫敏愉快地说，"卢娜说她爸爸很愿意刊登采访哈利的文章。就在那儿发吧。"

丽塔瞪了她们两个一会儿，突然大笑起来。

"《唱唱反调》！"她嘎嘎地笑道，"登在《唱唱反调》上，你认为人家会把他的话当真吗？"

"有的人不会，"赫敏冷静地说，"但《预言家日报》对阿兹卡班越狱事件的报道有很大的漏洞，我想有很多人会想有没有更好的解释。如果有另外一个说法，即使是登在一份——"她瞟了瞟卢娜，"嗯——一份特别的刊物上，我想他们也会愿意读的。"

丽塔没有马上答腔，而是偏着头精明地打量着赫敏。

"好吧，假设我同意写，"她突然说，"给我多少稿酬？"

"我想爸爸不会花钱请人写文章，"卢娜做梦似的说，"他们写是因为觉得光荣，当然，也是为了看到自己的名字上报纸。"

丽塔看起来就像又咽了一口臭汁，转身冲着赫敏："要我白写？"

"是的，"赫敏喝了一口饮料，平静地说，"否则，你心里有数，

第25章　无奈的甲虫

我会去报告你是没有登记过的阿尼马格斯。当然,《预言家日报》也许会出很多钱请你从内部写一写阿兹卡班的生活……"

丽塔似乎恨不得抓过赫敏杯子上的小纸伞塞到她的鼻子里。

"看来我没什么选择,是不是?"丽塔的声音有点儿颤抖。她重新打开鳄鱼皮包,抽出一张羊皮纸,举起了速记羽毛笔。

"爸爸会很高兴的。"卢娜开心地说。丽塔嘴部的肌肉抽搐了一下。

"好,哈利,"赫敏转向他说,"准备好把真相告诉公众了吗?"

"我想是吧。"哈利说,看着丽塔铺开羊皮纸,把速记羽毛笔竖在上面。

"问吧,丽塔。"赫敏平静地说,从杯底捞上来一颗樱桃。

第 26 章

梦境内外

卢娜含糊地说她不知道丽塔的文章什么时候能登出来，她爸爸正等着发一篇关于最近发现了弯角鼾兽的精彩长文章。"当然，那是一篇非常重要的文章，所以哈利的可能要等下一期了。"

讲述伏地魔回来那天晚上的情景对哈利来说并不轻松。丽塔追问每个细节，哈利把能记得起来的都告诉了她，知道这是他把真相公之于众的重要机会。他不知道人们会有什么反应，猜想文章会使不少人确信他完全疯了，何况还要和弯角鼾兽之类的无稽之谈登在一起。但贝拉特里克斯·莱斯特兰奇等食死徒的越狱使哈利迫切希望做点儿什么，不管成不成功……

"真想看看乌姆里奇对你登报的反应。"星期一晚饭时，迪安钦佩地说。西莫在迪安旁边大口地吃着鸡肉和火腿馅饼，但哈利知道他在听。

"做得对，哈利。"坐在对面的纳威说。他脸色苍白，但接着低声说："一定……挺难的吧……讲这些……？"

"嗯，"哈利嘟哝道，"但人们必须知道伏地魔会干什么，是不是？"

第 26 章　梦境内外

"是，"纳威点头道，"还有他的食死徒……人们应该知道……"

纳威没有说完，继续吃起他的烤土豆。西莫抬起头来，但看到哈利的眼睛，马上又垂眼看着盘子。过了一会儿，迪安、西莫和纳威去了公共休息室，哈利和赫敏留下来等罗恩，他训练还没回来。

秋·张跟她的朋友玛丽埃塔走进了礼堂，哈利的心一沉，但秋没有看格兰芬多的桌子，而是背对着他坐了下来。

"对了，我忘了问你，"赫敏望望拉文克劳的桌子，轻松地说，"你跟秋的约会怎么样？你怎么那么早就回来了？"

"咳……别提了……"哈利拉过一盘大黄酥皮饼吃起来，"一塌糊涂。"

他跟她讲了帕笛芙茶馆里的事。

"……就这样，"几分钟后他讲到了结尾，最后一点酥皮饼也消失了，"她跳起来说'再会，哈利'，就跑出去了！"他放下勺子看着赫敏，"这是为什么？到底怎么回事？"

赫敏望着秋的背影，叹了口气。

"噢，哈利，"她悲哀地说，"我很遗憾，但你真是缺点儿心眼。"

"我缺心眼？"哈利不平地说，"前一分钟还挺好的，下一分钟她却告诉我罗杰·戴维斯约过她，还说她在那个叫人腻味的茶馆里跟塞德里克亲嘴——我能有什么感觉？"

"哦，你看，"赫敏用对一个情绪冲动的小毛娃解释一加一等于二那么耐心的口气说，"你不应该在跟她约会的时候说你要见我。"

"可是，可是——"哈利急道，"是你叫我十二点去见你，把她也带去的，我要是不告诉她，怎么能过去？"

"你应该换一种方式说，"赫敏用的还是那种能把人气疯的耐心口气，"你应该说真烦人，我逼你答应去三把扫帚，你实在不想去，很想一天都陪着她，可惜没办法，请求她跟你一起去，希望这样能早点离开。还可以说说你觉得我长得多丑。"赫敏补充道。

"可我不觉得你丑啊。"哈利迷惑不解地说。

赫敏笑了。

"哈利,你比罗恩还差……噢,不,你要好些。"她叹了口气,此时罗恩正好拖着沉重的身子走进礼堂,满身泥点,好像心情很坏,"你看——你说要来见我,秋不高兴了,所以她想让你嫉妒,那是她试探你有多喜欢她的方式。"

"是吗?"哈利问,罗恩一屁股坐在对面的凳子上,把所有够得到的盘子都拖到他面前,"她为什么不直接问我更喜欢谁,那不是简单得多吗?"

"女孩子一般不问那种问题。"赫敏说。

"咳,她们应该问的!"哈利恼火地说,"那样我就会告诉她我喜欢她,她也不用又为塞德里克的死那么伤心了!"

"我没说她的行为是理智的,"赫敏说,金妮走了过来,跟罗恩一样满身泥点,一脸的不高兴,"我只是想让你了解她当时的感觉。"

"你应该写本书,"罗恩一边切土豆一边说,"解释女孩子的奇怪行为,让男孩子能搞懂她们。"

"对。"哈利热烈地说,望了望拉文克劳的桌子。秋刚刚站起来,还是没看他一眼,就离开了礼堂。他感到很懊恼,回头看着罗恩和金妮问:"训练怎么样?"

"一场噩梦。"罗恩粗声说。

"不会吧,"赫敏看着金妮,"我相信没那么——"

"是的,"金妮说,"糟透了,结束时安吉利娜都快哭了。"

晚饭后罗恩和金妮去洗澡了,哈利跟赫敏回到热闹的格兰芬多公共休息室做他们那做不完的作业。哈利正在琢磨天文课的一张新的星图时,弗雷德和乔治来了。

"罗恩和金妮不在?"弗雷德拖过一把椅子,四下看看,见哈利摇头,他说,"那就好。我们去看训练了,他们会输得落花流水,

第26章 梦境内外

没有我们,他们整个就是一堆废物。"

"别那么说,金妮还不错,"乔治公正地说,挨着弗雷德坐了下来,"说实话,我不知道她怎么会打得这么好,我们从来没带她玩……"

"她从六岁起就钻进花园的扫帚棚,轮流偷用你们的扫帚。"赫敏在她那堆摇摇欲倒的古代如尼文书后面说。

"噢,"乔治叹服道,"噢——那就明白了。"

"罗恩扑到球没有?"赫敏从《魔法图符集》上面望过来。

"如果他觉得没人看他的话,他是能扑到的,"弗雷德翻着白眼说,"所以星期六鬼飞球一飞到他那边,我们只能叫观众背过身去讲话。"

他站起来烦躁地走到窗前,望着黑漆漆的校园。

"你知道,魁地奇球是唯一值得让你待在这儿的东西。"

赫敏瞪了他一眼。

"你们要考试了!"

"告诉过你,我们不在乎 N.E.W.T. 考试。"弗雷德说,"速效逃课糖大功告成了,我们找到了去脓包的办法,几滴莫特拉鼠汁就能解决问题,是受了李的启发……"

乔治打了个大哈欠,郁闷地看着多云的夜空。

"我不知道要不要去看这场比赛,如果扎卡赖斯·史密斯打败了我们,我可能会自杀的。"

"杀了他更可能。"弗雷德坚决地说。

"这就是魁地奇球的问题,"赫敏心不在焉地说,又在埋头做古代如尼文翻译,"它把学院之间的关系搞得这么紧张。"

她抬头找她的《魔法字音表》,发现弗雷德、乔治和哈利都在瞪着她,脸上带着厌恶和难以置信的表情。

"就是嘛,"她不耐烦地说,"它不过是个游戏,对不对?"

"赫敏，"哈利摇头说，"你对感情方面很在行，但你一点儿也不懂魁地奇球。"

"也许吧，"她绷着脸说，继续翻译，"但我的快乐不用依赖于罗恩的守门能力。"

尽管哈利宁可从天文塔上跳下去也不愿对赫敏承认，但星期六看完比赛之后他真是觉得，要是能让他也不再关心魁地奇，花多少加隆他都愿意。

这场比赛唯一的好处就是时间短，格兰芬多的观众只需忍受二十二分钟的痛苦。很难说最糟糕的是哪一个，哈利认为难分上下：罗恩十四次扑漏了球；斯劳珀没打到游走球，一棍子抽到了安吉利娜的嘴巴上；看到扎卡赖斯·史密斯带着鬼飞球冲过来，柯克尖叫一声，仰面摔下了扫帚。奇迹是格兰芬多队只输了十分：金妮在赫奇帕奇找球手夏比的鼻子底下抓住了飞贼，最后的比分是二百四十比二百三十。

"你抓得好。"哈利对金妮说，公共休息室里的气氛很像一场特别凄惨的葬礼。

"很幸运，"金妮耸了耸肩，"那飞贼不是很快，夏比感冒了，在关键时候打了个大喷嚏，闭上了眼睛。反正，等你归队后——"

"金妮，我终身禁赛。"

"是乌姆里奇在学校期间禁赛，"金妮纠正他，"这不一样。反正，等你归队后，我想我会争取当追球手。安吉利娜和艾丽娅明年都要走了，我更喜欢进球而不是找球。"

哈利看看罗恩，他缩在角落里，眼睛盯着膝盖，手里攥着一瓶黄油啤酒。

"安吉利娜还是不肯让他离队，"金妮好像看出哈利在想什么，"她说知道他有潜力。"

哈利喜欢安吉利娜对罗恩的信心，但同时又觉得让罗恩离队其

第 26 章 梦境内外

实更仁慈些。罗恩离开球场时,斯莱特林人兴高采烈地高唱着"韦斯莱是我们的王",他们可望夺得魁地奇杯了。

弗雷德和乔治走了过来。

"我都不忍心取笑他了,"弗雷德看着罗恩那委顿的样子说,"跟你们说吧……当他扑漏第十四个球的时候……"

他两只胳膊乱舞,好像在做狗爬式。

"算了,我把它留到联欢会上吧,好吗?"

罗恩此后不久便恹恹地上楼睡觉了。为了照顾他的情绪,哈利过了一会儿才回宿舍,这样罗恩可以假装睡着了。果然,当哈利终于回屋时,罗恩的鼾声响得有点不大真实。

哈利上了床,想着这场比赛。在场外观看真是急死人,他很欣赏金妮的表现,但是觉得如果他在场上可能会更早抓住飞贼……有一刻它在柯克的脚边闪烁,要是金妮没有犹豫的话,格兰芬多也许能赢呢……

乌姆里奇坐在哈利和赫敏下面,比他们低几排。有一两次她转身望着哈利,大蛤蟆嘴咧开着,在他看来分明是幸灾乐祸的笑容。躺在黑暗中一想到这里哈利就气得热血上涌。但几分钟后他想起睡觉前应该驱除所有的感情,斯内普在每次教完他大脑封闭术时都这么说。

他试了一会儿,可是在乌姆里奇之后想到斯内普只是增加了他的怨恨,他发现自己想的全是多么厌恶他们两个。罗恩的鼾声渐渐消失,变成了低沉、缓慢的呼吸声。哈利过了很久才睡着。他的身体很疲劳,但脑子久久关不上。

他梦见纳威和斯普劳特教授在有求必应屋里跳华尔兹,麦格教授吹风笛。他愉快地看了一会儿,然后决定去找其他 D.A. 成员。

可是走出房间,他发现面前不是傻巴拿巴的挂毯,而是一支火把,插在一堵石墙上。他缓缓把头转向左边,那儿,在没有窗户的走廊尽头，有一扇黑门。

他朝它走去，心中越来越兴奋。他有一种非常奇怪的感觉：这一次他终于要交好运，能有办法打开它……还差几步时，他狂喜地看到右边有一道微弱的蓝光……门虚掩着……他伸手去推——

罗恩发出一声响亮的、刺耳的、真实的鼾声，哈利突然醒来，黑暗中他的右手举在面前，正要推开千里之外的一扇门。他让手垂落下去，有一种混杂了失望与负疚的感觉。他知道他不该看到那扇门，但同时他又那么想知道门里有什么，以至于不禁有些怨恨罗恩……要是他的呼噜晚打一分钟……

星期一早晨他们进礼堂时，正赶上猫头鹰送信来。赫敏不是唯一一个焦急等待《预言家日报》的人。几乎人人都急于知道那些在逃食死徒的新消息，尽管有许多人报告看到过他们，但至今一个都没抓到。赫敏给了送报的猫头鹰一个铜纳特，便迫不及待地打开报纸。哈利喝着橙汁，他这一年才收到过一封短信，所以当第一只猫头鹰砰地落到他面前时，他以为它准是搞错了。

"你要找谁？"他懒洋洋地把橙汁从鸟嘴下移开，凑过去看收信人的姓名地址：

霍格沃茨学校

礼堂

哈利·波特

他皱皱眉，伸手去取信，可是又有三只、四只、五只猫头鹰拍着翅膀落到他旁边，挤来挤去，踩着了黄油，碰翻了盐罐，都想第一个把信给他。

第26章 梦境内外

"怎么回事？"罗恩惊奇地问，又有七只猫头鹰落在第一批中间。它们尖叫着，拍着翅膀，整个格兰芬多桌子上的人都伸着头朝这里看。

"哈利！"赫敏激动地说，把手伸进羽毛堆里，抓出了一只带着个长筒形包裹的长耳猫头鹰，"我想我知道是怎么回事——先看这个！"

哈利撕开棕色的包皮，里面滚出一份卷得很紧的《唱唱反调》三月刊。他把它展开，看到他自己的面孔在封面上向他腼腆地微笑。照片上印着一行红色的大字：

哈利·波特终于说出真相：
那天晚上我看到神秘人复活

"挺棒的，是不是？"卢娜游荡到格兰芬多桌子旁，挤坐在弗雷德和罗恩中间，"昨天出来的，我叫爸爸送给你一份。我想这些都是读者来信。"她扬手指了指还在哈利面前挤挤撞撞的猫头鹰。

"我也是这么想，"赫敏热切地说，"哈利，你不介意我们——？"

"随便。"哈利说，觉得有点儿晕乎。

罗恩和赫敏一起拆起信来。

"这家伙说你是神经病，"罗恩看着信说，"嘿……"

"有个女的建议你到圣芒戈接受一段时间的魔法休克治疗。"赫敏失望地说，把信揉成了一团。

"这个看着还行，"哈利慢吞吞地说，一边读着一个在佩斯利的女巫写来的长信，"嘿，她说她相信我！"

"这位有点儿矛盾，"弗雷德也兴致勃勃地参加了拆信，"说你不像是个疯子，但他实在不愿相信神秘人回来了，所以他现在不知道该怎么想。老天，真是浪费羊皮纸。"

"又有一个人被你说服了,哈利!"赫敏激动地叫道,"读了你这一边的陈述,我不得不认为《预言家日报》对你很不公正……虽然我不愿相信那个连名字都不能提的人回来了,但我必须承认你说的是真话……啊,太棒了!"

"又一个人说你是狂叫的疯狗。"罗恩说着把揉皱的信朝后一扔,"但这一位说你转变了她,她现在认为你是真正的英雄——还附了一张照片——哇——"

"这儿在干什么?"一个装出来的甜甜的、小姑娘般的声音说。

哈利抬起头来,手上抓满了信封。乌姆里奇教授站在弗雷德和卢娜的身后,癞蛤蟆眼扫视着哈利面前乱糟糟的猫头鹰和信。她身后有许多学生在关心地看着。

"你为什么有这么多信,波特先生?"她缓慢地问。

"现在收信也犯法吗?"弗雷德大声说。

"小心点儿,韦斯莱先生,不然我罚你关禁闭。"乌姆里奇说,"波特先生?"

哈利犹豫着,但他看不出这事怎么瞒得住,《唱唱反调》迟早会引起乌姆里奇注意的。

"人们给我写信了,因为我接受了采访,讲了我去年六月遇到的事。"哈利说。

他鬼使神差地望了望教工桌子。哈利有一种十分奇怪的感觉,似乎邓布利多一秒钟前还在看他,可是当他望过去时,邓布利多好像在专注地和弗立维教授交谈。

"采访?"乌姆里奇的声音比平时更尖更高了,"你说什么?"

"有个记者向我提问,我做了回答。"哈利说,"在这里——"

他把《唱唱反调》朝乌姆里奇扔过去,她接住了,看见那封面,面团一样苍白的脸上泛起一块块难看的紫红色。

"你什么时候干的?"她问,声音有点儿颤抖。

第26章 梦境内外

"上次去霍格莫德的时候。"哈利说。

她抬头看着哈利,气急败坏,杂志在她粗短的手指间颤抖。

"你不许再去霍格莫德了,波特先生,"她轻声说,"你怎么敢……你怎么能……"她深深吸了口气,"我一次次地教育你不要撒谎,但你显然把它当作了耳旁风。格兰芬多扣五十分,再加一个星期的关禁闭。"

她噔噔地走开了,把《唱唱反调》紧攥在胸口,许多学生的目光跟随着她。

不到中午,巨大的告示就贴满了学校,不光贴在学院布告栏上,连走廊和教室里都是。

霍格沃茨高级调查官令

任何学生如被发现携有《唱唱反调》杂志,立即开除。

以上条例符合《第二十七号教育令》。

签名:

高级调查官

多洛雷斯·简·乌姆里奇

不知为何,赫敏一看到这些告示就抿着嘴乐。

"你高兴什么?"哈利问她。

"哦,哈利,你看不出来吗?"赫敏小声说,"如果她能做一件事保证学校里每个人都去读采访你的文章,那就是下个禁令!"

看来赫敏说得很对。到那天结束时,虽然哈利在学校里连《唱唱反调》的一个角都没见着,但似乎全校都在引用那篇采访中的话。哈利听到学生们在教室外排队时小声地讲,吃午饭时也在讲,上课时则在教室后面议论。赫敏甚至报告说,她在古代如尼文课前急急忙忙上厕所时，听到每个小间里的人都在说它。

"然后她们看到了我，显然都知道我认识你，就连珠炮似的向我发问。"赫敏眼睛亮晶晶地对哈利说，"哈利，我觉得她们相信你，真的，我想你终于说服了她们！"

乌姆里奇教授在学校里到处拦学生，要求检查他们的书包和口袋。哈利知道她在找《唱唱反调》，但学生们比她高了几招，哈利的采访被施了魔法，在别人看时就跟课本上的文章一样，或是变成了空白，等他们想看时才显出字来。很快学校里每个人好像都读过那篇文章了。

当然，《第二十六号教育令》禁止教师们提起这篇采访，但他们还是以各种方式表达了自己的感情。当哈利递给斯普劳特教授一个喷壶时，她给格兰芬多加了二十分。弗立维教授在魔咒课结束时笑眯眯地塞给哈利一盒会尖叫的糖老鼠，说了一声"嘘！"就急忙走开了。特里劳尼教授在占卜课上歇斯底里地抽泣起来，对吃惊的学生们和大为不满的乌姆里奇宣布，哈利不会早死，而是注定要长寿，当魔法部部长，还会有十二个小孩。

最让哈利高兴的是，第二天他匆匆去上变形课时，秋追了上来。他还没弄清是怎么回事，秋的手已经在他手里了，她在他耳边轻声说："真是对不起。那篇采访真勇敢……我都哭了。"

哈利遗憾地听到秋为它掉了更多的眼泪，但很高兴他们又言归于好，更让他高兴的是，秋飞快地亲了他的脸颊一下，急忙跑了。简直令人难以置信，他刚走到变形课教室门口，就又碰到一件同样高兴的事：西莫从队里走出来迎向他。

"我想说，"他望着哈利的左膝说，"我相信你。我寄了一份杂志给我妈妈。"

如果还需要什么使哈利的快乐变得更加完满，那就是马尔福、克拉布和高尔的反应。他那天下午在图书馆看到他们脑袋凑在一

第 26 章 梦境内外

起，旁边还有一个瘦弱的男生，赫敏小声说那是西奥多·诺特。哈利在书架上找关于局部隐形的书时，他们回头看着他，高尔威胁地把指关节捏得嘎吱响，马尔福低声对克拉布说了些什么，显然是恶意的话。哈利很明白他们为什么会这样：三人的父亲都被他指控为食死徒。

"最妙的是，"离开图书馆时，赫敏开心地小声说，"他们不能反驳你，因为他们不能承认看过那篇文章！"

还有，卢娜晚饭时告诉他《唱唱反调》从来没有销得这么快过。

"爸爸在重印了！"她兴奋地瞪大了眼睛说，"他简直不敢相信，说人们对这个似乎比对弯角鼾兽还感兴趣！"

那天晚上哈利成了格兰芬多公共休息室里的英雄，弗雷德和乔治大胆地对《唱唱反调》的封面施了放大咒，把它挂到墙上，哈利的大头像俯视着全场，时而洪亮地喊出**魔法部是糊涂蛋**和**乌姆里奇去吃屎**之类的口号。赫敏不觉得这么么有趣，说是妨碍了她集中思想，最后被烦得早早回去睡觉了。一两个小时之后，哈利也不得不承认大头像没那么有趣了，尤其是当说话咒开始消失，它只会喊**屎**和**乌姆里奇**等不连贯的字眼时，间隔越来越短，音调越来越高。哈利被弄得头痛，伤疤又针扎般地疼起来。于是他宣布他也需要早点儿睡觉，令围坐在他身边无数次让他重温采访经过的人们发出失望的抱怨。

宿舍里没人。他把额头贴在床边冰凉的窗玻璃上，感觉伤疤舒服了一些。然后他脱了衣服躺到床上，希望头痛能够消失。他还感觉有点儿恶心。他侧过来躺着，闭上眼睛，几乎立刻就睡着了……

他站在一间挂着帘子、只有几支蜡烛照明的黑屋子里。他的手抓着椅背，手指长而苍白，仿佛多年没见阳光，抓在深色的天鹅绒椅背上，像苍白的大蜘蛛。

椅子前面，昏暗的蜡烛光中，跪着个穿黑袍的男子。

"看来我上当了。"哈利的声音尖厉而冷酷，怒气冲冲。

"主人，求您恕罪……"地上那人嘶哑地说。他的后脑勺在烛光中闪烁。他似乎在发抖。

"我不怪你，卢克伍德。"哈利用那冷酷的声音说。

他放开椅背，走近那个瑟缩发抖的男子，在黑暗中立在他跟前，从比平时高得多的角度俯视着他。

"你的情报可靠吗，卢克伍德？"哈利问。

"可靠，主人，可靠……我——我毕竟在部里工作过……"

"埃弗里对我说博德可能会把它弄走。"

"博德本来绝对不可能去拿的，主人……博德本来应该知道他不能拿……这无疑就是他竭力抵抗马尔福的夺魂咒的原因……"

"站起来，卢克伍德。"哈利轻声说。

跪着的男子急忙从命，差一点儿栽倒。他脸上满是伤疤；烛光一照，他的伤疤变得更加明显了。他站起来时背还是有点弯，好像鞠躬鞠到了一半。他恐惧地瞟着哈利的脸色。

"你的报告很好，"哈利说，"很好……看来我白花了几个月的时间……可是没关系……我们现在重新开始。伏地魔感谢你，卢克伍德……"

"主人……是，主人。"卢克伍德松了口气，嘶哑地说。

"我还需要你的帮助，我需要你能提供的所有信息。"

"当然，主人，当然……在所不辞……"

"很好……你可以走了。叫埃弗里来。"

卢克伍德躬身快步倒退，从一个门退了出去。

独自留在黑屋子里，哈利转身对着墙壁，阴影中的墙面上挂着一面裂了缝的、污渍斑斑的镜子。哈利走过去，他的模样在黑暗中渐渐变大，清晰起来……一张比骷髅还白的脸……红眼睛里的瞳孔是两条缝……

第26章 梦境内外

"不——！"

"怎么啦？"旁边一个声音喊道。

哈利乱蹬乱踢，缠到了帷帐里，滚下了床，有几秒钟他甚至不知道自己在什么地方，他相信黑暗中还会出现那苍白的骷髅般的面孔，然而罗恩的声音在他身旁响起。

"你能不能不像疯子那样乱动？我好把你弄出来！"

罗恩扯开帷帐，哈利仰面躺在地上，在月光中瞪着罗恩，伤疤在灼痛。罗恩好像正准备睡觉，袍子已经脱下一只袖子。

"又有人出事了吗？"罗恩问，一边把哈利拉了起来，"是我爸爸吗？是那条蛇吗？"

"不——大家都没事——"哈利喘着气说，他的额头好像又着了火，"不……埃弗里有事……他倒霉了……他给了他错误的情报……他非常生气……"

哈利呻吟一声，哆嗦着坐到床上，揉着伤疤。

"但现在有卢克伍德帮他……他又走对路了……"

"你说什么呀？"罗恩惊恐地问，"你是说……你刚才看见神秘人了？"

"我就是神秘人。"哈利说，他在黑暗中伸出双手，举到眼前，看它们是不是还苍白而细长，"他和卢克伍德在一起，就是从阿兹卡班跑出去的食死徒之一，记得吗？卢克伍德对他说博德本不可能做到……"

"做到什么？"

"拿走什么东西……他说博德应该知道他不能……博德中了夺魂咒……我想是马尔福的爸爸施的……"

"博德中了魔法要去拿什么东西？"罗恩说，"可是——哈利，那一定是——"

"武器，"哈利替他把话说完，"我知道。"

宿舍的门开了，迪安和西莫走了进来。哈利把腿搁到床上，不想让他们看出有什么异常，因为西莫刚刚不再认为哈利是个疯子。

"你是说，"罗恩假装到床头柜上拿水，把头凑近哈利问道，"你就是神秘人？"

"对。"哈利小声说。

罗恩吞了一大口水，哈利看到水从他的下巴流到了胸口。

"哈利，"他说，迪安和西莫在屋里动静很大，脱衣服，说话，"你必须告诉——"

"我不能告诉任何人，"哈利马上说，"要是我会大脑封闭术的话，根本就不该看到这个。我应该学会不让这些东西进来，他们希望这样。"

他说的"他们"指的是邓布利多。他躺下来，翻身背对着罗恩，过了一会儿他听见罗恩的床吱扭一响，知道他也睡下了。伤疤火烧火燎地痛了起来，他咬住枕头，尽量不发出声音。他知道，在某个地方，埃弗里在受惩罚……

第二天上午，哈利和罗恩等到课间休息时才把这件事告诉了赫敏。他们希望确保没人听见。站在凉风拂面的院子里他们惯常待的角落，哈利对赫敏讲了他能记得的每个细节。听完之后，赫敏有一会儿没说话，只是带着极其专注的表情看着院子那头的弗雷德和乔治，他们两个的头不见了，正躲在斗篷底下，推销他们的魔法帽。

"所以他们杀死了他，"赫敏终于把目光从弗雷德和乔治身上转了回来，轻轻地说，"当博德去偷武器的时候，发生了一件古怪的事，我想武器上面或周围一定有防御咒，不让人碰它。所以他进了圣芒戈，他神经错乱了，不能说话。但你记得治疗师说的话吗？他在渐渐康复。他们不能让他好起来，是不是？我是说，他碰武器时中的魔法可能冲掉了夺魂咒，一旦他能讲话，就会说出他干的事情，

第26章 梦境内外

对不对？人家就会知道他被派去偷武器。当然，卢修斯·马尔福对他施夺魂咒很容易，他和魔法部一直关系密切，是不是？"

"我受审的那天他还在呢，"哈利说，"在——等等……"他回忆着，"他那天在神秘事务司的走廊上！你爸爸说他可能想溜进去听我的审讯，但假设——"

"斯多吉。"赫敏恐惧地惊叫一声。

"什么？"罗恩问，一脸迷惑。

"斯多吉·波德摩，"赫敏透不过气地说，"因企图闯入魔法部的一扇门而被捕。卢修斯·马尔福也对他下了手。哈利，我打赌他就是在你看到他的那天干的。斯多吉有穆迪的隐形衣，对不对？说不定他就隐身守在那扇门口，马尔福听到动静，或猜到那儿有人，或只是为防止有守卫而施了夺魂咒？所以当斯多吉下次有机会时——可能是又轮到他值班的时候，就企图溜进神秘事务司去为伏地魔偷武器——罗恩，别吵——但是他被抓住了，进了阿兹卡班……"

她望着哈利。

"卢克伍德告诉伏地魔怎么能拿到武器了吗？"

"我没有听全，但好像是的，"哈利说，"卢克伍德在那儿工作过……也许伏地魔会派卢克伍德去？"

赫敏点点头，显然还在沉思。突然她说："可是你不应该看到这些，哈利。"

"什么？"哈利大吃一惊。

"你应该学习不让这些东西进到你的脑子里。"赫敏突然严厉起来。

"我知道，"哈利说，"可是——"

"我想我们应该设法忘掉你看到的东西，"赫敏坚决地说，"从现在起你要多下功夫练大脑封闭术。"

这个星期也没见什么起色：哈利在魔药课上又得了两个"D"，还在担心海格会被解雇，而且总是不由自主地想到那个梦。可是他没有对罗恩和赫敏提起，因为不想再听赫敏的训斥。他非常希望能跟小天狼星谈谈，但那是不可能的，他只好努力把这件事推到脑子后面。

不幸的是，他的脑子后面不再像以前那么安全了。

"站起来，波特。"

在梦见卢克伍德的两个星期之后，哈利又跪在斯内普办公室的地上，努力清空他的大脑。他刚刚又被迫重温了一串他自己都不知道还储存着的幼年记忆，大部分是达力那伙人在小学里对他的羞辱。

"最后一个记忆是什么？"斯内普问。

"我不知道，"哈利说，他疲惫地站了起来，发觉越来越难以分清斯内普不断引出的画面和声音，"是我表哥想让我站在马桶里的那个吗？"

"不是，"斯内普轻声说，"是一个男人跪在黑暗的屋子中间……"

"那……没什么。"哈利说。

斯内普的黑眼睛像钻子一样看到了哈利的眼睛里。哈利想起目光接触对摄神取念很关键，他眨了眨眼，移开了目光。

"那个人和那间屋子怎么会进到你的脑子里，波特？"斯内普说。

"那——"哈利回避着他的目光，"那——只是我做的一个梦。"

"一个梦？"斯内普说。

一阵沉寂，哈利盯着一只泡在紫色液体里的死青蛙。

"你知道我们在这儿干什么吗，波特？"斯内普凶恶地低声问，"你知道我为什么放弃晚上的时间来做这份讨厌的工作吗？"

"知道。"哈利生硬地说。

第 26 章 梦境内外

"说说我们在这儿干什么,波特。"

"教我大脑封闭术。"哈利又盯着一条死鳗鱼说。

"对,波特。就算你很笨——"哈利回瞪着斯内普,憎恨着他,"——我以为两个多月的课下来,你总该有些进步了吧。你还做了多少关于黑魔王的梦?"

"就这一个。"哈利撒谎道。

"或许,"斯内普那冷酷的黑眼睛眯了起来,"或许你喜欢有这些幻觉和怪梦,波特。或许它们让你觉得自己很特殊——很重要?"

"没有。"哈利咬着牙,手指紧紧地攥着魔杖。

"那就好,波特,"斯内普冷冷地说,"因为你既不特殊也不重要,也不需要你去弄清楚黑魔王对他的食死徒说了什么。"

"对——那是你的工作,是不是?"哈利向他吼道。

他本来没想这么说,是气头上冲口而出的。很长一段时间里他们瞪着对方,哈利觉得他说得太过火了。但斯内普的脸上却现出一种奇怪的、几乎是满意的表情。

"对,波特,"他的眼里闪出亮光,"那是我的工作。现在,准备好了吗,我们再来……"

他举起魔杖:"一——二——三——摄神取念!"

一百个摄魂怪从湖上朝哈利扑来……他的脸紧张得扭曲起来……他们越来越近……他看到了兜帽下的黑洞……但他同时看到斯内普站在他面前,盯着他的面孔,口里念念有词……不知为什么,斯内普清晰起来,摄魂怪变淡了……

哈利举起魔杖。

"盔甲护身!"

斯内普跟跄了一下,他的魔杖向上飞起,远离了哈利——突然哈利觉得脑子里充满了陌生的记忆——一个鹰钩鼻的男人在朝一个畏缩的女人吼叫，一个黑头发的小男孩在角落里哭泣……一个头发油腻腻的少年独自坐在黑暗的卧室里，用魔杖指着天花板射苍蝇……一个瘦骨嶙峋的男孩想骑上一把乱跳的扫帚，旁边一个女孩在笑他——

"够了！"

哈利感到胸口被猛推了一把，他踉踉跄跄地倒退了几步，撞在墙边的几个架子上，什么东西咔嚓一声碎了。斯内普在微微颤抖，脸色煞白。

哈利袍子后面湿了，他刚才撞破了身后的一个瓶子，里面一个黏糊糊的东西在渐渐流干的魔药中旋转。

"恢复如初！"斯内普嘶声说，瓶子又自动修复，"啊，波特……这倒是个进步……"斯内普微微喘着气，摆正了冥想盆，好像在检查他上课前存进去的那些思想还在不在，"我不记得说过叫你用铁甲咒……但它无疑是有效的……"

哈利没说话，他觉得说什么都有危险。他知道自己刚才闯进了斯内普的记忆，看到了斯内普小时候的情景。他心里很不舒服，想到那个看着父母吵架而哭泣的小男孩此刻正站在他面前，眼里带着如此强烈的憎恨……

"再来一次，怎么样？"斯内普说。

哈利感到一阵恐惧：他猜到他要为刚才的事付出代价。两人隔着桌子站好，哈利感到这次清空大脑要困难得多……

"数到三，"斯内普说着再次举起魔杖，"一——二——"

哈利还没有来得及集中精神清空大脑，斯内普就已经喊出："摄神取念！"

他在走廊上朝神秘事务司飞奔，空白的石墙、火把在两旁掠过——那扇黑门越来越大，他跑得太快，几乎要一头撞上去了，还差几步，他又看到了那道微弱的蓝光——

第 26 章 梦境内外

门突然打开了！他终于进去了，一间黑墙壁、黑地板的圆屋子，燃着蓝火苗的蜡烛，周围还有好几扇门——他要继续前进——可是该走哪个门呢——？

"**波特！**"

哈利睁开眼睛，他又仰面躺在地上，但不记得是怎么摔倒的。他喘着粗气，好像真的跑了那么长的走廊，真的冲过了黑门，发现了那间圆屋子……

"自己解释！"斯内普站在他面前，怒不可遏。

"我……不知道是怎么回事，"哈利诚实地说，站了起来，后脑勺在地上磕了一个包，他感到有点发烧，"我以前从来没见过。我跟你说过，我梦见过那扇门……可它以前从来没打开过……"

"你不够努力！"

不知为什么，斯内普好像比两分钟前哈利看到他本人的记忆时更生气了。

"你又懒惰又马虎，波特，难怪黑魔王——"

"您能不能解释一下，先生？"哈利又火了起来，"您为什么管伏地魔叫黑魔王？我只听过食死徒那样叫他——"

斯内普张开嘴巴咆哮——外面有个女人尖叫起来。

斯内普抬头望着天花板。

"什么——？"他嘟哝道。

哈利听到好像是从门厅那边传来了吵吵嚷嚷的声音。斯内普皱眉看着他。

"你下来的时候看到什么异常情况了吗，波特？"

哈利摇摇头。上面的女人又尖叫起来。斯内普手持魔杖走到门口，闪身出去了。哈利犹豫了一会儿，跟了出去。

叫声果然是从门厅传来的，哈利跑向通往地下教室的台阶时声音更响了。跑到顶上，他发现门厅里挤满了人。吃晚饭的学生从礼堂里拥出来看发生了什么事,还有很多人挤在大理石楼梯上。哈利从一群高大的斯莱特林学生中间挤过去,看见旁观者围成了一个大圈,有的人显得很震惊,有的甚至神色惶恐。麦格教授站在门厅的另一端,正好在哈利的对面,她似乎对眼前这一幕感到很难受。

特里劳尼教授站在门厅中间,一手拿着魔杖,一手握着个空酒瓶,看上去完全疯了。她的头发都参着,眼镜也歪了,显得一只眼睛比另一只放大了许多,她那数不清的围巾和披肩凌乱地挂了下来,让人感觉她似乎要崩溃了。她旁边有两个大箱子,一个倒立着,好像是从楼梯上扔下来的。特里劳尼教授恐惧地盯着楼梯底下的什么东西,但哈利看不见。

"不!"她尖叫道,"**不!** 这不可能发生……不可能……我拒绝接受!"

"你没想到会这样?"一个尖尖的小姑娘般的声音冷酷地说,似乎感到很好笑。哈利朝右边挪了挪,看到特里劳尼眼里可怕的东西正是乌姆里奇教授。"虽然你连明天的天气都预测不了,但你总该意识到,你在我听课时的糟糕表现和此后的毫无改进,必然会导致你被解雇吧?"

"你——你不能!"特里劳尼教授号叫道,眼泪从大镜片后面涌出,"你—你不能解雇我!我在—在这儿待了十六年!霍—霍格沃茨是我—我的家!"

"曾经是你的家,"乌姆里奇教授说。看到特里劳尼教授跌坐在一个箱子上痛哭流涕,她的癞蛤蟆脸上露出得意的笑容,哈利感到一阵恶心,"直到一小时前,魔法部部长签了你的解雇令为止。现在请你离开大厅,你让我们感到难为情。"

但她站在那里,幸灾乐祸地看着特里劳尼教授发抖,呜咽,随着一阵阵的悲痛在箱子上前后摇晃。哈利听见左边一声抽噎,回头一看,拉文德和帕瓦蒂正抱在一起默默哭泣。然后他听到脚步声,

第26章 梦境内外

麦格教授从人群中挤了出来，径直走到特里劳尼教授面前，有力地拍着她的后背，从袍子里抽出一块大手帕。

"好了，好了，西比尔……镇定些……擤擤鼻子……没有你想的那么糟……你不会离开霍格沃茨……"

"哦，是吗，麦格教授？"乌姆里奇朝前走了几步，恶毒地说，"这是谁批准的……？"

"我。"一个低沉的声音说。

橡木大门打开了，门边的学生赶忙闪开，邓布利多出现在门口。哈利想象不出他在外面做什么，但他站在门框中，衬着雾霭缭绕的夜色，有一种威严之感。他让大门敞开着，大步穿过人群走向特里劳尼教授。特里劳尼教授还坐在箱子上，满脸泪痕，浑身发抖，麦格教授陪着她。

"你，邓布利多教授？"乌姆里奇发出一声特别难听的尖笑，"恐怕你还不知情吧。我这儿有——"她从袍子里抽出一卷羊皮纸"——我本人和魔法部部长签的解雇令。根据《第二十三号教育令》，霍格沃茨高级调查官有权检查、留用察看和解雇任何其——也就是我——认为不符合魔法部标准的教师。我认为特里劳尼教授不合格。我已经解雇了她。"

令哈利大为惊讶的是，邓布利多仍然面带微笑。他低头看着还在箱子上抽泣的特里劳尼教授，说道："您说的当然对，乌姆里奇教授。作为最高调查官您完全有权解雇我的教师。但是，您恐怕无权将他们逐出城堡，这个权力恐怕——"他礼貌地欠了欠身说，"还属于校长，我希望特里劳尼教授继续住在霍格沃茨。"

特里劳尼激动地笑了一声，还夹着一点儿抽噎。

"不——不，我要走，邓布利多！我要离——离开霍格沃茨，去别处谋生——"

"不，"邓布利多坚决地说，"我希望你留下，西比尔。"

他转向麦格教授。

"请你带西比尔上楼好吗,麦格教授?"

"当然,"麦格说,"上楼吧,西比尔……"

斯普劳特教授赶忙从人群中挤出来搀住了特里劳尼教授的另一只胳膊。两人带她从乌姆里奇身边走过,上了大理石楼梯。弗立维教授举着魔杖追上去,尖声叫道:"箱子移动!"特里劳尼教授的箱子升到空中,跟着她上了楼,弗立维教授断后。

乌姆里奇教授呆立在那里,瞪着邓布利多,他依然在和蔼地微笑。

"等我任命了新的占卜课教师,需要用她的房间时,你打算拿她怎么办?"乌姆里奇小声说,但声音还是传遍了整个大厅。

"噢,那不成问题,"邓布利多愉快地说,"您看,我已经找到了一位占卜课教师,他愿意住在一层。"

"你已经找到了——?"乌姆里奇尖厉地说,"你已经找到了?我提醒你,邓布利多,按照《第二十二号教育令》——"

"——当且只有当校长找不到合适人选时,魔法部有权任命教师。我很高兴宣布这一次我找到了。要我介绍一下吗?"

他把头转向门口,夜雾从门中飘入。哈利听到了马蹄声,大厅中响起惊恐的低语,为了给新来的教师让路,门边的人赶紧退得更远些,有的还绊倒了。

雾中出现了一张脸,哈利曾于一个黑暗、危险的夜晚在禁林中见过:白金色的头发,蓝得惊人的眼睛,人的头和躯干安在一匹帕洛米诺马身上。

"这位是费伦泽,"邓布利多愉快地对目瞪口呆的乌姆里奇说,"我想你会发现他很合适吧。"

第27章

马人和告密生

"**我**敢说,你现在一定觉得要是没放弃占卜课就好了,是不是,赫敏?"帕瓦蒂带着得意的笑容问道。

此时正是早饭时间,特里劳尼教授被解雇的事已经过去两天了,帕瓦蒂用魔杖卷起自己的眼睫毛,对着饭勺背面看效果。今天上午,费伦泽要给他们上第一堂课。

"那倒不见得,"赫敏一边阅读《预言家日报》一边淡淡地说,"我向来不喜欢马。"

她翻过一页报纸,浏览了一下几个专栏。

"他不是一匹马,他是个马人!"拉文德惊异地说。

"而且是个帅气的马人……"帕瓦蒂叹息着说。

"不管怎么说,反正他也有四条腿。"赫敏冷冷地说,"对了,我想特里劳尼离职的事让你们两个很难过吧?"

"是很难过!"拉文德对她肯定地说,"我们去她的办公室看望过她,还送给了她几株黄水仙花——是漂亮的黄水仙花,不是斯普劳特那些会叫唤的。"

"她还好吗?"哈利问道。

"不太好,可怜的人。"拉文德同情地说,"她哭着说,有乌姆里奇在这里,她宁可离开城堡。这不能怪她,乌姆里奇对她也太霸道了,是不是?"

"我有种感觉,乌姆里奇的霸道劲儿不过刚刚开了个头。"赫敏黯然地说。

"不可能,"罗恩说,他正狼吞虎咽地吃一大盘鸡蛋和熏咸肉,"她已经坏得不能再坏了。"

"你们记住我的话吧,邓布利多没征求她的意见就指定了新老师,她会报复的,"赫敏合上报纸说,"更何况又是一个半人类。乌姆里奇见到费伦泽时,她脸上那副表情你们也看到了。"

早饭后,赫敏动身去上算术占卜课,哈利和罗恩跟在帕瓦蒂与拉文德身后走进门厅,前去上占卜课。

"我们不是要上北塔楼吗?"帕瓦蒂从大理石楼梯旁绕过时,罗恩一脸迷惑地问道。

帕瓦蒂回头轻蔑地看着他。

"你认为费伦泽怎么爬上活梯啊?现在我们用十一号教室,昨天布告栏上通知了。"

在礼堂对面,有一条走廊从门厅通向一楼的十一号教室。哈利知道,那是平常从不使用的教室之一,感觉有点像无人照管的橱柜或储藏室。他紧跟罗恩走了进去,发现自己来到了一片林间空地之中,这让他一时有些目瞪口呆。

"这是怎——?"

教室的地板变成了满地有弹性的苔藓,树木就是从苔藓下面长出来的;枝条上长满繁茂的树叶,成扇形从天花板和窗户上横贯而过,于是一束束柔和、斑驳的绿色光线倾泻在整间屋子里。先到的学生们背靠树干或大石头坐在泥地上,有的用胳膊搂着膝盖,有的两臂紧紧交叉在胸前,都显得很紧张。费伦泽就站在没有树木的空地中央。

第 27 章　马人和告密生

"哈利·波特。"哈利进来后,他伸出一只手说。

"呃——嘿,"哈利说着和马人握了握手,马人那对蓝得出奇的眼睛一眨不眨地打量着哈利,脸上却没有露出笑容,"呃——真高兴见到你。"

"我也是,"长着白金色头发的马人说着点了点脑袋,"我们命中注定将要重逢。"

哈利注意到,费伦泽胸前有一块黑色的马蹄形瘀伤。他转过身,想和同学们一起坐在地上,这时他看到他们都在敬畏地望着自己。很显然,他和费伦泽熟悉到能搭上话,使同学们佩服不已,他们好像觉得费伦泽怪吓人的。

门已经关好,最后一个学生坐在了废纸篓旁的树桩上,于是费伦泽朝教室四面做了个手势。

"邓布利多教授很能体谅人,为我们安排了这间教室,"大家都安静下来后,费伦泽说,"模拟出符合我生活习性的环境。我更喜欢在禁林里给你们上课,那里——直到星期一——还是我的家园……但是现在已经不可能了。"

"请问——呃——先生——"帕瓦蒂屏住呼吸,举起手说,"——为什么呢?我们和海格一起去过那里,我们不害怕!"

"这与你们的勇气无关,"费伦泽说,"而是关系到我的处境。我不能再返回禁林了。我的群落已经把我放逐了。"

"群落?"拉文德摸不着头脑地说,哈利知道,她一定是想到了牛群,"什么——噢!"

拉文德脸上露出醒悟过来的表情。"不止你一个吗?"她惊愕地问。

"海格也像喂养夜骐一样喂养你们吗?"迪安热切地问道。

费伦泽很慢很慢地转过头面对着迪安,迪安似乎立刻意识到,自己刚才说了非常失礼的话。

"我不是——我的意思是——对不起。"说到最后,迪安已经是细声细气了。

"马人并非人类的仆人或宠物。"费伦泽平和地说。沉默了一会儿,帕瓦蒂又举起了手。

"请问,先生……别的马人为什么要放逐你呢?"

"因为我同意为邓布利多教授工作,"费伦泽说,"他们认为这是对同胞的背叛。"

哈利想起将近四年前,马人贝恩朝费伦泽大声嚷嚷的情形,那是因为费伦泽允许哈利骑在自己背上,好把他驮到安全的地方;当时贝恩说费伦泽是头"普通的骡子"。哈利怀疑可能就是贝恩当胸踢了费伦泽一蹄子。

"我们开始吧。"费伦泽说。他甩了甩长长的银色尾巴,扬起一只手,指向头顶华盖似的茂密树叶,接着又把手缓缓地垂下来。随着他的动作,屋里的光线变得暗淡,现在他们就像坐在黄昏时分的林间空地中,星星呈现在天花板上。有人发出了啧的赞叹声,还有人倒抽了一口气,罗恩则出声地叫了起来:"天哪!"

"躺在地板上,"费伦泽平静地说,"然后观察天空。对于能读懂星相的人来说,那里已经描绘出了我们各个种族的命运。"

哈利摊开手脚躺了下来,注视着上面的天花板。一颗闪耀的红色星星在空中朝他眨了眨眼睛。

"我知道在天文课上,你们已经学习了这些行星及其卫星的名称,"费伦泽平缓地说,"你们还绘制了星辰在天空中的运行图。马人用几个世纪的时间,揭示出了这些运动的奥秘。我们的研究成果告诉我们,通过观察我们头顶上的天空,我们也许能窥测到未来——"

"特里劳尼教授教过我们占星术!"帕瓦蒂在胸前举起一只手——她躺在地上,这只手就立在了空中,她兴奋地说,"火星能

第 27 章 马人和告密生

引起意外事故、烫伤这一类的事情,当它和土星形成一个角度时,就像这样——"她在空中比画出一个直角,"——就意味着人们在处理热东西时要格外小心——"

"那些,"费伦泽平和地说,"是人类在胡说八道。"

帕瓦蒂那只手没精打采地垂了下去,落在自己身旁。

"无关紧要的伤痛,人类微不足道的意外事故,"费伦泽说,他的蹄子在长满苔藓的地板上发出了嗵嗵声,"和广阔的宇宙相比,这些事跟乱爬的蚂蚁一样无足轻重,不受行星运行的影响。"

"特里劳尼教授——"帕瓦蒂开口说,语气既委屈又愤愤不平。

"——是人类的一员,"费伦泽简洁地说,"因此被蒙住了双眼,而且被你们人类的缺陷所束缚。"

哈利稍微侧过脑袋看了看帕瓦蒂。帕瓦蒂显得很生气,她周围的几个人也一样。

"西比尔·特里劳尼也许能预见未来,这一点我不大清楚,"费伦泽接着说,哈利听见他在他们面前走来走去时又在甩动尾巴,"但是她的时间几乎都浪费在自吹自擂的废话上了,这种废话被人类称作算命。而我在这里要讲解的是马人客观、公允的见解。我们观察天空,要留心那些灾难或变故的重要动向,有时空中会标示出这些动向。也许要用十年时间才能确证我们所看到的。"

费伦泽指向哈利正上方那颗红色的星星。

"在过去的十年里,有种种迹象表明,巫师界的人们只是在度过两场战争之间短暂的和平时期。能带来战争的火星在我们头上明亮地闪耀,预示着不久以后肯定要再次爆发战争。至于还有多久,马人也许能通过燃烧几种药草和树叶,通过观察烟雾与火焰,试着预测一下……"

哈利从来没上过这么奇特的课。他们居然真的在教室地板上点燃了鼠尾草和香锦葵,费伦泽要求他们观察呛人的烟雾,从中找出某些形状和征象,虽然谁都看不出他描述的那些迹象,可他好像一点儿也不在乎。他对他们说,人类向来不怎么擅长做这种事,就连马人都是经过漫长的岁月才拥有了这种能力。最后他还告诉他们,反正有时连马人都会看走眼,所以过于相信这一类事物是很愚蠢的。他和哈利见过的人类老师没有一点相似之处。他优先考虑的好像并不是把自己的学识传授给他们,而是让他们牢牢记住,没有任何事物是万无一失的,即便马人的学问也不例外。

"他什么事都没讲清楚,对吧?"他们熄灭香锦葵的火焰时,罗恩低声说,"我的意思是,对这场我们将要进行的战争,我想多知道一些细节,你怎么想呢?"

铃声在教室门外响了起来,把大家吓了一跳;哈利一点儿也不记得他们还在城堡中,一心以为自己就是在禁林里。同学们一个接一个地走了出去,看起来都有点稀里糊涂。

哈利和罗恩正要跟上他们时,费伦泽大声说:"哈利·波特,请听我说句话。"

哈利转过身。马人朝他走过来。罗恩犹豫了一下。

"你可以留下,"费伦泽对罗恩说,"不过请关上门。"

罗恩赶忙照办了。

"哈利·波特,你是海格的朋友吗?"马人说。

"是啊。"哈利说。

"那就替我给他提个醒。他的努力没有用。他最好还是放弃。"

"他的努力没有用?"哈利茫然地重复道。

"还有他最好还是放弃。"费伦泽点点头说,"我本想亲自提醒海格,但是我已经被放逐了——对我来说,现在过于接近禁林太不明智——就算没有马人之间的争斗,海格的麻烦也够多了。"

"可是——海格在努力做什么呀?"哈利不安地说。

费伦泽毫无表情地看着哈利。

第27章 马人和告密生

"海格最近帮了我很大的忙,"费伦泽说,"而且他关爱所有的动物,很久以前就赢得了我的尊敬。所以我不应该泄露他的秘密。但是他必须恢复理智。那种努力没有用。告诉他,哈利·波特。再见。"

接受《唱唱反调》的采访后,有一阵子哈利觉得很开心,可这种感觉老早以前就消失了。自从阴沉沉的三月黯然进入风雨迭起的四月后,他的生活似乎又变成了一长串的烦恼和麻烦。

乌姆里奇照旧旁听每一节保护神奇动物课,所以哈利很难把费伦泽的提醒转告给海格。后来哈利总算想出了办法。一天下课后,他假装落下了自己那本《神奇动物在哪里》,就原路折了回去。他转告了费伦泽的口信以后,海格用青肿的双眼盯了他好一会儿,显然吃了一惊。接着他似乎让自己镇定下来了。

"好小子,费伦泽,"海格粗声粗气地说,"可他根本不了解情况。这些努力就要见效了。"

"海格,你在搞什么名堂呀?"哈利严肃地说,"你一定要小心哪,乌姆里奇已经解雇了特里劳尼。依我看,她是不会罢手的。要是你做了什么不该做的事情,你会——"

"有些事比保住工作更重要,"海格说,但是说这句话的时候,他的双手在微微颤抖,手中满满一盆刺佬儿粪砰的一声落在了地上,"别为我担心了,哈利,现在走吧,好伙计。"

哈利别无选择,只好离开了正在清扫满地大粪的海格。当他步履沉重地回到城堡时,觉得真是丧气极了。

这段时间里,老师与赫敏在不断地提醒他们,O.W.L.考试离得越来越近了。五年级学生都多多少少承受着压力,汉娜·艾博在草药课上突然大哭起来,呜咽着说自己笨得不配参加考试,现在就想离开学校,结果她第一个收到了庞弗雷女士的镇静剂。

要不是有 D.A. 训练课，哈利真会觉得心烦透顶。他有时觉得，自己活着就是为了在有求必应屋里花上几个小时进行练习，虽然辛苦，但是非常愉快。他打量着周围的 D.A. 成员，看到他们的进步时，心里充满了自豪感。哈利有时真想知道，当所有 D.A. 成员在黑魔法防御术 O.W.L. 考试中成绩都达到"优秀"时，乌姆里奇会是什么反应。

他们终于开始练习守护神咒了，每个人都练得很起劲，不过哈利一再提醒大家，他们是在一间灯火明亮的教室中召唤守护神，并且没有受到威胁，而面对摄魂怪这类东西时可就是另一回事了。

"哎呀，别煞风景了，"秋·张在复活节前的最后一节课上愉快地说，她正望着自己银色的天鹅形守护神环绕有求必应屋飞翔，"它可真漂亮！"

"它用不着漂亮，它应该能够保护你。"哈利耐心地说，"其实我们需要博格特什么的；我就是那么学会的，我必须在博格特假扮成摄魂怪时召唤守护神——"

"那也太吓人了！"拉文德说，她的魔杖顶端正喷出一股股银色的气体，"我还是——不——行！"她恼火地加了一句。

纳威也不顺手。他全神贯注地紧皱着眉头，但是他的魔杖尖上只冒出几缕稀薄的银色烟雾。

"你必须想想高兴的事情。"哈利提醒他。

"我正想着呢。"纳威烦恼地说。他拼命地想，汗津津的圆脸上都闪闪发亮了。

"哈利，我觉得我成功了！"西莫喊道，他头一回参加 D.A. 聚会，是迪安带他来的，"看——唉——它不见了……不过它肯定是一种毛茸茸的东西，哈利！"

赫敏的守护神是一只亮闪闪的银色水獭，正绕着她欢蹦乱跳。

"它确实挺好看的，对吗？"赫敏满心欢喜地瞧着它说。

第27章　马人和告密生

有求必应屋的门打开后又关上了。哈利扭过头,想看看是谁进来了,但是门口好像什么人也没有。过了一会儿,他才注意到靠近门的几个人不出声了。接着他感觉到,有什么东西正使劲拉扯他膝盖附近的袍子。他一低头,非常惊讶地看到,家养小精灵多比正仰头盯着他,脑袋上跟往常一样戴着八顶羊毛帽子。

"嘿,多比!"他说,"你怎么——出什么事情了?"

小精灵惊恐地睁大了双眼,而且还在发抖。哈利身旁的D.A.成员不作声了;屋子里的人都盯着多比。人们召唤出来的为数不多的几个守护神渐渐消退,变成了银色的薄雾,屋里显得比刚才暗多了。

"哈利·波特,先生……"小精灵全身哆嗦着尖声说,"哈利·波特,先生……多比来给你报信……但是家养小精灵被警告过,不能说出……"

他一头朝墙壁冲过去。哈利想抓住多比,因为他已经知道多比有自我惩罚的习惯,不过多比戴着八顶帽子,所以从石墙上弹了回来。赫敏和另外几个女生既害怕又同情地尖叫起来。

"出什么事了,多比?"哈利问道,他抓住小精灵一只纤细的胳膊,不让他靠近任何能用来伤害他自己的东西。

"哈利·波特……她……她……"

多比用另一只拳头使劲捶打着自己的鼻子。哈利把那只胳膊也抓住了。

"'她'是谁,多比?"

不过他认为自己知道那是谁;除了那个"她",还有谁能让多比这么害怕呢?小精灵抬头看着他,两只眼睛有点对在一起,然后不出声地说了出来。

"乌姆里奇?"哈利惊恐地问道。

多比点了点头,想用脑袋往哈利的膝盖上撞。哈利伸直手臂挡住了他。

"她怎么了？多比——她发现了这件事——发现了我们——发现了 D.A.？"

他从小精灵愁眉苦脸的表情中看出了答案。多比的双手被哈利紧紧攥着。他想踢自己，结果双膝跪在了地板上。

"她就要来了？"哈利小声问道。

多比发出一声哭号。

"是的，哈利·波特，是的！"

哈利直起身子，扫视了一下吓得呆若木鸡的人们，他们正盯着拼命扑腾的小精灵。

"**你们还等什么**？"哈利吼道，"**跑啊！**"

他们全都立刻奔向出口，在门口挤成一团，接着有人突然冲了出去。哈利听见他们沿着走廊狂奔，心里希望他们脑子够用，不至于直接跑回自己的宿舍。现在才八点五十；图书馆和猫头鹰棚屋要近得多，只要他们能躲进去——

"哈利，快走！"赫敏在奋力向外挤的人群中尖声喊道。

多比仍然在想方设法伤害自己，哈利一把抄起小精灵，用双臂抱着他跑到了长队末尾。

"多比——这是个命令——回到下面的厨房和其他小精灵待在一起，要是她问你有没有给我报过信，你就撒谎说没有！"哈利说，"还有，我不准你伤害自己！"他补充了一句。总算跨过门槛后，他放下小精灵，砰的一声关上了身后的房门。

"谢谢你，哈利·波特！"多比尖声说，随后飞快地跑开了。哈利朝两旁扫了一眼，其他人跑得那么快，此刻正消失在走廊两端，他只能瞥见一些飞舞的脚后跟；他动身朝右边跑去；前面有一间男生盥洗室，只要他能跑到，就可以假装自己一直在那里——

"**哎呀！**"

什么东西绊住了他的脚，他猛地倒了下去，趴在地上滑行了六

第27章 马人和告密生

英尺才停住。有人在他身后笑起来。他翻过身,看见马尔福躲在一个丑陋的龙形装饰瓶下面的壁龛里。

"绊腿咒,波特!"马尔福说,"喂,教授——**教授**!我抓住了一个!"

乌姆里奇匆匆转过远处的拐角,她气喘吁吁,但是脸上挂着高兴的笑容。

"是他!"看到地板上的哈利时,她喜气洋洋地说,"好极了,德拉科,好极了,哈,太好了——给斯莱特林加五十分!我来把他带走……起来,波特!"

哈利站起来,瞪着他们两个。他从来没见乌姆里奇这么高兴过。她的手像老虎钳似的紧紧抓住哈利的胳膊,笑容满面地朝马尔福转过身。

"你快去看看能不能再多抓几个,德拉科,"她说,"叫其他人去图书馆——查一查里面有没有上气不接下气的人——检查盥洗室,帕金森小姐可以检查女生盥洗室——你们去吧——至于你,"马尔福走开时,她用最温和最吓人的口气加了一句,"你跟我去校长办公室,波特。"

几分钟后,他们走到滴水嘴石兽那里。哈利想知道还有多少人被抓住了。他想到了罗恩——韦斯莱夫人会杀了他——还想到要是在 O.W.L. 考试之前被开除,赫敏会是什么感觉。这是西莫第一次参加聚会……纳威有了那么大的进步……

"滋滋蜜蜂糖。"乌姆里奇有节奏地说;石兽跳到一旁,后面的墙裂成了两半,他们走上正在移动的石头楼梯,来到了光亮的大门前,门上有一个狮身鹰首兽门环,但是乌姆里奇没有费工夫敲门,她紧紧抓着哈利,迈开步子径直闯了进去。

办公室里挤满了人。邓布利多表情安详地坐在桌子后面,修长的手指指尖合在一起。麦格教授直挺挺地站在他身旁,表情非常紧张。魔法部部长康奈利·福吉站在炉火旁,兴奋地前后轻轻摇晃着,显然很满意现在的局面。金斯莱·沙克尔和另一个巫师像警卫一样站在大门两旁,那个巫师外表粗野,硬直的头发留得很短,哈利从来没见过他。长着雀斑、戴着眼镜的珀西·韦斯莱在墙边激动地走来走去,手里拿着一支羽毛笔和一卷厚厚的羊皮纸,显然是随时准备记录。

今天晚上,男女老校长们的肖像都没有假装睡觉。他们都很警觉、严肃,正注视着下面的动静。哈利一进来,几个老校长就飞进邻近的相框,和邻居急切地咬起了耳朵。

身后的大门关上以后,哈利甩开了紧紧抓着他的乌姆里奇。康奈利·福吉怒气冲冲地瞪着他,脸上露出一种幸灾乐祸的表情。

"好啊,"他说,"好啊,好啊,好啊……"

哈利用他最狠毒的眼神瞪了福吉一眼。他的心脏跳得飞快,可是头脑却出奇地冷静、清醒。

"他正在返回格兰芬多塔楼的路上。"乌姆里奇说。她的语气里有一股很邪恶的兴奋劲,当她在门厅里看着特里劳尼教授因为悲伤而崩溃的时候,哈利也听到过同样冷酷无情的快乐语气,"马尔福那孩子把他堵住了。"

"是吗,是吗?"福吉赞赏地说,"我得记着告诉卢修斯。好了,波特……我想你应该知道自己为什么在这儿吧?"

哈利拿定了主意,想要轻蔑地回答"知道",当他瞥见邓布利多的表情时,他已经张开嘴巴将这个词说出了一半。邓布利多没有直接看着哈利——他目不转睛地盯着哈利肩膀上方的一处地方——但是当哈利望着他时,他轻轻摇了摇头,动作小得几乎让人察觉不出来。

哈利说到一半改了口。

"知——不道。"

第 27 章　马人和告密生

"对不起，你说什么？"福吉说。

"不知道。"哈利坚决地说。

"你不知道自己为什么在这儿？"

"对，我不知道。"哈利说。

福吉疑惑地看了看哈利，又瞧了瞧乌姆里奇教授。哈利利用他这一瞬间的疏忽，又偷偷瞥了一眼邓布利多，邓布利多用最轻微的动作朝地毯点了点头，稍稍挤了挤眼睛。

"那么你不清楚，"福吉用毫不掩饰的挖苦口气说，"为什么乌姆里奇教授带你来这间办公室吗？你没有发觉自己已经违反了校规吗？"

"校规？"哈利说，"没有。"

"那魔法部的法令呢？"福吉生气地换了个角度问道。

"起码没有违反我知道的法令。"哈利泰然自若地说。

他的心还在飞快地咚咚直跳。为了看看福吉血压上升的样子，说这些假话还是挺值得的，但是他看不出自己究竟怎样才能逃脱他们的处罚，要是已经有人对乌姆里奇泄露了 D.A. 的情况，那么他这个领头者也许就要马上收拾行李走人了。

"那么，你是头一次听说，"福吉说，现在他的语调充满了怒气，"在这所学校里发现了一个非法的学生组织？"

"是啊，没错。"哈利说，脸上露出了似乎一无所知、非常惊讶的表情，但并不太有说服力。

"部长，我觉得，"乌姆里奇在哈利身旁柔和地说，"如果我把检举人带来，也许我们的进展会快一些。"

"是的，是的，去吧。"福吉点点头说，乌姆里奇离开屋子时，他不怀好意地扫了邓布利多一眼，"什么都顶不上一个好证人，对吗，邓布利多？"

"对极了，康奈利。"邓布利多点点头，声音低沉地说。

大家等待了几分钟，谁也不看谁，然后哈利听到身后的门打开了。乌姆里奇从他身旁走进屋子，手里紧紧抓着秋·张那个鬈发朋友的肩膀，那是玛丽埃塔，她用双手捂住了脸颊。

"别慌，亲爱的，别害怕，"乌姆里奇教授轻轻拍着她的后背，柔和地说，"现在没事了。你做得很正确。部长对你很满意。他会告诉你妈妈，你是个乖女孩。部长，玛丽埃塔的母亲，"她抬眼望着福吉补充了一句，"是魔法交通司飞路网管理局的艾克莫夫人——你知道，她在帮助我们监视霍格沃茨的炉火。"

"太好了，太好了！"福吉热情地说，"有其母必有其女，嗯？好了，讲讲吧，快点儿，亲爱的，抬起头，别怕羞，让我们听听你——狂奔的滴水嘴石兽啊！"

玛丽埃塔抬起头时，福吉被吓得向后一跳，差点跌到炉火里。他骂骂咧咧，猛跺着自己开始冒烟的斗篷下摆。玛丽埃塔哀号一声，赶紧把长袍领子扯到了眼睛下，但是还没等她这么做，大家已经看到，一连串密密麻麻的紫色脓包爬过她的鼻子和脸颊，呈现出"**告密生**"这个词，让她的脸变得要多难看有多难看。

"现在别担心这些斑点了，亲爱的，"乌姆里奇不耐烦地说，"把袍子从嘴巴上拉下来，告诉部长——"

但是玛丽埃塔又闷声闷气地哀号了一声，拼命地摇着脑袋。

"哼，那好吧，你这个傻丫头，我来告诉他。"乌姆里奇没好气地说。她迅速换上令人作呕的笑脸，说道："是这样，部长，今天晚上，这位艾克莫小姐在晚饭后不久来到我的办公室，对我说她有些事情要告诉我。她说如果我进入八楼的一间密室，就会发现一些对我有好处的事情，据说这间密室有时被称作有求必应屋。我进一步盘问她时，她承认那里有某种聚会。遗憾的是，当时这些毒咒，"她朝玛丽埃塔藏在袍子里的脸不耐烦地挥了挥手，"开始起作用了，她在我的镜子里忽然看到自己的面孔后，就伤心得没办法再多跟我

第27章 马人和告密生

讲了。"

"哦，是这样，"福吉说，他带着一副自以为和蔼、慈祥的表情盯着玛丽埃塔，"你去通知了乌姆里奇教授，亲爱的，这么做可真勇敢。你的行为十分正确。好了，你愿意跟我讲讲在聚会中发生了什么事吗？聚会的目的是什么？有谁在场？"

可是玛丽埃塔不愿意开口；她只是又摇了摇脑袋，眼睛睁得大大的，充满恐惧。

"我们有没有破解咒对付这个？"福吉朝玛丽埃塔的脸打了个手势，不耐烦地问乌姆里奇，"好让她自由自在地讲话？"

"我还没能找到，"乌姆里奇不情愿地承认道，赫敏使用咒语的能力使哈利心里涌起了一阵自豪感，"不过她不开口也没关系，我可以替她说下去。"

"你也许还记得，部长，我在十月份向你报告过，波特曾经在霍格莫德的猪头酒吧和许多同学聚会——"

"这件事情你有证据吗？"麦格教授插了一句。

"我有威利·威德辛的证词，米勒娃，当时他正巧在酒吧里。他身上确实缠了很多绷带，但是他的听力完全没有受到损害，"乌姆里奇洋洋自得地说，"他听到了波特说过的每一句话，急忙直接赶到学校向我报告——"

"哦，原来就是为了这件事，他才被免除了对他制造的厕所污水回涌事件的起诉！"麦格教授扬起眉毛说，"我们的司法系统真是让人大开眼界啊！"

"无耻的堕落！"在邓布利多桌子后面的墙上，一幅红鼻子胖巫师的肖像吼道，"在我那个时代，魔法部从不和卑鄙的罪犯做交易，绝对不会，他们从不这么做！"

"谢谢你，福斯科，说这么多就够了。"邓布利多平和地说。

"波特与这些学生聚会，"乌姆里奇教授接着说，"是想说服他们加入一个非法团体，这个团体的目标是学习一些咒语，而魔法部已经将那些咒语裁定为不适合学生——"

"我认为，你会发现自己在这一点上搞错了，多洛雷斯。"邓布利多轻声说，半月形眼镜耷拉在他歪扭的鼻子上，他正从眼镜上方盯着乌姆里奇。

哈利望着邓布利多。他想不出邓布利多该怎么说才能替他解围；如果威利·威德辛确实听到了他在猪头酒吧里说过的每一句话，那自己就完全没有出路了。

"啊哈！"福吉说着又踮起脚蹦蹦跳跳，"好啊，为了给波特解围，又编出了新的奇谈怪论，请让我们听听吧！那就接着讲吧，邓布利多，接着讲啊——是威利·威德辛在撒谎吗？还是那天在猪头酒吧里的，是一个跟波特一模一样的双胞胎兄弟？要么就是往常那种简单的解释，说什么时间逆转了，一个死人复活了，还有两个无形的摄魂怪？"

珀西·韦斯莱放声大笑起来。

"哎呀，讲得真好，部长，讲得太好了！"

哈利真想踢他一脚。可他惊讶地看到，邓布利多也在温和地微笑。

"康奈利，我没有否认，相信哈利也不会否认，他那天是在猪头酒吧，是想招募学生参加黑魔法防御小组。我不过是想指出，多洛雷斯认为那样一个小组在当时是非法的，完全没有道理。如果你没忘记的话，直到哈利的霍格莫德聚会两天之后，魔法部取缔所有学生社团的法令才生效，所以他在猪头酒吧时没有违反任何规定。"

珀西看上去就像被很重的东西迎面敲了一下。福吉才跳了一半就张大嘴巴不动了。

乌姆里奇头一个回过神来。

"这些都不错，校长，"她亲切地笑着说，"但是如今我们实施

第 27 章 马人和告密生

《第二十四号教育令》已经将近六个月了。虽然第一次聚会没有违法，但从那以后所有的聚会肯定都是违法的。"

"这个嘛，"邓布利多一边说，一边从交叉在一起的手指上方既礼貌又感兴趣地打量着她，"如果他们确实在这项法令生效后继续聚会，那当然是违法的。你有什么证据能够证明后来还有这种聚会呢？"

在邓布利多说话时，哈利听见身后响起了沙沙声，甚至还觉得金斯莱在小声嘀咕着什么。他可以发誓，自己感到有什么东西在身边扫过，这种东西非常轻柔，就像一阵风或者鸟的翅膀，但是当他低下头时，却什么也没看见。

"证据？"乌姆里奇重复说，她满面笑容，就像丑陋的癞蛤蟆，"你刚才一直没在听吗，邓布利多？你认为艾克莫小姐为什么会到这儿来呢？"

"噢，她能跟我们说说这六个月里的聚会吗？"邓布利多扬起眉毛说，"我记得她好像只告发了今晚的一次聚会。"

"艾克莫小姐，"乌姆里奇马上说，"告诉我们这些聚会延续了多长时间，亲爱的。你只要点头、摇头就行了，我能肯定，这么做不会让那些斑点更严重。在过去的六个月里，这样的聚会定期举行吗？"

哈利感到胃里猛地一沉。完了，他们找到了最确凿的证据，连邓布利多都没办法推脱了。

"只要点头、摇头就行了，亲爱的，"乌姆里奇哄劝玛丽埃塔说，"好了，快点，这样不会重新激活咒语的。"

屋里的人都盯着玛丽埃塔的上半张脸，在拉起的长袍和拳曲的刘海之间，只露出了她的双眼。也许仅仅是火光造成的错觉吧，她的眼神很古怪，显得非常迷茫。接着——哈利大吃一惊——玛丽埃塔居然摇了摇头。

乌姆里奇瞥了福吉一眼，然后又看着玛丽埃塔。

"我觉得你没听明白这个问题，对吗，亲爱的？我是问你在过去的六个月里是否经常参加这些聚会？你参加了，对不对？"

玛丽埃塔又摇了摇头。

"你摇头是什么意思啊，亲爱的？"乌姆里奇恼火地说。

"我认为她的意思很清楚，"麦格教授严厉地说，"在过去的六个月里，没有什么秘密聚会。是这样吗，艾克莫小姐？"

玛丽埃塔点了点头。

"可是今晚有一次聚会！"乌姆里奇气急败坏地说，"有一次聚会，艾克莫小姐，是你告诉我的，就在有求必应屋里！波特是头儿，没错，是波特组织了聚会，波特——你为什么老是摇头啊，丫头？"

"这个嘛，通常人们摇头的时候，"麦格教授冷冷地说，"他们的意思是'不'。所以除非艾克莫小姐是在用一种人类不了解的肢体语言——"

乌姆里奇教授抓住玛丽埃塔，使劲把她扳过来面对自己，开始猛烈地摇晃她。眨眼之间，邓布利多已经站起来扬起了魔杖；金斯莱冲了上去，乌姆里奇向后一跳，放开了玛丽埃塔，她的双手在空中挥舞，就像被烫伤了似的。

"我不允许你粗暴地对待我的学生，多洛雷斯。"邓布利多说，他的脸上第一次显出了怒色。

"你应该冷静些，乌姆里奇夫人，"金斯莱用低沉缓慢的声音说，"现在你不该给自己惹麻烦。"

"不，"乌姆里奇气喘吁吁地说，抬起头瞥了一眼金斯莱高大的身影，"我的意思是，是的——你说得对，沙克尔——我——我失态了。"

玛丽埃塔就站在乌姆里奇放开她的地方。乌姆里奇突如其来的

第 27 章　马人和告密生

粗暴行为好像并没有吓着她,她也没有为自己被放开而松一口气;她的眼神还是那么古怪、迷茫,手里紧紧攥着拉到眼睛下面的袍子,直勾勾地盯着前方。

哈利突然想起,金斯莱刚才在小声嘀咕,而且自己还感到有什么东西从身旁掠过,这些事让他产生了怀疑。

"多洛雷斯,"福吉说,他摆出了要彻底解决问题的神态,"今晚的聚会——我们能肯定有这次聚会——"

"是的,"乌姆里奇镇静下来说,"是的……是这样,艾克莫小姐给我通风报信以后,我立刻前往八楼,同时带去了几个值得信赖的学生,以便当场抓到那些参加聚会的人。可是,看来在我到达以前,他们预先得到了警报,因为我们到达八楼时他们正在四下奔跑。不过没关系。他们的名字我都掌握了,帕金森小姐冲进了有求必应屋,替我看看他们是否落下了什么东西。这间屋子提供了我们所需要的证据。"

让哈利惊骇的是,她从衣袋里抽出了钉在有求必应屋墙上的名单,把它递给了福吉。

"一看到这份名单上有波特的名字,我就明白我们是在和谁打交道了。"她柔和地说。

"太棒了,"福吉说,脸上绽放出笑容,"太棒了,多洛雷斯。我来瞧瞧……天哪……"

他抬眼望着仍旧站在玛丽埃塔身旁,手里轻轻握着魔杖的邓布利多。

"看看他们给自己起了什么名字?"福吉轻声说,"邓布利多军。"

邓布利多伸出手,从福吉手里拿过那张羊皮纸。他注视着赫敏几个月前草草写下的标题,有一阵子似乎什么话都说不出来。然后他笑着抬起了眼睛。

"看来，一切都完了，"他简短地说，"请问你需要我写一份书面供词吗，康奈利——或者，在这些证人面前做一个陈述就够了？"

哈利看到麦格和金斯莱对望了一眼。两人的表情都很焦虑。他不明白眼前是怎么回事，福吉显然也不明白。

"陈述？"福吉缓慢地说，"什么——我不——？"

"邓布利多军，康奈利，"邓布利多说，他在福吉面前挥动着那份名单，脸上仍然挂着笑容，"不是波特军。而是邓布利多军。"

"可是——可是——"

福吉脸上突然闪现出醒悟的表情。他惊骇地向后退了一步，大叫一声，又从炉火旁跳开了。

"你？"他小声说着，又一次猛踩自己那件正在冒着烟闷烧的斗篷。

"没错。"邓布利多愉快地说。

"这是你组织的？"

"是我组织的。"邓布利多说。

"你招募这些学生参——参加你的军队？"

"本来今晚应该是第一次聚会，"邓布利多点点头说，"只是想看看他们是否愿意跟我合作。当然，现在我明白了，邀请艾克莫小姐是个错误。"

玛丽埃塔点了点头。福吉看了看她，又瞅了瞅邓布利多，他的胸脯在不停地起伏。

"那你确实在密谋反对我！"他嚷嚷道。

"没错。"邓布利多高高兴兴地说。

"不！"哈利喊道。

金斯莱飞快地给他递了个警告的眼色，麦格教授睁大了眼睛告诫他，但是哈利突然领悟到了邓布利多的意图，他不能让他这么做。

第 27 章　马人和告密生

"不——邓布利多教授——!"

"别出声,哈利,不然的话,恐怕我只好让你离开我的办公室了。"邓布利多平静地说。

"没错,闭嘴,波特!"福吉大声喊道,他还在惊喜交加地紧紧盯着邓布利多,"很好,很好,很好——我今晚来这里本想开除波特,可反倒——"

"反倒可以逮捕我了。"邓布利多笑着说,"丢了芝麻捡了西瓜,对吗?"

"韦斯莱!"福吉大声喊道,现在他高兴得直哆嗦,"韦斯莱,这些你都记下来了吗,他说过的话,他的口供,你记下了吗?"

"是的,先生,我想是的,先生!"珀西殷切地说,他飞快地做记录时,鼻子上都溅了墨水。

"他想建立一支军队对抗魔法部,他想推翻我,这一段记录了吗?"

"是的,先生,我记下了,是的!"珀西一边说一边高兴地浏览着记录。

"很好,那么,"福吉说,现在他高兴得容光焕发,"把你的记录复制一份,韦斯莱,马上把副本送给《预言家日报》。要是派一只速度快的猫头鹰,我们还能赶上早上那一版!"珀西飞快地跑出屋子,用力关上了身后的门,福吉朝邓布利多转过身。"你现在要被押送到魔法部,在那里你将被正式起诉,然后被送往阿兹卡班等待审判!"

"啊,"邓布利多轻轻地说,"是啊。不过,我觉得我们也许遇到了一个小小的困难。"

"困难?"福吉说,他的声音仍然高兴得直发抖,"我看不出有什么困难,邓布利多!"

"可是,"邓布利多抱歉地说,"恐怕我看到了。"

"哦，真的吗？"

"嗯——你好像误以为我会——那句话怎么说来着？——束手就擒。恐怕我是根本不会束手就擒的，康奈利。我一点儿也不想被送进阿兹卡班。当然了，我能逃出去——但是多浪费时间哪，而且坦率地说，我想起自己还有一大堆事呢，我倒是更愿意去做那些事。"

乌姆里奇的脸色越来越红；她看上去活像被灌满了滚烫的开水。福吉盯着邓布利多，脸上的表情傻乎乎的，就像突然被打蒙了，而且简直不能相信竟然发生了这种事。他轻轻发出一种哽咽似的声音，扭头看了看金斯莱和那个留着灰白短发的男人。到现在为止，在屋子里的人当中，只有这个男人始终一言不发。他朝福吉坚决地点了点头，离开墙壁向前走了几步。哈利看到，他的一只手漫不经心地伸向了自己的衣袋。

"别犯傻，德力士，"邓布利多和蔼地说，"我确信你是个出色的傲罗——我记得你的N.E.W.T.考试成绩好像都达到了'优秀'——不过你如果想——哦——用暴力逮捕我，我就只好对你不客气了。"

这个叫德力士的男人挺滑稽地眨了眨眼睛。他又看了看福吉，不过这回好像是希望得到下一步该怎么办的指示。

"这么说，"福吉冷笑一声，恢复了常态，"你打算单枪匹马对付德力士、沙克尔、多洛雷斯和我，是吗，邓布利多？"

"梅林的胡子啊，当然不是，"邓布利多笑着说，"除非你蠢到逼我这么做。"

"他不是单枪匹马！"麦格教授响亮地说，一只手伸进了长袍。

"哦，是单枪匹马，米勒娃！"邓布利多严厉地说，"霍格沃茨需要你！"

"废话说够了！"福吉说着抽出自己的魔杖，"德力士！沙克

第27章 马人和告密生

尔!抓住他!"

一道银色闪光在屋里飞旋;随着炮声似的一声巨响,地板抖动起来;一只手抓住了哈利的后脖颈,用力把他按倒在地板上,第二道银色闪光爆炸了;几幅肖像在喊叫,福克斯发出了尖叫声,空气中尘埃弥漫。哈利在尘埃中咳嗽着,看到面前有个模糊的身影轰隆一声倒在地上;响起了一声尖叫,接着是噌的一声,有人喊道:"不!"随后传来玻璃碎裂的声音,拖着脚步拼命走动的声音,还有一声呻吟⋯⋯接着是一阵平静。

哈利挣扎着翻过身,想瞧瞧是谁把自己勒得差点喘不过气来,他看到麦格教授蜷伏在他身旁;是她让哈利和玛丽埃塔摆脱了危险。飘浮在空中的尘埃轻轻地落在他们身上。哈利有点气喘吁吁,他看到一个非常高大的身影正朝他们走来。

"你们没事吧?"邓布利多问道。

"没事!"麦格教授说,她一边站起来,一边拉起哈利和玛丽埃塔。

尘埃在渐渐散去。一片狼藉的办公室隐隐约约地显现出来:邓布利多的办公桌翻了个底朝天,那些细长腿的桌子都被撞翻在地板上,桌上的银器也摔坏了。福吉、乌姆里奇、金斯莱和德力士躺在地板上一动不动。凤凰福克斯在他们头顶绕着大圈飞翔,轻柔地鸣叫。

"真遗憾,我不得不给金斯莱施魔法,不然就显得太可疑了,"邓布利多低声说,"他的理解力真出色,大家都看着另一个方向时,他修改了艾克莫小姐的记忆——替我谢谢他,好吗,米勒娃?"

"好了,他们很快都会醒过来的,最好不要让他们知道我们有时间交谈——你们必须装出这中间没有时间流逝的样子,就像他们刚刚是被打倒在地,他们不会记得——"

"你要去哪里啊,邓布利多?"麦格教授小声说,"格里莫广场?"

"噢，不，"邓布利多说着坚毅地笑了笑，"我不会跑得远远地躲起来。用不了多久福吉就会觉得，要是没把我从霍格沃茨赶走就好了，我敢向你保证。"

"邓布利多教授……"哈利开口说。

他不知道应该先说什么：是先说说自己真后悔创办了 D.A.，引来了这么大的麻烦呢？还是说说邓布利多为了使他不被开除而离开让他难受极了呢？可是没等他再开口，邓布利多就截住了他的话头。

"听我说，哈利，"他急切地说，"你必须尽全力学习大脑封闭术，你明白我的话吗？完全按照斯内普教授的吩咐去做，要练习大脑封闭术，特别是在每天晚上睡觉以前，那样你就可以封闭你自己的头脑，不再做噩梦——你很快就会知道原因，但是你必须向我保证——"

那个叫德力士的男人正在动弹。邓布利多握住了哈利的手腕。

"记住——封闭你的大脑——"

当邓布利多的手指接触到哈利的皮肤时，哈利额头上的伤疤突然一阵剧痛，他又感到了可怕的蛇一样的感觉，渴望去攻击邓布利多，咬他，伤害他——

"——你会明白的。"邓布利多低声说。

福克斯在办公室里盘旋了一圈，然后在邓布利多上空低飞。邓布利多松开哈利，举起一只手紧紧握住凤凰长长的金色尾巴。随着一道火焰，他们两个消失了。

"他在哪里？"福吉嚷嚷着，费劲地从地板上爬了起来，"他在哪里？"

"我不知道！"金斯莱大声说着一跃而起。

"不对，他不可能幻影移形！"乌姆里奇喊道，"在学校里不能这么做——"

第 27 章 马人和告密生

"楼梯!"德力士喊道,他扑过去用力甩开房门,消失在门外,金斯莱和乌姆里奇紧跟在他身后。福吉犹豫了一下,然后慢慢站起身来,掸去胸前的尘土。大家难受地沉默了好一阵子。

"哼,米勒娃,"福吉恶狠狠地说,一边把撕裂的衬衫袖子弄平整,"我想你的朋友邓布利多这回恐怕完蛋了。"

"你这么认为吗?"麦格教授轻蔑地说。

福吉好像没有听见她说什么。他四下打量着被毁坏的办公室。几幅肖像朝他发出不满的嘘声;有一两幅甚至做出了粗鲁的手势。

"你最好带他们俩去睡觉。"福吉说,他回头望着麦格教授,不屑一顾地朝哈利和玛丽埃塔点了点头。

麦格教授什么也没说,带着哈利和玛丽埃塔走向门口。房门在他们身后关上时,哈利听到了菲尼亚斯·奈杰勒斯的声音。

"你知道,部长,我在很多问题上跟邓布利多的意见都不一样……但是你不能否认他很有个性……"

第28章

斯内普最痛苦的记忆

魔法部令

兹由多洛雷斯·简·乌姆里奇(高级调查官)接替阿不思·邓布利多出任霍格沃茨魔法学校校长。

以上条例符合《第二十八号教育令》。

签名:
魔法部部长

康奈利·奥斯瓦尔德·福吉

这个告示一夜之间贴遍了整个学校,城堡里的人似乎都听说邓布利多在制服两名傲罗、那位高级调查官,还有魔法部部长和他的初级助理之后逃走了,可告示上却没有做出解释。哈利在城堡里无论走到什么地方,听到人们谈论的话题只有一个,那就是邓布利多的出逃,尽管一些细节可能被传得走了样(哈利无意中听到一个二年级女生深信不疑地对另一个二年级女生说,福吉眼下正躺在圣芒戈医院里,脑袋变成了南瓜),但是其他消息却出奇地准确。比如每个人都知道,在学生中,只有哈利和玛丽埃塔亲眼见过邓布利多

第28章 斯内普最痛苦的记忆

办公室里的情形,现在玛丽埃塔还在学校医院里,所以哈利被那些想获得第一手消息的同学弄得应接不暇。

"邓布利多不久以后就会回来。"厄尼·麦克米兰聚精会神地听完哈利的描述,在上完草药课回来的路上自信地说,"我们上二年级时,他们没办法赶走他,这回他们照样办不到。胖修士告诉我——"他神秘兮兮地压低了嗓门,哈利、罗恩和赫敏只好探过身去靠近他才能听到他的话,"——昨天晚上他们在城堡和场地里搜索他,后来那个乌姆里奇想进入他的办公室。可是没办法通过滴水嘴石兽。校长办公室自动封闭了起来,她进不去。"厄尼得意地笑了,"看来,她很是发了一顿脾气。"

"哼,我看她是一心想坐进校长办公室,"他们登上石头台阶走进门厅时,赫敏厌恶地说,"骑在所有的老师头上作威作福,这个愚蠢的自大狂,权势熏心的老——"

"喂,你真要说完这句话吗,格兰杰?"

德拉科·马尔福从门背后溜了出来,身后跟着克拉布和高尔。他苍白的尖脸上闪现出恶毒的神色。

"恐怕我必须给格兰芬多和赫奇帕奇扣掉几分了。"他拖长了腔调说。

"你不能给级长扣分,马尔福。"厄尼马上说。

"我知道级长不能相互扣分。"马尔福挖苦说,克拉布和高尔咻咻地笑了起来,"但是调查行动组的成员——"

"什么?"赫敏尖声问。

"调查行动组,格兰杰,"马尔福说着指了指自己长袍上级长徽章下的一个很小的银色"I"符号[①],"是一群精选出来的学生,都支持魔法部,由乌姆里奇教授亲手挑选的。总之,调查行动组的成员

---

① 调查行动组(Inquisitorial Squad)的第一个字母为I。

确实有扣分的权力……所以，格兰杰，因为你不尊重我们的新校长，我要扣掉你五分。麦克米兰跟我顶嘴，扣掉五分。扣掉波特五分，因为我不喜欢你。韦斯莱，你的衬衫没掖好，所以我要再扣五分。哦，对了，我忘了，你是个泥巴种，格兰杰，所以扣掉你十分。"

罗恩抽出了魔杖，但是赫敏把它拨到一旁，小声说："别！"

"很明智的举动，格兰杰。"马尔福低声说，"新校长，新时代……现在老实点吧，傻宝宝波特……鼬王①……"

他放声大笑，和克拉布和高尔阔步走开了。

"他在吓唬人，"厄尼带着惊讶的表情说，"不可能给他扣分的权力……这也太荒唐了……会彻底破坏级长制度的。"

可是哈利、罗恩和赫敏不由自主地朝身后巨大的沙漏转过身，那几个沙漏并排嵌在壁龛里，记录着各个学院的分数。今天早上，格兰芬多和拉文克劳还并驾齐驱处于领先地位。就在他们的注视下，宝石向上飞去，下半截沙漏里的宝石数量越来越少。实际上，好像只有装着绿宝石的斯莱特林沙漏没有变化。

"你们注意到了，是吧？"弗雷德的声音问。

他和乔治刚刚走下大理石楼梯，跟哈利、罗恩、赫敏和厄尼一起站在沙漏前。

"刚才马尔福几乎给我们扣掉了五十分。"哈利愤怒地说，这时他们看到格兰芬多的沙漏里又有几块宝石飞了上去。

"是啊，蒙太在课间休息时也打算扣我们的分。"乔治说。

"你是什么意思，'打算'？"罗恩马上问。

"他没能把话说完，"弗雷德说，"因为实际上，我们硬把他大头朝下塞进了二楼的消失柜里。"

---

① 在英语中，"鼬"（Weasel）这个词的发音与罗恩的姓"韦斯莱"比较接近。

第28章　斯内普最痛苦的记忆

赫敏看上去大吃了一惊。

"你们会惹上大麻烦的！"

"在蒙太重新露面以前不会的，那可能要几个星期以后呢，我不知道我们把他打发到什么地方去了。"弗雷德冷冷地说，"反正……我们决定再也不担心会不会惹麻烦了。"

"你们担心过吗？"赫敏问道。

"当然了，"乔治说，"我们不是一直没有被开除吗？"

"我们一直很明白要在哪里画个界线。"弗雷德说。

"我们偶尔也许会越过一个脚趾。"乔治说。

"但总是在惹出大乱子之前停下来。"弗雷德说。

"那现在呢？"罗恩没有把握地问道。

"嗯，现在嘛——"乔治说。

"——既然邓布利多已经走了——"弗雷德说。

"——我们认为出点大乱子——"乔治说。

"——正是我们亲爱的新校长罪有应得的。"弗雷德说。

"你们不能这么干！"赫敏小声说，"绝对不能！她巴不得有个理由开除你们呢！"

"你还没有听明白吧，赫敏？"弗雷德笑着对她说，"我们再也不关心能不能留在这里了。要不是决定先为邓布利多做些贡献，我们马上就退学。所以，总之，"他看了看自己的手表，"第一阶段即将开始了。如果我是你的话，就会去礼堂吃午饭，那样老师们就会看到你和那件事一点儿关系也没有。"

"和什么事一点儿关系也没有？"赫敏不安地问道。

"你会看到的，"乔治说，"现在快走吧。"

下楼去吃午饭的人越来越多，弗雷德和乔治转身离开，消失在人群里。厄尼表情很慌乱，嘴里嘟哝着变形课作业还没做完什么的，匆匆跑开了。

"你知道，我觉得我们必须离开这里，"赫敏紧张地说，"免得……"

"对，没错。"罗恩说。他们三个朝礼堂大门走去，但是哈利刚刚瞥见在白天的天花板上飞掠的白云，就有人在他肩膀上轻轻拍了一下。他一转身，发现自己几乎和管理员费尔奇脸对着脸。他急忙向后退了几步，觉得最好还是从远处看着费尔奇。

"校长想见你，波特。"费尔奇不怀好意地斜眼看着哈利。

"不是我干的。"哈利想着弗雷德和乔治的计划，傻乎乎地说。费尔奇无声地笑起来，下巴上的垂肉颤抖着。

"做贼心虚，是吧？"他喘息着说，"跟我来。"

哈利扭头瞥了一眼罗恩和赫敏，他们两个都显得很担心。他耸了耸肩膀，跟随费尔奇迎着潮水般涌来的饥肠辘辘的学生走回门厅。

费尔奇似乎心情特别好。他们走上大理石楼梯时，他断断续续地小声哼着歌。他们来到第一个楼梯平台上时，他说："这里的情况都在变，波特。"

"我看到了。"哈利冷冷地说。

"你知道……我跟邓布利多说了好多好多年，他对你们太宽厚了。"费尔奇说着，难听地轻声笑了起来，"要是知道我有权力用鞭子打得你们皮开肉绽，你们这些卑鄙的小畜生就再也不会扔臭弹了，是吧？要是我能吊住你们的脚脖子，把你们倒挂在我的办公室里，就再没人打算在走廊里扔狼牙飞碟了，是吧？等到《第二十九号教育令》一生效，波特，我就有权那么做了……她还请求部长签署一道命令，驱逐皮皮鬼……哈，由她来掌权，这里的情况会大不一样……"

乌姆里奇显然在不遗余力地把费尔奇拉到自己那一边，哈利想，最糟糕的是，费尔奇很可能会成为重要的威胁。论起对学校里

第28章　斯内普最痛苦的记忆

秘密通道和躲藏处的熟悉程度,他可能仅次于韦斯莱家的双胞胎。

"我们到了。"费尔奇说,斜眼看着哈利,在乌姆里奇教授的房门上轻轻敲了三下,然后把门推开了,"波特那小子来见你了,夫人。"

哈利被关了那么多次禁闭,对乌姆里奇的办公室已经非常熟悉,一块木质的大姓名牌横放在她的桌子上,上面用金字写着**校长**这个词,除此以外,办公室里还是老样子。另外,他看见了自己的火弩箭,还有弗雷德与乔治的两把横扫,心里觉得一阵难过。在桌子后面的墙上钉着一根粗大、结实的铁栓,飞天扫帚被铁链捆在铁栓上,而且上了锁。

乌姆里奇坐在桌子后面,正忙着在粉红色的羊皮纸上写些什么,他们进来时,她满脸堆笑地抬起了眼睛。

"谢谢你,阿格斯。"她亲切地说。

"不必客气,夫人,不必客气。"患有风湿病的费尔奇一边说一边尽量地弯腰鞠躬,同时向外退去。

"坐下。"乌姆里奇指着一把椅子简短生硬地说。哈利坐下了。乌姆里奇又接着写了一会儿。在她头上的盘子里,几只画得难看的小猫正在乱蹦乱跳,哈利望着它们,心里猜不透自己又会遇到什么新麻烦。

"好了,"乌姆里奇终于说,她放下羽毛笔,脸上的表情就像一只癞蛤蟆正打算吞下一只美味多汁的苍蝇,"请问你想喝些什么?"

"什么?"哈利说,他觉得自己肯定听错了。

"喝什么,波特先生。"乌姆里奇说着,笑得更开心了,"茶?咖啡?南瓜汁?"

她在说出每种饮料时,都轻轻挥动自己的那根短魔杖,盛着饮料的茶杯或者玻璃杯就会出现在她的桌子上。

"不用了,谢谢。"哈利说。

"我真希望你能跟我一起喝一杯。"乌姆里奇说,她的声调开始变得既吓人又悦耳,"选一杯。"

"好吧……那就喝茶吧。"哈利耸耸肩膀说。

乌姆里奇站起来,装模作样地背对着哈利加了些牛奶。然后她端着茶快步绕过桌子,脸上带着一种既阴险又亲切的笑容。

"给,"她说着把茶递给了哈利,"趁热喝了它,好吗?现在,波特先生……我觉得,在发生了昨晚那些不幸事件后,我们应该聊一聊。"

哈利什么也没说。乌姆里奇回到自己的座位上等待着。沉默了好一阵子后,她轻快地说:"你还没喝呢!"

哈利把茶杯举到唇边,突然又放了下来。乌姆里奇背后那些画得很丑陋的花猫中,有一只长着又大又圆的蓝眼睛,就像疯眼汉穆迪的那只魔眼一样,这让哈利想到,要是疯眼汉听说哈利喝下了敌人提供的东西,会说些什么呢。

"怎么了?"乌姆里奇说,她还在盯着哈利,"你要加糖吗?"

"不用。"哈利说。

他又把茶杯举到唇边,假装呷了一口,可他的嘴唇紧紧地抿在了一起。乌姆里奇笑得更开心了。

"很好,"她小声说,"太好了。那么……"她向前稍微倾了倾身子,"阿不思·邓布利多在哪儿?"

"不清楚。"哈利马上说。

"喝光,喝光,"她说,脸上仍然挂着笑容,"好了,波特先生,我们别玩小孩子的游戏了。我知道你很清楚他到什么地方去了。从一开始,你和邓布利多就是一伙的。考虑到你的处境,波特先生……"

"我不知道他在哪儿。"

哈利又装着喝茶。

第28章　斯内普最痛苦的记忆

"好极了，"乌姆里奇说，显得不太高兴，"既然如此，要是你能告诉我小天狼星布莱克的下落，那就太好了。"

哈利心中揪得好紧，端着茶杯的那只手抖了一下，茶杯咔嗒一声碰响了茶碟。他在嘴边斜过茶杯，嘴唇紧紧地抿在一起，一些热茶滴落在他的长袍上。

"我不知道。"他说，语调有点太急了。

"波特先生，"乌姆里奇说，"我来提醒你一下，在十月份，正是我本人在格兰芬多的炉火里差点抓到了那个罪犯布莱克。我非常清楚和他见面的人就是你，如果我有证据的话，今天你们两个谁都不能逍遥法外，我可以向你保证。我再说一遍，波特先生……小天狼星布莱克在什么地方？"

"不清楚，"哈利响亮地说，"我什么都不知道。"

他们久久地瞪着对方，哈利觉得自己都快流眼泪了。接着乌姆里奇站了起来。

"那好吧，波特，这一回我就相信你的话，不过提醒一下：我背后可有魔法部撑腰。学校内外的通讯渠道都在监控之下。一位飞路网管理员会始终监视霍格沃茨里的每一处炉火——当然了，我的炉火除外。我的调查行动组将拆阅所有进出城堡的猫头鹰邮件。而且费尔奇先生会留意城堡内外所有的秘密通道。如果我发现一丁点证据……"

轰隆！

办公室里的地板晃动起来。乌姆里奇朝旁边一歪，她紧紧抓着桌子撑住自己，一脸震惊的表情。

"怎么——？"

她注视着房门。哈利那杯茶几乎还是满的，他趁着这个机会，把它全都倒在了最近处插着干花的花瓶里。他听到在几层楼下面，人们正在奔跑、尖叫。

"你回去吃午饭，波特！"乌姆里奇喊着，扬起自己的魔杖冲出了办公室。哈利让乌姆里奇先跑上几秒钟，然后才快步跟上去寻找这些骚乱的来源。

一看就明白了。楼下一片混乱。有人（哈利立刻想到了是谁）好像点燃了一大箱施过魔法的烟火。

一些全身由绿色和金色火花构成的火龙正在走廊里飞来飞去，一路喷射出艳丽的火红色气流，发出巨大的爆炸声；颜色鲜艳的粉红色凯瑟琳车轮式烟火，直径有五英尺，带着可怕的嗖嗖声飞速转动着穿行在空中，就像许多飞碟；火箭拖着闪耀的由银星构成的长尾巴从墙上反弹开；烟火棍在空中自动写出骂人的话；哈利看到，处处都有爆竹像地雷一样炸开，它们并没有烧光，渐渐从视线中消失或者发出嘶嘶声停下来，而是相反，时间越久，这些烟火奇迹似乎越有能量和动力。

费尔奇和乌姆里奇站在楼梯中间，显然是被吓呆了。哈利看见，一只个头比较大的凯瑟琳车轮式烟火好像认为自己需要更多的活动空间，发出恐怖的嗡——嗡——声，转动着朝乌姆里奇和费尔奇飞过去。他们俩都吓得大喊大叫，猛地弯下身子，凯瑟琳车轮式烟火径直飞出他们身后的窗户，穿过了场地。与此同时，几条火龙和一只冒出吓人烟雾的紫色大蝙蝠通过走廊尽头敞开的大门朝三楼逃去。

"快，费尔奇，赶快！"乌姆里奇尖声喊道，"我们得想点办法，不然它们要飞遍整个学校了——*昏昏倒地*！"

她的魔杖顶端突然喷出一道红光，击中了一枚火箭。火箭没有在空中停下来，反而猛烈地爆炸了。它在一幅画上炸出了一个洞，画中的草地上有一个表情多愁善感的女巫及时逃开，几秒钟后才重新露面。她挤进了隔壁的画，那里有几个正在打牌的巫师，他们急忙站起来为她腾出地方。

第28章 斯内普最痛苦的记忆

"不要对它们用昏迷咒,费尔奇!"乌姆里奇恼火地喊道,好像刚才是费尔奇念了这个咒语似的。

"你说得对,校长!"费尔奇喘息着说,其实他是个哑炮,与其让他击昏那些爆竹,倒不如让他把它们吞下去。费尔奇冲向附近的橱柜,搜出一把扫帚,开始用力拍打半空中的烟火;几秒钟内扫帚头就着火了。

哈利看够了;他笑着深深弯下腰,顺着走廊向不远处的一扇门跑去,他知道这扇门就隐藏在一幅挂毯后面。他悄悄溜进去,发现弗雷德和乔治正藏在门后,他们俩听着乌姆里奇和费尔奇大喊大叫,使劲憋住笑,憋得身上直发抖。

"了不起,"哈利轻轻地说,咧开嘴笑着,"真了不起……你们会把费力拔博士的生意挤垮的,没问题……"

"谢谢,"乔治低声说,一边抹去脸上笑出来的眼泪,"嘿,我希望她接下来对它们试试消失咒……只要你这么干,它们就会成十倍地增加。"

整个下午,烟火一直在燃烧,而且扩散到了学校里的每个地方。尽管这些烟火,尤其是那些爆竹引发了多处混乱,但别的老师好像并不是很在意。

"天哪,天哪,"麦格教授嘲讽地说,这时一条火龙正在她的教室里四处飞舞,发出响亮的爆炸声,喷出火焰,"布朗小姐,请问你能不能跑去告诉校长一声,我们教室里有一个漏网的烟火?"

结果乌姆里奇当上校长的第一个下午,全都用来在学校各处跑来跑去,应付其他老师的要求。离了她,这些老师好像谁都没办法清除自己教室里的烟火。放学的铃声响了起来,他们拿着书包朝格兰芬多塔楼走去,这时哈利非常满意地看到,衣冠不整、被烟火熏黑了的乌姆里奇正步履蹒跚、满脸是汗地走出弗立维教授的教室。

"非常感谢你,教授!"弗立维教授用尖细的声音说,"当然了,我自己能够清除这些烟火棍，但是我不能肯定自己是否有这个权力。"

他满脸笑容，当着脸上乌七八糟的乌姆里奇的面关上了教室的门。

那天晚上，在格兰芬多公共休息室里，弗雷德和乔治成了英雄。连赫敏都奋力挤过兴奋的人群去祝贺他们。

"这些烟火太奇妙了。"她钦佩地说。

"多谢，"乔治说，他显得既惊讶又高兴，"那是韦斯莱嗖嗖-嘭烟火。只不过，我们把存货全用光了；现在又得重新做了。"

"可是这么做很值得啊，"弗雷德说，他正在接受吵吵嚷嚷的格兰芬多学生的订单，"赫敏，如果你想把自己的名字列入订货名单，可以付五个加隆买简装火焰盒，付二十个加隆买豪华爆燃……"

赫敏回到桌子旁，哈利和罗恩正坐在那里盯着自己的书包，好像希望他们的作业能够跳出来自动完成似的。

"嘿，今晚我们为什么不休息一下呢？"赫敏欢快地说，这时候一枚拖着银色尾巴的韦斯莱火箭飞快地从窗户外掠过，"毕竟星期五就要开始复活节假期了，我们到时候有足够的时间。"

"你没生病吧？"罗恩怀疑地盯着她问道。

"既然你这么说，"赫敏愉快地说，"是这样的……我想我找到了一点儿……叛逆的感觉。"

一小时后，当哈利和罗恩上楼去睡觉时，哈利仍能听到漏网的爆竹在远处发出的巨响；他脱去衣服后，一根烟火棍从塔楼旁飘过，还在不屈不挠地拼出"**呸**"字。

哈利打着哈欠上了床。摘掉自己的眼镜后，偶尔从窗户旁经过的烟火变得模糊起来，看上去就像闪闪发光的云朵，在黑色天空的映衬下显得既漂亮又神秘。他侧过身躺着，心里想道，不知乌姆里奇接替邓布利多职位的第一天是什么感受，还有当福吉听到整个学

第28章　斯内普最痛苦的记忆

校在大半天的时间里，都处于严重的混乱状态时会有什么反应。哈利笑着闭上了眼睛……

场地上漏网烟火的嗖嗖声和嘭嘭声似乎越来越远……也许，只是哈利在迅速远离它们……

他一下子落入了通向神秘事务司的走廊。他正快步走向那扇黑色房门……打开它……打开它……

房门开了。他置身于圆形的房间里，周围环绕着房门……他穿过房间，把手搭在一扇跟其他门完全一样的门上，门朝里面转开了……

现在他进入了一间很长的长方形房间，满耳都是一种机械装置发出的古怪滴答声。一些光斑在四堵墙壁上跳跃，但是他没有停下来看个究竟……他必须往前走……

在屋子尽头有一扇门……他碰了碰这扇门，它也打开了……

现在他来到了一间灯火昏暗、像教堂一样高大宽敞的房间里，这里没有别的东西，只有一排排高大的架子，每个架子上都摆满了尘封的小玻璃球……现在哈利激动得心脏猛跳……他知道应该去哪里……他向前跑去，可是在空无一人的巨大房间里，他的脚步没有发出声响……

在这个房间里，有一件他非常非常想得到的东西……

他想得到这件东西……或者是别的什么人想得到它……

他的伤疤在疼痛……

砰！

哈利立刻被惊醒了，他既困惑又生气。黑暗的宿舍里充满了笑声。

"酷！"西莫说，窗户映衬出他的黑色身影，"我觉得有个凯瑟琳车轮式烟火撞上了一枚火箭，它们好像连在一起了，过来看哪！"

哈利听见罗恩和迪安急忙从床上爬起来，好看得更清楚些。他还是静静地躺着默不作声，伤疤的疼痛渐渐消退了，失望的感觉笼罩着他。他觉得就像一件美妙的开心事在最后一刻被打断了……当时他已经离得那么近了。

现在，一些长着翅膀、发出闪耀的粉红色和银色的小猪正从格兰芬多塔楼旁飞过。哈利躺在床上，听见楼下宿舍里格兰芬多学生赞叹的叫喊声。他想起明天晚上要去学习大脑封闭术，胃里立刻难受地颤动了一下。

第二天，哈利一整天都在担心，要是斯内普发现自己在昨晚的梦中潜入神秘事务司后走了那么远，不知道会说些什么。伴随着一阵阵的内疚，哈利意识到在上一节课后，自己一次都没练习过大脑封闭术。自从邓布利多离开学校，发生了那么多的事情，他确信就算自己想清空头脑也办不到。不过他拿不准斯内普是否会接受这个借口。

这一天，他想在上课时临阵磨枪练习一下，但是毫无用处。每当他默不作声，想摒除自己所有的念头和思绪时，赫敏总要问他哪里不舒服，而且老师在课上连珠炮似的提问复习，这种时候确实不是清空头脑的最佳时刻。

晚饭后，哈利抱着听天由命的心情，动身前往斯内普的办公室。在穿过门厅的半路上，秋·张急匆匆地朝他走了过来。

"到这儿来。"哈利说，很高兴自己能有个理由晚些和斯内普见面。他招手示意秋·张到对面门厅的角落里去，那些巨大的沙漏就矗立在那里。格兰芬多的沙漏现在几乎已经见底了。"你还好吗？乌姆里奇没有向你问起 D.A. 的事吧？"

"哦，没有，"秋·张急促地说，"没有，只不过……嗯，我只是想说……哈利，我做梦也想不到玛丽埃塔会告……"

"是啊，嗯。"哈利闷闷不乐地说。他确实觉得秋·张在挑选朋

第28章　斯内普最痛苦的记忆

友时也许应该更谨慎一些；玛丽埃塔仍然在校医院里，庞弗雷女士拿她的脓包一点儿办法也没有，哈利上次听到这个消息后，稍微消了消气。

"她这个人其实挺可爱的，"秋·张说，"她不过是犯了个错误——"

哈利难以置信地看着她。

"一个挺可爱的人犯了错误？她把我们全都出卖了，其中也包括你！"

"嗯……我们不是都没事吗？"秋·张辩解道，"你知道，她妈妈在魔法部工作，对她来说实在太难——"

"罗恩的爸爸也在魔法部工作！"哈利恼火地说，"而你也许没注意到，他的脸上可没写着告密生——"

"赫敏·格兰杰那个鬼把戏太可恶了，"秋·张不高兴地说，"她应该告诉我们她给那份名单施过咒语——"

"我倒认为那是个很高明的主意。"哈利冷冷地说。秋·张满脸通红，眼睛变得更亮了。

"噢，对啦，我忘了——当然了，那是亲爱的赫敏的主意——"

"别又哭鼻子。"哈利警告说。

"我刚才可没想哭！"她喊道。

"是啊……哈……很好，"哈利说，"眼前我要应付的事情够多的了。"

"那就去应付吧！"秋·张怒气冲冲地说，猛一转身，昂首阔步地走开了。

哈利气鼓鼓地走下通向斯内普地下教室的台阶，凭自己的经验，他很清楚如果自己到了那里还在生气，斯内普会更容易看透他的思想，可是在到达斯内普的门口以前，他一直在想应该和秋·张多讲几件玛丽埃塔的事情，除此以外，他什么都顾不上去想。

"你迟到了,波特。"哈利关上身后的门时,斯内普冷若冰霜地说。

斯内普背对哈利站着,正像往常一样把自己的某些思想抽出来,小心地放进邓布利多的冥想盆里。他把最后一缕银色物质加到了石盆里,转过身面对着哈利。

"那么,"他说,"你已经练习过了?"

"是的。"哈利撒了个谎,小心地望着斯内普那张桌子的一条腿。

"好吧,我们马上就能看出真假,对吗?"斯内普拿腔拿调地说,"拿出魔杖,波特。"

哈利走到老位置上,隔着桌子面对斯内普。他仍然在生秋·张的气,而且还担心斯内普看透自己的心思,所以心里扑通扑通跳得很快。

"那就数到三吧,"斯内普慢条斯理地说,"一——二——"

斯内普办公室的门砰的一声开了,德拉科·马尔福快步走了进来。

"斯内普教授,先生——哦——对不起——"

马尔福有几分惊讶地望着斯内普和哈利。

"没关系,德拉科,"斯内普说着垂下魔杖,"波特在补习一些魔药课。"

自从那次乌姆里奇突然袭击、审查海格之后,哈利还从没见过马尔福显得这么开心。

"我不知道这件事。"马尔福说,斜眼看着哈利,哈利感到自己脸上火辣辣的。他真愿意付出巨大的代价,只要能够向马尔福大声说出事实真相——也许,更好的办法是,用一个厉害的咒语打中他。

"那么,德拉科,有什么事吗?"斯内普问道。

第 28 章　斯内普最痛苦的记忆

"是乌姆里奇教授，先生——她需要你帮个忙。"马尔福说，"他们找到蒙太了，先生，他在五楼的一个马桶里被卡住了。"

"他怎么到那里去了？"斯内普问道。

"我不知道，先生，他有些昏头昏脑的。"

"很好，很好。波特，"斯内普说，"我们明天晚上再接着上这一课。"

他转身大模大样地离开了办公室。马尔福在斯内普背后用口形对哈利不出声地说："补习魔药课？"然后跟了上去。

哈利怒气冲冲地把魔杖放回长袍里，想要离开这间屋子。至少他又多出二十四个小时可以来进行练习了；他知道自己应该为侥幸逃脱感到庆幸，但他付出的沉重代价是马尔福告诉全校同学哈利需要补习魔药课。

他在办公室门口看到：一块颤动的光斑正在门框上跳跃。他停下脚步，站在那里望着它，想起了什么事情……他记起来了：这有点像他昨天晚上在梦中看到过的那些光斑，当他穿过神秘事务司时，那些光斑就出现在他走过的第二间屋子里。

他转过身。这块光斑是从摆在斯内普桌子上的冥想盆里发出来的。冥想盆里银白色的物质正在旋转着下沉。那是斯内普的思想……如果哈利意外地突破了斯内普的防御，斯内普不想让哈利看到一些事情……

哈利注视着冥想盆，心中涌起一阵阵好奇……斯内普这样小心瞒着哈利的到底是什么呢？

银光在墙上颤动……哈利朝桌子迈了两步，用心地思考着。那会不会是斯内普决定瞒住他的，关于神秘事务司的事情呢？

哈利回头看了看，一颗心从未像现在跳得这么猛、这么快。斯内普把蒙太从厕所里解救出来要花多长时间呢？他会直接返回自己的办公室，还是会护送蒙太去校医院呢？当然是后者……蒙太是斯莱特林魁地奇队的队长，斯内普肯定想确保他没问题。

哈利朝冥想盆跨出最后几步，站在盆边俯视着盆底。他犹豫了一下，听了听，然后抽出魔杖。办公室和外面的走廊十分安静。他用魔杖尖轻轻戳了一下冥想盆里的物质。

盆里的银色物体开始飞快地旋转起来。哈利朝它俯下身，看到它变得透明了。他好像在通过一个圆形的天窗朝一间屋子里看。这已经是第二回了……假如他的判断没有出大错的话，那么他实际上正在俯视着礼堂。

他的呼吸给斯内普的思想表面蒙上了雾气……他觉得自己进退两难……他忍不住想做一件事，但那样太不理智……他颤抖起来……斯内普随时都可能回来……但是哈利想起了秋·张的怒气，想起了马尔福嘲笑的表情，一种鲁莽的勇气控制了他。

他吸了一大口气，把脸颊埋进了斯内普的思想。办公室的地板立刻倾侧过来，使哈利头朝下翻进了冥想盆……

他在一片冰冷的黑暗中飞快地旋转着向下坠落，然后——

他站在礼堂中央，可是四张学院桌不见了。取而代之的是一百多张面对同一方向的小桌子，每张桌旁都坐着一个学生，低着头在一卷羊皮纸上匆匆书写。只能听见羽毛笔的嚓嚓声，偶尔也会响起某人调整自己的羊皮纸时发出的沙沙声。这显然是在进行考试。

阳光穿过高大的窗户，照射在那些低下去的脑袋上，在明亮的光线中，那些脑袋映现出灰褐色、红棕色和金色的光泽。哈利仔细地四下里看了看。斯内普一定就在这里的什么地方……这是他的记忆……

他在那里，就在哈利身后的一张桌子旁。哈利注视着他。十几岁的斯内普显得瘦长而结实，但脸色苍白，就像一株一直生长在黑暗中的植物。他的长发平直油腻，垂荡在桌子上，当他匆忙地书写时，他那只鹰钩鼻离羊皮纸几乎不到半英寸。哈利绕到斯内普背后，

第 28 章 斯内普最痛苦的记忆

看了看试卷上的标题：**黑魔法防御术 —— 普通巫师等级**。

这么说，斯内普一定是十五六岁，跟哈利现在的年龄差不多。那只手在羊皮纸上飞快地左右移动；他比身旁离他最近的那几个人至少多写了一英尺，而且他的字迹又小又密。

"还有五分钟！"

这个声音吓了哈利一跳。他转过身，看见弗立维教授的头顶正在不远处的桌子间移动。弗立维教授从一个长着乱蓬蓬黑头发的男生旁边走过……非常凌乱的黑发……

哈利移动得非常快，如果他有实在的形体，那他准会撞飞几张桌子。然而他好像是在滑行，就像梦中一样，横穿两条过道，顺着第三条过道向前滑去。那个黑发男生的后脑勺离得越来越近了，而且……他现在正直起身体，放下羽毛笔，把那卷羊皮纸拉向身前，好重新读一读自己写下的答案……

哈利停在这张桌子前，低头注视着十五岁时的父亲。

他的心窝里迸发出一阵兴奋：就像在看着一个有点走样的自己。詹姆的眼睛是浅褐色的，鼻子比哈利稍稍长一些，前额上没有伤疤，但是他们俩都长着一样的瘦削面孔，一样的嘴巴，一样的眉毛；詹姆的头发跟哈利的完全相同，也是在脑后支棱着，他的两只手简直就是哈利的手。哈利还能看出，如果詹姆站起来，他们俩的身高相差不会超过一英寸。

詹姆打了个大哈欠，揉了揉自己的头发，把它们弄得比刚才还要凌乱。然后，他朝弗立维教授瞥了一眼，接着在座位上转过身，向身后第四个座位上的男生咧嘴笑了笑。

又是一阵兴奋冲击着哈利，他看到小天狼星向詹姆跷起了大拇指。小天狼星懒洋洋地靠在椅子上，显得很自在，他的身体向后仰着，只用椅子的两条腿着地。他非常英俊，黑色的头发垂在眼前，不经意间带出几分典雅，不管是詹姆的头发还是哈利的头发，可从来都没有这份典雅。一个坐在小天狼星身后的女生正满怀期待地注视着他,可他好像没有注意到。在这个女生所在的那一排,隔着两个座位——哈利高兴得胃里又是一阵蠕动——是莱姆斯·卢平。他显得十分苍白、憔悴(是不是快到月圆的日子了?),正全神贯注地投入考试:他重新读了读自己的答案,用羽毛笔的笔头搔着下巴,微微皱着眉头。

这样看来,虫尾巴一定也在附近的什么地方……果然,哈利片刻之间就发现了他:那个体形矮小、长着灰褐色头发的尖鼻子男生。虫尾巴显得有些焦虑,他啃着手指甲,低头盯着自己的试卷,脚尖在地上蹭来蹭去。他还时不时满怀希望地瞟一眼邻桌学生的试卷。哈利盯着虫尾巴看了一会儿,然后又把目光转向了詹姆,现在他正在一小块羊皮纸上随手乱涂乱画。他已经画好了一个金色飞贼,正描画着"L.E.①"这两个字母。它们代表什么意思呢?

"请停笔!"弗立维教授尖声说,"也包括你,斯特宾斯!在我收羊皮纸的时候,请留在座位上!飞来!"

一百多卷羊皮纸猛地腾空而起,飞进弗立维教授伸出的双臂中,把他撞倒在地上。有些人笑了起来。几个坐在前排桌子旁的学生起身托住弗立维教授的两只胳膊,把他扶了起来。

"谢谢你们……谢谢你们。"弗立维教授气喘吁吁地说,"很好,各位,你们可以走了!"

哈利低头看着自己的父亲,只见他匆匆涂掉了自己刚才一直在修饰的两个字母"L.E.",跳起来把羽毛笔和试卷塞进书包,把书包往肩膀上一甩,站在那里等着小天狼星过来跟他会合。

哈利环顾四周,瞥见斯内普就在不远处,他在两排桌子之间朝通往门厅的大门走去,仍全神贯注地盯着自己的试卷。他拱背曲肩,

---

① 即哈利的母亲莉莉·伊万斯的英文首字母缩写。

第28章 斯内普最痛苦的记忆

动作僵硬,那种抽筋似的步伐让人想起了蜘蛛,油腻腻的头发在脸旁跳动。

一群叽叽喳喳的女生把斯内普跟詹姆、小天狼星和卢平他们隔开了,哈利把自己安插在他们之间,设法不让斯内普脱离自己的视野,同时竖起耳朵倾听詹姆和他的朋友们的对话。

"你喜欢第十题吗,月亮脸?"他们进入门厅后,小天狼星问道。

"太喜欢了,"卢平轻快地说,"举出五种识别狼人的征象。真是好题目。"

"你觉得你能举出所有的征象吗?"詹姆装出担心的口气说。

"我想可以,"卢平一本正经地说,这时人们在前门挤成了一团,急着到外面阳光照耀的场地上去,他们也走进了人群,"第一:他坐在我的座位上。第二:他穿着我的衣服。第三:他的名字叫莱姆斯·卢平。"

只有虫尾巴没有笑。

"我写上了口鼻的形状、眼睛的瞳孔和毛乎乎的尾巴,"他焦虑不安地说,"但是我想不起来其他——"

"你怎么这么笨哪,虫尾巴?"詹姆不耐烦地说,"你每个月都要跟一个狼人到处跑上一回——"

"你小声点儿。"卢平恳求道。

哈利不放心地又看了看后面。斯内普仍旧在不远处,还在埋头看着自己的考试题目——不过这是斯内普的记忆,哈利能肯定,要是斯内普到了外面的场地上决定去别的方向溜达溜达,他——哈利,就没办法再跟着詹姆往前走了。不过,让他长长松了一口气的是,当詹姆和自己的三个朋友大步跨过草地、顺坡而下朝湖边走去时,还在钻研试卷的斯内普跟了上去,他显然没有确定自己要去哪里。哈利一直在斯内普前面不远的地方,设法紧紧地盯住詹姆和其他人。

"哼，我觉得那些试题是小菜一碟，"他听到小天狼星说，"我至少也能考个'优秀'，不然才怪呢。"

"我也是。"詹姆说。他把一只手伸进口袋，掏出了一个正在挣扎的金色飞贼。

"你从哪儿弄来的？"

"偷来的。"詹姆漫不经心地说。他开始耍弄那个飞贼，让它飞到差不多一英尺外，然后再抓住它；他的反应能力出色极了。虫尾巴敬畏地看着他。

他们停在湖边那棵山毛榉树的树荫里，然后趴在草地上闲聊。就在同一棵树下，哈利、罗恩和赫敏曾经花了一个星期天写完作业。哈利又回头瞧了瞧，他高兴地看见，在灌木丛浓密的阴影下，斯内普已经坐在了草地上。跟刚才一样，他还在潜心钻研 O.W.L. 考试的试卷，于是哈利可以自由自在地坐在山毛榉树和灌木丛之间的草地上，望着树底下的那四个人。耀眼的阳光照射在平静的湖面上，照射在岸边，那里坐着一群刚从礼堂里出来的女生，她们欢笑着，脱下了鞋袜，把双脚浸在湖水中凉快着。

卢平抽出一本书，开始阅读。小天狼星盯着周围那些在草地上转悠的学生，他的神色很高傲、很厌倦，不过这样也显得非常帅气。詹姆还在耍弄那只飞贼，让它蹿得越来越远，几乎都要逃脱了，但是他总能在最后一刻一把抓住它。虫尾巴看着他，嘴巴都合不拢了。每当詹姆做出难度极高的动作擒住飞贼时，虫尾巴都会喘着大气拍手喝彩。就这样过去了五分钟，哈利不明白，詹姆为什么不让虫尾巴自己也来抓一抓飞贼，但是詹姆好像很喜欢享受被人关注的乐趣。哈利注意到，自己的父亲有揉乱头发的习惯，他好像始终不想让头发太整齐，而且他还老是望着水边的那些女生。

"把那玩意儿收起来吧，行吗？"在詹姆做了个漂亮的抓捕动

第28章 斯内普最痛苦的记忆

作,虫尾巴发出了一声喝彩后,小天狼星终于开口说,"不然虫尾巴要激动得尿裤子了。"

虫尾巴微微有点脸红,可詹姆却咧开嘴笑了。

"打扰你了。"他说着把飞贼塞回了衣袋。哈利明显地感觉到,詹姆只有在小天狼星面前才会停止炫耀。

"我觉得真无聊,"小天狼星说,"今天要是满月就好了。"

"你没问题,"卢平在书本后面阴沉地说,"我们还要考变形术,要是你觉得无聊,你可以考考我。给你……"他把自己的那本书递了过去。

可是小天狼星用鼻子哼了一声:"我用不着看这些垃圾,我全都知道。"

"这个能让你打起精神,大脚板,"詹姆低声说,"看看那是谁……"

小天狼星扭过头。他突然变得一动不动了,就像一条嗅到了兔子的狗。

"太棒了,"他轻轻地说,"鼻涕精。"

哈利转过身去瞧小天狼星正在看什么。

斯内普又站了起来,把 O.W.L. 考试的试卷塞进书包里。当他离开灌木丛的阴影、想要穿过草地时,小天狼星和詹姆站了起来。

卢平和虫尾巴坐着没动:卢平还在低头盯着自己的书,但是他的眼睛没有移动,而且微微皱起了眉毛;虫尾巴看了看小天狼星和詹姆,又看了看斯内普,脸上显出一种狂热的期待。

"还好吗,鼻涕精?"詹姆大声说。

斯内普的反应真快,就像他已经料到会有一场攻击似的:他甩掉书包,一只手猛地探进长袍,可他的魔杖才举到一半,詹姆就吼道:"除你武器!"

斯内普的魔杖朝空中飞上去十二英尺高,噗的一声轻轻落在他身后的草丛里。小天狼星短促清脆地笑了一声。

"障碍重重！"他说着用魔杖对准了斯内普，斯内普正扑向自己失落的魔杖，可在半路上就被撞倒了。

四周的学生都转身望着他们。一些人站起身，慢慢地凑拢过来。有些人露出疑惧的表情，另一些却觉得挺好玩儿。

斯内普气喘吁吁地躺在地上。詹姆和小天狼星向他步步逼近，扬起了魔杖，詹姆一边走，一边回头瞥着水边那些女生。虫尾巴现在站了起来，兴致勃勃地看着，并朝旁边挪了挪，避开了卢平，好看得更清楚些。

"考得怎么样啊，鼻涕精？"詹姆问。

"我盯着他呢，他的鼻子都碰到羊皮纸了。"小天狼星刻薄地说，"羊皮纸上肯定全都是大块的油渍，他们一个字都别想看清楚。"

几个看热闹的人大声笑了起来；斯内普的人缘显然不怎么样。虫尾巴尖声地咻咻笑着。斯内普很想站起来，但是咒语还对他起着作用；他挣扎着，就像被无形的绳索捆住了似的。

"你——等着吧，"他喘息着，抬眼瞪着詹姆，脸上带着十足的憎恶表情，"你——等着吧！"

"等什么呀？"小天狼星冷冷地说，"你想怎么样啊，鼻涕精，往我们身上蹭鼻涕吗？"

一连串夹杂在一起的粗话和恶咒从斯内普嘴里冒了出来，但是他的魔杖在十英尺以外，所以什么事也没发生。

"给你洗干净嘴巴，"詹姆冷冰冰地说，"清理一新！"

斯内普的嘴里立刻吐出了粉红色的肥皂泡；他的嘴唇上粘满了泡沫，他想呕吐，憋得透不过气来——

"放开他！"

詹姆和小天狼星扭头望去。詹姆的另一只手立即飞快地伸向自己的头发。

第 28 章　斯内普最痛苦的记忆

那是一个从湖边走来的女生。她有一头浓密的深红色长发，一直垂到肩膀上，还有一双绿得出奇的杏眼——哈利的眼睛。

哈利的母亲。

"你好吗，伊万斯？"詹姆说，他的语调突然友好起来，变得更深沉更成熟了。

"放开他。"莉莉重复道，她看着詹姆，露出极为厌恶的表情，"他怎么惹你了？"

"这个嘛，"詹姆说，摆出一副正在苦苦考虑要点的样子，"他根本就不应该存在，但愿你明白我的意思……"

许多围观的学生大声笑起来，小天狼星和虫尾巴也笑了，但是好像还在专注读书的卢平却没有笑，莉莉也没有笑。

"你觉得自己挺风趣，"她冷冷地说，"可你只不过是个傲慢无礼、欺负弱小的下三滥，波特。放开他。"

"要是你愿意跟我好，我就放了他，伊万斯，"詹姆马上说，"说吧……跟我一起出去玩玩，我就再也不会用魔杖动老鼻涕精一根汗毛。"

在他身后，障碍咒的效力正在逐渐减弱。斯内普开始朝自己失落的魔杖慢慢挪动，他一边爬一边呕吐出带泡泡的肥皂水。

"就算是要在你和巨乌贼之间选一个，我也不会和你出去玩。"莉莉说。

"走背字了吧，尖头叉子。"小天狼星快活地说，朝斯内普转过身，"**哎呀！**"

但是太晚了；斯内普已经把魔杖对准了詹姆，一道闪光，詹姆的一侧脸颊上出现了一道深深的伤口，鲜血溅落在他的长袍上。詹姆猛地转身：第二道闪光过后，斯内普被头朝下倒挂在空中，他的长袍垂落下去盖住了脑袋，露出了瘦得皮包骨头的苍白的双腿，还有一条快变成黑色的内裤。

在周围的一小群人里，有许多人在喝彩；小天狼星、詹姆和虫尾巴纵声大笑。

刹那间，莉莉愤怒的表情波动了一下，就像她也要微笑似的，但她说："把他放下来！"

"当然可以。"詹姆说，然后他猛地扬起魔杖；斯内普坠落到地上缩成了一团。他挣开自己的长袍，马上站起来，举起了魔杖，不料小天狼星说了声："统统石化！"斯内普又仰面朝天倒在地上，僵硬得像块木板。

"**放开他！**"莉莉喊道。现在她把自己的魔杖抽了出来。詹姆和小天狼星小心地盯着它。

"哎，伊万斯，别逼我对你施恶咒啊。"詹姆严肃地说。

"那就给他解开咒语！"

詹姆深深地叹了一口气，接着转身面对斯内普，低声说出了破解咒。

"你走吧，"他在斯内普挣扎着站起来时说，"算你走运，伊万斯在这里，鼻涕精——"

"我用不着她这种臭烘烘的小泥巴种来帮忙！"

莉莉眨了眨眼睛。

"很好，"她冷冷地说，"往后我再也不会操这个心了。还有，如果我是你的话，我会洗洗自己的内裤，鼻涕精。"

"向伊万斯道歉！"詹姆朝斯内普吼道，他的魔杖威胁地指着斯内普。

"我用不着你来逼着他道歉。"莉莉转身朝詹姆喊道，"你跟他一样讨厌。"

"什么？"詹姆大声喊道，"我**从来**没说过你是个——你知道是什么！"

"你认为摆出刚从飞天扫帚上下来的样子很酷，所以就把头发

第28章　斯内普最痛苦的记忆

弄得乱七八糟，拿着那只傻乎乎的飞贼卖弄，在走廊里碰上谁惹你不高兴就给谁念咒语，就因为你能——我真奇怪，你的扫帚上有那么个大肥脑袋居然还能离开地面。你让我**恶心**。"

她猛地一转身，飞快地跑开了。

"伊万斯！"詹姆在她身后喊道，"喂，**伊万斯**！"

可她没有回头。

"她怎么了？"詹姆问。他本想漫不经心地说出这个问题，就像这个问题对他来说无所谓一样，但是他失败了。

"从她话里的言外之意来看，我只能说，她觉得你有点傲慢自大，哥们儿。"小天狼星说。

"好吧，"詹姆说，现在他看上去真的来了火气，"好吧——"

又是一道闪光，斯内普又被头朝下倒挂在空中。

"谁想看看我把鼻涕精的内裤脱下来？"

但是，哈利永远不会知道詹姆是否真的脱下了斯内普的内裤。一只手紧紧抓住了他的上臂，紧得像用钳子夹住一样。哈利退缩着，扭头看是谁抓住了自己，这一看把他吓得哆嗦起来，一个已经长大成人的斯内普就站在他旁边，气得脸色煞白。

"玩得开心吗？"

哈利感到自己在升向空中；他周围的夏日景象消失了；他在冰冷的黑暗中向上飘去，斯内普那只手还在紧紧抓着他的上臂。然后，随着一种急速俯冲的感觉，就像他在半空中翻了个跟头，他的双脚撞在了斯内普地下教室的石头地板上，他又一次站在斯内普桌子上的冥想盆旁，置身于现实中的魔药课老师昏暗的书房里。

"那么，"斯内普说，他用力地抓着哈利的胳膊，哈利感到手开始麻木，"那么……很开心吧，波特？"

"没—没有。"哈利说着，想努力把胳膊挣脱出来。

太吓人了：斯内普双唇颤抖，脸色苍白，露出了牙齿。

"你父亲是个有趣的人,是吧?"斯内普说,使劲地摇晃着哈利,哈利的眼镜都从鼻子上滑落了下去。

"我——没有——"

斯内普使足全身的力气把哈利推了出去。哈利重重地摔在地下教室的地板上。

"不准你把看到的事告诉任何人!"斯内普怒吼道。

"不会。"哈利说着站起来,尽量离斯内普远一点儿,"不会,我当然——"

"滚出去,滚出去,我再也不想在这间办公室里看到你!"

当哈利朝门口猛冲过去时,一个盛着死蟑螂的罐子在他头顶上炸裂了。他用力甩开房门,顺着走廊一路飞奔,直到与斯内普隔了三层楼才停下来。他气喘吁吁地靠在墙上,揉搓着那只带瘀伤的胳膊。

他一点儿也不想这么早就回到格兰芬多塔楼,也不想把自己刚才看见的事情告诉罗恩和赫敏。哈利觉得那么恐惧、难过,这并不是因为斯内普冲他大喊大叫,也不是因为斯内普用罐子砸他,而是因为他深知在一群围观者中间受辱是什么滋味,他很清楚斯内普被他的父亲嘲弄时是什么心情。从他刚才的所见所闻来看,他的父亲确实是个傲慢自大的人,跟斯内普一直以来对他讲述的一模一样。

第 29 章

就业指导

"**可**是你为什么不再上大脑封闭术课了?"赫敏皱着眉头问。

"我跟你说过了,"哈利低声说道,"斯内普认为我已经掌握了基本规则,能够自己往下学了。"

"那么,你不再做怪梦了?"赫敏怀疑地说。

"差不多吧。"哈利躲着她的目光说。

"哼,我认为,在你完全有把握能够控制之前,斯内普不应该停课!"赫敏气愤地说,"哈利,我认为你应该回去找他请求 ——"

"不。"哈利斩钉截铁地说,"别再说这事儿了,赫敏,好吗?"

这是复活节假日的第一天,赫敏按照惯例,花了大半天时间给他们三人画了复习时间表。哈利和罗恩随她去画,这比跟她争论省事得多,而且,说不定那些时间表会派上用场呢。

罗恩发现离考试只有六个星期时,着实吃了一惊。

"这有什么可吃惊的?"赫敏问道,一边用魔杖敲了敲罗恩时间表上的每个小方块,使它们根据不同的科目闪出不同的颜色。

"不知道,"罗恩说,"最近发生的事情太多了。"

"好了,给你吧,"赫敏说着,把时间表递给罗恩,"只要照着做,就应该没问题。"

罗恩愁眉苦脸地低头看着时间表,突然喜笑颜开了。

"你让我每星期有一个晚上休息!"

"那是有魁地奇训练。"赫敏说。

罗恩脸上的笑容消失了。

"有什么用呢?"他说,"今年我们要想赢得魁地奇杯,就跟我爸爸要当魔法部部长一样希望渺茫。"

赫敏什么也没说,她看着哈利,只见他呆呆地望着公共休息室的墙壁,克鲁克山用爪子扒拉着他的手,想让他给它挠挠耳朵。

"怎么啦,哈利?"

"什么?"他赶紧说道,"没什么。"

他一把抓起自己的《魔法防御理论》,假装在索引里查找什么。克鲁克山觉得自己是白费力气,就离开他,钻到了赫敏椅子底下。

"我刚才看见秋·张了,"赫敏试探地说,"她看上去脸色也很糟糕……你们俩又吵架了?"

"什——哦,是啊,吵架了。"哈利说,赶紧抓住这个借口。

"为什么吵呢?"

"还不是为了她那个告密的朋友,玛丽埃塔。"哈利说。

"对,没错,你做得对!"罗恩放下复习时间表,气呼呼地说,"要不是她……"

罗恩开始喋喋不休地大骂玛丽埃塔·艾克莫,哈利觉得这正好帮了他的忙。他只需显出生气的样子,在罗恩喘气的空当点点头,说一声"对啊""没错"就行了,而他的思绪则沉浸在冥想盆里看到的事情中,这使他心情更糟糕了。

这段往事啃噬着他的心灵。他一直那么坚信爸爸妈妈是出类拔萃的人,从不相信斯内普对他爸爸人品的恶意中伤。海格和小天狼星这些人不是对哈利说过他爸爸有多么优秀吗?(是啊,是啊,看

第29章　就业指导

看小天狼星自己的那副德性,哈利脑子里一个恼人的声音说……他也好不到哪儿去,不是吗?)不错,他有一次确实听见麦格教授说他爸爸和小天狼星在学校里专门惹是生非,可是麦格教授把他们说成是韦斯莱孪生兄弟的先驱,而哈利无法想象弗雷德和乔治会为了闹着玩儿把人头朝下倒挂起来……除非确实恨之入骨……比如马尔福,或者某个活该受此惩罚的人……

哈利想找出理由证明斯内普活该在詹姆手里遭受那样的折磨。然而,莉莉这样发问:"他怎么惹着你们了?"詹姆这样回答,"他根本就不应该存在,但愿你明白我的意思。"仅仅因为小天狼星说了一声无聊,詹姆就开始了这一切,不是吗?哈利记得卢平在格里莫广场说过,邓布利多选他做级长,就是希望他能对詹姆和小天狼星有所管束……可是在冥想盆里,他只是坐在那儿,袖手旁观……

哈利不断地提醒自己,莉莉出面干涉了。她妈妈是正直的。然而,想起她朝詹姆嚷嚷时脸上的表情,哈利同样也非常烦恼。她显然十分讨厌詹姆,哈利想不明白他们最后怎么会结婚,有一两次他甚至怀疑是詹姆强迫莉莉嫁给了他……

近五年来,哈利一想起爸爸,就能获得安慰和灵感。每当有人对他说他长得像詹姆,他便会感到由衷的骄傲。然而现在……现在,他想起爸爸,只觉得心里发冷、难受。

复活节的假日一天天过去了,天气越来越晴朗、温暖,和风习习,可是哈利和其他五年级、七年级的同学一起困在屋里,复习功课,一趟趟地跑图书馆。哈利假装自己情绪不好不是别的原因,只是考试临近引起的。格兰芬多的其他同学也对学习产生了厌倦,所以他的说法没有引起怀疑。

"哈利,我在跟你说话呢,你能听见吗?"

"唔?"

哈利回过头来，金妮·韦斯莱已经来到图书馆里他独自孤坐的桌旁，她的头发被风吹得乱蓬蓬的。这是星期天晚上，时间已经很晚。赫敏去格兰芬多塔楼复习古代如尼文，罗恩有魁地奇训练。

"哦，你好，"哈利说着，把书本往跟前拖了拖，"你怎么没参加训练？"

"已经结束了，"金妮说，"罗恩不得不送杰克·斯劳珀去了医院。"

"为什么？"

"唉，我们也不清楚，我们觉得他是被自己的球棒打昏了。"她重重地叹了口气，"不说他了⋯⋯刚才送来了一个包裹，它好歹通过了乌姆里奇的新审查程序。"

她把一个包着牛皮纸的盒子放在桌上，盒子显然被打开过，又被马马虎虎地重新包上了。上面贴着一张纸条，用红墨水潦草地写着：

经霍格沃茨高级调查官审查通过。

"是妈妈寄来的复活节彩蛋，"金妮说，"有一个是给你的⋯⋯拿着。"

她递给哈利一个漂亮的巧克力蛋，上面装饰着一些糖霜做的小小的金飞贼，根据包装上的说明，里面还装着一袋滋滋蜜蜂糖。哈利盯着它看了一会儿，惊恐地感觉到喉头变得哽咽了。

"你没事吧，哈利？"金妮小声问。

"没事，我挺好的。"哈利声音沙哑地说。被哽住的喉头很疼。他不明白为什么一个复活节彩蛋会使他感觉这么强烈。

"你最近好像情绪很低落。"金妮追问道，"其实，我相信只要你跟秋·张好好谈谈⋯⋯"

"我不想跟秋·张谈。"哈利唐突地说。

"那你想跟谁谈？"金妮问。

"我⋯⋯"

第29章　就业指导

他朝四周望望,确保没有人在偷听。平斯女士与他们隔着几排书架,正在给神情焦虑的汉娜·艾博往一大摞图书上盖章。

"我希望能跟小天狼星谈谈,"他低声说,"可是我知道办不到。"

哈利拆开复活节彩蛋的包装,掰下一大块巧克力放进嘴里,他其实并不想吃,只是为了让自己有点事情做。

"我看,"金妮慢慢地说,一边也给自己掰了一块巧克力,"如果你真的想跟小天狼星谈话,我们倒是可以想一个办法。"

"得了吧,"哈利绝望地说,"有乌姆里奇在那儿监视炉火,查看我们所有的信件呢!"

"跟弗雷德和乔治一起长大有一个好处,"金妮若有所思地说,"就是你会认为,只要有胆量就没有办不成的事。"

哈利看着金妮。兴许是巧克力的效果吧——卢平总是建议在遭遇摄魂怪后吃些巧克力——或者只是因为他终于说出了一星期来折磨他的想法,他觉得心里亮堂了一些。

"**你们在这里干什么?**"

"哦,该死,"金妮小声说,腾地站了起来,"我忘记了——"

平斯女士朝他们俩扑了过来,一张皱巴巴的脸气得都扭曲了。

"在图书馆里吃巧克力!"她嚷道,"出去——出去——**出去!**"

她嗖地抽出魔杖,让哈利的课本、书包和墨水瓶一下下地砸着他和金妮的脑袋,把他们赶出了图书馆。

似乎是为了强调即将到来的考试的重要性,假期快结束时,格兰芬多塔楼的桌子上出现了一大堆关于各种巫师职业的小册子、传单和通知,布告栏里也贴着一张告示,上面写着:

就业指导

夏季学期的第一个星期内,所有五年级同学必须与其院长面谈将来的就业问题。每位同学的面谈时间见下表。

哈利看看列表,发现他要在星期一下午两点半到麦格教授的办公室去,这就意味着会错过大半堂占卜课。复活节的最后一个周末,他和五年级的其他同学花了大量时间阅读放在那里供他们浏览的所有就业资料。

"哦,我不喜欢当治疗师。"罗恩在假期的最后一天晚上说。他正在埋头研究一张传单,上面印着圣芒戈医院的骨头加魔杖的标志。"这上面说你在魔药学、草药学、变形术、魔咒学和黑魔法防御术的N.E.W.T.考试中成绩至少达到'E'。我是说……天哪……这要求还真不高呀,是不是?"

"那是一份责任非常重大的工作,不是吗?"赫敏漫不经心地说。她在钻研一张鲜艳的粉红色和橘黄色相间的传单,顶上印着:**"你认为自己愿意从事麻瓜联络的工作吗?"** "跟麻瓜打交道倒似乎不需要许多资格,只需要一张麻瓜研究的O.W.L.证书:更重要的是你的热情、耐心和幽默感!"

"要跟我姨父打交道,光有幽默感可就不管用了,"哈利板着脸说,"恐怕还需要知道什么时候该躲闪。"他正在读一本关于巫师银行的小册子,"听听这个,你在寻找一份具有挑战性的工作,涉及旅游、冒险和大量与危险有关的财富吗? 请考虑就职于古灵阁巫师银行,本行目前正在招聘解咒员,有令人激动的出国工作机会……可是需要学过算术占卜。赫敏,你能行!"

"我不太喜欢在银行工作。"赫敏淡淡地说。她现在研究的是:**你有培训巨怪保安所需要的资格吗?**

"喂。"一个声音在哈利耳边响起。他转过头,看见弗雷德和乔

第29章 就业指导

治也来了。"金妮跟我们谈了你的事。"弗雷德说着,把他两条腿伸在面前的桌上,几本介绍魔法部职业的小册子被碰得滑落在地,"她说你想跟小天狼星谈谈?"

"什么?"赫敏敏感地问,一只手正要去拿**"在魔法事故和灾害司找到乐趣"**,停在了半空。

"是啊……"哈利假装不经意地说,"是啊,我想——"

"别胡思乱想了。"赫敏说,挺起身子望着他,好像不敢相信自己的眼睛似的,"别忘了乌姆里奇在监视炉火,搜查所有的猫头鹰!"

"是这样,我们认为能找到办法摆脱这些。"乔治说着,笑眯眯地伸了个懒腰,"很简单,只要打一个掩护。对了,你们恐怕注意到我们在复活节一直比较安静,没搞什么破坏,是不是?"

"我们问自己,破坏休闲时间有什么意义呢?"弗雷德接着说,"我们的回答是:毫无意义。而且,那样我们肯定会扰乱别人的复习,这可是我们最不愿意做的事情。"

他假装一本正经地朝赫敏微微点点头。赫敏似乎为这种周到的考虑感到很吃惊。

"可是从明天起我们又走上正轨了,"弗雷德继续用轻快的语调说,"如果我们要制造一点混乱,为什么不让哈利趁这个机会跟小天狼星聊聊呢?"

"是啊,不过,"赫敏说,那架势好像在跟某个脑子迟钝的人解释一件非常简单的事,"即使你们打了掩护,哈利又怎么能跟他说上话呢?"

"乌姆里奇的办公室。"哈利轻声说。

两个星期来,他一直在考虑这件事,认为没有别的选择。乌姆里奇亲自对他说过,唯一不受监视的是她自己的炉火。

"你——难道——疯了吗?"赫敏压低声音说。

罗恩放下了菌类种植业的就业传单,警惕地听着他们的谈话。

"我认为没有。"哈利耸耸肩膀说。

"首先你怎么进去呢?"

哈利对这个问题早有准备。

"小天狼星的刀子。"他说。

"你说什么?"

"前年圣诞节,小天狼星送给了我一把能开各种锁的刀子,"哈利说,"如果乌姆里奇给门施了魔法——我猜她肯定会这么做,阿拉霍洞开也不管用——"

"你对这件事怎么看?"赫敏质问罗恩,哈利不由自主地想起第一天在格里莫广场吃晚饭时韦斯莱夫人求助于丈夫时的模样。

"不知道。"罗恩说,他突然被问及自己的看法,显得很紧张,"如果哈利想这么做,就该由他自己决定,不是吗?"

"说得好,够朋友,不愧是韦斯莱家的人。"弗雷德说着,重重地拍了一下罗恩的后背,"好了,我们考虑就在明天行动,放在下课之后,因为大家都在走廊上时效果才最壮观——哈利,我们将在城堡东侧某个地方行动,把她从办公室里引出来——我估计我们可以保证你有,多少呢,二十分钟?"他看着乔治说。

"没问题。"乔治说。

"用什么方式打掩护呢?"罗恩问。

"你会看到的,老弟,"弗雷德说着,跟乔治一起站了起来,"如果你明天五点钟左右溜达到马屁精格雷戈里的走廊上,就会看到。"

第二天,哈利醒得很早,他的心情简直就跟去魔法部受审的那天早晨一样焦虑不安。他感到紧张,不仅是因为想到要闯进乌姆里奇的办公室,利用她的炉火跟小天狼星说话——这确实很冒险,而且还因为今天他要接近斯内普,自从斯内普把他赶出办公室后,这还是第一次。

第29章 就业指导

哈利躺在床上考虑着即将到来的一天,片刻之后,他悄悄起身,走到纳威床旁的窗前,望着外面堪称十分灿烂的早晨。天空是一片晴朗的、雾蒙蒙的乳白蓝色。正对着窗户,哈利看见了下面那棵高大的山毛榉树,他爸爸当年曾在那里欺负过斯内普。他不知道小天狼星能对他说什么来解释他在冥想盆里看到的情景,但是他迫切地想听听小天狼星对这件事的叙述,想知道有没有可以使他的痛苦大大缓和的因素,有没有为他爸爸的行为开脱的理由……

什么东西吸引了哈利的注意:禁林边缘有什么东西在动。哈利在阳光下眯起眼睛,看见海格从树丛中钻了出来。他看上去一瘸一拐的。哈利注视着他步履蹒跚地走进小屋的门,不见了。哈利盯着小屋看了几分钟,海格没有再出现,但烟囱里冒出了缕缕青烟,说明海格受伤不是很严重,还有力气自己烧火。

哈利离开窗户,走到自己的箱子前,开始穿衣服。

要强行闯进乌姆里奇的办公室,哈利知道这一天肯定不会过得很平静,但是他没有想到赫敏会这样喋喋不休、不依不饶地劝说他放弃五点钟的计划。破天荒地,她在魔法史课上像哈利和罗恩一样心不在焉,没有听宾斯教授讲课,而是不停地小声劝说,哈利硬着头皮不理不睬。

"……如果她真的把你逮住,不仅你会被开除,而且她肯定能猜到你是在跟伤风谈话,我估计这次她会强迫你喝下吐真剂,回答她的审问……"

"赫敏,"罗恩气愤地压低声音说,"你能不能别再数落哈利,好好听宾斯讲课,难道要我自己记笔记吗?"

"你就记一回笔记吧,这要不了你的命!"

当他们来到地下教室时,哈利和罗恩都不跟赫敏说话了。赫敏毫不妥协,她利用他们的沉默,继续喋喋不休,长篇大论地提出警告,而且一直压低声音,用情绪激烈的嘶嘶声说话,害得西莫浪费了整整五分钟时间检查他的坩埚是不是漏了。

斯内普呢,似乎拿定主意把哈利当成空气。哈利对这一策略早已司空见惯,因为这是弗农姨父惯用的伎俩之一,他还暗自庆幸用不着遭受更厉害的折磨。实际上,跟他平常忍受的斯内普那些恶意的冷嘲热讽比起来,这种新方式倒算得上是一种改善。他很高兴地发现,在不受干扰的情况下,他很轻松地就调制出了一锅活力滋补剂。快要下课的时候,他把一些药剂舀进瓶子,塞紧瓶塞,拿到斯内普的讲台上去让他打分,觉得自己总算勉强能捞到一个"E"了。

他刚转身离开,就听见哗啦一声响。马尔福爆发出开心的大笑。哈利赶紧回过身去。他的药剂样品在地板上摔成了碎片,斯内普带着一种幸灾乐祸的表情注视着他。

"哎哟,"他轻声说,"又是一个零分,波特。"

哈利气得说不出话来。他大步走回自己的坩埚,打算再装满一瓶子,强迫斯内普给他打分,可是他惊恐地看到剩下的药剂都没了。

"对不起!"赫敏用双手捂住嘴巴说道,"实在对不起,哈利。我以为你完事儿了呢,就把它清理掉了!"

哈利沮丧极了,没有心情做答。下课铃响了,他匆匆跑出地下教室,头也不回,想在吃午饭时能在纳威和西莫中间找到一个座位,这样赫敏就没法再跟他唠叨使用乌姆里奇办公室的事了。

去上占卜课时,他的心情糟透了,竟然忘记了跟麦格教授预约的就业问题指导。直到罗恩问他怎么没去麦格教授的办公室,他才突然想了起来。他赶紧冲上楼梯,跑得上气不接下气,还好,只迟到了几分钟。

"对不起,教授,"他气喘吁吁地关上房门说,"我忘记了。"

"没关系,波特。"麦格教授语气轻快地说,可是就在她说话的当儿,墙角里有人抽了一下鼻子。哈利扭过头望去。

乌姆里奇教授坐在那里,膝盖上放着写字板,脖子上围着花里

第29章 就业指导

胡哨的荷叶边,脸上带着一丝得意的笑容,难看极了。

"坐下吧,波特。"麦格教授简短地说。她挪动着散落在她桌上的许多小册子,双手微微颤抖。

哈利背对乌姆里奇坐了下来,努力假装听不见她的羽毛笔在写字板上发出的沙沙声。

"好了,波特,这次面谈是要讨论你对就业的一些想法,帮助你决定六、七年级应该继续学习哪些科目。"麦格教授说道,"你有没有考虑过,你离开霍格沃茨后想做什么呢?"

"呃——"哈利支吾着。

他发现身后羽毛笔的沙沙声很让人分神。

"说吧。"麦格教授催促哈利。

"我,我想,也许,当一名傲罗。"哈利小声嘟哝说。

"那你需要成绩优异才行。"麦格教授说着,从桌上乱糟糟的一堆东西下抽出一张黑色的小传单打开来,"他们要求至少五个N.E.W.T.证书,成绩都不能低于'良好'。此外你必须在傲罗办公室经受一系列严格的性格和才能测试。从事这种职业很不容易,波特,他们只接受最优秀的人才。事实上,我记得最近三年他们都没有接受新人。"

这时,乌姆里奇教授十分轻微地咳嗽了一声,似乎在试探她的咳嗽声能有多轻。麦格教授没有理会。

"你大概需要知道应该学习哪些科目吧?"麦格教授继续说道,声音比刚才略高了一些。

"是啊,"哈利说,"我猜有黑魔法防御术吧?"

"那是当然,"麦格教授干脆地说,"我还建议——"

乌姆里奇教授又咳嗽了一声,这次声音稍微大了一点儿。麦格教授把眼睛闭了闭又睁开了,仍然当什么事也没有发生似的。

"我还建议你学习变形术,因为傲罗在工作中需要频繁地变形和现形。我现在就应该告诉你，波特，我的 N.E.W.T. 班只接受在 O.W.L. 考试中获得'良'以上成绩的学生。你目前的平均成绩是'及格'，所以需要在考试前格外用功，才有机会继续学习。此外你还需要学习魔咒学，它在任何时候都很有用，还有魔药学。是的，波特，魔药学，"她脸上闪过一丝若有若无的微笑，"魔药和解药是傲罗需要掌握的基本知识。我必须告诉你，斯内普教授断然拒绝接受魔药学 O.W.L. 考试成绩低于'优秀'的学生，所以——"

乌姆里奇教授发出了到目前为止最响的一声咳嗽。

"要我给你一点止咳药水吗，多洛雷斯？"麦格教授生硬地问，看也不看乌姆里奇教授。

"哦，不用，太谢谢了。"乌姆里奇说，脸上挂着哈利恨之入骨的那种假笑，"我只是在考虑我能不能稍稍地打点儿小岔，米勒娃。"

"看来你已经发现自己能够打岔。"麦格教授从紧咬的牙缝里说。

"我刚才在考虑，波特先生是否具备一名傲罗所需要的气质呢？"乌姆里奇教授用甜甜的声音说。

"是吗？"麦格教授高傲地说。"听我说，波特，"她继续往下说，就好像根本没有被打断似的，"如果你真有这个抱负，我建议你集中精力让你的变形术和魔药学达到标准。我看到近两年弗立维教授给你的成绩在'及格'和'良'之间，看来你的魔咒学还符合要求。至于黑魔法防御术，你的成绩一向很好，特别是卢平教授认为你——你真的不想喝点止咳药水吗，多洛雷斯？"

"哦，不必了，谢谢你，米勒娃，"乌姆里奇教授假笑着说，她刚才发出了一声更加响亮的咳嗽，"我只是担心你恐怕没有看到哈利最近的黑魔法防御术的成绩。我相信我塞了一张纸条。"

"什么，是这东西吗？"麦格教授用反感的语气说，从哈利的档案夹里抽出一张粉红色的羊皮纸。她扫了一眼，微微扬起了眉毛。她没作评论，又把它放回了档案夹里。

第29章 就业指导

"是的，就像我刚才说的，波特，卢平教授认为你在这门课上表现出了出色的才能，对于成为一名傲罗——"

"你没有看懂我的纸条吗，米勒娃？"乌姆里奇教授用甜腻腻的声音问，她居然忘记了咳嗽。

"当然看懂了。"麦格教授说，她牙齿咬得真紧，说话的声音都有点儿发闷了。

"那就好，我只是感到困惑……我恐怕不能理解你怎么能给波特先生不切实际的希望——"

"不切实际的希望？"麦格教授重复了一遍，仍然不肯回头看看乌姆里奇教授，"他在黑魔法防御术的所有考试中都拿到了高分——"

"非常抱歉，我不得不对你提出异议，米勒娃，你从我的纸条上可以看出，哈利在我班上的成绩很糟糕——"

"我应该把我的意思说得更清楚一些，"麦格教授说，终于回过头直视着乌姆里奇的眼睛，"在每一位称职的老师安排的所有黑魔法防御术考试中，他都拿到了高分。"

乌姆里奇教授的笑容突然消失了，就像一只灯泡突然爆掉了一样。她靠回到椅背上，在写字板上翻过一页，开始速度很快地写着什么，一对鼓凸的眼睛左右转动。麦格教授转向哈利，她的鼻翼翕动，眼睛里冒着怒火。

"还有什么问题吗，波特？"

"有，"哈利说，"如果 N.E.W.T. 考试的成绩够了，魔法部会做什么样的性格和才能测试呢？"

"是这样，你需要在承受压力方面展示出良好的反应能力，"麦格教授说，"还有毅力和献身精神，因为傲罗培训还需要三年时间，更不用说非常高超的防御术实践技巧。这意味着离开学校之后还要学习很多东西，因此，除非你有心理准备——"

"我认为你还会发现,"乌姆里奇说,现在她的语气变得很冷了,"魔法部要调查那些申请成为傲罗的人的记录。违法记录。"

"——除非你有心理准备,在离开霍格沃茨后还要参加更多的考试,不然你真的应该考虑考虑别的——"

"这就意味着,这个男孩成为傲罗的希望,就像邓布利多重返这所学校的希望一样。"

"那就希望很大了。"麦格教授说。

"波特有违法记录。"乌姆里奇大声说。

"对波特的所有指控都已澄清。"麦格的声音比她的还大。

乌姆里奇教授站了起来。她个子太矮了,站起来和坐着没有多大区别,但是她原先那副假惺惺的、大惊小怪的做派,已经变成了实实在在的愤恨,这使得她那张皮肉松弛的胖脸显得特别狰狞可怕。

"波特绝对没有可能成为傲罗!"

麦格教授也站了起来,而她的这个举动就很有威慑力了。她和乌姆里奇教授站在一起,明显高出了许多。

"波特,"她说,声音清脆响亮,"我会帮助你成为一名傲罗,哪怕这是我生前做的最后一件事! 哪怕需要我每天晚上给你补课,我也会保证你获得需要的成绩!"

"魔法部部长绝对不会雇用哈利·波特!"乌姆里奇恼羞成怒地提高了声音。

"等到波特准备加入时,魔法部也该换部长了!"麦格教授嚷道。

"啊哈!"乌姆里奇教授尖叫起来,用一根粗短的手指指着麦格,"对了! 对了,对了,对了! 当然啦! 这就是你想要的,是不是,米勒娃·麦格? 你想要阿不思·邓布利多取代康奈利·福吉! 你想坐到我的位置上,是不是:魔法部高级副部长兼校长!"

"真是胡言乱语。"麦格教授极端蔑视地说,"波特,我们的就

第29章 就业指导

业咨询结束了。"

哈利把书包甩上肩头,没敢看乌姆里奇教授一眼,冲出了办公室。他在走廊里飞跑,一路都能听见乌姆里奇和麦格教授还在互相嚷嚷。

这天下午,乌姆里奇教授大步走进黑魔法防御术的课堂时,仍然气喘吁吁,就好像刚刚参加完赛跑。

"哈利,我希望你慎重考虑过了你打算做的事情。"赫敏小声说,这时他们把课本翻到了第三十四章,非报复手段和谈判,"看上去乌姆里奇的情绪已经很糟糕了……"

乌姆里奇不时朝哈利投来愤怒的目光,哈利一直低着脑袋,盯着《魔法防御理论》,但他的眼睛是失神的,心里在思索……

他可以想象出,如果他擅自闯入乌姆里奇教授办公室时被抓住,麦格教授会有什么反应,就在几小时前,她还为哈利做了担保……他完全可以返回格兰芬多塔楼,希望在暑假某个时候有机会跟小天狼星打听他在冥想盆里看到的一幕……然而,一想起要采取这种理智的行为,他就觉得心头压上了一块沉甸甸的东西……而且还有弗雷德和乔治,他们已经在策划着打掩护了,更不用说小天狼星给他的那把刀子,此刻就放在他的书包里,跟他父亲的那件旧隐形衣在一起。

可是,万一他被抓住……

"为了让你留在学校,邓布利多做出了牺牲,哈利!"赫敏小声说,她把课本举起来挡住脸,不让乌姆里奇看见,"如果你今天被赶出学校,他的牺牲就白费了!"

他可以放弃这个计划,努力忍受那段记忆,他父亲二十多年前一个夏天做的事情……

接着他想起了小天狼星在楼上格兰芬多公共休息室的炉火里……

你不如我想的那样像你父亲……对詹姆来说,只有冒险才有

乐趣……

然而，他还愿意像他父亲吗？

"哈利，别干了，求求你别干了！"下课铃响起时，赫敏用苦恼的声音说。

哈利没有回答，他不知道该怎么办。

罗恩似乎拿定主意不发表意见，不提出忠告，他躲着不看哈利，但每当赫敏又开口劝说哈利时，他会轻声说一句："你歇歇吧，好吗？他可以自己做决定的。"

离开教室时，哈利的心跳得很快。他顺着走廊走到一半，就听到远处传来了确凿无疑的打掩护的声音。尖叫声和大喊声在上面什么地方回荡着。哈利周围，从教室里出来的人们都停下脚步，忧心忡忡地抬头望着天花板——

乌姆里奇拼命摆动着两条短腿，从教室里冲了出来。她抽出魔杖，朝另一个方向奔了过去：要么现在行动，要么就没机会了。

"哈利——求求你！"赫敏无力地央求道。

可是他的主意已定。他把书包稳稳地背在肩上，在人群中撒腿奔跑，此刻人们都匆匆地朝相反的方向奔去，想看看城堡东侧闹出了什么风波。

哈利来到乌姆里奇办公室所在的走廊，发现那里空无一人。他冲到一套巨大的铠甲后面，铠甲的头盔吱吱嘎嘎地转过来望着他。哈利打开书包，掏出小天狼星的刀子，把隐形衣披在身上。然后他慢慢地、小心翼翼地从铠甲后面溜出来，顺着走廊来到乌姆里奇办公室的门前。

他把魔法刀塞进门缝，轻轻地上下移动，然后拔了出来。随着咔嗒一声轻响，门开了。他猫腰闪进办公室，迅速关上身后的门，环顾着四周。

唯一有动静的是那些难看的猫，它们仍旧在那几把被没收的扫

第29章 就业指导

寻上方的盘子里嬉笑打闹。

哈利脱掉隐形衣，三步并作两步走到壁炉前，几秒钟就找到了他要的东西：一个小盒子，里面装着亮闪闪的飞路粉。

他蹲在空荡荡的炉栅前，双手在颤抖。他以前从没做过这种事，不过他认为自己知道该怎么办。他把脑袋钻进壁炉，捻起一大撮粉末，丢进下面一堆整整齐齐的木头上。顿时，木头爆出了艳绿色的火苗。

"格里莫广场12号！"哈利响亮、清晰地说。

这是他体验过的最奇怪的感觉之一。当然啦，他以前也通过飞路粉旅行过，但那时他的整个身体都在火焰中一圈圈地旋转，在遍布全国的巫师壁炉网络中穿行。这次，他的膝盖还稳稳地跪在乌姆里奇办公室冰冷的地面上，只有他的脑袋在艳绿色的火苗中飞转……

旋转猛地停止，就像开始时那样突然。哈利觉得很难受，就像脑袋上裹着一条特别闷热的围巾。他睁开眼睛，发现自己正从厨房的壁炉里往外看着一张木头长桌，桌旁坐着一个男人，正在研究一张羊皮纸。

"小天狼星？"

那人惊跳起来，环顾四周。他不是小天狼星，是卢平。

"哈利！"他说，看上去完全惊呆了，"你怎么——出什么事了，一切都好吗？"

"都好，"哈利说，"我只是想知道——我是说，我只想——跟小天狼星谈谈。"

"我去叫他，"卢平说着站了起来，仍然一脸迷惑，"他到楼上去找克利切了，克利切好像又躲在阁楼里了……"

哈利看见卢平匆匆走出了厨房。现在，除了椅子和桌腿，没有什么可看的了。他不明白小天狼星为什么从没提到过透过炉火说话有多么难受。他的膝盖在乌姆里奇办公室坚硬的石头地面上跪得太

627

久，已经开始发痛。

片刻之后，卢平回来了，身后跟着小天狼星。

"怎么啦？"小天狼星急切地问，一边拂去挡住眼睛的长长黑发，扑通跪在炉火前的地上，让自己跟哈利处在同样高度。卢平也跪了下来，神情十分担忧。"你没事儿吧？需要帮助吗？"

"不，"哈利说，"不是那样的事……我只是想谈谈……谈谈我爸爸。"

他们交换了一个十分惊奇的目光，可是哈利没有时间感到尴尬或难为情了，他的膝盖疼得越来越厉害，而且他猜想双胞胎替他打掩护的时间已经过去了五分钟。乔治只给了他二十分钟。于是，他直奔主题，立刻说起了他在冥想盆里看见的那段往事。

他说完后，一时间小天狼星和卢平都没有说话。然后卢平轻声说道："我不希望你根据在那里看见的事情来评判你父亲，哈利。他当时只有十五岁——"

"我也十五岁！"哈利激动地说。

"你听我说，哈利，"小天狼星息事宁人地说，"詹姆和斯内普自打第一眼看到对方就互相仇视，这种事情没法儿解释，你明白的，对吧？我认为詹姆拥有斯内普梦寐以求的一切——他人缘好，魁地奇打得好——几乎什么都好。斯内普是个古里古怪的小家伙，整天忙着研究黑魔法，而詹姆——哈利，不管你认为他别的方面怎么样——他一向很讨厌黑魔法。"

"是啊，"哈利说，"可是他无缘无故就攻击斯内普，就因为——就因为你说你觉得有些无聊。"他的语气里微微透着一丝歉意。

"我确实做得不对。"小天狼星立刻说了一句。

卢平侧眼看看小天狼星，说道："是这样，哈利，你必须明白，你父亲和小天狼星不管做什么都是全校最棒的——大伙儿都认为他们酷极了——如果他们偶尔有点忘乎所以——"

第29章 就业指导

"你的意思是,我们偶尔变成狂傲的小笨蛋。"小天狼星说。

卢平微微笑了笑。

"他总是把头发弄得乱糟糟的。"哈利用痛苦的语气说。

小天狼星和卢平笑了起来。

"我倒忘记他经常这么做了。"小天狼星充满深情地说。

"他当时在玩弄金飞贼吗?"卢平热切地问。

"是的。"哈利说,他不理解地望着小天狼星和卢平,他们都笑眯眯地沉浸在回忆中,"我……我觉得他有点像个傻瓜。"

"他当然有点像个傻瓜!"小天狼星情绪激动地说,"我们都是傻瓜!不过——月亮脸不算太傻。"他看着卢平,说了句公道话。

可是卢平摇了摇头:"我什么时候叫你们放过斯内普了?我什么时候有勇气对你们说我认为你们闹得过分了?"

"是啊,是啊,"小天狼星说,"你让我们有时候为自己感到难为情……这就够了……"

"还有,"哈利不依不饶地说,他想,既然到了这里,索性就把心里所有的话都吐出来吧,"他在湖边老是打量那些姑娘,希望她们都看他!"

"哦,是啊,每次有莉莉在,他都表现得像个傻瓜,"小天狼星耸了耸肩说,"只要在莉莉旁边,他就忍不住要显摆一下。"

"她怎么会嫁给他的?"哈利苦恼地问,"她讨厌他!"

"不,她不讨厌他。"小天狼星说。

"她七年级的时候就开始跟他谈恋爱了。"卢平说。

"那时詹姆的脑子就不那么膨胀了。"小天狼星说。

"不再为了寻开心而给别人下恶咒了。"卢平说。

"包括斯内普?"哈利说。

"是这样,"卢平语速很慢地说,"斯内普是个特殊情况。我是说,他只要一有机会就对詹姆施咒,所以你不可能指望詹姆放他一马，是不是？"

"我妈妈对这些事没有意见吗？"

"实话告诉你吧，她对这些事知道得并不多，"小天狼星说，"我是说，詹姆跟她约会时并没有带着斯内普，然后当着她的面给斯内普念咒语，对不对？"

小天狼星皱起眉头看着哈利，哈利似乎并没有被说服。

"你听我说，"小天狼星说，"你父亲是我这辈子最好的朋友，同时他也是个好人。许多人在十五岁时都会犯傻。他后来长大了就好了。"

"是啊，好吧，"哈利语气沉重地说，"只是，我从没想到我会为斯内普感到难过。"

"既然你提到了，"卢平说着，眉心间显出一道浅浅的皱纹，"斯内普发现你看见了这些，他是什么反应呢？"

"他对我说，他再也不教我大脑封闭术了，"哈利不当回事地说，"就好像我会感到失望似的——"

"他说*什么*？"小天狼星大叫一声，哈利吃了一惊，吸进一大口炉灰。

"你没开玩笑吧，哈利？"卢平迅速问道，"他真的不给你上课了？"

"是啊。"哈利说，惊讶地认为他们俩的反应太过度了，"可是没关系，我不在乎，说句实话，这倒让我松了口——"

"我要去跟斯内普谈谈！"小天狼星气冲冲地说，他说着就要站起来，卢平把他又按了回去。

"如果需要有人去告诉斯内普，那也应该是我！"他坚决地说，"可是哈利，首先，你回去找斯内普，对他说无论如何不能停止给你上课——要是邓布利多知道了——"

"我不能跟他这么说，他会杀了我的！"哈利愤怒地说，"你们

第29章　就业指导

没有看见我从冥想盆里出来时他的那副模样。"

"哈利，什么也比不上你学习大脑封闭术重要啊！"卢平严肃地说，"你明白我的意思吗？什么也比不上！"

"好吧，好吧，"哈利说，他不仅生气，而且心里十分慌乱，"我……我去试着跟他说说……但恐怕不能——"

他停住话头。他听见远处传来了脚步声。

"是克利切下楼来了吗？"

"不是，"小天狼星扭头望了望说，"肯定是你那边的什么人。"

哈利的心狂跳了几下。

"我得走了！"他匆匆地说，把脑袋从格里莫广场的炉火中抽了回去。一时间，他的脑袋似乎在肩膀上打转儿，然后他发现自己跪在乌姆里奇的炉火前，脑袋牢牢地回到了脖子上，注视着艳绿色的火苗一闪一闪地熄灭了。

"快！快！"他听见办公室门外一个呼哧带喘的声音在嘟哝，"啊，她的门没关——"

哈利赶紧俯身去拿隐形衣，他刚把它披在身上，费尔奇就冲进了办公室。他好像为什么事情高兴得要命，一边激动地喃喃自语，一边走过来打开乌姆里奇办公桌的一个抽屉，开始在里面的文件中翻找。

"《鞭刑批准令》……《鞭刑批准令》……我终于能动手了……他们几年前就该尝尝这滋味了……"

他抽出一张羊皮纸，亲了亲，然后把它贴在胸口，拖着步子迅速走出门去。

哈利一跃而起，把书包拿在手里，用隐形衣把自己遮得严严实实，拧开房门，跟着费尔奇冲出了办公室。费尔奇在前面一瘸一拐的，哈利从没见他走得这么快过。

来到乌姆里奇办公室那层的楼梯平台上，哈利认为危险已经过去，可以让自己显形了。他脱下隐形衣塞进书包，匆匆往前走去。门厅里传来很大的喧嚣和骚动声。他跑下大理石楼梯，发现好像全校大部分师生都集聚在那里了。

眼前的情景就像特里劳妮被解雇的那天夜里。同学们都围成一个大圆圈站在墙边（哈利注意到，有些人身上还沾着像是臭汁的东西），老师和幽灵也在人群中。在旁观者中引人注目的是调查行动组的成员，他们都显出特别得意的样子。皮皮鬼在头顶上蹿来蹿去，低头看着站在门厅中央的弗雷德和乔治。从他们俩的样子看，刚才无疑是被逼得走投无路了。

"好啊！"乌姆里奇得意地说。哈利这才发现她就站在他前面几级楼梯下，低头望着她的猎物。"这么说——你们认为把学校走廊变成沼泽地很好玩，是不是？"

"确实很好玩，没错。"弗雷德说，他抬头望着她，没有一丝畏惧。

费尔奇用胳膊肘开路，凑到乌姆里奇身边，高兴得几乎带着哭腔。

"我找到文件了，校长。"他用沙哑的声音说，挥舞着哈利刚才看见他从乌姆里奇书桌里拿来的那张羊皮纸，"文件有了，鞭子也准备好了……哦，现在就让我动手吧……"

"很好，阿格斯。"乌姆里奇说。"你们俩，"她低头望着弗雷德和乔治继续说，"将要领教在我的学校为非作歹会受到什么样的惩罚。"

"你知道吗？"弗雷德说，"我认为我们不会领教了。"

他转向自己的孪生兄弟。

"乔治，"弗雷德说，"我认为我们已经不再适合全日制教育了。"

"是啊，我也有同感。"乔治轻快地说。

"应该到现实世界里去试试我们的才能了，你认为呢？"弗雷德问。

"完全正确。"乔治说。

乌姆里奇还没来得及说话，他们俩就举起魔杖，异口同声地说：

第29章 就业指导

"扫帚飞来！"

哈利听见远处什么地方传来一声爆响。他往左边一看，及时地猫腰躲过。弗雷德和乔治的飞天扫帚从走廊上飞来，奔向它们的主人，其中一把扫帚上还拖着沉甸甸的链条和铁栓，因为乌姆里奇一直把它们固定在墙上。它们向左一拐，快速冲下楼梯，猛地停在孪生兄弟面前，链条砸在石板地面上，发出响亮的哗啦哗啦声。

"我们不会再看见你了。"弗雷德对乌姆里奇教授说，一边抬腿跨上了扫帚。

"是啊，不用费事儿跟我们联系了。"乔治说着，也骑上了他的扫帚。

弗雷德看看聚集在周围的同学，看看那些沉默而戒备的人群。

"如果你们想买楼上演示的那种便携式沼泽，请来对角巷93号——韦斯莱魔法把戏坊，"他大声说，"我们的新店铺！"

"只要霍格沃茨学生发誓要用我们的产品赶走这只老蝙蝠，就可享受特殊折扣。"乔治指着乌姆里奇教授说。

"拦住他们！" 乌姆里奇尖叫道，可是已经晚了。就在调查行动组包围过来的当儿，弗雷德和乔治使劲一蹬地面，蹿到了十五英尺高的空中，那根大铁钉危险地挂在下面晃来晃去。弗雷德看着门厅那边恶作剧精灵——皮皮鬼悬在人群上空，跟弗雷德同样高度。

"皮皮鬼，替我们教训她。"

哈利从没见过皮皮鬼听从哪个学生的吩咐，此刻皮皮鬼却快速脱下头上的钟形帽子，敏捷地向弗雷德和乔治行了个礼。孪生兄弟在下面同学们暴风雨般的喝彩声中，飞出敞开的大门，融入了辉煌夺目的夕阳之中。

第30章

格 洛 普

在接下来的几天里,弗雷德和乔治奔向自由的故事被复述了一遍又一遍,哈利断定它很快就会成为霍格沃茨的经典传奇。一星期内,就连那些亲眼目睹这一幕的同学,也隐约相信他们真的看见孪生兄弟骑着扫帚冲向乌姆里奇,朝她投掷了粪弹,然后才飞出门去的。弗雷德和乔治刚离开那段时间,大家纷纷说要模仿他们。哈利经常听见同学们说:"说实在的,有朝一日我真想跳上扫帚,离开这个鬼地方",或"再上一堂这样的课,我就去做韦斯莱了"。

弗雷德和乔治确保不让任何人很快忘记他们。比如,他们没有留下指示,告诉别人怎么清除现在淤积在城堡东侧六楼走廊上的那些沼泽。人们看到乌姆里奇和费尔奇试了各种办法清除沼泽都无济于事。最后,那片地方用绳子隔开了,费尔奇负责用平底船载同学们渡过沼泽去教室上课,他为此气得直咬牙。哈利相信,麦格和弗立维这样的教师有办法一眨眼间就把沼泽清除干净,但是他们的态度就像对待弗雷德和乔治的嗖嗖——嘭烟火时一样,似乎更愿意袖手旁观乌姆里奇的狼狈样儿。

乌姆里奇办公室的门上有两个扫帚形状的大洞,那是弗雷德和

第 30 章 格 洛 普

乔治的两把横扫冲出去寻找主人时留下的。费尔奇给乌姆里奇的办公室新换了一扇门，并把哈利的火弩箭转移到地下教室，据说乌姆里奇还派了全副武装的巨怪保安在那里看守。然而，她的麻烦还远远没有结束。

在弗雷德和乔治这两个榜样的感召下，许多同学都在竞争新近空缺的捣蛋大王的位置。虽然乌姆里奇的办公室换了新门，但不知是谁竟然把一个毛鼻子的嗅嗅塞了进去。嗅嗅到处寻找发亮的东西，很快就把屋子里翻得乱七八糟。乌姆里奇一进门，它就扑了上去，想把她粗短的手指上的那些戒指咬下来。粪弹和臭弹频频在走廊里爆炸，同学们开始流行在离开教室前给自己念一个泡头咒，确保能呼吸到新鲜空气，虽然头上反扣着一个金鱼缸的样子非常滑稽。

费尔奇手里拿着马鞭在走廊里巡视，迫不及待地想抓到肇事者，可问题是现在肇事的人太多，他总是不知道该到哪边去找。调查行动组也想帮他，可是行动组成员身上不断发生一些怪事。斯莱特林魁地奇队的沃林顿被送进了医院，他得了一种可怕的皮肤病，看上去好像全身覆盖着一层玉米片；潘西·帕金森第二天一直没来上课，因为她脑袋上长出了鹿角，这使赫敏暗自高兴。

另外，人们这才开始弄清弗雷德和乔治在离开霍格沃茨前卖出了多少速效逃课糖。只要乌姆里奇一走进教室，那里的同学就会昏迷、呕吐、发起危险的高烧，或者两个鼻孔同时喷血。乌姆里奇愤怒而烦恼地尖声大叫，试图查出这些神秘症状的根源，但同学们一口咬定他们是患了"乌姆里奇综合征"。她接连关了四个班的禁闭，却没有弄清他们的秘密，最后只好作罢，允许那些流血、昏厥、大汗淋漓、呕吐不止的同学成群结队地离开她的教室。

然而，就连那些使用速效逃课糖的同学，跟捣蛋大王皮皮鬼比起来也是小巫见大巫。皮皮鬼似乎把弗雷德的临别嘱托牢记在了心里。他呱呱狂笑着在学校里飞来飞去，掀翻课桌，从黑板里蹿出来，把雕像和花瓶全部推倒。有两次他把洛丽丝夫人关在一套铠甲里面,洛丽丝夫人高声惨叫,才被气得发疯的管理员解救出来。皮皮鬼还把灯打碎,把蜡烛熄灭,在同学们头顶上抛接燃烧的火把,吓得他们惊慌尖叫;他还把一摞摞整整齐齐的羊皮纸丢进火里或扔到窗外;把厕所的所有水龙头拔掉,弄得三楼发起了大水;并在吃早饭的时候把一袋狼蛛扔在礼堂中央。此外,每当他消停一会儿,就会花上几个小时跟在乌姆里奇身后飘荡,她一开口说话就大声地呸她。

除了费尔奇,教员们似乎谁也不出来帮她。而且,在弗雷德和乔治离开一星期后,哈利亲眼看见麦格教授走过皮皮鬼身边,皮皮鬼正在起劲地拧松一个枝形水晶吊灯的螺丝,哈利可以发誓他听见麦格教授几乎不动嘴唇地说:"你拧反了。"

最可怕的是,蒙太还没有从被关在厕所的惊吓中恢复过来。他仍然神志恍惚,思维混乱。一个星期二的早晨,人们看见他的父母大步流星地走在城堡前的车道上,看上去火冒三丈。

"我们是不是应该出来说句话?"赫敏用担忧的语气说,她把脸贴在魔咒课教室的窗户上,看见蒙太夫妇大步走进了城堡,"说说他是怎么回事,没准儿能帮助庞弗雷女士把他治好呢。"

"当然不用,他会好起来的。"罗恩漫不经心地说。

"反正给乌姆里奇添了麻烦,不是吗?"哈利用满意的口吻说。

他和罗恩都用魔杖敲着需要施魔咒的茶杯。哈利的茶杯冒出了四条小短腿,却够不到桌面,只是徒劳地悬在半空中扭动。罗恩的茶杯长出了四条长长的细腿,十分吃力地把茶杯从桌上举了起来,颤颤巍巍地坚持了几秒钟,终于支撑不住,茶杯摔成了两半。

"恢复如初。"赫敏赶紧说道,一挥魔杖,把罗恩的茶杯修好了,"那倒是挺好,可是万一蒙太的伤永远好不了呢?"

"管他呢?"罗恩不耐烦地说,他的茶杯又摇摇晃晃地站了起来,膝盖颤抖得特别厉害,"蒙太就不应该试图给格兰芬多减去那

第30章 格洛普

么多分，不是吗？赫敏，如果你硬要替人操心，就操心操心我吧！"

"你？"赫敏说，她那个茶杯迈动四条柳叶花纹的结实小腿，在桌面上快活地跑来跑去，她把它抓起来重新放在自己面前，"我凭什么要替你操心呀？"

"等妈妈的下一封信通过了乌姆里奇的审查程序，"罗恩气恼地说，用手扶着他的杯子，那些软弱的细腿正挣扎着支撑茶杯的重量，"我的麻烦可就大了。即使她再寄一封吼叫信来，我也不会感到意外。"

"可是——"

"你等着吧，弗雷德和乔治离开都是我的错，"罗恩闷闷不乐地说，"她会说我应该把他们拦住，我应该抓住他们的扫帚尾巴死死不放什么的……没错，什么都是我的错。"

"她如果真的那么说，就太不公平了，你根本就无能为力！但我相信她不会怪你的，我是说，如果他们真的在对角巷弄到了门面，那肯定是蓄谋已久的了。"

"没错，可是又一个问题来了，他们是怎么弄到门面的？"罗恩说着，用魔杖敲了一下茶杯，但敲得太重了，那四条腿又瘫软下去，茶杯躺在他面前抽搐，"有点儿可疑，是不是？他们需要有大把的金加隆才能在对角巷租到一个门面。妈妈肯定想知道他们都做了些什么才弄到那么多金子的。"

"是啊，是啊，我也想到了。"赫敏说，一边让自己的茶杯在哈利茶杯周围绕着圈儿小跑，而哈利茶杯的那几条短腿还是够不着桌面，"我一直在想，是不是蒙顿格斯在怂恿他们贩卖赃物什么的。"

"没有。"哈利断然否认。

"你怎么知道？"罗恩和赫敏异口同声地问。

"因为——"哈利迟疑着，但似乎终于到了该说实话的时候了。如果有人怀疑弗雷德和乔治犯了法，那么他再保持沉默就没有任何好处了。"因为他们是从我这里得到的金子。我把去年六月三强争霸赛的奖金给了他们。"

一阵惊愕的沉默,赫敏的茶杯跑到桌子边缘,掉在地上摔碎了。

"哦,哈利,不会吧!"她说。

"没错,就是这样,"哈利倔强地说,"而且我不后悔。我不需要那些金子,它们用来开笑话店再合适不过了。"

"太棒了!"罗恩说,一副激动的样子,"这事儿都怪你,哈利——妈妈不会来责怪我了!我可以告诉她吗?"

"可以,我想你最好告诉她,"哈利淡淡地说,"特别是她可能以为他们在接受偷来的坩埚什么的。"

赫敏一直到下课都没有说话,但是哈利敏锐地怀疑她用不了多久就会克制不住自己。果然,课间休息时他们刚离开城堡,站在微弱的五月阳光下,赫敏就用严厉的目光瞪着哈利,带着一种决绝的神情张开了嘴巴。

哈利没等她开口,就打断了她。

"跟我唠叨也没用,事情已经做了。"他语气坚决地说,"弗雷德和乔治拿到了金子——听起来已经花了不少——我没法从他们那儿再要回来,我也不想这么做。你就省省力气吧,赫敏。"

"我根本没打算说弗雷德和乔治的事!"她用一种委屈的口吻说。

罗恩不相信地哼了一声,赫敏恶狠狠地白了他一眼。

"不是那回事!"她气呼呼地说,"实际上,我是想问哈利什么时候去找斯内普要求再上大脑封闭术课!"

哈利的心一沉。他们谈够了弗雷德和乔治戏剧性的离别之后——必须承认,这占去了好几个小时——罗恩和赫敏就想听听小天狼星的消息。哈利没有把他想跟小天狼星谈话的原因告诉他们,所以想不出该跟他们说些什么。最后他只好说小天狼星希望他继续上大脑封闭术课,这倒是实话。结果,话一出口他就一直在后悔。

第30章 格洛普

赫敏不肯放过这个话题，总是在哈利最没提防的时候提起这件事。

"你别跟我说你已经不再做怪梦了，"赫敏说道，"因为罗恩告诉我，你昨晚又说梦话了。"

哈利气恼地瞪了罗恩一眼。罗恩通情达理地显出羞愧的样子。

"你只是嘟哝了几句，"他充满歉意地低声说，"好像是说'再往前一点'。"

"我梦见我在观看你们那帮人打魁地奇，"哈利狠狠心撒谎说，"我想让你把胳膊再伸长一些，抓住鬼飞球。"

罗恩的耳朵红了。哈利感到一种报复性的快感。当然啦，他根本没有梦见这一类事情。

昨天夜里，他又一次穿行在神秘事务司的走廊里。他走过圆形房间，走过那个充满了滴答声和跳动灯光的房间，最后发现自己又来到了那间大屋子里，一排排架子上摆着许多灰扑扑的玻璃球。

他快步走向第九十七排，往左一拐，顺着架子往前跑……他大概就是在那个时候说出声来了……*再往前一点*……因为他感觉到自己的意识挣扎着要醒过来了……没等他跑到那排架子的尽头，他就发现自己又躺在床上，望着四柱床帷帐的帐顶。

"你正在试着封闭你的意识，对吗？"赫敏严厉地望着哈利说，"你在继续练习大脑封闭术，对吗？"

"那还用说。"哈利说，努力假装这个问题对他来说是一种侮辱，却不敢面对赫敏的目光。事实上，他对那间装满灰扑扑玻璃球的屋子里藏着什么感到非常好奇，迫不及待地想让梦境继续下去。

问题是，离考试只有不到一个月的时间，余暇都用来复习功课了，他脑子里塞满了知识，上床以后，他发现连入睡都很困难。等真的睡着了，大多数夜晚，他紧张过度的大脑向他呈现的是关于考试的无聊梦境。他还怀疑自己的一部分大脑——这部分大脑经常用赫敏的声音说话——为徘徊在黑门走廊上感到内疚，总是想办法在他到达旅程终点之前把他唤醒。

"你知道，"罗恩说，他的耳朵仍然红通通的，"如果蒙太不能在斯莱特林跟赫奇帕奇比赛之前恢复健康，我们说不定还有机会赢得奖杯呢。"

"是啊，我也是这样想的。"哈利说，很高兴能够改变话题。

"我的意思是，我们赢了一场，输了一场——如果下个星期六斯莱特林输给了赫奇帕奇——"

"是啊，没错。"哈利说，却忘记了自己在赞同什么。秋·张刚刚从院子里走过，故意没有看他。

魁地奇赛季的最后一场比赛，格兰芬多对拉文克劳，将在五月的最后一个周末举行。虽然斯莱特林在上次比赛中以微弱比分输给了赫奇帕奇，但格兰芬多并不敢奢望能够获胜，这主要是因为罗恩糟糕的守门成绩（当然啦，没有人对他当面点破）。不过，他自己似乎又找到了一种乐观的理由。

"我的意思是，我不可能更糟糕了，是不是？"比赛那天吃早饭时，他严肃地对哈利和赫敏说，"现在没有什么可失去的了，是不是？"

"知道吗，"赫敏说，这时她正和哈利裹在兴奋的人群中朝球场走去，"我认为弗雷德和乔治不在，罗恩可能会表现得更好。他们从来没有给过他多少信心。"

卢娜·洛夫古德赶上了他们，她头顶上似乎栖息着一只活生生的老鹰。

"哦，糟了，我给忘了！"赫敏说，一边注视着老鹰扑扇翅膀，卢娜旁若无人地走过一群喊喊喳喳、指指点点的斯莱特林，"秋·张也参加比赛，是不是？"

哈利可没有忘记，他只是嘟哝了一句。

第30章 格洛普

他们在看台最高处的第二排找到了座位。这是一个晴朗、明媚的日子,罗恩肯定很满意,哈利发现自己内心存着一丝希望,这次罗恩不会再给斯莱特林高唱"韦斯莱是我们的王"的理由了。

李·乔丹自从弗雷德和乔治走后一直情绪低落,他和往常一样担任比赛解说员。球队快速进场时,他报出每位队员的名字,但热情远不如以前。

"……布拉德利……戴维斯……张。"他说。哈利看到秋·张走进球场,一头闪闪发亮的黑发在微风中飘动,他感到自己的心十分微妙地悸动了一下。他不知道自己希望怎样,只知道再也受不了争吵。即使看到秋·张在准备骑上扫帚时跟罗杰·戴维斯亲热交谈,哈利也只感到一丝丝妒意。

"比赛开始了!"李说,"戴维斯立刻得球,拉文克劳队队长戴维斯拿到了鬼飞球,他闪过约翰逊,闪过贝尔,又闪过斯平内特……他朝球门直冲过去!他要投了——结果——结果——"李大声骂了一句,"他得分了。"

哈利和赫敏跟格兰芬多的其他同学一起唉声叹气。不出所料,看台另一边的斯莱特林们令人恐惧地唱了起来:

> 韦斯莱那个小傻样
> 他一个球也不会挡……

"哈利,"一个沙哑的声音在哈利耳边响起,"赫敏……"

哈利回过头,看见海格胡子拉碴的大脸庞从两个座位间探了出来。显然,他刚才顺着后面一排座位挤了过来,被他挤过的那些一二年级学生看上去都衣冠不整,好像被压扁了似的。不知为什么,海格把身子弯得很低,似乎特别担心被人看见,其实他仍然比别人至少高出四英尺。

"听着,"他小声说,"你们能跟我来一趟吗? 就现在? 趁别人都在看比赛?"

"呃……就不能等等吗,海格?"哈利问,"等比赛结束了再说?"

"不行,"海格说,"不行,哈利,必须现在……趁别人都看着另一边……求你了。"

海格的鼻子微微有些流血,两个眼圈都黑了。自从海格回到学校后,哈利还没有这么近距离地看过他,他完全是一副落魄相。

"行,"哈利赶紧说,"我们当然可以去。"

他和赫敏顺着那排座位往外挤,那些同学不得不站起来让他们通过,都不满地抱怨着。海格那排座位上的人倒是没有抱怨,只是尽量把自己缩得越小越好。

"太感谢你们俩了,真的。"走到楼梯口时,海格说。他们朝下面的草坪走去,海格一直紧张地东张西望。"但愿她没有注意到我们走了。"

"你是说乌姆里奇?"哈利说,"不会的,她的调查行动组都跟她坐在一起呢,你没看见吗? 她肯定以为比赛中会出乱子。"

"是啊,是啊,出点儿乱子没什么坏处,"海格说着,停下来从看台边缘向外张望,确保从那里到他小屋间的草地上没有人,"可以多给我们一些时间。"

"怎么回事,海格?"赫敏抬头望着他问,脸上是一副担忧的表情,这时他们匆匆穿过草地朝禁林边缘走去。

"你们——你们很快就会明白的,"海格说,后面的看台上突然一阵喧哗,他扭头看了看,"哟——有人进球了吗?"

"肯定是拉文克劳。"哈利闷闷不乐地说。

"好……好……"海格心不在焉地说,"那就好……"

他在草地上迈着大步,每走两步就回头张望一眼,哈利和赫敏不得不小跑着跟上他。到了小屋跟前,赫敏习惯性地左拐,朝屋门

第30章 格洛普

走去。可是海格直接走了过去，走进禁林最外围的树荫，拿起靠在树上的一把弩箭。他发现他们没有跟过来，就转回身。

"我们进这里面。"他说，把乱蓬蓬的脑袋朝后面摆了一下。

"进禁林？"赫敏迷惑地问。

"是啊，"海格说，"来吧，快点，趁别人没有发现！"

哈利和赫敏交换了一下目光，然后跟着海格钻进了树丛。海格已经大步走进昏暗的树影中，胳膊上挎着弩。哈利和赫敏奔跑着追上了他。

"海格，你为什么拿着武器？"哈利问。

"以防万一吧。"海格说着，耸了耸宽阔的肩膀。

"你给我们看夜骐的那天并没有带着弩啊。"赫敏小心翼翼地说。

"是啊，因为，我们那次不用走得这么远，"海格说，"而且，那是在费伦泽离开禁林之前，不是吗？"

"和费伦泽离开禁林有什么关系？"赫敏好奇地问。

"因为别的马人都对我特别生气，"海格东张西望地小声说，"他们以前都很——是啊，也不能说他们友好——但我们相处得还不错。从来不打扰我，每当我想跟他们谈谈的时候，他们总会出现。现在不了。"

他重重地叹了一口气。

"费伦泽说，他们生气是因为他去为邓布利多工作。"哈利说，他只顾盯着海格的身影，不小心被一块突出的树根绊了一下。

"是啊，"海格语气沉重地说，"唉，说生气远远不够，简直是大怒。要不是我进去干预，他们恐怕会把费伦泽踢死——"

"他们居然攻击他？"赫敏用震惊的口吻说。

"可不是吗，"海格粗声说，费力地穿过几根低垂的树枝，"一半的马人都扑在他身上。"

"你阻止了？"哈利又惊讶又佩服地说，"你一个人？"

643

"那还用说，总不能眼睁睁地看着他们把他弄死吧，是不是？"海格说，"幸亏我路过那里……我还以为费伦泽会记我点儿好呢，没想到他竟给我发了一些愚蠢的警告！"他出人意料地动了怒气。

哈利和赫敏交换了一下目光，都很惊讶，但海格皱着眉头没有多说。

"反正，"海格说，他的呼吸比平常粗重一些，"从那以后，别的马人都对我很恼火，麻烦的是他们在禁林里很有影响力……马人是这里最聪明的动物。"

"这是我们来这里的原因吗，海格？"赫敏问，"为了马人？"

"啊，不是，"海格说着，轻蔑地摇摇头，"不是，不是为了他们。当然啦，他们可能会把事情搞得更复杂，是啊……但你们很快就会明白我的意思。"

说完这句令人费解的话，他就沉默下来，领头往前走去，一步就顶他们三步，他们费了九牛二虎之力才跟上他。

他们在禁林里越走越深，小路上逐渐杂草丛生，树木十分茂密，光线如黄昏一般黑暗。很快他们就远远离开了海格给他们看夜骐的那片空地，但哈利并没有感到不安。后来，海格出人意料地离开小路，开始在树丛中蜿蜒穿行，朝黑黢黢的禁林中央走去，他这才觉得不对劲儿。

"海格！"哈利非常清晰地记得上次他偏离禁林小路后发生的事情，他一边说，一边费力地穿过茂密、纠结的荆棘——海格倒是一抬脚就跨了过去，"我们去哪儿？"

"再往前一点儿，"海格扭头说道，"快走，哈利……现在我们需要聚在一起。"

要跟上海格真是不容易，到处都是树枝和带刺的灌木，海格穿过它们就像穿过蜘蛛网，毫不费力。但它们却钩住了哈利和赫敏的袍子，而且老是缠住他们不放，害得他们不得不停下脚步，花几分

第30章 格洛普

钟把自己解脱出来。哈利的胳膊和腿上很快就布满了伤痕和划痕。现在已经进入禁林最深处,在昏暗的光线中,哈利只能看见前面海格的巨大黑影。密林里一片寂静,每一点声音都显得那么吓人。树枝折断的回声令人心惊,任何一点小小的动静,哪怕只是一只无辜的麻雀发出的响动,也会使哈利警惕地在黑暗中寻找声音的源头。他想起他每次进入禁林深处都会遇到某种动物。而现在却不见它们的踪影,他感到十分不祥。

"海格,我们可不可以把魔杖点亮?"赫敏轻声说。

"呃……好吧,"海格压低声音回答,"实际上——"

他突然停住脚步,打量着周围。赫敏撞到他身上,撞得踉跄后退。哈利在赫敏跌倒之前扶住了她。

"也许我们最好停一停,让我……把情况跟你们说说,"海格说,"然后再去那儿。"

"好啊!"赫敏说,哈利扶她站稳了脚跟。两人低声念了一句荧光闪烁!魔杖尖就亮了起来。海格的脸在黑暗中浮动,被两束摇曳的光柱照着,哈利又一次发现他显得紧张而忧伤。

"好了,"海格说,"嗯……知道吗……事情是这样……"

他深深地吸了一口气。

"唉,现在我随时都可能被解雇。"海格说。

哈利和赫敏互相看看,然后又看着海格。

"可是你已经撑了这么长时间——"赫敏小心翼翼地说,"你怎么又会想到——"

"乌姆里奇认为是我把那个嗅嗅放进她办公室的。"

"是不是呢?"哈利的话脱口而出。

"不是,当然不是!"海格气愤地说,"只要是跟神奇动物有关的事,她就会怀疑到我头上。你们知道,自打我回来以后,她就一直在找机会把我赶走。当然啦,我不想走,但如果不是为了……

唉……为了我将要给你们解释的特殊情况，我会立刻就走，不等她有机会当着全校师生解雇我，就像她对特里劳尼那样。"

哈利和赫敏都出声地表示反对，但海格一挥大手，阻止了他们。

"这并不是世界末日，我离开了这里，可以去帮助邓布利多，可以为凤凰社出力。而且会有格拉普兰给你们上课，你们会——你们会顺利通过考试的……"

他声音颤抖，说不下去了。

"别为我担心。"看到赫敏伸手来拍他的胳膊，他赶紧说道。他从背心口袋里掏出那块圆点点的大手帕擦了擦眼睛。"要知道，如果不是万不得已，我根本不会把这事告诉你们。明白吗，如果我走了……唉，我必须……必须告诉某个人……因为我——我需要你们俩帮助我。还有罗恩，如果他愿意的话。"

"我们当然会帮你，"哈利立刻说，"你需要我们做什么呢？"

海格响亮地抽了一下鼻子，无言地拍了拍哈利的肩膀。他的力气太大了，哈利被拍得撞到了旁边的一棵树上。

"我就知道你们会同意的，"海格用手帕捂着脸说，"我不会……永远不会……忘记……好吧……来吧……往这里面再走一些……留神，有荨麻……"

他们又默默地走了十五分钟。哈利刚要张嘴询问还有多远，海格突然举起右臂，示意他们停下。

"慢一点，"他轻声说，"静悄悄地……"

他们蹑手蹑脚地凑上前，哈利看见前面是一个几乎跟海格一般高的光滑的大土堆，他猜想肯定是某种庞然大物的巢穴，不由得感到一阵恐惧。土堆周围的树都被连根拔掉了，因此土堆是在一片光秃秃的土地上，许多大树干和大树枝落在周围，构成了某种栅栏或屏障，哈利、赫敏和海格此刻就站在这栅栏后面。

"睡着了。"海格压低声音说。

第30章 格洛普

果然,哈利听见一种模糊的、有节奏的隆隆声,像是一副十分庞大的肺在呼吸。他侧眼看看赫敏,赫敏盯着土堆,嘴巴微微张着,看上去完全吓呆了。

"海格,"她说,声音在熟睡的动物的鼾声中勉强能够听见,"这是谁?"

哈利觉得她问得好奇怪……他本来打算问的是:"这是什么?"

"海格,你对我们说过——"赫敏说,魔杖在手中颤抖,"你对我们说过,他们谁都不愿意来!"

哈利看看她又看看海格,突然明白过来。他惊恐地抽了一口冷气,回过头再去看那个土堆。

土堆很大,他和赫敏、海格三个人站在上面也绰绰有余,它随着粗重的呼吸声缓缓地上下起伏。那根本不是什么土堆,而是弯曲的后背,那显然是——

"唉——是啊——他不想来,"海格焦急地说,"但我必须把他带来,赫敏,必须!"

"可是为什么呢?"赫敏问,听声音好像快要哭了,"为什么——干吗——哦,海格!"

"我知道只要我把他带回来,"海格说,似乎也快要流泪了,"再——再教他一些规矩——我就能把他带出去,让大家看到他是没有危险的!"

"没有危险!"赫敏尖声道,海格赶紧用双手示意她安静,这时他们面前的庞然大物很响地咕哝着,在睡梦中翻了个身,"他一直在伤害你,对吗? 所以你才遍体鳞伤!"

"他不知道自己的力气有多大!"海格热切地说,"他已经好多了,不再那么爱打架了——"

"怪不得你回家花了两个月的时间!"赫敏心烦意乱地说,"哦,海格,他不想来,你干吗硬要把他带来呢? 他跟自己人待在一起不是更快乐吗?"

"他们都欺负他,赫敏,就因为他个子太小!"海格说。

"太小?"赫敏说,"太小?"

"赫敏,我不能撇下他,"海格说,泪水顺着伤痕累累的脸流进了胡子里,"明白吗——他是我弟弟!"

赫敏张大嘴巴瞪着他。

"海格,你说的'弟弟',"哈利语速很慢地说,"难道是指——?"

"其实——是同母异父的弟弟。"海格纠正道,"我后来发现,我妈妈离开我爸后,又跟了另一个巨人,后来就有了格洛普——"

"格洛普?"哈利说。

"是啊……他说自己名字时,听起来像是这个音。"海格焦虑地说,"他不怎么会说话……我一直在试着教他——我妈妈好像不怎么喜欢他,就像当初不喜欢我一样。要知道,对女巨人来说,最要紧的是生出高大体面的孩子,而他作为一个巨人就显得有点矮小——只有十六英尺高——"

"哦,是啊,是够小的!"赫敏带着一种歇斯底里的嘲讽说,"简直就是个小不点儿!"

"他被那些人驱来赶去——我怎么也不能撇下他不管——"

"马克西姆女士愿意带他回来吗?"哈利问。

"她——唉,她看出这对我来说很重要。"海格说,一边绞着两只大手,"可是——可是我必须承认,过了一阵子,她就对他厌烦了……回家的路上我们就分了手……但她答应不告诉任何人……"

"你把他带回来,怎么可能不引起别人的注意呢?"哈利说。

"是啊,所以才花了这么长时间,"海格说,"只能夜里赶路,只能走荒郊野外。当然啦,他愿意的时候倒是走得挺快的,可就是

第30章 格洛普

老想回去。"

"哦，海格，你干吗不让他回去呢！"赫敏说着，扑通一声坐在一棵连根拔起的树上，用双手捂住了脸，"一个根本不肯来的凶猛的巨人，你准备拿他怎么办呢？"

"要我说——'凶猛'——这个词有点过了，"海格说，仍然痛苦地绞着双手，"我承认，他心情不好的时候，会冲我来那么几下，但他正在变得越来越好，好多了，适应得不错。"

"那么，那些绳子是做什么用的？"哈利问。

他刚注意到有几根小树那么粗的绳子，从近旁最粗的树干上拉出来，伸向格洛普背对他们蜷伏的地方。

"你必须把他绑起来吗？"赫敏无奈地问。

"说起来……是啊……"海格说，显得有些不安，"是这样——就像我说的——他不知道自己力气有多大。"

哈利这才明白为什么禁林的这片地方不见了别的动物。

"那么，你想要哈利、罗恩和我做什么呢？"赫敏忧心忡忡地问。

"照看他，"海格声音嘶哑地说，"在我走了之后。"

哈利和赫敏苦恼地交换了一下目光，哈利不安地想到他已经答应海格去做他提出的任何事情。

"那——那具体要做什么呢？"赫敏问。

"不用提供食物什么的！"海格热切地说，"他自己能弄到吃的，没有问题。鸟，鹿，等等，他需要的是同伴。我只想知道有人会继续过来帮帮他……教教他，你们知道。"

哈利什么也没说，只是回头望着躺在地上的那个熟睡的庞然大物。海格看上去只是一个体格超大的人类，而格洛普的模样却显得有些畸形。大土堆左边，哈利本以为是一块巨大的布满青苔的岩石，现在才辨认出是格洛普的脑袋。它跟身体的比例比人脑袋大得多，几乎是滚圆的，覆盖着浓密的羊齿草色的小鬈发。脑袋顶上可见一只巨大的、肉嘟嘟的耳朵，他的脑袋像弗农姨父的一样，好像直接坐在肩膀上，中间几乎没有脖子。后背非常宽阔，穿着像是用动物皮粗粗缝就的肮脏的灰褐色罩衫。格洛普睡觉时，动物皮的粗糙接缝似乎都绷紧了。他的两条腿蜷缩在身子下。哈利看见两只脏兮兮的光脚，大得像雪橇一样，互相交叠着放在禁林的地面上。

"你想让我们教他。"哈利声音空洞地说。他这才明白费伦泽的警告是什么意思。他的努力没有用。他最好还是放弃。不用说，生活在禁林里的其他动物肯定听说了海格正在徒劳地教格洛普说话。

"是啊——哪怕你们跟他说说话也好。"海格满怀希望地说，"我估摸着，如果他能跟人交谈，他就会明白我们其实都很喜欢他，愿意他留下来。"

哈利看着赫敏，她透过手指的缝隙望着他。

"我们还不如盼望诺伯回来呢，是不是？"他说，赫敏声音发颤地笑了笑。

"你们会做到的，是不？"海格说，他似乎没有听见哈利的话。

"我们……"哈利说，他被自己的承诺约束住了，"我们试试吧，海格。"

"我就知道我可以指望你们，哈利，"海格说着，眼泪汪汪地笑了起来，又用手帕擦了擦脸，"我也不愿意太麻烦你们……我知道你们快要考试了……如果，每星期有那么一次，你们穿着隐形衣偷偷溜下来，跟他稍微聊聊天就可以了。我去把他叫醒，给你们——介绍介绍——"

"什么——别！"赫敏说着一跃而起，"海格，别，别叫醒他，真的，我们不需要——"

可是海格已经跨过他们面前的那根大树干，朝格洛普走去。离格洛普还有大约十英尺的时候，海格从地上捡起一根长长的断枝，回头朝哈利和赫敏笑笑，似乎想消除他们的顾虑，然后用树枝使劲

第30章 格洛普

捅了捅格洛普的后背中央。

巨人发出一声咆哮,声音在寂静的禁林里久久地回荡。栖息在树梢上的鸟儿叽叽喳喳地被惊起,向远处飞去。与此同时,在哈利和赫敏面前,巨人格洛普从地上起身。他跪起时把一只大手往地上一撑,震得大地都在颤抖。他转过脑袋看是谁打搅了他。

"没事儿吧,格洛普?"海格用他自以为欢快的声音说,举着长树枝后退了几步,准备再去捅格洛普,"睡得挺香,是不?"

哈利和赫敏尽量退得远远的,同时又让巨人留在他们的视线内。格洛普跪在两棵还没有被他拔起的树中间。他们抬头望着他那张大得吓人的脸,觉得很像一轮灰蒙蒙的满月,飘浮在昏暗的林中空地上。他的五官似乎是刻在一块球形大石头上的。鼻子又短又粗,不成形状,嘴巴歪着,里面满是半块砖头那么大的、歪歪倒倒的黄牙。他的眼睛,按照巨人的标准算是比较小的,是一种混浊的绿褐色,因为刚刚睡醒,眼皮半睁半闭。格洛普举起两个脏兮兮的、像板球那么大的指关节,使劲擦了擦眼睛,然后突然以惊人的速度和敏捷,一骨碌从地上爬了起来。

"哦,天哪!"哈利听见赫敏在身边惊恐地尖叫起来。

格洛普的手脚都被绳子拴着,绳子的另一端绑在树上,那些树发出吱吱嘎嘎的不祥的声音。就像海格说的,格洛普至少有十六英尺高。他睡眼惺忪地瞪着四周,伸出遮阳伞那么大的一只手,从一棵高大的松树梢上抓起一个鸟窝,看到里面没有鸟,气呼呼地大吼一声,把它翻了过来。鸟蛋像手榴弹一样撒向地面,海格赶紧用双臂护住脑袋。

"没事儿,格洛普,"海格大声说,一边心有余悸地抬头看着,生怕再有鸟蛋落下来,"我带来几个朋友让你认识。记得吗,我跟你说过的?记得吗,我说我可能要出去走走,暂时让他们来照顾你?你还记得吗,格洛普?"

然而格洛普只是又发出一声低吼。很难说清他是不是在听海格说话，甚至是不是听得出海格在说话。只见他抓住松树梢，使劲往自己那边拉，显然只是想给自己找点乐子，看看一松手它能弹回去多远。

"我说，格洛普，别这么做！"海格喊道，"你就是这样把那些树拔掉的——"

果然，哈利看见树根周围的土壤裂开了。

"我带了人来陪你！"海格喊道，"同伴，看见了吗？低头看看，你这个大块头小丑，我给你带来了几个朋友！"

"哦，海格，别！"赫敏哀求道，可是海格已经又把树枝举起来，狠狠地捅了一下格洛普的膝盖。

巨人松开树梢，大树吓人地摇晃着，把阵雨般的松针撒向海格，格洛普低下了头。

"这位，"海格说着，匆匆走到哈利和赫敏站的地方，"是哈利，格洛普！哈利·波特！如果我必须离开，他会来看你的，明白吗？"

巨人这才意识到哈利和赫敏的存在。他们怀着巨大的恐惧，注视着他垂下巨石般的大脑袋，用浑浊的目光望着他们。

"这是赫敏，看见了吗？赫——"海格迟疑着。他转向赫敏说："让他叫你赫米行吗，赫敏？你的名字太难，他恐怕记不住。"

"行，怎么都行。"赫敏尖声说。

"这是赫米，格洛普！她会来看你的！是不是很棒？嗯？给你两个朋友——**格洛普，别！**"

格洛普的手突然凭空朝赫敏伸来，哈利赶紧抓住赫敏往后一拉，躲到了树后。格洛普的拳头擦过树干，抓了个空。

"**坏孩子，格洛普！**"他们听见海格在叫喊，赫敏在树后紧紧地抓住哈利，浑身发抖，低声呜咽。海格说："**真是坏孩子！不许**

第 30 章　格　洛　普

抓人——哎哟!"

哈利从树干后面探出脑袋,看见海格仰面躺在地上,手捂着鼻子。格洛普似乎觉得没意思了,直起身子,又开始把松树尽量朝自己拉过来。

"好吧,"海格瓮声瓮气地说,从地上站了起来,一只手捏着流血的鼻子,另一只手抓住弩,"好吧……就这样吧……你们已经见过他了——你们再来,他就会认识了。是啊……是啊……"

他抬头望着格洛普,格洛普使劲拉扯松树,巨石般的脸上显出一种呆滞的喜悦。树根嘎嘎响着,被他从地里拔了出来。

"好吧,我想今天就到这儿吧,"海格说,"我们——呃——我们现在回去吧,行吗?"

哈利和赫敏点点头。海格又把弩扛在肩上,仍然用手捏着鼻子,领头走进了树丛。

他们谁也没有说话,后来听见远处传来哗啦啦一声巨响,知道格洛普终于把那棵松树拔了起来,他们依然沉默不语。赫敏的脸苍白而僵硬。哈利想不出一句话来说。如果有人发现海格把格洛普藏在禁林里会怎么样呢?而且哈利还答应过,他跟罗恩、赫敏要继续像海格那样徒劳地教导这位巨人。海格虽说一向喜欢欺骗自己,认为长着獠牙的怪物是可爱的、没有危险的,但他怎么能自欺欺人地指望格洛普会跟人类打成一片呢?

"慢着。"海格突然说道,他身后的哈利和赫敏正费力地穿过一片茂密的两耳草。他从肩上的箭筒里抽出一支箭,搭在弓上。哈利和赫敏举起魔杖,现在他们停住脚步,便也听见了近旁有动静。

"哦,天哪。"海格轻声说。

"我们好像对你说过,"一个低沉的男声说道,"你在这里已经不受欢迎了。"

一时间,一个男子赤裸的躯干似乎在斑斑驳驳的绿色柔光中朝他们飘来,接着他们看见他的腰部自然地与栗色的马身连在一起。这个马人有一张骄傲的、高颧骨的脸,一头乌黑的长发。他像海格一样也带着武器,肩上挂着一筒箭和一把长弓。

"你好吗,玛格瑞?"海格警惕地说。

马人身后的树木沙沙作响,又有四五个马人出现了。哈利认出了黑身体、留着胡子的贝恩,他在约四年前遇见费伦泽的那天夜里见到过他。贝恩没有显露出曾经见过哈利的样子。

"够了。"贝恩说,声音里带着难听的变调,随即转向玛格瑞,"我们已经商定,如果这个人再在禁林露面,我们该怎么对付,是吗?"

"现在我成了'这个人'?"海格脾气暴躁地说,"就因为我阻止了你们杀人?"

"你不应该插手的,海格。"玛格瑞说,"我们的习惯跟你们的不同,法律也跟你们的不同。费伦泽背叛和侮辱了我们。"

"我不明白你是怎么想的,"海格不耐烦地说,"他并没有做什么,只是帮助阿不思·邓布利多——"

"费伦泽做了人类的奴隶。"一个表情冷酷、脸上布满皱纹的灰色马人说。

"奴隶!"海格尖刻地说,"他只是帮邓布利多一点忙——"

"他在人类中间散播我们的知识和秘密,"玛格瑞轻声说,"这种耻辱无法清除。"

"随你怎么说吧,"海格耸耸肩膀说,"但我个人认为,你们犯了一个大错误——"

"你也是,人类,"贝恩说,"我们已经提醒过你,可你还是闯进了我们的林子——"

"哼,你给我听着,"海格气愤地说,"如果你们不介意的话,我不想再听到什么'我们的'林子。谁来谁去,并不由你们决定——"

第30章 格洛普

"可也不由你决定，海格。"玛格瑞心平气和地说，"我今天放你一马，因为你身边有你的幼——"

"不是他的！"贝恩轻蔑地打断了他，"是学生，玛格瑞，是上面那所学校的学生！他们大概已经从叛徒费伦泽的教学中受益了。"

"不管怎么说，"玛格瑞平静地说，"杀害幼崽是一种可怕的罪孽——我们不伤害无辜。海格，今天放你过去。从今以后，别再来这个地方。你帮助叛徒费伦泽从我们手里逃走，已经失去了我们的友谊。"

"我不会因为你们这群老骡子就不进林子的！"海格大声说。

"海格，"赫敏说，声音尖利而恐惧，因为贝恩和那个灰色马人都用蹄子刨着地面，"我们走吧，求求你，快走吧！"

海格迈步向前，但手里仍然举着弩，眼睛仍然气势汹汹地盯着玛格瑞。

"我们知道你在林子里养了什么，海格！"玛格瑞冲着他们的背影喊道，这时马人们逐渐从视线中消失了，"我们的忍耐快到尽头了！"

海格转过身，看样子要返回到玛格瑞那里去。

"只要他在这儿，你们就得忍着，这是你们的林子，也是他的林子！"他嚷道，哈利和赫敏用吃奶的力气推着海格的鼹鼠皮背心，努力阻止他往回走。海格仍然皱着眉头，低头一看，发现他们都在推他，表情微微有些吃惊，他似乎根本就没有感觉到。

"镇静，你们俩。"他说完转身继续赶路，他们跟在后面气喘吁吁，"这帮该死的老骡子，是不？"

"海格，"赫敏上气不接下气地说，绕过刚才来的时候经过的那片荨麻，"如果马人不让人类进林子，我和哈利恐怕就不可能——"

"啊，你听见他们刚才的话了，"海格不当回事地说，"他们不会伤害幼崽——我是说孩子。总之，我们不能让自己受那帮家伙的摆布。"

"看来没有退路了。"哈利低声对赫敏说，赫敏一副垂头丧气的样子。

他们终于回到了小路上，又走了十分钟，树木开始变得稀疏起来。他们又能看见一片片清澈的蓝天了，远处传来了清晰的欢呼声和叫嚷声。

"又得分了吗？"海格问，在树荫下停住了脚步，这时他们已经看得见魁地奇球场了，"还是比赛已经结束了？"

"不知道。"赫敏气恼地说。哈利看到她一副狼狈样，头发上粘着叶子和小树枝，袍子撕破了好几处，脸上和胳膊上伤痕累累。他知道自己也好不到哪儿去。

"我猜是结束了！"海格说，仍然眯着眼睛朝球场眺望，"看——人们已经出来了——如果你们俩跑快点，就能混进人群，就没有人会发现你们溜出来过！"

"好主意！"哈利说，"好吧……那就再见了，海格。"

"真不敢相信他，"估摸着海格听不见了，赫敏用颤颤抖抖的声音说，"真不敢相信他。我真的不敢相信他。"

"平静点儿。"哈利说。

"平静！"赫敏激动地说，"一个巨人！禁林里有一个巨人！我们还要给他上语文课！当然还得假设我们每次进进出出都能通过那群凶残的马人！我——真的——不敢相信他！"

"我们暂时还用不着做什么！"哈利压低声音安慰她说，这时他们汇入了一群叽叽喳喳返回城堡的赫奇帕奇同学中，"如果他不被赶走，我们就不需要做什么，他还不一定被解雇呢。"

"哦，别胡扯了，哈利！"赫敏气呼呼地说，突然停下脚步，害得后面的人不得不绕过她去，"他肯定会被解雇的，而且，说句

第30章 格洛普

实话,有了我们刚才看见的东西,谁还能责怪乌姆里奇呢?"

一阵沉默,哈利没好气地瞪着赫敏,泪水慢慢地涌进了她的眼眶。

"你不是真的这么想吧?"哈利轻声说。

"不……唉……是啊……不是,"说着,她气呼呼地擦干眼泪,"可是他为什么要把生活弄得这么艰难,害了自己——也害了我们?"

"不知道——"

> 韦斯莱是我们的王,
> 韦斯莱是我们的王,
> 绝不把球往门里放,
> 韦斯莱是我们的王……

"我希望他们别再唱那首愚蠢的歌了,"赫敏难过地说,"他们幸灾乐祸得还不够吗?"

一大群学生潮水般地从球场拥上了草坡。

"哦,我们快进去,免得碰上斯莱特林的人。"赫敏说。

> 韦斯莱真真是好样,
> 一个球都不往门里放,
> 格兰芬多人放声唱:
> 韦斯莱是我们的王。

"赫敏……"哈利慢慢地说。

歌声越来越响,但不是从身穿绿色和银色衣服的斯莱特林同学中传来的,而是从缓缓朝城堡移动的穿红色和金色衣服的人群中传出来的,许多人的肩膀上扛着一个身影。

> 韦斯莱是我们的王,
> 韦斯莱是我们的王,
> 绝不把球往门里放,
> 韦斯莱是我们的王……

"不可能吧?"赫敏压低声音说。

"**赢了!**"哈利大声说。

"**哈利! 赫敏!**"罗恩喊道,在空中挥舞着银色的魁地奇杯,看上去高兴得发了狂,"**我们赢了! 我们赢了!**"

他们笑眯眯地看着他经过。城堡门口一片混乱,罗恩的脑袋重重地撞在门楣上,但似乎谁也不愿意把他放下。那群人仍然唱着歌,挤进了门厅,消失在视线中。哈利和赫敏笑容满面地注视着他们,直到"韦斯莱是我们的王"的最后一缕余音也消失了。然后他们互相看着对方,笑容隐去了。

"我们把这个消息留到明天再说吧?"哈利说。

"好的,"赫敏疲倦地说,"我反正不着急。"

他们一起走上台阶。到了门口,两人都本能地扭头看着禁林。哈利不知道是不是自己的幻觉,他似乎看见远处的树梢上飞起一群鸟,就好像它们栖息的那棵树刚刚被连根拔起。

第 31 章

O.W.L. 考试

罗恩帮助格兰芬多夺得魁地奇杯,心里别提多兴奋了,第二天也没法静下心来做任何事情。他只想谈论比赛,哈利和赫敏发现很难开口跟他说格洛普的事。其实他们俩都没有努力尝试,都不急于用这种残酷的方式把罗恩拉回到现实中来。这又是一个晴朗、温暖的日子,他们说服罗恩跟他们一起在湖边的山毛榉树下复习功课,在这里说话不像在公共休息室里容易被人听见。罗恩起先对这个主意不太热情——每个格兰芬多同学走过他的椅子都要拍拍他的后背,更不用说还会不时爆发出"韦斯莱是我们的王"的歌声,他太陶醉于这样的感觉了——可是过了一会儿,他承认呼吸一点儿新鲜空气对他会有好处。

他们坐了下来,把书本摊在山毛榉树的树荫下,罗恩滔滔不绝地跟他们讲他救起比赛中第一个球的情景,他恐怕已经讲了十多遍了。

"我的意思是,我已经漏掉了戴维斯的那个球,所以信心不是很足,但我也不知道是怎么回事,布拉德利突然从什么地方朝我冲来,我想——这次准能行!我用一秒钟左右的时间决定往哪边扑,你们知道，他那样子好像瞄准的是右边的圆环——我的右边，他的左边——但我有一种奇怪的感觉，觉得他是在伪装，于是我冒险往左边飞去——我是指他的右边——然后——嘿——后来的事情你们都看到了。"他谦逊地结束了自己的讲话，同时毫无必要地把头发往后一甩，使它显得像是被风吹乱了似的，很有风度，然后他望望四周，看离他们最近的那些人——一群叽叽喳喳的赫奇帕奇三年级学生——是不是听见了他的话，"后来，大约五分钟后，钱伯斯朝我冲来——你怎么啦？"罗恩看到哈利脸上的表情，突然停住了话头，"你笑什么？"

"我没笑。"哈利赶紧说道，低头去看他的变形课笔记，努力让脸上的表情严肃起来。事实上，罗恩刚才的样子，使哈利不由自主地想起了另一位格兰芬多魁地奇球员，他也曾经在这棵树下把自己的头发弄得乱糟糟的。"我只是高兴我们赢了。"

"是啊，"罗恩慢悠悠地说，品味着哈利的话，"我们赢了。金妮从秋·张的鼻子底下抓到飞贼时，你们看到秋·张脸上的表情了吗？"

"我猜她哭了，是不是？"哈利苦涩地说。

"是啊，没错——不过更像在发脾气……"罗恩微微皱起眉头，"你们看到她回到地面后，把她的飞天扫帚扔到了一边，是不是？"

"呃——"哈利支吾着说。

"唉，实际上……没有，罗恩，"赫敏沉沉地叹了一口气，放下书本，满怀歉意地望着罗恩，"实际上，我和哈利只看到了戴维斯的第一个进球。"

罗恩故意弄乱的头发似乎失望地耷拉了下来。"你们没看到？"他轻轻地问，挨个儿看着他们两人，"我扑出去的那些球，你们一个都没看到？"

第31章 O.W.L.考试

"唉——是啊,"赫敏说着,伸出一只手去安慰他,"可是罗恩,我们也不想离开——不走不行啊!"

"是吗?"罗恩说,他的脸涨得通红,"怎么回事?"

"是海格,"哈利说,"他决定告诉我们为什么他从巨人那里回来后一直遍体鳞伤。他要我们跟他一起进入禁林,我们没有办法,你知道他那副样子。反正……"

哈利花了五分钟把事情讲了一遍,最后,罗恩的愤怒被一种完全难以置信的表情取代了。

"他带了一个巨人回来,藏在禁林里?"

"是啊。"哈利严肃地说。

"不可能。"罗恩说,似乎他这样一说,事情就不是真的了,"不,他不可能这么做。"

"他就这么做了。"赫敏毫不含糊地说,"格洛普身高大约十六英尺,喜欢把二十英尺高的松树连根拔起,而且以为我叫,"她从鼻子里哼了一声,"我叫赫米。"

罗恩局促地笑了一声。

"海格想要我们……?"

"教他说话,没错。"哈利说。

"他疯了。"罗恩用近乎畏惧的口吻说。

"是啊,"赫敏不耐烦地说,把《中级变形术》翻过一页,眼睛瞪着把猫头鹰变成一副小型望远镜的一系列图标,"是啊,我也有点怀疑他疯了。然而,不幸的是,他强迫我和哈利做了保证。"

"那没办法,你们只能食言了,"罗恩坚决地说,"我的意思是……我们还要考试,而且我们就差这么一点——"他举起手,大拇指和食指几乎碰在一起,"就被开除了。不管怎么说……记得诺伯吗?记得阿拉戈克吗?跟海格的怪物伙伴打交道,我们什么时候有过好下场?"

"我知道，但就是——我们已经答应了呀。"赫敏用很小的声音说。

罗恩又把头发抚平，显得心事重重。

"我说，"他叹了一口气，"海格还没有被解雇，不是吗？他坚持了这么久，说不定能坚持到学期结束，那样我们就根本用不着接近格洛普了。"

城堡的场地在阳光下闪闪发亮，好像刚刚油漆过一样。万里无云的天空对着波光粼粼的湖面中的倒影微笑。丝缎般光滑的绿茵在微风中轻柔地起伏。六月到了，对于五年级同学来说，这只意味着一件事：O.W.L. 考试终于来临了。

老师不再给他们布置家庭作业，课堂上也全部用来复习那些老师认为考试中最有可能出现的题目。这种狂热拼搏的气氛，使哈利满脑子都是 O.W.L.，几乎顾不上考虑其他事。不过在魔药课上，他时不时会猜想卢平有没有跟斯内普谈过他必须继续教自己大脑封闭术。如果卢平已经说了，那么斯内普完全未予理睬，正如他现在不理睬哈利一样。哈利正巴不得这样呢。没有斯内普的课外辅导，他已经够忙碌、够紧张的了。令他宽慰的是，赫敏这些日子忙得要命，没有工夫缠着他说大脑封闭术的事。赫敏许多时间都在喃喃自语，已经好些天没有给家养小精灵设计衣服了。

O.W.L. 考试日益临近，行为怪异的人不止她一个。厄尼·麦克米兰养成了一个恼人的习惯，总喜欢盘问别人的复习情况。

"你们认为自己一天复习多少时间？"在草药课堂外排队的时候，他问哈利和罗恩，眼睛里闪着焦虑的光芒。

"我不知道，"罗恩说，"几个小时吧。"

"比八个小时多还是少？"

"我猜是少吧。"罗恩说，显得有点儿惊慌。

第31章 O.W.L.考试

"我是八个小时,"厄尼得意地说道,"八到九个小时。我每天早饭前复习一个小时。平均是八个小时。周末一般十个小时。星期一九个半小时。星期二就不太好了——只有七小时一刻钟。星期三——"

就在这个时候,斯普劳特教授把他们领进了三号温室,厄尼才不得不停止他的叙述,哈利觉得如释重负。

可是德拉科·马尔福发现了另一种引起恐慌的办法。

"其实,"考试前几天,有人听见他在魔药课堂外大声告诉克拉布和高尔,"重要的不是你知道什么,而是你认识什么人。我爸爸跟巫师考试管理局的头儿有好多年的交情——格丝尔达·玛奇班那老太太——我们还请她吃过饭什么的……"

"你们认为他说的是真的吗?"赫敏紧张地轻声问哈利和罗恩。

"即使是真的,我们也没办法。"罗恩闷闷不乐地说。

"我认为不是真的,"纳威在他们身后小声说,"因为格丝尔达·玛奇班是我奶奶的朋友,她从来没提到过马尔福一家。"

"她什么样儿,纳威?"赫敏立刻问道,"严厉吗?"

"说实在的,有点像我奶奶。"纳威用郁闷的口吻说。

"认识她也不会妨碍你什么,不是吗?"罗恩给他鼓劲道。

"哦,我认为也没什么区别。"纳威说,仍然显得可怜巴巴的,"奶奶经常对玛奇班教授说我没有我爸爸那么好……唉……你们在圣芒戈医院见过我奶奶是什么样子……"

纳威的目光盯着地面。哈利、罗恩和赫敏交换了一下目光,却不知道说什么才好。这是纳威第一次承认他们在巫师医院见过面。

这段时间,五年级和七年级同学中间的黑市交易十分兴隆,交易的都是一些可以让人集中精力、提神醒脑、保持清醒的东西。哈利和罗恩看到拉文克劳六年级同学埃迪·卡米切尔拿给他们的那瓶巴费醒脑剂,非常动心。埃迪一口咬定他去年夏天O.W.L.考试拿了九个"优秀"全靠这玩意儿,并提出一品脱只卖十二个金加隆。罗恩向哈利保证,他毕业一找到工作就还清他的那一半,可是没等他们成交,赫敏就把瓶子从卡米切尔手里没收了,把里面的东西全都倒进了抽水马桶。

"赫敏,我们还想买呢!"罗恩嚷道。

"别犯傻了,"赫敏恶声恶气地说,"你还不如吃点哈罗德·丁戈的龙爪粉凑合一下呢。"

"丁戈弄到了龙爪粉?"罗恩很感兴趣地说。

"已经没有了,"赫敏说,"也被我没收了。其实这些东西都根本不管用。"

"龙爪粉是管用的!"罗恩说,"据说它特别神奇,确实能让你精神振奋,在几个小时里脑瓜特别好使——赫敏,给我来一点儿吧,求求你了,没有害处的——"

"那可不一定,"赫敏板着脸说,"我仔细看过了,实际上它就是风干了的狐媚子粪便。"

这话让哈利和罗恩对大脑兴奋剂的渴望大大减弱了。

下一节变形课上,他们拿到了考试的时间表和具体要求。

"正如你们看到的,"麦格教授对全班同学说,他们正忙着把黑板上的考试日期和时间记下来,"你们的 O.W.L. 考试将持续两周。上午考理论,下午考实践。当然啦,天文学的实践考试将在夜里进行。

"我还必须提醒你们,每一份考卷上都加了特别严厉的防作弊咒。自动答题羽毛笔不许带进考场,还有记忆球、小抄活页袖和自动纠错墨水。我很遗憾地告诉你们,每年似乎都至少有一位同学自认为能躲过巫师考试管理局的规定。我只能希望这个人不是格兰芬多的。我们的新任——校长——"麦格教授说这个词时的神情,就像佩妮姨妈注视一块特别顽固的污垢时一样,"——要求院长告

第31章 O.W.L.考试

诉本院学生,作弊将受到最为严厉的惩罚——不用说,你们的考试成绩将会反映校长对学校的新的管理制度——"

麦格教授轻轻叹了一口气,哈利看见她尖鼻子的鼻翼在翕动。

"——不过,你们不能因为这个就不刻苦努力。你们要考虑的是自己的未来。"

"请问,教授,"赫敏举着手问,"我们什么时候能知道成绩?"

"七月里会有猫头鹰给你们送信。"麦格教授说。

"太棒了,"迪安·托马斯用别人能够听见的耳语声说,"这样我们放假前都不用为它担心了。"

哈利想象着六星期后自己坐在女贞路的卧室里,等候O.W.L.考试的成绩。也好,他想,至少他暑假肯定能收到一封邮件。

第一场考试是魔咒理论,定于星期一上午。哈利答应星期天吃过午饭给赫敏提问,可是几乎立刻就后悔了。赫敏焦躁不安,不停地夺过哈利手里的课本,查看自己是不是答得一字不差,最后《魔咒成就》尖锐的书角重重地撞到了哈利的鼻子。

"你干吗不自己复习呢?"哈利坚决地说,把课本还给赫敏,他的眼睛在流泪。

与此同时,罗恩用手指堵着耳朵,嘴唇不出声地嚅动着,在恶补整整两年的魔咒课笔记。西莫·斐尼甘仰面躺在地板上,背诵一种存在咒的定义,迪安对照着《标准咒语,五级》看西莫背得对不对。帕瓦蒂和拉文德在练习最基本的移动咒,让她们的铅笔盒绕着桌边互相追逐。

那天吃晚饭的时候气氛压抑。哈利和罗恩没有怎么说话,但因为用功了一整天,倒是吃得津津有味。赫敏却不停地放下刀叉,钻到桌子底下去拿书包,抽出一本书核对某个数字或知识点。罗恩刚要对她说应该好好吃饭,不然夜里会睡不着觉的,突然赫敏的叉子从无力的手指间滑落,当啷一声掉在盘子里。

"哦，天哪，"她盯着门厅轻声说道，"那是他们吗？是主考官吗？"

哈利和罗恩在板凳上转过身子。透过礼堂大门，他们看见乌姆里奇跟一小群老态龙钟的男女巫师站在一起。哈利高兴地看到乌姆里奇显得十分紧张。

"我们过去仔细看看？"罗恩问。

哈利和赫敏点点头，三人快步朝通向门厅的双扇门走去。跨过门槛后，他们放慢脚步，镇定自若地经过那些主考官身边。哈利认为玛奇班教授肯定是那个驼背的小个子女巫，脸上皱纹密布，像蒙着一层蜘蛛网。乌姆里奇正在毕恭毕敬地跟她说话。玛奇班教授似乎有点耳背，用很大的声音回答乌姆里奇教授，其实她们之间只隔着一英尺。

"旅途很愉快，旅途很愉快，我们以前来过许多次了！"她不耐烦地说，"我说，我最近一直没有得到邓布利多的消息！"她说着就在门厅里四处张望，似乎指望着邓布利多会突然从某个扫帚间里冒出来似的，"怎么，还没弄清他在哪儿？"

"还没弄清。"乌姆里奇说着，恶狠狠地瞪了哈利、罗恩和赫敏一眼，他们此刻在楼梯脚下故意磨蹭，罗恩假装系鞋带，"但是我敢发誓，魔法部很快就能把他抓获。"

"那可不一定，"小个子的玛奇班教授大声说，"如果邓布利多不想让人发现，那就没戏！我应该知道的……当年他参加N.E.W.T.考试时，我亲自考他的变形术和魔咒学……他用魔杖变出的花样，是我以前从没见过的。"

"是啊……是啊……"乌姆里奇教授说，哈利、罗恩和赫敏正往大理石楼梯上走，尽量把脚步拖得很慢很慢，"我领你们到教工休息室去吧。你们一路辛苦，肯定很想喝杯茶。"

这个晚上大家过得很不自在。每个人都想抓紧最后的时间复

第31章 O.W.L.考试

习,但似乎谁也没有取得多少进展。哈利早早就上了床,但很长时间没有睡着,感觉辗转反侧了好几个小时。他想起了他在接受就业指导时,麦格教授愤怒地宣称要帮助他成为一名傲罗,哪怕这是她这辈子做的最后一件事情。现在考试迫在眉睫,他后悔自己没有提出一种比较容易实现的理想。他知道不止他一个人难以入睡,但宿舍里的其他人都没有说话。最后,终于一个个都睡着了。

第二天吃早饭的时候,五年级同学都没怎么交谈。帕瓦蒂不出声地练习咒语,她面前的盐瓶在急速扭动。赫敏又在复习《咒语成就》,她读得可真快,眼神看上去都模糊了。纳威手里的刀叉不停地掉落,还把橘子酱给打翻了。

吃完早饭,其他同学去上课了,五年级和七年级同学就在门厅里转悠。九点半,他们一个班一个班地被叫进礼堂。礼堂里已经重新做了布置,跟哈利在冥想盆里看到的他父亲、小天狼星和斯内普参加O.W.L.考试的情形一模一样。四张学院桌子被搬走了,取而代之的是许多单人课桌,都面朝礼堂尽头的教工桌摆放着,麦格教授面对着他们站在前面。大家坐定,安静下来后,麦格教授说:"可以开始了。"她把旁边桌上一只巨大的沙漏翻转过来,那张桌上还有备用的羽毛笔、墨水瓶和一卷卷羊皮纸。

哈利翻过自己的考卷,心怦怦地狂跳着——坐在他右边第三排、向前第四个座位上的赫敏,已经开始奋笔疾书——哈利低头看着第一个问题:1)写出让物体飞起来的咒语;2)描述挥动魔杖的动作。

哈利脑海中闪出一根棍子,它嗖地飞到高空,然后重重地落在一个巨怪的厚脑壳上……他微微笑了笑,埋头写了起来。

"唉,还不算太糟糕,是吧?"两个小时后,赫敏在门厅里担忧地问,手里仍然抓着试题,"我不敢说我的快乐咒考出了水平,我只是把时间耗完了。你们把打嗝的破解咒写出来了吗？我不知道到底该不该写，我写得好像太多了——还有第二十三个问题——"

"赫敏，"罗恩板着脸说，"已经考完了……我们不想每门考试结束后再考一遍，考一遍就够糟糕的了。"

五年级同学跟全校其他同学一起吃午饭（四张学院桌子在午饭时间又出现了），然后排着队走进礼堂旁边的那个小房间，等着被叫去参加实践考试。一小群同学按照字母顺序被叫走了，留下来的同学喃喃地念着咒语，练习魔杖动作，不时误捅了别人的后背或眼睛。

赫敏的名字被叫到了。她浑身颤抖着，跟安东尼·戈德斯坦、格雷戈里·高尔和达芙妮·格林格拉斯一起离开了小房间。已经考完的同学没有再返回来，所以哈利和罗恩不知道赫敏考得怎么样。

"她肯定没事！记得吗，有一次考魔咒，她得了一百一十二分呢！"罗恩说。

十分钟后，弗立维教授喊道："潘西·帕金森——帕德玛·佩蒂尔——帕瓦蒂·佩蒂尔——哈利·波特。"

"祝你好运。"罗恩轻声说。哈利走进礼堂，手里攥着魔杖，但攥得太紧，手都在发抖。

"托福迪教授有空，波特。"站在门口的弗立维教授尖声说。他给哈利指了指远处角落里一张小桌子后面的主考官，那人看上去年纪最大、脑袋最秃，离正在考德拉科·马尔福的玛奇班教授不远。

"是波特吗？"托福迪教授说，他看看笔记，又从夹鼻眼镜上方注视着哈利走近，"大名鼎鼎的波特？"

哈利从眼角清清楚楚地看到马尔福朝他投来恶毒的目光。马尔福正在让一个酒杯飘浮起来，结果酒杯掉在地上摔得粉碎。哈利忍不住笑了起来。托福迪教授也鼓励地朝他露出了微笑。

"这就对了，"他用苍老的、颤颤抖抖的声音说，"没必要紧张。

第31章 O.W.L.考试

好了，我想请你把这个蛋杯拿去，让它做几个侧身翻给我看看。"

总的来说，哈利觉得自己做得还不错。他的飘浮咒肯定比马尔福的好得多，不过他后悔不该把变色咒和生长咒弄混，结果那只本该变成橘黄色的老鼠惊人地膨胀起来，一直变成了獾那么大，哈利才纠正了自己的错误。他庆幸赫敏当时没在礼堂，后来也没把这事告诉她。不过他可以告诉罗恩，罗恩把一个盘子变成了大蘑菇，自己还不知道是怎么回事呢。

那天晚上根本没有时间休息。他们吃过晚饭就去了公共休息室，埋头复习第二天要考的变形术。哈利上床时，脑袋里嗡嗡响着各种复杂的咒语范例和理论。

第二天上午的书面考试中，他忘记了转换咒的定义，但是实践考试远不像他预想的那样糟糕。他至少让他的鬣蜥完全消失了，而邻桌的汉娜·艾博真是不幸，她完全晕了头，竟然把她那只白鼬变成了一大群火烈鸟，导致考试中断了十分钟，人们才把那些鸟抓住送出了礼堂。

星期三进行的是草药课考试（哈利觉得自己考得还算不错，只是被一株毒牙天竺葵咬了一小口），星期四考黑魔法防御术。哈利第一次觉得自己肯定有把握过关。笔试没有任何问题，实践考试中，他当着乌姆里奇的面操练各种破解咒和防御咒，感到特别过瘾；乌姆里奇站在通往门厅的门边，冷冷地注视着他。

"哦，太好了！"托福迪教授喊道，这次又是他考哈利，哈利刚才展示了无懈可击的博格特驱逐咒，"确实很好！好了，我认为可以了，波特……除非……"

他把身子往前探了一点儿。

"我听我亲爱的朋友提贝卢斯·奥格登说，你能变出一个守护神，是吗？作为加分……？"

哈利举起魔杖，直视着乌姆里奇，想象着她被解雇的情景。

"呼神护卫！"

银色的牡鹿从他的魔杖尖上蹿了出来，一直跑到礼堂那头。所有的主考官都扭头注视着它，最后它变成一团银雾消失了，托福迪教授兴奋地拍了拍骨节粗大、青筋毕露的手。

"太棒了！"他说，"很好，波特，你可以走了！"

哈利经过门边乌姆里奇身旁时，两人的目光相遇了。乌姆里奇那肥阔、松弛的嘴巴露出一丝狞笑，但哈利没有在意。他觉得自己刚才得了个"优秀"，除非他的判断存在严重错误（他不打算告诉任何人，生怕自己果真判断失误）。

星期五，赫敏参加古代如尼文的考试，哈利和罗恩休息，因为接下来就是周末，所以他们就让自己暂时把复习放在了一边。他们懒洋洋地坐在敞开的窗边，打着哈欠下巫师棋，夏日的和风在窗口轻轻吹拂。哈利看见海格在远处的禁林边上教课。他努力猜想他们在研究什么动物——肯定是独角兽，因为男生好像都站在后面——就在这时，肖像洞口打开了，赫敏爬了进来，看上去情绪十分暴躁。

"如尼文考得怎么样？"罗恩打着哈欠、伸着懒腰问。

"我把 ehwaz 翻译错了，"赫敏气恼地说，"它的意思是合作，不是防御，我把它跟 eihwaz 搞混了。"

"好了好了，"罗恩懒洋洋地说，"不就错了一个嘛，你仍然能拿到——"

"哦，闭嘴！"赫敏气冲冲地说，"这个错误可能就关系到及格还是不及格。而且，有人又把一只嗅嗅放进了乌姆里奇的办公室，不知道他们是怎么让它进入那扇新门的。我刚从那里经过，乌姆里奇正在一迭声地尖叫——听她的叫声，好像嗅嗅想从她腿上咬下一大块肉来——"

"太好了。"哈利和罗恩异口同声地说。

第31章 O.W.L.考试

"才不好呢!"赫敏激动地说,"她认为是海格干的,记得吗?我们可不愿意海格被解雇!"

"海格正在教课呢,她不可能怪到他头上。"哈利说着,朝窗外做了个手势。

"哦,哈利,你有的时候真是太天真了。你真的以为乌姆里奇会等着拿到证据吗?"赫敏说,她似乎打定主意要发脾气,说完就快步朝女生宿舍走去,把身后的门重重地关上了。

"多么可爱的好脾气的姑娘。"罗恩声音很轻地说,把他的王后推向前,吃掉了哈利的一个骑士。

赫敏的坏脾气几乎持续了整个周末,不过哈利和罗恩觉得很容易不理会她,因为星期六和星期天的大部分时间他们都在复习,准备星期一的魔药课考试。这是哈利最不愿参加的一门考试——他相信这门考试肯定会挫败他当一名傲罗的理想。果然,他发现笔试很难,不过他认为关于复方汤剂的题目他能拿到满分,二年级的时候,他曾违反校规服用过这种药剂,所以能精确地描绘它的药效。

下午的实践考试不像他想象得那样可怕。斯内普不在场,哈利发现自己调制药剂比平时轻松自如多了。纳威的位置距哈利很近,哈利也从没见他在魔药课上这么开心过。后来,玛奇班教授说:"请离开你们的坩埚,考试结束了。"哈利把他的样品装进瓶里,觉得虽然不一定能拿到好成绩,但如果顺利的话,应该不会不及格。

"只剩下四门考试了。"他们返回格兰芬多公共休息室时,帕瓦蒂·佩蒂尔疲惫地说。

"只有四门!"赫敏咄咄逼人地说,"我还有算术占卜呢,这恐怕是最难的一门课!"

谁也不会傻乎乎地去反驳她,所以她没能把自己的怒气发泄到任何人身上,只好去教训几个在公共休息室里笑得太响的一年级新生。

哈利拿定主意要在星期二的保护神奇动物课的考试中好好表现，不让海格失望。下午的实践考试是在禁林边的草地上进行的，同学们需要准确认出藏在十几只刺猬中的刺佬儿（诀窍是挨个儿喂它们牛奶，刺佬儿是一种十分多疑的动物，身上的刺有多种魔法特性，每当怀疑有人试图给它们下毒就会气得发狂）；接着演示怎样对付护树罗锅，怎样给火螃蟹喂食和清扫而不被严重烧伤，然后从一大堆东西中挑选喂养病中独角兽的食物。

哈利看见海格在小屋里担忧地看着窗外。这次哈利的主考官是一位胖胖的小个子女巫，她笑眯眯地看着哈利，说他可以离开了。哈利朝海格竖起两个大拇指，回身朝城堡走去。

星期三上午的天文学理论考得还算顺利。哈利虽然没有把握把木星所有卫星的名字都写对了，但他至少可以肯定没有一颗卫星上住着老鼠。天文学实践考试要到晚上才进行，下午考占卜。

哈利本来就对占卜课期望不高，但还是觉得考得一塌糊涂。该死的水晶球里一片空白，他还不如看看桌面上活动的图像。解读茶叶的时候，他完全昏了头，说他认为茶叶显示玛奇班教授很快会遇到一个又黑又胖的讨厌的陌生人，最后他还弄混了玛奇班教授的生命线和智慧线，说她应该死于上个星期二，至此，他的占卜课算是彻底考砸了。

"唉，这门课我们本来也没指望能及格。"他们走上大理石楼梯时，罗恩郁闷地说。他刚才对哈利说，他详详细细地告诉主考官，他在水晶球里看到的是一个鼻子上有疣的丑八怪，结果一抬头，发现自己描绘的是主考官映在水晶球里的影子。

"我们本来就不应该学这门无聊的课。"哈利说。

"还好，现在放弃还来得及。"

"是啊，"哈利说，"我们别再假装关心木星和天王星过于靠近会发生什么事情了。"

第31章 O.W.L. 考试

"从今往后,我再也不管我的茶叶是不是拼出死亡,罗恩,死亡的字样——我要把它们扔进垃圾桶,那才是它们应该待的地方。"

哈利笑了起来,这时赫敏从他们身后跑了过来,哈利赶紧止住笑,生怕又会惹恼了她。

"知道吗,我觉得我算术占卜考得挺好的。"她说,哈利和罗恩这才放心地松了口气,"赶紧在吃晚饭前再看看星象图,然后……"

夜里十一点,他们来到天文塔顶上,发现这是一个观察天体的理想夜晚,没有云,也没有风。场地沐浴在银色的月光下,空气里微微有一丝凉意。每人都架好自己的望远镜,等玛奇班教授一发话,就开始填写发给他们的空白星象图。

玛奇班和托福迪教授在他们中间走来走去,看着他们填写观察到的恒星和行星的精确位置。四下里静悄悄的,只有羊皮纸的摩擦声,偶尔还有调整架子上望远镜的吱嘎声,还有许多支羽毛笔写字的沙沙声。半个小时过去了,一个小时过去了,城堡窗口的灯一盏接一盏地熄灭,映在场地上的一方方金色亮光也逐渐消失了。

哈利正在图表上填写猎户星座,突然城堡的大门开了。大门就在他所站的矮墙下面,一道亮光洒向石头台阶,映在前方的草坪上。哈利微微调整了一下望远镜的位置,看见五六个拉长的影子在被照亮的草地上移动,接着门关上了,草地又变得一片漆黑。

哈利重新把眼睛贴在望远镜上,调整焦距,现在他观察的是金星。他低头看着图表准备填写这颗行星,但什么东西分散了他的注意力。他的羽毛笔悬在羊皮纸上,他眯起眼睛看着下面幽暗的场地,只见六个人影在草地上行走。如果他们不是在移动,如果没有月光掠过他们的头顶,可能他们就会与漆黑的场地融为一体,难以分辨。虽然离得很远,哈利有一种奇怪的感觉,他好像从打头那个最矮胖的人的步态中认出了那是谁。

他不明白乌姆里奇为什么过了午夜还出来闲逛，而且身边还跟着另外五个人。就在这时，身后有人咳嗽，他才想起自己正在考试。他已经把金星的位置忘记了。他赶紧把眼睛贴到望远镜上，重新找到金星，正要往图表上填，突然他警惕的耳朵听见远处传来敲门声，声音在空寂的场地上回荡，接着是一条大狗发出的闷叫。

哈利抬起目光，心跳得像打鼓一样。海格的窗户里透出灯光，映出了哈利刚才看见穿过草坪的那几个人的身影。门开了，哈利清清楚楚地看见六个轮廓分明的人影跨过门槛。门又关上了，一片寂静。

哈利觉得心里很不安。他环顾四周，想看看罗恩和赫敏是不是像他一样注意到了这一幕，可是玛奇班教授正好从他身后走来，哈利不想让人觉得他在偷看别人的考卷，就赶紧低头去看自己的图表，假装在上面填写着什么，实际上他的目光正越过矮墙窥视着海格的小屋。几个人影在小屋窗口晃动，不时把灯光遮住。

哈利感觉到玛奇班教授的目光正注视着自己的后脖颈，便赶紧把眼睛贴到望远镜上，盯视着天空的月亮，其实他一个小时前就标出了月亮的位置。玛奇班教授走开时，哈利听见远处小屋里传来一声咆哮，回声穿透黑夜，一直传到了天文塔顶上。哈利周围的几个同学从望远镜后面闪了出来，朝海格小屋的方向望去。

托福迪教授又轻轻干咳了一声。

"同学们，请集中思想。"他轻声说。

大部分同学都回到自己的望远镜前。哈利看看左边。赫敏呆呆地盯着海格的小屋。

"咳咳——还有二十分钟。"托福迪教授说。

赫敏吓了一跳，赶紧去看她的图表。哈利也低头看着图表，发现他把金星写成了火星，便俯身改了过来。

场地上传来砰的一声巨响。几个同学急于看清下面发生了什么

第31章 O.W.L.考试

事情,被望远镜的尾端戳痛了脸,哎哟哎哟地叫了起来。

海格的门突然被撞开了,在小屋透出的灯光中,他们清楚地看见一个庞大的身影挥着拳头在咆哮,有六个人把他围在中间,从他们射向他的一道道细细的红光看,他们是想给他施昏迷咒。

"不!"赫敏叫了起来。

"天哪!"托福迪教授用震惊的声音说,"这是考试!"

可是,谁都不再理会自己的图表了。海格的小屋旁仍然飞出一道道红光,但不知怎的,它们似乎都从他身上弹了回去。他仍然稳稳地站着,而且,从哈利看到的情形看,他仍然在反击。叫喊声、咆哮声在场地上回荡,一个声音嚷道:"海格,理智点儿!"

海格吼道:"去你的理智吧,你们休想这样把我带走,德力士!"

哈利看见了牙牙小小的身影,它为了保护海格,一次次朝海格周围的那些巫师扑去,最后被一个昏迷咒击中,倒在了地上。海格怒吼一声,把那个念咒者整个儿从地上拎起来扔了出去。那人飞出去足有十英尺,再也没有站起来。赫敏抽了一口冷气,用双手捂住了嘴巴。哈利扭头看看罗恩,发现他也是满脸惊恐。他们以前都没看见过海格真正发脾气。

"看!"帕瓦蒂尖叫起来,她靠在矮墙上,指着城堡脚下。大门又被打开了,又有亮光洒在黑黢黢的草坪上,一个长长的黑影在草坪上快速走动。

"请注意!"托福迪教授焦急地说,"请注意,只剩十六分钟了!"

但是谁都没有理睬他的话。他们都注视着那个身影冲向海格小屋旁打斗的那些人。

"你们怎么敢这样!"那个身影边跑边喊,"你们怎么敢!"

"是麦格!"赫敏小声说。

"放开他!我说,放开!"麦格教授的声音穿透了黑夜,"你们有什么理由攻击他？他没做什么，没做什么，不该受到这样——"

赫敏、帕瓦蒂和拉文德都尖叫起来。小屋周围的人影同时朝麦格教授射出至少四个昏迷咒。那几道红光在小屋和城堡之间击中了她。刹那间，她好像是个发光体，周身透出一种诡异的红光，然后她双脚离地，重重地仰面摔倒在地上，不再动弹。

"狂奔的滴水嘴石兽啊！"托福迪教授喊道，他似乎也把考试忘在了脑后，"连个警告也没有！真是无耻的行径！"

"**胆小鬼！**"海格吼道，他的声音清晰地传到塔楼顶上，城堡里又亮起了几盏灯，"**该死的胆小鬼！尝尝这个——再尝尝这个——**"

"哦，天哪——"赫敏吃惊地说。

海格挥起大手朝两个离他最近的进攻者掴去，他们立刻瘫倒在地上，看来是被打昏了。哈利看见海格弯下腰，以为他终于被咒语击中。不料海格立刻又站了起来，背上似乎扛着一个口袋——哈利接着意识到那是牙牙毫无生气的身体挂在他肩头。

"抓住他，抓住他！"乌姆里奇嚷道，但她剩下的那名助手似乎极不情愿走近海格拳头够得到的地方。他快步地连连后退，被一名昏迷不醒的同伙一绊，摔倒在地。海格转过身，拔腿就跑，牙牙仍然挂在他的脖子上。乌姆里奇对着他的背影又发了最后一个昏迷咒，但没有击中。海格全速朝远处的大门奔去，消失在黑暗中。

接下来是长时间的心惊胆战的沉默，每个人都目瞪口呆地望着下面的场地。托福迪教授有气无力地说："唔……同学们，还有五分钟。"

虽然图表只填了三分之二，哈利却巴不得考试赶紧结束。终于考完了，他和罗恩、赫敏把望远镜胡乱放回架子上，飞快地冲下旋转楼梯。同学们都没有去睡觉，都聚集在楼梯脚下激动地大声议论着刚才目睹的事情。

第31章 O.W.L.考试

"那个坏女人!"赫敏气喘吁吁地嚷道,她似乎愤怒得连话也说不连贯了,"竟然在半夜三更偷袭海格!"

"她显然是想避免再出现特里劳尼的那一幕。"厄尼·麦克米兰的口气像位智者,他说着挤到了他们中间。

"海格真是好样的,不是吗?"罗恩说,他与其说是佩服,不如说是惊恐,"那些咒语怎么都从他身上弹开了呢?"

"可能是因为他的巨人血统,"赫敏声音发颤地说,"要把巨人击昏是很难的,他们就像巨怪,特别结实……但是可怜的麦格教授……四个昏迷咒击中了她的胸口,而她已经不年轻了,是不是?"

"可怕,可怕。"厄尼说,煞有介事地摇着脑袋,"好了,我要去睡觉了。诸位晚安。"

周围的人逐渐散去,离开时仍在激动地谈论着刚才看见的事。

"至少他们没能把海格弄到阿兹卡班去。"罗恩说,"我怀疑他去找邓布利多了,对吗?"

"我想是的。"赫敏说,眼泪都快掉下来了,"哦,太可怕了,我还以为邓布利多很快就会回来呢,现在我们连海格也没有了。"

他们拖着疲惫的脚步回到格兰芬多公共休息室,发现里面挤满了人。场地上的骚动惊醒了几个同学,他们又急忙叫醒各自的朋友。西莫和迪安在哈利、罗恩和赫敏之前赶到,正在给大伙儿讲述他们在天文塔顶上看到和听到的情形。

"为什么现在解雇海格呢?"安吉利娜·约翰逊摇着头问,"他不像特里劳尼,他这学期教课比以前强多了!"

"乌姆里奇讨厌混血的人,"赫敏恨恨地说,一屁股坐在一把扶手椅上,"她一直在想办法把海格赶走。"

"她还以为是海格把嗅嗅放进她办公室的。"凯蒂·贝尔插嘴道。

"哦，天哪，"李·乔丹捂着嘴叫了起来，"是我把嗅嗅放进她办公室的呀。弗雷德和乔治给我留了两只。我让它们飘起来钻进了她的窗户。"

"不管怎样她都会把海格解雇的，"迪安说，"海格跟邓布利多走得太近了。"

"这倒是的。"哈利说着，跌坐在赫敏旁边的一把扶手椅上。

"我只是希望麦格教授没事。"拉文德眼泪汪汪地说。

"他们把她抬进了城堡，我们透过宿舍窗户看见的，"科林·克里维说，"她看上去情况不太好。"

"庞弗雷女士会把她治好的，"艾丽娅·斯平内特肯定地说，"她还从来没有失败过呢。"

直到将近凌晨四点，同学们才离开了公共休息室。哈利毫无睡意，脑海里总是浮现出海格冲进黑暗的身影。他恨透了乌姆里奇，想不出怎样惩罚她才足以解恨，不过罗恩提出的拿她去喂一箱饥饿的炸尾螺的建议倒值得考虑。他想着各种可怕的报复方式，不知不觉间就睡着了。三个小时后他就起床了，觉得自己根本没有休息好。

最后一门考试是魔法史，要到下午才进行。哈利很想吃过早饭再上床睡一觉，可是又指望用上午的时间最后抱抱佛脚，所以他坐在公共休息室的窗口，两手抱着脑袋，强忍着瞌睡，硬着头皮阅读赫敏借给他的那一摞高达三英尺半的笔记。

下午两点，五年级同学走进礼堂，面对反扣着的试卷坐了下来。哈利觉得心力交瘁，巴不得考试赶紧结束，可以回去睡一觉。明天他和罗恩就能到下面的魁地奇球场去了——他要骑一骑罗恩的扫帚——尽情享受摆脱复习后的自由。

"请把试卷翻过来，"玛奇班教授在礼堂前面说，并把那个大沙漏翻转过来，"可以开始了。"

哈利呆呆地盯着第一道题。几秒钟后，他才发现自己一个字也

第31章 O.W.L.考试

没有看进去。高高的窗户外面有一只黄蜂在嗡嗡叫，干扰了他的注意力。最后，他好不容易才慢慢写出了一个答案。

他发现许多人名都想不起来了，而且他总是把日期搞混。他干脆跳过第四题（在你看来，魔杖立法是推动了十八世纪的妖精叛乱，还是有助于更好地控制它？），他想最后有时间再回来答它。他试着做第五题（《保密法》在一七四九年怎样被违反，后又采取了什么措施以防止这类事件再次发生？），但他怀疑自己漏掉了几个要点，总觉得什么地方应该出现吸血鬼的内容。

他往后寻找一个他有把握回答的题目，最后把目光落在第十题上：请陈述是哪些事件导致了国际巫师联合会的成立，并解释列支敦士登的巫师拒绝加入的原因。

这我知道。哈利想，尽管他的大脑迟钝、发木。他脑海里浮现出赫敏的笔迹写的标题：国际巫师联合会的成立……他就在今天上午刚看过。

他写了起来，不时抬头看看玛奇班教授旁边桌上的那个大沙漏。他坐在帕瓦蒂·佩蒂尔身后，她一头乌黑的长发一直垂落到椅背下，脑袋微微一动，头发里就闪烁出金灿灿的小光点。有那么一两次，哈利发现自己呆呆地盯着那些光点，不得不轻轻摇晃脑袋使自己摆脱出来。

……国际巫师联合会第一任会长是皮埃尔·波拿库德，但列支敦士登魔法界对这个任命提出了质疑，因为——

哈利周围都是羽毛笔在羊皮纸上书写的沙沙声，像许多老鼠在奔跑挖洞。太阳照得他的后脑勺火辣辣的。波拿库德做了什么事得罪了列支敦士登的巫师呢？哈利隐约感觉好像跟巨怪有关……他又盯着帕瓦蒂的后脑勺发呆了。但愿他能用摄神取念，打开她后脑勺里的一扇窗户，看看巨怪到底是怎么引起了皮埃尔·波拿库德和列支敦士登之间的决裂……

哈利闭上眼睛，把脸埋在双手里，让红得发烫的眼皮逐渐变暗、冷却。波拿库德想要停止追捕巨怪，让巨怪拥有自己的权益……列支敦士登跟一支特别凶恶的山地巨怪关系紧张……对，就是这个。

他睁开眼睛，面对白得耀眼的羊皮纸，眼睛被刺得酸痛，流出了眼泪。他慢慢地写了两行关于巨怪的内容，然后把他的答题从头到尾读了一遍。感觉似乎不是很详实、具体，他相信赫敏关于联合会的笔记有好多好多页呢。

他又闭上眼睛，努力回忆，拼命回忆……联合会第一次会议是在法国召开的，对，这一点他已经写过了……

妖精也想参加，被赶了出去……这一点他也写过了……

列支敦士登没有人愿意参加……

再想想，他对自己说，脸埋在双手里，周围羽毛笔的沙沙声不绝于耳，前面沙漏里的沙粒不断漏下去……

他又走在神秘事务司那昏暗、凉爽的走廊上，步子坚决、果断，偶尔小跑几步，相信这次终于要到达目的地……黑门像往常一样为他打开了，他站在有许多扇门的圆形房间里……

径直走过石板地面，穿过第二道门……一块块光斑在墙壁和地板上跳动，古怪的仪器在滴滴作响，但没有时间细看了，他必须抓紧……

哈利紧跑几步，来到第三道门前，它也像另外几扇门一样打开了……

他又一次置身于满是架子和圆球的大教堂般的房间里……此刻他的心跳得特别快……这次肯定能走到那儿……走到第九十七排架子前，他往左一拐，顺着两排架子间的过道匆匆往前走……

可是在过道顶头的地板上有个东西，一个黑乎乎的东西正在地上蠕动，像一只受伤的动物……哈利的心抽紧了，因为恐惧……

第 31 章 O.W.L. 考试

因为兴奋……

一个声音从他自己的嘴里发了出来，一个冰冷、高亢的声音，没有丝毫人性的善意……

"给我去拿……快，拿下来……我不能碰它……你可以碰……"

地板上黑乎乎的东西微微动了动。哈利看见自己的胳膊前端伸出了一只苍白、修长的手，手里抓着魔杖……听见那个冰冷、高亢的声音说："钻心剜骨！"

地板上的男人发出痛苦的尖叫，努力想站起来，却倒了下去，在地上扭动。哈利在大笑。他举起魔杖，咒语停止了，那身影呻吟着，不再动弹。

"伏地魔大人在等着呢……"

地板上的男人双臂颤抖，很慢很慢地把肩膀从地面上支撑起几英寸，抬起头来。他的脸憔悴，血迹斑斑，因痛苦而扭曲，却带着不屈的刚毅……

"除非你杀了我。"小天狼星轻声说。

"最后肯定会这么做的，"那个冰冷的声音说，"但你先要给我把它拿下来，布莱克……你认为已经感觉到疼痛了？好好想想……我们有的是时间，谁也听不见你的尖叫……"

可是，就在伏地魔放下魔杖的时候，有人尖叫起来，有人尖叫着从滚烫的桌子上摔下来，倒在冰冷的石板地上。哈利撞在地上就醒过来了，嘴里仍在尖叫，伤疤像着了火似的，礼堂在他周围突然出现了。

第 32 章

从火中归来

"我不去……我不需要去校医院……我不想去……"哈利语无伦次地说着,想从托福迪教授手里挣脱出来。托福迪教授已经扶着他离开礼堂走进门厅,正十分关切地望着他,同学们都在周围看着。

"我——我没事,先生。"哈利结结巴巴地说,擦去脸上的汗水,"真的……我只是睡着了……做了个噩梦……"

"考试压力!"老巫师深表同情地说,用颤抖的手拍了拍哈利的肩膀,"确实会有这种事,年轻人,会有这种事!好了,喝杯水清醒清醒,也许你就可以再进礼堂去?考试马上就要结束了,你也许可以好好地完成最后的答题,是不是?"

"是的,"哈利胡乱地说,"我的意思是……不……我已经答完了——能答的都答完了,我想……"

"很好,很好,"老巫师温和地说,"我去把你的考卷收起来,我建议你躺下来好好休息一下。"

"我会的,"哈利拼命点着头说,"非常感谢。"

老人的双脚刚跨过门槛走进礼堂,哈利就奔上大理石楼梯,顺着走廊飞跑起来,惹得旁边那些肖像都低声责骂他。他又跑上几段

第32章　从火中归来

楼梯，最后像一阵风似的冲进校医院的双扇门，庞弗雷女士正用勺子把一种蓝晶晶的液体喂进蒙太张开的嘴里，她惊得尖叫起来。

"波特，你这是在做什么？"

"我需要见麦格教授。"哈利上气不接下气地说，感觉肺都要爆炸了，"快……情况紧急！"

"她不在这儿，"庞弗雷女士难过地说，"今天上午她被转到圣芒戈医院去了。这把年纪了，怎么经得起被四个昏迷咒击中胸口？没要了她的命就算奇迹了。"

"她……走了？"哈利震惊地说。

病房外面的铃声响了，他听见远处楼上楼下的同学们像往常一样拥进走廊时发出的喧闹声。他一动不动地站着，望着庞弗雷女士，心头袭来一阵恐惧。

没有人可以告诉了。邓布利多走了，海格走了，他原以为还有麦格教授，虽然她脾气暴躁、态度强硬，但总是可以信赖，总是在他们身边……

"你感到震惊，我一点儿也不奇怪，波特，"庞弗雷女士说，脸上现出一种强烈赞同的神情，"他们别以为在大白天也能当面击昏米勒娃·麦格！懦夫行为，不是别的……纯粹是卑鄙的懦夫行为……要不是担心我走了以后你们学生会出事，我早就用辞职来抗议了。"

"是啊。"哈利茫然地说。

他漫无目的地走出校医院，走进拥挤的走廊，站在那里，被人群冲得东倒西歪，恐慌像毒气一样在他体内弥漫。他觉得大脑晕乎乎的，无法考虑该怎么办……

罗恩和赫敏，一个声音在他脑海里说。

他又跑了起来，推开那些挡路的同学，不理会他们愤怒的抗议。他冲下两层楼，来到大理石楼梯顶上，只见罗恩和赫敏正匆匆朝他走来。

"哈利！"赫敏立刻叫道，看上去非常害怕，"出什么事了？你没事吧？你病了吗？"

"你去哪儿了？"罗恩问道。

"跟我来，"哈利赶紧说道，"快，我有件事要告诉你们。"

他领着他们跑过二楼的走廊，朝一扇扇门里张望，最后找到了一间空教室，一头钻了进去。等罗恩和赫敏一走进教室，他就关上门，靠在上面，望着他们俩。

"伏地魔抓住了小天狼星。"

"什么？"

"你怎么会——？"

"我看见了。就在刚才。我考试时睡着了看见的。"

"可是——可是在哪儿呢？怎么抓住的？"赫敏说，她的脸都白了。

"不知道，"哈利说，"但我很清楚是在哪儿。神秘事务司里有一个房间，里面都是架子，架子上放着那些小小的玻璃球，他们在第九十七排架子的尽头……他想利用小天狼星从那里拿到他想要的东西……他在折磨小天狼星……说最后要杀掉他！"

哈利发现自己的声音在颤抖，膝盖也在颤抖。他走到一张桌子旁坐了下来，努力让自己镇静。

"我们怎么去那儿呢？"他问罗恩和赫敏。

片刻的沉默。接着罗恩说："去——去哪儿？"

"去神秘事务司呀，去了才能救小天狼星！"哈利大声说。

"可是——哈利……"罗恩底气不足地说。

"什么？什么？"哈利说。

他不明白他们俩为什么都呆呆地望着他，就好像他叫他们做的是一件不合情理的事。

第32章　从火中归来

"哈利，"赫敏用战战兢兢的声音说，"呃……伏……伏地魔怎么可能进入魔法部而不被人发现呢？"

"我怎么知道？"哈利吼道，"问题是我们怎么去那儿！"

"可是……哈利，好好想想吧，"赫敏说着，朝哈利面前跨了一步，"现在是下午五点……魔法部里肯定到处都是工作人员……伏地魔和小天狼星怎么可能进去而不被人看见呢？哈利……他们大概是全世界被头号通缉的两个巫师了……你认为他们能神不知鬼不觉地溜进一座满是傲罗的大楼吗？"

"我不知道，也许伏地魔是用了隐形衣什么的！"哈利大声说，"反正，神秘事务司里总是空无一人，每次我去——"

"你从来没去过那儿，哈利，"赫敏小声说，"你不过是梦见了那个地方。"

"不是普通的梦！"哈利冲她嚷道，站起来也朝她跨了一步。他真想抓住她使劲晃一晃。"那你怎么解释罗恩的爸爸那件事，那又是怎么回事？我怎么会知道他出了意外？"

"他说得有道理。"罗恩看着赫敏轻声说。

"可是这太——太不可思议了！"赫敏烦躁地说，"哈利，小天狼星一直都在格里莫广场，伏地魔怎么可能抓住他呢？"

"小天狼星大概吃不消了，想出来透透新鲜空气。"罗恩说，声音里透着担忧，"他一直想逃离那座房子，有好长时间了——"

"可是为什么，"赫敏追问道，"为什么伏地魔要利用小天狼星去拿那件武器，或是别的什么东西呢？"

"不知道，可以有一大堆理由！"哈利冲她嚷道，"可能伏地魔不在乎小天狼星是不是会受伤——"

"你知道吗，我突然想起一件事，"罗恩压低声音说，"小天狼星的弟弟是食死徒，对吗？说不定他把怎么拿到那件武器的秘密告诉了小天狼星！"

"是啊——所以邓布利多才一直坚持把小天狼星锁在家里!"哈利说。

"原谅我这么说,"赫敏喊道,"但我认为你们俩说的都没道理,我们根本没有任何证据,没有证据证明伏地魔和小天狼星确实在那儿——"

"赫敏,哈利看见他们了!"罗恩冲她吼道。

"好吧,"赫敏说,看上去又害怕又坚决,"我不得不说——"

"什么?"

"你……我不是在批评你,哈利!可是你确实……有点儿……我的意思是——你不认为自己有点儿——有点儿——救人上瘾吗?"她说。

哈利狠狠地瞪着她。

"'救人上瘾',这是什么意思?"

"就是……你……"赫敏看上去更加惶恐了,"我的意思是……比如去年……在湖里……三强争霸赛的时候……你不该……我的意思是,根本用不着救那个姓德拉库尔的小姑娘……你有点……头脑发热……"

一股滚烫的怒火在哈利的身体里涌动。她怎么能在这个时候重提他那个愚蠢的错误呢?

"我的意思是,你那样做确实很不简单,"赫敏赶紧说道,似乎被哈利的脸色吓坏了,"大家都认为你的做法很了不起——"

"这就怪了,"哈利用颤抖的声音说,"我明明记得罗恩说我浪费时间去逞英雄……你是不是也这样看待这件事的?你认为我又想逞英雄?"

"不,不,不!"赫敏神色惊恐地说,"我根本不是那个意思!"

"好吧,你有什么话就快说吧,我们在这里浪费时间!"哈利喊道。

第32章 从火中归来

"我想说的是——伏地魔了解你,哈利!他把金妮带到下面的密室,引诱你去那儿,这就是他做的事情,他知道你——你会去帮助小天狼星!如果他只是想把你引进神秘事务司——"

"赫敏,他是不是想把我引去并不重要——他们已经把麦格转到了圣芒戈医院,霍格沃茨没有凤凰社的人可以告诉了,如果我们不去,小天狼星就死定了!"

"可是,哈利——如果你的梦只是——只是一个梦呢?"

哈利气恼地吼了一声,赫敏吓得后退一步,满脸惊恐。

"你没听明白!"哈利冲她嚷道,"我没做噩梦,我根本没有做梦!你认为我学大脑封闭术是做什么用的?你认为邓布利多为什么不让我再看见那些东西?就因为它们是**真的**,赫敏——小天狼星中了圈套,我看见了。伏地魔抓住了他,别人谁都不知道,也就是说,只有我们才能救他;如果你不想去,可以,但我要去,明白吗?如果我记得不错,当我从摄魂怪手里把你救出来的时候,你对我的救人上瘾可没有意见,还有——"他向罗恩吼道,"——我把你妹妹从蛇怪手里救出来的时候——"

"我从来没说过对你有意见!"罗恩激动地说。

"可是,哈利,你自己也说了,"赫敏语气激烈地说,"邓布利多希望你学会关闭大脑,不让这些东西进来,如果你大脑封闭术做得到位,就根本不会看到这些——"

"如果你认为我应该假装什么都没看见——"

"小天狼星对你说过,没有什么比你学会关闭大脑更重要的了!"

"是啊,如果他知道我刚才看见了什么,我猜他就不会那么说了——"

教室的门开了。哈利、罗恩和赫敏赶紧转过身。金妮走了进来,满脸好奇,后面跟着卢娜,她还像往常一样,好像是不经意间飘进屋来的。

"你们好,"金妮迟疑地说,"我们听出了哈利的声音。你们在嚷嚷什么?"

"不用你管。"哈利粗暴地说。

金妮吃惊地扬起眉毛。

"犯不着用这种口气跟我说话,"她冷冷地说,"我只是在想我能不能帮上点忙。"

"你帮不了。"哈利一口回绝。

"你的态度相当粗鲁啊。"卢娜平静地说。

哈利骂了一句,转过身去。他现在最不想做的事就是跟卢娜·洛夫古德说话。

"等等,"赫敏突然说,"等等……哈利,她们可以帮忙的。"

哈利和罗恩都看着她。

"听我说,"赫敏急切地说,"哈利,我们需要确定小天狼星是不是真的离开了总部。"

"我告诉过你,我看见——"

"哈利,求求你了!"赫敏焦急地说,"在我们赶往伦敦之前,请先核实一下小天狼星在不在家。如果发现他真的不在,我发誓我绝不会阻拦你。我也会去,我会做——做什么都行,只要能够救他。"

"小天狼星**眼下**就在受折磨!"哈利嚷道,"我们没有时间可以浪费。"

"但如果这是伏地魔的诡计呢? 哈利,我们必须核实一下,必须。"

"怎么核实?"哈利问道,"我们怎么核实?"

"我们利用乌姆里奇的炉火,看能不能联系到小天狼星。"赫敏说,她似乎一想到这个念头就怕得要命,"我们再一次把乌姆里奇引开,但需要有人放哨,这就可以用到金妮和卢娜了。"

金妮仍在努力弄清是怎么回事,但立刻说道:"对啊,我们能办到。"卢娜则说:"你们说的'小天狼星',就是胖墩勃德曼吗?"

第32章 从火中归来

谁也没有回答。

"好吧，"哈利咄咄逼人地对赫敏说，"好吧，如果你能想个办法速战速决，我就同意，不然，我现在就去神秘事务司。"

"神秘事务司？"卢娜说，看上去微微有些吃惊，"可是你怎么去那儿呢？"

哈利还是没有理她。

"好，"赫敏说，她绞着双手，在课桌间走来走去，"好……就这样……我们中间要有一个人去找到乌姆里奇——把她引到另一个方向，让她一直远离自己的办公室。可以对她说——怎么说呢——说皮皮鬼又像平常一样做坏事了……"

"我去吧，"罗恩立刻说道，"我去告诉她，皮皮鬼把变形课教室砸得稀巴烂什么的，那儿离她的办公室好远呢。对了，如果在路上碰到皮皮鬼，我还可以劝他真的那么做。"

赫敏听到要把变形课教室砸得稀巴烂，竟然没有提出反对，可见形势有多么严峻了。

"好吧。"她说，紧蹙着眉头，继续来回踱着步，"还有，我们闯进她的办公室时，还需要防止学生靠近那里，不然肯定会有斯莱特林的学生去向她报告。"

"我和卢娜可以站在走廊两头，"金妮不假思索地说，"警告人们不要往前走，因为有人放了好多锁喉毒气。"金妮的假话张口就来，赫敏显得很吃惊。金妮耸了耸肩说："弗雷德和乔治走之前就打算这么做来着。"

"好吧，"赫敏说，"就这样，哈利，我和你披上隐形衣，溜进办公室，你就可以跟小天狼星谈话——"

"他不在那儿，赫敏！"

"我的意思是，你就可以——可以核实一下小天狼星是否在家，我在一旁放哨，我认为不应该让你一个人在那儿，李·乔丹把那些嗅嗅通过窗户放了进去，已经证明窗户是个薄弱环节。"

哈利虽然怒气冲冲，很不耐烦，但他承认赫敏提出陪他一起去乌姆里奇办公室是一种关心和忠诚的表示。

"我……好吧，谢谢了。"他低声说。

"好，我说，即使这些我们都做到了，恐怕也最多只能有五分钟，"赫敏说，她似乎为哈利接受了这个计划而松了一口气，"要知道有费尔奇和讨厌的调查行动组在四处转悠呢。"

"五分钟就够了，"哈利说，"快，我们走吧——"

"现在？"赫敏说，似乎很惊讶。

"当然是现在！"哈利生气地说，"你认为什么时候，我们要等到吃过晚饭以后吗？赫敏，小天狼星此刻正在受折磨！"

"我——哦，好吧。"赫敏无奈地说，"你去拿隐形衣，我们在乌姆里奇办公室的走廊尽头会合，好吗？"

哈利没有回答，转身冲出教室，在外面拥挤的人群中奋力穿行。上了两层楼，他遇到了西莫和迪安，他们快活地跟哈利打了声招呼，然后告诉他，他们正计划要在公共休息室里通宵达旦地庆祝考试结束。哈利几乎没听见他们说些什么。他跌跌撞撞地钻过肖像洞口时，他们仍在争论需要在黑市买多少黄油啤酒。他把隐形衣和小天狼星的刀子装在书包里，重新爬出肖像洞口时，他们都没发现他刚才离开过。

"哈利，你愿意捐助两个金加隆吗？哈罗德·丁戈认为他可以卖给我们一些火焰威士忌——"

哈利已经顺着走廊往回跑了，两分钟后，他跳下最后几级楼梯，来到罗恩、赫敏、金妮和卢娜中间，他们都聚集在乌姆里奇办公室外的走廊尽头。

"拿到了。"他气喘吁吁地说，"可以走了吧？"

"好吧，"赫敏轻声说，这时一群叽叽喳喳的六年级学生从他们身旁走过，"罗恩——你去把乌姆里奇引开……金妮，卢娜，你

第 32 章 从火中归来

们可以开始把人们赶出走廊了……我和哈利披上隐形衣,等到四下没人的时候……"

罗恩大步走开了,红色的头发在走廊尽头清晰可见。与此同时,金妮那同样耀眼的红发在周围拥挤的同学们中间跳跃着,朝相反方向移去,后面跟着卢娜的一头金发。

"快过来。"赫敏轻声说,拽着哈利的手腕,把他拉进一个壁龛里,一个中世纪男巫的丑陋石制头像立在柱子上喃喃自语,"你——你真的没事吗,哈利?你的脸色好苍白。"

"我没事。"哈利简短地说,从书包里抽出了隐形衣。实际上,他的伤疤正在疼痛,但疼得不算严重,因此他认为伏地魔还没有给小天狼星以致命的一击。伏地魔惩罚埃弗里的时候,伤疤疼得比这厉害得多……

"给。"哈利把隐形衣披在他和赫敏身上,两人站在那里,在面前这座胸像喋喋不休的拉丁语中,仔细听着周围的动静。

"你们不能过来!"金妮对人群大声喊道,"不行,对不起,你们必须从旋转楼梯绕过去,有人在这里放了锁喉毒气——"

他们听见人们在抱怨,一个阴沉沉的声音说:"我没看见什么毒气。"

"因为它是无色的,"金妮用令人信服的焦急口吻说,"但如果你想从这里走,那就请便,我们就会把你的尸体当成证据,拿给下一个不相信我们的白痴看。"

人群慢慢散去了。锁喉毒气的消息似乎传开了,人们不再往这边来。最后,周围终于没人了,赫敏轻声说:"我觉得差不多了,哈利——快,我们行动吧。"

他们在隐形衣的遮蔽下往前移动。卢娜背对着他们站在走廊尽头。他们走过金妮身旁时,赫敏悄声说:"好样的……别忘了信号。"

"信号是什么?"哈利低声问,一边朝乌姆里奇办公室的门口走去。

"她们一看见乌姆里奇过来,就齐声高唱'韦斯莱是我们的王'。"赫敏说。哈利把小天狼星的刀子插进门和墙壁之间的缝隙,咔嗒一声,锁开了,他们走进了办公室。

那些难看的小猫,正在夕阳映照的它们盘子上晒着暖儿,除此之外,办公室里跟上次一样寂静无声,空无一人。赫敏放心地松了一口气。

"我还以为,在第二只嗅嗅放进来之后,她加强了安全措施呢。"

他们脱掉隐形衣,赫敏快步走到窗前,躲在外面的人看不见的地方,举着魔杖窥视下面的场地。哈利冲到壁炉前,抓起飞路粉的罐子,捻起一些扔进炉栅,炉膛里顿时迸出艳绿色的火苗。他迅速跪下身,把脑袋伸进跳动的火焰,大声喊道:"格里莫广场12号!"

他的脑袋开始旋转,就好像刚从游乐设施上下来,虽然他的膝盖还牢牢地跪在办公室冰冷的地面上。他在旋舞的炉灰中把眼睛闭得紧紧的,最后,旋转停止了。他睁开眼睛,发现自己从炉子里注视着格里莫广场12号那间狭长的、冷冰冰的厨房。

厨房里没有人,这在他的意料之中,但是看着空无一人的厨房,他内心还是突然产生了一种强烈的紧张和恐惧,令他猝不及防。

"小天狼星?"他喊道,"小天狼星,你在吗?"

他的声音在屋子里回荡,但没有人回答,只是炉火右侧传来一种踢踢踏踏的小声音。

"是谁?"哈利大声问,怀疑那不过是一只老鼠。

家养小精灵克利切蹑手蹑脚地出现了。他好像为什么事情特别高兴,但两只手似乎最近受了重伤,缠着厚厚的绷带。

"火焰里是男孩波特的脑袋。"克利切对着空荡荡的厨房说,一边鬼鬼祟祟地朝哈利瞥了几眼,神情里透着奇怪的得意,"克利切纳闷,他来做什么呢?"

第32章 从火中归来

"克利切，小天狼星在哪里？"哈利问道。

家养小精灵发出呼哧带喘的笑声。

"主人出去了，哈利·波特。"

"他去哪儿了？他去哪儿了，克利切？"

克利切只是咯咯地笑着。

"我警告你！"哈利说，但他完全明白，以他现在的处境要对克利切施行惩罚几乎是不可能的，"卢平呢？疯眼汉呢？谁都行，有人在吗？"

"这里除了克利切没有别人！"小精灵高兴地说，转身离开哈利，慢慢地朝厨房那头的门走去，"克利切想跟他的女主人聊一会儿，是的，他已经很长时间没有这种机会了，克利切的主人一直不让他接近女主人——"

"小天狼星去哪儿了？"哈利冲着小精灵的背影嚷道，"克利切，他是不是去了神秘事务司？"

克利切停住了脚步。哈利透过面前丛林般的椅子腿，只能勉强看见他光秃秃的后脑勺。

"主人没有告诉可怜的克利切他要去哪儿。"小精灵轻声说。

"可是你知道！"哈利喊道，"是不是？你知道他在哪儿！"

片刻的沉默，然后小精灵发出了从没有过的最响亮的笑声。

"主人不会从神秘事务司回来了！"他开心地说，"克利切又可以和他的女主人独自相守了！"

说完，他快速迈动脚步，出门到厅里去了。

"你——！"

可是，没等哈利发出诅咒或辱骂，他突然感到头顶一阵剧痛。他吸进一大口烟灰，呛住了。他发现自己从火焰里被拉了回去，在那恐怖的一瞬间，他眼前竟突然出现了乌姆里奇教授那张苍白的阔脸，正是她揪着哈利的头发把他拖了出来。此刻她正竭力把哈利的脑袋往后扯,就好像准备割断他的喉咙似的。

"你们以为,"她压低声音说,一边又把哈利的脖子往后扯,使哈利仰头望着天花板,"有了两只嗅嗅之后,我还会再让一个肮脏的、捡垃圾的小动物擅自闯进我的办公室吗?第二只嗅嗅进来后,我就在门口施了窃贼感应咒,你这个傻瓜。拿掉他的魔杖,"她朝哈利看不见的某个人吼道,哈利感到一只手伸进他长袍胸前的口袋,掏走了他的魔杖,"还有她的。"

哈利听到门边传来扭打声,知道赫敏的魔杖也被夺走了。

"我想知道你们在我的办公室里干什么。"乌姆里奇说着,晃了晃揪着哈利头发的拳头,哈利打了个趔趄。

"我——我想拿我的火弩箭!"哈利用嘶哑的声音说。

"撒谎,"乌姆里奇又扯着他的脑袋摇晃起来,"你的火弩箭在地下教室里受到严密监视,这点你很清楚,波特。你把脑袋伸进了我的炉火里。你刚才在跟谁交谈?"

"没有谁——"哈利说,拼命想从她的手里挣脱出来。他感到好几根头发离开了他的头皮。

"撒谎!"乌姆里奇喊道。她把哈利甩了出去,哈利砰地撞到桌上。他这才看见赫敏被米里森·伯斯德摁在墙上,动弹不得。马尔福靠在窗台上,一边单手抛接着哈利的魔杖,一边得意地傻笑着。

外面一阵骚动,几个大块头的斯莱特林学生走了进来,分别抓着罗恩、金妮、卢娜,还有纳威——这令哈利感到迷惑不解。纳威被克拉布死死卡着脖子,眼看随时都有窒息的危险。四个人的嘴都被塞住了。

"都抓到了。"沃林顿说着,把罗恩粗暴地推进了屋子。"那个家伙,"他用一根粗粗的手指点着纳威,"不让我抓她,"他指指金妮,金妮正拼命去踢抓住她的那个大块头斯莱特林女生的小腿,"所以我把他也带来了。"

第32章 从火中归来

"很好,很好,"乌姆里奇注视着金妮的挣扎,说道,"好啊,看样子过不了多久,霍格沃茨就会成为没有韦斯莱的地方了,是不是?"

马尔福讨好地高声大笑。乌姆里奇张开大嘴,露出她那得意洋洋的笑容,在一把蒙着印花布的扶手椅上坐了下来,眨巴着眼睛打量着她的俘虏,那样子活像花圃里的一只癞蛤蟆。

"如此说来,波特,"她说,"你在我的办公室周围安了岗哨,还派这个小丑,"她朝罗恩点了点头——马尔福笑得更响了——"跑来对我说,皮皮鬼正在变形课教室里大搞破坏,其实我知道得很清楚,皮皮鬼正忙着往学校所有望远镜的镜片上涂墨水呢——费尔奇先生刚刚告诉我的。

"显然,你想跟人谈话,这件事很重要。是阿不思·邓布利多吗?还是那个杂种海格?我不相信会是米勒娃·麦格,我听说她还没有力气跟人说话。"

听了这话,马尔福和调查行动组的另外几位成员又笑了起来。哈利发现自己因为愤怒和仇恨而浑身发抖。

"我跟谁说话,你管不着。"他怒吼道。

乌姆里奇松弛的脸庞似乎绷紧了。

"很好,"她用她最阴险的假惺惺的甜腻声音说,"很好,波特先生……我给你机会主动告诉我,但你拒绝了。我没有选择,只能强行撬开你的嘴巴。德拉科——去把斯内普教授找来。"

马尔福把哈利的魔杖插进袍子,傻笑着离开了房间,但哈利几乎没有注意。他突然想起了什么,他不敢相信自己竟然愚蠢到忘记了这一点。他以为凤凰社的所有成员,所有能帮助他去救小天狼星的人,都不在了——其实他错了。霍格沃茨还有一位凤凰社的成员——斯内普。

办公室里一片寂静,只有那些斯莱特林学生在使劲制服罗恩和其他人,发出一些骚动和扭打的声音。鲜血从罗恩的嘴唇滴到乌姆里奇的地毯上,但他仍然挣扎着想摆脱沃林顿的控制。金妮还在努力去踩那个紧紧拧住她双臂的六年级女生的脚。纳威在克拉布怀里扭动着,脸色变得越来越青。赫敏拼命想把米里森·伯斯德从身上甩掉,可是怎么也甩不掉。卢娜站在抓她的人旁边,一副无所谓的样子,目光迷蒙地望着窗外,似乎觉得眼前发生的事情怪无聊的。

哈利回头看着乌姆里奇,只见她正仔细地端详着自己。他努力让自己神色镇静,面无表情,这时门外的走廊上传来脚步声。德拉科·马尔福走进房间,扶着门让斯内普进来。

"校长,你想见我?"斯内普说,他望着屋里那一对对扭打的学生,表情十分冷漠。

"啊,斯内普教授,"乌姆里奇咧开大嘴笑着,重又站了起来,"是的,我想再要一瓶吐真剂,拜托你了,越快越好。"

"你拿走了我的最后一瓶去审问波特,"斯内普说,目光从乌黑油腻的头发间冷冷地端详着她,"肯定没有用完吧?我告诉过你三滴就够了。"

乌姆里奇的脸红了。

"你可以再调制一些,是不是?"她说,声音变得更加甜腻,像小姑娘的一样,每次她动怒时都是这样。

"当然可以,"斯内普说,嘴角微微扭曲着,"需要一个月亮周期才能酿熟,所以,我会在一个月左右给你调制好。"

"一个月?"乌姆里奇粗声大叫起来,显出癞蛤蟆一般自命不凡的样子,"一个月?可是我今天晚上就要用,斯内普!我刚才发现波特利用我的炉火在跟不知什么人交谈!"

"真的?"斯内普说,这才第一次显出一丝兴趣,转头望着哈利,"这倒并不令我吃惊。波特一向不太遵守学校的规章制度。"

他那双冷冰冰的黑眼睛锥子一般瞪着哈利,哈利毫不退缩地迎着他的目光,集中意念回忆他在梦里看到的情景,努力让斯内普去

第 32 章　从火中归来

读他的思想，让他理解……

"我想审问他！"乌姆里奇气愤地嚷道，斯内普把目光从哈利身上挪开了，重新盯着她那张气得发颤的脸，"我想要你给我一剂药，能强迫他把实话告诉我！"

"我已经告诉过你，"斯内普语调平和地说，"我的吐真剂没有存货了。我对你爱莫能助，除非你想给波特下毒——我向你保证，我会非常赞同你这么做。难就难在大多数毒药都发作得太快，受害者根本没有多少时间交代问题。"

斯内普又回头看着哈利，哈利盯着他，迫不及待地想跟他做无声的交流。

伏地魔把小天狼星弄到了神秘事务司里，他焦急地想，*伏地魔把小天狼星——*

"你还在试用期！"乌姆里奇教授尖叫道，斯内普回头看着她，微微扬起了眉毛，"你是故意不肯帮忙！你太让我失望了，卢修斯·马尔福一向对你评价很高！你可以离开我的办公室了！"

斯内普讥讽地朝她鞠了一躬，转身离开。哈利知道，他把情报通知给凤凰社的最后一点儿机会正在走出门去。

"他抓住了大脚板！"他喊了起来，"他抓住了大脚板，在藏那个东西的地方！"

斯内普停住脚步，手放在乌姆里奇的门把手上。

"大脚板？"乌姆里奇教授大声说，急切地看看哈利又看看斯内普，"大脚板是什么？什么东西藏在什么地方？他的话是什么意思，斯内普？"

斯内普扭头看着哈利。他脸上的神情深不可测。哈利看不出他是不是听懂了，但当着乌姆里奇的面，他又不敢把话说得更清楚。

"我不明白。"斯内普冷冷地说，"波特，如果我想要你冲我嚷嚷废话，我会给你服一剂唠叨汤剂。还有克拉布，你把手松开一点儿。如果隆巴顿窒息而死，可就要准备一大堆繁琐的书面材料，以后等你申请工作的时候，恐怕我还要在你的推荐信里提到这件事。"

他走了出去，砰地把门关上了，哈利心里更是乱成了一团麻。斯内普曾是他的最后一线希望。他看着乌姆里奇，乌姆里奇似乎也是同样的感觉，她因为气愤和失望，胸脯剧烈地起伏着。

"很好，"她说着抽出了魔杖，"很好……这样我就没有选择了……这件事不仅关系到学校的纪律……还涉及魔法部的安全……没错……没错……"

她似乎在说服自己。她紧张地把身体重心从一只脚移到另一只脚上，眼睛盯着哈利，用魔杖敲击着另一只手掌，呼吸粗重。哈利注视着她，觉得自己没有了魔杖，真是束手无策。

"你在逼我，波特……我也不想这么做，"乌姆里奇说，仍在原地焦躁不安地挪动，"可是有的时候，形势所迫……我相信部长会理解我的别无选择……"

马尔福脸上带着贪婪的表情注视着她。

"钻心咒应该能把你的嘴巴撬开吧。"乌姆里奇轻声说。

"不！"赫敏尖叫起来，"乌姆里奇教授——这是违法的。"

可是乌姆里奇不予理会。她脸上带着哈利以前从没见过的丑陋、急切、兴奋的神情。她举起了魔杖。

"部长不会允许你违反法律的，乌姆里奇教授！"赫敏嚷道。

"只要康奈利不知道就没关系，"乌姆里奇说，她微微喘息着，用魔杖轮流指着哈利身体的不同部位，似乎想判断哪里会疼得最厉害，"他从不知道去年夏天是我命令摄魂怪追击波特的，但他还是很高兴能有机会把波特开除。"

"是你？"哈利吃惊地说，"是你派摄魂怪追我的？"

"必须有人采取行动，"乌姆里奇喘着粗气说，用魔杖瞄准了哈利的脑门，"他们都在嚷嚷着要想办法让你闭嘴——让你名声扫

第32章 从火中归来

地——只有我真正采取了行动……可惜那次让你逃脱了，是不是，波特？但今天不会了，现在不会了——"她深深吸了一口气，大喊，"钻心——"

"**不！**"赫敏在米里森·伯斯德身后用嘶哑的声音喊道，"不——哈利——我们只能告诉她了！"

"绝对不行！"哈利嚷道，盯着几乎被遮得看不见的赫敏。

"只能这样了，哈利，她反正也会逼你说出来的，还有……还有什么用呢？"

赫敏伏在米里森·伯斯德长袍的后背上呜呜哭泣，米里森原本把她挤压在墙上，现在赶紧松开身子，闪到一旁，脸上露出厌恶的表情。

"好啊，好啊，好啊！"乌姆里奇得意洋洋地说，"这位问题多小姐要告诉我们一些答案了！说吧，姑娘，快说吧！"

"呃——我——别——不！"嘴被堵住的罗恩挣扎着嚷道。

金妮呆呆地盯着赫敏，好像以前从没见过她似的。纳威也瞪着赫敏，他仍然被勒得喘不过气来。只有哈利注意到了一丝异样。虽然赫敏用手捂着脸哭得很伤心，却看不见一丝泪痕。

"我——我很抱歉，诸位，"赫敏说，"可是——我忍受不了了——"

"这就对了，这就对了，姑娘！"乌姆里奇说着，抓住赫敏的肩膀，把她塞到刚才她自己坐过的那把蒙着印花布的椅子上，俯身对她说道，"说吧……刚才波特是在跟谁交谈？"

"是这样，"赫敏双手捂脸哽咽着说，"是这样，他是想跟邓布利多教授说话。"

罗恩呆住了，眼睛睁得大大的。金妮不再一跳一跳地去踩那个斯莱特林学生的脚趾。就连卢娜也显得微微有些吃惊。幸好，乌姆里奇和她那些跟班的注意力全都集中在赫敏身上，没有注意到这些可疑的迹象。

699

"邓布利多？"乌姆里奇急切地说，"这么说，你们知道邓布利多在哪儿喽？"

"哦……不知道！"赫敏抽抽搭搭地说，"我们试了对角巷的破釜酒吧，试了三把扫帚，还试了猪头——"

"你这傻瓜——邓布利多不会坐在酒吧里的，要知道整个魔法部都在找他呢！"乌姆里奇喊道，脸上每一道松弛的皱纹里都刻着失望。

"可是——可是我们有重要的事情要告诉他！"赫敏叫道，双手把脸捂得更紧了，哈利知道她不是因为痛苦，而是要掩饰她眼里仍然没有泪水。

"是吗？"乌姆里奇带着突然重新燃起的兴奋说，"你们想告诉他什么呢？"

"我们……我们想告诉他，东西已经准一准备好了！"赫敏哽咽地说。

"什么准备好了？"乌姆里奇追问道，又抓住了赫敏的肩膀，轻轻摇晃着，"什么准备好了，姑娘？"

"那件……那件武器。"赫敏说。

"武器？武器？"乌姆里奇说，兴奋得眼珠子都要突出来了，"你们一直在研究某种抵抗措施？一件你们可以用来反抗魔法部的武器？肯定是邓布利多教授吩咐的，对吗？"

"是—是—是的，"赫敏喘着粗气说，"可是没等完成，他就被迫离开了，现—现—现在，我们替他完成了，却找—找—找不到他跟—跟他说！"

"那是什么武器？"乌姆里奇用刺耳的声音说，粗短的双手仍然牢牢地抓着赫敏的肩膀。

"我们也—也—也不太明白，"赫敏说，大声抽着鼻子，"我们只—只—只是按照邓布利多教授的吩咐去做。"

第32章 从火中归来

乌姆里奇直起身子，神情狂喜。

"带我去看那件武器。"她说。

"我不想让……让他们看到。"赫敏用尖细的声音说，从手指缝里看着周围那些斯莱特林的学生。

"轮不到你来提条件。"乌姆里奇教授声音刺耳地说。

"好吧，"赫敏又把脸埋在双手里哭泣着说，"好吧……就让他们看吧，我希望他们用它来对付你！实际上，我巴不得你邀请好多好多的人来看！那——那才是你应得的惩罚——哦，我真巴不得全——全校同学都知道它在哪儿，怎么使——使用，那样的话，只要你惹了他们中间的谁，他们就——就能狠狠地教训你！"

这些话对乌姆里奇很管用，她迅速地、疑神疑鬼地望了望她的调查行动组，一双鼓凸的眼睛盯在马尔福身上。马尔福反应迟钝，没有及时掩饰住脸上露出的急切和贪婪的神情。

乌姆里奇又打量了赫敏很长时间，然后用她显然认为是慈母般的声音说话了。

"好吧，亲爱的，就你和我……再带上波特，好吗？快，起来吧。"

"教授，"马尔福急切地说，"乌姆里奇教授，我认为应该让几名行动组成员陪你一起去，照顾——"

"我是一名完全称职的魔法部官员，马尔福，你难道认为我连两个没拿魔杖的毛头小孩都对付不了吗？"乌姆里奇厉声问道，"而且，听起来这件武器是不应该让学生看见的。你们留在这里等我回来，注意别让这些家伙——"她指指周围的罗恩、金妮、纳威和卢娜，"——逃走了。"

"好的。"马尔福说，看上去大失所望，很不高兴。

"你们两个在前面走，给我带路，"乌姆里奇用魔杖指着哈利和赫敏，说道，"走吧……"

第33章

战斗与飞行

哈利不知道赫敏的计划是什么,甚至不知道她到底有没有计划。他们顺着乌姆里奇办公室外的走廊往前走,他跟在赫敏身后半步。他知道,如果他显出不知道要去哪里的样子,肯定会令人生疑。他不敢冒险跟赫敏说话,乌姆里奇就跟在他后面,他能听见她呼哧呼哧的喘息声。

赫敏领头走下楼梯,进入门厅。喧闹的说话声和刀叉碰撞盘子的叮当声从礼堂的双扇门里传了出来。就在二十英尺之外,人们正在津津有味地享用晚餐,庆祝考试结束,没有任何操心的事……

赫敏径直走出橡木大门,走下石阶,来到傍晚温暖宜人的空气中。太阳在禁林的树梢上缓缓坠落,赫敏胸有成竹地大步走过草地——乌姆里奇小跑着跟在后面——他们长长的黑影像斗篷一样拖曳在身后的草地上。

"藏在海格的小屋里吗?"乌姆里奇急切地在哈利耳边问。

"当然不是。"赫敏尖刻地说,"海格会不小心把它放出来的。"

"是的,"乌姆里奇说,她的兴奋劲儿似乎有增无减,"是的,他肯定会这么做的,那个傻大个儿杂种。"

她大笑起来。哈利恨不得转过身去掐住她的喉咙,但他克制住

第33章 战斗与飞行

了这种冲动。他的伤疤在柔和的晚风中一跳一跳地疼,他知道如果伏地魔开始杀戮,伤疤会是一种火辣辣的剧痛,而现在还不是。

"那么……是在哪儿呢?"乌姆里奇问,声音里透着一丝犹疑,赫敏继续大步流星地朝禁林走去。

"当然是在那里面,"赫敏指着黑黢黢的树丛说,"必须是在学生们不可能无意中发现的地方,是不是?"

"那当然,"乌姆里奇说,不过她的语气听上去有点担忧,"那当然……很好……你们俩走在我前面。"

"如果我们走在前面,能不能拿着你的魔杖?"哈利问她。

"不行,我认为不行,波特同学,"乌姆里奇声音甜腻地说,一边用魔杖捅了捅他的后背,"恐怕魔法部把我生命的价值看得比你的高得多。"

当他们来到禁林外围凉爽的树荫下时,哈利试图捕捉赫敏的目光。在他看来,不带魔杖走进禁林似乎比他们今晚做的所有事情都更鲁莽。但赫敏只是轻蔑地扫了乌姆里奇一眼,径直走进了树丛。她的步子很快,乌姆里奇迈着一双小短腿,吃力地跟在后面。

"在里面很深的地方吗?"乌姆里奇问,她的袍子被刺藤刮破了。

"噢,是的,"赫敏说,"没错,藏得很隐蔽。"

哈利的担忧在增加。赫敏走的不是他们去看格洛普的路线,而是三年前他进入巨蜘蛛阿拉戈克老巢的那条路。那次,赫敏没有跟他在一起,所以他怀疑赫敏根本不知道前面会有什么危险。

"呃——你肯定这么走没错吗?"他直截了当地问。

"没错。"赫敏斩钉截铁地说,她哗啦哗啦地在灌木丛中穿行,发出在哈利看来完全没有必要的响声。在他们身后,乌姆里奇被一棵倒地的小树绊倒了。他们俩都没有停下脚步去扶她。赫敏只顾大步往前走,一边扭头大声叫道:"再往里走一点儿就到了!"

"赫敏,你小声点儿,"哈利低声说,加快脚步赶上了她,"这里会有东西在偷听——"

"我就想让它们听见。"赫敏小声说,乌姆里奇小跑着追了上来,发出很响的动静,"你待会儿就明白了……"

他们似乎走了很长时间,又一次来到禁林深处,头顶上浓密的树荫挡住了所有的光线。哈利又产生了他以前在禁林里的那种感觉,似乎有看不见的眼睛在监视着他们。

"还要走多远?"乌姆里奇在他身后气呼呼地问。

"已经不远了!"赫敏大声说,这时他们进入了一片昏暗、潮湿的林中空地,"再往前走一点儿——"

一支箭从空中飞过,随着令人胆寒的一声闷响,射中了赫敏头顶上方的树干。空气里突然充满了杂乱的马蹄声。哈利感觉到禁林的地面都在颤抖,乌姆里奇尖叫一声,把他拖在面前当作挡箭牌——

哈利使劲摆脱了她,转身望去。大约五十个马人从四面八方奔来,手里都拿着弓箭,引弓待发地瞄准了哈利、赫敏和乌姆里奇。他们退到空地中央,乌姆里奇惊恐地发出怪异的小声呜咽。哈利侧眼看着赫敏。赫敏脸上露出一丝得意的微笑。

"你们是谁?"一个声音问。

哈利往左看去。那个名叫玛格瑞的栗色身体的马人,离开包围圈朝他们走来。他像其他马人一样,手里也举着弓箭。在哈利右边,乌姆里奇仍在呜咽,她用魔杖指着向她逼近的马人,手颤抖得厉害。

"我在问你们是谁,人类。"玛格瑞粗暴地说。

"我是多洛雷斯·乌姆里奇!"乌姆里奇用尖厉、恐惧的声音说,"魔法部高级副部长,霍格沃茨的校长兼高级调查官!"

"你是魔法部的?"玛格瑞问,包围圈里的许多马人不安地挪动着脚步。

第33章 战斗与飞行

"没错!"乌姆里奇提高了声音说,"所以你们要多多留神!根据神奇动物管理控制司的法律,凡是像你们这样的杂种攻击人类——"

"你管我们叫什么?"一个模样粗野的黑色马人喊道,哈利认出他是贝恩。周围传来一片愤怒的低语声和弓弦拉紧的声音。

"不要这么叫他们!"赫敏气愤地说,可是乌姆里奇似乎没有听见她的话。她仍然用颤抖的魔杖指着玛格瑞,说道:"第十五条法令的第二款明确指出,'被认为拥有接近人类的智力,因而能为自己行为负责的神奇动物,若是攻击——'"

"'接近人类的智力'?"玛格瑞重复了一句,贝恩和另外几个马人气得大吼,用蹄子刨着地面,"我们认为那是一种极大的侮辱,人类!值得欣慰的是,我们的智力远远超过你们人类。"

"你们在我们的林子里干什么?"哈利和赫敏上次进林子看见的那个面部表情冷酷的灰色马人吼道,"你们来干什么?"

"你们的林子?"乌姆里奇说,她浑身颤抖,似乎不仅因为恐惧,还因为愤怒,"我要提醒你们,你们能在这里生活,是因为魔法部允许你们占据一些地盘——"

一支箭贴着她的脑袋飞过,钩住了她灰褐色的头发。她发出一声震耳欲聋的尖叫,赶紧用双手捂住脑袋。几个马人赞许地吼叫着,其他马人粗声大笑起来。他们狂野的、马嘶般的笑声在光线昏暗的林中空地间回荡,他们用蹄子刨地的样子看上去令人心惊胆战。

"人类,现在这是谁的林子?"贝恩咆哮道。

"肮脏的杂种!"乌姆里奇叫喊着说,双手仍然紧紧捂着脑袋,"畜生!无法无天的畜生!"

"别说了!"赫敏喊道,可是已经来不及了。乌姆里奇用魔杖指着玛格瑞,大喊一声:"速速绑缚!"

像粗蛇一样的绳索从半空中飞来,结结实实地捆住马人的身体,使他的双臂无法动弹。他狂怒地大吼一声,两条后腿直立起来,拼命想挣脱绳索,其他马人冲了过来。

哈利抓住赫敏,把她拉倒在地。他把脸贴在禁林的地面上,周围都是轰隆隆的马蹄声,一阵恐惧袭上他的心头,可是马人跳过他们的身体,围着他们愤怒地呐喊、狂吼。

"不——!"他听见乌姆里奇在尖叫,"不……我是高级副部长……你们不能——放开我,你们这些畜生……不——!"

哈利看见红光一闪,知道乌姆里奇想把其中一个马人击昏,接着听到她撕心裂肺地尖叫起来。哈利把脑袋抬起了几英寸,看见乌姆里奇被贝恩从后面抓起来拎到半空,她惊恐地扭动着身体狂叫。她手里的魔杖掉在地上,哈利的心狂跳起来。如果他能拿到它——

可是,他刚把手伸向魔杖,一个马人的蹄子便踩了下来,魔杖断成了两截。

"好了!"一个声音在哈利耳边吼道,一只汗毛粗重的大手凌空而降,把哈利拽了起来。赫敏也被拖了起来。哈利透过那些迅速奔窜的马人杂色的后背和脑袋,看见乌姆里奇被贝恩抓进了密林深处。她一声接一声地惨叫着,声音越来越远。最后,在周围杂乱的马蹄声中,他们再也听不见她的叫声了。

"这些家伙怎么办?"揪着赫敏的那个表情冷酷的灰色马人问道。

"他们还小,"哈利身后一个缓慢、忧郁的声音说,"我们不攻击幼崽。"

"是他们把她带来的,罗南,"紧紧抓着哈利的那个马人回答道,"而且他们也不小了……这一个差不多是成人了。"

他揪着哈利的长袍领子晃了晃。

"求求你们,"赫敏上气不接下气地说,"求求你们,不要攻击我们,我们的想法跟她不一样,我们不是魔法部的雇员!我们到这

第33章 战斗与飞行

里来，是希望你们能替我们把她赶走。"

哈利看见那个抓着赫敏的灰色马人的脸色，立刻知道赫敏这么说是犯了一个可怕的错误。灰色马人把脑袋往后一仰，后腿愤怒地踏着地面，吼道："看见了吗，罗南？他们已经有了那种人类的傲慢！这么说，我们要替你们做下三滥的事情，是吗，人类女孩？我们要做你们的奴仆，像忠实的猎狗一样，替你们把敌人赶走？"

"不！"赫敏用惊恐、尖厉的声音说道，"求求你——我不是这个意思！我只是希望你们能够——能够帮助我们——"

可是她似乎把事情越弄越糟了。

"我们不会帮助人类！"抓住哈利的那个马人恶狠狠地说，他加大手上的力度，同时抬起前腿，哈利的双脚立刻离开了地面，"我们是一个独特的种族，我们为此感到自豪。我们不会允许你们从这里出去后吹嘘说我们服从了你们的吩咐！"

"我们不会说这种话的！"哈利喊道，"我们知道，你们刚才那么做并不是因为我们想要你们——"

然而似乎没有人在听他说话。

一个有胡子的马人朝后排的马人大声说道："他们不请自来，必须承担后果！"

他的话引起一片赞同的吼声，一个暗褐色的马人叫道："把他们弄到那个女人那儿去！"

"你们说过不伤害无辜的！"赫敏喊道，此刻她脸上真的有泪水在流淌了，"我们没有做任何伤害你们的事情，我们没有使用魔杖，也没有威胁你们，我们只想回学校去，请放我们回去吧——"

"我们可不像那个叛徒费伦泽，人类女孩！"灰色马人大声说，其他马人嘶吼着表示赞同，"你们大概以为我们只是漂亮的会说话的马吧？我们是一个古老的民族，不能忍受巫师的侵略和侮辱！我们不认可你们的法律，也不认可你们的优越感，我们——"

然而，他们没有听到马人还有什么特点，因为就在这时，空地边缘突然传来一声石破天惊的巨响，哈利、赫敏和约莫五十个马人都扭头望去。抓着哈利的马人立刻伸手去拿弓和箭筒，哈利扑通掉落在地，赫敏也被扔在地上。哈利快步朝她奔去，这时两根粗大的树干吓人地分开了，缝隙中露出巨人格洛普那庞大的身躯。

哈利身边的马人倒退几步，跟后面的那些马人站在一起。空地上现在满是丛林般的、准备发射的弓箭，都向上瞄准着那张灰色的大脸。那张脸在头顶遮天蔽日的密密树枝间赫然浮现，令人生畏。格洛普的歪嘴傻乎乎地咧着，他们看见那些砖头般的黄牙在昏暗的微光中闪烁。他眯起呆滞的、泥浆色的眼睛，打量着脚边的那些生物。他的两个脚脖子上拖着挣断的绳索。

他把嘴张得更大了。

"哈格。"

哈利不知道"哈格"是什么意思，是哪种语言。他也不想知道。他注视着格洛普的脚，它们几乎跟哈利的身体一样长。赫敏紧紧地抓住哈利的胳膊，马人都安静下来，抬头望着巨人。巨人圆溜溜的大脑袋左右摆动，继续朝他们中间张望，似乎在寻找他掉落的什么东西。

"哈格！"他又说了一遍，口气更急切了。

"快从这里滚开，巨人！"玛格瑞喊道，"你在我们这里不受欢迎！"

他的话对格洛普不起任何作用。格洛普把身子弯下一点儿（马人们绷紧了拉着弓弦的胳膊），大吼一声："**哈格！**"

几个马人露出担忧的神情。赫敏却倒抽了一口冷气。

"哈利！"她小声说，"我认为他想说的是'海格'！"

就在这时，格洛普看见了他们，一大群马人中仅有的两个人类。他把脑袋又低下一英尺左右，专注地盯着他们。哈利感觉到赫敏在

第33章 战斗与飞行

发抖,格洛普又把嘴张得大大的,用低沉、浑厚的声音说:"赫米。"

"天哪,"赫敏说着,使劲抓住哈利的胳膊,抓得他的胳膊直发麻,她看上去快要晕倒了,"他——他还记得!"

"**赫米!**"格洛普声如洪钟地说,"**哈格在哪?**"

"我不知道!"赫敏惊恐地尖声说道,"对不起,格洛普,我不知道!"

"**格洛普要哈格!**"

巨人的一只大手向他们伸了下来。赫敏发出一声惨叫,接连后退几步,摔倒了。这只手猛地向哈利扫来,把一个雪白色的马人撞翻在地。哈利没有魔杖,只能鼓起勇气拳打脚踢,连抓带咬。

马人们正等着呢——格洛普伸出的手指离哈利还有一英尺时,五十支箭掠过空中,射向巨人,雨点般扎入他那张大脸。巨人又痛又怒,连声吼叫,直起身来,用两只大手搓着脸庞,折断了那些箭杆,但箭头却往肉里扎得更深了。

巨人惨叫着,使劲跺着一双大脚,马人纷纷四下逃窜。卵石大的血珠从格洛普的脸上落下来,洒在哈利身上。哈利把赫敏从地上拽起来,两人以最快的速度跑到树荫下躲了起来。他们回头张望,格洛普胡乱地去抓那些马人,鲜血顺着他的脸庞往下流淌。马人们毫无秩序地撤退,跑进了空地另一边的树丛里。哈利和赫敏看到格洛普又发出一声怒吼,拔脚朝他们追去,一路又扯断了许多大树。

"哦,真糟糕。"赫敏说,她抖得特别厉害,膝盖都软了,"哦,太可怕了。他会把他们都杀死的。"

"说句实话,我可不操那份心。"哈利怨恨地说。

马人奔跑的声音和巨人跌跌撞撞的声音越来越远。哈利仔细听着这些声音,突然伤疤一阵剧烈的疼痛,他心里顿时充满惶恐。

他们浪费了这么多时间——和他做那个梦时相比,现在要救小天狼星更困难了。不仅哈利把魔杖给丢了,而且他们还被困在了禁林中央，没有任何交通工具。

"好主意，"他必须发泄一下自己的怒火，就冲赫敏不满地说，"真是好主意。我们现在怎么办？"

"我们得回城堡去。"赫敏的声音细若游丝。

"等我们回到城堡，小天狼星恐怕已经死了！"哈利说，气呼呼地踢着旁边的树。头顶上传来一阵刺耳的唧唧叫声，他一抬头，看见一只怒气冲冲的护树罗锅正冲他挥舞着树枝般的长手指。

"可是，没有魔杖，我们什么也干不了。"赫敏绝望地说，挣扎着从地上站了起来，"而且，哈利，你打算怎么去伦敦呢？"

"是啊，我们也想知道这一点呢。"她身后传来一个熟悉的声音。

哈利和赫敏本能地靠在一起，透过树丛望去。

罗恩出现了，金妮、纳威和卢娜匆匆跟在他后面。几个人的模样看上去都很狼狈——金妮的面颊上有几道长长的抓痕；纳威的右眼上方肿起一个大紫包；罗恩的嘴唇在流血，流得比以前任何时候都厉害——但他们一个个都显得很得意。

"怎么样，"罗恩说，他拨开一根低垂的树枝，把哈利的魔杖递了过去，"有办法了吗？"

"你们是怎么逃出来的？"哈利惊讶地问，从罗恩手里接过魔杖。

"两个昏迷咒，一个缴械咒，纳威施了一个相当精彩的障碍咒，"罗恩得意地说，把赫敏的魔杖也递了过去，"不过最棒的是金妮，她搞定了马尔福——蝙蝠精咒——真是妙极了，马尔福整张脸都被扑扇着翅膀的大怪物覆盖了。反正，我们从窗口看见你们走进禁林，就跟了过来。你们把乌姆里奇怎么样了？"

"她被架走了，"哈利说，"被一群马人架走了。"

"他们竟然把你们留下了？"金妮问，显得很吃惊。

"不，他们被格洛普赶走了。"哈利说。

第33章 战斗与飞行

"格洛普是谁？"卢娜饶有兴趣地问。

"海格的弟弟。"罗恩立刻回答，"好了，别管那个了。哈利，你在炉火里弄清了什么？神秘人真的抓住了小天狼星，还是——？"

"是的，"哈利说，他的伤疤又是一阵剧烈的刺痛，"我相信小天狼星还活着，但我不知道我们怎么去那儿救他。"

大家都沉默了，看上去神色惊恐，他们面对的困难似乎无法克服。

"看来，我们只能飞了，是不是？"卢娜说，哈利还从没听过她用这样务实的口吻说话呢。

"好吧。"哈利不耐烦地冲她发火道，"第一，如果你把自己也包括在内，那'我们'什么也办不成；第二，只有罗恩的扫帚没有巨怪保安看守，所以——"

"我有一把扫帚！"金妮说。

"是啊，但你不许去。"罗恩生气地说。

"对不起，我跟你一样关心小天狼星的遭遇！"金妮说，她的下巴一抬，突然显得那么酷似弗雷德和乔治。

"你太——"哈利话还没说完，金妮就激烈地说："我比你当年为魔法石跟神秘人搏斗的时候还大三岁，而且，多亏了我，马尔福才会被困在乌姆里奇的办公室里，遭受大飞妖们的袭击——"

"是啊，不过——"

"我们都是D.A.的成员，"纳威轻声说，"都应该跟神秘人斗争的，对吗？而且，这是我们第一次有机会做点像样的事——难道那只是做做游戏什么的吗？"

"不——当然不是——"哈利不耐烦地说。

"那我们也应该去，"纳威直截了当地说，"我们也想帮忙。"

"没错。"卢娜愉快地微笑着说。

哈利的目光与罗恩相遇。他知道罗恩的想法跟他完全一样。如果除了他、罗恩和赫敏,还要在 D.A. 里挑选几个人一起去救小天狼星,他是绝不会挑上金妮、纳威和卢娜的。

"唉,反正也没什么关系,"哈利沮丧地说,"因为我们还是不知道怎么去——"

"我认为这个问题已经解决了,"卢娜用让人恼火的口气说,"我们飞去好了!"

"好啊,"罗恩说,简直控制不住自己的怒火,"你或许不骑扫帚就能飞,但我们其他人可没法长出翅膀来——"

"除了骑扫帚,还有别的办法可以飞呀。"卢娜心平气和地说。

"我猜我们可以骑弯弯髯①之类的东西吧?"罗恩问道。

"弯角髯兽不会飞,"卢娜用高傲的口吻说,"但是它们会,而且海格说它们善于找到骑手想要寻找的地方。"

哈利转过身。站在两棵树之间的是两匹夜骐,白色的眼睛里闪着诡秘的光,正注视着他们窃窃私语,似乎能听懂每一个字。

"太好了!"他轻声说,拔腿朝它们走去。它们仰起爬行动物般的脑袋,把长长的黑色鬃毛甩到脑后。哈利急切地伸出手,拍了拍离他最近的那匹夜骐的闪亮的脖子。他以前怎么会认为它们模样丑陋呢?

"就是那些像马一样的怪家伙吗?"罗恩迟疑地说,盯着哈利轻拍的那匹夜骐左边一点的地方,"只有见过死人的人才能看见的?"

"是啊。"哈利说。

"有几匹?"

"只有两匹。"

"唉,我们需要三匹呢。"赫敏说,她看上去仍然惊魂未定,同时又很坚决。

---

① 弯弯髯,即下文的弯角髯兽。这是罗恩调侃讽刺的说法。

第33章 战斗与飞行

"四匹,赫敏。"金妮皱着眉头说。

"实际上我认为我们是六个人。"卢娜心平气和地点着人数说。

"别说傻话了,我们不能都去!"哈利气冲冲地说,"听着,你们三个——"他指着纳威、金妮和卢娜,"你们跟这件事无关,你们不——"

他们又吵吵着表示反对。哈利的伤疤又是一阵更强烈的剧痛。他们耽误的每分每秒都很宝贵。他没有时间争论了。

"好吧,好吧,这是你们自己选择的,"他粗暴地说,"可是,除非能找到更多的夜骐,不然你们没办法——"

"哦,会有更多夜骐的。"金妮自信地说,她跟罗恩一样,也眯眼看着另一个方向,显然以为自己是在望着夜骐。

"你凭什么这么想?"

"因为,难道你没注意到吗,你和赫敏身上都是血迹,"金妮冷静地说,"而我们知道海格是用生肉引诱夜骐的。大概这两匹夜骐就是因为这个才出现的。"

就在这时,哈利觉得袍子被轻轻地扯了一下,他低头一看,只见离他最近的那匹夜骐正舔着自己被格洛普鲜血浸透的衣袖。

"那好吧,"他说,突然想起一个绝妙的主意,"我和罗恩骑两匹夜骐先走,赫敏和你们三个留在这里,她可以引来更多的夜骐——"

"我不想留下来!"赫敏气愤地说。

"没有必要,"卢娜笑眯眯地说,"看,又来了几匹……你们俩的气味真够冲的……"

哈利转过身,只见足有六七匹夜骐正穿过树丛走来,它们巨大的、皮革般坚韧的翅膀紧收在身体两侧,眼睛在黑暗中闪闪发亮。他现在没有借口了。

"好吧,"他没好气地说,"每人挑一匹骑上吧。"

第34章

神秘事务司

哈利用手紧紧揪住离他最近的那匹夜骐的鬃毛,把脚踏在旁边的一个树桩上,笨拙地爬上了缎子般光滑的马背。夜骐没有反抗,只是扭过脑袋,露出牙齿,还想继续舔哈利的袍子。

哈利发现,把膝盖放在翅膀的关节后面可以使自己感觉更稳当,接着他望了望周围的其他人。纳威爬上了另一匹夜骐,正使劲把一条短腿抡过马背。卢娜已经坐好了,她侧着身子骑在夜骐的背上,正在整理自己的袍子,就好像她每天都骑夜骐似的。罗恩、赫敏和金妮仍然一动不动地站在原地,张着嘴巴,呆呆地望着。

"怎么啦?"哈利说。

"我们怎么骑上去呢?"罗恩底气不足地说,"我们根本看不见那玩意儿!"

"哦,很容易。"卢娜说着,热心地从她那匹夜骐上滑下来,大步走向罗恩、赫敏和金妮,"到这儿来……"

她把他们拉到周围另外几匹夜骐身旁,一个接一个地扶他们骑了上去。她手把手地引导他们揪住鬃毛,嘱咐他们抓紧,然后才走回自己的坐骑。那三个人看上去紧张得要命。

第34章 神秘事务司

"这真不可思议,"罗恩喃喃地说,用另一只手小心翼翼地抚摸他那匹夜骐的脖子,"不可思议……如果我能看见它——"

"你最好希望永远都别看见它。"哈利表情凝重地说,"都准备好了,是吗?"

大家都点了点头,哈利看见五对膝盖在各自的袍子下绷紧了。

"好吧……"

他低头看着夜骐乌黑光亮的后脑勺,咽了口唾沫。

"伦敦,魔法部,来宾入口,"他迟疑地说,"呃……如果你知道……该怎么走……"

有那么一会儿,哈利的夜骐没有一点儿动静,接着它的翅膀忽地向两边伸开,动作太突然了,哈利差点从它的背上摔了下去。夜骐慢慢伏下身子,又猛地向上冲去,速度之快,角度之陡,哈利不得不把腿和胳膊紧紧地箍在它身上,以免自己滑向它瘦骨嶙峋的臀部。哈利闭上眼睛,把脸贴在夜骐丝缎般的鬃毛上。他们冲出禁林的树梢,飞进了血红色的残阳。

哈利不记得自己什么时候以这么快的速度飞过。夜骐闪电般掠过城堡上空,宽大的翅膀几乎没有扇动。清凉的气流拍打着哈利的脸。在呼呼的风中,哈利眯起眼睛,扭头张望,看见五个同伴都跟在他身后飞着,每个人都把身子低低地伏在夜骐脖子上,以免自己被气流冲落。

他们飞过了霍格沃茨场地上空,飞过了霍格莫德村。哈利看见了下面起伏的山峦和溪谷。日光渐渐暗淡,他们飞过一些村庄,哈利看见了片片灯火,接着是一条蜿蜒的道路,上面只有一辆汽车在疾驰,穿行在山岭之间……

"这太古怪了!"哈利隐约听见罗恩在他后面什么地方喊道,于是他想象着在这样的高度急速飞行却看不见自己的交通工具,该是一种什么感觉。

夜幕降临了，天空变成了一种柔和的黛紫色，点缀着一些银色的小星星。不一会儿，他们只能从麻瓜城镇的灯光看出他们离地面有多远，飞行的速度有多快。哈利的双臂紧紧搂住夜骐的脖子，他用意志的力量催促它飞得再快一些。从他看到小天狼星躺在神秘事务司的地板上之后，已经过去了多少时间？小天狼星还能抵抗伏地魔多少时间？哈利只是相信他的教父没有做伏地魔叫他做的事，也没有死。因为他知道，不管是哪种结果，他都会通过自己的身体感受到伏地魔的狂喜或暴怒，他的伤疤都会像韦斯莱先生被袭的那天夜里一样剧痛难忍。

他们在越来越浓的夜色中继续飞行。哈利感到自己的脸冰冷、僵硬，双腿因为紧紧夹住夜骐的身体而变得麻木，但他不敢改变一下姿势，生怕滑落下去……风在他耳边呼呼作响，他什么都听不见，夜晚的寒风吹得他嘴巴发干发僵。他已经不知道他们飞了多远。他所有的信念都寄托在胯下的坐骑上。夜骐仍然十分果断地在夜空中迅速穿行，翅膀几乎不见扇动。

如果已经晚了……

他还活着，他还在反抗，我可以感觉到……

如果伏地魔断定小天狼星不会屈服……

我会知道的……

哈利的心悸动了一下。夜骐的脑袋突然朝地面的方向伸去，哈利顺着它的脖子向前滑了几英寸。他们终于开始降落了……他隐约听见身后传来一声尖叫，便冒险扭过头去，但并没有看见有人坠落的迹象……大概他们都像他一样，因为方向突然改变而受到了惊吓。

四周明亮的橘黄色的光变得更大更圆，他们看见了建筑物的顶部，看见了流动的车灯像亮晶晶的昆虫眼睛，看见了一扇扇窗户映出的四四方方的淡黄色灯光。突然，他们好像是在向人行道冲去。

第 34 章 神秘事务司

哈利使出全身的力气抓住夜骐,硬着头皮等待突然着地时的冲力,没想到夜骐像影子一般轻盈地落在黑暗的地面上。哈利从它的背上滑下来,扭头朝街道望去,那个满得快要溢出来的垃圾转运箱仍然在那里,离破旧的电话亭不远。在路灯刺眼的黄光映照下,翻斗车和电话亭都好像失去了颜色。

罗恩在近旁不远处降落,随即从夜骐背上滚到了人行道上。

"再也不了。"他挣扎着站起来说道。他拔腿想要离开他的夜骐,但是因为看不见,正好撞在它的后腿上,差点儿又摔倒在地,"再也不了,再也不了……简直太可怕了——"

赫敏和金妮分别在他两边落地,她们俩从夜骐背上滑落的姿势比罗恩略微优雅一点儿,但脸上带着与他同样如释重负的表情,因为她们的双脚终于踏上了坚实的地面。纳威跳下来时浑身发抖。卢娜倒是十分利索地下了夜骐的脊背。

"我们从这儿再去哪儿呢?"她用礼貌的、饶有兴趣的口吻问哈利,似乎这不过是一次很有趣味的旅行。

"就在这儿。"哈利说。他感激地拍了拍他的夜骐,然后领头快步走向那个破破烂烂的电话亭,把门打开了。"快!"他看到其他人还在迟疑,便催促道。

罗恩和金妮顺从地大步走进电话亭,赫敏、纳威和卢娜也在他们后面挤了进来。哈利回头看了一眼那些夜骐,见它们正在垃圾转运箱里寻找腐烂的食物,然后他跟着卢娜费力地挤进了电话亭。

"谁最靠近电话,请拨六——二——四——四——二!"他说。

罗恩的胳膊别扭地弯曲着够到拨号盘,拨了号码。随着拨号盘呼呼地转回到原来的位置,电话亭里响起了一个女人冷漠的声音。

"欢迎来到魔法部,请说出您的姓名和来办事宜。"

"哈利·波特、罗恩·韦斯莱、赫敏·格兰杰,"哈利语速很快地说,"金妮·韦斯莱、纳威·隆巴顿、卢娜·洛夫古德……我们来这里救人,除非你们魔法部已经把人救了!"

"谢谢,"那个冷漠的女声说,"来宾,请拿起徽章,别在您的衣服前。"

哈利看见六个徽章从平常用来退出硬币的金属斜槽里滑了出来。赫敏把它们拿起来,默不作声地越过金妮头顶递给了哈利。哈利看了一眼最上面的那个:哈利·波特,救援任务。

"魔法部的来宾,您需要在安检台接受检查,并登记您的魔杖。安检台位于正厅的尽头。"

"好的!"哈利大声说,他的伤疤又疼了一下,"我们可以动身了吗?"

电话亭的地面突然颤抖起来,玻璃窗外的人行道越升越高,那些寻找食物的夜骐从视野中消失了。最后他们头顶上一片黑暗,哈利什么也看不见了。随着单调、刺耳的摩擦声,他们下到了魔法部深处。

一道细细的、柔和的金光照到他们的脚,随后金光逐渐变宽,扩大到他们的身体上。哈利半蹲下身,在狭窄的电话亭里尽量举起魔杖做好准备,一边透过玻璃观察正厅里是不是有人在等他们,但那里似乎空无一人。这里的光线比白天昏暗一些,镶嵌在四壁里的壁炉也没有生火,但是当升降梯缓缓停下来时,哈利看见在深蓝色的天花板上,那些金色符号仍然在不停地活动着、变化着。

"魔法部希望您今晚过得愉快。"那个女人的声音说。

电话亭的门猛地打开了,哈利从里面跌了出来,后面跟着纳威和卢娜。正厅里只有金色喷泉发出的不绝于耳的水声,一道道闪亮的水柱从巫师的魔杖顶端,从马人的箭头上,从妖精的帽子尖,从家养小精灵的两只耳朵里喷射出来,落在近旁的水潭里。

"快走。"哈利轻声说。然后哈利领头,六个人飞快地在大厅里

第34章 神秘事务司

奔跑起来，经过喷泉，跑向上次检查哈利魔杖的那位巫师所坐的桌子，可是现在桌旁没有人。

哈利觉得这是一个不祥之兆，他认为这里肯定应该有保安的。他们穿过金色栅栏门朝升降梯走去时，他的预感越来越强烈了。他摁了摁离他最近的按钮"下"，立刻就有一架升降梯哐啷啷地出现了。随着一阵巨大的、带着回响的叮当声，金色栅栏门轻轻地滑开了，他们一拥而入。哈利戳了一下第九个按钮，栅栏门砰的一声关上，升降梯开始降落，链条咔啦啦作响。哈利上次白天跟韦斯莱先生来的时候并没有发现升降梯的声音这么响。他认为这噪音肯定会惊动大楼里的每位保安人员，结果升降梯停下了，那个冷漠的女声说："神秘事务司。"栅栏门轻轻滑开。他们来到外面的走廊上。四下里没有动静，只有离他们最近的火把被升降梯搅起的气流吹得左右摇晃。

哈利转向那扇全黑色的门。多少个月来他一直在梦中看见它，现在他终于来到了这里。

"我们走吧。"他小声说，领头在走廊里往前走，卢娜紧跟在他身后，微微张着嘴巴东张西望。

"好了，听我说。"哈利在距离黑门不到六英尺的地方又停了下来，说道，"也许……也许应该派两个人留在这里——望望风，然后——"

"如果有什么动静，我们怎么让你们知道呢？"金妮扬起眉毛问道，"你们可能在好远的地方呢。"

"我们跟你一起去，哈利。"纳威说。

"我们接着走吧。"罗恩坚决地说。

哈利仍然不愿意把他们都带去，但似乎已经没有别的选择。他转身面对着那扇门，走上前去……就像在梦里一样，门开了，他领头大步跨过了门槛。

他们站在一个很大的圆形房间里。这里的每样东西都是黑的，包括地面和天花板。周围的黑墙上镶嵌着许多黑门，全都一模一样，没有标记，也没有把手。门与门之间点缀着几支蜡烛，火苗是蓝色的，摇曳的冷光投在锃亮的大理石地面上，使人觉得脚下是黝黑的水面。

"谁把门关上。"哈利轻声说。

纳威照办了，但哈利立刻就后悔下了这道命令。刚才点着火把的走廊从他们身后射进一道长长的亮光，现在这道亮光没有了，房间里顿时变暗，他们只能看见墙上那一束束颤抖的蓝色火苗，以及它们映在地面的阴森恐怖的影子。

在梦中，哈利总是胸有成竹地穿过这个房间，走向正对着入口的那扇门。可是现在周围有十二扇门。他打量着自己对面的那些门，想判断究竟应该进哪一扇。就在这时，随着一阵隆隆巨响，蜡烛开始往旁边移动。圆形的墙壁旋转起来。

赫敏一把抓住哈利的胳膊，似乎害怕地板也会移动，还好没有。几秒钟里，墙壁飞快地旋转着，蓝色的火苗在他们周围模糊成一片，像霓虹灯光带一样。接着，就像开始时那样突然，隆隆声停止了，每样东西又恢复了平静。

哈利眼睛里闪着一道道蓝色光带，除此之外看不见别的。

"这是怎么回事？"罗恩害怕地小声问。

"我想是为了不让我们知道是从哪扇门进来的。"金妮压低声音说。

哈利立刻意识到她说对了。他无法分辨出口，就像无法在漆黑的地板上找到一只蚂蚁一样。而他们需要进入的那扇门，可以是周围十二扇门中的任何一扇。

"我们怎么从这里出去呢？"纳威不安地问。

"噢，那个暂时不重要，"哈利坚决地说，一边使劲眨巴着眼睛，

第34章 神秘事务司

消除眼里的那一道道蓝光,他把魔杖抓得更紧了,"我们先不需要出去,要等找到小天狼星——"

"别叫他的名字!"赫敏焦急地说,但哈利从没有像现在这样不需要她的忠告,他凭直觉就知道应该暂时尽量保持安静。

"那我们往哪儿走呢,哈利?"罗恩问。

"不知——"哈利没有把话说完,他咽了口唾沫,"在梦里,我出了升降梯,穿过那道走廊尽头的那扇门,进入了一间黑屋子——就是这间——然后我又穿过一扇门,进入了一个像是……像是会发光的屋子。我们应该找几扇门试试,"他急速地说,"找对了我会知道的。快。"

哈利大步走向他对面的那扇门,其他人紧紧跟在后面。他把左手放在冰冷发亮的门上,举起魔杖,准备门一开就出手攻击,然后用力一推。

门一下子就开了。

经过第一个房间的黑暗之后,他们觉得天花板上用金链子吊着的几盏灯使这个长方形房间看上去亮多了,可是并没有哈利梦中见过的那些闪烁、摇曳的灯光。房间里空荡荡的,只有几张桌子,中央有一个巨大的、足够他们几个在里面游泳的玻璃水箱,里面是深绿色的液体,许多珍珠白色的物质在里面懒洋洋地漂来漂去。

"这些是什么东西?"罗恩小声问。

"不知道。"哈利说。

"是鱼吗?"金妮轻声轻气地问。

"颤颤蛆!"卢娜兴奋地说,"爸爸说魔法部在培育——"

"不是,"赫敏说。她的声音有些异样,她凑上前,透过箱壁往里看,"是大脑。"

"大脑?"

"是啊……不知道他们拿它们做什么用?"

哈利跟她一起凑到水箱边。现在离得这么近,不会看错的。那些东西闪着诡异的光,在绿色液体的深处漂来漂去,忽隐忽现,看上去就像黏糊糊的花椰菜。

"我们离开这里吧,"哈利说,"这里不对,我们需要再找一扇门试试。"

"这里也有一些门呢。"罗恩指着周围的墙壁说。哈利的心往下一沉。这地方到底有多大?

"在我梦里,我穿过那间黑屋子,就进入了第二个房间,"他说,"我认为我们应该回去,从那里再试。"

于是他们匆匆回到那个黑乎乎的圆形房间。那些阴森恐怖的大脑在哈利眼前游动,代替了刚才蓝色的烛焰。

"等等!"赫敏突然说道,卢娜正要关上他们身后大脑屋的门,"标记显现!"

她用魔杖在空中比画着,门上出现了一个火红的 X。门咔嗒一声关上了,随即又是一阵响亮的隆隆声,墙壁又开始迅速旋转。但是这一次,在一片蓝色中间还有一大团模糊的金红色。等一切都固定不动了,那个火红的 X 还在燃烧,显示着那扇门他们已经试过了。

"想得真妙。"哈利说,"好了,我们试试这一扇——"

他又直接走向对面的那扇门,其他人紧跟其后。他仍然举着魔杖,把门推开了。

这个房间比刚才的那个还要大,光线昏暗,呈长方形,中间凹陷,形成一个大约二十英尺深的巨大石坑。房间四周是阶梯式的一排排石头长凳,他们站在最顶上一排,那些石凳以很陡的角度向下延伸,很像一个环形剧场,又像哈利接受威森加摩审判时的那个审判室。但石坑中央并没有带锁链的椅子,只有一个高高的石台,上面竖着一个石头拱门,看上去非常古老、破旧、衰败,哈利很惊讶它居然还能竖在那里。拱门周围没有墙壁支撑,上面挂着一道破破

第34章 神秘事务司

烂烂的黑色帘子或帷幔,虽然寒冷的空气里没有一丝微风,但帷幔在轻轻地飘动,好像被人刚刚碰过一样。

"谁在那儿?"哈利问,跳到下一级的石凳上。没有人回答,帷幔仍在飘动、摇曳。

"小心!"赫敏轻声说。

哈利快步跳下一排排石凳,来到深坑的石头底部。他慢慢地朝高台走去,脚步发出了很响的回声。从这里再看尖尖的拱门,比刚才从上面往下看时显得高多了。帷幔仍在轻轻摇摆,似乎有人刚刚从中穿过。

"小天狼星?"哈利叫道,现在离帷幔近了,他的声音放得更低。

他有一种十分奇怪的感觉,似乎有人就站在拱门另一边的帷幔后面。他紧紧地抓住魔杖,侧身绕过高台,然而那儿没人。他只能看见破破烂烂的黑色帷幔的另一边。

"我们走吧,"赫敏从石阶的半腰处喊道,"这里不对,哈利,快,我们走吧。"

她的声音里透着恐惧,比刚才在大脑游动的房间里时要恐惧多了,但哈利觉得拱门虽然古旧,却自有一种美感。那微微飘动的帷幔令他着迷,他有一种很强烈的冲动,想要爬上高台、穿过帷幔。

"哈利,我们走吧,好吗?"赫敏更坚决地说。

"好吧。"他说,但身子并没有动弹。他听到了动静。隐隐约约地,有喃喃的低语声从帷幔的另一边传来。

"你在说什么?"他声音很大地问,他的话在周围的石凳间回荡。

"没有人说话,哈利!"赫敏说,拔腿朝他走来。

"有人在那后面小声说话。"哈利说着,闪身躲开她,继续紧锁眉头看着帷幔,"是你吗,罗恩?"

"我在这儿呢,哥们儿。"罗恩说着,从拱门侧面绕了过来。

"你们谁也没听见吗?"哈利问道,喃喃的低语声越来越响了。他发现自己莫名其妙地把一只脚踏上了高台。

"我也能听见。"卢娜屏住呼吸说,她绕过拱门来到他们身边,盯着飘动的帷幔,"里面有人!"

"你说什么,里面?"赫敏问道,跳下最底层石阶,声音里透着不必要的怒气,"根本就没有什么里面,这只是个拱门,没有地方可以待人。哈利,别闹了,快走——"

她抓住哈利的胳膊拉他,但哈利不肯动弹。

"哈利,我们来这里是为了救小天狼星的!"她扯着嗓子尖声说。

"小天狼星,"哈利跟着说了一遍,目光仍然痴迷般地盯着不断飘动的帷幔,"是啊……"

什么东西终于回到了他的脑海里:小天狼星,被囚禁、束缚,遭受着折磨,而自己却傻乎乎地盯着这道拱门……

他从高台前倒退了几步,强迫目光离开了帷幔。

"我们走吧。"他说。

"早该走了——好吧,那就走吧!"赫敏说完,领头绕过高台往回走。在石台的另一边,金妮和纳威也都呆呆地盯着帷幔,如同着了迷似的。赫敏与罗恩什么也没说,赫敏一把抓住金妮的胳膊,罗恩则抓住了纳威,不由分说地押着他们回到最底层的石凳,一路往上爬到了门口。

"你说那道拱门是什么呢?"返回那间黑暗的圆形房间时,哈利问赫敏。

"不知道,但不管是什么,都是危险的。"她坚决地说,又在门上印了一个燃烧的 X。

墙壁再一次开始旋转,然后又静止下来。哈利随意走到一扇门

第 34 章　神秘事务司

前，推了推门。没有推动。

"怎么啦?"赫敏说。

"是……是锁着的……"哈利说着,用全身的重量去撞门,但门还是纹丝不动。

"看来就是它了,对不对?"罗恩兴奋地说,跟哈利一起试着强行把门撞开,"肯定对了!"

"闪开!"赫敏厉声说。她用魔杖指着普通门锁所在的位置,说了一声:"阿拉霍洞开!"

没有反应。

"小天狼星的刀子!"哈利说。他把刀子从衣袍里抽了出来,插进门和墙壁间的缝隙。另外几个人都在一旁急切地注视着,哈利把刀子从上到下划了一遍,然后拔出刀子,又用肩膀去撞门。门还和刚才一样关得死死的,不仅如此,哈利低头一看,发现刀刃熔化掉了。

"好啦,我们离开这个房间吧。"赫敏果断地说。

"但如果就是这间呢?"罗恩说,既恐惧又渴望地盯着这扇门。

"不可能,哈利在梦里能穿过所有的门。"赫敏说着,也在这扇门上印了一个燃烧的 X。小天狼星的刀子只剩下了没用的刀柄,哈利把它放回了口袋。

"你知道那里面可能会有什么?"卢娜兴致很浓地问,这时墙壁又开始旋转了。

"肯定是一些唠唠叨叨的东西。"赫敏压低声音说,纳威紧张地笑了一声。

墙壁慢慢停止了旋转,哈利怀着越来越焦虑的心情,推开了旁边的一扇门。

"就是这儿!"

他一看到那美丽的、如钻石般闪亮的跳动的光,就知道这次选对了。哈利的眼睛适应了耀眼的光线后，看见了各种各样的钟，大钟小钟，老爷钟和旅行钟，挂在书架间的空隙处，或放在那些有房间那么长的桌子上，钟面上闪着亮光，四下里响着一片持续不断的繁忙的滴答声，就像有成千上万细小的、行进中的脚步声。而发出那跳动的、钻石般光亮的，是位于房间尽头的一个高大的钟形水晶罩。

"这边走！"

哈利知道现在走对了，激动得心怦怦狂跳。他领头顺着桌子间狭窄的空隙往前走，就像在梦里一样，走向那个光源。那个几乎跟他一样高的钟形水晶罩，立在一张桌子上，看上去里面似乎弥漫着一股翻腾的、闪烁发光的气流。

"哦，快看！"他们靠近罩子时，金妮指着水晶罩的中心说。

在罩子里闪闪发亮的气流中，飘浮着一个小小的、宝石般明亮的蛋。它在罩子里浮起，裂开，一只蜂鸟出现了，被托到罩子顶部。可是碰到那股气流后，它的羽毛就变得脏兮兮、湿漉漉的了；等它被送回罩子底部时，便又被包进了蛋壳里。

"快走啊！"哈利严厉地说，因为金妮似乎想停下来观看那个蛋重新变成小鸟。

"你在破拱门那儿耽搁的时间也够长的！"金妮气呼呼地说，但还是跟着哈利走过钟形水晶罩，来到后面仅有的一扇门前。

"就是这儿。"哈利又说了一遍。他的心跳得又快又猛，觉得连说话都会受影响了，"从这里穿过去——"

他扭头看了看大家。他们都拿出了魔杖，一下子显得十分严肃和紧张。他转过头，把门一推。门开了。

他们进去了，他们找到了：这里像教堂一样高，里面摆满了高高的架子，架子上是许多小小的、灰扑扑的玻璃球。在顺着架子排列的那些烛台的映照下，玻璃球闪着暗淡的光。这里就像刚才那个

第34章 神秘事务司

圆形房间里一样，烛火也是蓝色的。房间里非常寒冷。

哈利小心翼翼地向前移动，注视着两排架子之间昏暗的通道。他什么也听不见，也看不见任何动静。

"你说在第九十七排。"赫敏小声说。

"是的。"哈利轻轻应了一声，抬头看着最近一排架子的顶端。从架子里伸出的一支闪着蓝光的蜡烛下，一个银色的数字在闪烁：53。

"我想应该往右边走，"赫敏轻声说，眯起眼睛望着旁边那排架子，"没错……那是五十四……"

"都把魔杖准备好。"哈利压低声音说。

他们顺着架子之间长长的过道，蹑手蹑脚地往前走，不时地回头张望，过道尽头几乎一片漆黑。架子上的每只玻璃球下都插着泛黄的小标签。有的玻璃球闪烁着一种诡异的、液体般的光芒，也有的里面暗淡无光，就像灯丝烧断了的灯泡一样。

他们经过了第八十四排……第八十五排……哈利侧耳倾听每一丝细小的动静，但是什么也听不到。小天狼星可能已经被堵住了嘴巴，或者昏迷不醒……或者，他脑子里一个自作主张的声音说，他可能已经死了……

我会感觉到的，哈利对自己说，这时他的心都快跳到嗓子眼儿了，我会知道的……

"九十七！"赫敏小声说。

他们聚集在那排架子尽头，望着旁边的那条过道。那里没有人。

"他就在这尽头的，"哈利说，他的嘴微微发干，"你们从这里看不清楚。"

他领头在摆放着玻璃球的高架间穿行，几只玻璃球在他们经过时闪烁出柔和的光……

"他应该就在这附近，"哈利轻声说，他相信每走一步，地板上都可能出现小天狼星那衣衫褴褛的身影,"就在这儿……真的很近了……"

"哈利?"赫敏迟疑地叫了一声,但哈利不想回答,他的嘴很干。

"就在这里的……什么地方……"他说。

他们已经来到这排架子的另一头,又进入了昏暗的烛光下。这里也没有人。只有一片尘封的、回音缭绕的寂静。

"他可能……"哈利望着旁边一条过道,声音嘶哑地说,"也许……"他匆匆走过去查看前面的那条过道。

"哈利?"赫敏又叫了一声。

"怎么啦?"哈利凶巴巴地说。

"我……我认为小天狼星不在这里。"

没有人说话。哈利不想看他们中间的任何一个。他觉得很难受。他不明白小天狼星为什么不在这里。他必须在这里的。哈利就是看见他在这里呀……

他顺着过道尽头那块地方往前跑,朝一排排架子间张望。他眼前闪过一条又一条空空的过道。然后他又掉过头来跑,从那些目瞪口呆的朋友们身边跑过。没有小天狼星的影子,也没有任何搏斗的痕迹。

"哈利?"罗恩喊道。

"怎么啦?"

他不想听罗恩说什么,不想听罗恩告诉他做了傻事,或者听罗恩建议大家返回霍格沃茨,但他的脸在发烧,他巴不得能够久久地躲在这黑黢黢的地方,不去面对楼上正厅的亮光,不去面对别人指责的目光……

"你看见这个了吗?"罗恩问。

"什么?"哈利说,这次的语气比较积极了——肯定是小天狼

第34章 神秘事务司

星来过这里的某个迹象,某个线索。他大步回到其他人身边,回到第九十七排架子往里一点儿的地方,但他什么也没发现,只看见罗恩盯着架子上一个灰扑扑的玻璃球。

"什么?"哈利又闷闷不乐地问了一遍。

"这上面——这上面有你的名字。"罗恩说。

哈利凑近了一些。罗恩指着那个小玻璃球,它虽然落满灰尘,好像许多年无人触摸过,但却从里面透出一种淡淡的光。

"我的名字?"哈利茫然地问。

他走上前去。他个头比罗恩矮,不得不伸长脖子去看尘封的玻璃球下面的架子上插着的泛黄的标签。标签上用细长的字迹写着大约十六年前的一个日期,接着是:

S.P.T. to A.P.W.B.D.
黑魔王
和(?)哈利·波特

哈利呆呆地望着。

"这是什么呢?"罗恩问,声音里透着胆怯,"你的名字怎么会在这上面?"

他扫了一眼那排架子上的其他标签。

"没有我,"他困惑不解地说,"也没有我们其他人。"

"哈利,我认为你不应该去碰它。"赫敏看到哈利伸出了手,严厉地说。

"为什么?"哈利说,"这东西跟我有关系,不是吗?"

"别碰,哈利。"纳威突然说道。哈利看着他,纳威的圆脸汗津津的,看上去似乎再也不能承受更多的焦虑了。

"这上面写着我的名字呢。"哈利说。

哈利带着有点鲁莽的感觉，用手指握住了那个灰扑扑的玻璃球。他本以为球面摸上去是凉的，然而正相反，玻璃球就好像在太阳底下晒了好几个小时，就好像球内的光亮把球面烤暖了。哈利猜想——甚至希望——会发生一件戏剧性的事，一件惊心动魄的事，使他们漫长而危险的旅程最终有些价值。他怀着这样的心情，把玻璃球从架子上拿下来，仔细端详着。

什么也没有发生。其他人都聚拢在哈利身边，注视着圆球，哈利拂去了它上面的积尘。

就在这时，他们身后一个拖着长腔的声音说话了。

"很好，波特。现在转过身来，慢慢地转过身来，把它给我。"

第 35 章

帷幔那边

突然,周围凭空出现了许多黑压压的身影,把左右两边的路都挡住了。那些人的眼睛从兜帽的狭缝里射出光芒,十几根发亮的魔杖直指他们的心脏。金妮惊恐地倒抽了一口冷气。

"给我,波特。"卢修斯·马尔福用拖着长腔的声音又说了一遍,一边伸出手来,掌心向上。

哈利的心陡地往下一沉。他们被困住了,对方人数是他们的两倍。

"给我。"马尔福又说。

"小天狼星在哪儿?"哈利问。

几个食死徒大笑起来。在哈利左边那片黑乎乎的人影中间,一个粗哑的女声得意洋洋地说:"黑魔王真是神机妙算!"

"没错。"马尔福轻声附和,"好了,把预言球给我吧,波特。"

"我想知道小天狼星在哪儿!"

"我想知道小天狼星在哪儿!"左边那个女人学着他的声音说。

她和那些食死徒围拢过来,距离哈利和其他人只有几英尺了,他们的魔杖发出的亮光刺得哈利睁不开眼睛。

"你们抓住了他,"哈利说,努力不去理会内心泛起的紧张,不去理会自从他走进第九十七排架子后就一直在克服的恐惧,"他在这儿,我知道。"

"小宝宝醒过来吓坏了,以为梦里的事情都是真的呢。"那女人难听地模仿着婴儿的声音说。哈利感觉到身边的罗恩动了一下。

"什么也别做,"哈利压低声音说,"暂时不要——"

刚才学他说话的那个女人发出一阵粗声狂笑。

"听见了吗?听见了吗?他在给别的孩子下指令,好像打算跟我们搏斗呢!"

"哦,贝拉特里克斯,你不如我了解波特,"马尔福轻声说,"他有一个很大的弱点:个人英雄主义。黑魔王了解他这一点。好了,把预言球给我吧,波特。"

"我知道小天狼星就在这儿。"哈利说,紧张的感觉使他胸口发紧,似乎连呼吸也不舒畅了,"我知道你们抓住了他!"

更多的食死徒放声大笑,但笑得最响的是那个女人。

"你应该学会分清现实和梦境了,波特。"马尔福说,"快把预言球给我,不然我们就动用魔杖了。"

"那就请便吧。"哈利说着,把自己的魔杖举到胸前。与此同时,罗恩、赫敏、纳威、金妮和卢娜的五根魔杖也在他周围举了起来。哈利的内心更加紧缩成一团。如果小天狼星确实不在这儿,他就等于无缘无故地把朋友们带来送死……

但是食死徒们并没有出击。

"乖乖地把预言球递过来,谁也不会受伤。"马尔福冷冷地说。

这次是哈利放声大笑了。

"是啊,没错!"哈利说,"我给你这个——它叫预言球,对吗?然后你就会让我们赶紧回家,对吗?"

他的话刚一出口,就听见那个女食死徒尖叫一声:"预言球飞——"

第35章　帷幔那边

哈利早有防备，不等她念完咒语就喊了一声："盔甲护身！"虽然玻璃球滑到了他的指尖，但他总算把它又抓住了。

"哦，他还挺会玩儿的呢，这个小不点儿波特。"女人说，一双疯狂的眼睛从兜帽的狭缝中往外瞪着，"很好，那么——"

"**我跟你说了，不行！**"卢修斯·马尔福冲那女人吼道，"万一你把它打碎——！"

哈利的大脑在迅速转动。食死徒想要得到这个灰扑扑的玻璃球。可他对这玩意儿毫无兴趣。他只想让大家安然无恙地离开这里，确保他的朋友们没有一个会因他的愚蠢而付出惨重的代价……

女人上前几步，离开她的那些同伙，摘掉了兜帽。阿兹卡班的牢狱生活使贝拉特里克斯·莱斯特兰奇面颊凹陷，形容枯槁，看上去像骷髅一样，但她脸上闪动着一种热烈而疯狂的光芒。

"你想敬酒不吃吃罚酒吗？"她说，胸脯急速地起伏着。"很好——抓住那个最小的，"她吩咐身边的那个食死徒，"让他看看我们折磨那个小姑娘。我来办。"

哈利感觉到其他人都围拢在金妮身边，他往旁边跨了一步，正好挡在金妮前面，并把预言球举在自己的胸前。

"要想对我们中间任何一个人下手，就必须先打碎这个。"他对贝拉特里克斯说，"如果你们空手而返，恐怕你们的主子会不高兴的，是不是？"

贝拉特里克斯没有动弹，只是盯着哈利，同时用舌尖舔着薄薄的嘴唇。

"那么，"哈利说，"我们谈论的到底是什么样的预言呢？"

除了不停地说话，他想不出还能做什么。纳威的胳膊紧贴着他，他能感觉到纳威在发抖。他还感觉到了他脑袋后面某个人的急促呼吸。他希望他们都在使劲思索如何逃脱这个险境，因为他的脑子里一片空白。

"什么样的预言?"贝拉特里克斯学说了一遍,脸上的狞笑消失了,"你在开玩笑吧,哈利·波特。"

"不,不是开玩笑,"哈利说,他的眼睛在那些食死徒之间来回扫视,想寻找一个薄弱环节,一个能让他们逃脱的突破口,"伏地魔为什么想要它?"

几个食死徒发出低哑的嘶嘶声。

"你敢说他的名字?"贝拉特里克斯轻声说。

"是啊,"哈利说,他紧紧抓着玻璃球不放,以防对方再次施魔法把它夺走,"是啊,我完全能说伏地——"

"闭嘴!"贝拉特里克斯尖叫起来,"你竟敢用你卑贱的嘴巴说出他的名字,你竟敢用你杂种的舌头玷污它,你竟敢——"

"你知道他也是个杂种吗?"哈利不顾一切地说。赫敏在他耳边轻轻地呻吟了一声。"伏地魔? 没错,他母亲是个女巫,但他爸爸是个麻瓜——难道他一直对你们说他是个纯血种?"

"**昏昏**——"

"不!"

一道红光从贝拉特里克斯·莱斯特兰奇的杖尖射出,但马尔福使它改变了方向。他的咒语使贝拉特里克斯的咒语撞上了哈利左边一英尺处的那个架子,几个玻璃球被砸碎了。

两个像烟雾一样飘动,像幽灵一样泛白的身影,从地板上的玻璃碎片中浮现出来,开始说话。他们的声音彼此冲撞,在马尔福和贝拉特里克斯的叫喊声中,只能听得清他们的只言片语。

"……到了至日①,会出现一个新的……"一个长胡子老人的身影说。

"不要出击! 我们需要预言球!"

---

① 至日,指夏至或冬至。

第35章　帷幔那边

"他竟敢——他竟敢——"贝拉特里克斯语无伦次地叫道,"他就站在那儿——肮脏的杂种——"

"等我们拿到预言球再说!"马尔福大嚷。

"……之后便无人出现……"一个年轻女人的身影说。

随后,这两个从玻璃球碎片中迸出的身影消融不见了。他们,以及他们原先的居所都消失了,只剩下了地板上的玻璃残片。不过,这使哈利有了一个主意。问题是怎么把自己的主意告诉另外几个人。

"你叫我把这个预言球给你们,却没有告诉我它有什么特别之处。"哈利说,他只是为了拖延时间。他慢慢地把一只脚往旁边挪动着,想触碰到另一个人的脚。

"别跟我们耍花招,波特。"马尔福说。

"我不是耍花招。"波特说,他用一半心思跟他们对话,另一半心思则放在那只探索的脚上。他探到了某个人的脚尖,用力踩了上去。他的身后传来倒抽冷气的声音,他知道那只脚是赫敏的。

"怎么了?"赫敏轻声问。

"邓布利多从来没跟你说过,你之所以带着那道伤疤,原因就藏在神秘事务司里吗?"马尔福讥笑着说。

"我——什么?"哈利说,他一时几乎忘记了自己的计划,"我的伤疤怎么了?"

"怎么了?"赫敏在他身后更加焦急地小声问。

"这可能吗?"马尔福说,声音里透着恶毒的快意。几个食死徒又大笑起来,哈利在他们笑声的掩护下,压低声音、尽量不动嘴唇地对赫敏说:"把架子砸烂——"

"邓布利多从来没跟你说过吗?"马尔福又问了一遍,"是啊,怪不得你没有早一点儿过来,波特,黑魔王不明白为什么——"

"——等我说开始——"

"——他在你梦里显示了这东西所藏的地方之后,你没有马上跑过来。他以为,你出于本能的好奇心,会想听听它到底是怎么说的……"

"是吗?"哈利说。他听到,更准确地说是感觉到,身后的赫敏正在把他的话传给另外几个人。于是他想办法不停地说话,转移食死徒们的注意力:"这么说,他希望我过来拿它,是吗?为什么呢?"

"为什么?"马尔福的声音听上去开心极了,"因为只有预言涉及的人,才可以从神秘事务司拿取预言球。波特,这是黑魔王想利用别人为他偷取预言球的时候发现的。"

"他为什么要偷一个关于我的预言呢?"

"是关于你们俩的,波特,关于你们俩……你难道从来没有想过,为什么黑魔王想要杀死襁褓中的你吗?"

哈利盯着那两道狭缝,马尔福一双灰眼睛从狭缝里射出光芒。莫非就是因为这个预言,哈利的父母才双双死去,他脑门上才留下了这道闪电形的伤疤?莫非他手里捏着所有这些问题的答案?

"有人做了一个关于我和伏地魔的预言?"他盯着卢修斯·马尔福轻声说,手指把热乎乎的玻璃球握得更紧了。它比金飞贼大不了多少,上面仍然布满灰尘,"所以他就把我弄来,替他拿预言球?他为什么不自己来拿呢?"

"自己来拿?"贝拉特里克斯在一片嘎嘎的狂笑声中尖声嚷道,"在大家刚好都忽视黑魔王已经回来的时候,黑魔王自己走进魔法部?在傲罗们都在我亲爱的堂弟身上浪费时间的时候,黑魔王自己暴露在他们面前?"

"所以,他就让你们替他完成这个卑鄙的勾当,是吗?"哈利说,"比如他想让斯多吉来偷——还有博德?"

"很好,波特,很好……"马尔福慢悠悠地说,"但是黑魔王知

第35章 帷幔那边

道你并不愚蠢——"

"**开始！**"哈利大喊一声。

他身后五个声音同时喊道："**粉身碎骨！**"五个咒语射向五个不同的方向，被咒语击中的架子纷纷爆炸。整个高耸的结构摇摇欲坠，上百个玻璃球被炸成碎片，浮现出一个个乳白色的身影，在空中飘来飘去，他们的声音在雨点般洒落的碎玻璃和碎木片中回荡，传出不知多么久远的往昔话语——

"**快跑！**"哈利大喊一声，那些架子危险地摇晃着，更多的玻璃球从上面跌落下来。哈利揪住赫敏的袍子，拖着她往前跑，另一只胳膊护住脑袋，遮挡如阵雨般坠落的碎木头和玻璃片。一个食死徒从尘雾中扑了过来，哈利用胳膊肘使劲撞向他戴着面具的脸。各种声音响成一片，有痛苦的惨叫声，有架子坍塌时震耳欲聋的轰隆声，还有从玻璃球里释放出来的那些先知们的只言片语，在空气中发出诡异的回音——

哈利发现前面没人，接着看见罗恩、金妮和卢娜从自己身边冲过，每个人都用胳膊护着脑袋。什么东西重重地砸在他的面颊上，但他只顾埋下头来往前冲。突然一只手抓住了他的肩膀，他听见赫敏大喊："昏昏倒地！"那只手立刻松开了——

他们来到第九十七排架子的尽头，哈利往右一转，开始全速飞奔。他听见身后传来脚步声，还有赫敏催促纳威快跑的声音。在他前方，他们刚才进来的那扇门开着一道缝。哈利能看见钟形玻璃罩闪烁的亮光。他用最快的速度跑出了那扇门，预言球仍然稳稳地攥在他手里。他等其他人冲过门槛，便重重地关上了门——

"**快快禁锢！**"赫敏气喘吁吁地说，随着一阵古怪的吱嘎声，门自动封死了。

"其他人——其他人在哪儿？"哈利喘着粗气问。

他以为罗恩、卢娜和金妮跑在他们前面，以为他们就在这个房间里等着，然而这里一个人也没有。

"他们肯定走错了路！"赫敏小声说，满脸惊恐。

"听！"纳威轻声道。

脚步声和叫喊声从他们刚刚封死的门后面传来。哈利把耳朵贴在门上，听见卢修斯·马尔福在吼叫，"别管诺特，别管他了，听见没有——跟丢掉预言球相比，他的伤在黑魔王眼里一钱不值。加格森，过来，我们需要组织一下！我们分成两人一组去搜查，别忘了，在拿到预言球之前对波特手下留情，如果需要的话可以把其他人干掉——贝拉特里克斯、罗道夫斯，你们负责左边；克拉布、拉巴斯坦，往右边去——加格森、多洛霍夫，去前面那扇门——麦克尼尔和埃弗里，从这里走——卢克伍德，去那儿——穆尔塞伯，跟我来！"

"我们怎么办？"赫敏问哈利，她从头到脚都在发抖。

"嗯，反正不能站在这里干等着他们找到我们。"哈利说，"首先，快离开这扇门。"

他们尽量蹑手蹑脚地往前跑，经过那个闪闪发亮的钟形玻璃罩（那个小小的蛋仍然在那里孵出鸟儿再变回去），奔向房间那头通往圆形门厅的出口。快要跑到的时候，哈利听见什么沉重的大家伙在撞击赫敏刚才用魔法封死的门。

"闪开！"一个粗暴的声音说，"阿拉霍洞开！"

门一下子开了，哈利、赫敏和纳威赶紧钻到桌子底下。他们看见两个食死徒的长袍下摆离他们越来越近，脚步挪得很快。

"他们大概直接跑到门厅去了。"那个粗暴的声音说。

"看看桌子底下。"另一个声音说。

哈利看见两个食死徒的膝盖弯了下来，他把魔杖从桌子底下伸出去，大喊一声："**昏昏倒地！**"

一道红光击中了离得最近的那个食死徒，他往后倒在一个落地

第35章　帷幔那边

式大摆钟上，把钟撞翻了。另一个食死徒往旁边一跳，躲过了哈利的咒语，用自己的魔杖指着赫敏。赫敏为了瞄准，正从桌子底下爬出来。

"阿瓦达——"

哈利贴地扑了过去，一把抱住那个食死徒的双膝，把他掀翻在地，咒语打偏了。纳威急忙过来帮忙，撞翻了一张桌子，慌慌张张地用魔杖指着那两个扭打在一起的人，喊了声：

"**除你武器！**"

哈利和那个食死徒的魔杖都脱手而出，飞回了预言厅的入口。两人都挣扎着站起来去追魔杖，食死徒在前，哈利紧随其后，跑在最后的是纳威，他似乎被自己做的事情吓呆了。

"快闪开，哈利！"纳威嚷道，显然想要将功补过。

哈利赶紧闪到一旁，纳威再次瞄准，喊道：

"**昏昏倒地！**"

红光擦着食死徒的肩膀掠过，击中了墙上的一个玻璃门吊柜，那里面摆着各种各样的沙漏。柜子掉在地上，裂开了，玻璃迸溅得到处都是，随即柜子又弹回到墙上，变得完好如初，然后又落下来，摔成碎片——

那个食死徒的魔杖掉在闪闪发亮的钟形玻璃罩旁的地板上，他一把抓了起来。在他转身时，哈利一猫腰躲到了另一张桌子后面。食死徒的面具滑了下来，什么也看不见了。他用另一只手扯掉面具，大喊："**昏昏——**"

"**昏昏倒地！**"正好赶来的赫敏大声嚷道。红光击中了食死徒的胸膛中央，他顿时僵住，胳膊仍然举着，魔杖啪哒一声掉到地上，随后他仰面倒向了钟形玻璃罩。哈利以为会听见咣的一声，因为那人是撞向厚实的玻璃，再顺着玻璃罩滑到地上，然而他的脑袋却穿过玻璃罩表面陷了进去，就好像那只是一个肥皂泡似的，然后他不动了，四肢摊开仰面倒在桌上，脑袋扎进充满闪光气流的玻璃罩里。

"魔杖飞来！"赫敏喊道。哈利的魔杖从一个黑暗的角落飞到她手里，她把它扔给了哈利。

"谢谢，"哈利说，"好吧，我们离开——"

"快看！"纳威惊恐万状地说。他盯着食死徒陷在玻璃罩里的脑袋。

三个人又都把魔杖举起来，但谁也没有出击。他们都张着嘴巴，十分惊骇地盯着那人脑袋的变化。

那颗脑袋在迅速地缩小，而且越来越秃，黑色的头发和胡子楂儿缩进了脑袋里。他的面颊变得光滑起来，脑壳变得圆溜溜的，像桃子一般覆盖着一层茸毛……

此刻，在这个挣扎着想站起来的食死徒肌肉发达的粗脖子上，怪异地顶着一颗婴儿的脑袋。而就在他们目瞪口呆的注视下，那颗脑袋又开始膨胀成原来的大小，浓密的黑色毛发又从头皮和下巴上冒了出来……

"是时间，"赫敏用敬畏的声音说，"时间……"

食死徒又晃了晃他丑陋的脑袋，想让自己清醒一些，可是没等他重新振作起来，那颗脑袋又开始缩回到婴儿时代……

附近一个房间里传来喊叫，接着是碎裂声和尖叫声。

"**罗恩**？"哈利嚷道，迅速转过身，离开眼前那令人毛骨悚然的变形过程，"**金妮**？**卢娜**？"

"哈利！"赫敏尖叫一声。

那个食死徒把脑袋从玻璃罩里拔了出来。他的模样古怪之极，一颗婴儿的小脑袋在声嘶力竭地大叫，而两条粗胳膊却在危险地四下拍打，差点儿打到了哈利，但哈利一弯腰躲过去了。哈利举起魔杖，可是赫敏一把抓住了他的胳膊。他吃了一惊。

"你不能伤害一个婴儿！"

第35章 帷幔那边

没时间争论了。哈利听见预言厅那边的脚步声越来越响,他意识到刚才不应该叫喊,暴露他们的位置,但是后悔也来不及了。

"快!"他说,然后他们拔腿奔向房间那头那扇开着的通向黑色大厅的门,长着丑陋的婴儿脑袋的食死徒跟跟跄跄地跟在后面。

跑到半路,哈利看见开着的门里又有两个食死徒穿过黑色房间朝他们跑来。他们赶紧往左一拐,冲进一个黑黢黢的、拥挤杂乱的小办公室,回身砰地关上了门。

"快快——"赫敏的咒语没有念完,门就被撞开了,两个食死徒冲了进来。

这两个人得意地大喊一声,叫道:

"障碍重重!"

哈利、赫敏和纳威都被撞得向后飞去。纳威从桌子上滑过,消失了踪影。赫敏撞在一个书架上,顿时就被纷纷掉落的大部头书掩埋了。哈利的后脑勺撞在后面的石墙上,眼前直冒金星,一时间头晕眼花,不知所措。

"**我们抓住他了!**"离哈利最近的那个食死徒喊道,"**在一间办公室里,就在——**"

"无声无息!"赫敏喊道,那人的声音立刻就哑了。他的嘴巴继续在面具上的窟窿里一张一合,却发不出一点声音。他被另一个食死徒推搡到了一边。

"统统石化!"哈利见到第二个食死徒举起魔杖,赶紧大喊一声。食死徒的腿和胳膊啪地合在一起,身子向前扑倒,脸朝下摔在哈利脚边的地毯上,像木板一样僵硬,动弹不得。

"干得好,哈——"

可是,刚才被赫敏击哑的那个食死徒突然挥舞着魔杖左右劈砍起来,赫敏的胸口像是掠过一道紫色的火焰。她似乎有些吃惊地轻唤了一声"哦",便瘫倒在地,一动不动了。

"赫敏!"

哈利扑通跪倒在她身边,举着魔杖的纳威迅速从桌子底下朝她爬来。纳威刚钻出桌子,食死徒就朝他的脑袋狠狠地踢了一脚——把纳威的魔杖踢成了两截,又踢中了他的脸。纳威痛得惨叫一声,蜷缩起来,用手捂住了嘴和鼻子。哈利扭过身,高举起魔杖,看见食死徒扯掉了面具,正用魔杖直指着自己。哈利认出了这张曾在《预言家日报》上出现过的苍白、扭曲的长脸:安东宁·多洛霍夫,就是他杀害了普威特兄弟俩。

多洛霍夫露出了狞笑。他用那只没拿魔杖的手指指哈利手里仍然紧攥着的预言球,指指自己,又指指赫敏。尽管他再也说不出话来,但他的意思再明显不过了:把预言球给我,否则你的下场跟她一样……

"其实只要我把它一交出去,你就会把我们全干掉!"哈利说。

哈利的脑子紧张得嗡嗡直叫,使他无法好好思索。他一只手搭在赫敏的肩膀上,肩膀还是热的,但是他不敢仔细看她。千万不能让她死,千万不能让她死,如果她死了,都是我的错……

"不管你怎么做,哈利,"纳威在桌子底下激动地说,他垂下双手,露出了明显被打断的鼻子,鲜血顺着嘴巴和下巴哗哗地往下流,"都别把东西给他!"①

门外传来哗啦一声,多洛霍夫扭头看去——那个长着婴儿脑袋的食死徒出现在门口,他的脑袋在声嘶力竭地大叫,两只大拳头仍在不受控制地击打着周围的一切。哈利抓住这个机会:

"统统石化!"

多洛霍夫没来得及抵挡,咒语击中了他。他向前摔倒在同伴身

---

① 纳威因为受伤流血,说话含糊不清,但为了便于阅读,译文都做正常处理。

第35章　帷幔那边

上，两人都变得像木板一样僵硬，再也动弹不得了。

"赫敏，"哈利看到那个长着婴儿脑袋的食死徒又跌跌撞撞地走远了，便立刻摇晃着赫敏叫道，"赫敏，醒醒……"

"他对她做了什么？"纳威说着从桌子底下钻出来，跪在赫敏的另一边，迅速肿胀的鼻子还在一个劲儿地往外流血。

"不知道……"

纳威摸索着赫敏的手腕。

"还有脉搏，哈利，肯定还有脉搏。"

一阵强烈的如释重负的感觉袭上哈利心头，使他一时间感到有点眩晕。

"她还活着？"

"对，我认为还活着。"

一阵静默，哈利仔细倾听有没有更多的脚步声，但只能听见那个长着婴儿脑袋的食死徒在隔壁房间里横冲直撞，呜呜咽咽。

"纳威，我们离出口不远了，"哈利轻声说，"我们就在那个圆形房间隔壁……只要你能在别的食死徒赶来之前走过去，找到那扇门，我相信你肯定能把赫敏弄到走廊里，进入升降梯……然后你就会找到人……拉响警报……"

"那你打算怎么办？"纳威说，他用袖子擦擦流血的鼻子，皱着眉头看着哈利。

"我要去把其他人找到。"哈利说。

"那好，我跟你一起去找他们。"纳威坚决地说。

"可是赫敏——"

"我们带着她，"纳威坚定地说，"我来背她——你对付他们比我厉害——"

纳威站起来，抓住赫敏的一只胳膊，盯着迟疑不决的哈利，于是哈利抓起赫敏的另一只胳膊，帮着把她毫无生气的身体背上纳威

743

的肩头。

"等等,"哈利说,他从地上抓起赫敏的魔杖,塞进纳威手里,"你最好拿上。"

他们慢慢地朝门口走去,纳威一脚踢开自己那根断裂的魔杖。

"我奶奶准会要了我的命,"纳威瓮声瓮气地说,说话时鲜血从鼻子里喷溅出来,"这是我爸爸的旧魔杖。"

哈利把脑袋探出门外,小心翼翼地四下张望。那个婴儿脑袋的食死徒尖叫着横冲直撞,撞翻了落地式大摆钟,撞翻了桌子。他声嘶力竭地大叫,困惑得摸不着头脑,那个玻璃门的吊柜——现在哈利怀疑里面装着时间转换器——仍然从他们身后的墙上掉落、摔成碎片,又自动修复。

"他不会注意到我们的,"他小声说,"快……紧紧跟着我……"

他们轻手轻脚地溜出办公室,朝通向黑色大厅的门走去,大厅里现在似乎空无一人。他们走了几步,纳威被赫敏的重量压得微微摇晃起来。时间屋的门在他们身后关上了,墙壁又开始旋转。哈利后脑勺上刚才遭了那一下撞击,到现在似乎都站立不稳。他眯起眼睛,身体微微地左右摇晃,直到墙壁停止了转动。哈利看到赫敏在门上刻的那些燃烧的 X 已经消失,心不由得往下一沉。

"你认为该往哪边——?"

没等他们决定往哪边尝试,右边的一扇门突然打开,跌出三个人来。

"罗恩!"哈利声音嘶哑地说,朝他们冲了过去,"金妮——你们都——?"

"哈利,"罗恩说,声音发虚地咯咯笑着,扑上前来,一把抓住哈利的袍子前襟,用聚不成焦的眼睛盯着他,"是你啊……哈哈哈……你看上去好滑稽,哈利……你整个儿乱糟糟的……"

第35章 帷幔那边

罗恩的脸色十分苍白,某种黑乎乎的东西从嘴角流了出来。接着,他双膝一软瘫倒了,但仍然揪着哈利的前襟不放,哈利被他拉得像在鞠躬一样。

"金妮?"哈利恐惧地说,"出了什么事?"

可是金妮摇摇头,贴着墙出溜下去,坐在了地上,气喘吁吁地捏着自己的脖子。

"我认为她的脖子断了,我听见咔嚓一声。"卢娜俯身看着金妮轻声说,似乎只有她一个人毫发未伤,"他们四个人把我们赶进了一间满是行星的黑屋子。那地方特别古怪,有时候我们就在黑暗中飘着——"

"哈利,我们近距离看到了天王星!"罗恩说,仍然声音发虚地咯咯笑着,"明白吗,哈利?我们看到了天王星——哈哈哈——"

罗恩的嘴角鼓起一个血泡,然后破裂了。

"——反正,有个人抓住了金妮的脚,我用了粉碎咒,让冥王星在那人脸上爆炸了,可是……"

卢娜无奈地指了指金妮,金妮仍然闭着双眼,呼吸很虚弱。

"罗恩是怎么回事?"哈利害怕地问。罗恩还是咯咯笑个不停,揪着哈利的前襟不放。

"我也不知道他们用什么击中了他,"卢娜难过地说,"他变得有点不正常了,我差点儿没法把他带过来。"

"哈利,"罗恩拽着哈利,让哈利的耳朵贴近他的嘴,仍然声音发虚地咯咯笑着说,"你知道这个女孩是谁吗,哈利?她是疯姑娘……疯姑娘洛夫古德……哈哈哈……"

"我们必须离开这儿。"哈利坚决地说,"卢娜,你能扶着金妮吗?"

"没问题。"卢娜说,她把魔杖在耳朵后面插好,用一只胳膊搂住金妮的腰,拽她起来。

"只是脚脖子的问题,我自己能行!"金妮不耐烦地说,可她随即就往一边倒去,赶紧抓住卢娜稳住身子。哈利把罗恩的胳膊搭在自己肩膀上,就像好几个月前扶着达力那样。他看看四周,他们一下子找到正确出口的概率只有十二分之一——

他扶着罗恩朝一扇门走去,离门还差几步的时候,大门对面的另一扇门猛地打开了,三个食死徒冲了进来,领头的是贝拉特里克斯·莱斯特兰奇。

"他们在这儿!"她尖叫道。

昏迷咒在房间里嗖嗖地穿梭。哈利一路冲撞着穿过那扇门,匆匆把罗恩从自己身上甩掉,又弯腰跑回来帮纳威把赫敏弄进去。他们及时跨过门槛,正好在贝拉特里克斯赶来时把门关上了。

"快快禁锢!"哈利大喊,接着听见三具身体重重地撞在门的另一边。

"没关系!"一个男人的声音说,"还有别的路可以进去——**我们找到他们了,他们跑不了啦!**"

哈利迅速转过身,他们又回到了大脑屋。没错,周围的墙上有好几扇门。他听见身后的大厅里传来脚步声,更多的食死徒跑来跟先前那几个人会合了。

"卢娜——纳威——帮帮我!"

三个人绕着屋子飞跑,把一扇扇门全部封死了。哈利撞在一张桌子上,匆忙间就势滚过桌面,赶向另一扇门。

"快快禁锢!"

门后传来飞奔的脚步声,不时有沉重的身体在冲撞某一扇门,门颤抖着,发出吱吱嘎嘎的声音。卢娜和纳威顺着对面的墙给门施魔法——然后,就在哈利快要跑到屋子另一端时,他听见了卢娜的叫声:

第 35 章 帷幔那边

"快快——啊……"

哈利赶紧转身,看见卢娜腾空飞了起来,五个食死徒从她刚才没来得及封死的那扇门一拥而入。卢娜摔在一张桌子上,滑过桌面,落在另一边的地上,四仰八叉地躺在那里,像赫敏那样一动不动了。

"抓住波特!"贝拉特里克斯尖叫着朝哈利跑来。哈利躲过她,返身在屋子里飞跑,只要他们顾忌着不敢砸坏预言球,他就没有危险——

"喂!"罗恩说,他已经跟跟跄跄地站了起来,正像醉汉一样摇摇摆摆地朝哈利走来,嘴里仍然咯咯笑着,"喂,哈利,这里有大脑呢,哈哈哈,是不是很古怪,哈利?"

"罗恩,闪开,趴下——"

可是罗恩已经用魔杖指着那个水箱。

"真的,哈利,真的是大脑——你看——大脑飞来!"

场面似乎在瞬间凝固了。哈利、金妮和纳威,还有每个食死徒都不由自主地转过身,注视着水箱顶部,只见一个大脑像条鱼一样,从绿色的液体中跳了出来。它似乎在空中悬了一会儿,然后一路旋转着朝罗恩飞去,如同由活动图像构成的丝带,从大脑里蹿出来,像一卷卷胶片似的散开了——

"哈哈哈,哈利,你看啊——"罗恩说,一边注视着大脑吐出的那些五颜六色的脑浆,"哈利,过来摸一摸,肯定特别古怪——"

"罗恩,不要!"

哈利不知道罗恩碰到那些飘散在大脑后面的思想触须会怎么样,但知道肯定不会有什么好结果。他冲上前去,可是罗恩已经伸出双手抓住了大脑。

那些触须一碰到罗恩的皮肤,就开始像绳索一样缠住他的胳膊。

"哈利,快看怎么回事——不——不——我不喜欢——不,停下——停下——"

那些细细的丝带已在缠绕罗恩的胸脯了。他使劲地又扯又拽,可大脑像章鱼的身体一样用触须把他勒紧了。

"四分五裂!"哈利大喊一声,想斩断那些在他眼前把罗恩紧紧缠住的触须,可是触须没有断。罗恩跌倒在地,仍然不断地扭动着身体想摆脱束缚。

"哈利,他会被勒死的!"金妮喊道,受伤的脚脖子使她在地上动弹不得——这时一道红光从一个食死徒的魔杖射出,不偏不倚地击中了金妮的脸。她往旁边一倒,躺在那里不省人事了。

"**昏昏落地!**"纳威喊道,迅速转身,朝那些逼近的食死徒挥舞着赫敏的魔杖,"**昏昏落地! 昏昏落地!**"

可是没有任何反应。

一个食死徒朝纳威射来昏迷咒,但射偏了几英寸,没有击中。现在,只剩下哈利和纳威两个人对付五个食死徒了,其中两个食死徒射出利箭般的道道银光,但都没有击中目标,只在他们身后的墙上留下了凹坑。贝拉特里克斯直朝哈利冲来,哈利赶紧躲避。他把预言球举过头顶,返身在房间里奔跑,一心只想把食死徒从朋友们身边引开。

看来这招奏效了。食死徒们纷纷追了过来,撞得桌子椅子四下乱飞,却不敢给哈利施魔法,生怕会把预言球弄坏。哈利冲出了唯一开着的那扇门,也就是食死徒冲进来的那扇。他暗自祈祷纳威能陪在罗恩身边,想办法使他挣脱束缚。他在这间他们没有进来过的屋子里刚跑了几步,就感到地板消失了——

他顺着一级又一级陡峭的石头台阶滚落下去,砰砰地撞在每一级台阶上。"砰!"最后的那一下猛烈撞击,几乎把他肺里的空气都挤了出去。他仰面平躺在那个深坑里,深坑的高台上就矗立着那道石头拱门。食死徒的笑声在整个房间里回荡。哈利往上一看,发现

第35章 帷幔那边

刚才在大脑屋里的五个食死徒正朝他奔下来,还有更多的食死徒从别的门里拥出,跳过一级级石阶朝他逼近。虽然双腿抖得厉害,几乎支撑不住身体,哈利还是勉强站了起来。预言球仍然奇迹般地握在他的左手里,完好无损;他的右手紧紧攥着魔杖。他一步步后退,同时环顾四周,让所有的食死徒都处在自己的视线中。突然,他的大腿后部撞在某个坚实的东西上,他碰到了那个矗立着拱门的高台。他后退着爬了上去。

食死徒们都停住了脚步,盯着他。有几个像他一样气喘吁吁,还有一个血流不止。摆脱了全身束缚咒的多洛霍夫,正斜眼瞥着哈利,用魔杖直指他的面门。

"波特,你完蛋了,"卢修斯·马尔福扯掉面具,拖着长腔说道,"乖乖地把预言球交给我吧。"

"让——让其他人离开,我就把它给你!"哈利孤注一掷地说。

几个食死徒笑了起来。

"你根本没资格讨价还价,波特。"卢修斯·马尔福说,惨白的脸因高兴而泛出红晕,"看到没有,我们十个人,你只有一个人……怎么,难道邓布利多没有教会你怎么数数吗?"

"他不是一个人!"上面一个声音喊道,"还有我呢!"

哈利的心往下一沉。纳威跌跌撞撞地跨过一级级石阶朝他跑来,颤抖的手里紧紧抓着赫敏的魔杖。

"纳威——不要——回到罗恩身边去——"

"**昏昏落地!**"纳威又大喊一声,用魔杖挨个儿指着每个食死徒,"**昏昏落地! 昏昏——**"

一个块头最大的食死徒从后面抓住纳威,把他的双臂缚在身体两侧。纳威拼命挣扎,又踢又蹬。几个食死徒大笑起来。

"是隆巴顿,对吗?"卢修斯·马尔福用讥讽的声音说,"啊,你奶奶已经习惯了为我们的事业失去亲人……你的死不会令她特别震惊的。"

"隆巴顿?"贝拉特里克斯也跟着说道,憔悴的脸上绽开一个十分邪恶的笑容,"哎呀,小子,我有幸见过你的父母呀。"

"**我知道你见过!**"纳威吼道,他拼命挣脱那个抱住他的食死徒,那人连忙大喊,"有谁快把他击昏!"

"别,别,别,"贝拉特里克斯说。她扫了一眼哈利,然后又看着纳威,看上去欣喜若狂,兴奋得要命,"别,让我们看看隆巴顿能坚持多久才会像他父母那样变疯……除非波特愿意把预言球交给我们。"

"**别给他们!**"纳威咆哮道,贝拉特里克斯举着魔杖,一步步逼近他和那个食死徒,纳威似乎失去了常态,拼命扭动、踢蹬,"**别给他们,哈利!**"

贝拉特里克斯一举魔杖:"钻心剜骨!"

纳威失声惨叫,双腿缩到胸前,那个食死徒一下子就悬空拎着他了。食死徒把他一扔,纳威落在地上,痛苦地抽搐、尖叫。

"只是让你尝尝滋味!"贝拉特里克斯说着又举起魔杖,纳威停止了惨叫,躺在她的脚下啜泣着。她转过身盯着哈利。"好了,波特,要么把预言球给我们,要么就眼睁睁地看着你的小伙伴惨死!"

哈利根本用不着考虑,他没有别的选择。预言球被他的手攥得滚烫,他把它递了过去。马尔福冲上前来想拿走预言球。

就在这时,上面高处又有两扇门突然打开了,五个人冲进了房间:小天狼星、卢平、穆迪、唐克斯和金斯莱。

马尔福转身举起魔杖,但唐克斯已经朝他射去一个昏迷咒。哈利等不及看咒语有没有击中目标,赶紧跳下高台躲避。食死徒完全被凤凰社成员的出现搞乱了阵脚,那些人一边跳过一级级石阶,奔向下面的深坑,一边朝食死徒们射来雨点般的咒语。哈利在飞奔的

第 35 章　帷幔那边

人体和闪烁的光柱中看见纳威在地上蠕动。哈利又躲过一道红光，扑倒在地，朝纳威爬去。

"你没事吧？"他喊道，又一道咒语在他们头顶上几英寸的地方嗖地飞过。

"没事。"纳威说，挣扎着想站起来。

"罗恩呢？"

"我想他不会有事 —— 我离开时他还在跟大脑搏斗呢 ——"

他们之间的石板地被一个咒语击中后炸开了，留下一个大坑，纳威的手几秒钟前就在那个地方。两人赶紧从那里爬开，这时一只粗胳膊从天而降，抓住哈利的脖子把他拎了起来，他的双脚几乎离开了地面。

"把它给我，"一个声音在哈利耳边吼道，"把预言球给我 ——"

那人死死地掐着哈利的喉咙，掐得他喘不过气来。哈利透过迷蒙的泪水，看见小天狼星正在大约十英尺外跟一个食死徒搏斗，金斯莱同时对付两个，唐克斯还在石阶的半腰处，朝下面的贝拉特里克斯发射咒语 —— 似乎谁也没有发现哈利快要死了。他把魔杖转过去，朝身后指着那人的身体，却喘不上气来念咒语，而那人的另一只手，正摸索着来抓哈利握着预言球的那只手 ——

"啊！"

纳威不知从什么地方蹿了出来。他无法念出咒语，就用赫敏的魔杖狠狠地戳进了那个食死徒面具上的眼洞。那人惨叫一声，立刻松开了哈利。哈利迅速转过身对着他，喘着气喊道：

"昏昏倒地！"

食死徒往后一倒，面具滑落了：是差点杀死巴克比克的麦克尼尔。他的一只眼睛又红又肿。

"谢谢！"哈利对纳威说，并一把将他拖到一边，这时小天狼星和他的食死徒对手跟跄着从他们身边蹿过，搏斗得十分激烈，双方挥动的魔杖变成了一片模糊的影子。接着,哈利的脚触到一个圆圆的硬东西,滑了一下。他起初以为是预言球掉了,接着便看见穆迪的魔眼在地上滴溜溜地滚远了。

魔眼的主人侧身躺在地上,脑袋在流血,袭击他的人此刻正朝哈利和纳威冲来:是多洛霍夫,他苍白的长脸兴奋地抽搐着。

"塔朗泰拉舞!"他用魔杖指着纳威喊道,纳威的双腿立刻像是跳起了疯狂的踢踏舞,身体失去了平衡,再次摔倒在地。"现在,波特——"

多洛霍夫像刚才对付赫敏一样,挥舞着魔杖劈砍过来,哈利大叫一声:"盔甲护身!"

哈利觉得什么东西像钝刀子一样在脸上划过,那股力量撞得他往旁边一倒,摔在纳威不断舞动的腿上,幸好铁甲咒挡住了这道咒语最强烈的威力。

多洛霍夫又举起了魔杖:"预言球飞——"

小天狼星从什么地方蹿了出来,用肩膀一撞多洛霍夫,撞得他飞了出去。预言球又一次滑到哈利的指尖,但他好歹又把它抓紧了。现在小天狼星和多洛霍夫在决斗,魔杖像剑一样上下飞舞,杖尖迸出火星——

多洛霍夫抽回魔杖,做出对付哈利和赫敏时的那种劈砍动作。哈利一跃而起,喊道:"统统石化!"多洛霍夫的腿和胳膊再次合在一起,他仰面向后倒去,砰的一声摔在地上。

"精彩!"小天狼星喊道,一边把哈利的脑袋往下一按,躲过了两个迎面射来的昏迷咒,"现在我要你离开这——"

两人同时又弯下身,一道绿光险些击中小天狼星。哈利看见在房间那头,唐克斯从石头台阶的半腰摔下来,软绵绵的身体从一个石座滚向另一个石座,贝拉特里克斯得意洋洋地跑回去加入战斗。

"哈利,拿好预言球,带上纳威,快跑!"小天狼星喊道,冲

第 35 章 帷幔那边

过去迎战贝拉特里克斯。哈利没有看见接下来的情形，金斯莱摇摇摆摆地闯入了他的视线，正跟摘了面具、满脸麻子的卢克伍德在搏斗。哈利朝纳威扑去时，又一道绿光从他头顶掠过——

"你能站起来吗？"他对着纳威的耳朵喊道，纳威的双腿不受控制地摆动、抽搐着，"用胳膊搂住我的脖子——"

纳威照办了——哈利使劲架起他——纳威的双腿仍然不停地四下甩动，无法支撑他的身体。这时，一个人不知从什么地方朝他们扑来，两人都向后摔倒了，纳威就像肚皮朝天的甲虫一样，双腿在空中胡乱摆动；哈利把左臂高高地举在空中，保护着小玻璃球，以防被摔碎。

"预言球，把预言球给我，波特！"卢修斯·马尔福贴着他的耳朵恶声恶气地说，哈利感觉到对方的魔杖尖用力抵着自己的肋骨。

"不！—— 放 —— 开 —— 我……纳威 —— 接着！"

哈利把预言球贴地滚了出去，平躺在地的纳威转了个圈，把球揽在怀里。马尔福又用魔杖指着纳威，这时哈利用自己的魔杖越过肩头往后一捅，大喊一声："障碍重重！"

马尔福被炸飞了。哈利又挣扎着爬了起来，左右张望，只见马尔福撞在了小天狼星和贝拉特里克斯正在决斗的高台上。马尔福又用魔杖瞄准了哈利和纳威，可是没等他吸口气念出咒语，卢平就跳过来挡在了他们中间。

"哈利，把其他人召集起来，**快走！**"

哈利抓住纳威袍子的肩部，把他的身体拖上第一级石阶。纳威的双腿在抽搐、摆动，无法支撑自己的身体。哈利用尽全身的力气，他们又往上爬了一级——

一个咒语击中了哈利脚下的石头长凳，长凳被炸碎了，哈利跌落到下一层台阶上。纳威落在台阶上的石头长凳上面，双腿仍然在胡乱地抽搐、摆动,他把预言球塞进了口袋。

"快!"哈利焦急地说,使劲拽着纳威的袍子,"试着用腿蹬一蹬——"

哈利又使出吃奶的力气一拉,纳威的袍子沿着左边的接缝绽开了——小玻璃球从口袋里滚落出来,没等他们伸手去接,纳威一只胡乱摆动的脚踢中了它。预言球飞到了右边十英尺外,在他们下面的石阶上撞碎了。两人被眼前的情景吓坏了,呆呆地望着预言球碎裂的地方,只见一个双眼被放大了很多倍的乳白色身影升到空中,而周围除了他们俩,没有人注意到。哈利看见那身影的嘴在说话,可是四周充满了撞击声、呐喊声、尖叫声,预言说的是什么,他一个字也听不清。那身影说完话,就消失在了虚空中。

"哈利,对不起!"纳威大声说道,他满脸痛苦,双腿还在乱摆乱动,"真对不起,哈利,我不是故意——"

"没关系!"哈利大声喊道,"试着站起来,我们快离开——"

"邓布利多!"纳威喊道,目光越过哈利的肩头瞪着,汗津津的脸突然变得欣喜若狂。

"什么?"

"邓布利多!"

哈利转身循着纳威的目光望去。就在他们上方,在大脑屋的门口,站着阿不思·邓布利多。他举着魔杖,脸色苍白,满是怒容。哈利觉得有一股电流突然涌过全身的每个细胞——他们得救了。

邓布利多快步走下石阶,经过纳威和哈利身边,此时他们俩不再想着离开了。邓布利多近旁的食死徒发现了他,赶紧嚷嚷着告诉别人。一个食死徒抱头逃窜,像猴子一样手脚并用爬上对面的石阶。邓布利多的咒语轻飘飘地把他拽了回来,就好像用一根看不见的钓线把他钩住了——

只有两个人还在打斗,似乎没有发现有人到来。哈利看见小天

第35章　帷幔那边

狼星躲过贝拉特里克斯射出的红光：他在大声嘲笑她。

"来吧，这不是你的水平！"他喊道，声音在巨大的房间里回荡。

第二道光正中他的胸膛。

笑容还没有完全从他脸上消失，他的眼睛惊骇地瞪圆。

哈利松开了纳威，但自己并没有意识到这一点。他再次跳下一级级石阶，一边抽出魔杖，邓布利多也转身看着高台。

小天狼星坠落的过程似乎十分缓慢：他的身体弯成一个优美的弧线，向后跌入了挂在拱门上的破烂的帷幔。

哈利看见，他的教父坠入那道古老的拱门时，那张曾经英俊、现已消瘦憔悴的脸上混杂着恐惧和惊讶。他消失在了帷幔后面，帷幔像被大风吹着一样飘摆片刻，又恢复了原样。

哈利听见了贝拉特里克斯·莱斯特兰奇得意的尖叫，但他知道这没有任何意义——小天狼星只是跌到了拱门里，随时都会在另一边重新出现……

可是小天狼星没有出现。

"**小天狼星！**"哈利喊道，"**小天狼星！**"

他急促的呼吸如烧灼一般。小天狼星肯定就在帷幔后面，哈利要把他拉出来……

哈利刚拔腿朝高台跑去，卢平一把抱住他，把他拖了回来。

"你做不了什么，哈利——"

"去找他，救他，他不过是跌进去了！"

"——来不及了，哈利。"

"我们还是可以找到他——"哈利不顾一切地拼命挣扎，但卢平就是不放手……

"你做不了什么的，哈利……做不了什么……他死了。"

第36章

他唯一害怕的人

"**不,**他没有死!"哈利嚷道。

他不相信,他怎么也不肯相信。他仍然用全身的力气跟卢平搏斗。卢平不明白,那帷幔后面藏着人呢。哈利第一次进入这个房间时就听见他们在喃喃低语。小天狼星躲起来了,藏在别人看不见的地方——

"**小天狼星!**"他大声喊道,"**小天狼星!**"

"他回不来了,哈利。"卢平说,他拼命制止着哈利,声音哽咽了,"他回不来了,因为他已经死——"

"**他——没——有——死!**"哈利吼道,"**小天狼星!**"

周围乱哄哄的。没有头绪的喧嚷,来回穿梭的咒语,这些对哈利来说,都是毫无意义的噪音。那些从他们身边飞过、被挡开的咒语都无关紧要,什么都无关紧要,只要卢平别再假说小天狼星不会再随时出现,不会再甩甩一头黑发,渴望着重新投入战斗。此刻小天狼星站在几英尺外的那个破帘子后面呢。

卢平把哈利拖下高台。哈利仍然盯着拱门,心里在生小天狼星的气,他为什么让自己等了这么久——

然而,他虽然挣扎着摆脱卢平,但内心的某个角落隐约意识到,

第 36 章 他唯一害怕的人

小天狼星以前从没让他等待……小天狼星总是冒着一切危险来见哈利，来帮助哈利……现在，哈利这么没命地大声呼唤他，他都没有出现，那只能有一种解释，就是他再也回不来了……他真的已经——

邓布利多把剩下来的大多数食死徒都集中在房间中央，似乎用无形的绳索束缚住了他们，使他们动弹不得。疯眼汉穆迪爬到房间那头唐克斯的身边，努力想使她苏醒过来。高台后面仍然强光飞射，咒骂声、呐喊声不绝于耳——金斯莱早已挺身而出，代替小天狼星跟贝拉特里克斯继续决斗。

"哈利？"

纳威滑下一级又一级石头长凳，来到哈利站着的地方。哈利不再挣扎，但卢平仍然警惕地抓着他的胳膊。

"哈利……真对不起……"纳威说，他的腿还在不受控制地胡乱舞动着，"那个人——小天狼星·布莱克——是你的朋友？"

哈利点了点头。

"来。"卢平轻声说着，用魔杖指着纳威的双腿，念了句"终了结束"。咒语被消除了：纳威的腿落回地面，稳住不动了。卢平脸色苍白。"我们——我们快找到其他人。他们都在哪儿，纳威？"

卢平说着转身不去看那道拱门，似乎每说一个字都使他感到很痛苦。

"他们都在后面，"纳威说，"一个大脑缠住了罗恩，但我认为他不会有事的——赫敏昏过去了，但还能摸到脉搏——"

高台后面传来一声巨响和一声叫喊。哈利看见金斯莱惨叫着倒在地上：邓布利多猛地转过身，贝拉特里克斯·莱斯特兰奇想逃跑。邓布利多朝她射出一个咒语，但被她挡开了。她已经跑到石阶的半腰处——

"哈利——不要！"卢平喊道，但哈利已经把胳膊从卢平放松警惕的手里挣了出来。

"她杀死了小天狼星！"哈利吼道，"她杀死了他——我要干掉她！"

他飞快地爬上一级级石头长凳，人们在后面大声喊他，但他不予理会。贝拉特里克斯的长袍下摆在前面一闪就不见了，他们又来到了大脑游动的房间……

她从肩头向身后射来一个咒语。水箱蹿到空中，翻倒了。水箱里恶臭难闻的液体倾倒在哈利身上：大脑在他身上滑来滑去，并开始用长长的五颜六色的触须缠绕他。哈利大喊一声："羽加迪姆　勒维奥萨！"那些触须就离开了他，飞到空中。他一步一滑地朝门口跑去。他从卢娜身上跳过，卢娜躺在地上呻吟；他跑过金妮，金妮说："哈利——怎么——？"他跑过罗恩，罗恩声音发虚地咯咯笑着；他又跑过赫敏，赫敏仍然昏迷不醒。他拉开门，冲进黑色的圆形大厅，看见贝拉特里克斯蹿出了房间对面的一扇门，而她前面便是那道通向升降梯的走廊。

哈利拼命奔跑，但是贝拉特里克斯出去后把门重重地关上了，墙壁又开始旋转。哈利又一次被旋转的大枝形烛台上的一道道蓝光包围。

"出口在哪儿？"墙壁隆隆地停止了旋转，哈利绝望地喊道，"出去的路在哪儿？"

那个房间似乎正等着他发问呢。他身后的那扇门突然打开，出现了那道通向升降梯的走廊，那里亮着火把，空无一人。他拔腿向前冲去……

他听见前面一架升降梯哐啷哐啷地响，他在过道里飞奔，转过拐角，用拳头使劲砸着按钮，召唤第二架升降梯。升降梯叮叮当当、咔啦咔啦地降落下来，栅栏门滑开，哈利冲了进去，又用拳头使劲砸着正厅的按钮。门关上了，他在上升……

第36章 他唯一害怕的人

没等栅栏门完全打开,他就挤出升降梯,左右张望。贝拉特里克斯已经跑到大厅另一头的电话亭升降梯那儿,哈利冲过去,贝拉特里克斯回头看看,又射出一个咒语。哈利闪身躲到魔法兄弟喷泉后面,咒语从他身边嗖地掠过,击中了正厅另一边的金色大门,发出铃铛般的响亮声音。脚步声没有了,贝拉特里克斯不再奔跑。哈利伏身躲在雕像后面,留神倾听。

"出来,出来,小哈利!"贝拉特里克斯又模仿着婴儿的声音喊道,声音在光洁的木板地上回荡,"你来追我做什么呢,嗯?我还以为你是来给我亲爱的堂弟报仇的呢!"

"没错!"哈利喊道,房间里似乎有二十个幽灵般的哈利在齐声回应,没错!没错!没错!

"啊……难道你爱他吗,小宝宝波特?"

哈利心头涌起一股他从没体验过的仇恨,他从喷泉后面冲出来,大吼一声:"钻心剜骨!"

贝拉特里克斯叫了起来:咒语把她打翻在地,但她没有像纳威那样痛苦地扭动、惨叫——她很快又站了起来,气喘吁吁,不再放声大笑。哈利又闪身躲到金色喷泉后面。贝拉特里克斯的破解咒正中那位英俊男巫的脑袋,脑袋被炸掉了,落到二十英尺外,在木地板上留下一道又长又深的划痕。

"以前没有使用过不可饶恕咒吧,小子?"贝拉特里克斯嚷道,她已经放弃了那种婴儿般的声音,"你需要发自内心,波特!你需要真的希望造成痛苦——并且享受这种感觉——正当的愤怒不会伤害我多久的——我来给你演示一下,好吗?我来教教你——"

哈利侧身绕着喷泉的另一边挪动,只听她大喊一声:"钻心剜骨!"哈利不得不再次猫下腰,马人举着弓箭的胳膊飞了出去,砰的一声落在地上,距那金色男巫的脑袋不远。

"波特,你赢不了我的!"贝拉特里克斯喊道。

哈利听得出她正在往右边挪动，想瞄准他朝他出击。哈利赶紧绕到雕像后面，躲在马人的腿后，脑袋跟家养小精灵的脑袋相齐。

"我是黑魔王最忠实的奴仆，过去是，现在也是。我从他那里学到了黑魔法，知道许多威力强大的咒语，你这个可怜的小男孩做梦也别想跟我较量——"

"昏昏倒地！"哈利大喊一声。他已经悄悄绕到了妖精站的地方，那妖精笑眯眯地抬头望着已经没有脑袋的男巫。哈利趁贝拉特里克斯朝喷泉窥望的当儿，瞄准了她的后背。贝拉特里克斯反应极快，哈利几乎来不及躲避。

"盔甲护身！"

一道红光，是哈利自己发出的昏迷咒，朝他反弹回来。他赶紧爬到喷泉后面，妖精的一只耳朵飞到房间那头去了。

"波特，我给你一个机会！"贝拉特里克斯大声喊道，"把预言球给我——现在就把它滚过来——我就饶你一条小命！"

"唉，恐怕你只能把我杀死了，因为预言球没了！"哈利吼道，这时他的额头突然剧痛难忍，伤疤又好像着了火一般，而且心头涌起一阵狂怒，但这怒火似乎与他自己的愤怒没有关联。"他知道了！"哈利说着，发出了跟贝拉特里克斯一样的狂笑，"你亲爱的老伙伴伏地魔知道球没了！他对你不会满意的，是吗？"

"什么？你是什么意思？"贝拉特里克斯喊道，声音里第一次透出了恐惧。

"我使劲把纳威拖上台阶时，预言球摔碎了！你认为伏地魔对此会怎么说呢，嗯？"

他的伤疤火烧火燎地剧痛……疼得他眼里涌出了泪水……

"撒谎！"贝拉特里克斯尖叫道，但哈利听出她此刻的愤怒后面藏着恐惧，"**它在你手里，波特，你快把它给我！预言球飞来！预言球飞来！**"

第 36 章　他唯一害怕的人

哈利再次放声大笑，他知道这会激怒她。脑袋里的疼痛十分强烈，他觉得脑壳快要爆炸了。他从独耳妖精后面挥了挥空空的手，又赶紧把手缩回来，贝拉特里克斯又朝他射来一道绿光。

"什么也没有了！"哈利喊道，"没什么可召唤的！它摔碎了，没有人听见它说了什么，快跟你的主子汇报去吧！"

"不！"她尖叫道，"这不是真的，你在说谎！**主人，我尽力了，我尽力了——别惩罚我——**"

"别再浪费口舌了！"哈利嚷道，伤疤比任何时候疼得都厉害了，他闭紧了眼睛强忍着，"他可听不见你在这里说话！"

"是吗，波特？"一个冰冷、高亢的声音说。

哈利睁开了眼睛。

瘦高的身条，戴着黑色的兜帽，可怖的蛇一般的面孔苍白而憔悴，瞪着一双瞳仁细长的红眼睛……伏地魔出现在大厅中央，他的魔杖指着哈利，哈利呆呆地站着，几乎动弹不得。

"这么说，你把我的预言球给摔碎了？"伏地魔用那双冷酷的红眼睛盯着哈利，轻声说道，"不，贝拉，他没有说谎……我从他的废物脑子里看到了事情的真相……多少个月的准备，多少个月的努力……我的食死徒们又一次让哈利·波特妨碍了我……"

"主人，对不起，我不知道，我当时在跟阿尼马格斯布莱克搏斗！"贝拉特里克斯哭泣着说，扑倒在慢慢走近的伏地魔脚下，"主人，你知道的——"

"别说了，贝拉，"伏地魔令人胆寒地说，"我待会儿再跟你算账。你以为我进入魔法部就是为了听你哭哭啼啼地道歉吗？"

"可是主人——他在这儿——就在下面——"

伏地魔未予理会。

"我没有什么话可对你说了，波特，"他轻声地说，"你三番五次地惹恼我，次数太多，时间太久了。**阿瓦达索命**！"

哈利甚至没有张嘴抵抗,他大脑一片空白,魔杖软绵绵地指着地面。

然而,喷泉里那个没有脑袋的金色男巫雕像突然活了起来,从底座上跳起,啪的一声落在哈利和伏地魔之间的地上,伸开双臂保护着哈利,咒语从它的胸前擦过。

"什么——?"伏地魔四下张望着喊道,接着他倒吸了一口冷气,"邓布利多!"

哈利的心怦怦狂跳着,他看看身后。邓布利多站在金色的大门前。

伏地魔举起魔杖,又一道绿光朝邓布利多飞去,邓布利多转过身,长袍忽地一旋,他不见了。随即他又在伏地魔身后出现了,朝喷泉里剩下的那些雕像挥舞魔杖。雕像们顿时活了过来。女巫雕像朝贝拉特里克斯冲去,贝拉特里克斯尖叫着发射出一个个咒语,但那些咒语都从雕像胸口擦过,不起作用,最后雕像扑过去把她压在了地上。与此同时,妖精和家养小精灵快步奔向周围墙上的那些壁炉,独臂马人朝伏地魔冲去。伏地魔突然消失,接着又出现在水池旁。邓布利多一步步逼近伏地魔,金色马人绕着他们俩奔跑。无头雕像把哈利推到后面,让他离开了激战现场。

"今晚到这里来是愚蠢的,汤姆,"邓布利多平静地说,"傲罗们就要来了——"

"等他们赶来,我已经走了,你已经死了!"伏地魔恶狠狠地说。他又朝邓布利多发射了一个杀戮咒,但没有击中,打在了保安的桌子上,桌子顿时燃起火苗。

邓布利多轻轻挥动着魔杖:魔杖射出的咒语威力太强大了,哈利虽然有金色男巫挡着,咒语飞过时也感到他的头发都竖了起来。伏地魔这次不得不凭空变出一个闪亮的银盾来抵挡。不知这是什么咒语,似乎并没有看见它给银盾造成什么破坏,但银盾里发出一种

第36章 他唯一害怕的人

锣一般低沉的颤音——这异样的声音令人胆寒。

"你不是想要我的命吧,邓布利多?"伏地魔大声说,在银盾上方眯起一双血红的眼睛,"你不屑于做这种残忍的事,对吗?"

"我们都知道还有其他方式可以摧毁一个人,汤姆,"邓布利多平静地说,一边继续朝伏地魔走去,似乎他在世上没有任何畏惧,似乎什么也不能打扰他的闲庭信步,"我承认,仅仅取你的性命,不会让我满足——"

"没有什么比死亡更糟糕的,邓布利多!"伏地魔恶狠狠地说。

"这你可就错了。"邓布利多说,他仍然一步步逼近伏地魔,说话的语气轻松随意,就好像他们是在喝酒聊天。哈利看到他没有防御、无遮无拦地向前走去,感到非常害怕。哈利想大喊一声提醒邓布利多,可是那个无头警卫不断赶着他往墙边退去,他每次想从它身后逃出去都被它挡住了。"是的,一直以来,你的最大弱点就是不能理解有些事情比死亡糟糕得多——"

又一道绿光从银盾后面射出。这次是独臂马人冲到邓布利多前面,被咒语击中,炸成了碎片。没等那些碎片落到地上,邓布利多就抽回魔杖,像挥鞭子一样四下挥舞起来。杖尖上蹿出一道细细长长的火焰,把伏地魔和他的银盾都缠绕起来。一时间,邓布利多似乎赢了,可是接着火绳变成了一条大蛇,它立刻放开伏地魔,转过来对着邓布利多,嘴里发出愤怒的嘶嘶声。

伏地魔消失了;蛇从地上竖起身子,准备出击——

邓布利多头顶上空爆出火焰,与此同时伏地魔又出现了,站在刚才矗立着五座雕像的水池中央的底座上。

"小心!"哈利喊道。

话音未落,又一道绿光从伏地魔的魔杖射向邓布利多,大蛇也发起进攻——

这时,凤凰福克斯俯冲到邓布利多身前,嘴巴张得大大的,把那道绿光整个儿吞了下去。它全身腾起火焰，落在地上，缩成了皱巴巴的一小团，飞不起来了。这时，邓布利多用流畅的动作大幅度地挥了一下魔杖——眼看就要把毒牙扎进他身体里的那条大蛇，突然被高高地抛到空中，变成一股黑烟消失了。池里的水升了起来，像一个由熔化的玻璃做成的茧一样罩住了伏地魔。

有那么几秒钟，只能看见伏地魔一个面目不清的波动的黑影，在底座上模模糊糊地闪动，似乎在挣扎着摆脱这团令他窒息的东西——

接着，他不见了，水哗啦一声落回池子里，大量地泼溅出来，打湿了光滑明亮的地板。

"**主人！**"贝拉特里克斯尖叫道。

哈利相信战斗已经结束，伏地魔已经决定逃跑。哈利刚要从雕像警卫身后冲出来，却听见邓布利多大吼一声："待在那里别动，哈利！"

邓布利多的声音第一次透出了恐惧，哈利不明白这是为什么：正厅里除了他们没有别人，贝拉特里克斯呜咽着，仍然被女巫雕像压在身下，幼雏福克斯在地板上微弱地鸣叫着——

接着，哈利的伤疤爆裂开来，他知道他死了。这疼痛超乎想象，这疼痛无法忍受——

他离开了正厅，他被锁在了一个红眼睛怪物盘成的圆圈里，他被缠得那么紧，简直不知道他的身体在哪里结束，怪物的身体又从哪里开始。他们融为一体，被痛苦捆在了一起，无处可逃——

接着那怪物说话了，用的是哈利的嘴，于是哈利在痛苦中感到自己的下巴在动……

"快杀死我吧，邓布利多……"

哈利眼睛看不见，奄奄一息，身体的每一部分都在渴望着松绑，他觉得那个怪物又在利用他了……

第36章 他唯一害怕的人

"如果死亡不算什么，邓布利多，那就杀死这男孩……"

让疼痛停止吧，哈利想……让他杀死我们两个吧……邓布利多，结束这一切吧……死亡跟这个相比不算什么……

而且我又能见到小天狼星了。

当哈利心中充满感情时，那个怪物的缠绕放松了，疼痛也消失了。哈利面朝下躺在地上，浑身发抖，感觉不像躺在地板上，而像躺在冰上，眼镜不见了……

正厅里回响着许多声音，按说不应该有这么多声音的……哈利睁开眼睛，看见自己的眼镜就在那个无头雕像的脚边。刚才雕像一直守护着他，此刻却仰面躺在地上，碎裂了，一动不动。哈利戴上眼镜，把头抬起一些，发现邓布利多那歪扭的鼻子近在咫尺。

"你没事吧，哈利？"

"没事。"哈利回答，他抖得那么厉害，连脑袋都不能稳稳地抬起，"是啊，我没事——伏地魔呢——这些人是谁——怎么——"

正厅里挤满了人。一面墙上的那些壁炉都突然燃起了旺火，鲜绿色的火焰映在地板上。众多男女巫师潮水般地从壁炉里涌了出来。邓布利多拉着哈利站起身，哈利看见家养小精灵和妖精的金色小雕像领着一脸惊愕的康奈利·福吉走了过来。

"他刚才就在这儿！"一个梳马尾辫、穿红袍子的男人大声喊道，指着大厅另一边的一堆金色碎石，贝拉特里克斯刚才就是被压在这里的，"我看见他了，福吉先生，我发誓那就是神秘人，他抓起一个女人，幻影移形了！"

"我知道，威廉森，我知道，我也看见他了！"福吉含糊不清地说，他的细条纹斗篷下穿着睡衣，像刚刚长跑完似的气喘吁吁，"梅林的胡子啊——这儿——就在这儿——在魔法部里！——我的老天爷啊——这简直不可思议——哎呀——这怎么可能呢——？"

"如果你下楼到神秘事务司去看一看,康奈利,"邓布利多说——他看到哈利平安无事似乎很欣慰,迈步走上前去,那些新来的人这才发现邓布利多的存在(有些人举起了魔杖,另一些人只是露出惊异的神情。小精灵和妖精的雕像鼓起掌来,福吉大吃一惊,穿着拖鞋的脚跳离了地面)——"就会发现死刑厅里有几个逃跑的食死徒,被反幻影移形咒束缚着,等待着你的发落呢。"

"邓布利多!"福吉喘着粗气说,惊讶得失去了控制,"你——在这儿——我——我——"

他慌乱地看着周围他带来的那些傲罗,毫无疑问,他几乎想大喊一声:"把他抓起来!"

"康奈利,我准备跟你的人搏斗——并且再次获胜!"邓布利多用雷鸣般洪亮的声音说,"但是就在几分钟前,你亲眼看见了证据,说明我一年来告诉你的都是事实。伏地魔回来了,你们在这十二个月里追错了人,现在你应该听听理智的声音了!"

"我——我不——哼——"福吉气冲冲地咆哮着,环顾四周,似乎指望有人告诉他该怎么做。见没人开口,他又说:"很好——德力士!威廉森!下楼到神秘事务司去看看……邓布利多,你——你需要明明白白地告诉我——魔法兄弟喷泉——是怎么回事?"他用一种近乎呜咽的声音加了一句,望着地板上男巫、女巫和马人雕像的四分五裂的残骸。

"等我把哈利送回霍格沃茨后,我们再谈论这件事。"邓布利多说。

"哈利——哈利·波特?"

福吉猛地转过身盯着哈利,哈利仍然站在墙边,站在那座雕像旁,雕像在邓布利多和伏地魔搏斗中保护过他,此刻躺倒在地。

"他——在这儿?"福吉说,"为什么——这都是怎么回事?"

"等哈利回到学校之后,"邓布利多又说了一遍,"我会把一切

第36章 他唯一害怕的人

都解释清楚的。"

他离开水池，来到金色男巫的脑袋坠落的地方。他用魔杖指着男巫的脑袋，低声念道："门托斯。"男巫的脑袋透出蓝光，在地板上颤抖着，发出很响的声音，几秒钟后又归于平静。

"你听我说，邓布利多！"福吉说，这时邓布利多捡起男巫的脑袋，拿着它走回哈利面前，"没有人批准你使用那个门钥匙！你不能在魔法部部长面前这样胡作非为，你——你——"

邓布利多从半月形眼镜上威严地审视着福吉，福吉的声音支吾了。

"你要下一道命令让多洛雷斯·乌姆里奇离开霍格沃茨。"邓布利多说，"你要告诉你的傲罗别再搜捕我的保护神奇动物课教师，好让他回来工作。今天晚上我给你……"邓布利多从口袋里掏出一只十二根指针的怀表看了看，"……半个小时，我认为这足够我们说清这里发生的事情的要点。毕竟，我还要回到我的学校去。如果你仍需要我的帮助，当然啦，非常欢迎你写信到霍格沃茨跟我联系。信上写校长，我就能收到。"

福吉的眼睛瞪得更大了，他嘴巴张着，那张圆脸在乱糟糟的灰头发下涨得更红了。

"我——你——"

邓布利多转身背对着他。

"拿着这个门钥匙，哈利。"

他递过雕像的金色脑袋，哈利把手放了上去，没再考虑下面要做什么，要去哪里。

"半小时后见，"邓布利多轻声说，"一……二……三……"

哈利又有了那种熟悉的感觉，似乎有钩子在他的肚脐眼后面使劲一拉。他脚下亮锃锃的木地板消失了，正厅、福吉和邓布利多也都消失了，他在一片旋舞的色彩和声音中，向前飞去……

第 37 章

丢失的预言

哈利的脚撞到了坚实的地面；他膝盖有点打弯，金色男巫的脑袋噔的一声落在地上，发出回响。他环顾四周，发现来到了邓布利多的办公室。

校长不在的这段时间，这里似乎所有的东西都自动修复了。那些精美的银器又摆在细长腿的桌子上，静静地旋转着，喷着烟雾。昔日男女校长的肖像都在相框里打着盹，脑袋懒洋洋地仰靠在扶手椅上或倚在相框边上。哈利透过窗户朝外望去，地平线上有一道淡淡的浅绿色：天快亮了。

房间里一片寂静，只有某个睡梦中的肖像偶尔发出嘟哝声或哼哼声，这寂静令哈利无法忍受。如果周围的环境能够反映他内心的感受，那么这些肖像应该都在痛苦地尖叫。他在安静、漂亮的办公室里走动着，呼吸十分急促，努力克制着不去思考。可是他不得不思考……他没有办法逃避……

小天狼星的死都是他的错，完完全全都是他的错。如果不是哈利愚蠢地中了伏地魔的圈套，如果不是他那么相信梦里看到的一切都是真的，如果他哪怕稍微考虑一下伏地魔有可能——像赫敏说的那样——利用哈利喜欢逞英雄……

第 37 章　丢失的预言

这太令人无法忍受了，他不愿意去想，他无法承受……他的内心有一个他不愿去感觉或探究的可怕的空洞，一个漆黑的窟窿，那是小天狼星所在的地方，那是小天狼星消失的地方。他不愿意被迫独自面对那个巨大而寂静的空间，他无法承受——

他身后的一幅肖像发出一声特别响的呼噜，接着一个冷冷的声音说道："啊……哈利·波特……"

菲尼亚斯·奈杰勒斯伸展双臂，打了一个长长的哈欠，一边用犀利的小眼睛打量着哈利。

"一大早的，是什么风把你给吹来了？"菲尼亚斯终于说，"这间办公室，除了合法的校长谁也进不来。莫非是邓布利多送你来的？哦，别跟我说……"他又哆嗦着打了一个哈欠，"又是我那个没出息的玄孙派你来送信的？"

哈利说不出话来。菲尼亚斯·奈杰勒斯还不知道小天狼星已经死了，但哈利没法告诉他。如果把这件事大声说出来就会使它铁板钉钉，无法挽回。

又有几个肖像开始动弹了。遭受审问的恐惧使哈利大步走过房间，抓住了门的球形把手。

门把手转不动。他被关在这里了。

"我希望这意味着，"挂在校长办公桌后面的那个红鼻子胖男巫说，"邓布利多很快就要回到我们中间了？"

哈利转过身。男巫饶有兴趣地端详着他。哈利点了点头，又拽了拽身后的球形门把手，还是没有拽动。

"哦，太好了，"男巫说，"没有他，日子非常乏味，确实非常乏味。"

他在画中那把宝座般的椅子上舒舒服服地坐好，对哈利露出了慈祥的微笑。

"邓布利多一向很看重你，我想你肯定知道，"他和颜悦色地说，

"是啊，他对你评价很高。"

负罪感像一种巨大的、沉甸甸的寄生虫一样挤满了哈利的整个胸膛，扭曲着、蠕动着。哈利无法承受，他无法承受再做他自己……他从没像现在这样感到被束缚在自己的大脑和身体里，从没像现在这样强烈地希望能够成为另一个人，不管是谁都行……

空空的壁炉里突然蹿出艳绿色的火苗，哈利惊得从门边跳开，呆呆地望着那个在炉栅里旋转的人。当邓布利多高高的身影从炉火中显现时，周围墙上的男女巫师都惊醒过来，许多人都大喊着表示欢迎。

"谢谢。"邓布利多轻声说。

他最初并没有看哈利，而是走到门边的栖枝旁，从长袍里面的口袋里掏出弱小、丑陋、没有羽毛的福克斯，把它轻轻地放在金色栖枝下那盘细软的灰烬里，往常成年福克斯就栖息在那根栖枝上。

"好了，哈利，"邓布利多终于离开那只雏鸟，说道，"你会很高兴听到你的同学没有一个在昨晚的事件中遭受难以治愈的伤害。"

哈利很想说出一个"好"字，可是没有发出声音。他觉得邓布利多似乎在提醒他造成的破坏有多严重，尽管邓布利多的目光第一次直视着他，尽管他的表情很慈祥，并没有责备的意思，但哈利却无法承受与他对视。

"庞弗雷女士正在对他们每个人进行治疗，"邓布利多说，"尼法朵拉·唐克斯可能需要在圣芒戈医院待上一段时间，但看来她也能完全康复。"

哈利只是冲着地毯点了点头，随着外面天空逐渐泛白，地毯也在变亮。他相信周围那些肖像都在关切地听着邓布利多说的每个字，并猜想邓布利多和哈利去了哪里，为什么会有人受伤。

"我知道你现在的感受，哈利。"邓布利多声音很轻地说。

"不，你不知道。"哈利说，声音突然变得很响，火气很冲。强

第 37 章 丢失的预言

烈的怒火在他心头蹿动。邓布利多根本不知道他内心的感受。

"看到没有,邓布利多?"菲尼亚斯·奈杰勒斯诙谐地说,"永远不要试图去理解学生。他们讨厌这个。他们宁愿遭到可悲的误解,沉湎于自怜自艾之中,自我折磨——"

"够了,菲尼亚斯。"邓布利多说。

哈利转过身,背对着邓布利多,倔强地望着窗外。他看见了远处的魁地奇球场。小天狼星曾经出现在那里,变成一条毛蓬蓬的大黑狗,就为了能看到哈利比赛……他也许是来看哈利是否跟詹姆一样出色……哈利从来没有问过他……

"你有这样的感受并不丢人,哈利,"邓布利多说,"恰恰相反……你能感觉到这么痛苦,这正是你最强大的力量。"

哈利觉得熊熊的怒火舔噬着他的五脏六腑,在那个可怕的虚空中燃烧着,使他内心充满冲动,想要去伤害邓布利多。就因为他的若无其事,因为他的这些空洞的话语。

"我最强大的力量,是吗?"哈利说,他声音颤抖,眼睛望着窗外的魁地奇球场,但心思已不在那里,"你根本就不明白……根本就不知道……"

"我不知道什么?"邓布利多平静地问。

太过分了。哈利转过来,气得浑身发抖。

"我不想讨论我的感受,好吗?"

"哈利,这种折磨证明你还是个人!这种痛苦是人性的一部分——"

"那——我——就——不——想——当——人!"哈利吼道,他抓起身边细长腿桌上的一件精致的银器,朝房间那头扔去。银器撞在墙上摔成了碎片。几幅肖像发出愤怒和恐惧的尖叫,阿芒多·迪佩特的肖像说:"真不像话!"

"我不管!"哈利朝他们嚷道,又抓起一个观月镜扔进了壁炉,

"我受够了，我看够了，我要摆脱，我要结束这一切，我什么也不在乎了——"

他抓起放银器的桌子，把它也扔了出去。桌子摔在地上裂开了，几条桌腿朝不同的方向滚去。

"你在乎。"邓布利多说。他不动声色，也没有试图阻止哈利毁坏他的办公室。他的表情很平静，几乎可以说是漠然，"你太在乎了，你觉得这痛苦会使你流血而死。"

"我——没有！"哈利嚷了起来，声音那么响，他觉得喉咙都要撕裂了。那一瞬间，他真想冲向邓布利多，把他也撕碎，砸烂那张苍老、平静的脸，摇晃他，伤害他，让他也稍稍感受到一点哈利内心的这种恐惧。

"哦，没错，你在乎，"邓布利多更加心平气和地说，"你失去了你的母亲、父亲，还失去了一位你认识的最像是父母的人。你当然在乎。"

"你不知道我的感受！"哈利咆哮道，"你——站在那里——你——"

但是怒吼已经不够，砸东西也不再管用。他想跑，他想不停地跑，再也不回头；他想跑到一个地方，再也看不见那双盯着自己的清澈的蓝眼睛，再也看不见那张可恨的、苍老而平静的脸。他跑到门口，再一次抓住球形把手，使劲拧着。

可是房门打不开。

哈利扭头望着邓布利多。

"放我出去。"他说。他从头到脚都在发抖。

"不行。"邓布利多简单地说。

他们对视了几秒钟。

"放我出去。"哈利又说。

"不行。"邓布利多重复着刚才的话。

第 37 章　丢失的预言

"如果你不——如果你把我关在这里——如果你不放我——"

"尽管继续毁坏我的财物吧,"邓布利多安详地说,"我认为我的财物太多了。"

他绕到桌后坐了下来,注视着哈利。

"放我出去。"哈利又说,声音冷冰冰的,几乎像邓布利多一样平静。

"等我讲完了话再说。"邓布利多说。

"难道——难道你以为我想——难道你以为我在乎——**我根本不关心你要说什么!**"哈利吼道,"我不想听你说的任何话!"

"你会听的,"邓布利多语调平稳地说,"因为实际上你应该更生我的气。我知道你差点对我动手,如果你真的那么做了,那也完全是我咎由自取。"

"你在说什么——?"

"小天狼星的死是我的错,"邓布利多清清楚楚地说,"或者我应该说,几乎完全是我的错——我不会狂傲到想承担事情的全部责任。小天狼星是一个勇敢、机智、精力充沛的人,这样的人,当他们相信别人身处险境的时候,一般不会安心躲藏在家里。但是,你不应该认为昨晚你有必要去神秘事务司。如果我以前跟你开诚布公地谈谈,哈利,唉,我完全应该那么做的,那么你早就会知道伏地魔会试图把你引到神秘事务司去,你昨晚也就绝不会被骗到那里。小天狼星也就不会过去找你。过错都在我身上,都在我一个人身上。"

哈利站在那里,手仍然握着球形门把手,但自己已浑然不觉。他盯着邓布利多,几乎屏住了呼吸,他听着,却几乎不明白对方在说什么。

"请坐下吧。"邓布利多说。这不是命令,而是请求。

哈利迟疑了一下,慢慢走过散落着银齿轮和碎木片的房间,坐在邓布利多办公桌对面的椅子上。

"我是不是应该理解为,"菲尼亚斯·奈杰勒斯在哈利左边语速很慢地说,"我的玄孙——布莱克家族的最后一位——已经死了?"

"是的,菲尼亚斯。"邓布利多说。

"我不信。"菲尼亚斯粗暴地说。

哈利转过头,正好看见菲尼亚斯大步走出肖像,哈利知道他是去拜访他在格里莫广场的另一幅肖像了。也许,他会从一幅肖像走到另一幅肖像,在整个房子里呼唤小天狼星……

"哈利,我需要给你一个解释,"邓布利多说,"解释一个老年人犯的错误。我现在明白了,我所做的事情,以及我因为关心你而没有做的事情,都显示出衰老的迹象。年轻人无法了解老人的思想感情。但是老人如果忘记年轻时是什么滋味,罪过可就大了……而我,最近似乎忘记了……"

太阳正在冉冉升起,山峦上呈现出一道耀眼的橘黄色光边,天空一片亮白。亮光照在邓布利多身上,照在他银色的眉毛和胡须上,照在他脸部深深的皱纹上。

"十五年前,"邓布利多说,"当我看见你额头上的伤疤时,我就猜想它会意味着什么。我猜想可能是你和伏地魔之间拥有某种联系的记号。"

"你以前已经跟我说过了,教授。"哈利生硬地说,他不管自己是不是态度粗鲁。他已经什么都不在乎了。

"是的,"邓布利多带着歉意说道,"是的,可是你看——必须从你的伤疤说起。你重归魔法世界后不久,就证明了我是对的,每当伏地魔靠近你或每当他情绪激烈时,你的伤疤都会向你发出警告。"

"我知道。"哈利疲惫地说。

第 37 章 丢失的预言

"你的这种能力——能够感知他的存在,即使他做了伪装,也能够在他情感激烈时了解他的感受——在伏地魔回归自己的肉体、卷土重来之后变得越来越明显。"

哈利连头也懒得点了。这些他都已经知道了。

"最近,"邓布利多说,"我开始担心伏地魔可能发现了你们之间的这种联系。果然,后来有一次你深入他的大脑和思想时,他感觉到了你的存在。当然啦,我说的是你目睹韦斯莱先生遭到攻击的那个夜晚。"

"是,斯内普告诉我了。"哈利低声说。

"是斯内普教授,哈利。"邓布利多轻声纠正他说,"可是你有没有想过,为什么不是我向你解释这件事?为什么我没有亲自教你大脑封闭术?为什么我几个月都几乎没有看你一眼?"

哈利抬起头来,他这才看出邓布利多显得那么悲哀而疲惫。

"是的,"哈利低声说,"是的,我想过。"

"是这样,"邓布利多继续说道,"我相信过不了多久,伏地魔就会试图强行闯入你的大脑,操纵和误导你的思想,而我并不急于刺激他这么做。我相信,如果他发现我们的关系超越了校长和学生之间的关系——或曾经如此,他就会抓住机会,利用你来监视我。我害怕他会利用你,害怕他可能试图控制你。哈利,我认为伏地魔会用那样一种方式利用你,我相信我的想法是对的。在我们难得的几次近距离接触中,我仿佛看见你的眼睛后面有他的影子在动……"

哈利想起他和邓布利多目光对视的那些时候,他体内好像有一条蛇从睡梦中醒来,准备出击。

"伏地魔控制你的目的,就像他今晚所表现出来的,并不是要消灭我,而是要消灭你。在他刚才暂时附着在你身上的时候,他希望我会为了杀死他而把你牺牲掉。所以,你明白吗,我一直跟你保持着距离，就是为了保护你，哈利。一个老人犯的错误……"

他深深地叹了一口气。哈利让这些话像耳旁风一样吹过。几个月前，他会特别感兴趣地想知道这一切，可是现在，跟失去小天狼星在他内心造成的巨大伤痛相比，这些已毫无意义，什么都无所谓了……

"小天狼星告诉我，你在脑海里看见亚瑟·韦斯莱遭到袭击的那天夜里，感觉到伏地魔在你体内醒着。我立刻知道我最担心的事情果然应验了：伏地魔已经发现他可以利用你。为了让你武装起来抗击伏地魔对你大脑的突袭，我安排你跟斯内普教授学习大脑封闭术。"

他停住话头。哈利注视着阳光缓缓滑过邓布利多办公桌光洁的桌面，照亮了一个银色的墨水瓶和一支漂亮的红色羽毛笔。哈利感觉到周围的肖像都醒着，都在全神贯注地听着邓布利多的解释。他听见偶尔传来衣袍的沙沙声和轻轻清嗓子的声音。菲尼亚斯·奈杰勒斯还没有回来……

"斯内普教授发现，"邓布利多继续说道，"你几个月来一直梦见神秘事务司的那扇门。当然啦，伏地魔自从重新获得肉身之后，便心心念念地想要听到那个预言。他整天想着那扇门，你也是这样，虽然你不明白那是什么意思。

"后来，你看见了被捕前曾在神秘事务司工作的卢克伍德，他告诉伏地魔我们早已知道的那件事——就是存在魔法部的那些预言球都受到严密保护。只有预言涉及的人才能把它们从架子上取下来而不会精神错乱：具体来说，就是要么伏地魔自己闯进魔法部，冒着暴露自己的危险——要么让你去替他取。这样一来，你掌握大脑封闭术就显得更紧迫了。"

"可是我没有掌握。"哈利嘟哝着说。他把这些话说出来，试图减轻内心沉重的负罪感。实话实说肯定能缓解那种挤压他心脏的可

第 37 章　丢失的预言

怕力量，"我没有练习，我没有上心，我本来能够阻止自己做那些梦的，赫敏也总是提醒我，如果我用功一些，他就无法告诉我该去哪儿，小天狼星也就不会 —— 小天狼星也就不会 ——"

一个念头在哈利脑海里突然冒出来，他需要为自己辩护，需要解释 ——

"我想核实一下他是否真的抓住了小天狼星，就去了乌姆里奇的办公室，在炉火里跟克利切说话，他说小天狼星不在那儿，说小天狼星走了！"

"克利切在说谎。"邓布利多平静地说，"你不是他的主人，他可以对你撒谎而无须惩罚自己。克利切想让你去魔法部。"

"他 —— 他是故意打发我去的？"

"是的。好几个月来，克利切恐怕一直在为不止一个主人效力。"

"怎么会呢？"哈利茫然地说，"他好几年都没有离开过格里莫广场。"

"就在圣诞节前夕，克利切抓住了机会，"邓布利多说，"当时小天狼星好像是嚷嚷着叫他'滚蛋'。结果他以为小天狼星说的是真话，把这理解为命令他离开房子。他就去找了布莱克家族他唯一还对其保留一些尊敬的那个人……布莱克的堂姐纳西莎，也就是贝拉特里克斯的妹妹，卢修斯·马尔福的妻子。"

"你是怎么知道这些的？"哈利说。他的心跳得飞快。他觉得很不舒服。他还记得自己曾为克利切在圣诞节时莫名其妙地失踪而感到担心，并记得他后来又突然出现在了阁楼上……

"克利切昨晚告诉我的，"邓布利多说，"知道吗，当你话里有话地提醒斯内普教授之后，他便意识到你在大脑里看见了小天狼星被困在神秘事务司里。他像你一样立刻试图联系小天狼星。我应该解释一下，凤凰社成员有着比多洛雷斯·乌姆里奇办公室的炉火更可靠的联络方式。斯内普教授发现小天狼星在格里莫广场安然无恙。

"可是,你跟多洛雷斯·乌姆里奇闯进禁林后没有回来,斯内普教授就开始担心你仍然相信小天狼星还在伏地魔手里。他立刻通知了几位凤凰社成员。"

邓布利多沉重地叹了一口气,继续说道:"他联系时,阿拉斯托·穆迪、尼法朵拉·唐克斯、金斯莱·沙克尔和莱姆斯·卢平都在总部。他们都同意立刻去援助你。斯内普教授要求小天狼星留在家里,因为我随时都会赶到那里,需要有人留在总部把情况告诉我。与此同时,斯内普教授打算在禁林里搜寻你。

"可是,小天狼星不愿意在别人都去找你的时候留在总部。他委托克利切把情况告诉我。因此,当我在他们都去魔法部之后不久赶到格里莫广场时,是那个小精灵——发出一阵狂笑——告诉我小天狼星去了哪里。"

"他在笑?"哈利用空洞的声音说。

"是啊,"邓布利多说,"知道吗,克利切不能完全出卖我们。他不是凤凰社的保密人,无法告诉马尔福一家我们的地址,或告诉他们任何禁止他透露的凤凰社机密计划。他被他那个种类特有的魔法束缚着,也就是说,他不能违抗他的主人小天狼星的直接命令。但他向纳西莎提供了一些对伏地魔很有价值的情报,小天狼星一定认为那些都是鸡毛蒜皮,也就没想到要禁止他透露出去。"

"比如什么?"哈利说。

"比如小天狼星在世界上最关心的人是你,"邓布利多轻声说道,"比如你逐渐把小天狼星看成既是父亲又是兄长。当然啦,伏地魔早已清楚小天狼星在凤凰社,也清楚你知道他在哪里——但是克利切的情报使他意识到,小天狼星布莱克是你会不遗余力去搭救的人。"

第37章 丢失的预言

哈利的嘴唇发冷、发麻。

"所以……我昨晚问克利切小天狼星在不在时……"

"马尔福一家对克利切说——他们无疑是受了伏地魔的指示——一旦你在幻觉中看见小天狼星遭受折磨，他就必须想办法把小天狼星引开。然后，如果你决定核实一下小天狼星在不在家，克利切就可以谎称他不在。克利切昨天弄伤了鹰头马身有翼兽巴克比克，你在炉火中出现时，小天狼星正在楼上照料它呢。"

哈利肺里的空气似乎变得很少，他的呼吸急切而短促。

"克利切把这些都告诉了你……并且哈哈大笑？"他嘶哑着嗓子问。

"他不想告诉我，"邓布利多说，"但我的摄神取念已相当高明，我知道对方是不是在说谎，于是我就——我就说服他——把事情的经过告诉了我，然后我就赶往了神秘事务司。"

"可是赫敏，"哈利轻声说，冰冷的双手捏成拳头放在膝盖上，"可是赫敏还总叫我们对他好一点儿——"

"她说得没错，哈利，"邓布利多说，"我们当初选择格里莫广场12号作为总部的时候，我就提醒过小天狼星必须善待和尊重克利切。我还告诉他，克利切可能会对我们构成危险。我认为小天狼星没有认真对待我的话，或者，他从来就没把克利切看成是跟人类拥有同样敏锐情感的生灵——"

"不许你责怪——不许你——这么说——小天狼星——"哈利的呼吸受到限制，没法把话说得连贯。但暂时消退的怒火又在他心头熊熊燃起：他不能让邓布利多批评小天狼星。"克利切是个谎话连篇的——可耻的——他应该受到——"

"克利切是被巫师塑造成这样的，哈利。"邓布利多说，"是的，他应该得到怜悯。他的生活跟你的朋友多比一样悲惨。他被迫听从小天狼星的吩咐，因为小天狼星是他所服侍的家族的最后一位成员，但他对小天狼星并无发自内心的忠诚。不管克利切有什么过错，我们必须承认，小天狼星并没有使克利切的生活变得轻松一些——"

"不要这样说小天狼星！" 哈利嚷道。

他又怒气冲冲地站了起来，准备向邓布利多扑去，邓布利多显然根本就不了解小天狼星，不了解他有多么勇敢，他遭受了多少痛苦……

"那么斯内普呢？"哈利气冲冲地说，"你对他闭口不谈，是吗？我告诉他伏地魔抓住了小天狼星时，他只是像平常一样讥笑我——"

"哈利，你知道当着多洛雷斯·乌姆里奇的面，斯内普教授别无选择，只能假装不把你的话当真，"邓布利多镇定地继续往下说，"但是就像我刚才解释的，他以最快的速度把你的话通知了凤凰社。而且，是他看到你没有从禁林里回来，推断出你去了哪里；也是他在乌姆里奇教授迫使你说出小天狼星的去向时，向她提供了假的吐真剂。"

哈利对这些听而不闻。他觉得指责斯内普给他带来了一种残忍的快意，似乎能减轻他自己可怕的负疚感，而且他希望听到邓布利多赞同他的意见。

"斯内普——斯内普刺——刺激小天狼星，说他躲在家里——他把小天狼星说成是个懦夫——"

"小天狼星不是小孩和傻瓜，不会让这些软弱无力的嘲讽伤害自己的。"邓布利多说。

"斯内普不再给我上大脑封闭术课了！"哈利咆哮道，"他把我赶出了他的办公室！"

"我意识到了，"邓布利多语气沉重地说，"我已经说过，我没有亲自教你是一个错误，不过我当时相信，没有什么比当着我的面

第 37 章 丢失的预言

把你的大脑进一步暴露给伏地魔更危险的了——"

"可是斯内普使事情变得更糟糕,每次我跟他上完课,伤疤都疼得更厉害——"哈利想起罗恩对这门课的看法,不顾一切地往下说道,"——你怎么知道他不是故意让我变得软弱,让伏地魔能更轻松地进入我的——"

"我相信西弗勒斯·斯内普,"邓布利多简单地说,"但我忘记了——又是老年人犯的错误——有些伤口太深,很难愈合。我以为斯内普教授可以克服他对你父亲的积怨——结果我错了。"

"但那就没事了,是吗?"哈利嚷道,不理睬墙上那些肖像愤怒的表情和不满的嘟哝,"斯内普讨厌我爸爸就没事,小天狼星讨厌克利切就不行?"

"小天狼星不是讨厌克利切,"邓布利多说,"他是把克利切看成了一个不值得关心和注意的奴仆。冷漠和忽视造成的伤害,常常比直接的反感厉害得多……我们昨晚毁坏的那座喷泉说过一个谎言。我们巫师虐待和伤害我们的伙伴太长时间了,现在遭到了报应。"

"这么说小天狼星是活该,对吗?"哈利嚷道。

"我没有这么说,而且你永远不会听到我说这样的话。"邓布利多轻声回答,"小天狼星不是一个残忍的人,他一般都很善待家养小精灵。小天狼星对克利切没有感情,是因为克利切总使他想起他所仇恨的那个家。"

"没错,他恨那个家!"哈利用发哑的声音说,转身离开了邓布利多。明亮的太阳照进了办公室,那些肖像都用目光跟随着他。他胡乱地走着,没有意识到自己在做什么,注意力也不在这间办公室里,"你把他整天关在那栋房子里,他讨厌这样,所以他昨晚才想出来——"

"我是想保住小天狼星的性命。"邓布利多轻声说。

"没人喜欢被关起来！"哈利冲着他怒吼道，"去年夏天你就是这样对待我——"

邓布利多闭上了眼睛，把脸埋在手指修长的双手里。哈利注视着他，但邓布利多难得流露出来的这种疲惫、悲哀或不管是什么，都不能使他心软。相反，他看到邓布利多居然显出软弱的样子，心里更加生气。他想冲他大发雷霆，告诉邓布利多他没有权利变得软弱。

邓布利多放下双手，透过半月形眼镜审视着哈利。

"现在，"他说，"我应该跟你说说早在五年前就该告诉你的事情了，哈利。请坐下来。我要把一切都告诉你。我只要求你耐心一点儿。等我说完，你有机会朝我发怒——做什么都行。我不会拦着你。"

哈利狠狠地盯了邓布利多一会儿，然后一屁股坐回到他对面的椅子上，等待着。

邓布利多望着窗外被阳光照亮的场地，又回过头来望着哈利，说道："哈利，五年前你来到霍格沃茨，像我安排和计划的那样，平平安安、毫发无损。是啊——并不是真的毫发无损，你受了苦。当我把你留在你姨妈和姨父家的门口时，我就知道你会受苦。我知道我给你判了十年黑暗、难熬的日子。"

他停住话头。哈利什么也没说。

"你可能会问——你完全有理由问——为什么必须这样？为什么不能让某个巫师家庭收养你？许多家庭都巴不得把你当儿子一样抚养，并以此感到荣耀和骄傲。

"我的回答是，我首先要保证你活下来。大概只有我认识到你有多么危险。伏地魔在几个小时前被击败了，但他的支持者——其中许多人几乎跟他一样可怕——仍然逍遥法外，丧心病狂，极度凶恶。我也必须为今后的日子做出决定。难道我相信伏地魔一去

第37章 丢失的预言

不复返了？不。我不相信。我不知道他具体会在十年、二十年还是五十年之后回来，但我相信他肯定会回来，而且，凭我对他的了解我还相信，他不杀死你绝不善罢甘休。

"我知道，伏地魔的魔法知识恐怕比在世的任何巫师都要广博。我知道，如果他有朝一日卷土重来，恐怕就连我掌握的最高深、最厉害的防护咒语和魔法也都可能无济于事。

"但我同时也知道伏地魔的弱点在哪里。因此我做出了决定，应该用一种古老的魔法来保护你。这种魔法他是知道的，但他轻视它，因而一直低估了它的力量——结果付出了代价。当然啦，我说的是你母亲冒死救你那件事。伏地魔没有料到你母亲给了你一种持久的保护，这种保护至今还在你的血管里流淌。因此，我相信你母亲的血液能保护你，就把你送给了她仅存的亲人——她的姐姐。"

"她不爱我，"哈利立刻说道，"她根本就不——"

"可是她接受了你，"邓布利多打断了他，"她也许接受得很勉强，很怨恨，很不情愿，但她还是接受了你，而她这么做的时候，就使得我在你身上施的魔法开始起效了。你母亲的牺牲，使得血缘的纽带成为我所能给予你的最强大的保护屏障。"

"我还是不——"

"只要你仍然能把你母亲的血亲居住的那个地方称为家，伏地魔就不能接触或伤害你。他使你母亲流了血，而这血在你和她姐姐身上继续流淌着。她的血变成了你的庇护所。你一年只需回去一次，但只要你仍然可以称之为家，你在那里时他就不能伤害你。你姨妈知道这一点。我在那封跟你一起留在她家门口的信里讲了我做的事情。她知道收留你就会保证你在这十五年里平安无事。"

"等等，"哈利说，"等一等。"

他在椅子上坐得更直一些，盯着邓布利多。

"那封吼叫信是你寄的。你叫她别忘了——那是你的声音——"

"我当时认为,"邓布利多微微点了点头说,"或许需要提醒她记住她当初接受你时签订的那个契约。我怀疑摄魂怪的袭击会使她突然明白收养你会有多么危险。"

"是这样,"哈利轻声说,"唉——我姨父比她更害怕。他想把我赶出去,可是吼叫信来过之后,我姨妈——我姨妈说只能让我留下来。"

哈利眼睛盯着地板,过了一会儿他又说:"但是这些跟——?"他没法儿说出小天狼星的名字。

"然后,五年前,"邓布利多继续说,似乎他的叙述并没有停顿过,"你来到了霍格沃茨,也许不像我希望的那样快乐和壮实,但好歹是健健康康有活力的。你不是个娇生惯养的小王子,而是个普普通通的小男孩,在那种条件下我也只能希望如此了。到那时候为止,我的计划进展得很顺利。

"后来……唉,你和我一样清楚地记得你在霍格沃茨第一年里发生的事情。你出色地面对挑战,而且很快——比我预想得要快,快得多——就发现自己跟伏地魔面对面交锋了。你再次死里逃生。不仅如此,你还延缓了他恢复势力、卷土重来的时间。你像一个男子汉一样作战。我……我为你感到说不出的骄傲。

"可是我这个巧妙的计划里有一个瑕疵,"邓布利多说,"一个显而易见的瑕疵,我那时候就知道它可能会毁掉一切。然而,我知道我的计划成功实施有多么重要,就对自己说我不会允许这个瑕疵毁了全盘计划。只有我能够阻止,因而我必须强大。于是,我做了第一个试验,当时你躺在医院的病床上,因为跟伏地魔的搏斗而虚弱无力。"

"我不明白你在说什么。"哈利说。

"你记得吗,你当时躺在病床上问我,为什么伏地魔在你很小

第 37 章 丢失的预言

的时候就想杀死你?"

哈利点了点头。

"我是不是当时就应该告诉你?"

哈利盯着那双蓝眼睛,什么也没说,但他的心又在狂跳。

"你还没有看到这个计划里的瑕疵吗? 没有……也许没有。总之,就像你所知道的,我当时决定不回答你。我对自己说,十一岁,年纪太小了,还不应该知道。我从来没有打算在你十一岁的时候告诉你。小小的年纪就知道这些,会承受不住的。

"我当时就应该看出危险的迹象。我应该问我自己,你已经提出了我知道我总有一天必须给出可怕答案的问题,但我为什么没有感到不安呢? 我应该认识到我是过于乐观了,我以为那天暂时还用不着告诉你……你还年幼,太年幼了。

"然后就到了你在霍格沃茨的第二年。你再次遇到了就连成年巫师也从没有面对过的挑战;你的表现再次超出了我最大胆的梦想。但你没有再问我伏地魔为什么在你身上留下了那道痕记。我们讨论了你的伤疤,哦,是的……我们当时离那个话题非常非常接近了。当时我为什么不把一切都告诉你呢?

"唉,我觉得十二岁其实跟十一岁差不了多少,还不能接受这样的事情。我让你血迹斑斑、精疲力竭,但却满心欢喜地从我的面前离开了,虽然我感到了一丝不安,觉得我或许应该告诉你一切,但这种不安很快就消失了。知道吗,你还那么年幼,我不忍心破坏那个欢庆胜利的夜晚……

"你明白吗,哈利? 你现在看到我那个绝妙计划的瑕疵了吗? 我跌进了我曾经预见、曾经告诉自己我能躲过也必须躲过的那个陷阱。"

"我不——"

"我太关心你了,"邓布利多直截了当地说,"我太关心你的快乐了,胜过想让你知道事情的真相;我太关心你思想的平静,胜过关心我的计划;我太关心你的生命,胜过关心那些一旦计划失败可能会失去的生命。换句话说,我的行为,完全符合伏地魔对我们这些懂得爱的傻瓜的预料。

"有什么可以辩解的吗? 我认为没有人像我那样注视过你——我对你的关注超出了你可以想象的程度——你已经受了很多苦,我不愿意再把更多的痛苦留给你。只要你此时此刻还活着,健健康康,快快乐乐,我又何必去管在某个遥远的未来有大批无名无姓、普普通通的生灵遭到杀戮呢? 我做梦也没想过我需要把这样一个人捧在手心里呵护。

"接着你进入了三年级。我远远地注视着你努力驱赶摄魂怪,注视着你找到小天狼星,弄清了他是谁,并且救了他。当你成功从魔法部的虎口里夺回你的教父时,我是不是就应该告诉你呢? 你已经十三岁了,我的借口用完了。你虽然年幼,但已经证明自己是出类拔萃的。我的内心开始不安,哈利。我知道那个时刻很快就会到来……

"然而,去年你从迷宫里出来,目睹了塞德里克·迪戈里的死,自己从险境中死里逃生……我还是没有告诉你,尽管我知道伏地魔回来了,我必须尽快告诉你。现在,就在今晚,我知道你早已做好准备,接受我隐瞒了你这么长时间的事情,因为你已经证明我在这之前就应该把这副重担放在你的肩上。我唯一需要辩解的是:我注视过你在重压下的挣扎,那些负担是从这所学校毕业的任何学生都未曾承受过的,我实在不忍心再给你增加另一个负担——一个最大的负担。"

哈利等待着,但邓布利多没有说话。

"我还是不明白。"

"伏地魔在你还是个婴儿时就想杀死你,是因为在你出生前不

第 37 章　丢失的预言

久的一个预言。他知道有那个预言，但并不知道完整的内容。当你尚在襁褓中时，他就打算把你干掉，他相信那是在履行那个预言所陈述的事情。他付出代价后发现自己弄错了，他打算杀死你的那个咒语反弹了回去。因此，他恢复肉身后，特别是你去年很不寻常地从他手里逃脱后，他就打定主意要听听预言的全部内容。这就是他卷土重来后一直苦苦寻找的那件武器：怎样才能消灭你。"

太阳已经完全升起，邓布利多的办公室沐浴在阳光里。放着戈德里克·格兰芬多宝剑的玻璃匣子闪着乳白色的光，被哈利扔到地上的银器的碎片像雨点一样闪闪发亮。在他身后，雏鸟福克斯在铺满灰烬的窝里发出微弱的唧唧叫声。

"预言球被打碎了，"哈利茫然地说，"我当时把纳威往那些石头长凳上拖，在那个——在那个有拱门的房间里，我扯坏了他的袍子，预言球掉了出来……"

"那个被打碎的东西，只是保存在神秘事务司的一个预言记录。但预言是专门说给某个人听的，那个人有办法重新听取它的内容。"

"是谁听到的？"哈利问，其实他觉得自己已经知道了答案。

"是我，"邓布利多说，"在十六年前一个寒冷、潮湿的夜晚，在猪头酒吧楼上的一个房间里。我去那里见一个申请教占卜课的人，其实我的本意，并不打算让占卜课继续开下去。不过，那位求职者是一位非常著名、很有天赋的预言家的玄孙女，我认为出于礼貌应该见她一面。我很失望。我感觉她本人似乎没有丝毫天赋。我对她说——但愿不失礼貌——我认为她不适合这个职务。接着我就转身准备离开了。"

邓布利多站起身，走过哈利身边，走向福克斯栖枝旁的那个黑色柜子。他弯下腰，拨开一个插销，从里面拿出那只浅浅的、边上刻着如尼文的石盆，哈利正是在这盆里看见他父亲捉弄斯内普的。邓布利多走回桌前，把冥想盆放在桌上，把魔杖举到自己的太阳穴旁。他从太阳穴里抽出一缕缕银色的、细如蛛丝的思想，再把这些沾在魔杖上的思想放进盆里。他在桌子后面重新坐下，注视着他的思想在冥想盆里旋转、飘浮。片刻之后，他叹了一口气，举起魔杖，用杖尖捅了捅那银色的物质。

一个裹着披肩的身影从盆里浮现出来，她的眼睛被镜片放大了许多倍，大得吓人；她的双脚留在盆里，身体慢慢地旋转着。当西比尔·特里劳尼说话时，用的并不是平常那种神秘而虚无缥缈的声音，而是哈利曾经听见过一次的刺耳、沙哑的声音：

"有能力战胜黑魔头的人走近了……生在曾三次抵抗过他的人家，生于七月结束的时候……黑魔头会把他标为自己的劲敌，但他将拥有黑魔头不知道的力量……他们中间必有一个死在另一个手里，因为两个人不能都活着，只有一个生存下来……有能力战胜黑魔头的那个人将在七月结束时诞生……"

特里劳尼教授缓缓地旋转着沉入下面的银色物质，消失了。

办公室里一片死寂。邓布利多和哈利，以及那些肖像都静默不语。就连福克斯也沉默了。

"邓布利多教授？"哈利说，声音很轻，因为邓布利多仍然盯着冥想盆，似乎完全陷入了沉思，"那……那意思是不是……那是什么意思呢？"

"它的意思是，"邓布利多说，"唯一有希望彻底战胜伏地魔的那个人，出生在近十六年前的七月底。这个男孩的父母曾经三次抵抗过伏地魔。"

哈利觉得似乎有什么东西向他挤压过来，呼吸好像又变得困难了。

"它指的是——我？"

邓布利多深深地吸了一口气。

"哈利，怪就怪在，"他轻声说道，"它也可能根本不是指你。

第 37 章　丢失的预言

西比尔的预言适用于两个巫师男孩，都出生于那一年的七月底，父母都在凤凰社，两家的父母都曾经三次从伏地魔手中死里逃生。一个当然是你，另一个是纳威·隆巴顿。"

"可是……可是为什么预言上写着我的名字而不是纳威的？"

"在伏地魔对襁褓中的你下手之后，官方记录重新做了标签，"邓布利多说，"预言厅的管理人认为，伏地魔显然是因为知道你就是西比尔说的那个人，才试图杀死你的。"

"那——也可能不是我？"哈利说。

"恐怕，"邓布利多慢慢地说，似乎每说一个字都非常吃力，"就是你。"

"可是你刚才说——纳威也生在七月底——他的爸爸妈妈——"

"你忘记预言的下一部分了，那个能够战胜伏地魔的男孩，有一个最重要的身份特征……伏地魔本人会把他标为劲敌。他确实这么做了，哈利。他选择了你，而不是纳威。他给你留下了这道伤疤，后来证明这伤疤既是祝福也是诅咒。"

"但是他可能选错了！"哈利说，"他可能标错了人！"

"他选择的是他认为最有可能对他构成威胁的人，"邓布利多说，"请注意这一点，哈利，他选择的不是纯血统的（根据他的信条，只有纯血统的巫师才算得上真正的巫师），而是像他一样混血的。他还没有看见你，就在你身上看见了他自己，他给你留下那道伤疤的时候，没有像他打算的那样杀死你，反而给予了你力量和一个前途，使你能够逃脱他不止一次，而是迄今为止的四次——这是你的父母和纳威的父母都没有做到的。"

"他为什么这么做呢？"哈利说，他感到全身发冷、发僵，"我小时候他为什么想要杀死我呢？他应该等我和纳威长大一些，看看谁更危险，然后再去试着杀死那个人——"

"是啊，那样大概更加切实可行，"邓布利多说，"但是伏地魔对那个预言的了解是不完整的。西比尔图便宜挑选了猪头酒吧，那里长期以来吸引着一些比三把扫帚更加——可以这么说吧——更加有趣的常客。正如你和你的朋友们付出代价才发现的那样，我那天夜里也是吃了苦头才弄清，在那个地方你永远都不能保证自己不被偷听。当然啦，当我出发去见西比尔·特里劳妮时，我做梦也没有想到会听见任何值得偷听的东西。我的——我们的运气好就好在，预言刚说到开头，那个偷听者就被发现了，然后他被扔到了屋外。"

"所以他只听到——？"

"他只听到了开头部分，就是预言一个男孩将在七月末出生，其父母曾三次抵抗过伏地魔。因此他不可能提醒他的主人，对你下手将会把力量传给你，并把你标为他的劲敌。所以伏地魔根本不知道攻击你会有危险，他应该耐心等待，多了解一些情况。他不知道你将拥有黑魔王不知道的力量——"

"可是我没有！"哈利用几近窒息的声音说道，"我并没有什么他不知道的力量，我不会像他昨天晚上那样搏斗，我不会控制别人，也不会——不会杀人——"

"神秘事务司里有一个房间，"邓布利多打断了他，"一直锁着。那里面存放着一种力量，一种比死亡、人类智慧和自然力量更奇妙、更可怕的力量。它大概也是那里的许多学科中最神秘的一门。关在那个房间里的那种力量，你拥有很多，而伏地魔根本没有。那种力量促使你昨晚去救小天狼星。那种力量也使你不受伏地魔的控制，因为在一个充满了他所憎恶的力量的身体里，他是无法栖身的。到了最后，你能不能封闭大脑已并不重要。是你的心救了你。"

哈利闭上了眼睛。如果他没有去救小天狼星，小天狼星就不会死……为了逃避再次想到小天狼星，哈利不顾会听到什么答

第 37 章　丢失的预言

案，脱口问道："预言的最后……好像是关于……两个人不能都活着……"

"……只有一个生存下来。"邓布利多说。

"那么，"哈利说，从内心深井般的绝望中挖掘出话语，"那么，那就意味着……到了最后……我们中间的一个必须杀死另一个？"

"是的。"邓布利多说。

两人很久都没有说话。哈利听见办公室墙壁之外的什么地方有嘈杂的人声，大概是早起的学生下楼到礼堂去吃早饭。真是令人难以相信，世界上还有人仍然渴望食物，仍然在欢笑，不知道也不关心小天狼星布莱克已经永远离去。小天狼星似乎已然远在千万里之外，尽管直到此刻哈利仍隐约相信，只要他能掀开那道帷幔，就能发现小天狼星在望着他，或许还会用狗吠般的笑声跟他打招呼……

"我觉得还有一件事需要向你解释，哈利，"邓布利多迟疑地说，"你可能想过，为什么我一直没有选你当级长？我必须承认……我考虑的是……你肩负的责任已经够多的了。"

哈利抬起目光，看见一滴眼泪顺着邓布利多的面颊流下来，落进了他长长的银色胡须里。

第38章

第二场战争开始了

那个连名字都不能提的人回来了

在星期五晚上的一次简要声明中,魔法部部长康奈利·福吉确认那个连名字都不能提的人已经返回这个国家并再次展开活动。

"我必须十分遗憾地证实,那个自称为魔王的巫师——唉,你们知道我指的是谁——已经获得新生,回到我们中间。"福吉说,他面对记者时显得疲惫而不安,"我们怀着几乎同样遗憾的心情报告,阿兹卡班摄魂怪发生了集体暴动,它们已经表示不愿意继续受雇于魔法部。我们相信摄魂怪目前正在为那个所谓的魔王效力。

"我们强烈呼吁魔法界人士保持警惕。魔法部正在出版家庭和个人基本防御指南,将在下个月之内免费发送到所有巫师家庭。"

部长的声明引起了魔法界的烦恼和恐慌,他们就在上个星期三还得到魔法部的保证,说"那些持续流传的神秘人又在我们中间活动的说法纯属无稽之谈"。

导致魔法部转变观念的事件细节尚不清楚,但人们相信那

第 38 章　第二场战争开始了

个连名字都不能提的人及其一伙精选的随从（名为食死徒）于星期四晚闯入了魔法部总部。

我们尚未得到阿不思·邓布利多对此事的评论。他是恢复原职的霍格沃茨魔法学校校长，恢复原职的国际巫师联合会委员和恢复原职的威森加摩首席魔法师。在过去的一年里，他坚持认为神秘人并不像人们普遍希望和相信的那样已经死去，而是又在招募随从，准备再次篡夺权势。与此同时，那个"大难不死的男孩"——

"提到你了，哈利，我就知道他们总会把你扯进去的。"赫敏从报纸上方看着哈利说。

他们是在校医院的病房里。哈利坐在罗恩的床尾，两人都在听赫敏念《星期天预言家报》的头版。金妮的脖子很快就被庞弗雷女士治愈了，此刻蜷缩在赫敏的床脚；纳威的鼻子也恢复了正常的形状和大小，他坐在两张床之间的一把椅子上；卢娜正巧过来探望，手里抓着最新一期的《唱唱反调》，正在颠倒着看，似乎根本没有听赫敏在说什么。

"不过，他又变成'大难不死的男孩'了，是吗？"罗恩不高兴地说，"不再是个受骗上当的表现狂了？"

他从床头柜上那一大堆东西里抓了一把巧克力蛙，扔了几块给哈利、金妮和纳威，然后用牙齿撕开自己那块的包装纸。他的两个前臂上仍有深深的勒痕，那是被大脑的触须缠绕时留下的。据庞弗雷女士说，思想留下的伤痕可能比其他任何东西留下的都深，不过她已经开始给罗恩大量使用乌不利博士的忘忧膏，伤情似乎有所改善。

"没错，他们现在对你赞赏有加呢，哈利。"赫敏快速浏览着那篇文章说，"'一个孤独的声音说出了真相……被认为精神错乱，但始终坚持自己的说法……被迫忍受嘲笑和诽谤……'唔,"赫敏皱起了眉头,"我发现他们没有提到一个事实:当时正是他们在《预言家日报》上大肆嘲笑和诽谤……"

她微微哆嗦了一下,用手按住了肋骨。多洛霍夫用在她身上的那个咒语,虽然因不能大声念出而减轻了力量,但是照庞弗雷女士的说法,仍然"非常厉害"。赫敏每天都要服用十种不同的药剂,身体恢复得很快,但她已经对病房生活感到厌烦了。

"《神秘人篡夺权势的最新尝试》,见第二版至第四版,《魔法部本来应该告诉我们什么》,见第五版,《为什么没有人听阿不思·邓布利多说话》,见第六版至第八版,《独家采访哈利·波特》,见第九版……哼,"赫敏说着,把报纸折起来扔到一边,"这肯定够他们写的了。对哈利的那次采访并不是独家的,就是几个月前登在《唱唱反调》上的那篇……"

"爸爸把它卖给他们了。"卢娜含混地说,把《唱唱反调》又翻了一页,"他卖出了一个很好的价钱,这样今年夏天我们就能到瑞典探险,看能不能抓住一头弯角鼾兽。"

赫敏似乎在内心斗争了一会儿,然后说:"听起来真棒。"

金妮跟哈利对了对眼神,又笑着把目光挪开了。

"好吧。"赫敏说,把身子坐得更直一些,又痛得咧了咧嘴,"学校里怎么样?"

"还好,弗立维清除了弗雷德和乔治留下的沼泽,"金妮说,"大概三秒钟就搞定了。但他在窗户底下还留了一小片,用绳子圈了起来——"

"为什么?"赫敏惊讶地说。

"哦,他只说这是一个特别精彩的魔法。"金妮耸了耸肩膀说。

"我认为他是为了纪念弗雷德和乔治。"罗恩含着满嘴的巧克力说,"你们知道吗,这些都是他们寄给我的,"他指着身边堆得如小

第 38 章　第二场战争开始了

山一般的巧克力蛙对哈利说,"他们的笑话店肯定办得不错,是不是?"

赫敏显得不以为然,她问:"那么,现在邓布利多回来了,所有的麻烦都结束了吧?"

"是啊,"纳威说,"一切都恢复了正常。"

"我猜费尔奇肯定很高兴吧?"罗恩问道,一边把一张印着邓布利多的巧克力蛙画片靠在他的水罐上。

"才不是呢,"金妮说,"实际上他特别、特别难过……"她把声音压得低低的,"他不住地说乌姆里奇是霍格沃茨有史以来最精彩的事件……"

六个人扭头望去。乌姆里奇教授正躺在他们对面的床上,两眼呆呆地凝视天花板。邓布利多独自闯进禁林,把她从马人那里救了出来。谁也不知道他是怎么做到的——怎么几乎毫发无损地把乌姆里奇带出树丛,乌姆里奇也绝不肯说。据他们所知,自从她回到城堡之后,还没有说过一句话。而且谁也不知道她到底哪儿不对劲儿。她一贯整整齐齐的灰褐色头发十分蓬乱,里面还留着树叶和断枝,但除此之外,她似乎并没有受伤。

"庞弗雷女士说她只是受了惊吓。"赫敏低声说。

"恐怕是在生气吧。"金妮说。

"是啊,只要你发出这种声音,她就会显示出生命的迹象。"罗恩说着,用舌头发出嘚嘚的马蹄声。乌姆里奇一下子坐了起来,惊慌地东张西望。

"有什么不对吗,教授?"庞弗雷女士从她办公室的门边探头问道。

"没……没有……"乌姆里奇说着,又倒回到枕头上,"没有,我肯定是在做梦……"

赫敏和金妮用被子堵住了自己的笑声。

"说到马人，"赫敏待笑声止住一些，又说，"现在占卜课教师是谁？费伦泽会留下来吗？"

"他肯定会留下来的，"哈利说，"别的马人都不让他回去了，不是吗？"

"看来他和特里劳尼都要来教课了。"金妮说。

"我敢肯定邓布利多还希望能永远摆脱特里劳尼呢。"罗恩说，嘴里嚼着他的第十四块巧克力蛙，"告诉你们吧，要我说这门课根本就是垃圾，费伦泽也好不了多少……"

"你怎么能这么说呢？"赫敏问道，"我们不是刚刚发现确实有真正的预言吗？"

哈利的心跳加快了。他没有把预言的内容告诉罗恩、赫敏或任何人。纳威对他们说那个预言球在哈利把他拖上死刑厅的台阶时摔碎了，哈利还没有纠正大家的这种印象。如果对他们说，他必须杀人或者被杀，别无选择，他们脸上将出现什么样的表情，他还没有做好准备去面对……

"真可惜它摔碎了。"赫敏摇摇头，轻声说道。

"是啊，"罗恩说，"不过，至少神秘人也永远不会知道那里面是什么了——你要去哪儿？"他看到哈利站了起来，既吃惊又失望地问。

"呃——去海格那儿，"哈利说，"你知道的，他刚回来，我说过要下去看他，把你们俩的情况告诉他。"

"哦，那好吧。"罗恩闷闷不乐地说，望着病房窗外那一方蔚蓝色的天空，"真希望我们也能去。"

"替我们向他问好！"哈利朝门口走去时，赫敏大声说，"问问他的……他的那个小朋友怎么样了！"

哈利挥了挥手，表示听明白了，然后就走出了病房。

即使对于星期天来说，城堡也显得过于安静了。每个人都在外

第38章　第二场战争开始了

面阳光灿烂的场地上，享受着考试结束后的轻松，和即将到来的学期最后几天没有复习和考试困扰的日子。哈利慢慢地走在空无一人的走廊上，一边朝窗外望去。他看见人们在魁地奇球场上空悠闲地飞来飞去，还有几个学生在巨乌贼的陪伴下在湖里游泳。

他发现很难确定自己是不是愿意跟别人在一起。每当跟别人在一起时，他就想离开；而每当独自一人时，他又希望有人陪伴。不过他认为他是真的要去拜访海格，自从海格回来以后，他还没有好好跟他聊过呢……

哈利刚走下通向门厅的最后一道大理石楼梯，就看见马尔福、克拉布和高尔从右边一扇门里走了出来，哈利知道那扇门通向下面斯莱特林的公共休息室。哈利停住脚步，马尔福一伙也停住了，只听见场地上的喊声、笑声和水花泼溅的声音，从敞开的大门传进了礼堂。

马尔福扫了一眼四周——哈利知道他在察看有没有老师——然后他看着哈利，压低声音说道："你死了，波特。"

哈利扬起眉毛。

"真滑稽，"哈利说，"那我不是应该不能到处走动了吗……"

哈利从没见过马尔福这么生气，他看到那张苍白的尖脸气得扭曲了，心头感到一种冷冷的快意。

"你要付出代价的，"马尔福用比耳语高不了多少的声音说，"我要让你为了对我父亲做的事情付出代价……"

"哎哟，我可真吓坏了。"哈利讽刺地说，"我想跟你们三个相比，对付伏地魔只是一次热身训练——怎么回事？"他又补了一句，因为马尔福、克拉布和高尔听到这个名字都像被击中了似的，"他不是你爸爸的朋友吗？你不会害怕他吧？"

"你以为你是个了不起的大人物吗，波特？"马尔福说着朝哈利逼了过来，克拉布和高尔分别在他左右两侧，"你等着吧。我会找你算账的。你休想把我父亲送进监狱——"

"我想我已经这么做了。"哈利说。

"摄魂怪离开了阿兹卡班,"马尔福轻声说,"我爸爸和其他人很快就会出来……"

"是啊,我想他们会的,"哈利说,"但至少现在大家都知道他们是什么样的卑鄙小人——"

马尔福迅速伸手去掏魔杖,但哈利出手比他还要敏捷。没等马尔福的手指伸进长袍口袋,哈利就已拔出自己的魔杖。

"波特!"

这响亮的声音从门厅那边传过来。斯内普出现在通向下面他办公室的楼梯上,哈利一看见他,内心就涌起一股强烈的仇恨,远远超过他对马尔福的憎恶……不管邓布利多怎么说,他都永远不会原谅斯内普……永远不会……

"你在做什么,波特?"斯内普一边大步朝他们四个走来,一边说道,声音和平常一样冷冰冰的。

"我正在考虑给马尔福用什么咒语,先生。"哈利情绪激烈地说。

斯内普狠狠地瞪着他。

"赶紧把魔杖收起来,"他厉声说道,"给格兰芬多扣去十分——"

斯内普朝墙上那些大沙漏望去,脸上露出了讥讽的笑容。

"啊,我发现格兰芬多的沙漏里已经没有分数可扣了。这样的话,波特,我们只好——"

"再加上一些分?"

麦格教授重重地踏上了城堡的台阶。她一只手提着一个格子呢旅行袋,另一只手拄着一根拐杖,把几乎全身的重量都倚在上面,但除此之外,她看上去状态还不错。

"麦格教授!"斯内普大步迎上前去说道,"看来,你刚从圣芒

第 38 章　第二场战争开始了

戈医院出来！"

"是的，斯内普教授，"麦格教授说着，抖掉身上的旅行斗篷，"我已经恢复如初了。你们俩——克拉布——高尔——"

她威严地招呼他们过去，他们的大脚在地上拖着，看上去很不安。

"给，"麦格教授说，把旅行袋塞进克拉布怀里，把斗篷塞进高尔怀里，"替我把这些拿到我办公室去。"

他们转过身，脚步沉重地走上了大理石楼梯。

"好了，"麦格教授抬头看着墙上的沙漏说，"我认为应该给波特和他的朋友每人加五十分，因为是他们提醒大家神秘人回来了！你说呢，斯内普教授？"

"什么？"斯内普厉声问道，哈利知道他其实听得清清楚楚，"哦——这个——我认为……"

"那就给波特、韦斯莱兄妹俩、隆巴顿和格兰杰小姐各加五十分。"就在麦格教授说话的当儿，一大堆红宝石像阵雨一样落进了格兰芬多沙漏的底球里。"哦——我想还应该给洛夫古德小姐加五十分。"她又说，于是一堆蓝宝石落进了拉文克劳的沙漏，"好了，斯内普教授，你好像想给波特同学扣掉十分——这样一来就是……"

几粒红宝石退回到了顶球，但留在下面的数量仍然很可观。

"好了，波特，马尔福，我认为在这样一个阳光灿烂的日子，你们应该到户外去。"麦格教授语气轻快地继续说。

哈利不需要她再说第二遍。他把魔杖插回袍子里，没有再看斯内普和马尔福一眼，径直朝大门冲去。

他穿过草坪朝海格的小屋走去，炎热的太阳火辣辣地照着他。同学们躺在草地上晒日光浴，聊天，吃糖，读《星期天预言家报》。在哈利走过时他们都抬头望着他。有些人大声喊他，还有些人朝他挥手，显然在急切地表示他们像《星期天预言家报》一样，已经决定把他看成一个英雄了。哈利什么也没有对同学们说。他不知道他们对三天前发生的事情了解多少，但他这几天一直躲着被人盘问，他巴不得永远这样。

他敲敲海格小屋的门，起初以为他出去了，但是很快牙牙绕过屋角冲了过来，那股热情劲儿，差点儿把他撞翻在地。原来海格正在屋后的园子里摘红花四季豆呢。

"好啊，哈利！"海格看到哈利走近栅栏，笑眯眯地说，"进来，进来，我们来喝一杯蒲公英汁……"

"情况怎么样？"海格问他，他们在木头桌旁坐下，每人面前放着一杯冰镇蒲公英汁，"你——呃——感觉还好吧？"

哈利从海格关切的表情知道，他指的不是哈利的身体状况。

"我挺好的。"哈利赶紧说道，因为他没心情讨论海格心里想的那件事，"那么，你去哪儿了？"

"躲在大山里，"海格说，"躲在一个山洞里，就像小天狼星当时——"

海格顿住了，粗声粗气地清清嗓子，眼睛看着哈利，喝了一大口蒲公英汁。

"反正，现在回来了。"他声音发虚地说。

"你——你气色好多了。"哈利说，他决定让话题远离小天狼星。

"什么？"海格说着，举起一只大手摸了摸脸，"哦，是啊。知道吗，格洛普现在表现好多了，真的好多了。不瞒你说，我回去的时候，他似乎很高兴见到我。他真的是个好孩子……我正考虑给他找个女朋友，真的……"

换了平常，哈利肯定要劝说海格立刻打消这个念头。想到将有第二个巨人在禁林里定居，而且很可能比格洛普还要野蛮、还要粗

第 38 章　第二场战争开始了

鲁，真是令人恐慌，但是不知怎的，哈利打不起精神来争论这个话题。他又开始希望自己一个人待着了，为了赶紧离开，他连喝了几大口蒲公英汁，把杯子喝空了一半。

"现在大家都知道你说的是对的了，哈利。"海格出人意外地轻声说，"那就好多了，是不是？"

哈利耸了耸肩。

"是这样……"海格从桌子对面朝他探过身子，"我认识小天狼星的时间比你长……他死在战斗中，他愿意这样死去——"

"他根本就不愿意死！"哈利气愤地说。

海格垂下乱蓬蓬的大脑袋。

"不，我不是说他想死，"他轻声说，"可是，哈利……他绝不会坐在家里，让别人去流血牺牲。如果他不去救援，他是不会安心的——"

哈利跳了起来。

"我要到校医院去看罗恩和赫敏了。"他没有表情地说。

"噢，"海格说，神情显得十分不安，"哦……那好吧，哈利……好好照顾自己，有时间就过来……"

"行……好吧……"

哈利以最快的速度走到门口，拉开房门。海格还没有说完再见，他就又来到外面的阳光下，踏着草坪走去。他走过时又有人大声喊他。他把眼睛闭了一会儿，希望他们统统消失，这样等他睁开眼睛时，就可以发现只有他一个人待在场地上……

几天前，考试还没有结束，他还没有看见伏地魔植入他脑海的画面，他几乎愿意付出一切让巫师界明白他说的是真的，让他们相信伏地魔回来了，让他们知道他不是说谎，也没有发疯。可是现在……

他绕着湖边走了一段，然后在岸边坐了下来，躲在一大片纠结的灌木丛后面，避开路人的目光。他凝望着波光粼粼的水面，陷入了沉思……

也许，他之所以愿意一个人待着，是因为自从跟邓布利多谈话之后，他觉得自己跟大家隔离了。有一道无形的屏障，把他跟世界上的其他人隔绝开来。他是一个带有标记的人，从来都是如此。他之前只是一直没有真正明白这意味着什么……

然而，此刻他坐在湖边，内心坠着沉甸甸的悲伤，小天狼星的死带来的伤痛是这么惨烈，他没有力量去感受强烈的恐惧。这里阳光灿烂，周围的场地上都是欢笑的人们，他虽然感到离他们很遥远，似乎自己属于另一个种族，但是坐在这里，他仍然很难相信他的生命必须包括杀人或者被杀……

他在那里坐了很长时间，凝望着水面，努力不让自己去想教父，不去回忆曾经有一次，就在这里的湖对岸，小天狼星为击退一百个摄魂怪而精疲力竭地倒下……

太阳落山之后，他才感到有些凉意。他站起来，返回城堡，一边用袖子擦去脸上的泪水。

学期结束的前三天，罗恩和赫敏离开了校医院，完全康复了。赫敏总是露出想谈论小天狼星的迹象，但是每次她一提他的名字，罗恩就发出"嘘"的声音。哈利仍然不确定自己是不是愿意谈论教父。他的想法随着情绪变化不定。但有一点他是知道的：虽然此刻他感到闷闷不乐，但是过几天回到女贞路4号之后，他会非常非常想念霍格沃茨的。他现在明白了为什么每年暑假都要回到那里去的原因，但并没有感觉好多少。事实上，他比以前任何时候都更害怕回去。

乌姆里奇教授是在放假前一天离开霍格沃茨的。她似乎是趁吃晚饭的时候悄悄溜出了校医院，显然是希望神不知鬼不觉地离开，

第38章　第二场战争开始了

可是也活该她倒霉,她半路上碰到了皮皮鬼。皮皮鬼抓住这最后一次机会执行弗雷德的嘱咐,用一根拐杖和一只装满粉笔的袜子轮番打她,从场地一路开开心心地把她赶出了学校。许多学生从礼堂跑到门厅看她顺着小路跑远,几个学院的院长只是半真半假地制止他们。事实上,麦格教授有气无力地叫嚷了几声,就坐回教工餐桌的椅子上,用大家都听得很清楚的声音表示遗憾,因为皮皮鬼借走了她的拐杖,她不能亲自跑去欢送乌姆里奇。

在校的最后一晚到来了。大多数同学都收拾完行李,已经下楼去参加学期结束的晚宴了,而哈利还没开始收拾呢。

"明天再收拾吧!"等在宿舍门口的罗恩说道,"快走,我饿死了。"

"不会很久的……噢,你先走吧……"

宿舍的门在罗恩身后关上了,但哈利并没有加快收拾的速度。他最不愿意做的事情就是参加期末晚宴。他担心邓布利多在讲话中会提到他。邓布利多肯定会提到伏地魔回来了,毕竟他去年就对他们说起过这个……

哈利从箱子底部抽出几件皱巴巴的袍子,腾出地方来放叠好的衣服,就在这时,他发现箱子的角落里有一个胡乱包起的纸包。他不知道这里怎么会有这个东西。他弯下身,把它从运动鞋下面抽出来,仔细查看。

他几秒钟就明白了这是什么。是小天狼星在格里莫广场12号的大门里给他的。"*在需要我的时候用它,好吗?*"

哈利一屁股坐在床上,打开了纸包,从里面掉出一面方方的小镜子。它看上去很有年头了,脏兮兮的。哈利把它举到面前,看见里面映出的是他自己的脸。

他把镜子翻过来,背面有小天狼星写的一张潦草的纸条。

这是一面双面镜，共有一对，另一面在我手里。如果你需要跟我说话，就对它说出我的名字；你就会出现在我的镜子里，我也能在你的镜子里跟你说话。过去，詹姆和我分别关禁闭时经常使用它们。

哈利的心狂跳起来。他记得四年前曾在厄里斯魔镜里看见过已故的爸爸妈妈。现在，他又能跟小天狼星说话了，一定能的——

他看看周围，宿舍里空荡荡的，没有别人。他又看着镜子，用颤抖的双手把它举到面前，清清楚楚地大声说道："小天狼星。"

他的呼吸使镜面变得模糊起来。他把镜子举得更近一些，激动的心情如潮水一般，然而，透过雾气朝他眨动的那双眼睛，毫无疑问还是他自己的。

他把镜面重新擦亮，一字一顿地说，让每个音节都在房间里回响：

"小天狼星布莱克！"

什么也没有发生。镜子里那张绝望的脸庞，毫无疑问仍然是他自己的……

哈利脑袋里的一个小声音说道，小天狼星穿过拱门时没有把镜子带在身上，所以不管用了……

哈利一动不动地呆了一会儿，然后把镜子扔回箱子里，镜面摔破了。刚才整整一分钟里，他内心充满希望，相信自己肯定能见到小天狼星，能再次跟小天狼星说话……

他失望得嗓子眼里直冒火。他站起身，开始把东西乱七八糟地扔进箱子，扔在破碎的镜片上——

这时，他突然产生了一个念头……一个比镜子还要好的念头……一个更行之有效、更了不起的念头……他之前怎么没想到呢——他为什么从来没有问过呢？

第38章　第二场战争开始了

他冲出宿舍，冲下旋转楼梯，匆忙间撞到墙上都没有注意。他跑过空无一人的公共休息室，穿过肖像洞口，顺着走廊往前跑，没有理睬胖夫人在他身后大喊："喂，宴会就要开始了，你时间掐得真准啊！"

其实哈利根本没打算去参加宴会……

在你不需要的时候这里挤满了幽灵，现在为什么却偏偏……

他冲下楼梯，跑过一道道走廊，没有碰到一个活人和死人。显然，他们都在礼堂里呢。他在魔咒教室外停住脚步，呼呼喘着粗气，绝望地想他大概只能等待，等到宴会结束之后……

就在他放弃希望的时候，他看见了——一个半透明的人影在走廊尽头飘过。

"嘿——嘿，尼克！**尼克！**"

那幽灵又把脑袋从墙壁里伸出来，露出奢华的羽毛帽子，以及尼古拉斯·德·敏西-波平顿爵士那颗摇摇欲坠的脑袋。

"晚上好，"他说，把整个身体从坚固的石墙里退出来，笑眯眯地看着哈利，"看来迟到的不止我一个人，是吗？当然啦，"他叹息着说，"不过咱俩情况不太一样……"

"尼克，我能问你一件事吗？"

差点没头的尼克脸上浮现出一种十分古怪的表情，他把一根手指塞进脖子上的硬领里，把领子拉得更直一些，显然是为了给自己一些思考的时间。后来，他那没有完全砍断的脖子眼看就要彻底断掉了，他才停住了手。

"呃——现在吗，哈利？"尼克显得有些尴尬地说，"能不能等宴会结束了再说？"

"不——尼克——求求你了，"哈利说，"我真的需要跟你谈谈。我们能进去吗？"

哈利推开离他最近的一间教室的门，差点没头的尼克叹了一口气。

"哦，好吧，"他摆出一副听天由命的样子，说道，"说实在的，我早就料到会有这事。"

哈利把门打开让尼克进去，尼克却穿墙而入。

"料到什么？"哈利关上门问道。

"料到你会来找我。"尼克说，他滑到窗口，望着外面逐渐黑暗的场地，"时常会有这种事……如果有人失去了一位……亲人。"

"是啊，"哈利不愿意转移话题，"你说得对，我——我来找你就是为了这个。"

尼克什么也没说。

"因为——"哈利发现这比他料想的还要难以启齿，"因为——你是死人，但你还在这儿，不是吗？"

尼克又叹了一口气，继续望着外面的场地。

"是不是这样？"哈利追问道，"你死了，但我还能跟你说话……你还能在霍格沃茨走来走去，什么都不妨碍，是不是？"

"是的，"差点没头的尼克轻声说，"我能走路，也能说话，没错。"

"所以，你从那边回来了，是不是？"哈利急切地说，"人是可以回来的，对吗？作为幽灵回来。他们不一定完全消失。你说呢？"看到尼克还是一声不吭，他不耐烦地追问道。

差点没头的尼克迟疑了片刻，说："并不是每个人都能作为幽灵回来的。"

"什么意思？"哈利连忙问。

"只有……只有巫师才可以。"

"噢，"哈利松了一口气，差点儿笑出声来，"是的，那没问题，我要问的那个人就是巫师。所以他可以回来，对吗？"

尼克离开窗口，忧伤地望着哈利。

"他不会回来了。"

第38章　第二场战争开始了

"谁?"

"小天狼星布莱克。"尼克说。

"可是你回来了!"哈利气愤地说,"你回来了——你死了,但你没有消失——"

"巫师可以在人间留下他们的印记,可以飘缈地走在他们生前走过的地方,"尼克难过地说,"但只有很少的巫师选择这条路。"

"为什么?"哈利说,"其实——这没有什么关系——小天狼星不会在乎这是不是反常,他会回来的,我知道他会的!"

哈利太相信这一点了,竟然真的转过脑袋看了看门,一刹那间他确实相信他会看见小天狼星,乳白色的,半透明的,面带笑容穿过房门朝他走来。

"他不会回来了,"尼克又说了一遍,"他会……继续往前走。"

"这话是什么意思,'继续往前走'?"哈利追问道,"走到哪里去? 对了——你死的时候是怎么样的? 你去了哪里? 为什么不是每个人都能回来? 为什么这个地方没有挤满幽灵? 为什么——?"

"我无可奉告。"尼克说。

"你死了,是不是?"哈利激愤地说,"还能有谁比你更知道答案?"

"我当时害怕死亡,"尼克轻声说,"选择了留在后面。有时候我也会怀疑自己是不是应该……唉,非此非彼……实际上,我既不在这边也不在那边……"他悲哀地轻声笑了一下,"我对死亡的奥秘一无所知,哈利,因为我选择了似是而非地模仿生命。我相信神秘事务司里的有学之士正在研究这件事——"

"别跟我提那个地方!"哈利激烈地说。

"对不起,我爱莫能助。"尼克温和地说,"好了……好了,请原谅……宴会,你知道……"

他离开了教室,留下哈利一个人茫然地望着尼克消失的墙壁。

能再次看见教父并跟他说话的希望破灭了,哈利觉得自己几乎是又一次痛失了教父。他忧伤地慢慢穿过空荡荡的城堡,不知道自己这辈子还会不会感到快乐。

他转过那个通往胖夫人走廊的拐角,看见前面有个人正在往墙上的布告栏里钉纸条。他又看了一眼,发现是卢娜。附近没有地方可以躲藏,卢娜肯定听见了他的脚步声,而且,哈利此刻几乎打不起精神来躲避别人。

"你好。"卢娜含混地说,扭头看了他一眼,从布告栏前退后几步。

"你怎么没去参加宴会?"哈利问。

"唉,我的大部分东西都丢了,"卢娜平静地说,"你知道,是别人把它们拿走藏了起来。今天是最后一个晚上了,我确实需要把它们都要回来,所以就贴出了告示。"

她指了指布告栏,果然,那上面钉着她丢失的书本和衣服的清单,并写着请求归还的话。

哈利心头涌起一种古怪的感觉;这感觉与小天狼星死后充斥他内心的愤怒和悲哀完全不同。他过了片刻才意识到自己是在为卢娜感到难过。

"他们为什么要把你的东西藏起来呢?"他皱着眉头问卢娜。

"哦……怎么说呢……"卢娜耸了耸肩,"我猜他们觉得我有点古怪。实际上,有人管我叫'疯姑娘'洛夫古德。"

哈利看着她,这种新的怜悯感觉一下子更强烈了。

"他们没有理由拿走你的东西,"他直截了当地说,"要我帮你找到它们吗?"

"哦,不用了,"她微笑地看着他说,"它们会回来的,它们最后总是会回来的。只是今晚我想收拾东西了。对了……你为什么不去参加宴会?"

哈利耸了耸肩:"不想去。"

第38章 第二场战争开始了

"是啊，"卢娜说，用那双雾蒙蒙的、突出的眼睛端详着哈利，"我猜你也不想去。食死徒杀死的那个人是你的教父，对吗？金妮告诉我的。"

哈利只是点了点头，但他发现不知怎的，他并不介意卢娜谈到小天狼星。他刚刚想起卢娜也能看见夜骐。

"你有……"他开口说道，"我是说，谁……有某个你认识的人死去了吗？"

"有，"卢娜坦率地说，"我母亲。你知道吗，她是个很不一般的女巫，特别喜欢做实验，有一天，她的一个咒语出了大差错。那年我九岁。"

"对不起。"哈利轻声说。

"是啊，当时真的非常残酷，"卢娜推心置腹地说，"现在我有时候仍然会为此感到很难过。但我还有爸爸呢。而且，我又不是再也见不到妈妈了，对不对？"

"呃——不是吗？"哈利不确定地说。

她惊愕地摇摇头。

"哦，别闹了。你不也听见他们的声音了，就在那帷幔后面，是不是？"

"你是说……"

"在那个有拱门的房间里。他们只是隐藏起来了，就是这样。你听见了他们的声音。"

他们互相对视着。卢娜的脸上带着淡淡的微笑。哈利不知道该说什么，该如何去想。卢娜相信这么多奇异的事情……而他也曾相信他听见了帷幔后面有人在说话。

"你真的不需要我帮你找找东西吗？"他问。

"哦，不了，"卢娜说，"不需要，我想下楼去吃点甜点心，然后就等着它们出现……它们最后总会出现的……好了，祝你假期愉快，哈利。"

"好……好的，也祝你愉快。"

卢娜离开了他，哈利注视着她的背影，发现压在心头的沉甸甸的块垒似乎减轻了一些。

第二天，乘坐霍格沃茨特快列车回家的途中发生了好几件大事。首先，马尔福、克拉布和高尔显然一星期来都在等待机会趁老师不在时动手，他们埋伏在列车中间，想趁哈利上厕所回来时偷袭他。偷袭本来可能会成功的，结果他们鬼使神差地把地点选在了一节坐满D.A.成员的车厢外面。车厢里的人透过玻璃窗看见情况不对，立刻冲出来援救哈利。待厄尼·麦克米兰、汉娜·艾博、苏珊·博恩斯、贾斯廷·芬列里、安东尼·戈德斯坦和泰瑞·布特完成哈利教给他们的一大堆五花八门的魔法和恶咒后，马尔福、克拉布和高尔活像三只被塞进霍格沃茨校服的巨大的鼻涕虫，哈利、厄尼和贾斯廷把他们搬到行李架上，任由他们在那里渗出黏糊糊的汁液。

"我得说一句，我真盼望看到马尔福下车时他妈妈脸上的表情。"厄尼看着马尔福在他头顶上方蠕动，带着些许快意说道。厄尼一直耿耿于怀，因为马尔福在当调查行动组成员期间给赫奇帕奇扣了分。

"高尔的妈妈倒是会很高兴的，"跑来查看骚乱原因的罗恩说道，"高尔现在漂亮多了……喂，哈利，食物车停下来了，如果你想买东西……"

哈利谢过大家，跟罗恩一起回到他们的车厢，买了一大堆坩埚形蛋糕和南瓜馅饼。赫敏又在看《预言家日报》，金妮在做《唱唱反调》上的测试题，纳威抚摸着他的米布米宝，它在这一年里长了不少，一碰就会发出奇怪的哼哼声。

旅途中的大部分时间，哈利和罗恩都在下巫师棋，赫敏在一旁

第38章 第二场战争开始了

大声念着《预言家日报》的片断。现在报上的文章都是关于如何抵御摄魂怪，魔法部采取哪些措施追捕食死徒，还有一些歇斯底里的读者写信说他们那天早晨看见伏地魔从他们家门前走过……

"还没有真正开始呢，"赫敏愁闷地叹了一口气，把报纸折了起来，"但时间不会太长了……"

"喂，哈利。"罗恩轻声说，朝玻璃窗外的走廊点点头。

哈利扭头看去。秋·张从窗外走过，身旁是戴着头盔一样的帽子的玛丽埃塔·艾克莫。哈利和秋·张对视片刻。秋·张微微红了脸，继续往前走。哈利低下头来看棋盘，正好看见他的一个兵被罗恩的骑士赶出了格子。

"你们——呃——你和她到底是怎么回事？"罗恩轻声问。

"没什么。"哈利如实说道。

"我——呃——我听说她现在跟别人好了。"赫敏小心翼翼地说。

哈利惊讶地发现这消息并不令他伤心。想要征服秋·张的芳心仿佛已成往事，与他不再有任何关联。这些日子他觉得，在小天狼星死前他渴望的许多东西似乎都是这样……他最后一次看见小天狼星之后度过的这个星期，似乎格外、格外漫长，跨越了两个世界，一个世界里有小天狼星，另一个世界里没有。

"出来了也好，伙计，"罗恩坚决地说，"我是说，她长得不错，如此等等，但是你需要一个更快乐一点的人。"

"她大概跟别人在一起就快乐了。"哈利耸耸肩说。

"她现在到底跟谁好了？"罗恩问赫敏，但金妮抢着回答了。

"迈克尔·科纳。"她说。

"迈克尔——可是——"罗恩从座位上扭着脖子盯着金妮，"你不是跟他好吗？"

"现在不好了，"金妮毫不含糊地说，"他不愿意格兰芬多在魁地奇球赛上打败了拉文克劳，整天哭丧着个脸，我就把他甩了，结果他就跑去安慰秋·张了。"她漫不经心地用羽毛笔尾挠了挠鼻子，把《唱唱反调》颠倒过来，给自己的答案打分。罗恩看上去心花怒放。

"嘿，我早就觉得他有点呆头呆脑。"他说，一边把他的王后推向了哈利那个摇摇欲坠的战车，"这样很好。下次挑一个好点儿的。"

说话间，他诡谲地偷偷瞥了一眼哈利。

"没错，我挑了迪安·托马斯，你说他是不是要好一点儿？"金妮心不在焉地问。

"**什么**？"罗恩喊道，一把推翻了棋盘：克鲁克山扑向那些棋子，海德薇和小猪在头顶上发出愤怒的吱吱叫声。

快到国王十字车站时火车开始减速，哈利觉得自己从没像现在这样不愿下车。他甚至闪过这样的念头，如果他就是不下车，固执地留在车上，一直待到九月一号，再让列车把他带回霍格沃茨，那又会怎样呢？然而，当列车终于喷着烟雾停稳后，他还是拿下海德薇的笼子，像往常一样准备拖着箱子下车。

检票员示意哈利、罗恩和赫敏可以安全穿过第9和第10站台之间的魔法隔墙了，哈利才发现隔墙的另一边有惊喜在等待着他：一群人站在那里迎接他，而他压根儿没有料到他们会来。

这群人中有疯眼汉穆迪，他把圆顶高帽压得低低的遮住了魔眼，那模样跟他不戴帽子一样吓人，骨节粗大的双手抓着一根长长的拐杖，身上裹着一件宽大的旅行斗篷。唐克斯站在他身后，阳光透过车站顶棚上肮脏的玻璃射下来，照得她泡泡糖般粉红色的头发闪闪发亮，她穿着补丁摞补丁的牛仔裤和一件印着古怪姐妹演唱组图案的亮紫色T恤衫。在她旁边的是卢平，面无血色，头发花白，旧套头毛衣和裤子外面罩着一件长长的、磨破了的大衣。韦斯莱夫妇站在人群前面，穿着他们最好的麻瓜衣服；还有弗雷德和乔治，两人都穿着崭新的、用某种绿得耀眼的鳞状材料做的夹克衫。

第38章　第二场战争开始了

"罗恩，金妮！"韦斯莱夫人说着，匆匆走上前紧紧拥抱她的两个孩子，"哦，还有亲爱的哈利——你好吗？"

"挺好的。"哈利被她紧搂进怀里，违心地说。他从她的肩膀上看见罗恩目不转睛地盯着两个双胞胎哥哥的新衣服。

"这是用什么东西做的？"罗恩指着那两件夹克衫问。

"最高档的火龙皮，老弟。"弗雷德说着，轻轻拉了一下拉链，"买卖兴隆，我们认为应该犒劳一下自己。"

"你好，哈利。"卢平看到韦斯莱夫人放开哈利去问候赫敏，便上前招呼道。

"你好，"哈利应道，"我真没想到……你们怎么都来了？"

"是这样，"卢平微微笑了笑说，"我们想在你的姨妈姨父带你回家之前，跟他们谈一谈。"

"我觉得这个主意不太好。"哈利立刻说道。

"哦，我认为不错。"穆迪粗声粗气地说，一瘸一拐地走近前来，"那就是他们吧，波特？"

他用大拇指往肩后一指，他的魔眼显然正透过后脑勺和圆顶高帽朝外窥视。哈利把身子往左边探过去一点儿，看着疯眼汉所指的地方。果然，德思礼一家三口就在那里，他们显然被哈利接待团的阵势吓坏了。

"啊，哈利！"韦斯莱先生说着，从他刚才热情招呼的赫敏父母那里转过身来。赫敏父母此刻正在轮流拥抱赫敏。"怎么样——现在就开始吧，好吗？"

"行，没问题，亚瑟。"穆迪说。

他和韦斯莱先生打头朝站台那边好像被钉在地上的德思礼一家走去。赫敏轻轻从母亲怀里脱出身来，也跟了过去。

"下午好，"韦斯莱先生停在弗农姨父跟前，愉快地对他说，"你大概还记得我吧，我名叫亚瑟·韦斯莱。"

两年前，韦斯莱先生仅凭一己之力就把德思礼家的客厅几乎全毁掉了，如果弗农姨父把他给忘了，哈利会感到非常吃惊的。果然，弗农姨父的脸涨成了深紫色，他怒气冲冲地瞪着韦斯莱先生，却什么也没有说，这恐怕多半是因为德思礼一家的人数跟他们相比是一比二。佩妮姨妈看上去既恐惧又尴尬，不停地东张西望，似乎生怕她认识的什么人会看见她与这些人为伍。达力好像拼命把自己缩得很小，免得引起他人的注意，但他做得很不成功。

"关于哈利，我们有几句话想跟你谈谈。"韦斯莱先生仍然笑眯眯地说。

"对，"穆迪粗声粗气地说，"关于他在你家会受到什么样的待遇。"

弗农姨父的胡子似乎都气得竖了起来。大概是圆顶高帽给了他一个完全错误的印象，以为自己是在跟一个同类打交道，他对着穆迪说话了。

"我认为我家里的事情跟你们没有任何关系——"

"恐怕你不知道的事情足够写满几本书的，德思礼。"穆迪低吼道。

"问题不在这里。"唐克斯插嘴道，她的粉红色头发比他们几个加在一起更令佩妮姨妈厌恶，她闭上眼睛不去看她，"问题在于，如果我们发现你们虐待哈利——"

"——别犯糊涂，我们会了解到的。"卢平和颜悦色地加了一句。

"没错，"韦斯莱先生说，"就算你们不让哈利使用联话——"

"是电话。"赫敏小声说。

"——是啊，如果我们得到波特受虐待的任何线索，你就吃不了兜着走啦。"穆迪说。

弗农姨父的火气可怕地蹿了起来。他的愤怒似乎超过了他对这

第38章　第二场战争开始了

伙怪人的恐惧。

"你们在威胁我，先生？"他说，声音大极了，引得路人纷纷侧目。

"没错。"疯眼汉说，他似乎很高兴弗农姨父这么快就认清了这个事实。

"难道我的样子像个能被吓倒的人吗？"弗农姨父吼道。

"好吧……"穆迪说着，把圆顶高帽往后一推，露出那只滴溜溜旋转的凶险的魔眼。弗农姨父吓得往后一跳，重重地撞在一辆行李车上。"是的，我必须说你就是这样的人，德思礼。"

他把目光从弗农姨父身上转向了哈利。

"好了，波特……需要我们就喊一声。如果连着三天没有你的消息，我们就会派人过来……"

佩妮姨妈可怜巴巴地呜咽着。不用说，她是在想如果邻居看见这些人大步走在她家花园小径上会说什么。

"那就再见了，波特。"穆迪说着，用一只骨节粗大的手捏了捏哈利的肩膀。

"保重，哈利，"卢平轻声说，"保持联系。"

"哈利，我们会让你尽早离开那里的。"韦斯莱夫人轻声说，又搂了他一下。

"我们很快就会见面的，伙计。"罗恩握着哈利的手，急切地说。

"真的很快，哈利，"赫敏认真地说，"我们保证。"

哈利点点头。不知怎的，他无法用语言告诉他们，看到他们都聚集在这里支持着他，这对他有多么重要。他微微一笑，挥手告别，然后转身领头走出车站，走向阳光照耀的街道，弗农姨父、佩妮姨妈和达力匆匆跟在他后面。

赫奇帕奇

贾斯廷·芬列里

◆ 赫奇帕奇 ◆

外貌： 贾斯廷有一头鬈发。

家庭： 家境富裕，父母都是麻瓜。作为吉德罗·洛哈特的忠实粉丝，他鼓励母亲阅读这位著名巫师的书，这让她相信家里有一位经过正规培训的巫师是很有用的。

过人之处： 非常擅长防御魔法。在邓布利多军时熟练掌握了各种魔咒和恶咒，哈利认为在O.W.L.考试中，贾斯廷的黑魔法防御术能达到"优秀"。

组织和荣誉： 决斗俱乐部和邓布利多军成员。

你知道吗？ 二年级的时候，霍格沃茨有六名学生被住在密室里的怪物石化，贾斯廷也是其中之一。他没有在这次袭击中丧生纯属幸运；当时他走在差点没头的尼克旁边，是透过这个霍格沃茨幽灵的身体看见的蛇怪，没有直视巨蛇的眼睛。

他的原话：

"我本来是要上伊顿公学的，但后来上了这里，我别提多高兴了。"

JUSTIN FINCH-FLETCHLEY
贾斯廷·芬列里

我们邀请你加入神奇的

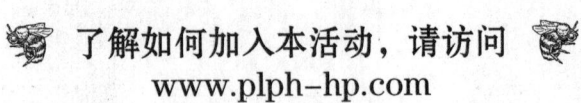

哈利·波特读书之夜

了解如何加入本活动，请访问
www.plph-hp.com